Annales

Sujets & corrigés

2023

Physique Chimie Term Spécialité

W0375626

Karine Marteau-Bazouni
Professeur agrégée de physique-chimie

Nathan

MODE D'EMPLOI

Ces Annales ABC du Bac ont été conçues pour vous aider à réviser efficacement et progressivement l'épreuve de spécialité de physique-chimie en Terminale.

RÉUSSIR LE NOUVEAU BAC

Toutes les infos sur le **nouveau Bac** et la **description des épreuves**.

L'**épreuve expliquée** et les **astuces pour réussir** et apprendre à **bien mémoriser**.

S'ORGANISER POUR BIEN RÉVISER

La **méthode** pour traiter le sujet de l'**épreuve de spécialité**, avec des conseils pour réussir **étape par étape**.

Tous les types d'**exercice expliqués**, de l'exploitation de documents à l'argumentation scientifique.

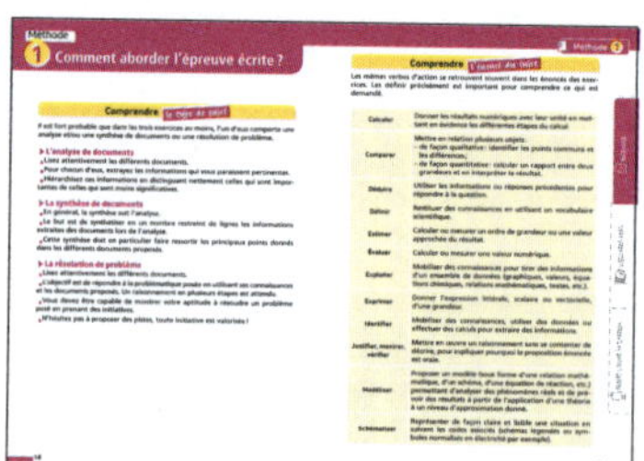

Tout pour **comprendre l'énoncé du sujet** et y apporter des réponses adaptées.

RÉVISER ET PROGRESSER

Chaque **thème du programme** est traité de **manière progressive** pour **réviser son cours**, se tester et se préparer avec des **sujets guidés**.

le point
els
urs avec
rmules
nnaissances
pensables.

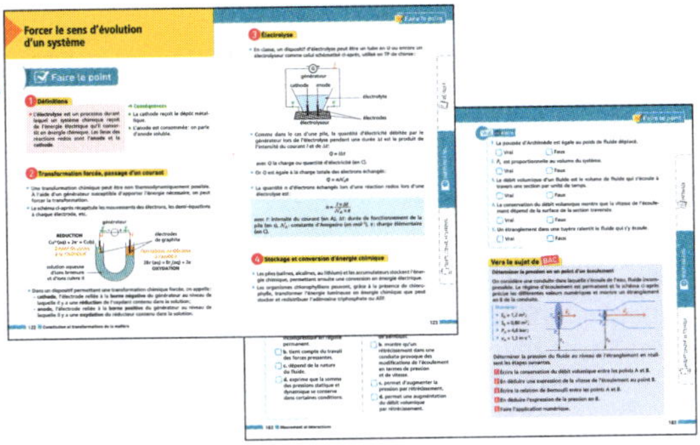

Contrôle des connaissances
avec des quiz
et exercices variés.

Sujets guidés

Sujets expliqués
avec une démarche
pas à pas.

Méthode par étapes
pour acquérir
les **bons réflexes.**

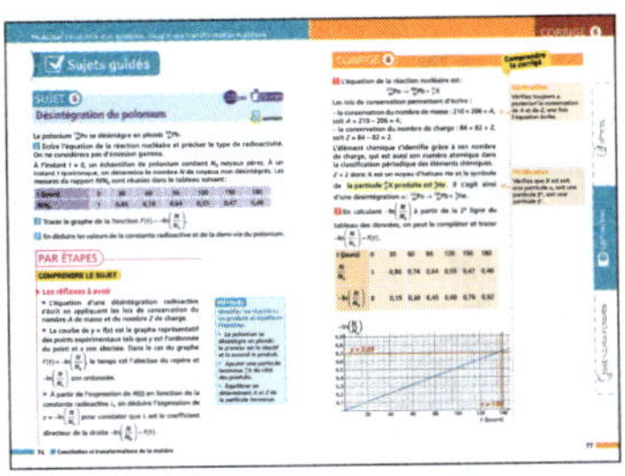

Corrigé commenté avec
les **conseils et astuces**
des **correcteurs.**

S'ENTRAÎNER POUR LE JOUR J

Des **sujets complets corrigés** conformes à l'épreuve finale.

Des sujets
avec minutage
pour mieux
se préparer.

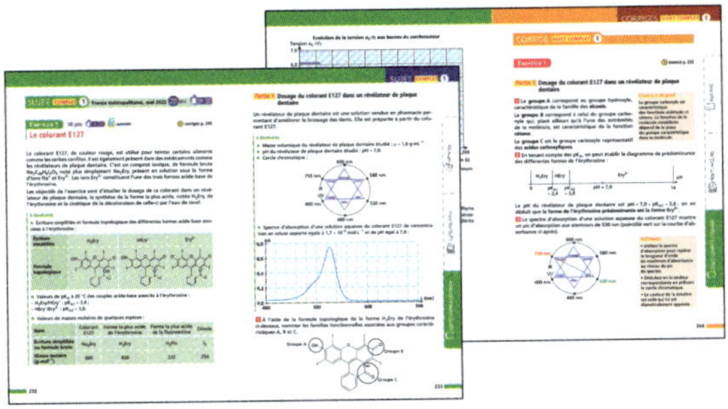

Dans les corrigés,
des astuces
pour **gagner des**
points et éviter
les pièges dans
sa copie !

Crédits photographiques

139 : Michael Taylor/Shutterstock ; **190** : photo-world/Shutterstock ; **236** : AgriTech/Shutterstock ; **238** : DR ; **240** : Pavlo Burdyak/Shutterstock ; **242** : Quality Stock Arts/Shutterstock ; **259** : HelenField/Shutterstock ; **263** : Pierre-Yves Babelon/Shutterstock ; **270** : J J Osuna Caballero/Shutterstock; **271** : DR ; **272** : National Museum of American History, Washington DC, USA ; **341** : DenisNata/Shutterstock

COMMENT FAIRE ? C'EST FACILE !

1. Téléchargez gratuitement l'application Nathan live disponible dans tous les stores (App store, Google Play).
2. Dès que vous voyez un picto, scannez la page.
3. Découvrez les ressources !

Direction éditoriale : Raphaëlle Mourey
Coordination éditoriale : Julie Langlais, Sophie Zeegers
Édition : Fanny Morquin
Conception graphique intérieur : Élise Launay
Couverture : Jean-Marc Denglos, Pierre-Yves Skrzypczak
Schémas : Coredoc
Compositeur : Desk (www.desk53.com.fr)
Fabrication : Laurence Monaï

© Nathan 2022 – 92, avenue de France, 75013 Paris – ISBN : 978-2-09-157277-2

SOMMAIRE

à revoir | réussi

Ondes et signaux

LE NOUVEAU BAC

Le contrôle continu

Le contrôle continu correspond à **40 % de la note finale**. Il est composé des **bulletins scolaires de Première et de Terminale**.

Le nouveau Bac se déroule en Première et en Terminale, il demande un travail régulier de la part des lycéens durant ces deux années.

Les bulletins scolaires

- La note des bulletins scolaires est basée sur la moyenne des **moyennes annuelles de tous les enseignements** réunies dans le livret scolaire en classe de Première et de Terminale. Elle est validée lors du dernier conseil de classe des deux années.
- **Deux enseignements optionnels maximum** seront pris en compte pour l'évaluation. Au-delà de deux options suivies, les deux meilleures moyennes seront prises en compte.

Les épreuves finales

Les épreuves finales correspondent à **60 % de la note finale** : l'épreuve de Français passée en Première représente **10 %** de cette note, et les autres matières passées en Terminale représentent **50 %**.

En Première : l'épreuve anticipée de Français

- L'épreuve écrite (coeff. 5) dure **4 heures**.
- L'épreuve orale (coeff. 5) consiste en **30 minutes de préparation et 20 minutes d'entretien**.

En Terminale : les épreuves finales

- Deux épreuves écrites correspondant aux **deux enseignements de spécialité**.
- Une épreuve écrite de **philosophie**.
- Un **grand oral**, d'une durée de **20 minutes**, qui peut se préparer dès la Première. Pour le grand oral, l'élève doit préparer deux questions portant sur une ou deux des spécialités choisies.

L'ÉPREUVE EN BREF

L'épreuve écrite de physique-chimie

Durée : 3 h 30
Notation : 20 pts
Coefficient : 4

- La partie écrite comporte trois exercices indépendants et s'appuie de manière équilibrée sur différents thèmes des programmes. Les sujets traités lors de cette épreuve portent sur des situations contextualisées, peuvent contenir des documents et inclure des questions relatives aux aspects expérimentaux de la discipline et aux capacités numériques identifiées dans les programmes.
- Le sujet précise si l'usage de la calculatrice, dans les conditions précisées par les textes en vigueur, est autorisé.

L'épreuve pratique

Durée : 1 h
Notation : 20 pts
Coefficient : 1

- L'évaluation des compétences expérimentales se déroule au cours du second trimestre, selon le calendrier fixé pour la session, et dans le cadre habituel de formation de l'élève.
- Chaque académie retient un ensemble de situations d'évaluation parmi celles publiées dans une banque nationale, puis les établissements choisissent un ensemble de ces situations d'évaluation. Le candidat tire au sort sa situation d'évaluation parmi un sous-ensemble, renouvelé par demi-journée, d'au moins deux situations d'évaluation à dominante physique et deux situations d'évaluation à dominante chimie.
- Lors de l'évaluation, deux professeurs examinateurs sont présents dans la salle. Un examinateur évalue au maximum quatre candidats, qui ne peuvent être ceux qu'il avait dans ses classes lors de l'année en cours.

L'épreuve orale de contrôle

Durée : 20 min
Préparation : 20 min

- Le candidat tire au sort un sujet comportant deux questions, portant sur deux domaines de nature différente du programme, et doit traiter les deux questions.
- En fonction du contenu du sujet tiré au sort par le candidat, l'examinateur décide si l'usage d'une calculatrice est autorisé ou interdit.
- Cette épreuve a lieu dans une salle comportant du matériel de physique-chimie, afin que des questions puissent être posées sur le matériel expérimental et son utilisation, sans que le candidat soit conduit à manipuler.

Les astuces pour réussir

Travailler régulièrement

- **Travaillez régulièrement tout au long de l'année**, et n'hésitez pas à demander de l'aide.
- Rédigez des **fiches de révision reprenant les points essentiels à connaître**. Pour cela, vous pouvez vous baser sur les **«essentiels» présentés à chaque début de cours dans cet ouvrage**.
- Prenez une heure et demie de votre temps plusieurs fois dans l'année pour **résoudre plusieurs sujets pas à pas de cet ouvrage**.
- Un mois et demi avant l'épreuve, terminez de rédiger vos fiches de révision ou relisez plusieurs fois les pages **Faire le point** de l'ouvrage.
- Entraînez-vous avec des **sujets complets** en vous chronométrant.

Le jour J étape par étape

- Prenez le temps de **lire l'intégralité du sujet** avant de vous lancer.
- Commencez par les **questions avec lesquelles vous êtes le plus à l'aise**.
- Gérez correctement votre temps: 10 min par point, soit 200 min pour l'ensemble, et il vous reste 10 min pour **relire votre copie**.
- **Analysez précisément les différents termes de chaque question** et de la consigne qui l'accompagne. Le questionnement peut être ouvert, et demander une réponse rédigée, ou prendre la forme de questionnaires à choix multiples.
- **Au brouillon:**
  - **repérez** et surlignez éventuellement **dans les documents les informations** qui sont en rapport avec la consigne;
  - **reliez les informations** du (ou des) document(s) **avec vos connaissances**;
  - **écrivez** les relations pertinentes entre les grandeurs du problème;
  - **faites** une ébauche des grandes étapes du raisonnement à tenir;
  - **posez** les calculs numériques en vérifiant le nombre de chiffres significatifs et l'unité.

Gérer son temps

Pour vous organiser efficacement, prévoyez environ:

- **10 minutes** pour lire le sujet en entier;
- **10 minutes** par point de chaque exercice (un exercice sur 5 points par exemple vous prendra 50 minutes);
- **5 minutes** pour relire l'ensemble de la copie.

BIEN MÉMORISER

Différents types de mémoire

*Je fais le test sur Nathan Live en flashant cette page. Est-ce que ma mémoire est plutôt **visuelle, auditive** ou **corporelle**?*

Connaître son type de mémoire

• Il existe différentes manières de **traiter les informations** et donc d'apprendre et de mémoriser. Selon votre **profil dominant**, vous apprendrez différemment, il faut donc adapter vos méthodes pour mémoriser et réviser.

Mettre en place les stratégies adaptées

• **Vous avez une mémoire visuelle**: vous retenez mieux ce que vous lisez, voyez et écrivez. Soignez la présentation de vos cours, en utilisant tout ce qui peut marquer votre mémoire visuellement: code couleur, schémas, mise en page, surlignage…

• **Vous avez une mémoire auditive**: vous retenez mieux ce que vous entendez, que ce soit votre professeur ou la lecture de vos cours à voix haute. Dites à l'oral ce que vous avez compris avec vos propres mots ou enregistrez-vous en train de lire votre cours. N'hésitez pas à vous poser des questions et à travailler en groupe.

• **Vous avez une mémoire corporelle**: vous retenez mieux en bougeant, vos sensations et émotions jouent un rôle important dans la mémorisation. Privilégiez les activités motrices, les jeux, l'écriture. Vous pouvez rédiger des fiches de révision, réviser en vous déplaçant, ou encore associer des informations à des gestes (renseignez-vous sur la Méthode des lieux).

Comment bien mémoriser ?

Se mettre en condition

• Le processus de mémorisation dépend de plusieurs facteurs: **l'intérêt, la motivation, le niveau de difficulté et l'état physique et émotionnel**.

S'entraîner

Être attentif, c'est avoir jeté un coup d'œil au manuel avant le cours, être ouvert aux informations, se couper des interférences parasites.

• La **mémoire de travail**, ou à court terme, nous permet de stocker pour une **durée limitée** les informations que nous recevons. Selon la qualité de **concentration** et d'**attention**, elle sera plus ou moins efficace, d'où l'importance d'avoir une écoute active en cours.

Opter pour un travail espacé dans le temps et régulier

• Notre cerveau a une capacité limitée de stockage, il est donc crucial de ne pas perdre des informations importantes, en les enregistrant dans la **mémoire à long terme**.

• La **réactivation** consiste à mobiliser son cours de manière régulière. Sans celle-ci, nous perdons une grande partie des informations le jour même où nous les avons apprises. Il faut privilégier un **apprentissage espacé dans le temps** en variant les méthodes, faire des schémas, raconter le cours à quelqu'un... Ainsi, on apprend plus vite, et pour plus longtemps.

Les méthodes à adopter

Les bonnes pratiques

• **Limiter les sources d'informations**: coupez tout ce qui n'a rien à voir avec les éléments à mémoriser (SMS, réseaux sociaux, etc.) durant vos révisions. Si vos pensées parasitent votre travail, faites des exercices pour vous relaxer ou vous recentrer.

À savoir

Soyez « mono-tâche ». Faites une relecture de votre copie en plusieurs fois et selon des filtres spécifiques, plutôt que de relire de manière globale.

• **S'approprier l'information**: plus vous transformez et personnalisez l'information, plus vous créez des connexions neuronales fortes. Mettez de la couleur, des symboles, procédez par association d'idées, transformez l'information en schéma ou en histoire.

• **Regrouper les informations**: la mémoire de travail ne pouvant accueillir que cinq à neuf informations simultanément, les rassembler par « groupes » permet de faire croire au cerveau qu'il y en a moins à traiter. Vous pouvez trier des données par catégorie, inventer des codes couleur ou des acronymes.

• **Repérer les points communs entre plusieurs tâches**: en comprenant la structure et l'enjeu d'un exercice, vous pourrez acquérir des réflexes de résolution. Vous pourrez ainsi appliquer une même méthode dans différents contextes.

Utiliser des moyens mnémotechniques

• Relier une information nouvelle à une ancienne peut s'avérer très efficace, c'est ce qu'on appelle un **indice récupérateur**.

• Une information facile à retenir vous évoque une autre information plus difficile à mémoriser: elle peut être logique, thématique, émotionnelle, ou même tout simplement surprenante – **le cerveau retient plus facilement ce qui lui semble étrange**.

TABLE DES MATIÈRES DES SUJETS TRAITÉS PAR THÈME

Chapitre	Sujets pas à pas	Sujets comme à l'examen
Mouvement et interactions		
Décrire un mouvement	Sujet 11 > p. 124	Sujet 1, ex. A > p. 238 Sujet 3, ex. 2 > p. 293 Sujet 4, ex. 1 > p. 315
Relier les actions appliquées à un système à son mouvement	Sujet 12 > p. 134 Sujet 13 > p. 139	Sujet 2, ex. 1 > p. 259 Sujet 3, ex. 2 > p. 293 Sujet 4, ex. 1 > p. 315
Modéliser l'écoulement d'un fluide	Sujet 14 > p. 150	Sujet 3, ex. 2 > p. 293
L'énergie : conversions et transferts		
Décrire un système thermodynamique : exemple du gaz parfait	Sujet 15 > p. 160	Sujet 3, ex. 2 > p. 293
Effectuer des bilans d'énergie : premier principe de la thermodynamique	Sujet 16 > p. 172 Sujet 17 > p. 176	Sujet 1, ex. B > p. 240 Sujet 4, ex. 3 > p. 321
Ondes et signaux		
Caractériser les phénomènes ondulatoires	Sujet 18 > p. 186 Sujet 19 > p. 190	Sujet 4, ex. 1 > p. 315 Sujet 5, ex. 2 > p. 337
Former des images	Sujet 20 > p. 200	Sujet 2, ex. 1 > p. 259 Sujet 6, ex. 2 > p. 359
Décrire la lumière par un flux de photons	Sujet 21 > p. 210	Sujet 3, ex. 3 > p. 297 Sujet 4, ex. 1 > p. 315 Sujet 5, ex. 2 > p. 337
Étudier la dynamique d'un système électrique	Sujet 22 > p. 221	Sujet 1, ex. C > p. 242 Sujet 5, ex. 1 > p. 334
Incertitude de mesure		Sujet 4, ex. 3 > p. 321

Méthode pour le **BAC**

Méthode

1 Comment aborder l'épreuve écrite ?

Comprendre le type de sujet

Il est fort probable que dans les trois exercices au moins, l'un d'eux comporte une analyse et/ou une synthèse de documents ou une résolution de problème.

▶ L'analyse de documents

- Lisez attentivement les différents documents.
- Pour chacun d'eux, extrayez les informations qui vous paraissent pertinentes.
- Hiérarchisez ces informations en distinguant nettement celles qui sont importantes de celles qui sont moins significatives.

▶ La synthèse de documents

- En général, la synthèse suit l'analyse.
- Le but est de synthétiser en un nombre restreint de lignes les informations extraites des documents lors de l'analyse.
- Cette synthèse doit en particulier faire ressortir les principaux points donnés dans les différents documents proposés.

▶ La résolution de problème

- Lisez attentivement les différents documents.
- L'objectif est de répondre à la problématique posée en utilisant ses connaissances et les documents proposés. Un raisonnement en plusieurs étapes est attendu.
- Vous devez être capable de montrer votre aptitude à résoudre un problème posé en prenant des initiatives.
- N'hésitez pas à proposer des pistes, toute initiative est valorisée !

Comprendre l'énoncé du sujet

Les mêmes verbes d'action se retrouvent souvent dans les énoncés des exercices. Les définir précisément est important pour comprendre ce qui est demandé.

Verbe d'action	Définition et conseil de rédaction de la réponse
Calculer	Donner les résultats numériques avec leur unité en mettant en évidence les différentes étapes du calcul.
Comparer	Mettre en relation plusieurs objets: – de façon qualitative: identifier les points communs et les différences; – de façon quantitative: calculer un rapport entre deux grandeurs et en interpréter le résultat.
Déduire	Utiliser les informations ou réponses précédentes pour répondre à la question.
Définir	Restituer des connaissances en utilisant un vocabulaire scientifique.
Estimer	Calculer ou mesurer un ordre de grandeur ou une valeur approchée du résultat.
Évaluer	Calculer ou mesurer une valeur numérique.
Exploiter	Mobiliser des connaissances pour tirer des informations d'un ensemble de données (graphiques, valeurs, équations chimiques, relations mathématiques, textes, etc.).
Exprimer	Donner l'expression littérale, scalaire ou vectorielle, d'une grandeur.
Identifier	Mobiliser des connaissances, utiliser des données ou effectuer des calculs pour extraire des informations.
Justifier, montrer, vérifier	Mettre en œuvre un raisonnement sans se contenter de décrire, pour expliquer pourquoi la proposition énoncée est vraie.
Modéliser	Proposer un modèle (sous forme d'une relation mathématique, d'un schéma, d'une équation de réaction, etc.) permettant d'analyser des phénomènes réels et de prévoir des résultats à partir de l'application d'une théorie à un niveau d'approximation donné.
Schématiser	Représenter de façon claire et lisible une situation en suivant les codes associés (schémas légendés ou symboles normalisés en électricité par exemple).

Méthode

2 Comment aborder l'épreuve pratique (ECE) ?

Connaître l'épreuve pratique

Cette épreuve d'évaluation des compétences expérimentales (ECE) est souvent appelée « épreuve pratique ».

- **Durée** : 1 heure.
- **Lieu** : votre lycée.
- **Date** : au cours du second trimestre, selon le calendrier fixé pour la session.

▶ Choix du sujet

- **Vous tirez au sort** le sujet de l'épreuve.
- L'épreuve peut porter soit sur la physique, soit sur la chimie. Les candidats ayant choisi la spécialité physique-chimie peuvent avoir un sujet se rapportant soit à l'enseignement de tronc commun, soit au programme de la spécialité.
- **Certains sujets comportent l'utilisation de matériels spécifiques à l'établissement** : logiciels informatiques, oscilloscopes à mémoire, pH-mètres, conductimètres... Si nécessaire, une fiche explicative est fournie avec ce matériel.

▶ Que trouverez-vous sur votre poste de travail ?

- **Le matériel nécessaire** à la manipulation proposée.
- **Une fiche destinée au candidat.**

▶ Qu'indique la fiche destinée au candidat ?

- Cette fiche indique :
  - **le but** de la manipulation ;
  - **les tâches à effectuer** ;
  - **les résultats** qu'il faudra reporter dessus ;
  - **les moments-clés** de la manipulation où vous devez appeler l'examinateur pour faire vérifier votre travail ;
  - **la durée conseillée** pour chaque partie du travail.
- Les réponses à apporter sont à noter directement sur les lignes en pointillé prévues à cet effet.

▶ Évaluation de cette épreuve

• Compétences

Deux compétences au moins parmi les cinq du tableau ci-après sont évaluées.

Compétences	Exemples de capacités et d'attitudes
S'approprier	• Rechercher, extraire et organiser l'information en lien avec une situation
Analyser	• Énoncer une problématique • Définir des objectifs • Formuler une hypothèse • Proposer une stratégie pour répondre à la problématique • Proposer une modélisation • Choisir, concevoir ou justifier un protocole/dispositif expérimental • Évaluer l'ordre de grandeur d'un phénomène et de ses variations
Réaliser	• Évoluer avec aisance dans l'environnement du laboratoire • Suivre un protocole • Respecter les règles de sécurité • Utiliser le matériel (dont l'outil informatique) de manière adaptée • Organiser son poste de travail • Effectuer des mesures avec précision • Reporter un point sur une courbe ou dans un tableau • Effectuer un calcul simple
Valider	• Exploiter et interpréter des observations, des mesures • Utiliser les symboles et unités adéquats • Vérifier les résultats obtenus • Valider ou infirmer une information, une hypothèse, une propriété, une loi... • Analyser des résultats de façon critique • Proposer des améliorations de la démarche ou du modèle • Utiliser du vocabulaire de la métrologie
Communiquer	• Utiliser les notions et le vocabulaire scientifique adaptés • Présenter, formuler une proposition, une argumentation, une synthèse ou une conclusion de manière cohérente, complète et compréhensible

Enfin, on évalue votre capacité à être autonome et à faire preuve d'initiative.

Niveau de chaque compétence évaluée

Pour chaque compétence évaluée, vous serez noté suivant quatre niveaux : A, B, C et D (A étant le meilleur et D le plus faible).

- **Niveau A** : le candidat a réalisé l'ensemble du travail demandé de manière satisfaisante selon les critères précisés dans le sujet ou avec une ou deux interventions de l'examinateur, concernant des difficultés identifiées et explicitées par le candidat et auxquelles il apporte une réponse quasiment de lui-même.
- **Niveau B** : le candidat a réalisé l'ensemble du travail demandé de manière satisfaisante selon les critères précisés dans le sujet, mais avec quelques interventions de l'examinateur concernant des difficultés ou erreurs non identifiées par le candidat mais résolues par celui-ci :
  – après avoir réfléchi suite à un questionnement ouvert mené par l'examinateur ;
  – ou par l'apport d'une solution partielle dans le cas d'une compétence affectée d'un fort coefficient.
- **Niveau C** : le candidat reste bloqué dans l'avancement de la tâche demandée, malgré les questions posées par l'examinateur. Des éléments de solutions lui sont apportés, ce qui lui permet de poursuivre la tâche.
- **Niveau D** : le candidat a été incapable de réaliser la tâche demandée malgré les éléments de réponses apportés par l'examinateur. Cette situation conduit l'examinateur à fournir une solution complète de la tâche : par exemple un protocole à réaliser ou des valeurs à exploiter pour permettre l'évaluation des autres compétences du sujet.

Conseils pour le jour J

L'organisation du temps

- **Prenez bien le temps de lire en détail la fiche qui vous est destinée.** Ne confondez surtout pas vitesse et précipitation ! La durée de cette épreuve étant relativement courte, une erreur de manipulation due à une lecture trop rapide de l'énoncé peut ne pas être rattrapable.
- Pensez à appeler l'examinateur chaque fois que l'énoncé l'exige et à noter les résultats **au fur et à mesure** de la manipulation. Trop souvent, des candidats pris par le temps oublient d'écrire leurs résultats et perdent les points qui leur sont attribués.

Observer les règles de sécurité

- En particulier en chimie, venez avec une **blouse** blanche en coton.
- N'oubliez pas de mettre des **lunettes de protection** (fournies par le lycée), surtout si l'énoncé l'exige !

Manipuler soigneusement

Évitez toute précipitation : une attitude calme et mesurée est appréciée.

Soin et propreté

- En fin de manipulation, **rangez** le plan de travail et **nettoyez** la verrerie utilisée.
- Pour éviter de tacher la fiche qui vous est destinée pendant la manipulation, rangez-la dans une chemise plastique ouverte sur les deux côtés : elle sera facile d'accès et protégée d'éventuelles souillures.

Sujets pas à pas

THÈME 1 - CONSTITUTION ET TRANSFORMATIONS DE LA MATIÈRE

THÈME 2 - MOUVEMENT ET INTERACTIONS

THÈME 3 - L'ÉNERGIE : CONVERSIONS ET TRANSFERTS

THÈME 4 - ONDES ET SIGNAUX

Modéliser des transformations acide-base par des transferts d'ion hydrogène

Faire le point

1 Définitions

- Au sens de Brönsted :
  – un **acide** est une espèce chimique capable de céder un ion hydrogène H^+ ;
  – une **base** est une espèce chimique capable d'accepter un ion hydrogène H^+.
- Un **couple acide-base**, noté Acide/Base ou AH/A^-, est l'ensemble des deux espèces acide et basique au sens de Brönsted.
- Si une espèce chimique est à la fois l'acide d'un couple et la base d'un autre couple, on dit qu'elle est **un ampholyte** ou que c'est **une espèce amphotère**.

→ Conséquences

- Un ion hydrogène est un atome d'hydrogène qui a perdu son électron : il ne reste donc que son noyau composé d'un proton. H^+ est l'équivalent d'un proton.
- L'eau est une espèce amphotère.
  H_2O est un acide : en cédant un H^+, il devient l'ion hydroxyde HO^-, sa base conjuguée.
  H_2O est une base : en acceptant un H^+, elle devient l'ion oxonium H_3O^+, son acide conjugué.

2 Demi-équations acido-basiques

- Les espèces acide et basique d'un même couple acido-basique Acide/Base, ou AH/A^-, interviennent dans la demi-équation suivante :

$$\text{Acide} = \text{Base} + H^+$$

ou encore

$$AH = A^- + H^+$$

- On appelle demi-équation, l'écriture symbolique d'acceptation d'un proton par une base ou de cession d'un proton par un acide. Cette écriture n'est pas le reflet de ce qui se passe dans la réalité, car en solution, les protons n'existent pas à l'état libre.

3 Réaction acide-base, équation bilan

- Une réaction acide-base, appelée aussi réaction acido-basique, fait intervenir deux couples acide-base :

$$\text{Acide 1} = \text{Base 1} + H^+$$
$$\text{Base 2} + H^+ = \text{Acide 2}$$
$$\textbf{Acide 1 + Base 2} \rightarrow \textbf{Acide 2 + Base 1}$$

→ Conséquences

- Un acide ne peut réagir qu'avec une base, et réciproquement.
- Les demi-équations montrent le transfert d'un proton ou ion hydrogène de l'Acide 1 vers la Base 2, ce qui n'est pas explicité dans l'équation bilan.
- Dans la plupart des cas, les réactions acido-basiques se font dans les deux sens. La réaction n'est pas totale, on parle alors d'équilibre que l'on note :

$$\textbf{Acide 1 + Base 2} \rightleftharpoons \textbf{Acide 2 + Base 1}$$

4 Exemples de couples acido-basiques à connaître

- L'eau est un ampholyte appartenant à deux couples : $H_2O(l)/HO^-(aq)$ et $H_3O^+(aq)/H_2O(l)$.
- L'ion bicarbonate HCO_3^- est aussi un ampholyte, à la fois la base du couple H_2CO_3/HCO_3^- et l'acide du couple HCO_3^-/CO_3^{2-}.
- La base conjuguée d'un acide carboxylique R-COOH est un ion carboxylate R-COO⁻. Le couple acido-basique s'écrit donc R-COOH/R-COO⁻ et on a comme demi-équation :

$$R\text{-}COOH = R\text{-}COO^- + H^+$$

- Une amine est un composé contenant un atome d'azote N ; le plus petit est l'ammoniac NH_3. L'amine est une base dont l'acide conjugué, appelé ion ammonium substitué, a accepté un ion H^+ ou proton.

  Les couples sont par exemple : NH_4^+/NH_3 ion ammonium/ammoniac ; $R\text{-}NH_3^+/R\text{-}NH_2$; $R\text{-}NH_2^+\text{-}R'/R\text{-}NH\text{-}R'$ et $R\text{-}\underset{R''}{\underset{|}{N}}H^+\text{-}R'/R\text{-}\underset{R''}{\underset{|}{N}}\text{-}R'$.

Contrôler ses connaissances

corrigés p. 32

Questions flash

1. Montrer que l'ion oxonium est l'acide conjugué de l'eau.
2. La glycine $H_2N\text{-}COOH$ est une espèce amphotère. Expliciter les deux couples dans lesquels elle entre en jeu.
3. Donner la demi-équation correspondant au couple acide butanoïque/ion butanoate.
4. Montrer que la réaction $NH_4^+ + HO^- \rightarrow H_2O + NH_3$ est acido-basique.
5. Écrire l'équation de la réaction entre l'eau et l'ion éthanoate.
6. À partir des deux couples de l'eau, écrire l'équation de dissociation de l'eau, c'est-à-dire la réaction de l'eau sur l'eau.
7. Montrer que l'ion hydrogénocarbonate HCO_3^- est un ampholyte.

QCM *Cocher la (ou les) bonne(s) réponse(s).*

1. Concernant les couples de l'eau :

- ☐ **a.** l'eau est l'acide conjugué de l'ion hydroxyde.
- ☐ **b.** un des couples est H_2O/H_3O^+.
- ☐ **c.** l'eau est l'acide d'un couple et la base d'un autre : c'est un ampholyte.

2. Les couples suivants sont des couples acido-basiques :

- ☐ **a.** CH_3COO^-/CH_3COOH.
- ☐ **b.** HCO_3^-/CO_3^{2-}.
- ☐ **c.** $(CO_2,H_2O)/H_2CO_3$.
- ☐ **d.** CH_3COOH/CH_3CHO.

3. La méthylamine a pour formule semi-développée $CH_3\text{-}NH_2$.

- ☐ **a.** C'est une base de Brönsted.
- ☐ **b.** Le couple acido-basique est $CH_3\text{-}NH_2/CH_3\text{-}NH_3^+$.
- ☐ **c.** La méthylamine est amphotère.

4. A_1H/A_1^- et A_2H/A_2^- sont deux couples acido-basiques :

- ☐ **a.** A_1H et A_2H peuvent réagir pour former leurs bases conjuguées.
- ☐ **b.** A_1H et A_2^- peuvent réagir pour former A_1^- et A_2H.
- ☐ **c.** A_2H et A_1^- peuvent réagir pour former A_2^- et A_1H.

5. Les équations suivantes sont celles de réactions acido-basiques :

- ☐ **a.** $Ag^+ + Cl^- = AgCl$.
- ☐ **b.** $2H_2O = HO^- + H_3O^+$.
- ☐ **c.** $CH_3COOH + H_2O = CH_3COO^- + H_3O^+$.

6. Les molécules suivantes sont amphotères :

- ☐ **a.** H_2O.
- ☐ **b.** $HOOC\text{-}CH_2\text{-}NH_2$.
- ☐ **c.** HCO_3^-.

Vrai ou Faux

1. Un acide de Brönsted est une espèce capable de capter un ion H^+.
   ☐ Vrai ☐ Faux

2. Si un acide est neutre, alors sa base conjuguée est un anion.
   ☐ Vrai ☐ Faux

3. Un ion hydrogène est un proton.
   ☐ Vrai ☐ Faux

4. Dans une réaction acido-basique, un acide réagit avec une base, et inversement.
   ☐ Vrai ☐ Faux

5. Une espèce amphotère a à la fois un caractère acide et un caractère basique au sens de Brönsted.
   ☐ Vrai ☐ Faux

Vers le sujet de BAC

Identifier un transfert d'ion hydrogène ainsi que les couples acide-base mis en jeu et établir l'équation d'une réaction acide-base

L'ammonitrate est un engrais azoté solide qui contient du nitrate d'ammonium ($NH_4NO_3(s)$). Il est très soluble dans l'eau :

$$NH_4NO_3(s) = NH_4^+(aq) + NO_3^-(aq)$$

On fait réagir l'engrais avec de la soude ($Na^+(aq) + HO^-(aq)$).

Montrer qu'il s'agit bien d'une réaction acido-basique en réalisant les étapes suivantes :

1 Dans la solution d'hydroxyde de sodium, repérer l'ion connu qui peut accepter ou céder un ion hydrogène. En déduire si cet ion est un acide ou une base au sens de Brönsted. Établir sa demi-équation acido-basique afin d'en déduire le couple associé.

2 Un acide ne réagissant qu'avec une base, identifier l'ion contenu dans l'engrais qui est susceptible d'être le second réactif. Écrire la seconde demi-équation acido-basique et en déduire le couple associé.

3 Par addition membre à membre des demi-équations, expliciter l'équation bilan de cette réaction.

4 Montrer qu'il s'agit d'une réaction acido-basique revient à montrer un transfert d'un ion hydrogène. Revenir aux demi-équations pour cela.

Sujets guidés

SUJET 1 — L'acide lactique

2,5 pts — 25 min — Calculatrice autorisée

DOC. 1 Le lait est un produit biologique fragile

L'homme a su exploiter la tendance qu'ont les composants du lait à se séparer afin de le conserver. Pour faire du beurre, on recueille la matière grasse, mais pour obtenir du fromage ou du yaourt, on attend que les protéines du lait coagulent. L'acide lactique est l'un des composants essentiels du lait.

DOC. 2 Acidité du lait

Un lait frais n'est que très légèrement acide, mais cette acidité peut se développer assez vite pour des raisons diverses :

- le lactose, présent en quantité notable (50 $g \cdot L^{-1}$ environ), se transforme en acide lactique sous l'action des bactéries ;
- d'autres acides tels que l'acide oléique se forment à partir des corps gras présents dans le lait ;
- le dioxyde de carbone dissous contribue également à l'acidité d'un lait.

L'industrie laitière vérifie l'état de conservation d'un lait en mesurant son acidité totale en « équivalent d'acide lactique » exprimée en degrés Dornic (°D). Un lait frais doit avoir, selon les normes en vigueur, une acidité inférieure à 18 °D. Un degré Dornic noté 1 °D correspond à 0,1 g d'acide lactique par litre de lait.

1 À quelle fonction doit-on le caractère acide de l'acide lactique ?

2 L'ion lactate est la base conjuguée de l'acide lactique. Déterminer sa formule semi-développée.

On fait réagir l'acide lactique avec des ions hydroxyde pour le transformer en ion lactate.

3 Quels sont les couples acido-basiques mis en jeu ? Écrire l'équation bilan de cette réaction.

La concentration molaire en acide lactique d'un lait est de $1,5 \times 10^{-2}$ $mol \cdot L^{-1}$.

4 Déterminer la masse d'acide lactique par litre de lait. En déduire si le lait est frais selon la norme en vigueur.

> **Données**

- Formule semi-développée de l'acide lactique : 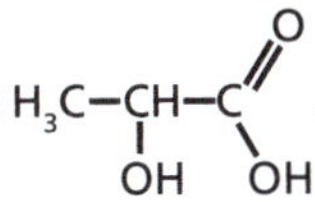 .
- Masses molaires atomiques :
  $M_H = 1{,}0\ g \cdot mol^{-1}$; $M_C = 12{,}0\ g \cdot mol^{-1}$; $M_O = 16{,}0\ g \cdot mol^{-1}$.

PAR ÉTAPES

COMPRENDRE LE SUJET

Les réflexes à avoir

- Le caractère acide d'une espèce chimique se détermine par sa capacité à céder des ions H^+. Le groupement carboxyle –COOH des acides carboxyliques montre le caractère acide de ces espèces.
- Les couples acido-basiques s'écrivent toujours en commençant par l'acide pour finir par la base conjuguée, l'acide étant obtenu par addition de H^+ sur la base.
- Les demi-équations s'écrivent dans le sens des réactifs vers les produits, ce qui n'est pas forcément de l'acide vers la base.
- La masse molaire moléculaire se détermine à partir de la formule brute d'une molécule. Il faut donc écrire la formule brute correspondant à la formule semi-développée proposée.

Méthode

Écrire l'équation bilan

- Identifier les acides de Brönsted par leur capacité à céder des ions H^+.
- Écrire les deux demi-équations en commençant par l'acide réactif pour l'une et la base qui réagit pour l'autre.
- Écrire l'équation bilan par addition membre à membre en vérifiant que les protons se simplifient.

Les expressions mathématiques à connaître

- La masse molaire moléculaire est la somme des masses molaires atomiques. Pour l'acide lactique $C_3H_6O_3$, $M = 3M_C + 6M_H + 3M_O$.
- La concentration massique c_m (en $g \cdot L^{-1}$) est proportionnelle à la concentration molaire c (en $mol \cdot L^{-1}$) : $c_m = cM$ avec M la masse molaire du soluté (en $g \cdot mol^{-1}$).

Méthode

Identifier les formules permettant de calculer les valeurs numériques

- Noter les grandeurs connues et celles recherchées.
- Écrire autant de relations mathématiques que de grandeurs inconnues.

Les connaissances à avoir

- Les couples de l'eau sont à connaître : H_2O/HO^- dans lequel l'eau est acide de Brönsted et H_3O^+/H_2O dans lequel l'eau est base de Brönsted.

ORGANISER SES RÉPONSES

La réaction en jeu

- S'organiser avec méthode :
– écrire les couples acido-basiques ;
– souligner les réactifs en jeu ;
– écrire les demi-équations en partant de l'acide pour l'un et de la base pour l'autre ;
– vérifier que H^+ est toujours du côté de la base ;
– additionner membre à membre les réactifs et les produits ;
– simplifier les ions hydrogène ;
– terminer par une flèche entre réactifs et produits.

Conseil

Réaliser toutes les étapes de la méthode proposée pour l'écriture de l'équation bilan. Ces différentes étapes ne seront pas forcément demandées, mais elles permettront de valider l'équation obtenue.

Les calculs à effectuer

- La masse de soluté dans un litre de lait correspond à sa concentration massique c_m. Cette dernière peut se calculer à partir de la concentration molaire c donnée dans l'énoncé et de la masse molaire moléculaire M de l'acide lactique.
- M doit donc être préalablement calculée à partir de la formule brute de la molécule et des masses molaires atomiques des ions qui la constituent.
- La formule brute s'obtient en comptant les atomes de carbone, d'hydrogène et d'oxygène de la formule semi-développée de l'acide lactique.

Au brouillon

- Partir de la grandeur à calculer, faire le choix des expressions mathématiques en fonction des données de l'énoncé.
- Reprendre le raisonnement en sens inverse, pour finalement arriver à la valeur numérique de la grandeur recherchée.

CORRIGÉ 1

Comprendre le corrigé

1 Le caractère acide de l'acide lactique est dû à la fonction –COOH caractéristique des acides carboxyliques.

2 Si on représente l'acide lactique sous la forme R-COOH, alors sa base conjuguée correspond à l'espèce ayant perdu un ion hydrogène par rapport à l'acide, soit R-COO⁻. En remplaçant R par CH_3-CHOH, on obtient la formule semi-développée de l'ion lactate :

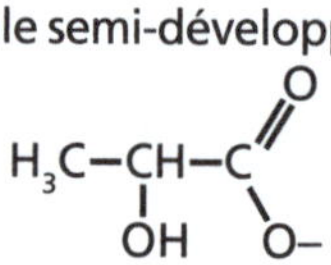

Vérification

La demi-équation est bien : R-COOH = R-COO⁻ + H^+ donc la base conjuguée de R-COOH est l'ion R-COO⁻.

3 Les couples mis en jeu sont R-COOH/R-COO$^-$ avec R remplaçant CH_3-CHOH pour le couple acide lactique/ion lactate et H_2O/OH^- pour le couple eau/ion hydroxyde.

Les demi-équations sont :

$$\text{R-COOH} = \text{R-COO}^- + H^+$$

et

$$OH^- + H^+ = H_2O$$

Par addition membre à membre et en éliminant l'ion H^+ de part et d'autre de l'équation, on obtient :

$$\text{R-COOH} + OH^- = \text{R-COO}^- + H_2O$$

soit :

$$CH_3\text{-CHOH-COOH} + OH^- = CH_3\text{-CHOH-COO}^- + H_2O$$

4 La formule brute de l'acide lactique s'obtient à partir de sa formule semi-développée, soit $C_3H_6O_3$.

On en déduit sa masse molaire :

$$M = 3M_C + 6M_H + 3M_O$$

$M = 3 \times 12{,}0 + 6 \times 1{,}0 + 3 \times 16{,}0 = 90{,}0 \text{ g·mol}^{-1}$.

La concentration massique en acide lactique s'écrit :

$$c_m = cM$$

avec c sa concentration molaire et M sa masse molaire.

Soit $c_m = 1{,}5 \times 10^{-2} \times 90{,}0 = 1{,}4 \text{ g·L}^{-1}$, c'est-à-dire une masse de 1,4 g par litre de lait en ne gardant que 2 chiffres significatifs.

Un degré Dornic noté 1 °D correspond à 0,1 g d'acide lactique par litre de lait, donc 1,4 g par litre correspond à 14 °D. Cette acidité est inférieure à la norme de 18 °D (doc. 2), donc on peut en conclure que le lait est frais.

Réponse calculatoire

- Pensez à structurer votre raisonnement : détermination de la formule brute, de la masse molaire, puis de la concentration massique.
- Proposez une expression littérale avant toute application numérique.
- Vérifiez que les unités sont correctes et que le résultat est donné avec une précision adaptée (chiffres significatifs).

CORRIGÉS Contrôler ses connaissances

p. 26 **Questions flash**

1. L'eau, de formule H_2O, est capable de capter un proton H^+. L'ion obtenu est donc un acide au sens de Brönsted.

La demi-équation est : $H_2O + H^+ = H_3O^+$. On identifie bien l'ion oxonium H_3O^+ comme acide conjugué de l'eau. Le couple est alors noté H_3O^+/H_2O.

2. La glycine $H_2N\text{-}COOH$ est une espèce amphotère : elle peut capter un ion hydrogène pour former l'acide conjugué $^+H_3N\text{-}COOH$ et céder un ion hydrogène pour former la base $H_2N\text{-}COO^-$.

Les deux couples de la glycine constitués sont :

$$^+H_3N\text{-}COOH/H_2N\text{-}COOH \quad \text{et} \quad H_2N\text{-}COOH/H_2N\text{-}COO^-$$

3. La demi-équation d'un couple AH/A^- est : $AH = A^- + H^+$.

Dans le cas du couple acide butanoïque/ion butanoate $CH_3\text{-}CH_2\text{-}CH_2\text{-}COOH/CH_3\text{-}CH_2\text{-}CH_2\text{-}COO^-$, la demi-équation est donc :

$$CH_3\text{-}CH_2\text{-}CH_2\text{-}COOH = CH_3\text{-}CH_2\text{-}CH_2\text{-}COO^- + H^+$$

4. Une réaction est acido-basique lorsqu'il y a échange de proton H^+ entre les deux réactifs.

Dans le cas de l'équation proposée $NH_4^+ + HO^- \rightarrow H_2O + NH_3$, elle est la somme membre à membre des deux demi-équations suivantes :

$$NH_4^+ = NH_3 + H^+ \quad \text{et} \quad HO^- + H^+ = H_2O$$

La première demi-équation montre bien qu'un proton H^+ est cédé par l'ion ammonium NH_4^+ et la seconde montre que le proton est accepté par l'ion hydroxyde HO^-. Il y a bien transfert de proton d'un réactif à l'autre.

Il s'agit d'une réaction acido-basique.

5. L'ion éthanoate $CH_3\text{-}COO^-$ est la base du couple $CH_3\text{-}COOH/CH_3\text{-}COO^-$. Il réagit donc avec l'eau en tant qu'acide. Le couple de l'eau entrant en jeu ici est donc H_2O/HO^-. Les demi-équations sont :

$$CH_3\text{-}COO^- + H^+ = CH_3\text{-}COOH \quad \text{et} \quad H_2O = HO^- + H^+$$

Par addition membre à membre et élimination du proton échangé, on obtient l'équation de la réaction entre l'eau et l'ion éthanoate :

$$CH_3\text{-}COO^- + H_2O \rightarrow HO^- + CH_3\text{-}COOH$$

6. Les deux couples de l'eau sont H_2O/HO^- dans lequel l'eau est un acide et H_3O^+/H_2O dans lequel l'eau est une base. L'eau (base) réagit avec l'eau (acide). Les deux demi-équations sont :

$$H_2O = HO^- + H^+ \quad \text{et} \quad H_2O + H^+ = H_3O^+$$

Par addition membre à membre et élimination du proton échangé, on obtient l'équation de la réaction de dissociation de l'eau :

$$2H_2O = HO^- + H_3O^+$$

7. Un ampholyte est à la fois un acide et une base. Au sens de Brönsted, un ampholyte peut à la fois céder et accepter un proton H^+. C'est effectivement le cas de l'ion hydrogénocarbonate HCO_3^- :

$$HCO_3^- + H^+ = H_2CO_3 \quad \text{et} \quad HCO_3^- = CO_3^{2-} + H^+$$

QCM

1. **a)** et **c)** L'eau est bien l'acide conjugué de l'ion hydroxyde, car le couple de l'eau concerné est H_2O/HO^- et l'eau cède bien un ion hydrogène : $H_2O = HO^- + H^+$.

Un ampholyte ou une espèce amphotère est une espèce capable de céder un ion hydrogène (caractère acide) et d'accepter un proton (caractère basique).

En revanche, la réponse **b)** est incorrecte, car le couple acido-basique est écrit dans le sens contraire de l'écriture normalisée. Il s'agit du couple H_3O^+/H_2O.

2. **b)** Toutes les réponses sont fausses à l'exception du couple HCO_3^-/CO_3^{2-} de demi-équation $HCO_3^- = CO_3^{2-} + H^+$.

Le couple **a)** est écrit dans le mauvais sens.

H_2CO_3 et (CO_2,H_2O) correspondent à l'acide carbonique et à son écriture lors de la dissolution dans l'eau produisant du dioxyde de carbone :

$$CO_2(aq) + H_2O(l) = H_2CO_3(aq)$$

Le couple **d)** correspond à deux molécules neutres.

3. **a)** La méthylamine est une base de Brönsted, elle peut accepter un H^+. La demi-équation correspondante est : $CH_3\text{-}NH_2 + H^+ = CH_3\text{-}NH_3^+$.

Le couple doit être écrit dans le sens acide/base, soit $CH_3\text{-}NH_3^+/CH_3\text{-}NH_2$.

La méthylamine n'est pas un ampholyte.

4. **b)** et **c)** Un acide ne peut réagir que sur une base et inversement.

5. **b)** et **c)** L'équation $Ag^+ + Cl^- = AgCl$ est celle d'une réaction de précipitation entre les ions argent et les ions chlorure (un solide de chlorure d'argent se produit dans une solution aqueuse).

L'équation $2H_2O = HO^- + H_3O^+$ est celle de l'autoprotolyse de l'eau, c'est-à-dire la réaction de l'eau en tant que base sur l'eau en tant qu'acide. Les couples acido-basiques en jeu sont les couples de l'eau : H_3O+/H_2O et H_2O/HO^-. La réaction est bien acido-basique car il s'agit de la réaction entre un acide d'un couple et la base d'un autre couple. On peut aussi interpréter une réaction acido-basique comme un échange de protons entre un acide et une base comme le montre les demi-équations :

$$H_2O + H^+ = H_3O^+ \quad \text{et} \quad H_2O = HO^- + H^+$$

L'équation $CH_3\text{-}COOH + H_2O = CH_3\text{-}COO^- + H_3O^+$ peut être décomposée en deux demi-équations :

$$H_2O + H^+ = H_3O^+ \quad \text{et} \quad CH_3\text{-}COOH = CH_3\text{-}COO^- + H^+$$

Il y a bien un échange d'un ion hydrogène entre les deux réactifs.

6. **a)**, **b)** et **c)** Toutes les réponses sont correctes.

L'eau H_2O est un ampholyte. D'une part, H_2O est une base qui peut accepter un ion H^+ et devenir l'ion oxonium H_3O^+. Le couple correspondant est

H_3O^+/H_2O. D'autre part, H_2O est un acide qui peut céder un ion H^+ et devenir l'ion hydroxyde HO^-. Le couple correspondant est H_2O/HO^-.

HOOC-CH_2-NH_2 est amphotère car acide du couple HOOC-CH_2-NH_2/OOC-CH_2-NH_2 et base du couple HOOC-CH_2-NH_3^+/HOOC-CH_2-NH_2.

De la même manière, on montre que HCO_3^- peut accepter un ion H^+ et devenir H_2CO_3 mais aussi céder un ion H^+ et devenir CO_3^{2-}. Les couples sont ainsi : H_2CO_3/HCO_3^- et HCO_3^-/CO_3^{2-}.

Vrai ou Faux

1. **Faux.** Un acide de Brönsted est une espèce capable de céder et non de capter un ion hydrogène.

2. **Vrai.** Si un acide est une molécule neutre de type AH, alors sa base conjuguée est un anion A^- ayant perdu un ion hydrogène H^+.

3. **Vrai.** Un atome d'hydrogène possède un proton et un électron. L'ion H^+ a perdu son électron et devient un unique proton.

4. **Vrai.** Dans une réaction acido-basique, un acide réagit avec une base (l'acide cède un ion hydrogène à la base qui l'accepte) ou inversement, une base réagit avec un acide (la base accepte un ion hydrogène donné par un acide).

5. **Vrai.** Une espèce amphotère est à la fois capable de céder un ion hydrogène (caractère acide) et d'en accepter un (caractère basique).

Vers le sujet de Bac

1 Dans la solution d'hydroxyde de sodium ($Na^+(aq) + HO^-(aq)$), l'ion hydroxyde HO^-, négatif, est susceptible de capter un ion hydrogène pour produire de l'eau. Si cet ion est capable d'accepter un ion hydrogène H^+, c'est qu'il s'agit bien d'une base au sens de Brönsted. La demi-équation correspondante est alors :

$$HO^- + H^+ = H_2O$$

2 Un acide ne réagissant qu'avec une base, et inversement, si l'ion hydroxyde HO^- est une base, alors il réagit avec un ion acide présent dans l'engrais. Seul l'ion ammonium NH_4^+ est un acide de Brönsted, c'est-à-dire capable de céder un ion H^+. La reaction est donc celle des ions hydroxyde HO^- avec les ions ammonium NH_4^+. La seconde demi-équation acido-basique est :

$$NH_4^+ = NH_3 + H^+$$

Le couple associé est ainsi celui de l'ion ammonium et de l'ammoniac : NH_4^+/NH_3.

3 L'équation bilan de la réaction s'obtient par deux méthodes possibles :

Méthode 1 (la plus couramment utilisée)

Par addition membre à membre des deux demi-équations, on obtient :

$$\begin{array}{r} HO^- + H^+ = H_2O \\ NH_4^+ = NH_3 + H^+ \\ \hline HO^- + H^+ + NH_4^+ \rightarrow H_2O + NH_3 + H^+ \end{array}$$

Par addition membre à membre, vous devez toujours avoir autant d'ions hydrogène du côté des réactifs que du côté des produits. En simplifiant par un ion hydrogène de part et d'autre de l'équation bilan, on obtient finalement :

$$HO^- + NH_4^+ \rightarrow H_2O + NH_3$$

L'ordre d'écriture des réactifs ou celui des produits n'a aucune importance.

Méthode 2 : Règle du gamma

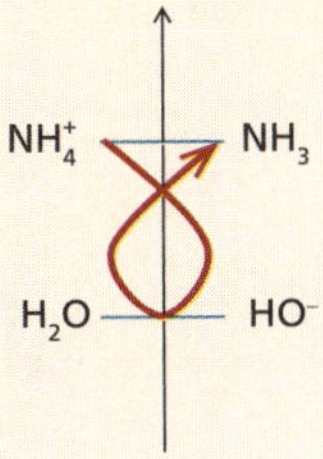

En utilisant les couples acido-basiques mis en jeu, on peut directement établir l'équation de la réaction. Il suffit de former un « gamma » entre l'acide d'un couple et l'acide de l'autre couple et en passant par les deux bases, pour obtenir l'équation bilan, les deux premiers composants étant les réactifs et les deux derniers les produits. On a alors :

$$NH_4^+ + HO^- \rightarrow H_2O + NH_3$$

4 Les demi-équations montrent que :

– un ion hydrogène est cédé par l'ion ammonium :

$$NH_4^+ = NH_3 + H^+$$

– un ion hydrogène est accepté par l'ion hydroxyde :

$$HO^- + H^+ = H_2O$$

Il y a bien eu transfert d'un ion hydrogène d'un acide, l'ion ammonium, vers une base, l'ion hydroxyde. Ce transfert est la signature d'une réaction acido-basique.

Analyser un système chimique par des méthodes physiques

Faire le point

1 Définitions

- Le **pH d'une solution aqueuse diluée** est un nombre sans dimension :

$$pH = -\log\frac{[H_3O^+]}{c°}$$

avec $[H_3O^+]$ la concentration (en $mol \cdot L^{-1}$) en ions oxonium et $c°$ la concentration standard de 1,0 $mol \cdot L^{-1}$.

- L'absorbance est une grandeur sans dimension qui mesure la **capacité d'un milieu à absorber la lumière.**
- La conductance représente la **capacité de la solution à conduire le courant électrique** qui la traverse.

→ Conséquences

- Le pH est d'autant plus important que la concentration en ions oxonium est faible et que la solution est basique.
- Une solution d'absorbance nulle est une solution transparente pour l'espèce absorbante.

2 Mesure de pH

- La concentration en ions oxonium d'une solution de pH connu est :

$$[H_3O^+] = c° \times 10^{-pH}$$

3 Absorbance et loi de Beer-Lambert

- La loi de Beer-Lambert s'écrit :

$$A = kc$$

avec k : coefficient de proportionnalité entre l'absorbance de la solution, c : concentration de l'espèce absorbante (en $mol \cdot L^{-1}$).

- La **courbe d'étalonnage** est celle de l'absorbance en fonction de la concentration en soluté absorbé, soit $A = f(c)$. Elle est **linéaire**.

- Connaissant l'absorbance A d'une solution inconnue, on peut déduire **par lecture graphique** la concentration c du soluté absorbant.

4 Conductivité et loi de Kohlrausch

- La conductance G (en S) d'une solution est : $\boldsymbol{G = k\sigma}$ avec σ la conductivité de la solution (en $S{\cdot}m^{-1}$) et k la constante de cellule (en m).
- Pour de faibles concentrations des ions en solution, la conductivité σ de la solution est proportionnelle aux concentrations $[X_i]$ (en $mol{\cdot}m^{-3}$) des ions X_i.
- La **loi de Kohlrausch** s'écrit :

$$\sigma = \sum_{\text{ions } i} \lambda_i [X_i]$$

avec λ_i la conductivité molaire ionique de X_i (en $S{\cdot}m^2{\cdot}mol^{-1}$).

- La courbe représentative de la conductivité en fonction de la concentration c en l'un des solutés apportés est celle d'une **fonction linéaire**. La mesure de la conductivité, par **lecture graphique** de cette courbe d'étalonnage, permet alors de connaître la concentration c.

5 Loi des gaz parfaits

- La pression P (en Pa), la température T (en K), le volume V (en m^3) et la quantité de matière n (en mol) d'un gaz parfait sont liés par une relation appelée **équation d'état du gaz parfait** :

$$PV = nRT$$

avec R = 8,314 USI, la **constante des gaz parfaits.**

- La mesure des différentes grandeurs physiques permet de calculer la quantité de matière du gaz.

6 Spectre UV-visible et IR

- Les spectres sont des courbes de l'absorbance A en fonction de la longueur d'onde λ (UV-visible) et de la transmittance T en fonction du nombre d'onde σ (IR).
- Les spectres UV-visibles permettent de déterminer les **radiations absorbées** par une solution. Les spectres IR donnent des informations sur **les fonctions et le type de liaisons** d'une molécule.

Contrôler ses connaissances

corrigés p. 44

Questions flash

1. En assimilant l'air à un gaz parfait, calculer la quantité d'air contenu dans une salle de cours de volume $V = 570\ m^3$. Les conditions de température et de pression sont : $\theta = 22\ °C$ et $P = 982$ hPa.

2. Calculer la conductivité d'une solution de chlorure de sodium de concentration $2{,}0 \times 10^{-3}\ mol \cdot L^{-1}$, ainsi que celle de l'eau à pH = 7. Le tableau ci-après rassemble les conductivités molaires ioniques de quelques ions.

Ion	H_3O^+	HO^-	Na^+	Cl^-	NH_4^+
λ ($mS \cdot m^2 \cdot mol^{-1}$)	35,0	19,9	5,0	7,52	7,34

QCM *Cocher la (ou les) bonne(s) réponse(s).*

1. L'absorbance d'une solution colorée augmente si :

- ☐ **a.** la concentration en espèce colorée augmente.
- ☐ **b.** l'épaisseur de la solution à traverser augmente.
- ☐ **c.** la longueur d'onde augmente.
- ☐ **d.** la fréquence de l'onde augmente.

2. L'absorbance d'un mélange de deux solutions colorées est la somme des absorbances de chacune des solutions prise indépendamment si :

- ☐ **a.** les deux bandes d'absorbance sont bien séparées.
- ☐ **b.** les concentrations des substances colorées sont les mêmes que dans les solutions témoins.
- ☐ **c.** la température reste inchangée.
- ☐ **d.** la longueur de la cuve de mesure est la même quelles que soient les solutions à tester.

3. La conductance d'une solution est indépendante de la :

- ☐ **a.** cellule utilisée.
- ☐ **b.** nature des ions en solution.
- ☐ **c.** concentration des ions.
- ☐ **d.** température de la solution.

4. Concernant les spectres IR :

- ☐ **a.** l'abscisse de la courbe est la longueur d'onde.
- ☐ **b.** le nombre d'onde est l'inverse de la longueur d'onde.
- ☐ **c.** l'ordonnée de la courbe est la transmittance, nombre sans dimension.
- ☐ **d.** la courbe représentative est une droite passant par l'origine.

Vrai ou Faux

1. Le pH est une grandeur sans unité proportionnelle à la concentration en ions oxonium.

☐ Vrai ☐ Faux

2. L'absorbance d'une solution ne dépend que de la nature de la substance absorbante.

☐ Vrai ☐ Faux

3. La conductance *G* d'une solution ne dépend que de la nature des ions en solution.

☐ Vrai ☐ Faux

4. La pression d'un gaz parfait double lorsque son volume double à température constante.

☐ Vrai ☐ Faux

5. Un spectre visible n'a aucun pic d'absorption pour une solution transparente.

☐ Vrai ☐ Faux

Vers le sujet de BAC

Montrer qu'une réaction n'est pas totale

Soit une solution aqueuse d'acide éthanoïque CH_3COOH de concentration apportée $c = 1{,}00 \times 10^{-3}$ mol·L^{-1}. Plongé dans la solution, un pH-mètre indique un pH de 3,9.

Montrer que la réaction de l'acide éthanoïque avec l'eau est une réaction non totale, c'est-à-dire que l'acide éthanoïque est un acide faible, en réalisant les étapes suivantes :

1 Déterminer les couples acido-basiques mis en jeu dans la réaction de l'acide éthanoïque et l'eau, ainsi que les demi-équations correspondantes.

2 En déduire l'équation de la réaction.

3 En supposant cette réaction totale, dresser le tableau d'avancement de la réaction et déterminer la quantité d'ions oxonium présents en solution.

4 En déduire le pH attendu, en supposant toujours la réaction totale.

5 Comparer le pH obtenu expérimentalement au pH calculé précédemment.

6 Conclure sur le caractère total de la réaction de l'acide éthanoïque avec l'eau.

Sujets guidés

SUJET 2

2,5 pts — 25 min — Calculatrice autorisée

Dosage colorimétrique

On se propose de déterminer la concentration en diiode d'une teinture d'iode officinale. On commence par diluer 200 fois la teinture d'iode : la solution diluée est appelée solution S.

Par ailleurs, on dispose d'un ensemble de solutions aqueuses de diiode notées D_i (D_1, D_2, etc.) de concentrations connues toutes différentes. Ces solutions ont des colorations proches de celle de la solution S.

DOC. 1 Spectre d'absorption d'une solution aqueuse de diiode de concentration molaire $c = 3{,}0 \times 10^{-3}$ mol·L^{-1}

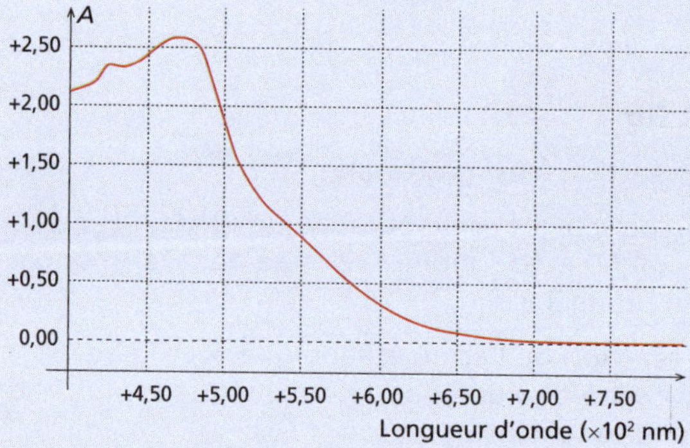

1 On peut trouver expérimentalement un encadrement de la concentration en diiode de la solution S, sans utiliser un spectrophotomètre. Expliquer brièvement la méthode.

2 À l'aide d'un spectrophotomètre, on mesure l'absorbance A_i de chaque solution D_i de diiode, puis celle de la solution S. Donner la valeur d'une longueur d'onde qui paraît appropriée pour ces mesures. Justifier brièvement.

3 Énoncer la loi de Beer-Lambert. La courbe d'étalonnage obtenue est-elle en accord avec cette loi ? Justifier.

4 On mesure l'absorbance de la solution S : $A = 0{,}78$. Déterminer graphiquement la concentration molaire $C_{S\,exp}$ en diiode de la solution S. En déduire la concentration molaire C_{exp} en diiode de la teinture d'iode officinale.

DOC. 2 Courbe d'étalonnage de l'absorbance en fonction de la concentration molaire *C*

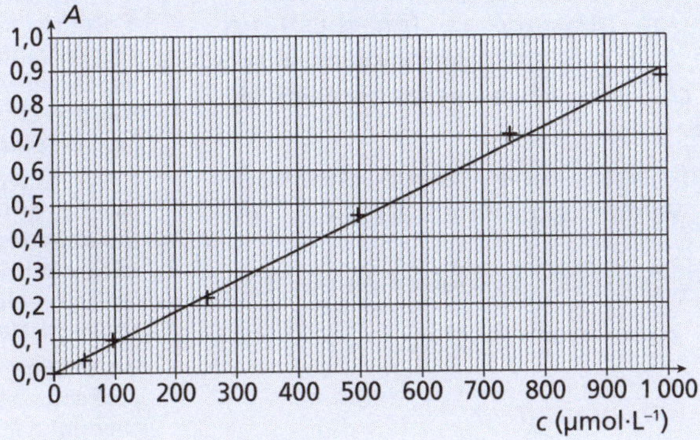

5 Vérifier que la concentration massique C_m en diiode attendue dans cette teinture est 45 g·L^{-1}.

6 En déduire la valeur de la concentration molaire attendue en diiode dans cette teinture. On la notera C_a.

7 Calculer l'écart relatif entre la valeur expérimentale C_{exp} et la valeur C_a. Conclure.

> Données

- Masse molaire de l'iode : 127 g·mol^{-1}.
- La teinture d'iode officinale est étiquetée à 5,0 % en masse de diiode. Sa masse volumique est $\rho = 9{,}0 \times 10^2$ g·L^{-1}.

PAR ÉTAPES

COMPRENDRE LE SUJET

Les réflexes à avoir

- Le dosage qualitatif d'une solution colorée se fait grâce à une échelle de teinte, et son dosage quantitatif grâce à un dosage par étalonnage.

Les expressions mathématiques à connaître

- La loi de Beer-Lambert, à longueur d'onde de travail fixée et à dispositif identique pour l'ensemble des mesures, modélise la propor-

Méthode

Identifier les formules permettant de calculer les valeurs numériques

- Noter les grandeurs connues et celles à chercher.
- Écrire autant de relations mathématiques que de grandeurs inconnues.

tionnalité entre l'absorbance (sans unité) de la solution et sa concentration (en mol·L^{-1}) : $A = kc$ avec k en L·mol^{-1}.

- La concentration massique c_m (en g·L^{-1}) est proportionnelle à la concentration molaire c (en mol·L^{-1}) : $c_m = cM$ avec M la masse molaire du soluté (en g·mol^{-1}).
- L'écart relatif entre une valeur théorique $X_{\text{théo}}$ et une valeur expérimentale X_{exp} est $\eta = \frac{|X_{\text{théo}} - X_{\text{exp}}|}{X_{\text{théo}}}$. Cette valeur, multipliée par 100, s'exprime en %.

Les connaissances à avoir

- La longueur d'onde de travail correspond au maximum d'absorbance du profil spectral de la solution colorée.

Méthode

Élaborer son raisonnement

- Déterminer la concentration expérimentale de la solution diluée, puis commerciale.
- Parallèlement, calculer, avec les données de l'énoncé, la concentration théorique de la solution commerciale.
- Comparer les concentrations théorique et expérimentale de la solution commerciale.

ORGANISER SES RÉPONSES

L'exploitation du graphe

- La lecture graphique du profil spectral permet de déterminer le maximum d'absorbance, et ainsi la longueur d'onde correspondante ou longueur d'onde de travail.
- La lecture graphique de la courbe de Beer-Lambert permet d'obtenir la valeur de la concentration de la solution dont on a mesuré l'absorbance.

Les calculs à effectuer

- La concentration de la solution commerciale est celle de la solution diluée multipliée par le facteur de dilution.
- La masse molaire moléculaire du diiode est le double de la masse molaire atomique de l'iode.
- La masse volumique et le pourcentage massique permettent de calculer la concentration massique.

Au brouillon

- Noter toutes les données de l'énoncé.
- Exprimer la concentration d'une solution en fonction des grandeurs connues.
- Exploiter les deux graphes proposés et articuler les réponses aux questions en utilisant les relations mathématiques pertinentes.

CORRIGÉ 2

Comprendre le corrigé

1 Afin de trouver expérimentalement un encadrement de la concentration c de la solution diluée, on réalise une échelle de teinte à partir des solutions D_i. Par comparaison des couleurs obtenues, on détermine les deux tubes N et $N+1$ de l'échelle dont les couleurs encadrent celle de la solution inconnue. On a alors $c_N < c < c_{N+1}$.

Expérience

L'absorbance étant proportionnelle à la concentration, le classement des tubes par couleur correspond à celui des concentrations.

2 La longueur d'onde de travail correspond à celle du maximum d'absorbance. La courbe du doc. 1 montre une absorbance maximale pour $A = 2{,}6$, ce qui correspond à l'abscisse $\lambda = 470$ nm environ.

Précision des résultats

La donnée de l'absorbance avec 2 chiffres significatifs et la précision de lecture ne permettent pas un résultat avec plus que 2 chiffres significatifs.

3 La courbe du doc. 2 est bien en accord avec la loi de Beer-Lambert $A = kc$, car on obtient bien une droite passant par l'origine caractéristique d'une proportionnalité entre l'absorbance A et la concentration c de la solution colorée.

4 Par lecture graphique pour $A = 0{,}78$, on obtient un point de la droite ayant pour abscisse $C_{S\,exp} = 8{,}7 \times 10^{-4}$ mol·L^{-1}. Or la solution a été diluée 200 fois, donc la concentration de la solution commerciale est $C_{exp} = 200C_{S\,exp} = 0{,}17$ mol·L^{-1}.

5 La masse volumique de la teinture est de $\rho = 9{,}0 \times 10^2$ g·L^{-1} avec un pourcentage en masse de 5,0 %. La concentration massique de diiode dans la teinture est alors :

$$C_m = \frac{9{,}0 \times 10^2 \times 5{,}0}{100} = 45 \text{ g·L}^{-1}$$

Vérification

Vérifiez bien que vous retrouvez le résultat à démontrer.

6 La masse molaire du diiode est :

$$M_{I_2} = 2M_I = 254 \text{ g·mol}^{-1}.$$

La concentration attendue est ainsi :

$$C_a = \frac{C_m}{M_{I_2}} = 0{,}18 \text{ mol·L}^{-1}.$$

7 L'écart relatif est $\eta = \dfrac{|0{,}17 - 0{,}18|}{0{,}18} = 0{,}056$ soit 5,6 %, ce qui est acceptable pour un dosage par étalonnage.

CORRIGÉS Contrôler ses connaissances

p. 38 **Questions flash**

1. En assimilant l'air à un gaz parfait, on peut écrire $PV = nRT$, soit $n = \frac{PV}{RT}$ avec une pression $P = 982 \times 10^2$ Pa et une température absolue $T = \theta + 273$ soit $T = 22 + 273 = 295$ K avec une précision de 3 chiffres significatifs.

A. N. : $n = \frac{982 \times 10^2 \times 570}{8{,}314 \times 295} = 22{,}8 \times 10^3$ mol avec 3 chiffres significatifs.

2. Une solution de chlorure de sodium $Na^+(aq) + Cl^-(aq)$ a autant d'ions sodium que d'ions chlorure dans la solution. En appliquant la loi de Kohlrausch, on a :

$$\sigma = \lambda(Na^+) \times [Na^+] + \lambda(Cl^-) \times [Cl^-]$$

A. N. : $\sigma = 5{,}0 \times 10^{-3} \times 2{,}0 \times 10^{-3} \times 10^3 + 7{,}52 \times 10^{-3} \times 2{,}0 \times 10^{-3} \times 10^3$.

Donc $\sigma = 2{,}5 \times 10^{-2}$ S·m^{-1} avec 2 chiffres significatifs.

L'eau à pH = 7 contient autant d'ions oxonium que d'ions hydroxyde.

$$\sigma = \lambda(H_3O^+) \times [H_3O^+] + \lambda(HO^-) \times [HO^-]$$

avec $[H_3O^+] = c^\circ \times 10^{-pH}$.

À savoir
Les concentrations sont en mol·m^{-3} :
1 mol·L^{-1} = 1×10^3 mol·m^{-3}.

A. N. : $\sigma = 35{,}5 \times 10^{-3} \times 1{,}0 \times 10^{-7} \times 10^3 + 19{,}9 \times 10^{-3} \times 1{,}0 \times 10^{-7} \times 10^3$.

Donc $\sigma = 5{,}5 \times 10^{-6}$ S·m^{-1} avec 2 chiffres significatifs.

QCM

1. **a)** et **b)** L'absorbance A est proportionnelle à la longueur de la cuve et à la concentration c en espèce colorée. Plus la cuve est large, et plus la solution absorbe.

2. **a), b), c)** et **d)** Toutes les réponses sont exactes. L'absorbance d'un mélange de deux solutions colorées est la somme des absorbances de chacune des solutions prises indépendamment s'il n'y a pas de recouvrement important entre les bandes d'absorption. La mesure doit être effectuée dans les mêmes conditions de concentration, de température et de longueur de cuve.

Piège à éviter
Si la longueur d'onde augmente, l'absorbance peut augmenter ou diminuer.

3. **a), b), c)** et **d)** Toutes les réponses sont exactes. G dépend de la cellule et de la solution, et λ dépend de la température.

4. **b)** et **c)** Un spectre IR est la courbe représentative de la transmittance T (sans dimension) en fonction du nombre d'onde $\sigma = \frac{1}{\lambda}$. La courbe n'est pas une droite, mais présente des pics d'absorbance ou creux de transmittance.

Vrai ou Faux

1. **Faux.** Si le pH est une grandeur sans unité, elle n'est pas proportionnelle à la concentration des ions oxonium : c'est une fonction logarithmique.

2. **Faux.** L'absorbance d'une solution dépend de la nature de la substance absorbante, mais aussi de sa concentration, de la longueur de la cuve du spectrophotomètre, etc.

3. **Faux.** La conductance d'une solution dépend de la nature des ions, mais aussi de leur concentration et des paramètres de la cellule conductimétrique.

4. **Faux.** La pression diminue de moitié lorsque le volume du gaz parfait double à température constante (on suppose ici que la quantité de matière reste aussi inchangée) : $P = \frac{nRT}{V}$. La pression est inversement proportionnelle au volume si nRT est constant.

5. **Vrai.** Une solution transparente n'absorbe rien. Son spectre est donc plat.

Vers le sujet de Bac

1 Les couples intervenant dans cette réaction sont CH_3COOH/CH_3COO^- (acide éthanoïque/ion éthanoate) et le couple de l'eau en tant que base H_3O^+/H_2O (ion oxonium/eau). Les demi-équations sont :

$$CH_3COOH = CH_3COO^- + H^+ \quad \text{et} \quad H_2O + H^+ = H_3O^+$$

2 Par addition membre à membre en supposant la réaction totale, on obtient après simplification :

$$CH_3COOH + H_2O \rightarrow CH_3COO^- + H_3O^+$$

3 La quantité d'ions oxonium produits est celle de CH_3COOH :

$$n(H_3O^+) = n = cV$$

	CH_3COOH +	H_2O →	CH_3COO^- +	H_3O^+
État	**Quantité de matière (mol)**			
EI	n	Excès	0	0
EC	$n - x$	Excès	x	x
EF	0	Excès	n	n

4 Le pH attendu est donc :

$$pH = -\log\frac{[H_3O^+]}{c°} = -\log\frac{c}{c°}$$

A.N. : $pH = -\log\frac{1,00 \times 10^{-3}}{1,0} = 3,0.$

5 Or le pH mesuré est de 3,9 > 3,0.

6 L'hypothèse d'une réaction totale n'est donc pas fondée et la réaction de l'acide éthanoïque (acide faible) avec l'eau n'est que partielle :

$$CH_3COOH + H_2O \rightleftarrows CH_3COO^- + H_3O^+$$

Analyser un système chimique par des méthodes chimiques

Faire le point

1 Définitions

- Doser une espèce chimique, c'est **déterminer la concentration** de cette espèce dans une solution donnée.
- L'équivalence est l'état final d'un système chimique pour lequel les réactifs ont été introduits, à l'état initial, dans les **proportions stœchiométriques.**

→ Conséquences

- Le dosage d'une espèce en solution à volume constant permet de déterminer sa quantité de matière.

2 Titre massique et densité

- Le titre massique t d'un soluté A est le rapport (sans dimension) entre la masse de ce soluté $m(\mathrm{A})$ et la masse m de la solution :

$$\boldsymbol{t = \frac{m(\mathrm{A})}{m}}$$

- On définit la teneur massique ou pourcentage massique $\wp(\mathrm{A})$ d'un soluté A comme le titre massique exprimé en pourcentage :

$$\wp(\mathrm{A}) = \frac{m(\mathrm{A})}{m} \times 100$$

- La densité $d(\mathrm{A})$ d'un corps A peut être définie comme le rapport entre la masse volumique $\mu(\mathrm{A})$ de A et la masse volumique de référence $\mu_{\text{réf}}$:

$$\boldsymbol{d(\mathrm{A}) = \frac{\mu(\mathrm{A})}{\mu_{\text{réf}}}}$$ **avec $\mu(\mathrm{A})$ et $\mu_{\text{réf}}$ dans la même unité (en $g \cdot L^{-1}$ par exemple)**

- Dans le cas des solides et des liquides, le corps de référence est l'eau. Dans le cas des gaz, le corps de référence est l'air.
- Pour préparer un volume V_A de solution S_A de concentration C_A donnée en soluté A de masse molaire M_A, à partir d'une solution S de titre massique t et de densité d donnés, il faut prélever un volume V de solution S tel que :

$$V = \frac{M_A \times V_A \times C_A}{t \times d \times \mu_{eau}}$$

3 Titrage d'une solution

- La méthode de dosage par titrage direct est une **méthode destructive** qui s'appuie sur une réaction chimique entre l'espèce chimique à doser ou **réactif titré/à titrer** et un autre réactif bien connu ou **réactif titrant**.
- La relation à l'équivalence lie les quantités de matière des réactifs titrant et titré au moment de l'équivalence.
- Pour une réaction du type $aA + bB \rightarrow cC + dD$, la relation à l'équivalence est:

$$\frac{c_A V_A}{a} = \frac{c_B V_B}{b}$$

avec c_A et c_B: concentrations en A et B (en $mol \cdot L^{-1}$),
V_A et V_B: volumes de A et B versés à l'équivalence (en L),
a et b: coefficients stœchiométriques de l'équation support de titrage.

- Toute la difficulté expérimentale réside dans le repérage de l'équivalence du titrage. Dans le cas d'un titrage colorimétrique, on utilise un **indicateur coloré**: au moment de l'équivalence, on observe un changement brutal de couleur.

4 Titrage pH-métrique et titrage conductimétrique

- Un **titrage pH-métrique** permet de connaître la concentration d'une solution titrée acide [resp. basique] en la titrant par une solution basique [resp. acide] de concentration connue. La **courbe expérimentale du titrage pH-métrique** est celle du pH en fonction du volume de solution titrante versé: $pH = f(V_{versé})$. La **méthode des tangentes** permet de repérer le **point d'équivalence *E***.
- Un **titrage conductimétrique** a le même dispositif qu'un titrage pH-métrique, mais le pH-mètre est remplacé par une cellule conductimétrique. Les mesures effectuées permettent de tracer la courbe de la conductivité σ ou de la conductance G de la solution en fonction du volume de solution titrante versé $V_{versé}$. Cette courbe est constituée de **deux demi-droites sécantes en *E***.
- À partir du point E, on déduit le **volume de solution titrante versé à l'équivalence V_E**; la concentration initiale de la solution titrée est ensuite déterminée en utilisant la relation à l'équivalence.

Contrôler ses connaissances

corrigés p. 58

Question flash

Légender le dispositif expérimental ci-contre du titrage conductimétrique.

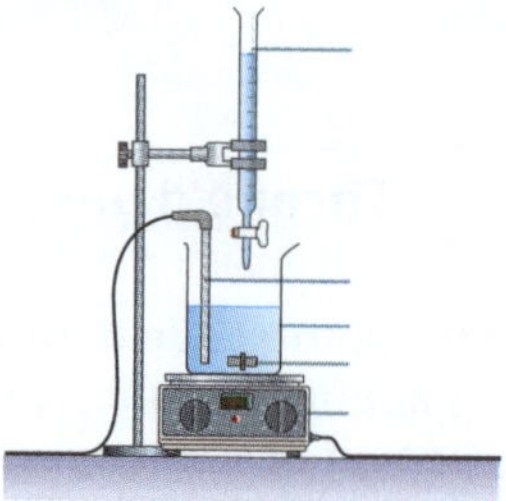

QCM

Cocher la (ou les) bonne(s) réponse(s).

1. Le titre massique d'un soluté A en solution est :

- ☐ **a.** sans dimension.
- ☐ **b.** sans unité.
- ☐ **c.** égal à la teneur massique multipliée par 100.
- ☐ **d.** le rapport entre la masse de A et la masse du solvant.

2. La densité d'un corps A :

- ☐ **a.** dépend d'un corps de référence comme l'eau ou l'air.
- ☐ **b.** n'a pas la même valeur si A est liquide ou gazeux.
- ☐ **c.** est sans unité.
- ☐ **d.** a toujours une valeur supérieure à 1.

3. Un dosage par titrage :

- ☐ **a.** est une méthode destructive de dosage.
- ☐ **b.** s'appuie toujours sur une réaction totale.
- ☐ **c.** est toujours acido-basique.
- ☐ **d.** ne nécessite pas forcément d'indicateur coloré pour repérer l'équivalence.

4. L'équivalence d'un titrage :

- ☐ **a.** est un état du système.
- ☐ **b.** est le moment où la moitié des réactifs a été consommée.
- ☐ **c.** est la fin du titrage.
- ☐ **d.** permet de calculer la quantité de réactif inconnu.

5. Dans un titrage pH-métrique, le point d'équivalence, noté *E* :

- ☐ **a.** peut être déterminé par la méthode des tangentes.
- ☐ **b.** correspond au point de dérivée $\frac{\mathrm{dpH}}{\mathrm{d}V_{\text{versé}}}$ nulle.
- ☐ **c.** a comme abscisse le volume V_E de solution titrée.
- ☐ **d.** appartient à une portion de courbe quasiment verticale.

6. Dans un titrage conductimétrique :

- ☐ **a.** le point d'équivalence est à l'intersection de deux demi-droites.
- ☐ **b.** la courbe représentative est définie par portions.
- ☐ **c.** l'ordonnée est la conductivité ionique molaire.
- ☐ **d.** les pentes des deux demi-droites sont l'une positive et l'autre négative.

Vrai ou Faux

1. La réaction support de titrage est soit de nature acido-basique, soit de nature redox.

☐ Vrai ☐ Faux

2. La solution titrée est une solution de concentration inconnue.

☐ Vrai ☐ Faux

3. À l'équivalence, la quantité de matière introduite de réactif titrant est la même que celle de réactif à titrer.

☐ Vrai ☐ Faux

4. Lors d'un titrage conductimétrique, l'équivalence correspond à la mesure de la conductivité la plus basse de la solution.

☐ Vrai ☐ Faux

Vers le sujet de BAC

Déterminer le point d'équivalence *E*

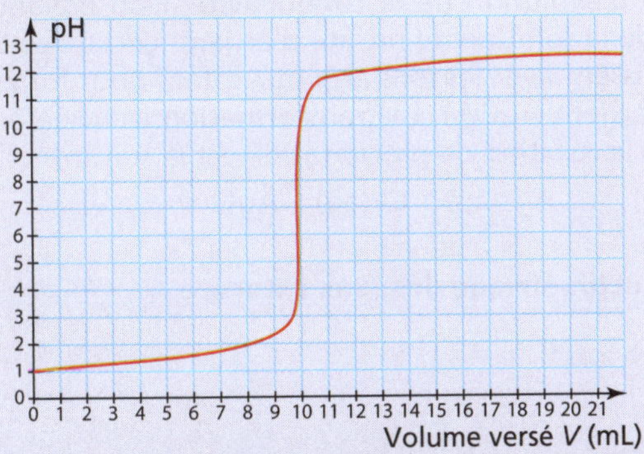

En TP, deux élèves réalisent un titrage pH-métrique. Déterminer le point d'équivalence E en réalisant les étapes suivantes de la méthode des tangentes :

1 Tracer les tangentes à la courbe de titrage en P_1 et P_2 (points au niveau des courbures) dont les pentes sont égales. Soient $\mathfrak{T}_1$ et $\mathfrak{T}_2$ ces tangentes.

2 Tracer la droite perpendiculaire $\mathfrak{D}$ à $\mathfrak{T}_1$ et $\mathfrak{T}_2$. $\mathfrak{D}$ coupe $\mathfrak{T}_1$ et $\mathfrak{T}_2$ en D_1 et D_2. Soit M le milieu du segment $[D_1D_2]$.

3 Tracer la droite $\mathfrak{T}_E$ parallèle aux tangentes $\mathfrak{T}_1$ et $\mathfrak{T}_2$ passant par M. Elle coupe la courbe expérimentale de titrage au point E d'équivalence.

Sujets guidés

SUJET 3

2,5 pts 25 min

Titrage par précipitation des ions dans une eau minérale

autorisée

Les eaux minérales contiennent des espèces dissoutes. La législation impose un étiquetage précisant les quantités contenues dans un litre d'eau.

On dégaze l'eau minérale par agitation et on prélève un volume $V_1 = 20{,}0$ mL que l'on introduit dans un grand bécher. On rajoute un volume d'environ 200 mL d'eau distillée. On plonge dans le milieu une cellule de conductimétrie. À l'aide d'une burette graduée, on ajoute progressivement une solution aqueuse de nitrate d'argent (Ag^+(aq) + NO_3^-(aq)) de concentration molaire $c_2 = 2{,}00 \times 10^{-2}$ mol·L^{-1}.

Le mélange obtenu dans le bécher est maintenu sous une agitation régulière. On donne la courbe d'évolution de la conductivité σ du mélange en fonction du volume V_2 versé de la solution de nitrate d'argent. Lors de ce titrage, les ions chlorure Cl^-(aq) réagissent avec les ions argent Ag^+(aq) pour former un précipité blanc de chlorure d'argent AgCl(s). La transformation associée à la réaction est totale. L'équation de la réaction de précipitation est la suivante :

$$Ag^+(aq) + Cl^-(aq) = AgCl(s)$$

DOC. Dosage conductimétrique des ions chlorure

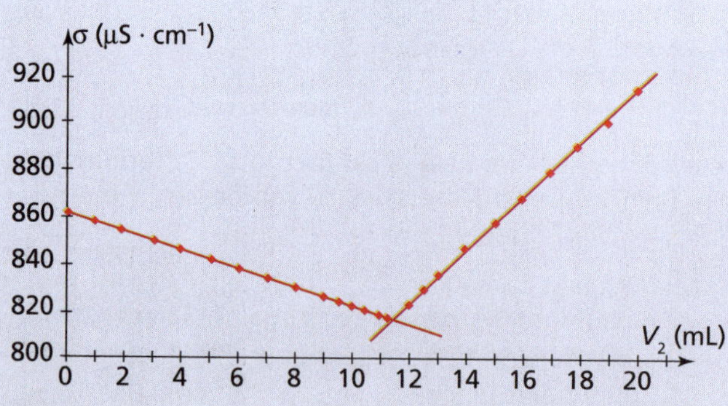

1 Établir le tableau décrivant l'évolution du système à l'équivalence. On note $n_{2éq}$ la quantité de matière (en mol) d'ions argent versée à l'équivalence. En déduire la relation entre la quantité de matière initiale n_1 (en mol) des ions chlorure et la quantité de matière $n_{2éq}$ (en mol) d'ions argent versée à l'équivalence.

2 Quel événement correspond au point d'intersection des deux segments de droite de la courbe ci-avant ? Expliquer qualitativement le changement de pente.

3 En déduire la valeur du volume $V_{2éq}$ de la solution de nitrate d'argent versé à l'équivalence.

4 En utilisant les questions précédentes, calculer la concentration molaire c_1 des ions chlorure dans l'eau minérale étudiée. En déduire leur concentration massique c_{m1}.

> **Données**
> - Masse molaire du chlore : $M_{Cl} = 35{,}5 \text{ g·mol}^{-1}$.
> - Conductivités molaires ioniques :
>
> $\lambda_{NO_3^-} = 7{,}14 \times 10^{-3} \text{ S·m}^2\text{·mol}^{-1}$; $\lambda_{Cl^-} = 7{,}63 \times 10^{-3} \text{ S·m}^2\text{·mol}^{-1}$.

PAR ÉTAPES

COMPRENDRE LE SUJET

Les réflexes à avoir

- Le tableau d'évolution, avec l'état d'équivalence considéré comme état final, permet d'établir la relation à l'équivalence.
- Pour expliquer les pentes ascendante et descendante d'un dosage conductimétrique, il faut penser à l'évolution de la conductivité en fonction de la réaction avant l'équivalence (certains ions en remplacent d'autres), et après l'équivalence (d'autres ions sont ajoutés, augmentant ainsi la conductivité).
- Le volume versé à l'équivalence est celui du point équivalent *E*, point de concours des deux demi-droites du graphe du dosage conductimétrique.

Méthode

Établir la relation à l'équivalence

- Construire le tableau d'avancement du dosage avec l'état d'équivalence comme état final EF.
- Annuler les quantités de matière des réactifs à l'EF.
- Établir la relation à l'équivalence ou relation entre les quantités de matière des réactifs.

Les expressions mathématiques à connaître

- La concentration massique c_m (en g·L^{-1}) est proportionnelle à la concentration molaire c (en mol·L^{-1}) : $c_m = cM$ avec M la masse molaire du soluté (en g·mol^{-1}).

Méthode

Organiser les outils qui vont servir à répondre aux questions

- Faire un bilan des ions avant l'équivalence : un ion remplace un autre.
- Comparer leur conductivité molaire ionique.
- Faire le bilan des ions après l'équivalence : la quantité de certains ions augmente.

Les connaissances à avoir

- Dans le cas d'une équation support de dosage ayant des coefficients stœchiométriques égaux à 1, on montre facilement que la relation à l'équivalence est relativement simple, soit $c_1V_1 = c_2V_2$ avec c_i et V_i les concentration et volume du réactif *i*.

ORGANISER SES RÉPONSES

Le tableau d'évolution de la réaction

- Faire un tableau littéral en s'appuyant sur les données de l'énoncé. L'état final doit correspondre à l'équivalence du dosage.

Les calculs à effectuer

- La relation à l'équivalence doit être obtenue en écrivant que les deux réactifs ont des quantités nulles à l'état final. Cela permet d'en déduire l'avancement à l'équivalence et d'égaler ses deux expressions possibles. Cette égalité est la relation à l'équivalence.
- La relation à l'équivalence permet d'obtenir la concentration molaire des ions chlorure. En utilisant la masse molaire, déterminer alors sa concentration massique.

Le raisonnement à tenir

- S'appuyer sur ce qui se passe microscopiquement avant et après l'équivalence pour expliquer la diminution ou l'augmentation de la conductivité de la solution. Cette dernière dépend à la fois des concentrations des ions et de leur conductivité molaire ionique.

Au brouillon

- Construire un tableau d'avancement avec les expressions littérales c_1, V_1, c_2 et V_2.
- Vérifier que dans le cas de coefficients stœchiométriques égaux à 1, la relation à établir à l'équivalence est : $c_1V_1 = c_2V_2$.

Conseil

Avant l'équivalence, on s'appuie sur la réaction support de dosage :

$Ag^+(aq) + Cl^-(aq)$
$= AgCl(s)$

pour comprendre que les ions chlorure disparaissent au profit des ions nitrate accompagnant les ions argent.

CORRIGÉ 3

Comprendre le corrigé

1 L'équation de dissolution du nitrate d'argent est $AgNO_3 \rightarrow Ag^+ + NO_3^-$.

$n(Ag^+) = n(NO_3^-) = n_2 = c_2V_2$ avec V_2 le volume versé.

Le tableau d'avancement de la réaction est :

Équation		$Ag^+(aq)$ +	$Cl^-(ag)$ =	$AgCl$ (s)
État	**Avancement (mol)**	**Quantité de matière (mol)**		
EI	$x = 0$	n_2	n_1	0
EC	x	$n_2 - x$	$n_1 - x$	x
Équ.	$x = x_{éq}$	$n_2 - x_{éq}$	$n_1 - x_{éq}$	$x_{éq}$

À l'équivalence, on passe d'un réactif limitant à l'autre, donc $n_1 - x_{éq} = n_2 - x_{éq} = 0$. Sachant que $n_2 = n_{2éq}$, on a : $n_1 = n_{2éq} = x_{éq}$.

Vérification

Dans le cas d'une réaction simple à coefficients stœchiométriques de 1 pour chaque réactif, on a $c_1V_1 = c_2V_2$ à l'équivalence.

2 À l'intersection des deux demi-droites, on a le point d'équivalence noté E.

L'introduction de nitrate d'argent ajoute des ions nitrate NO_3^- et des ions argent Ag^+.

La réaction de titrage $Ag^+ + Cl^- = AgCl$ élimine les ions argent dès qu'ils sont introduits dans la solution et les ions chlorure.

Le titrage, avant l'équivalence, a remplacé les ions Cl^- de la solution par les ions NO_3^-.

Or $\lambda(Cl^-) > \lambda(NO_3^-)$: on constate donc une diminution de la conductivité de la solution (pente descendante).

Après l'équivalence, tous les ions chlorure ont été consommés, et l'ajout de nitrate d'argent, qui ne réagit plus, augmente la quantité d'ions de la solution et donc sa conductivité (pente ascendante).

Réponse argumentée

Pensez à structurer votre raisonnement :

– avant l'équivalence, tout se passe comme si un ion prenait la place d'un autre et il faut comparer leur λ ;

– après l'équivalence, plus aucun ion ne réagit. L'introduction de nitrate d'argent ne fait qu'augmenter la quantité d'ions.

3 La rupture de pente correspond à un volume de nitrate d'argent versé $V_{2éq} = 11{,}4$ mL.

4 À l'équivalence, $n_1 = n_{2éq} = x_{éq}$, soit en fonction des concentrations : $c_1V_1 = c_2V_{2éq}$. On en déduit :

$$c_1 = \frac{c_2V_{2éq}}{V_1}$$

soit $c_1 = \dfrac{2{,}00 \times 10^{-2} \times 11{,}4 \times 10^{-3}}{20{,}0 \times 10^{-3}} = 1{,}14 \times 10^{-2}\ \text{mol}\cdot\text{L}^{-1}$.

La concentration massique est : $c_{m1} = M_{Cl} \times c_1$ soit $c_{m1} = 35{,}5 \times 1{,}14 \times 10^{-2} = 0{,}405\ \text{g}\cdot\text{L}^{-1}$ d'où $c_{m1} = 405\ \text{mg}\cdot\text{L}^{-1}$.

SUJET 4
Vitamine C

2,5 pts — 25 min — calculatrice autorisée

L'acide ascorbique $C_6H_8O_6$, couramment dénommé vitamine C, est un réducteur naturel que l'on qualifie usuellement d'« antioxydant ». On le trouve dans de nombreux fruits et légumes. Une carence prolongée en vitamine C favorise le scorbut. On a montré que la vitamine C peut prévenir des petits maux quotidiens tels que le rhume et aider dans le traitement de certains cancers.

En pharmacie, il est possible de trouver de l'acide ascorbique, par exemple sous forme de comprimés de « vitamine C 500 ».

On écrase un comprimé de « vitamine C 500 » dans un mortier. On dissout la poudre dans un peu d'eau distillée et on introduit l'ensemble dans une fiole jaugée de 200,0 mL. On complète avec de l'eau distillée. Après homogénéisation, on obtient la solution S.

On prélève un volume $V_A = 50{,}0$ mL de la solution S que l'on dose avec une solution aqueuse d'hydroxyde de sodium de concentration molaire en soluté apporté $C_B = 2{,}00 \times 10^{-2}$ mol·L^{-1} en présence d'un indicateur coloré convenablement choisi.

DOC. 1 Dosage pH-métrique de la solution S de vitamine C

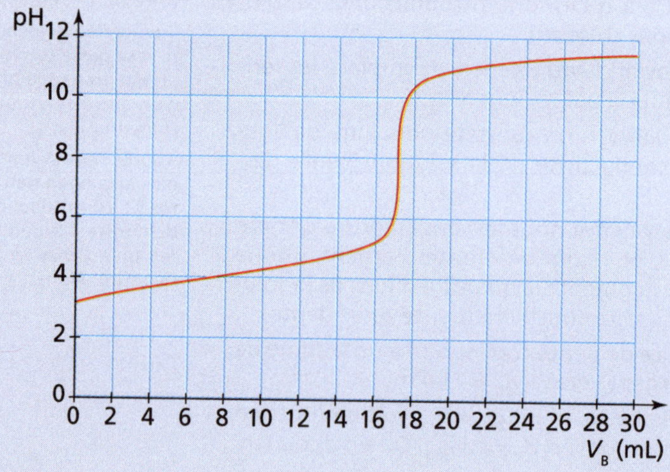

DOC. 2 Zone de virage de quelques indicateurs colorés

Indicateur coloré	Rouge de méthyle	Bleu de bromophénol	Rouge de crésol
Zone de virage	4,2-6,2	3,0-4,6	7,2-8,8

1 Déterminer le point E d'équivalence. En déduire pH_E (le pH à l'équivalence) et le volume d'hydroxyde de sodium versé.

2 Quel indicateur coloré doit-on choisir parmi les trois proposés dans le doc. 2 ?

3 Calculer la quantité d'acide ascorbique dans les 10,0 mL de solution titrée.

4 En déduire la masse m (en mg) d'acide ascorbique contenue dans un comprimé.

5 L'indication du fabricant est donnée ci-après : « Vitamine C – Acide ascorbique : 247,7 mg, ascorbate de sodium : 284,4 mg, acide ascorbique total : 500 mg ». Conclure.

PAR ÉTAPES

COMPRENDRE LE SUJET

Les réflexes à avoir

- Le point d'équivalence E d'un dosage par suivi pH-métrique se détermine par la méthode des tangentes qu'il faut absolument savoir exécuter.
- L'indicateur coloré pertinent pour le dosage est celui dont le pH à l'équivalence appartient à la zone de virage.

Méthode

Exploiter la courbe de dosage

- Appliquer la méthode des tangentes afin de déterminer avec soin le point d'équivalence E.
- Par lecture sur les axes des abscisses et des ordonnées, identifier le pH à l'équivalence (ordonnée de E) et le volume de solution titrante versé à l'équivalence (abscisse de E).

Les expressions mathématiques à connaître

- La masse molaire moléculaire est la somme des masses molaires atomiques. Pour l'acide ascorbique de formule $C_6H_8O_6$:

$$M_A = 6M_C + 8M_H + 6M_O$$

- La masse m (en g) d'un solide est proportionnelle à sa quantité de matière n (en mol). La constante de proportionnalité est sa masse molaire M (en $g \cdot mol^{-1}$) :

$$m = Mn$$

- L'écart relatif entre une valeur théorique $X_{théo}$ et une valeur expérimentale X_{exp} est : $\eta = \frac{|X_{théo} - X_{exp}|}{X_{théo}}$. Cette valeur, multipliée par 100, s'exprime en %.

Les connaissances à avoir

- Les masses molaires atomiques de certains atomes usuels sont à apprendre par cœur : $M_H = 1{,}0 \text{ g·mol}^{-1}$, $M_C = 12{,}0 \text{ g·mol}^{-1}$, $M_O = 16{,}0 \text{ g·mol}^{-1}$.

ORGANISER SES RÉPONSES

La méthode des tangentes

- Aux deux points d'inflexion de la courbe, dessiner les deux tangentes.
- Avec une équerre, tracer le segment perpendiculaire aux tangentes et marquer le point *M*, milieu du segment.
- En *M*, tracer la droite parallèle aux tangentes à la courbe. Cette nouvelle droite coupe la courbe de dosage en *E*.

Au brouillon

- Appliquer la méthode des tangentes avec le plus grand soin en utilisant un crayon à papier bien taillé.
- Vérifier que deux tangentes sont bien parallèles entre elles.

Les calculs à effectuer

- La relation à l'équivalence doit être d'abord établie : un tableau d'avancement, dont la quantité de chacun des réactifs est nulle à l'état final correspondant à l'état d'équilibre, permet d'établir la relation $n_A = c_A V_A = c_B V_{BE} = n_B$. Le volume V_{BE} est l'abscisse de *E* sur la courbe de dosage.
- En tenant compte du fait que la solution dosée ne correspond qu'à un quart de la solution totale, on en déduit la quantité totale en multipliant le résultat précédent par 4.
- La relation entre masse et quantité de matière permet de déduire la masse de vitamine C que l'on compare à la valeur théorique par le calcul de l'écart type.

Conseil

Dans le cas de résultats calculatoires, bien vérifier la compatibilité des relations mathématiques (homogénéité).

Le raisonnement à tenir

- Commencer par exploiter la courbe de dosage.
- Établir la relation à l'équivalence.
- En déduire la quantité de matière d'acide ascorbique dosée.
- Calculer la quantité de matière d'acide ascorbique totale.
- Finalement, la comparer à la valeur donnée par le fabricant en calculant un écart type (exprimé en pourcentage %) entre la valeur expérimentale et la valeur attendue ou théorique.

CORRIGÉ 4

Comprendre le corrigé

1 La méthode des tangentes permet de repérer le point E, équivalence du titrage pH-métrique. Les coordonnées de ce point correspondent au volume de soude versé à l'équivalence, soit $V_{BE} = 17{,}2$ mL, et au pH de la solution, soit $pH_E = 7{,}8$.

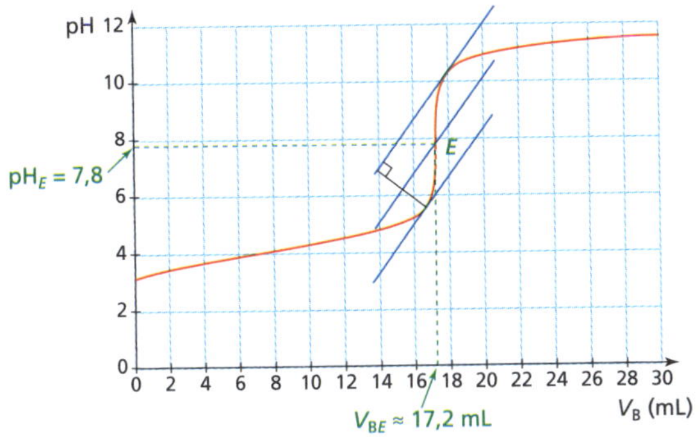

Précision des résultats

V_{BE} doit correspondre à la partie verticale de la courbe de dosage.

2 L'indicateur coloré à choisir est le rouge de crésol pour lequel le pH_E, égal à 7,8, appartient à la zone de virage de l'indicateur coloré (7,2-8,8).

Vérification

pH_E doit appartenir à la zone de virage de l'indicateur du titrage.

3 On a ici un titrage acido-basique pour lequel la relation à l'équivalence est toujours $n_A = n_B$.

On en déduit $n_A = n_B = c_B V_{BE}$ soit :

$n_A = 2{,}00 \times 10^{-2} \times 17{,}2 \times 10^{-3} = 3{,}44 \times 10^{-4}$ mol.

Vérification

Dans le cas d'une réaction simple à coefficients stœchiométriques de 1 pour chaque réactif, on a $c_1V_1 = c_2V_2$ à l'équivalence.

4 Le volume total de la solution étant de 200,0 mL pour un prélèvement de $V_A = 50{,}0$ mL, on en déduit la quantité d'acide ascorbique :

$$n_A' = \frac{200{,}0}{50{,}0} n_A = 4n_A$$

d'où $n_A' = 4 \times 3{,}44 \times 10^{-4} = 1{,}376 \times 10^{-3}$ mol.

La masse molaire M_A de l'acide ascorbique est :

$$M_A = 6M_C + 8M_H + 6M_O$$

$M_A = 6 \times 12{,}0 + 8 \times 1{,}0 + 6 \times 16{,}0 = 176{,}0\ g{\cdot}mol^{-1}$.

La masse d'acide ascorbique par comprimé est alors : $m_A = n_A' M_A$

soit $m_A = 1{,}376 \times 10^{-3} \times 176{,}0 = 0{,}242$ g.

5 La masse théorique est $m_{th} = 247{,}7$ mg et $m_A = 242$ mg, soit un écart relatif de :

$$\frac{247{,}7 - 242}{247{,}7} = 2{,}3\ \%$$

Précision des résultats

Vérifiez les unités et la précision des résultats obtenus avant de passer à l'étape calculatoire suivante.

CORRIGÉS Contrôler ses connaissances

p. 48 **Question flash**

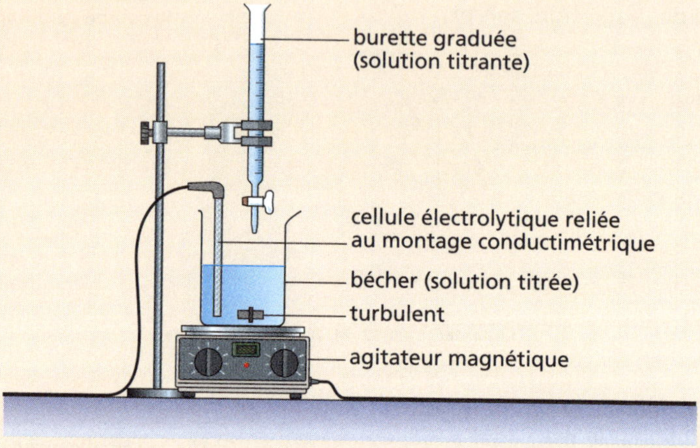

QCM

1. **a)** et **b)** Le titre massique est sans dimension, car il correspond à un rapport de deux grandeurs identiques et sans unité : la masse de A divisée par la masse de la solution et non du solvant. Enfin, c'est la teneur massique qui correspond au titre massique multiplié par 100.

2. **a), b)** et **c)** La densité est sans unité, inférieure ou supérieure à 1. Elle dépend de l'état physique du corps A qui conditionne la valeur de référence (l'eau pour les solides et les liquides, et l'air pour les gaz).

3. **a), b)** et **d)** Un titrage est un dosage destructif : le réactif de quantité inconnue réagit avec un réactif titrant de manière totale. Dans le cas d'un suivi autre que colorimétrique, il n'est pas nécessaire d'utiliser un indicateur coloré (qui peut aussi être un réactif ou un produit de la réaction). Un titrage peut s'appuyer sur tout type de transformation chimique.

4. **a)** et **d)** L'équivalence d'un titrage est un état intermédiaire du système et non un moment précis (l'équivalence ne se mesure pas en secondes). À partir de l'équivalence, on établit une relation entre les quantités de matière titrante et titrée.

5. **a)** et **d)** Le point d'équivalence appartient à la portion de courbe quasiment verticale de dérivée maximale dont l'abscisse correspond au volume de solution titrante versé. On peut déterminer ce point par la méthode des tangentes.

6. **a)** et **b)** Un titrage conductimétrique est la courbe de la conductance ou de la conductivité, et non de la conductivité molaire ionique d'un des ions, en fonction du volume de solution titrante versé. La courbe est définie par deux portions : deux demi-droites qui diffèrent par la valeur de leur pente, sans que l'une soit forcément de signe opposé à l'autre.

Vrai ou Faux

1. **Faux.** La réaction de support de titrage peut être par exemple une réaction de précipitation.
2. **Vrai.** En général, on ne connaît pas la concentration de la solution titrée.
3. **Faux.** Les quantités de matière sont dans les proportions stœchiométriques. Il faut donc tenir compte de la stœchiométrie de l'équation support de dosage.
4. **Faux.** Lors d'un titrage conductimétrique, l'équivalence correspond à l'intersection des deux demi-droites expérimentales. Cependant, ce point d'intersection ne correspond pas forcément à un point expérimental, c'est-à-dire un « point-mesure ».

Vers le sujet de Bac

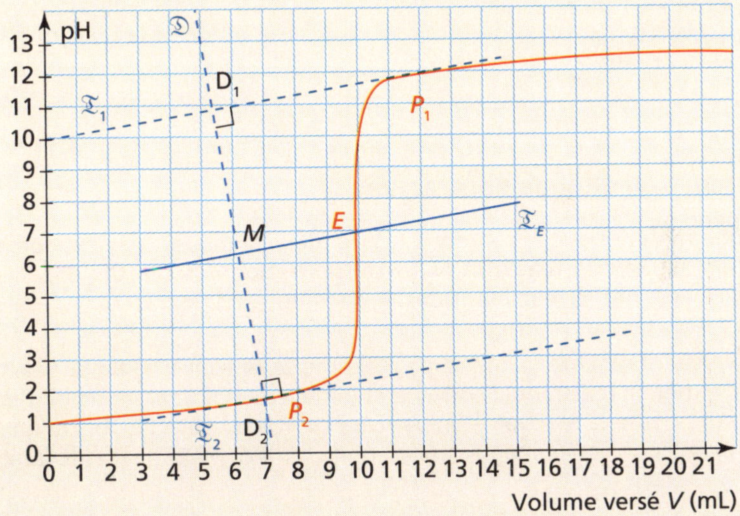

Suivre et modéliser l'évolution d'un système chimique

Faire le point

1 Définitions

- La **cinétique** est l'étude de l'**évolution temporelle** d'une réaction thermodynamiquement possible.
- Un **facteur cinétique** est un paramètre dont dépend la vitesse d'évolution d'une réaction chimique.
- Un **catalyseur** est une substance qui augmente la vitesse de réaction.
- Le **temps de demi-réaction** noté $t_{1/2}$ est le temps au bout duquel l'avancement $x(t)$ est égal à la moitié de l'avancement final x_f.

→ **Conséquences**

- Un facteur cinétique influence la vitesse d'une réaction, en l'accélérant ou en la ralentissant.
- Un catalyseur n'intervient pas dans l'équation bilan d'une réaction, mais dans le mécanisme réactionnel.
- Le temps de demi-réaction ne correspond pas à la moitié de la durée totale de la réaction.

2 Facteurs cinétiques et catalyseur

- Les facteurs cinétiques sont la **température** (dans la plupart des cas, son augmentation accélère la réaction) ou la **concentration des réactifs** dont l'augmentation accélère la réaction. Dans le cas d'un système gazeux, la **pression** des gaz est un facteur cinétique.
- Un **catalyseur** augmente la vitesse de réaction, se **retrouve en fin de réaction**, **modifie le chemin réactionnel** entre l'état initial et l'état final sans modifier ces derniers et oriente la réaction – on parle de **catalyseur sélectif**. Lorsqu'un produit de la réaction est lui-même catalyseur de celle-ci, on parle d'**autocatalyse**.

3 Vitesse volumique d'une réaction et ordre d'une cinétique

- La **vitesse volumique** v (en $mol \cdot L^{-1} \cdot s^{-1}$) de la réaction s'écrit :

$$v = \frac{1}{V}\frac{dx}{dt}$$

avec
- V : volume du milieu réactionnel (en L),
- x : avancement de la réaction (en mol).

- La courbe de représentation $x = f(t)$ permet de comparer les vitesses de réaction en différents instants de la transformation par **comparaison des coefficients directeurs des tangentes à la courbe**.
- Considérons une transformation chimique d'équation $aA + bB \rightarrow cC + dD$. La cinétique admet un ordre si la vitesse v de réaction peut s'écrire sous la forme :

$$\boldsymbol{v = k[A]^{\alpha}[B]^{\beta}} \text{ avec } \begin{cases} k : \text{constante de vitesse,} \\ \alpha : \text{ordre partiel par rapport à A,} \\ \beta : \text{ordre partiel par rapport à B.} \end{cases}$$

- On appelle **ordre global** de la réaction la somme des ordres partiels, soit ici $\alpha + \beta$.

4 Temps de demi-réaction, durée d'une réaction

- Le **temps de demi-réaction** noté $t_{1/2}$ est tel que :

$$\boldsymbol{x\left(t_{1/2}\right) = \frac{x_f}{2}}$$

l'avancement final x_f pouvant être différent de l'avancement maximal x_{max}.

- La **durée t_f d'une réaction** est le temps au bout duquel $x(t)$ est égal à x_f :

$$x(t_f) = x_f$$

5 Acte élémentaire d'un mécanisme réactionnel

- Une équation bilan ne donne que les réactifs impliqués dans la transformation et les produits formés : il s'agit d'un **bilan macroscopique**.
- Un **acte élémentaire** est une réaction traduisant la réalité d'une étape de transformation (rupture de liaison, création de liaison, etc.).
- La formation d'une liaison est une mise en commun d'un doublet électronique entre deux atomes : l'un, plus électronégatif, apporte le doublet, l'autre possède une lacune électronique. De manière générale, certains réactifs **donneurs** ou réactifs **nucléophiles** qui possèdent un site pouvant apporter un (ou des) doublet(s) d'électrons réagissent préférentiellement avec des réactifs **accepteurs** ou réactifs **électrophiles** ayant des sites de faible densité électronique.
- Le mouvement électronique est symbolisé par une **flèche courbe** partant du site donneur et pointant vers le site accepteur.

Contrôler ses connaissances

corrigés p. 68

Questions flash

Compléter les trois étapes du mécanisme de cyclisation du D-Glucose avec les flèches courbes nécessaires.

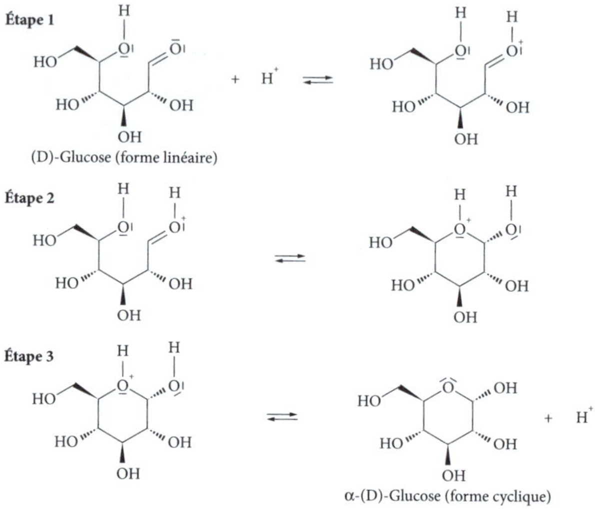

QCM

Cocher la (ou les) bonne(s) réponse(s).

1. On peut changer la vitesse de réaction si on :

- ☐ **a.** dilue la solution
- ☐ **b.** ajoute un catalyseur.
- ☐ **c.** élimine un produit formé.

2. Un catalyseur :

- ☐ **a.** modifie la nature des produits de la réaction.
- ☐ **b.** est régénéré en fin de transformation.
- ☐ **c.** permet de sélectionner une transformation.
- ☐ **d.** augmente la vitesse de réaction.

3. L'ordre d'une cinétique est :

- ☐ **a.** un ordre global.
- ☐ **b.** le produit des ordres partiels.
- ☐ **c.** toujours supérieur à 1.

4. Le temps de demi-réaction est :

- ☐ **a.** la moitié de la durée de la réaction.
- ☐ **b.** la durée au bout de laquelle le volume d'un gaz égale la moitié de son volume final obtenu.
- ☐ **c.** la durée au bout de laquelle la quantité d'un produit formé correspond à la moitié de celle obtenue.

Vrai ou Faux

1. Lors d'une cinétique d'ordre 1, l'évolution de la vitesse volumique d'apparition d'un produit est une fonction linéaire du temps.

☐ Vrai ☐ Faux

2. La diminution de la concentration d'un réactif et l'augmentation de la température ont le même effet cinétique.

☐ Vrai ☐ Faux

3. Une réaction catalysée a un meilleur rendement.

☐ Vrai ☐ Faux

4. La vitesse volumique de réaction s'exprime en $mol \cdot L^{-1} \cdot s^{-1}$.

☐ Vrai ☐ Faux

5. Un mécanisme réactionnel est un ensemble d'actes élémentaires pouvant être simultanés et ayant des vitesses de réaction différentes.

☐ Vrai ☐ Faux

Vers le sujet de BAC

Déterminer le temps de demi-réaction

Démontrer que pour une cinétique d'ordre 1, le temps de demi-réaction vaut $\frac{\ln 2}{k}$ avec k la constante de vitesse et $\ln(x)$ la fonction logarithme népérien en réalisant les étapes ci-après.

On supposera que A est le seul réactif et que la réaction est totale.

1 Exprimer la vitesse volumique de disparition de A.

2 Écrire la loi de la vitesse dans le cas d'une cinétique d'ordre 1.

3 En déduire une solution exponentielle de [A], puis de la quantité de matière de A à l'instant t, soit $n_A(t)$.

4 Parallèlement, exprimer $n_A(t)$ en fonction de l'avancement x de la réaction (on pourra s'aider d'un tableau d'avancement).

5 Exprimer l'avancement final x_f en fonction de $n_A(t = 0)$, quantité initiale de A.

6 Proposer ensuite deux expressions de $n_A(t_{1/2})$.

7 En déduire que $e^{kt_{1/2}} = 2$.

8 Conclure que le temps de demi-réaction est tel que : $t_{1/2} = \frac{\ln 2}{k}$.

MÉTHODE

SUJETS PAS À PAS

SUJETS COMME À L'EXAMEN

Sujets guidés

SUJET 5

2 pts — 20 min — Calculatrice autorisée

Décomposition du pentaoxyde de diazote

DOC. 1 Les oxydes d'azote

Les oxydes d'azote (N_2O, N_2O_3, NO, NO_2…) sont émis dans l'atmosphère par les installations de chauffage, les automobiles, les centrales thermiques, les volcans ou les orages. Ils participent à trois phénomènes différents de pollution atmosphérique : formation de pluies acides, pollution photochimique avec la création de composés oxydants tels que l'ozone, augmentation de l'effet de serre, etc.

À température élevée, le pentaoxyde de diazote, de formule N_2O_5, se décompose selon la réaction lente et totale suivante :

$$2N_2O_5(g) = 4NO_2(g) + O_2(g)$$

On place du pentaoxyde de diazote dans une enceinte fermée de volume $V = 0{,}50$ L à température constante $T = 318$ K.

On mesure l'évolution de la pression P de l'enceinte en fonction du temps.

À partir de ces mesures, il est possible de déterminer l'avancement x de la réaction en fonction du temps et de le représenter graphiquement.

DOC. 2 Courbe de l'avancement de la réaction en fonction du temps

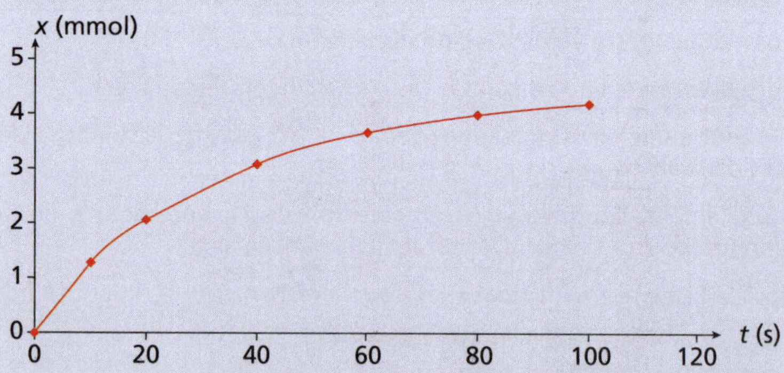

1 Soit n_0 la quantité de matière initiale du pentaoxyde de diazote. Montrer que $n_0 = 8{,}8 \times 10^{-3}$ mol.

2 Montrer que l'avancement maximal x_{max} de la réaction a pour valeur 4,4 mmol.

3 Justifier que la réaction n'est pas terminée à $t = 100$ s.

Le volume V de l'enceinte étant constant, on définit la « vitesse volumique » de la réaction par $v = \frac{1}{V}\frac{dx}{dt}$.

4 Comment varie la vitesse volumique de réaction au cours du temps ?

5 Définir le temps de demi-réaction $t_{1/2}$ et déterminer sa valeur à l'aide du graphe.

> **Données**
> - À $t = 0$, on mesure une pression $P_0 = 4{,}638 \times 10^4$ Pa.
> - Constante des gaz parfaits : $R = 8{,}31\ J \cdot mol^{-1} \cdot K^{-1}$.

PAR ÉTAPES

COMPRENDRE LE SUJET

Les réflexes à avoir

- L'équation d'état des gaz parfaits nécessite d'exprimer les grandeurs dans les unités du système international avec un volume en m^3 pour utiliser la valeur de R donnée dans l'énoncé. Une conversion des L en m^3 est donc nécessaire.
- L'avancement maximal d'une réaction se détermine en établissant un tableau d'avancement de la réaction et en supposant la réaction totale.
- La lecture de la courbe de $x = f(t)$ au temps $t = 100$ s permet de déterminer l'avancement $x(t = 100\ s)$ qu'il faut comparer à $x_f = x_{max}$ pour savoir si la réaction est terminée.
- La courbe $x = f(t)$ permet de tracer plusieurs tangentes et de comparer leur coefficient directeur pour déterminer l'évolution de la vitesse de réaction.
- Une construction graphique directement sur le doc. 2 permet de déterminer le temps de demi-réaction. Il correspond à l'abscisse du point de la courbe d'ordonnée $x_f/2$.

Méthode

Identifier les formules mathématiques

- Identifier les grandeurs connues pour le calcul de la quantité de gaz.
- Écrire l'équation du gaz parfait.
- Faire les conversions d'unité nécessaires avant l'application numérique.

Méthode

Organiser l'exploitation du graphe

- Déterminer l'avancement à $t = 100$ s par lecture graphique de l'ordonnée du point d'abscisse 100 s.
- Tracer les tangentes en plusieurs points de la courbe.
- Déterminer $t_{1/2}$ par lecture graphique de l'abscisse du point d'ordonnée $x_f/2$.

Les expressions mathématiques à connaître

- L'équation d'état du gaz parfait est : $PV = nRT$ avec P la pression (en Pa), V le volume (en m^3), n la quantité de matière (en mol), T la température (en K) et R la constante des gaz parfaits.

Les connaissances à avoir

- Le temps de demi-réaction est le temps au bout duquel la moitié de la quantité maximale de réactif a été consommée. Cela correspond aussi au temps pour lequel l'avancement est $x = x_f/2$.

ORGANISER SES RÉPONSES

Les calculs à effectuer

- À partir de l'équation des gaz parfaits, exprimer la quantité de matière $n = \dfrac{PV}{RT}$ en ayant pris soin de faire l'application numérique dans les unités adaptées.

L'exploitation de la courbe

- La lecture directe de la courbe permet d'obtenir l'ordonnée du point d'abscisse $t = 100$ s et l'abscisse du point d'ordonnée $x_f/2$.
- Sur la courbe, les tangentes en différents points permettent de déterminer les coefficients directeurs pour donner l'évolution de la vitesse en fonction du temps. La comparaison des pentes permet de montrer que la vitesse de réaction diminue au cours du temps.

Au brouillon

Écrire l'équation des GP et en déduire une expression littérale de la quantité de matière en fonction de P, V, R et T.

Conseil

Tracer directement sur la courbe, en plusieurs points, les tangentes à la courbe.

Comparer les coefficients directeurs (valeur et signe).

En déduire une comparaison des vitesses de réaction correspondantes.

CORRIGÉ 5

Comprendre le corrigé

1 L'équation d'état du gaz parfait est $PV = nRT$, avec V le volume en m^3. On en déduit la quantité n_0 de matière initiale de pentaoxyde de diazote :

$$n_0 = \frac{P_0V}{RT}$$

soit $n_0 = \dfrac{4,638 \times 10^4 \times 0,50 \times 10^{-3}}{8,31 \times 318} = 8,8 \times 10^{-3}$ mol

sachant que $0,50 \text{ L} = 0,50 \times 10^{-3}$ m^3.

Précision des résultats

Le volume V étant donné avec 2 chiffres significatifs, le résultat du calcul de n_0 ne peut pas être plus précis.

2 À partir de l'équation bilan de la réaction, on peut établir le tableau d'avancement simplifié :

	$2\ N_2O_5(g)$ =	$4\ NO_2(g)$ +	$O_2(g)$
EI (état initial)	n_0	0	0
EC (état en cours)	$n_0 - 2x$	$4x$	x
EF (état final)	0	$4x_{max}$	x_{max}

À l'état final, $n_0 - 2x_{max} = 0$ soit :

$$x_{max} = \frac{n_0}{2} = 4{,}4 \times 10^{-3} \text{ mol ou } 4{,}4 \text{ mmol.}$$

3 La lecture directe de la courbe permet de montrer que l'ordonnée du point d'abscisse t = 100 s correspond à x = 4,2 mmol.

Vérification

Vérifiez que l'avancement à t = 100 s est inférieur à x_{max}.

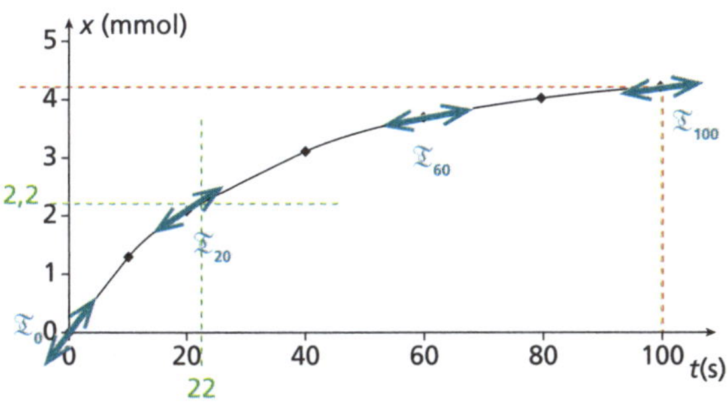

L'avancement maximal n'est pas atteint : la réaction n'est donc pas finie.

4 L'évolution de la vitesse volumique de la réaction correspond à celle des coefficients directeurs des pentes en différents points de la courbe :

$$\mathfrak{T}_0 > \mathfrak{T}_{20} > \mathfrak{T}_{60} > \mathfrak{T}_{100}$$

On en déduit que la vitesse volumique de la réaction diminue au cours du temps.

Étapes intermédiaires

- Tracez les tangentes (doubles flèches bleues) en 0 s, 20 s, 60 s et 100 s.
- Comparez les pentes pour avoir l'évolution de la vitesse volumique.

5 Le temps de demi-réaction est le temps au bout duquel l'avancement est diminué de moitié.

$x_f = x_{max} = 4{,}4$ mmol

donc : $t_{1/2} = t\left(\dfrac{x_{max}}{2}\right) = t(2{,}2 \text{ mmol})$

soit $t_{1/2}$ = 22 s (tracé vert).

CORRIGÉS Contrôler ses connaissances

p. 62 Questions flash

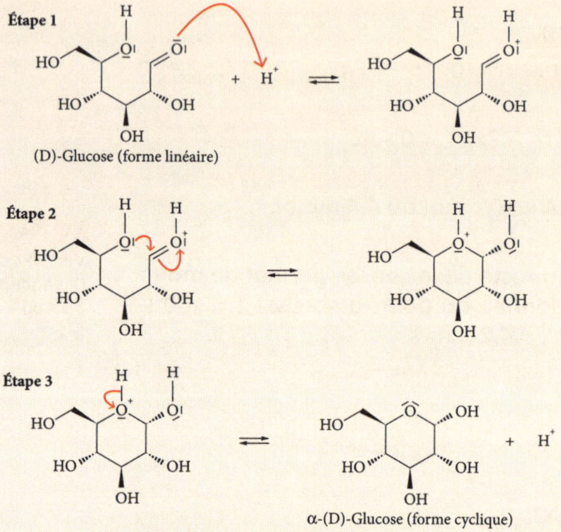

QCM

1. a), b) et **c)** Toutes les propositions sont exactes, car la température et la concentration (des produits ou des réactifs) sont des facteurs cinétiques. Cela signifie que toute modification de l'un des facteurs entraîne une modification de la cinétique de la transformation.

2. c) et **d)** Un catalyseur accélère une transformation sans modification de la nature des produits. Il agit au niveau du mécanisme réactionnel tout en étant régénéré en fin ou pendant l'ensemble des actes élémentaires. En jouant sur le catalyseur, on peut accélérer, donc sélectionner, une transformation au détriment d'autres.

3. a) L'ordre d'une cinétique est un ordre global, somme des ordres partiels. Les cinétiques d'ordre 0 ou 1 existent, mais il n'est pas toujours possible de déterminer un ordre pour chaque réaction, surtout si le déroulement de la transformation est complexe.

4. b) et **c)** Les quantités de matière ou volumes des produits sont proportionnels à l'avancement, donc la définition du temps de demi-réaction est valable pour ces deux grandeurs.

Vrai ou Faux

1. Faux. Cette affirmation est vraie pour une cinétique d'ordre 0. Dans le cas d'une cinétique d'ordre 1, la vitesse volumique d'apparition d'un produit est une fonction exponentielle croissante.

2. **Faux.** La diminution de la concentration d'un réactif diminue la vitesse de réaction, contrairement à l'augmentation de la température.

3. **Faux.** Un catalyseur agit sur la vitesse de réaction et non sur la quantité finale de produit formée.

4. **Vrai.** La vitesse volumique de réaction s'exprime en $mol \cdot L^{-1} \cdot s^{-1}$: une analyse dimensionnelle de la relation $v = -\frac{d[A]}{dt}$ permet de le montrer.

5. **Vrai.** Chaque transformation a une équation bilan qui n'est que la liste des réactifs nécessaires et des produits formés. C'est un bilan macroscopique sans réalité chimique en termes de mécanisme. On appelle mécanisme réactionnel l'ensemble des actes élémentaires représentant les ruptures ou formations de liaisons réalisées réellement. Ces actes peuvent être enchaînés ou simultanés et ont des cinétiques différentes.

Vers le sujet de Bac

1 Dans le cas d'une transformation d'équation bilan A → Produits, la vitesse volumique de disparition de A est $v = -\frac{d[A]}{dt}$.

2 Dans le cas d'une cinétique d'ordre 1, on a aussi $v = k[A]$ avec k la constante de vitesse (en s^{-1}), soit $v = -\frac{d[A]}{dt} = k[A]$.

3 On en déduit que $[A] = [A]_0 e^{-kt}$ avec $[A]_0 = [A]_t = 0$ la concentration à l'instant initial. En supposant que le volume V de la solution reste constant, on peut écrire $[A] \times V = [A]_0 \times V e^{-kt}$, soit encore au niveau des quantités de matière du réactif A : $n_A(t) = n_{A0} \times e^{-kt}$, avec $n_{A0} = n_A(t = 0)$ la quantité de réactif à l'instant initial.

4 Or $n_A(t) = n_{A0} - x$ avec x l'avancement de la réaction. Finalement, on obtient $n_A(t) = n_{A0} - x = n_{A0} \times e^{-kt}$.

5 A est le seul réactif limitant et en supposant la réaction totale, on en déduit que $n_{A0} = x_f$.

6 Le temps de demi-réaction est le temps au bout duquel l'avancement de la réaction est égal à la moitié de l'avancement final.

> **L'astuce du prof**
> Un tableau d'avancement de la réaction permet de montrer qu'à l'état en cours, $n_A = n_{A0} - x$ et qu'à l'état final, $n_A = n_{A0} - x_f = 0$, soit $n_{A0} = x_f$.

La relation précédente s'écrit alors :

$$n_A(t_{1/2}) = n_{A0} - \frac{x_f}{2} = n_{A0} - \frac{n_{A0}}{2} = \frac{n_{A0}}{2} = n_{A0} e^{-kt_{1/2}}$$

7 Soit $\frac{1}{2} = e^{-kt_{1/2}}$ ou encore, en inversant la relation : $2 = e^{kt_{1/2}}$.

8 En prenant la fonction inverse de l'exponentielle, on peut écrire $\ln 2 = \ln(e^{kt_{1/2}}) = kt_{1/2}$ soit pour k non nulle : $t_{1/2} = \frac{\ln 2}{k}$, ce qu'il fallait démontrer.

Modéliser l'évolution d'un système, siège d'une transformation nucléaire

Faire le point

1 Définitions

- Des noyaux sont **isotopes** s'ils sont caractérisés par le même nombre de charge Z, mais par des nombres de masse A différents.
- La **demi-vie ou période radioactive** $t_{1/2}$ d'un nucléide radioactif est la durée au bout de laquelle la moitié des noyaux radioactifs initialement présents dans un échantillon s'est désintégrée.
- L'**activité** A d'un échantillon, exprimée en becquerels (Bq), est le nombre de désintégrations par seconde.

→ Conséquences

- Deux noyaux isotopes appartiennent au même élément chimique.
- La courbe d'évolution d'une population de noyaux peut se construire facilement connaissant $t_{1/2}$.

2 Stabilité et instabilité des noyaux

- Le noyau renferme des nucléons : Z protons chargés positivement (charge +e) et $N = A - Z$ neutrons de charge nulle.
- Un noyau X caractérisé par son nombre de masse A et son nombre de charge Z est représenté **symboliquement** par ${}^{A}_{Z}\mathrm{X}$.
- Certains noyaux instables peuvent se désintégrer et donner naissance à un nouveau noyau, stable ou instable. Dans un diagramme (N, Z), on observe que tous les isotopes stables sont regroupés sur une ligne appelée **vallée de stabilité** (en orange).

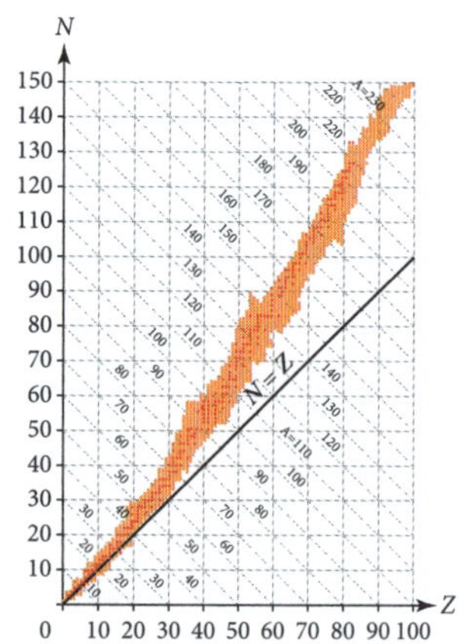

3 Radioactivité

- La radioactivité est un phénomène physique par lequel un noyau instable se désintègre pour constituer un nouveau noyau plus stable. Cette désintégration s'accompagne d'une émission de particules α (noyau d'hélium ${}^{4}_{2}\text{He}$), β^- (électron ${}^{0}_{-1}\text{e}$) ou β^+ (positron ${}^{0}_{+1}\text{e}$), ou encore d'un rayonnement γ.
- Lors d'une réaction nucléaire, il y a **conservation du nombre de charge *Z*** et du **nombre de masse *A*** avant et après la réaction, ainsi que de l'énergie totale.
- Lors d'une désintégration, il y a **diminution de l'énergie de masse** du système de particules qui constituait le noyau.

4 Évolution d'une population

- Étant donnée une population de $N(t)$ noyaux radioactifs à la date t. Du fait de la désintégration d'un certain nombre de noyaux radioactifs, la population $N(t)$ décroît au cours du temps.
- L'équation différentielle qui régit la décroissance de la population de noyaux radioactifs est alors : $\dfrac{\mathrm{d}N}{\mathrm{d}t} + \lambda N = 0$.
- La constante de proportionnalité λ ou constante radioactive (en s^{-1}) est caractéristique du type de noyau pour la désintégration étudiée.
- On peut définir la constante de temps (en s) du phénomène de décroissance radioactive $\tau = \dfrac{1}{\lambda}$. La solution $N(t)$ à l'équation précédente s'écrit alors :

$$\boldsymbol{N(t) = N_0 e^{-t/\tau}}$$

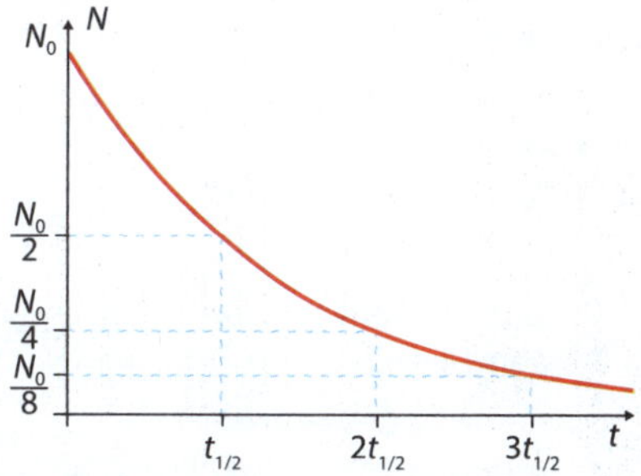

- On peut montrer que la demi-vie $t_{1/2}$ est liée à la constante radioactive λ :

$$t_{1/2} = \frac{\ln 2}{\lambda} \approx \frac{0{,}693}{\lambda}$$

et que l'activité A de l'échantillon est telle que :

$$A(t) = -\frac{\mathrm{d}N(t)}{\mathrm{d}t} = \lambda N(t)$$

Contrôler ses connaissances

corrigés p. 78

Questions flash

1. Écrire les équations de désintégration d'un noyau instable $^{A}_{Z}X$ dans le cas d'une désintégration α, d'une désintégration β^-, puis d'une désintégration β^+.
2. Démontrer que la demi-vie d'un noyau radioactif est inversement proportionnelle à la constante radioactive.
3. Construire la courbe de décroissance radioactive d'un échantillon de population initiale N_0 et de demi-vie $t_{1/2}$.

QCM *Cocher la (ou les) bonne(s) réponse(s).*

1. À un temps *t* donné, l'activité *A*(*t*) d'un échantillon est proportionnelle à :

- ☐ **a.** l'activité initiale $A_0 = A(t = 0)$.
- ☐ **b.** la constante radioactive λ.
- ☐ **c.** la demi-vie $t_{1/2}$.
- ☐ **d.** la population initiale N_0.

2. Un émetteur β^+ de numéro atomique *Z* :

- ☐ **a.** produit un noyau fils et un proton.
- ☐ **b.** a un noyau fils dont le numéro atomique est $Z + 1$.
- ☐ **c.** se désintègre au bout de 2 demi-vies.
- ☐ **d.** peut se désintégrer très rapidement quelle que soit sa constante radioactive.

3. Deux noyaux isotopes ont le même nombre de :

- ☐ **a.** protons.
- ☐ **b.** nucléons.
- ☐ **c.** neutrons.
- ☐ **d.** électrons.

4. Lors d'une réaction de désintégration :

- ☐ **a.** le noyau fils a le même nombre de nucléons que le noyau père.
- ☐ **b.** la masse totale est conservée.
- ☐ **c.** le nombre total de protons reste le même.
- ☐ **d.** il n'y a pas de perte de neutrons lors de la désintégration.

5. Une population de noyaux radioactifs est telle que :

- ☐ **a.** le nombre de noyaux qui se désintègrent est prévisible.
- ☐ **b.** la courbe de désintégration est modélisable par une fonction exponentielle.
- ☐ **c.** au bout d'une demi-vie, la population a diminué de moitié.
- ☐ **d.** elle diminue au cours du temps.

Vrai ou Faux

1. La demi-vie correspond à la moitié du temps de vie d'un noyau instable.

☐ Vrai ☐ Faux

2. Pour la même population initiale, l'activité initiale est d'autant plus importante que la demi-vie de la population est courte.

☐ Vrai ☐ Faux

3. La masse d'un positron est la même que celle d'un électron.

☐ Vrai ☐ Faux

4. Un becquerel correspond à une désintégration par seconde de l'échantillon.

☐ Vrai ☐ Faux

5. Lors d'une réaction nucléaire, tous les éléments chimiques sont conservés.

☐ Vrai ☐ Faux

Vers le sujet de BAC

Identifier les noyaux stables

Le carbone 14 est un émetteur β^-, alors que le plutonium 238 est un émetteur α.

Écrire les deux réactions de désintégration et en déduire les noyaux plus stables formés en réalisant les étapes suivantes :

1 Rechercher, dans la classification périodique, le numéro atomique des noyaux connus.

2 Écrire l'équation de la réaction en notant ${}^{A}_{Z}X$ le noyau stable produit, sachant que :
- un émetteur α produit un noyau d'hélium ${}^{4}_{2}He$;
- un émetteur β^+ produit un positron ${}^{0}_{+1}e$;
- un émetteur β^- produit un électron ${}^{0}_{-1}e$.

3 Appliquer les règles de conservation du nombre de masse et du nombre de charge pour en déduire *A* et *Z* du noyau X.

4 En utilisant à nouveau la classification périodique, identifier X grâce à son numéro atomique *Z* et remplacer X par son symbole.

Sujets guidés

SUJET 6

2,5 pts — 25 min — Calculatrice autorisée

Désintégration du polonium

Le polonium $^{210}_{84}Po$ se désintègre en plomb $^{206}_{82}Pb$.

1 Écrire l'équation de la réaction nucléaire et préciser le type de radioactivité. On ne considérera pas d'émission gamma.

À l'instant $t = 0$, un échantillon de polonium contient N_0 noyaux pères. À un instant t quelconque, on détermine le nombre N de noyaux non désintégrés. Les mesures du rapport N/N_0 sont réunies dans le tableau suivant :

t (jours)	0	30	60	90	120	150	180
N/N_0	1	0,86	0,74	0,64	0,55	0,47	0,40

2 Tracer le graphe de la fonction $f(t) = -\ln\left(\frac{N}{N_0}\right)$.

3 En déduire les valeurs de la constante radioactive et de la demi-vie du polonium.

PAR ÉTAPES

COMPRENDRE LE SUJET

Les réflexes à avoir

- L'équation d'une désintégration radioactive s'écrit en appliquant les lois de conservation du nombre A de masse et du nombre Z de charge.
- La courbe de $y = f(x)$ est le graphe représentatif des points expérimentaux tels que y est l'ordonnée du point et x son abscisse. Dans le cas du graphe $f(t) = -\ln\left(\frac{N}{N_0}\right)$, le temps est l'abscisse du repère et $-\ln\left(\frac{N}{N_0}\right)$ son ordonnée.
- À partir de l'expression de $N(t)$ en fonction de la constante radioactive λ, en déduire l'expression de $y = -\ln\left(\frac{N}{N_0}\right)$ pour constater que λ est le coefficient directeur de la droite $-\ln\left(\frac{N}{N_0}\right) = f(t)$.

Méthode

Identifier les réactifs et les produits et équilibrer l'équation

- Le polonium se désintègre en plomb : le premier est le réactif et le second le produit.
- Ajouter une particule inconnue $^{A}_{Z}X$ du côté des produits.
- Équilibrer en déterminant A et Z de la particule inconnue.

Les expressions mathématiques à connaître

- La population N d'un échantillon radioactif est telle que $N = N_0\exp(-\lambda t)$ avec λ la constante radioactive exprimée en s^{-1}.
- La constante radioactive λ (en s^{-1}) et la demi-vie $t_{1/2}$ (en s) d'un échantillon sont liées par la relation : $t_{1/2} = \frac{\ln 2}{\lambda}$.
- La fonction inverse d'une fonction est l'identité $\exp(\ln(x)) = \ln(\exp(x)) = x$ avec « ln » la fonction logarithme népérien et « exp » sa fonction inverse, la fonction exponentielle.

Les connaissances à avoir

- Le coefficient directeur a d'une droite Δ est tel que : $a = \frac{y_B - y_A}{x_B - x_A}$ avec $A(x_A, y_A)$ et $B(x_B, y_B)$ deux points de la droite Δ.

Méthode

Organiser les outils qui vont servir à répondre aux questions

- À partir du tableau de données, calculer $-\ln\left(\frac{N}{N_0}\right)$.
- Dans un repère orthonormé $\left(t, -\ln\left(\frac{N}{N_0}\right)\right)$, placer les points expérimentaux.
- Modéliser par une droite passant par l'origine et la plus proche possible de tous les points.
- Calculer le coefficient directeur.

- Les notations symboliques de certaines particules sont à connaître : ${}_{1}^{1}p$ pour le proton, ${}_{0}^{1}n$ pour le neutron, ${}_{1}^{0}e$ pour le positron, ${}_{-1}^{0}e$ pour l'électron et ${}_{2}^{4}He$ pour le noyau d'hélium ou particule α.

ORGANISER SES RÉPONSES

La réaction en jeu

- S'organiser avec méthode :

– écrire le réactif à gauche (polonium), puis le produit après la flèche (plomb) ;

– ajouter une particule inconnue du côté des produits de nombre A de masse et Z de charge ;

– écrire que $A(Po) = A(Pb) + A$ et $Z(Po) = Z(Pb) + Z$ afin de déterminer A et en déduire la nature de la particule.

Au brouillon

- Poser l'équation : ${}_{84}^{210}Po \rightarrow {}_{82}^{206}Pb + {}_{Z}^{A}X$.
- Écrire les lois de conservation :

$$\begin{cases} 210 = 206 + A \\ 86 = 84 + Z \end{cases}$$

Les expressions à établir

- La loi de décroissance radioactive peut s'écrire :

$N = N_0\exp(-\lambda t)$. Soit $\exp(-\lambda t) = \frac{N}{N_0}$.

En prenant le logarithme népérien de cette expression, on obtient : $-\ln\left(\frac{N}{N_0}\right) = \lambda t$ (linéaire).

Au brouillon

- $-\ln\left(\frac{N}{N_0}\right) = \lambda t$: la courbe représentative est une droite passant par l'origine de type $y = ax$ et on identifie $y = -\ln\left(\frac{N}{N_0}\right)$; $x = t$ et $a = \lambda$ coefficient directeur de la droite.

CORRIGÉ 6

Comprendre le corrigé

1 L'équation de la réaction nucléaire est :

$$^{210}_{84}Po \rightarrow ^{206}_{82}Pb + ^{A}_{Z}X$$

Les lois de conservation permettent d'écrire :

– la conservation du nombre de masse : $210 = 206 + A$, soit $A = 210 - 206 = 4$;

– la conservation du nombre de charge : $84 = 82 + Z$, soit $Z = 84 - 82 = 2$.

L'élément chimique s'identifie grâce à son nombre de charge, qui est aussi son numéro atomique dans la classification périodique des éléments chimiques.

$Z = 2$ donc X est un noyau d'hélium He et le symbole de la particule $^{A}_{Z}X$ produite est $^{4}_{2}He$. Il s'agit ainsi d'une désintégration α : $^{210}_{84}Po \rightarrow ^{206}_{82}Pb + ^{4}_{2}He$.

Vérification

Vérifiez toujours *a posteriori* la conservation de *A* et de *Z*, une fois l'équation écrite.

Vérification

Vérifiez que X est soit une particule α, soit une particule β⁺, soit une particule β⁻.

2 En calculant $-\ln\left(\frac{N}{N_0}\right)$ à partir de la 2ᵉ ligne du tableau des données, on peut le compléter et tracer $-\ln\left(\frac{N}{N_0}\right) = f(t)$.

t (jours)	0	30	60	90	120	150	180
$\frac{N}{N_0}$	1	0,86	0,74	0,64	0,55	0,47	0,40
$-\ln\left(\frac{N}{N_0}\right)$	0	0,15	0,30	0,45	0,60	0,76	0,92

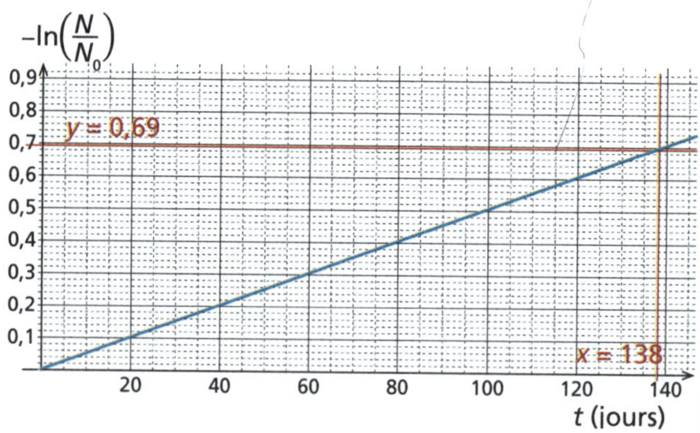

3 Or on sait, d'après la loi de décroissance radioactive, que le nombre moyen N de noyaux non désintégrés présents dans l'échantillon à une date t est $N(t) = N_0\exp(-\lambda t)$. N_0 étant non nul, par division de chaque membre par N_0, on a :

$$\frac{N}{N_0} = e^{-\lambda t}$$

en utilisant l'écriture compactée $\exp(-\lambda t) = e^{-\lambda t}$. La fonction inverse d'une fonction est l'identité et :

$$-\ln\left(\frac{N}{N_0}\right) = \ln\left(e^{-\lambda t}\right) = \lambda t$$

La constante radioactive représente ainsi le coefficient directeur de la pente de la droite tracée précédemment.

Le coefficient directeur se calcule à partir de deux points quelconques de la droite : pour plus de facilité, on peut choisir le point origine du repère O (0 ; 0) et un point M relativement éloigné de O, soit M (180 ; 0,92).

Le coefficient directeur est alors $\lambda = \dfrac{0{,}92 - 0}{180 - 0}$, c'est-à-dire le rapport entre la différence des ordonnées et la différence des abscisses. On en déduit $\lambda = 5{,}0 \times 10^{-3}$ jour^{-1}.

La demi-vie est la durée au bout de laquelle $N = \dfrac{N_0}{2}$: sa valeur correspond à l'abscisse du point d'ordonnée :

$$-\ln\left(\frac{\frac{N_0}{2}}{N_0}\right) = -\ln\left(\frac{1}{2}\right) = \ln 2 \approx 0{,}69$$

Par lecture graphique, on obtient $t_{1/2} = 138$ jours (tracé rouge).

À retenir

La fonction inverse de la fonction exponentielle est le logarithme népérien : $\ln(e^x) = x$.

Étapes intermédiaires

Les points choisis pour le coefficient directeur doivent impérativement appartenir à la droite et être suffisamment éloignés pour gagner en précision.

Cohérence des notations

La constante radioactive peut être exprimée en j^{-1} et la demi-vie en j si la lecture graphique reste en jours.

CORRIGÉS Contrôler ses connaissances

p. 72 **Questions flash**

1. L'équation de désintégration α d'un noyau père X en noyau fils Y est :

$$^{A}_{Z}X \rightarrow {}^{4}_{2}He + {}^{A-4}_{Z-2}Y + \gamma$$

L'équation de désintégration β^- d'un noyau père X en noyau fils Y est :

$$^{A}_{Z}X \rightarrow {}^{0}_{-1}e + {}^{A}_{Z+1}Y + \gamma$$

L'équation de désintégration β^+ d'un noyau père X en noyau fils Y est :

$$^{A}_{Z}X \rightarrow {}^{0}_{-1}e + {}^{A}_{Z+1}Y + \gamma$$

2. La définition de la demi-vie $t_{1/2}$ se traduit de la manière suivante :

$$N(t_{1/2}) = N_0\exp(-\lambda t_{1/2}) = \frac{N_0}{2}$$

soit $\exp(-\lambda t_{1/2}) = \frac{1}{2}$ en simplifiant par N_0 non nul.

On en déduit que $\lambda t_{1/2} = \ln 2$ en prenant le logarithme népérien de l'expression précédente, soit $t_{1/2} = \frac{\ln 2}{\lambda}$.

> **À savoir**
> $\ln\left(\frac{1}{x}\right) = -\ln(x)$.

3.

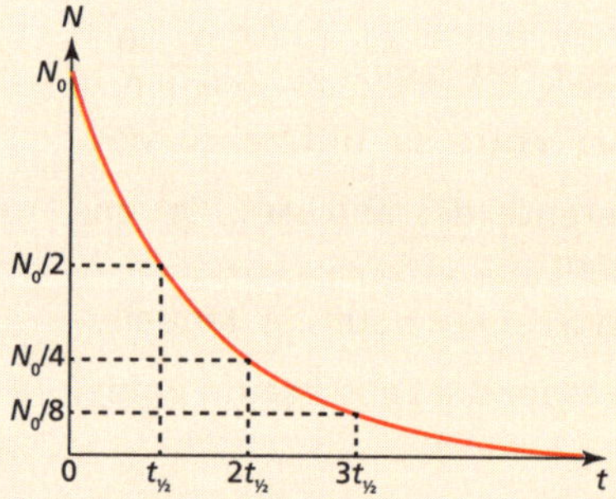

QCM

1. a) et **d)** L'activité $A(t) = \lambda N(t) = \lambda N_0 e^{-\lambda t} = A_0 e^{-\lambda t}$ d'un échantillon est proportionnelle à N_0 et à A_0. En revanche, $A(t)$ n'est pas proportionnelle à λ, car $A(\lambda) \neq a\lambda$ avec a une constante indépendante de λ.

> **À savoir**
> Il y a proportionnalité entre deux grandeurs si le rapport entre ces grandeurs est une constante indépendante de celles-ci.

2. d) La radioactivité étant un phénomène aléatoire, tout noyau peut se désintégrer à tout moment, en particulier à t petit. La probabilité de se désintégrer très rapidement n'étant pas nulle, le noyau peut se désintégrer à tout moment et donc pas uniquement à $t = 2t_{1/2}$.

3. a) Deux noyaux isotopes ont uniquement en commun leur numéro atomique Z, c'est-à-dire leur nombre de protons. Ils appartiennent au même élément chimique sans avoir le même nombre de nucléons ou de neutrons. Un noyau ne possède en revanche pas d'électrons.

4. **c)** Dans une réaction de désintégration, seuls les nombres Z de protons et A de nucléons sont conservés.

5. **b), c)** et **d)** La population radioactive diminue de manière exponentielle et de moitié au bout d'une demi-vie. Le phénomène de désintégration est aléatoire.

Vrai ou Faux

1. **Faux.** La demi-vie est le temps au bout duquel la moitié d'une population de noyaux s'est désintégrée. La radioactivité étant un phénomène aléatoire, on ne peut pas prédire la durée de vie d'un noyau instable, et donc encore moins sa moitié !

2. **Vrai.** L'activité initiale A_0 est liée à la demi-vie $t_{1/2}$ par $A_0 = \lambda N_0$ avec $\lambda = \frac{\ln 2}{t_{1/2}}$, soit $A_0 = \frac{N_0 \ln 2}{t_{1/2}}$. Plus la demi-vie $t_{1/2}$ est courte, et plus l'activité initiale d'un échantillon est grande à N_0 fixé.

3. **Vrai.** Le positron est l'anti-particule de l'électron : ils ont la même masse.

4. **Vrai.** L'activité est le nombre de désintégrations par seconde d'un échantillon, donc $A = 1$ Bq correspond bien à la définition d'une désintégration par seconde.

5. **Faux.** Comme le nombre de protons du noyau concerné peut changer, l'élément chimique est modifié. La conservation des éléments chimiques n'est valable, comme son nom l'indique, que dans le cas de réactions chimiques, et non dans le cas de réactions nucléaires.

Vers le sujet de Bac

1 La classification périodique indique C ($Z = 6$) et Pu ($Z = 94$).

2 Le carbone 14 est un émetteur β^-, l'équation de la réaction de désintégration s'écrit donc : ${}^{14}_{6}\text{C} \rightarrow {}^{0}_{-1}\text{e} + {}^{A}_{Z}\text{X}$. Le plutonium 238 est un émetteur α, l'équation de la réaction de désintégration s'écrit donc : ${}^{238}_{94}\text{Pu} \rightarrow {}^{4}_{2}\text{He} + {}^{A'}_{Z'}\text{Y}$.

3 Pour la désintégration du carbone 14 :

– la conservation du nombre de masse impose $14 = 0 + A$, donc $A = 14$;

– la conservation du nombre de charge impose $6 = -1 + Z$, donc $Z = 7$.

Pour la désintégration du plutonium, on obtient les relations : $238 = 4 + A'$ et $94 = 2 + Z'$. On en déduit pour le noyau Y : $A' = 234$ et $Z' = 92$.

À savoir

Un émetteur β^- se désintègre en formant le noyau de l'élément juste après dans la classification périodique ($Z + 1$). Un émetteur β^+ produit le noyau de l'élément $Z - 1$ et un émetteur α produit le noyau de numéro atomique $Z - 2$.

4 On identifie ainsi ${}^{14}_{7}\text{X}$ comme un noyau d'azote ${}^{14}_{7}\text{N}$, et le noyau ${}^{234}_{92}\text{Y}$ comme un noyau d'uranium ${}^{234}_{92}\text{U}$. On obtient finalement les deux équations de désintégration suivantes :

$${}^{14}_{6}\text{C} \rightarrow {}^{0}_{-1}\text{e} + {}^{14}_{7}\text{N} \quad \text{et} \quad {}^{238}_{94}\text{Pu} \rightarrow {}^{4}_{2}\text{He} + {}^{234}_{92}\text{U}$$

Prévoir le sens de l'évolution spontanée d'un système

Faire le point

1 Définitions

- Le **taux d'avancement** τ, sans dimension, est le rapport entre l'avancement final x_f d'une transformation et son avancement maximal x_{max} en la considérant comme totale.
- La **quantité d'électricité** Q est la charge totale des électrons échangés pendant la durée de fonctionnement.
- La **tension à vide** E **(en V), ou force électromotrice** d'une pile, est la tension aux bornes de la pile lorsqu'aucun courant n'est débité.

→ Conséquences

- Le taux d'avancement d'une réaction totale est égal à 1 ou 100 %.
- La capacité de charge électrique ou capacité d'une pile C est la charge électrique Q_{totale} que peut fournir la pile pendant son temps de fonctionnement.
- Un **faraday** est la charge d'une mole d'électrons :

$$1\ \mathcal{F} = \mathcal{N}_A e = 96\,500\ \text{C}$$

2 Équilibre d'un système

- On considère un état quelconque de la transformation dont l'équation de la réaction est :

$$aA + bB = cC + dD$$

- On définit alors le quotient de réaction, noté Q_r, sans dimension, comme :

$$Q_r = \frac{\left(\frac{[C]}{c_0}\right)^c \times \left(\frac{[D]}{c_0}\right)^d}{\left(\frac{[A]}{c_0}\right)^a \times \left(\frac{[B]}{c_0}\right)^b}$$

avec [A], [B], [C] et [D] : concentrations (en $mol \cdot L^{-1}$), c_0 : concentration de référence ($c_0 = 1{,}0\ mol \cdot L^{-1}$).

3 Évolution spontanée hors équilibre

- À température constante, le quotient de réaction à l'équilibre a une valeur constante et indépendante de la composition initiale du système. Cette valeur est appelée constante d'équilibre du système, notée K, sans dimension : $Q_{r,éq} = K(T)$. K ne dépend que de la température.
- Hors équilibre, le tableau ci-dessous récapitule les situations possibles :

$Q_r = K$	$Q_{r,éq} = K$ L'état d'équilibre est atteint.	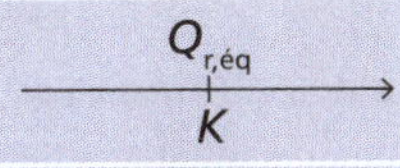
$Q_r < K$	Sens spontané de la transformation vers la droite (sens 1 ou sens direct)	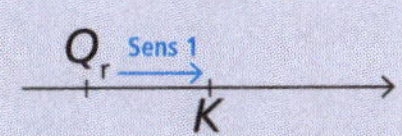
$Q_r > K$	Sens spontané de la transformation vers la gauche (sens 2 ou sens indirect/inverse)	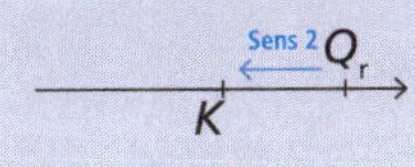

- Plus la constante K est élevée, plus la réaction est déplacée dans le sens 1 et plus le taux d'avancement $\tau = \dfrac{x_f}{x_{max}}$ est élevé.

4 Réactions d'oxydoréduction, constitution d'une pile

- Une pile est constituée de deux demi-piles mettant en jeu un transfert spontané d'électrons du réducteur d'un premier couple redox Ox_1/Red_1 vers l'oxydant d'un second couple Ox_2/Red_2.
- La convention veut que l'on commence par le pôle négatif de la pile pour terminer par son pôle positif : – $Red_1(s)$ / $Ox_1(aq)$ // $Ox_2(aq)$ / $Red_2(s)$ +.
- La **quantité d'électricité débitée** par une pile pendant une durée Δt est :

$$Q = I\Delta t = n\mathcal{N}_A e$$

avec Q : charge ou quantité d'électricité (en C), I : intensité du courant (en A), Δt : durée de fonctionnement de la pile (en s), n : quantité d'électrons échangés (en mol), $\mathcal{N}_A$: constante d'Avogadro (en mol^{-1}), e : charge élémentaire (en C).

- La **capacité de charge électrique** est :

$$C = Q_{totale} = I\tau$$

avec C : capacité (en Ah), Q_{totale} : charge totale (en Ah), I : intensité du courant électrique débité (en A), τ : durée de la charge/décharge (en h).

- La **tension à vide E (en V) ou force électromotrice**, notée en abrégé f.é.m., est :

$$U(I = 0) = E$$

MÉTHODE
SUJETS PAS À PAS
SUJETS COMME À L'EXAMEN

Contrôler ses connaissances

corrigés p. 88

Question flash

En TP, on réalise la pile – $Zn(s)/Zn^{2+}(aq)$ // $Ag^{+}(aq)/Ag(s)$ +. Les solutions contenues dans les béchers sont une solution de sulfate de zinc $Zn^{2+}(aq) + SO_4^{2-}(aq)$, ainsi qu'une solution de nitrate d'argent $Zn^{2+}(aq) + NO_3^{-}(aq)$.

Légender et compléter le schéma de la pile en précisant le sens des électrons et celui du courant débité par cette pile. On précise que le pont salin contient une solution de nitrate de potassium $K^{+}(aq) + NO_3^{-}(aq)$.

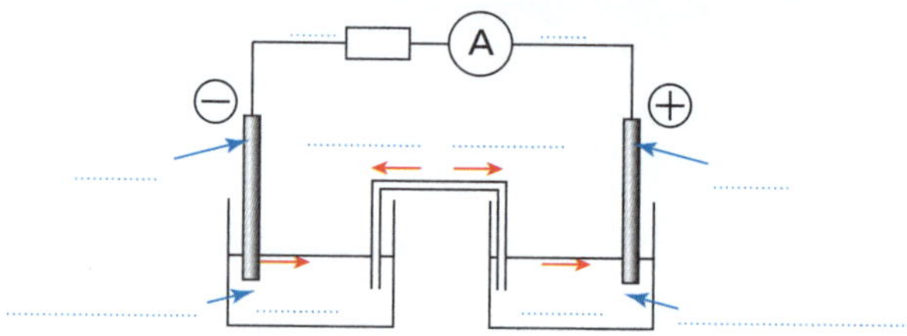

QCM *Cocher la (ou les) bonne(s) réponse(s).*

1. Dans une transformation chimique, l'état d'équilibre est atteint lorsque :

- ☐ **a.** il y a 50 % de produits et 50 % de réactifs.
- ☐ **b.** les réactions se poursuivent à vitesse égale.
- ☐ **c.** les transformations évoluent jusqu'à une certaine limite et tout s'arrête.

2. Quelle est l'expression de la constante d'équilibre pour la transformation associée à l'équation de la réaction : $Ag_3PO_4(s) = 3Ag^{+} + PO_4^{3-}$?

- ☐ **a.** $K = \left[Ag^{+}\right]_{éq}^{3}\left[PO_4^{3-}\right]_{éq}$
- ☐ **b.** $K = \dfrac{\left[Ag^{+}\right]_{éq}^{3}\left[PO_4^{3-}\right]_{éq}}{\left[Ag_3PO_4\right]_{éq}}$
- ☐ **c.** $K = \dfrac{\left[PO_4^{3-}\right]_{éq}}{3\left[Ag^{+}\right]_{éq}}$

3. Pour une réaction déterminée, A + B = C + D, le quotient de réaction a une valeur de 75, alors que la constante d'équilibre est de 895.

- ☐ **a.** La transformation évolue dans le sens A + B → C + D.
- ☐ **b.** La transformation évolue dans le sens C + D → A + B.
- ☐ **c.** Il y a un équilibre dynamique pour lequel les proportions des réactifs et des produits n'évoluent plus.

Vrai ou Faux

1. L'anode est la borne de sortie des électrons circulant à l'extérieur de la pile.

☐ Vrai ☐ Faux

2. L'intensité du courant circulant à l'extérieur de la pile est proportionnelle à la quantité d'électrons transférés pendant une durée donnée.

☐ Vrai ☐ Faux

3. Les électrons échangés circulent dans les solutions des deux demi-piles.

☐ Vrai ☐ Faux

4. Une réaction d'oxydoréduction est le lieu d'échanges de protons.

☐ Vrai ☐ Faux

5. L'anode métallique diminue en masse, à l'inverse de la cathode.

☐ Vrai ☐ Faux

Vers le sujet de BAC

Déterminer le sens de l'évolution d'un système

On prépare une solution S_1 en dissolvant une masse m = 13 mg de diiode I_2 dans un volume V = 100 mL de solution d'iodure de potassium KI de concentration $c_1 = 1{,}0 \times 10^{-1}$ mol·L^{-1}. Une solution S_2 est préparée en mélangeant une solution d'ions fer II et d'ions fer III de même concentration $c_2 = 1{,}0 \times 10^{-2}$ mol·L^{-1}. On mélange un volume V_1 = 10 mL de S_1 avec V_2 = 10 mL de S_2.

Prévoir le sens d'évolution de la transformation et préciser si l'état final est un état d'équilibre en réalisant les étapes suivantes :

1 Écrire les demi-équations et en déduire l'équation de la réaction.

2 Exprimer puis calculer la constante de réaction à l'état initial $Q_{r,i}$.

3 Comparer cette constante à la constante d'équilibre K et conclure sur le sens d'évolution du système chimique.

4 En fonction de la valeur de K, conclure sur un équilibre final ou une réaction totale. La réaction est totale si K est supérieure à 10^4.

› Données

- Masse molaire de l'iode : M_I = 127 g·mol^{-1}.
- Constante d'équilibre associée à la réaction : $K = 10^{4{,}7}$.
- Couples en jeu : $Fe^{3+}(aq)/Fe^{2+}(aq)$ et $I_2(aq)/I^-(aq)$.

Sujets guidés

SUJET 7 — Étude d'une pile cuivre-argent

2,25 pts — 30 min — Calculatrice autorisée

À partir des couples oxydant/réducteur $Cu^{2+}(aq)/Cu(s)$ et $Ag^{+}(aq)/Ag(s)$, on peut envisager deux transformations dont les réactions peuvent être :

$$Cu(s) + 2Ag^{+}(aq) = 2Ag(s) + Cu^{2+}(aq) \quad \textbf{(1)}$$

$$Cu^{2+}(aq) + 2Ag(s) = 2Ag^{+}(aq) + Cu(s) \quad \textbf{(2)}$$

Un élève réalise l'expérience dont le protocole est donné ci-après.

DOC. Protocole expérimental

Verser dans un bécher un volume $V_1 = 50$ mL de solution de sulfate de cuivre (II) de concentration molaire $C_1 = 1{,}0\ mol\cdot L^{-1}$ et un volume $V_2 = 50$ mL d'une solution aqueuse de nitrate d'argent de concentration molaire $C_2 = 0{,}50\ mol\cdot L^{-1}$. La solution de sulfate de cuivre est bleue, celle de nitrate d'argent incolore. Plonger un fil d'argent et ajouter 3 g de poudre de cuivre de couleur rouge. Agiter. Filtrer la solution obtenue et observer sa couleur.

L'élève note dans son compte rendu de TP : « On observe un léger dépôt gris et une intensification de la coloration bleue. »

1 Parmi les deux réactions possibles, laquelle est associée à la transformation chimique du système ?

2 Calculer le quotient de réaction initial et montrer que le sens d'évolution prévu est compatible avec les observations expérimentales de l'élève.

On dispose maintenant d'un fil de cuivre, d'un fil d'argent, d'une solution de sulfate de cuivre (II) de volume $V_1 = 50$ mL et de concentration molaire $C_1 = 1{,}0\ mol\cdot L^{-1}$, d'une solution de nitrate d'argent de volume $V_2 = 50$ mL et de concentration molaire $C_2 = 1{,}0\ mol\cdot L^{-1}$ et d'un papier imbibé de nitrate de potassium pouvant constituer un pont salin.

3 Faire un schéma de la pile réalisable avec le matériel donné ci-dessus.

On observe dans le circuit extérieur le passage d'un courant électrique de l'électrode d'argent vers l'électrode de cuivre.

4 Écrire les équations des réactions modélisant les transformations ayant lieu à chaque électrode. En déduire l'équation de la réaction associée à la transformation ayant lieu dans la pile.

5 La pile cuivre argent en fonctionnement est-elle un système dans l'état d'équilibre ou hors équilibre ? Justifier.

› Données

Constantes d'équilibre des réactions (1) et (2) : $K_1 = 2{,}1 \times 10^{15}$ et $K_2 = 4{,}8 \times 10^{-16}$.

PAR ÉTAPES

COMPRENDRE LE SUJET

Les réflexes à avoir

- Le quotient de réaction ne tient compte que des espèces ioniques en solution. Par simplification, on peut l'écrire en omettant la concentration de référence c_0.
- Dans le cas d'un mélange de solutions ioniques, les concentrations des ions en solution doivent tenir compte du facteur de dilution, c'est-à-dire de la concentration des espèces dans le volume total de mélange. Ce n'est pas le cas pour une pile possédant deux compartiments différents sans effet de dilution.

Méthode

Identifier le sens de transformation

- Expérimentalement, identifier les produits formés et les réactifs disparus en fonction des observations proposées.
- Identifier le sens de la réaction en fonction de la place de réactif ou de produit d'une espèce.

Les expressions mathématiques à connaître

- Le quotient de réaction de la réaction $aA + bB = cC + dD$ est :

$$Q_r = \frac{\left(\frac{[C]}{c_0}\right)^c \times \left(\frac{[D]}{c_0}\right)^d}{\left(\frac{[A]}{c_0}\right)^a \times \left(\frac{[B]}{c_0}\right)^b}$$

avec $c_0 = 1\ \text{mol}\cdot\text{L}^{-1}$.

- De manière simplifiée, on peut écrire :

$$Q_r = \frac{[C]^c \times [D]^d}{[A]^a \times [B]^b}$$

Méthode

Organiser les outils qui vont servir à répondre aux questions

- Identifier la réaction ainsi que le sens de transformation.
- Déterminer la constante d'équilibre K de cette réaction. Cette constante va guider l'exercice.
- Calculer les quotients de réaction en différents états de réaction et les comparer à K.

Les connaissances à avoir

- En solution aqueuse, les ions cuivre II Cu^{2+} ont une couleur bleu turquoise caractéristique. Le métal argent est gris, alors que le cuivre est rouge cuivré.
- La pile est un système hors équilibre tant qu'elle fonctionne. Son quotient de réaction est égal à la constante d'équilibre du système lorsque la pile est dite « morte ».
- Lorsque le quotient de réaction d'un système, siège d'une réaction chimique, est inférieur [resp. supérieur] à la constante d'équilibre, le système évolue dans le sens direct ou sens 1 [resp. indirect ou sens 2].
- Le schéma d'une pile de référence est à connaître !

ORGANISER SES RÉPONSES

Le schéma de la pile

- Organiser le schéma comme suit avec Ox_1/Red_1 qui correspond au couple Cu^{2+}/Cu, car le cuivre est le métal de plus réducteur. Le couple Ox2/Red2 est Ag^+/Ag.

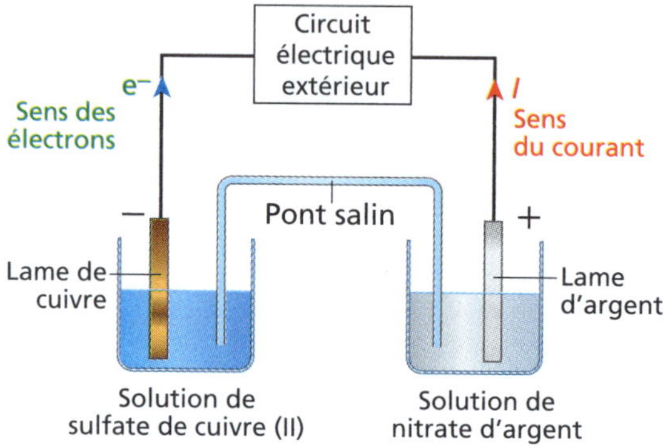

Conseil

- Rechercher le métal correspondant au pôle – : il est toujours relié au métal réactif de la transformation.
- Le pôle – correspond à celui qui produit des électrons pouvant circuler dans le circuit extérieur, soit : $Cu = Cu^{2+} + 2e^-$.

Les calculs à effectuer

- Dans le cas d'un mélange, les concentrations des ions doivent être calculées dans le mélange final avant tout autre calcul numérique :

$$C(\text{mélange}) = C(\text{solution}) \times \frac{V(\text{solution})}{V(\text{mélange})}$$

avec *X*(solution) la valeur initiale de la concentration de l'ion avant mélange et *X*(mélange) cette même grandeur après mélange.

- Exprimer le quotient de réaction et la constante d'équilibre du système. Comparer les deux valeurs et conclure sur l'évolution du système chimique.

Au brouillon

- Calculer Q_r uniquement à partir des concentrations ioniques apportées en tenant compte éventuellement des facteurs de dilution.
- Comparer Q_r à K_1 avant de conclure.

Les arguments à utiliser

- S'appuyer sur les trois cas possibles pour déterminer le sens d'évolution du système chimique ou pour déterminer s'il est à l'équilibre.

$Q_r = Q_{r,éq} = K$	$Q_r < K$	$Q_r > K$
L'état d'équilibre est atteint.	Sens spontané de la transformation vers la droite (sens 1 ou sens direct)	Sens spontané de la transformation vers la gauche (sens 2 ou sens indirect/inverse)

CORRIGÉ 7

1 On observe « une intensification de la coloration bleue » qui correspond à une augmentation des ions cuivre II $Cu^{2+}(aq)$ et un « léger dépôt gris » qui correspond à la formation d'argent métallique Ag(s). L'équation est l'équation bilan **(1)**.

2 Sachant que le volume total de la solution est la somme des volumes $V_1 + V_2$, le quotient de réaction initial est :

$$Q_{r,i} = \frac{[Cu^{2+}(aq)]_i}{[Ag^+(aq)]_i^2} = \frac{\frac{C_1V_1}{V_1+V_2}}{\left(\frac{C_2V_2}{V_1+V_2}\right)^2} = \frac{C_1V_1}{(C_2V_2)^2}\times(V_1+V_2)$$

$$Q_{r,i} = \frac{50\times1{,}0}{(0{,}50\times50)^2}\times100 = 8{,}0 < K_1 = 2{,}1\times10^{15}.$$

La réaction va donc évoluer dans le sens direct (1), ce qui est cohérent avec les observations de l'élève.

3 Le schéma de la pile est le suivant :

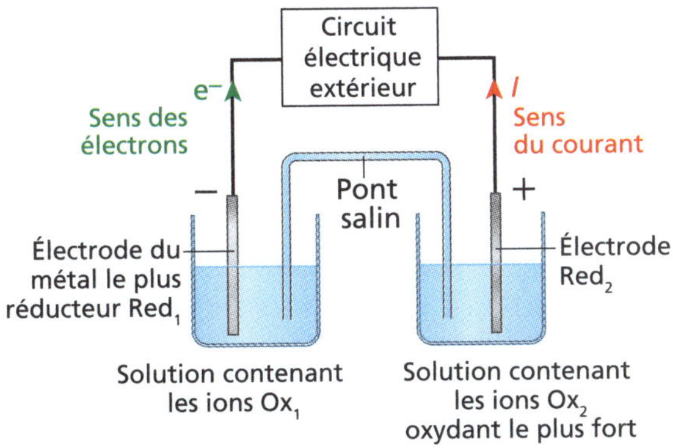

4 Le fil de cuivre est l'électrode négative, les électrons sont donc libérés : $Cu(s) = Cu^{2+}(aq) + 2e^-$.

Le fil d'argent est l'électrode positive, les électrons sont donc consommés : $Ag^+(aq) + e^- = Ag(s)$.

5 Calculons le quotient de réaction initial :

$$Q_{r,i} = \frac{[Cu^{2+}(aq)]_i}{[Ag^+(aq)]_i^2} = \frac{C_1}{C_2^2} = \mathbf{1{,}0} < K_1$$

Le système chimique est donc **hors équilibre** et l'évolution spontanée a lieu en sens direct. La pile fonctionne toujours en état hors équilibre.

Comprendre le corrigé

Réponse calculatoire

Pensez à exprimer les concentrations dans la solution, c'est-à-dire en considérant l'augmentation de volume par mélange.

Vérification

- Les électrons sont repoussés par le pôle négatif de la pile vers le circuit extérieur.
- Le sens conventionnel du courant est opposé aux électrons : du pôle + vers le pôle – de la pile dans le courant extérieur.

Vérification

En multipliant la demi-équation de l'électrode d'argent par 2 pour avoir le même nombre d'électrons échangés et par addition membre à membre, on retrouve l'équation **(1)**.

CORRIGÉS Contrôler ses connaissances

p. 82 **Question flash**

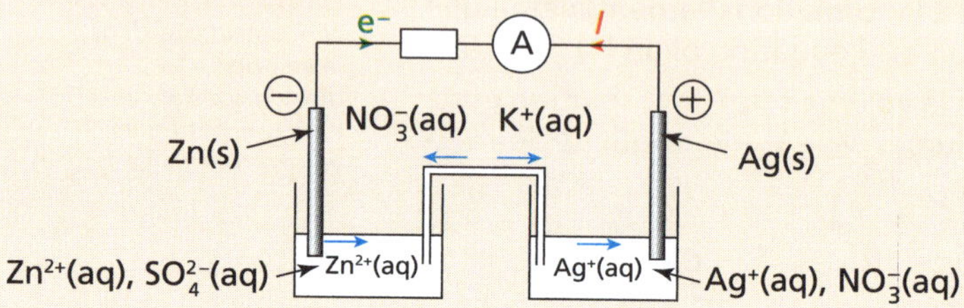

Une lame de zinc Zn(s) plonge dans une solution de sulfate de zinc $Zn^{2+}(aq) + SO_4^{2-}(aq)$, ainsi qu'une lame d'argent Ag(s) dans une solution de nitrate d'argent $Zn^{2+}(aq) + NO_3^-(aq)$. Les demi-équations sont $Zn = Zn^{2+} + 2e^-$ et $Ag^+ + e^- = Ag$: les ions zinc passent en solution, alors que les ions argent sont consommés au niveau de l'électrode. Le sens des électrons est celui de l'électrode de zinc vers l'électrode d'argent, et le sens conventionnel du courant, lui, est contraire.

QCM

1. b) L'équilibre chimique est dynamique, la réaction ne s'arrête pas.

2. a) Ne doivent figurer que les espèces dissoutes, ici les réactifs, affectés des coefficients stœchiométriques respectifs en exposant.

> **À savoir**
> Un état d'équilibre ne signifie pas forcément une proportion de 50 % de réactifs et de produits.

3. a) On observe que $Q_r < K$ donc Q_r va augmenter jusqu'à la valeur de la constante d'équilibre. Le numérateur de Q_r augmente, la concentration des produits C et D augmente, par conséquent, la concentration des réactifs A et B diminue. La réaction s'effectue dans le sens $A + B \rightarrow C + D$ jusqu'à l'équilibre.

Vrai ou Faux

1. Vrai. L'anode est la borne négative de la pile : les électrons sortent donc de l'anode pour aller vers la cathode positive.

2. Vrai. On a $Q = I\Delta t = n\mathcal{N}_A e$ soit $I = \dfrac{n\mathcal{N}_A e}{\Delta t} = n\dfrac{\mathcal{N}_A e}{\Delta t}$. L'intensité I est bien proportionnelle à la quantité n d'électrons échangés dans la pile pendant Δt.

3. Faux. Les porteurs de charge circulant dans les solutions aqueuses sont uniquement de nature ionique.

4. Faux. Une réaction d'oxydoréduction est le lieu d'échange d'électrons. Les protons sont consommés ou produits dans les milieux acides.

5. **Vrai.** À l'anode, pôle négatif, il y a oxydation de la lame métallique qui diminue, alors qu'à la cathode, pôle positif, il y a réduction des ions métalliques en métal se déposant sur l'électrode dont la masse augmente.

Vers le sujet de Bac

1 L'équation de la réaction s'obtient à partir des demi-équations :

$$Fe^{3+}(aq) + e^- = Fe^{2+}(aq) \quad (\times 2)$$

$$2I^-(aq) = I_2(aq) + 2e^- \quad (\times 1)$$

$$2Fe^{3+}(aq) + 2I^-(aq) = 2\,Fe^{2+}(aq) + I_2(aq)$$

2 Exprimons le quotient de réaction à l'état initial :

$$Q_{r,i} = \frac{[Fe^{2+}]_i^2 [I_2]_i}{[Fe^{3+}]_i^2 [I^-]_i^2}$$

À savoir

Pour des questions de lisibilité, on oublie souvent de noter la concentration $c°$ dans l'expression de Q_r.

La concentration initiale en diiode est :

$$[I_2]_{i,1} = \frac{m_{I_2}}{M_{I_2} \times V}$$

Or le volume total de la solution mélange est $V_{total} = V_1 + V_2 = 10 + 10 = 20$ mL. C'est comme si chaque solution de volume 10 mL subissait une dilution d'un facteur 2, les concentrations sont donc diminuées de moitié.

La concentration en diiode dans la solution totale est donc :

$[I_2]_i = \frac{m_{I_2}}{M_{I_2} \times V} \times \frac{1}{2} = \frac{13 \times 10^{-3}}{127 \times 2 \times 0{,}100 \times 2}$, soit $[I_2]_i = 2{,}6 \times 10^{-4}$ mol·L^{-1}.

Il en est de même pour les concentrations des autres ions :

$[Fe^{2+}]_i = [Fe^{3+}]_i = \frac{c_2}{2} = \frac{1{,}0 \times 10^{-2}}{2} = 5{,}0 \times 10^{-3}$ mol·L^{-1}

$[I^-]_i = \frac{c_1}{2} = \frac{1{,}0 \times 10^{-1}}{2} = 5{,}0 \times 10^{-2}$ mol·L^{-1}.

$$Q_{r,i} = \frac{[Fe^{2+}]_i^2 [I_2]_i}{[Fe^{3+}]_i^2 [I^-]_i^2} = \frac{(5{,}0 \times 10^{-3})^2 \times 2{,}6 \times 10^{-4}}{(5{,}0 \times 10^{-3})^2 \times (5{,}0 \times 10^{-2})^2} = 0{,}10.$$

L'ordre d'écriture des réactifs ou celui des produits n'a aucune importance.

3 $Q_{r,i} = 0{,}10 = 10^{-1} < K = 10^{4,7}$, donc le sens d'évolution spontané est direct, vers la droite ou encore dans le sens 1, des réactifs vers les produits.

L'évolution va dans le sens de la formation de diiode et d'ions fer II, et dans le sens de la disparition des ions fer III et des ions iodure.

4 Comme $K > 10^4$, la réaction peut être considérée comme totale à l'état final, on n'a donc pas d'état d'équilibre. Du diiode se forme, et on voit s'accentuer sa couleur brune caractéristique.

Comparer la force des acides et des bases

Faire le point

1 Définitions

- Un **acide** [resp. une base] **fort** est un acide [resp. une base] pour lequel la réaction avec l'eau est totale.
- On appelle **acide** [resp. base] **faible**, un acide [resp. une base] dont la réaction avec l'eau n'est pas totale.
- Un **indicateur coloré** acido-basique est une entité dont la forme acide, souvent notée HIn, a une **couleur différente** de sa base conjuguée, souvent notée In^-.

→ Conséquences

- Un **acide fort** est une solution dans laquelle les seuls acides présents sont les **ions oxonium** et l'eau.
- Une **base forte** est une solution dans laquelle les seules bases présentes sont les **ions hydroxyde** et l'eau.
- L'**acide chlorhydrique** est un acide fort, et la **soude** ou **hydroxyde de sodium** est une base forte.

2 Constante d'acidité et produit ionique de l'eau

- À tout couple acide/base AH/A^- donnant lieu, en solution aqueuse, à l'équilibre chimique représenté par la réaction d'équation $AH + H_2O = A^- + H_3O^+$, on associe une constante d'équilibre, appelée constante d'acidité et notée K_a :

$$K_a = \frac{[A^-]_{éq}[H_3O^+]_{éq}}{[AH]_{éq}}$$

K_a ne dépend que de la température. La concentration $c°$ est sous-entendue.

- À la constante d'acidité K_a, on fait correspondre une grandeur notée pK_a :

$$pK_a = -\log K_a \text{ et réciproquement } K_a = 10^{-pK_a}$$

- L'état final de la réaction d'autoprotolyse de l'eau est un état d'équilibre chimique :

$$2H_2O(l) = H_3O^+(aq) + HO^-(aq)$$

La constante d'équilibre associée à l'autoprotolyse de l'eau est appelée **produit ionique de l'eau**, noté K_e sans unité. Elle est définie par :

$$K_e = [H_3O^+]_{éq} \times [HO^-]_{éq} = 1,0 \times 10^{-14} \text{ à } 25\ °C$$

3 Force d'un acide ou d'une base

- Dans le cas d'un acide fort, $AH + H_2O \rightarrow A^- + H_3O^+$. Le symbole $\rightarrow$ signifie que la réaction est totale et que AH est totalement dissocié.
- Le pH d'une **solution aqueuse d'acide fort** de concentration *c* usuelle est :

$$pH = -\log c \text{ avec } c = [H_3O^+]$$

- De même, une **base forte** est une base pour laquelle la réaction avec l'eau est totale : $A^- + H_2O \rightarrow AH + HO^-$
- Le pH d'une **solution aqueuse de base forte** de concentration *c* usuelle est :

$$pH = pK_e + \log c \text{ avec } c = [HO^-]$$

- La réaction d'un acide fort avec une base forte revient à la réaction totale des ions oxonium avec les ions hydroxyde : $H_3O^+ + HO^- \rightarrow 2H_2O$.
- La réaction d'un **acide faible avec l'eau** est :

$$AH(aq) + H_2O(l) \rightleftharpoons A^-(aq) + H_3O^+(aq)$$

- Le pH de la solution obtenue dépend du pK_a du couple AH/A^- :

$$pH = pK_a + \log \frac{[A^-]_{éq}}{[AH]_{éq}}$$

- Le diagramme de prédominance est :

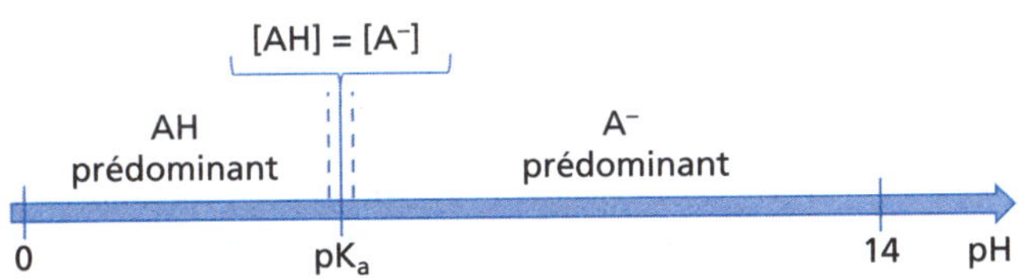

4 Cas particuliers des indicateurs colorés

- Un indicateur coloré réagit avec l'eau suivant l'équation de réaction :

$$HIn(aq) + H_2O(l) = H_3O^+(aq) + In^-(aq)$$

- La zone de pH telle que $pK_a - 1 < pH < pK_a + 1$, dans laquelle aucune couleur acide ou basique ne domine, est appelée zone de virage de l'indicateur coloré.

Contrôler ses connaissances

corrigés p. 98

Questions flash

Démontrer que, pour un couple acide faible/base faible AH/A^- et pour des concentrations usuelles, le pH d'une solution aqueuse est :

$$pH = pK_a + \log \frac{[A^-]_{éq}}{[AH]_{éq}}$$

QCM *Cocher la (ou les) bonne(s) réponse(s).*

1. Un acide faible AH :

- ☐ **a.** a pour base conjuguée une base forte.
- ☐ **b.** se dissocie totalement dans l'eau.
- ☐ **c.** a une constante d'acidité inférieure à 10^4.
- ☐ **d.** réagit avec l'eau en produisant des ions hydroxyde.

2. Un acide fort :

- ☐ **a.** a pour base conjuguée une base forte.
- ☐ **b.** se dissocie totalement dans l'eau.
- ☐ **c.** a une constante d'acidité inférieure à 10^4.
- ☐ **d.** réagit avec l'eau en produisant des ions hydroxyde.

3. Les acides suivants sont des acides faibles :

- ☐ **a.** l'acide nitrique.
- ☐ **b.** l'acide éthanoïque.
- ☐ **c.** l'acide benzoïque.
- ☐ **d.** l'acide chlorhydrique.

4. Les bases suivantes sont des bases fortes :

- ☐ **a.** la soude.
- ☐ **b.** l'hydroxyde de sodium.
- ☐ **c.** l'ammoniac.
- ☐ **d.** l'ion éthanoate.

5. Le pK_a d'un couple acido-basique :

- ☐ **a.** est toujours positif.
- ☐ **b.** est sans unité.
- ☐ **c.** dépend du pH de la solution.
- ☐ **d.** dépend de la concentration en base faible.

6. Une solution dont le pH est égal au pK_a du couple AH/A^- ayant réagi est telle que :

- ☐ **a.** aucune des espèces du couple AH/A^- n'est majoritaire.
- ☐ **b.** les concentrations en acide et base faibles sont égales.
- ☐ **c.** la solution est neutre.
- ☐ **d.** les ions oxonium sont prédominants.

Vrai ou Faux

1. Un acide de Brönsted libère des protons.
   - ☐ Vrai ☐ Faux
2. La constante K de la réaction d'une base faible A^- dans l'eau est l'opposée du K_a du couple AH/A^-.
   - ☐ Vrai ☐ Faux
3. $[HO^-]_{éq} = 10^{pH-14}$.
   - ☐ Vrai ☐ Faux
4. À concentrations égales, si l'on verse un volume de 10 mL de solution de soude ou solution aqueuse d'hydroxyde de sodium dans un même volume de solution d'acide chlorhydrique, le pH du mélange est 7.
   - ☐ Vrai ☐ Faux
5. Une base forte de concentration $1,0 \times 10^{-4}$ mol·L^{-1} a un pH de 10.
   - ☐ Vrai ☐ Faux

Vers le sujet de BAC

Déterminer la force d'un acide

L'acide benzoïque C_6H_5COOH est peu soluble dans l'eau. Sa solubilité maximale à 25 °C est $s = 2,4$ g·L^{-1}. Le pH de la solution saturée est de 3,0.

En déduire quantitativement que l'acide benzoïque est un acide faible en réalisant les étapes suivantes :

1 Déterminer la base conjuguée de l'acide benzoïque.

2 Faire le choix pertinent du couple de l'eau qui réagit avec l'acide benzoïque. L'eau doit être une base pour réagir avec un acide.

3 En déduire les deux demi-équations correspondantes.

4 Supposer que l'acide benzoïque est fort : écrire l'équation de la réaction supposée totale avec l'eau.

5 Calculer la concentration apportée en acide benzoïque et en déduire la concentration en ions oxonium.

6 La réaction étant toujours supposée totale, en déduire le pH :

$$pH = -\log [H_3O^+]$$

7 Comparer le pH calculé à celui de l'énoncé. S'ils sont différents, cela signifie que l'acide benzoïque est un acide faible.

Sujets guidés

SUJET 8 Sujet inédit

2 pts 20 min

Régulation du pH sanguin lors d'un effort physique

Calculatrice autorisée

DOC. Effort physique et crampes

Lors du métabolisme basal de l'homme, l'énergie nécessaire provient de la transformation en milieu oxygéné du glucose en dioxyde de carbone et en eau. Le dioxyde de carbone est transporté par le sang jusqu'aux poumons, où il est alors éliminé par ventilation. Lors d'un effort physique intense, les besoins énergétiques des muscles augmentent: le métabolisme basal augmente, ainsi que la ventilation.

Dans certains cas, lorsque la ventilation est insuffisante, l'énergie nécessaire au fonctionnement du muscle devient insuffisante: la crampe apparaît. Il se forme, dans la cellule musculaire, de l'acide lactique. Celui-ci, lorsqu'il passe dans le sang, provoque une diminution locale de son pH, du fait de la création en abondance de dioxyde de carbone dissous dans le sang. Cette diminution du pH sanguin déclenche des ordres hypothalamiques qui vont amplifier la ventilation.

Le sang est constitué d'un liquide plasmatique qui peut être assimilé à une solution aqueuse ionique dont le pH (d'une valeur voisine de 7,4) est quasiment constant et ne peut subir que de très faibles fluctuations. Dans le cas contraire, de fortes fluctuations nuiraient gravement à la santé.

Le maintien de la valeur du pH se fait par deux processus. Le premier met en œuvre un ensemble d'espèces chimiques régulatrices, dont le couple acide-base $CO_2, H_2O/HCO_3^-$ (couple dioxyde de carbone dissous/ion hydrogénocarbonate) grâce à l'équilibre:

$$CO_2, H_2O(aq) + H_2O(l) = HCO_3^-(aq) + H_3O^+(aq)$$

Le deuxième processus physico-chimique est la respiration.

1 Donner l'expression de la constante d'acidité K_a associée au couple régulateur.

2 En déduire la relation entre le pH et le pK_a du couple $CO_2, H_2O/HCO_3^-$.

3 Calculer alors la valeur du rapport $\frac{[HCO_3^-]}{[CO_2, H_2O]}$ dans le sang artériel normal.

4 Lors d'un effort physique, la concentration en dioxyde de carbone dissous dans le sang, au voisinage du muscle, augmente. Comment devrait varier le pH du sang ?

Pour éviter cette variation du pH du sang, l'hémoglobine et la respiration interviennent pour éliminer l'excès de dioxyde de carbone. Le transport des gaz dissous dans le sang peut être modélisé par l'équilibre :

$$HbO_2 + CO_2 \rightleftharpoons HbCO_2 + O_2 \quad \text{(réaction 2)}$$

où Hb représente l'hémoglobine du sang.

5 Au voisinage du poumon, la quantité de O_2 dissous augmente. Dans quel sens l'équilibre 2 est-il déplacé ? Au voisinage du muscle, la quantité de CO_2 dissous augmente. Dans quel sens l'équilibre 2 est-il déplacé ? Expliquer comment la respiration permet de maintenir constante la valeur du pH sanguin.

› Données à 37 °C

- pH d'un sang artériel « normal » : 7,4.
- $pK_a(CO_2, H_2O/HCO_3^-) = 6,1$.
- Pour le sang avant l'effort :
  $[HCO_3^-]_i = 2,7 \times 10^{-2}$ mol·L^{-1} et $[CO_2, H_2O]_i = 1,4 \times 10^{-3}$ mol·L^{-1}.

PAR ÉTAPES

COMPRENDRE LE SUJET

Les réflexes à avoir

- Connaître la relation entre le pH, le pK_a d'un couple et les concentrations des espèces, soit $pH = pK_a + \log \frac{[\text{base}]}{[\text{acide}]}$ afin de pouvoir vérifier les expressions littérales à démontrer.
- Utiliser la relation entre le pH et la concentration en ions HCO_3^- afin de statuer sur l'évolution du pH sanguin.

Les expressions mathématiques à connaître

- À tout couple acide/base AH/A^- donnant lieu, en solution aqueuse, à l'équilibre chimique représenté par la réaction d'équation $AH + H_2O = A^- + H_3O^+$, on associe une constante d'équilibre, appelée constante d'acidité sans dimension et notée K_a, définie de manière simplifiée par :

$$K_a = \frac{[A^-]_{éq}[H_3O^+]_{éq}}{[AH]_{éq}}$$

Méthode

Organiser les étapes du raisonnement mathématique

- Écrire la constante K_a d'acidité correspondant à l'équation proposée.
- Exprimer le logarithme de cette expression.
- Utiliser les lois mathématiques régissant les logarithmes :
  $\log(ab) = \log(a) + \log(b)$
  $\log\left(\frac{a}{b}\right) = \log(a) - \log(b)$
  et en particulier
  $\log\left(\frac{1}{a}\right) = -\log(a)$.

Méthode

Identifier les formules mathématiques

- Identifier l'expression du pH :
  $pH = -\log [H_3O^+]$
- Identifier l'expression du pK_a : $pK_a = -\log K_a$.

MÉTHODE | SUJETS PAS À PAS | SUJETS COMME À L'EXAMEN

- Le pK_a est une écriture simplifiée pour l'opposé du logarithme de la constante d'acidité :

$$pK_a = -\log K_a$$

- La fonction inverse d'une fonction correspond à la fonction identité :

$$\log(10^x) = 10^{\log x} = x$$

Les connaissances à avoir

- L'organisme, comme tout système chimique en équilibre, a tendance à évoluer vers son état d'équilibre. Ainsi, il évolue en éliminant la surproduction de dioxygène ou de dioxyde de carbone afin de revenir à l'état d'équilibre de la réaction 2.

ORGANISER SES RÉPONSES

Les calculs à effectuer

- À partir de l'expression du K_a, redémontrer soigneusement, et par étapes successives, la relation entre pH, pK_a et les concentrations des espèces acide et basique en solution.
- Effectuer d'abord le calcul de l'argument de la puissance de 10 avant d'obtenir le résultat final.
- Un résultat de pH ne doit pas comporter plus de précision que 1/10e d'unité pH. Il en est de même pour le pK_a. Les résultats de ce type d'exercice ont donc la même précision.

Le raisonnement à tenir

- Raisonner à partir de l'équation d'équilibre. L'organisme a toujours tendance à éliminer les surproductions de dioxygène ou de dioxyde de carbone.
- Repérer le sens de variation, direct ou indirect, qui permet d'éliminer ces molécules.

Au brouillon

- Écrire l'équation de la réaction (2) et mettre bien en évidence si O_2 ou CO_2 est un réactif ou un produit.
- Si l'espèce produite, et donc à éliminer pour un retour à l'équilibre, est un réactif, alors la réaction a lieu dans le sens indirect ou sens 2.
- Si l'espèce produite est un produit dans l'écriture de la réaction, alors la réaction a lieu dans le sens direct ou sens 1.

CORRIGÉ 8

1 La constante d'acidité K_a associée au couple régulateur se définit comme :

$$K_a = \frac{[HCO_3^-]_{éq}[H_3O^+]_{éq}}{[CO_2,H_2O]_{éq}}$$

Comprendre le corrigé

Cohérence des notations

Répondez toujours en utilisant les notations proposées dans l'énoncé même si une notation intermédiaire plus commode est utilisée.

2 On a alors $\left[H_3O^+\right]_{éq} = K_a \dfrac{[CO_2,H_2O]_{éq}}{\left[HCO_3^-\right]_{éq}}$, soit :

$$pH = -\log\left[H_3O^+\right]_{éq}$$

$$pH = -\log K_a - \log\dfrac{[CO_2,H_2O]_{éq}}{\left[HCO_3^-\right]_{éq}}$$

et donc :

$$pH = pK_a + \log\dfrac{\left[HCO_3^-\right]_{éq}}{[CO_2,H_2O]_{éq}}$$

3 De la réponse précédente, on peut isoler le logarithme :

$$\log\dfrac{\left[HCO_3^-\right]_{éq}}{[CO_2,H_2O]_{éq}} = pH - pK_a$$

et donc obtenir $\dfrac{\left[HCO_3^-\right]_{éq}}{[CO_2,H_2O]_{éq}} = 10^{pH-pK_{a1}}$.

Étapes intermédiaires

N'hésitez pas à écrire les étapes intermédiaires non demandées sur la copie : le correcteur pourra valider tout ou partie de la réponse.

Dans le sang artériel normal :

$$\dfrac{\left[HCO_3^-\right]_{éq}}{[CO_2,H_2O]_{éq}} = 10^{7,4-6,1} = 10^{1,3} = 20.$$

4 Lors d'un effort physique, la concentration en dioxyde de carbone $[CO_2,H_2O]_{éq}$ dissous dans le sang, au voisinage du muscle, augmente.

À concentration $\left[HCO_3^-\right]_{éq}$ constante,

$\log\dfrac{\left[HCO_3^-\right]_{éq}}{[CO_2,H_2O]_{éq}}$ diminue, comme le pH.

Le texte le confirme bien : « diminution locale de son pH du fait de la création en abondance de dioxyde de carbone dissous dans le sang ».

5 Si la quantité de dioxygène augmente, l'organisme aura tendance à l'éliminer : la réaction 2 est donc déplacée dans le sens 2 ou indirect, de l'élimination de O_2 vers la formation de CO_2.

En revanche, si la quantité de CO_2 augmente, l'organisme tente de l'éliminer, et la réaction 2 est déplacée dans le sens 1 ou direct. Le dioxyde de carbone est éliminé par l'hémoglobine (formation de $HbCO_2$), ce qui empêche une diminution du pH. La respiration permet alors la libération du dioxyde de carbone loin du muscle par l'apport de dioxygène.

Vérification

Le dioxygène et le dioxyde de carbone sont respectivement réactif et produit de la réaction. L'élimination de l'un ou de l'autre se fait par deux évolutions contraires l'une de l'autre.

CORRIGÉS Contrôler ses connaissances

p. 92 **Questions flash**

Pour un couple acide faible/base faible AH/A⁻, la constante d'acidité correspondant à la réaction avec l'eau $AH + H_2O \rightleftharpoons A^- + H_3O^+$ est :

$$K_a = \frac{[A^-]_{éq}[H_3O^+]_{éq}}{[AH]_{éq}}$$

On en déduit la concentration des ions oxonium : $[H_3O^+]_{éq} = \frac{[AH]_{éq}}{[A^-]_{éq}}K_a$.

Or $pH = -\log [H_3O^+]_{éq}$, soit :

$$pH = -\log\left(\frac{[AH]_{éq}}{[A^-]_{éq}}K_a\right) = -\log\frac{[AH]_{éq}}{[A^-]_{éq}} - \log K_a$$

Sachant que $pK_a = -\log K_a$, on obtient finalement : $pH = pK_a + \log\frac{[A^-]_{éq}}{[AH]_{éq}}$.

QCM

1. **c)** Un acide faible se dissocie peu dans l'eau, sa constante d'acidité est donc faible, inférieure à 10^4. Sa base conjuguée est faible.

2. **b)** Un acide fort se dissocie par définition totalement dans l'eau avec une constante d'acidité très grande. Sa base conjuguée est indifférente.

3. **b)** et **c)** Les acides éthanoïque et benzoïque sont des acides carboxyliques, donc faibles.

4. **a), b)** et **c)** La soude est le nom courant pour l'hydroxyde de sodium, base forte comme l'ammoniac. L'ion éthanoate, base conjuguée d'un acide carboxylique, est faible.

5. **b), c)** et **d)** Le pK_a, nombre sans unité, peut être nul. Il dépend du pH, et des concentrations en acide et base faibles.

6. **a)** et **b)** Si $pH = pK_a$, alors $[AH] = [A^-]$ et donc aucune des espèces n'est majoritaire. Le pK_a n'étant pas égal à 7, la solution n'est pas neutre et pas forcément acide.

Vrai ou Faux

1. **Vrai.** Un acide de Brönsted peut se noter AH. Il libère un ion H^+ qui est un proton.

2. **Faux.** La réaction est $A^- + H_2O \rightleftharpoons HO^- + AH$, et la constante de la réaction est :

$$K = \frac{[AH]_{éq}[HO^-]_{éq}}{[A^-]_{éq}} = \frac{[AH]_{éq}[HO^-]_{éq}[H_3O^+]_{éq}}{[A^-]_{éq}[H_3O^+]_{éq}} = \frac{K_e}{K_a}$$

3. Vrai. $[H_3O^+]_{éq}[HO^-]_{éq} = K_e = 10^{-14}$ avec $[H_3O^+]_{éq} = 10^{-pH}$.

$$[HO^-]_{éq} = \frac{K_e}{[H_3O^+]_{éq}} = \frac{10^{-14}}{10^{-pH}} = 10^{-14} \times 10^{+pH} = 10^{pH-14}.$$

4. Vrai. Les quantités de matière versées sont identiques, donc le mélange initial est stœchiométrique : $H_3O^+ + HO^- \rightarrow 2H_2O$. Le pH est donc celui de l'eau pure, soit pH = 7.

5. Vrai. Une base forte est constituée d'ions hydroxyde.

Or $[H_3O^+]_{éq}[HO^-]_{éq} = 10^{-14}$, $[H_3O^+]_{éq} = \frac{K_e}{[HO^-]_{éq}} = \frac{10^{-14}}{1{,}0 \times 10^{-4}} = 10^{-10}$ mol·L^{-1} et

$pH = -\log[H_3O^+]_{éq} = -\log 10^{-10} = 10$.

Vers le sujet de Bac

1 La base conjuguée de l'acide benzoïque est l'ion benzoate $C_6H_5COO^-$.

2 L'eau réagit en tant que base, donc le couple mis en jeu est H_3O^+/H_2O.

3 Les demi-équations sont :

$$C_6H_5COOH = C_6H_5COO^- + H^+ \text{ et } H_2O + H^+ = H_3O^+$$

4 Supposons que l'acide benzoïque est un acide fort : sa dissociation dans l'eau est totale.

L'équation bilan de cette réaction est :

$$C_6H_5COOH + H_2O \rightarrow C_6H_5COO^- + H_3O^+$$

5 La solubilité est $s = c_m = 2{,}4$ g·L^{-1}, soit $c = \frac{c_m}{M}$ avec $M = 122$ g·mol^{-1} la masse molaire de l'acide benzoïque.

On en déduit $c = \frac{c_m}{M} = \frac{s}{M} = \frac{2{,}4}{122} = 2{,}0 \times 10^{-2}$ mol·L^{-1}.

L'équation de la réaction supposée totale montre que toutes les molécules d'acide benzoïque se sont transformées et que :

$[H_3O^+] = c = 2{,}0 \times 10^{-2}$ mol·L^{-1}.

6 On en déduit $pH = -\log[H_3O^+] = -\log(2{,}0 \times 10^{-2}) = 1{,}7$.

7 Le pH de la solution saturée est de $3{,}0 \neq 1{,}7$. L'hypothèse d'une réaction totale est invalidée : l'acide benzoïque est un acide faible, ce que confirme l'énoncé (« L'acide benzoïque C_6H_5COOH est peu soluble dans l'eau »).

Forcer le sens d'évolution d'un système

Faire le point

1 Définitions

- L'**électrolyse** est un processus durant lequel un système chimique reçoit de l'énergie électrique qu'il convertit en énergie chimique. Les lieux des réactions redox sont l'**anode** et la **cathode**.

→ Conséquences

- La cathode reçoit le dépôt métallique.
- L'anode est consommée : on parle d'anode soluble.

2 Transformation forcée, passage d'un courant

- Une transformation chimique peut être non thermodynamiquement possible. À l'aide d'un générateur susceptible d'apporter l'énergie nécessaire, on peut forcer la transformation.
- Le schéma ci-après récapitule les mouvements des électrons, les demi-équations à chaque électrode, etc.

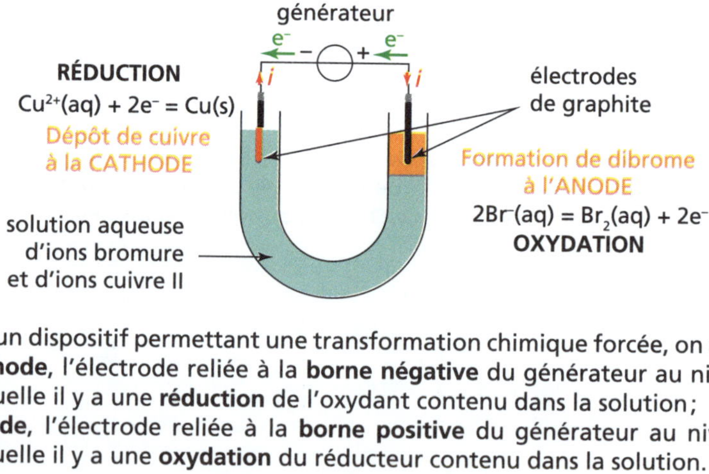

- Dans un dispositif permettant une transformation chimique forcée, on appelle :
  - **cathode**, l'électrode reliée à la **borne négative** du générateur au niveau de laquelle il y a une **réduction** de l'oxydant contenu dans la solution ;
  - **anode**, l'électrode reliée à la **borne positive** du générateur au niveau de laquelle il y a une **oxydation** du réducteur contenu dans la solution.

3 Électrolyse

- En classe, un dispositif d'électrolyse peut être un tube en U ou encore un électrolyseur comme celui schématisé ci-après, utilisé en TP de chimie :

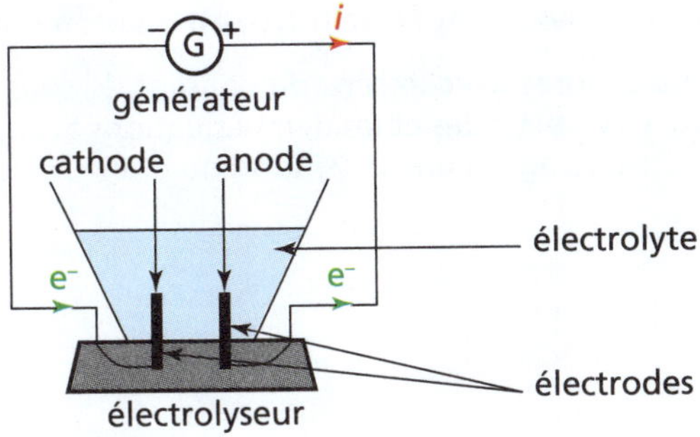

- Comme dans le cas d'une pile, la quantité d'électricité débitée par le générateur lors de l'électrolyse pendant une durée Δt est le produit de l'intensité du courant I et de Δt :

$$Q = I\Delta t$$

avec Q la charge ou quantité d'électricité (en C).

- Or Q est égale à la charge totale des électrons échangés :

$$Q = n\mathcal{N}_A e$$

- La quantité n d'électrons échangés lors d'une réaction redox lors d'une électrolyse est :

$$n = \frac{I \times \Delta t}{\mathcal{N}_A \times e}$$

avec I : intensité du courant (en A), Δt : durée de fonctionnement de la pile (en s), $\mathcal{N}_A$: constante d'Avogadro (en mol^{-1}), e : charge élémentaire (en C).

4 Stockage et conversion d'énergie chimique

- Les piles (salines, alcalines, au lithium) et les accumulateurs stockent l'énergie chimique, permettant ensuite une conversion en énergie électrique.
- Les organismes chlorophylliens peuvent, grâce à la présence de chlorophylle, transformer l'énergie lumineuse en énergie chimique que peut stocker et redistribuer l'adénosine triphosphate ou ATP.

Contrôler ses connaissances

corrigés p. 108

Questions flash

Soit un dispositif d'électrolyse dont l'électrolyte est du bromure d'argent.

Compléter le schéma ci-après avec le sens du courant, le sens de circulation des électrons, le nom des électrodes et les demi-équations ayant lieu à chaque électrode en précisant s'il s'agit d'une oxydation ou d'une réduction.

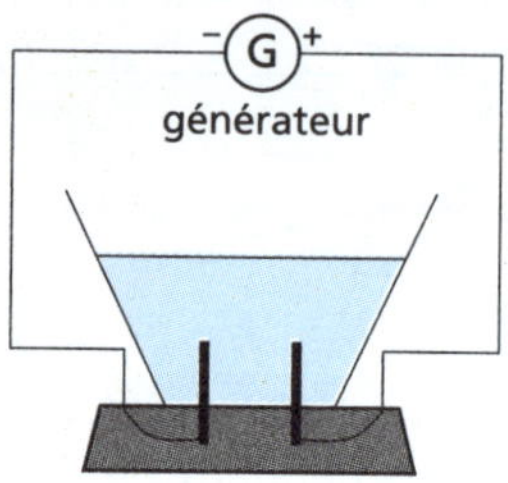

QCM *Cocher la (ou les) bonne(s) réponse(s).*

1. Lors d'une électrolyse :

- ☐ **a.** le sens de circulation des électrons et du courant sont opposés.
- ☐ **b.** la réaction d'oxydation a lieu à l'anode.
- ☐ **c.** la cathode est l'électrode qui est consommée.
- ☐ **d.** les électrons sont libérés à l'anode.

2. Au niveau de la cathode d'un électrolyseur :

- ☐ **a.** on assiste à l'oxydation du réducteur.
- ☐ **b.** l'oxydant capte les électrons provenant du générateur.
- ☐ **c.** on peut observer un dépôt métallique.
- ☐ **d.** dans certains cas, on parle de cathode soluble.

3. La quantité d'électricité débitée par un générateur lors d'une électrolyse :

- ☐ **a.** est proportionnelle à la durée de l'électrolyse à intensité du courant fixée.
- ☐ **b.** dépend de la température de la solution électrolytique.
- ☐ **c.** est proportionnelle à la quantité d'électrons échangés.
- ☐ **d.** s'exprime dans la même unité que celle de la charge élémentaire e.

4. La pile Leclanché possède une électrode en zinc subissant l'oxydation.

- ☐ **a.** Le zinc est consommé.
- ☐ **b.** La réaction du zinc a lieu à l'anode.
- ☐ **c.** L'électrode est reliée à la borne + du générateur.
- ☐ **d.** Des électrons sont produits à cette électrode.

Vrai ou Faux

1. L'électrolyse est une transformation forcée.

☐ Vrai ☐ Faux

2. Lors d'une électrolyse, $Cu = Cu^{2+} + 2e^-$ a lieu à la cathode.

☐ Vrai ☐ Faux

3. Un objet à recouvrir de métal doit être relié à la borne négative du générateur dans un montage d'électrolyse.

☐ Vrai ☐ Faux

4. Un accumulateur est un système permettant de stocker et de déstocker de l'énergie électrique de manière réversible.

☐ Vrai ☐ Faux

Vers le sujet de BAC

Déterminer la quantité de métal déposé par électrolyse

On souhaite déposer une fine couche d'argent sur une bague en cuivre. On réalise pour cela une électrolyse dont l'une des électrodes est la bague et l'autre est constituée par une électrode de graphite.

L'électrolyte est constitué d'un volume de $V = 500$ mL de nitrate d'argent $Ag^+(aq) + NO_3^-(aq)$ de concentration $c = 4{,}00 \times 10^{-3}$ mol·L^{-1}.

L'équation bilan est : $4Ag^+(aq) + 2H_2O(l) = 4Ag(s) + O_2(g) + 4H^+(aq)$.

Déterminer la quantité d'argent déposé lors d'une électrolyse d'une durée de $\Delta t = 80$ min avec une intensité de courant $I = 24$ mA en réalisant les étapes suivantes :

1 Identifier les couples mis en jeu et écrire les demi-équations correspondant aux couples précédents.

2 Établir la relation entre la quantité d'électrons échangés n_e, I, Δt et $\mathcal{F}$. Déterminer n_e.

3 Calculer les quantités de matière des réactifs.

4 Établir le tableau d'avancement de l'une des demi-équations de l'électrolyse dont on connaît la quantité de réactif à l'état initial.

5 En déduire le réactif limitant et la quantité de produit formé à l'EF.

> Données

- Couples oxydo-réducteurs : $Ag^+(aq)/Ag(s)$; $H^+(aq)/H_2(g)$; $O_2(g)/H_2O(l)$.
- Constante de Faraday : $\mathcal{F} = 96\,500$ C·mol^{-1}.
- Masse molaire : $M_{Ag} = 107{,}9$ g·mol^{-1}.

Sujets guidés

SUJET 9 Sujet inédit

2,5 pts 25 min

Traitement électrolytique des objets ferreux

autorisée

DOC. Restauration et conservation d'objets archéologiques

L'atelier de conservation-restauration Arc'Antique est une structure scientifique et technique ayant pour vocation la restauration et la conservation des objets archéologiques. Le laboratoire Arc'antique s'est spécialisé dans les travaux de restauration d'objets issus de fouilles sous-marines.

Après des siècles d'immersion, les objets se recouvrent de concrétions marines protectrices, que l'on appelle « gangue ». Pour enlever cette gangue, d'un canon par exemple, on réalise une électrolyse : on plonge le canon qui sert de cathode dans un grand bain d'eau et on observe alors à sa surface un dégagement de dihydrogène qui comprime la gangue, la rendant pâteuse et fragile.

Schéma du montage

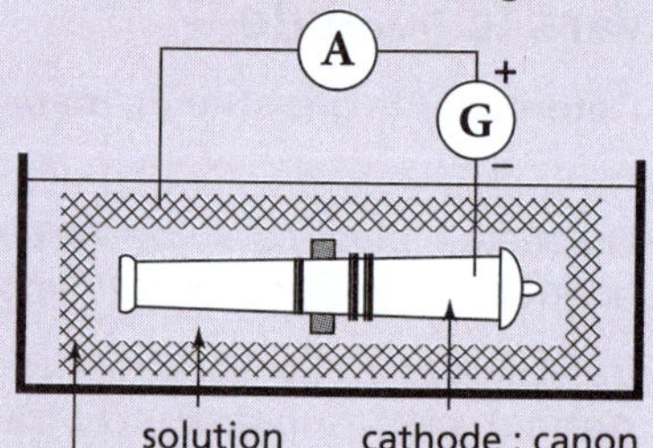

L'opération dure 700 h avec un courant électrique constant de 7,50 A.

Dégangage et électrolyse de l'eau

1 La réaction se produisant à la surface du canon est-elle une oxydation ou une réduction ? Justifier.

2 Écrire l'équation de la réaction ayant lieu à l'anode sachant que le couple intervenant est $Cl_2(g)/Cl^-(aq)$. La réaction ayant lieu à la cathode est :

$$2H^+(aq) + 2e^- = H_2(g)$$

3 En vous aidant éventuellement d'un tableau d'avancement et en supposant les ions hydrogène en excès, calculer la quantité de matière $n(H_2)$ produite durant le dégangage. En déduire le volume de $H_2(g)$ dégagé.

Étude de la corrosion humide

Le fait d'avoir restauré l'aspect du canon en retirant la gangue a pour conséquence de le soumettre de nouveau à la corrosion. En effet, sous l'action conjuguée du dioxygène de l'air et de l'humidité, les métaux ferreux se recouvrent d'une couche orange-brun constituée principalement d'oxyde de fer (III) Fe_2O_3. La première étape de la formation de cette rouille fait apparaître les ions ferreux Fe^{2+} et hydroxyde HO^-.

4 Écrire les demi-équations électroniques des deux couples mis en jeu Fe^{2+}(aq)/Fe(s) et O_2(g)/HO^-(aq). En déduire l'équation de la réaction entre le fer et le dioxygène, et justifier que le phénomène de corrosion se fait en milieu aqueux.

Protection contre la corrosion *in situ*

Le personnel du laboratoire a, dans ses projets, une méthode de conservation préventive sous-marine. Cette technique permettrait de stocker sur une longue période les objets sans les déplacer. Elle repose sur la pose d'une anode dite « sacrificielle » en zinc Zn(s) sur le canon en fer qui joue alors le rôle de cathode.

5 Écrire l'équation ayant lieu à l'anode sachant que le couple mis en jeu est Zn^{2+}(aq)/Zn(s). Pourquoi utilise-t-on l'adjectif « sacrificielle » pour qualifier cette électrode ?

6 Sachant que les seules espèces présentes susceptibles de réagir sont Fe(s), H^+(aq) et Cl^-(aq), quelle est la seule réaction qui peut se produire à la cathode ? Justifier.

> **Données**
- 1 Faraday : $\mathscr{F} = 96\,500$ C·mol^{-1}.
- Volume molaire : $V_m = 24{,}0$ L·mol^{-1} dans les conditions de l'électrolyse.
- Couples oxydant/réducteur : Fe^{2+}(aq)/Fe(s) ; H^+(aq)/H_2(aq) ; Cl_2(g)/Cl^-(aq).

PAR ÉTAPES

COMPRENDRE LE SUJET

Les réflexes à avoir

- Les demi-équations s'écrivent dans le sens des réactifs vers les produits, ce qui n'est pas forcément de l'oxydant vers le réducteur.
- Les demi-équations, comme l'équation bilan, vérifient la conservation des éléments chimiques et l'électroneutralité.

Méthode

Organiser les données

- Écrire les couples redox en identifiant l'oxydant à gauche et le réducteur à droite.
- Écrire les deux demi-équations en respectant l'acceptation des électrons par l'oxydation.
- Équilibrer les demi-équations : conservation de la charge et des éléments chimiques.
- Écrire l'équation bilan par addition membre à membre en vérifiant que les électrons se simplifient.

Les expressions mathématiques à connaître

- La quantité d'électricité Q (en C) peut s'exprimer de deux manières :

$$Q = I\Delta t$$

MÉTHODE
SUJETS PAS À PAS
SUJETS COMME À L'EXAMEN

avec I l'intensité du courant débité par la pile (en A) et Δt la durée de fonctionnement (en s)

$$Q = n_e \mathcal{N}_A e = \mathcal{F} n_e$$

en définissant le Faraday comme la charge d'une mole d'électrons $\mathcal{F} = \mathcal{N}_A e$ (en $C{\cdot}mol^{-1}$).

• La quantité de matière n (en mol) est proportionnelle au volume V (en L) d'un gaz : $n = \frac{V}{V_m}$ avec V_m le volume molaire du gaz (en $L{\cdot}mol^{-1}$).

Méthode

Identifier oxydant et réducteur, oxydation et réduction

• L'ordre dans l'écriture du couple permet d'identifier l'oxydant du réducteur.

• L'oxyd**A**tion a lieu à l'**A**node et la rédu**C**tion à la **C**athode.

Les connaissances à avoir

• Les réactions en milieu basique peuvent être équilibrées avec le couple de l'eau H_2O/HO^-.

• On ne peut réaliser que l'oxydation d'un réducteur et la réduction d'un oxydant. Les demi-équations sont de la forme : $Ox + ne^- = Red$ dans le sens direct ou indirect.

ORGANISER SES RÉPONSES

La réaction en jeu

• S'organiser avec méthode :

– souligner les réactifs en jeu dans l'équation bilan ;

– écrire les demi-équations en partant de chaque réactif séparément ;

– noter de l'autre côté de l'égalité le produit obtenu à partir de chacun des couples redox ;

– équilibrer les éléments chimiques en ajoutant autant d'ions HO^- en milieu basique ou H^+ en milieu acide et de molécules de H_2O que nécessaire ;

– terminer par l'équilibre des charges en ajoutant autant d'électrons que nécessaire.

• Vérifier que la somme coefficientée simplifie les électrons en jeu : on ne les retrouve pas dans l'équation bilan.

Au brouillon

• Réaliser toutes les étapes de la méthode proposée pour l'écriture de chacune des demi-équations.

• Vérifier pour chacune d'elles la conservation de la charge et des éléments chimiques.

• Vérifier que les électrons sont toujours du côté de l'oxydant.

• Vérifier que la somme coefficientée des deux demi-équations (échange du même nombre d'électrons) permet de retrouver l'équation bilan de l'énoncé.

Les calculs à effectuer

• Le volume de gaz dépend des conditions de température et de pression de l'expérience. Il faut utiliser le volume molaire donné.

• Les unités peuvent être différentes de celles du système international dans la mesure où elles restent cohérentes entre elles.

CORRIGÉ 9

Comprendre le corrigé

1 D'après le schéma, le canon est la cathode du montage d'électrolyse : on a donc une réduction.

2 À l'anode, on en déduit qu'il y a oxydation du réducteur du couple $Cl_2(g)/Cl^-(aq)$, soit la demi-équation $2Cl^-(aq) = Cl_2(g) + 2e^-$.

3 La quantité d'électrons n_e échangés est :

$$n_e = \frac{I \times \Delta t}{F} \text{ soit } n_e = \frac{7{,}50 \times 2{,}52 \times 10^6}{96\ 500} = 196 \text{ mol.}$$

Le tableau d'avancement de la demi-équation $2H^+(aq) + 2e^- = H_2(g)$ est :

Demi-équation		$2H^+(aq)$ +	$2e^-$	$= H_2(g)$
État	Avancement	Quantité de matière (mol)		
EI	$x = 0$	$n(H^+)$	n_e	0
EC	x	$n(H^+) - 2x$	$n_e - 2x$	x
EF	$x = x_f$	$n(H^+) - 2x_f$	$n_e - 2x_f$	x_f

En supposant les ions hydrogène en excès, on en déduit que le réactif limitant est les électrons :

$n_e - 2x_f = 0$ donc $x_f = \frac{n_e}{2} = n(H_2)$.

On en déduit le volume de dihydrogène dégagé :

$$V(H_2) = n(H_2) \times V_m = n_e \times \frac{V_m}{2} = 196 \times \frac{24{,}0}{2} = 2{,}4 \times 10^3 \text{ L.}$$

4 Couple Fe^{2+}/Fe : $Fe(s) = Fe^{2+}(aq) + 2e^-$.

Couple O_2/HO^- : $O_2(g) + 2H_2O(l) + 4e^- = 4HO^-(aq)$.

Pour que le nombre d'électrons échangés soit le même, il faut multiplier la première demi-équation par 2. On additionne ensuite membre à membre et on simplifie de part et d'autre par $4e^-$. On obtient alors :

$$2Fe(s) + O_2(g) + 2H_2O(l) = 2Fe^{2+}(aq) + 4HO^-(aq)$$

5 À l'anode a lieu l'oxydation du zinc :

$$Zn(s) = Zn^{2+}(aq) + 2e^-$$

Le zinc va donc s'oxyder à la place du fer, d'où l'adjectif « sacrificielle » pour qualifier cette électrode.

6 À la cathode se produit la réduction d'un oxydant. Or seul $H^+(aq)$ est oxydant du couple $H^+(aq)/H_2(aq)$. La réaction est :

$$2H^+(aq) + 2e^- = H_2(aq)$$

Vérification

On a une réduCtion Cathodique et oxydAtion Anodique.

Étapes intermédiaires

La présence des ions hydroxyde montre qu'on est en milieu basique, il faut donc équilibrer avec les entités du couple acido-basique H_2O/HO^- et non H^+/H_2O.

Vérification

Vérifiez que le métal fer est oxydé par le dioxygène et que les produits sont bien les ions fer II et hydroxyde.

CORRIGÉS Contrôler ses connaissances

p. 102 **Questions flash**

Le sens conventionnel du courant est de la borne positive vers la borne négative; le sens de circulation des électrons est en sens inverse.

L'électrolyte est le bromure d'argent constitué des ions bromure Br^- et des ions argent Ag^+. Les demi-équations sont l'oxydation des ions bromure $2Br^- = Br_2 + 2e^-$ et la réduction des ions argent $Ag^+ + e^- = Ag$ (×2).

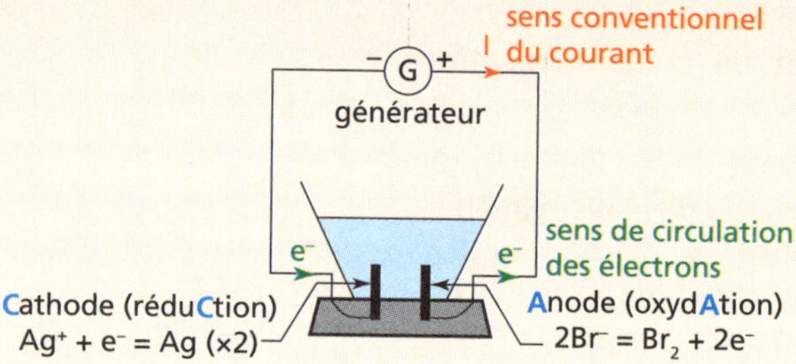

À savoir

La cathode est toujours reliée à la borne négative du générateur et l'anode à la borne positive. On a alors réduCtion Cathodique et oxydAtion Anodique.

QCM

1. **a), b)** et **d)** Le sens de circulation des électrons est toujours opposé au sens conventionnel du courant. L'oxydation a lieu à l'anode, produisant des électrons.

2. **b)** et **c)** Au niveau de la cathode, on assiste à la réduction de l'oxydant : il capte un ou plusieurs électrons pour former un dépôt métallique.

3. **a), c)** et **d)** La température n'a *a priori* aucune relation directe avec le phénomène d'électrolyse. La quantité d'électricité débitée par le générateur est proportionnelle à la durée de fonctionnement pour I fixée ou à la quantité d'électrons échangés. Q est une grandeur qui s'exprime en coulombs (en C) comme la charge élémentaire e.

4. **a), b), c)** et **d)** Toutes les réponses sont exactes. Le zinc constitue l'anode, électrode reliée à la borne positive du générateur, à laquelle a lieu l'oxydation produisant des électrons et des ions Zn^{2+} à partir des atomes de Zn.

Vrai ou Faux

1. **Vrai.** L'électrolyse nécessite un apport d'énergie électrique via un générateur extérieur. Sans cet apport, la réaction n'aurait pas lieu spontanément.

2. **Faux.** Lors d'une électrolyse, à la cathode a lieu la réduction d'un oxydant. Or dans le couple Cu^{2+}/Cu, le métal cuivre est un réducteur qui subit une oxydation anodique.

3. **Vrai.** La borne négative du générateur est reliée à la cathode, lieu de la réduction des ions métalliques en métal.

4. **Vrai.** Un accumulateur peut se charger et stocker de l'énergie, puis se décharger et donc déstocker cette dernière. Dans une certaine mesure, si l'on ne considère pas l'usure de l'accumulateur et sa diminution de capacité au cours du temps, ce système est réversible.

Vers le sujet de Bac

1 L'équation bilan est :

$$4Ag^{+}(aq) + 2H_2O(l) = 4Ag(s) + O_2(g) + 4H^{+}(aq)$$

L'absence de dihydrogène nous permet de conclure que le couple $H^{+}(aq)/H_2(g)$ n'entre pas en jeu dans cette électrolyse.

Les couples mis en jeu sont donc :

$$Ag^{+}(aq)/Ag(s) \text{ et } O_2(g)/H_2O(l)$$

Les demi-équations sont :

$$Ag^{+}(aq) + e^{-} = Ag(s)\ (\times 4) \text{ et } 2H_2O(l) = O_2(g) + 4H^{+}(aq) + 4e^{-}$$

2 La relation entre la quantité d'électrons échangés n_e, l'intensité I du courant, la durée Δt de fonctionnement et la valeur d'un faraday $\mathcal{F}$ est :

$$n_e = \frac{I \times \Delta t}{\mathcal{F}}$$

avec Δt en s.

$$n_e = \frac{2{,}4 \times 10^{-2} \times 4{,}8 \times 10^{-2}}{96\ 500} = 1{,}2 \times 10^{-3} \text{ mol.}$$

3 La seule quantité de matière à déterminer dans le cas présent est celle des ions argent, les solutions étant aqueuses, l'eau est un réactif en excès :

$n(Ag^{+}) = cV$ soit $n(Ag^{+}) = 4{,}00 \times 10^{-3} \times 0{,}500 = 2{,}00 \times 10^{-3}$ mol.

4 La quantité de matière initiale des ions argent $n(Ag^{+}) = 2{,}0010^{-3}$ mol est connue, on va donc établir le tableau d'avancement de la demi-équation correspondante $Ag^{+}(aq) + e^{-} = Ag(s)$.

Demi-équation		$Ag^{+}(aq)$ +	e^{-} =	$Ag(s)$
État	**Avancement**	**Quantité de matière (mol)**		
EI	$x = 0$	$n(Ag^{+}) = 2{,}00 \times 10^{-3}$	$n_e = 1{,}2 \times 10^{-3}$	0
EC	x	$n(Ag^{+}) - x$	$n_e - x$	x
EF	$x = x_f$	$n(Ag^{+}) - x_f$	$n_e - x_f$	x_f

5 Les électrons sont le réactif limitant : $n_e - x_f = 1{,}2 \times 10^{-3} - x_f = 0$ d'où $x_f = 1{,}2 \times 10^{-3}$ mol et $n(Ag) = x_f = 1{,}2 \times 10^{-3}$ mol.

Élaborer des stratégies en synthèse organique

Faire le point

1 Définitions

- La **formule** d'une molécule est une écriture symbolique compactée d'une molécule.
- Un **halogénoalcane** est un alcane dont on a substitué un ou plusieurs atomes d'hydrogène H par un atome d'halogène X de même valence.
- Deux molécules sont **isomères de constitution** si elles ont même formule brute.
- Un **polymère** est une molécule de grande dimension constituée de quelques milliers d'atomes.

→ Conséquences

- Il existe trois types d'isomérie de constitution : l'isomérie de **chaîne**, l'isomérie de **position** et l'isomérie de **fonction**.
- Il existe deux types de polymérisation : la **polyaddition** et la **polycondensation**. Cette dernière engendre un sous-produit comme une petite molécule.

2 Familles fonctionnelles et nomenclature

- En plus des alcools, aldéhydes, cétones et acides carboxyliques vus en 1re Spécialité, le tableau ci-après récapitule d'autres familles fonctionnelles.

Famille	Fonction	Formule brute	Exemple et nomenclature
Esters	$-\mathrm{C}(=\mathrm{O})-\mathrm{O}-$	$C_nH_{2n}O_2$	Méthanoate d'éthyle $H-C(=O)-O-CH_2-CH_3$
Amines	$-\mathrm{N}-$	$C_nH_{2n+3}N$	Éthanamine ou aminoéthane $CH_3-CH_2-NH_2$
Amides	$-\mathrm{C}(=\mathrm{O})-\mathrm{N}-$	$C_nH_{2n+1}NO$	3-éthyl-6-méthylheptanamide 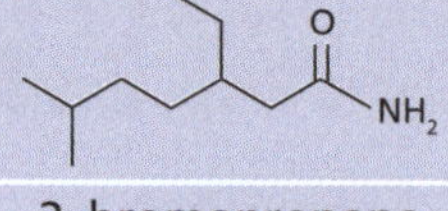
Halogéno-alcanes	$-\mathrm{X}$	$C_nH_{2n+1}X$	2-bromopropane $CH_3-CHBr-CH_3$

3 Addition, élimination et substitution – polymérisation

- Aux réactions acido-basiques et d'oxydoréduction déjà vues, on peut ajouter trois grandes catégories de réaction supplémentaires :

  – l'**addition** : le réactif s'ajoute au substrat ;

  – l'**élimination** : le réactif enlève un ou plusieurs atomes du substrat ;

  – la **substitution** : le réactif apporte un ou plusieurs atomes au substrat et, sur le même site, un ou plusieurs autres atomes sont éliminés.

- La **polymérisation** par **polyaddition** permet un allongement considérable de la chaîne carbonée par addition d'un motif sur lui-même. Elle ne fabrique pas de sous-produits.
- On considère la réaction de polyaddition suivante :

$$n\mathrm{CH_2 = CH_2} \rightarrow \left(\mathrm{CH_2 - CH_2}\right)_n$$

Le **monomère** est la molécule de base du polymère. Il peut être un alcène dont la liaison double peut s'ouvrir afin de s'additionner à un autre monomère par exemple.

Le **motif** est la séquence d'atomes, provenant du monomère, qui se répète dans la molécule de polymère.

Le **degré *n*** de polymérisation est le nombre de répétitions du motif dans le polymère.

4 Exemples de couples acido-basiques à connaître

- Dans un protocole, certaines opérations peuvent être réalisées pour optimiser la vitesse de formation d'un produit :
  - modification de la **concentration** ou de la **pression** des réactifs ;
  - modification de la **température** ;
  - choix du **solvant** ;
  - choix du **catalyseur**.
- Le **rendement *r* d'une synthèse** est le rapport entre la quantité de matière de l'espèce cible obtenue expérimentalement et celle calculée théoriquement :

$$r = \frac{\text{Quantité de matière obtenue}}{\text{Quantité de matière théorique}}$$

Contrôler ses connaissances

corrigés p. 118

Questions flash

1. Pour chaque équation proposée, identifier le type de la réaction.

a) $CH_3 - CH_2Cl + HO^- \rightarrow CH_3 - CH_2OH + Cl^-$

b) $R - CHO + H_2 \rightarrow R - CH_2OH$

c) $CH_3 - CH_2OH \rightarrow CH_2 = CH_2 + H_2O$

d) $2H_2O_2 \rightarrow 2H_2O + O_2$

e) $R - COOH + HO^- \rightarrow R - COO^- + H_2O$

f) $CH_2 = CH_2 + H_2 \rightarrow CH_3 - CH_3$

2. Donner l'écriture de l'équation de polymérisation du styrène PS de formule :

$$C_6H_5 - CH = CH_2$$

3. Donner l'équation d'obtention du polyéthylène téréphtalate PET à partir d'éthylène glycol de formule $HO - CH_2 - CH_2 - OH$ et de téréphtalate de diméthyle de formule $CH_3 - O - CO - C_6H_4 - CO - O - CH_3$.

QCM

Cocher la (ou les) bonne(s) réponse(s).

1. **Concernant les différents types de réactions :**
   - ☐ **a.** une élimination est le contraire d'une addition.
   - ☐ **b.** une substitution se fait à nombre de réactifs et nombre de produits égaux.
   - ☐ **c.** dans une réaction redox, il y a un transfert de protons.
   - ☐ **d.** une réaction acido-basique correspond à un transfert d'ion hydrogène.

2. **Lors d'une polyaddition :**
   - ☐ **a.** le polymère est un ensemble de motifs.
   - ☐ **b.** une insaturation permet la polymérisation.
   - ☐ **c.** le degré est le nombre de motifs.

3. **Le rendement d'une synthèse :**
   - ☐ **a.** est sans unité.
   - ☐ **b.** est défini comme un rapport de quantités de matière, donc s'exprime en mol.
   - ☐ **c.** peut s'exprimer en pourcentage.
   - ☐ **d.** est supérieur à 1.

4. **L'acide butanoïque et l'éthanoate d'éthyle sont isomères de :**
   - ☐ **a.** constitution.
   - ☐ **b.** fonction.
   - ☐ **c.** chaîne.
   - ☐ **d.** position.

Vrai ou Faux

1. Le plus petit amide est le méthanamide $HCO-NH_2$.

☐ Vrai ☐ Faux

2. Dans une addition, il y a plus de réactifs que de produits.

☐ Vrai ☐ Faux

3. Le rendement correspond au rapport entre la quantité de matière obtenue expérimentalement et celle obtenue avec un rendement de 1.

☐ Vrai ☐ Faux

4. L'addition de *n* molécules d'éthylène $CH_2 = CH_2$ conduit au polyéthylène PE constitué de 2*n* motifs $-CH_2-$.

☐ Vrai ☐ Faux

Vers le sujet de BAC

Nommer une molécule en nomenclature systématique

Nommer la molécule de formule topologique ci-contre en réalisant les étapes suivantes :

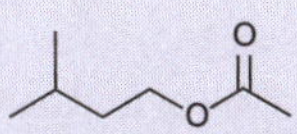

1 Déterminer la formule semi-développée de la molécule et identifier sa fonction caractéristique.

2 Repérer la chaîne principale contenant le plus grand nombre d'atomes de carbone et comprenant obligatoirement le groupement fonctionnel.

3 Repérer les ramifications et les nommer en utilisant un préfixe adapté suivi de « yl ». Le préfixe peut être : méth, éth, prop, but, pent, hex, hept, oct, non et déc.

4 Recopier la formule de la molécule pour que la fonction soit écrite –COO– dans le sens de lecture et non –OOC–.

5 Numéroter les atomes de carbone de la chaîne principale dans les deux sens à partir de l'atome de carbone de la fonction, et vers la gauche pour la partie gauche avant la fonction, et à partir de l'atome de carbone suivant vers la droite pour la fin de la molécule : $\overleftarrow{\ldots -C}OO\overrightarrow{-C-\ldots}$

6 Nommer successivement les deux parties de la chaîne principale comme si c'était la chaîne principale d'un alcane, en remplaçant la terminaison « ane » par « anoate de/d' » et la partie droite par « yle ».

7 Enchaîner les ramifications par ordre alphabétique, en faisant précéder chaque nom du numéro du carbone de rattachement de la ramification, puis écrire le nom de la chaîne principale (entre une lettre et un chiffre, mettre un tiret ; coller deux lettres entre elles).

MÉTHODE | SUJETS PAS À PAS | SUJETS COMME À L'EXAMEN

Sujets guidés

SUJET 10 Sujet inédit — 3 pts — 30 min

Polymérisation de synthèse du Nylon®

Calculatrice autorisée

DOC. 1 Le Nylon, un polyamide

Le Nylon est un polyamide obtenu par polycondensation, une réaction de polymérisation entre monomères avec élimination de petites molécules. Ce polymère, insoluble dans l'eau et dans les solvants organiques courants, peut se dissoudre dans le phénol. Sa température de fusion est de 263 °C. Une application industrielle est le « bas Nylon » ou « soie synthétique » présentant une meilleure élasticité que les fibres naturelles.

DOC. 2 Fabrication du Nylon-6,6

Le Nylon-6,6 est produit par réaction entre l'hexane-1,6-diamine et l'acide hexanedioïque. Le polymère a pour formule :

$$HO-[CO-(CH_2)_4-CO-NH-(CH_2)_6-NH]_n-H$$

Protocole de fabrication au laboratoire

Au laboratoire, on utilise le dichlorure d'hexanedioyle au lieu de l'acide.

Dans un bécher, on verse avec précaution 10 mL d'une solution de dichlorure d'hexanedioyle en solution à 5 % en masse dans le dichlorométhane. Le long d'un agitateur en verre, on fait couler la solution aqueuse d'hexane-1,6-diamine. Il se forme deux phases. On rajoute quelques gouttes de phénolphtaléine. À l'aide d'un crochet, on tire une fibre que l'on enroule autour d'un agitateur. On obtient un fil Nylon rose. On effectue un lavage du fil à l'eau, puis on le met à l'étuve.

Polymère et degré de polymérisation

1 Recopier la formule du Nylon-6,6 et entourer le groupe amide.

2 Donner la formule semi-développée du monomère hexane-1,6-diamine.

3 Dans le texte, on lit « avec élimination de petites molécules ». Quelle petite molécule est éliminée lorsque le Nylon-6,6 est synthétisé à partir du diacide (acide hexanedioïque) ?

4 Le motif du polymère étant $-[CO-(CH_2)_4-CO-NH-(CH_2)_6-NH]-$, calculer sa masse molaire.

5 On obtient une masse molaire égale à $1{,}2 \times 10^5$ g·mol^{-1} pour le Nylon-6,6. En déduire dans ces conditions le degré n de polymérisation.

Synthèse du Nylon

6 À l'aide des données physico-chimiques, expliquer pourquoi les deux solutions ne sont pas miscibles.

7 Pourquoi qualifie-t-on cette polycondensation d'interfaciale ?

8 Dans quel état physique obtient-on la fibre de Nylon ?

9 La solution aqueuse est colorée, ainsi que la fibre de Nylon. La solution d'hexane-1,6-diamine est-elle acide, neutre ou basique ?

10 Quel est le rôle du lavage ? Quelle opération effectue-t-on dans l'étuve ?

> Donnée

Zone de virage de la phénolphtaléine : 8,2 (incolore) – 10,0 (rose).

PAR ÉTAPES

COMPRENDRE LE SUJET

Les réflexes à avoir

- La nomenclature permet de déterminer la formule d'une molécule à partir de son nom systématique.
- Les petites molécules, produits d'une condensation, sont déterminées à partir de l'équation de la réaction de synthèse.
- Deux liquides sont non miscibles lorsqu'ils constituent deux phases.

Méthode

Organiser les informations pour donner la formule de la molécule

- Écrire la chaîne principale en ne notant que les atomes de carbone.
- Écrire les fonctions de la molécule.
- Écrire les ramifications au niveau de leur atome de carbone de rattachement.
- Compléter par les atomes d'hydrogène sachant que l'atome de carbone est tétravalent, l'atome d'azote trivalent et l'atome d'oxygène bivalent.

Les expressions mathématiques à connaître

- La masse molaire moléculaire est la somme des masses molaires atomiques.

Pour le motif $C_{12}H_{22}O_2N_2$:

$$M = 12M_C + 22M_H + 2M_O + 2M_N$$

- Dans une bonne approximation, le degré d'un polymère peut être calculé comme le rapport des masses molaires du polymère et du motif :

$$n = \frac{M_{polymère}}{M_{motif}}$$

Les connaissances à avoir

- Le groupe fonctionnel amide est reconnaissable à l'enchaînement des atomes -CO-N-.
- Les masses molaires des atomes de base de la chimie organique sont à connaître par cœur : $M_H = 1{,}0\ g{\cdot}mol^{-1}$; $M_C = 12{,}0\ g{\cdot}mol^{-1}$; $M_O = 16{,}0\ g{\cdot}mol^{-1}$ et $M_N = 14{,}0\ g{\cdot}mol^{-1}$.
- Le lavage neutralise et supprime les impuretés d'un produit de synthèse. Une étuve est un chauffage sec permettant une déshydratation.

Au brouillon

Utiliser des couleurs pour identifier plus facilement les parties qui se condensent et les liaisons à matérialiser.

ORGANISER SES RÉPONSES

La réaction en jeu

- S'organiser avec méthode :

– identifier les fonctions qui réagissent entre elles ;

– écrire les deux réactifs avec les deux fonctions réagissant côte à côte :

$$HOOC - (CH_2)_4 - COOH + H_2N - (CH_2)_6 - NH_2$$

– compléter par une flèche « → » et noter le produit de la synthèse en créant une liaison entre les deux réactifs, une fois la condensation réalisée :

$$HOOC - (CH_2)_4 - CO - NH - (CH_2)_6 - NH_2$$

Le reste des atomes crée une petite molécule : ici il s'agit, de manière assez évidente, de la molécule d'eau H_2O.

Le protocole à exploiter

- Surligner dans le protocole les éléments clés afin de répondre aux questions posées.
- Dans un bécher, on verse avec précaution 10 mL d'une solution de dichlorure d'hexanedioyle en solution à 5 % en masse dans le dichlorométhane. Le long d'un agitateur en verre, on fait couler la solution aqueuse d'hexane-1,6-diamine. Il se forme deux phases. On rajoute quelques gouttes de phénolphtaléine. À l'aide d'un crochet, on tire une fibre que l'on enroule autour d'un agitateur. On obtient un fil Nylon rose. On effectue un lavage du fil à l'eau, puis on le met à l'étuve.

Conseil

Déduire de chaque mot ou expression surligné, une réponse aux questions posées :

– « deux phases » : les deux liquides ne sont pas miscibles ;

– « une fibre »/« un fil » : le produit est solide ;

– « rose » : la phénolphtaléine colore le fil en rose, la solution est basique de pH supérieur à celui de la zone de virage ;

– « lavage du fil à l'eau » : le lavage débarrasse des impuretés et décolore le Nylon ;

– « étuve » : un chauffage permet d'éliminer les molécules d'eau.

CORRIGÉ 10

Comprendre le corrigé

1 La molécule de Nylon 6,6 possède une fonction amide – CO – NH –:

$HO \left[CO - (CH_2)_4 - CO - NH - (CH_2)_6 - NH \right]_n H.$

Fonction amide

2 En utilisant la nomenclature systématique, on obtient la formule suivante:

$$H_2N - CH_2 - CH_2 - CH_2 - CH_2 - CH_2 - CH_2 - NH_2$$

3 L'acide hexanedioïque est une molécule de formule $HOOC - (CH_2)_4 - COOH$.

En la faisant réagir avec un monomère d'hexane-1,6-diamine, on obtient:

$$HOOC-(CH_2)_4 - COOH + H_2N - (CH_2)_6 - NH_2$$
$$\rightarrow HOOC - (CH_2)_4 - CO - NH - (CH_2)_6 - NH_2 + H_2O$$

La petite molécule produite est la molécule d'eau.

4 La formule du motif est $C_{12}H_{22}O_2N_2$ de masse molaire $M_{motif} = 12M_C + 22M_H + 2M_O + 2M_N$ soit $M_{motif} = 226{,}0 \text{ g·mol}^{-1}$.

Vérification
Vérifiez la cohérence de votre réponse avec le motif donné dans le doc. 2.

5 On a approximativement $n = \dfrac{M_{polymère}}{M_{motif}}$.

D'où $n = \dfrac{1{,}2 \times 10^5}{226} = 5{,}3 \times 10^2$.

Réponse calculatoire
Au vu de l'ordre de grandeur de la masse du polymère (10^5 g·mol^{-1}), la prise en compte des atomes aux extrémités de la macromolécule, hors motif, n'est pas nécessaire. On a alors, en négligeant ces quelques atomes:
$M_{polymère} = nM_{motif}$

6 D'après les données physicochimiques, le dichlorure d'hexanedioyle est insoluble dans l'eau, alors que l'hexane-1,6-diamine y est soluble. Les deux solutions constituent donc deux phases différentes: elles ne sont pas miscibles.

7 La polycondensation est à la rencontre entre les deux phases et a lieu à l'interface.

8 Le protocole précise que le Nylon est obtenu sous forme de fil, donc à l'état solide.

9 La phénolphtaléine colore la solution et le fil de Nylon en rose, couleur basique de l'indicateur coloré. Le pH est supérieur à 10, et la solution est basique.

Rappel
La couleur d'un indicateur coloré dépend de son pH.

10 Le lavage permet de rendre le Nylon neutre (pH = 7). Il devient ainsi incolore. L'étuve sèche le polymère en réalisant une déshydratation, soit une élimination des molécules d'eau accompagnant le Nylon ou produites par polymérisation.

CORRIGÉS Contrôler ses connaissances

p. 112 Questions flash

1. **a)** est une substitution, **b)** et **f)** sont des additions, **c)** est une élimination, **d)** est une réaction d'oxydoréduction et **e)** une réaction acido-basique.

2. L'équation de polymérisation du PS est une polyaddition nécessitant une ouverture de la liaison double du styrène. Dans le cas de la polyaddition, on passe du styrène insaturé au motif suivant : $-\underset{\displaystyle C_6H_5}{\underset{|}{CH}}-CH_2-$.

Ce dernier va s'additionner à lui-même, afin de former le polymère :

$$\ldots-\underset{\displaystyle C_6H_5}{\underset{|}{CH}}-CH_2-\underset{\displaystyle C_6H_5}{\underset{|}{CH}}-CH_2-\underset{\displaystyle C_6H_5}{\underset{|}{CH}}-CH_2-\ldots$$

De manière générale pour n réactifs, on a :

$$n\,C_6H_5-CH=CH_2 \rightarrow \left(\underset{\displaystyle C_6H_5}{\underset{|}{CH}}-CH_2\right)_n \text{ polystyrène}$$

3. La réaction correspond à une polycondensation entre l'éthylène glycol et le téréphtalate de diméthyle. Dans le cas de la polycondensation, la fonction alcool de l'éthylène glycol va réagir avec la fonction – COO – du téréphtalate de diméthyle, afin de former une molécule de méthanol :

$$HO-CH_2-CH_2-OH + CH_3-O-CO-C_6H_4-CO-O-CH_3$$
$$\rightarrow HO-CH_2-CH_2-O-CO-C_6H_4-CO-O-CH_3 + CH_3-OH$$

De manière générale pour n réactifs, on a :

$$n\,HO-CH_2-CH_2-OH + n\,CH_3-O-CO-C_6H_4-CO-O-CH_3$$
$$\rightarrow HO\left(CH_2-CH_2-O-CO-C_6H_4-CO-O\right)_n CH_3 + n\,CH_3-OH$$

QCM

1. **a), b)** et **d)** Une réaction redox ou d'oxydoréduction correspond à un échange d'électrons. Le proton et l'ion hydrogène sont la même particule.

2. **a), b)** et **c)** Toutes les réponses sont exactes. Une polyaddition nécessite une insaturation permettant d'additionner bout à bout n monomères entre eux, formant un polymère de n motifs.

3. **a)** et **c)** Le rendement est un rapport de deux quantités, il n'a pas de dimension. Il correspond à un nombre pur sans unité ou peut s'exprimer en %. Le rendement maximum est théorique : il vaut 1 ou 100 %.

4. **a)** et **b)** Les deux molécules sont des fonctions différentes, mais de même formule brute $C_4H_8O_2$: elles sont isomères de constitution et de fonction.

Vrai ou Faux

1. **Vrai.** Le plus petit amide contient un seul atome de carbone et se nomme méthanamide.

2. **Vrai.** L'addition est celle entre deux réactifs qui forme un seul produit. On a donc 2 réactifs pour 1 produit, soit davantage de réactifs que de produit.

3. **Vrai.** La quantité de matière obtenue avec un rendement de 100 % correspond à la quantité de matière maximale que l'on peut obtenir théoriquement. Le rendement est défini comme le rapport entre la quantité expérimentale et la quantité théorique.

4. **Faux.** L'addition de *n* molécules d'éthylène $CH_2 = CH_2$ conduit au polyéthylène PE constitué de 2*n* groupes $– CH_2 –$.

Cependant, ces groupes ne sont pas appelés motifs : le motif provient du monomère et est $– CH_2 – CH_2 –$.

Vers le sujet de Bac

1 La molécule proposée est un ester de formule semi-développée :

$$CH_3 – CH(CH_3) – CH_2 – CH_2 – OOC – CH_3$$

2 La chaîne principale est :

$$CH_3 – CH – CH_2 – CH_2 – OOC – CH_3$$

3 On a une ramification CH_3 –, c'est-à-dire un méthyl.

4 Il faut écrire la molécule dans le sens suivant :

$$CH_3 – COO – CH_2 – CH_2 – CH(CH_3) – CH_3$$

5 et **6** On numérote la chaîne par partie et on nomme la partie gauche à 2 atomes de carbone « éthanoate de » et la partie droite à 4 atomes de carbone « butyle ».

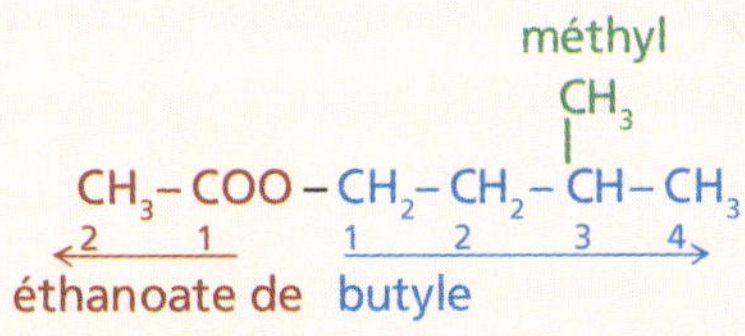

7 L'ester n'a qu'une seule ramification sur le carbone n° 3 de la partie droite. On nomme ainsi la molécule :

éthanoate de 3-méthylbutyle

Décrire un mouvement

Faire le point

1 Définitions

- Le **repère de Frenet** est un repère orthonormé mobile attaché au point M en mouvement. Il est constitué d'une base de vecteurs appelée base de Frenet et notée $(\vec{\tau}, \vec{n})$.
- Le cercle localement tangent à la trajectoire en un point M est appelé **cercle osculateur**.
- $\frac{dX}{dt}$ signifie « dérivée de X par rapport à t ».

→ Conséquences

- La base de Frenet est constituée d'un **vecteur tangent** à la trajectoire et d'un **vecteur normal centripète**.
- Dans le cas d'un mouvement circulaire, la trajectoire est confondue avec le cercle osculateur.

2 Vecteurs position, vitesse et accélération

- Si on définit un repère d'espace $(O, \vec{i}, \vec{j}, \vec{k})$ dans le référentiel d'étude et une origine des temps, tout point M de l'espace est alors repéré par le vecteur position $\overrightarrow{OM}(t) = x(t)\vec{i} + y(t)\vec{j} + z(t)\vec{k}$.
- Dans le référentiel d'étude muni du repère $(O, \vec{i}, \vec{j}, \vec{k})$, on définit le vecteur vitesse en $M(t)$, noté $\vec{v}_M(t)$, qui a les caractéristiques suivantes :
  - point d'application : au point $M(t)$;
  - direction : tangente à la trajectoire ;
  - sens : celui du mouvement ;
  - norme : $\|\vec{v}_M(t)\| = \frac{M_1M_2}{\Delta t}$ avec M_1 le point précédant $M(t)$ et M_2 le point suivant.

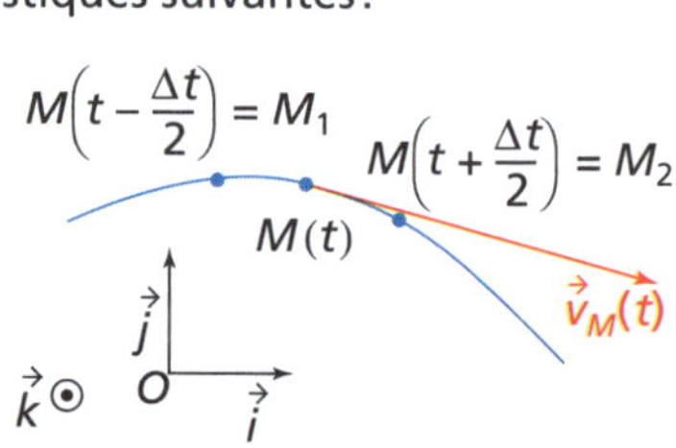

- Le vecteur vitesse est la dérivée par rapport au temps du vecteur position $\vec{v}_M(t) = \frac{d\overrightarrow{OM}(t)}{dt}$.
- Dans le référentiel d'étude muni du repère $(O, \vec{i}, \vec{j}, \vec{k})$, on définit le vecteur accélération $\vec{a}_M(t)$ comme la dérivée du vecteur vitesse par rapport au temps :

$$\vec{a}_M(t) = \frac{d\vec{v}_M(t)}{dt}$$

3 Mouvement circulaire et repère de Frenet

- Dans le repère de Frenet, le vecteur vitesse en $M(t)$, tangent à la trajectoire, s'écrit : $\vec{v}_M(t) = v\vec{\tau}$ avec v la norme du vecteur vitesse.
- Le vecteur vitesse n'a qu'une composante tangentielle, la composante normale de la vitesse est donc nulle.
- En revanche, le vecteur accélération a une composante tangentielle a_τ et normale a_n non nulles :

$$\vec{a}_M(t) = \frac{d\vec{v}_M(t)}{dt} = a_\tau\vec{\tau} + a_n\vec{n}$$

avec $a_\tau = \frac{dv_\tau}{d\tau} = \frac{d\|\vec{v}\|}{dt}$ et $a_n = \frac{v_\tau^2}{R} = \frac{\|\vec{v}\|^2}{R}$, R étant le rayon de courbure du cercle osculateur.

4 Vecteurs $\vec{a}$ de mouvements particuliers

- Dans le cas d'un mouvement rectiligne :

  – l'accélération est dirigée suivant le vecteur tangent $\vec{\tau}$ et a pour norme $\|\vec{a}_M\| = \frac{d\|\vec{v}\|}{dt}$;

  – uniforme, la vitesse du mobile M est constante. Sa dérivée est nulle et $\|\vec{a}_M\| = 0$;

  – uniformément accéléré, l'accélération est dirigée suivant le vecteur tangent $\vec{\tau}$ et a pour norme constante $\|\vec{a}_M\| = \frac{dv_\tau}{dt} = \frac{d\|\vec{v}\|}{dt}$.

- Dans le cas d'un mouvement circulaire :

  – uniforme, $\|\vec{v}\|$ est une constante, donc le produit scalaire $P = \vec{a}_M(t)\cdot\vec{v}_M(t)$ est nul et les vecteurs accélération et vitesse sont perpendiculaires : le vecteur vitesse étant tangent à la trajectoire, on en déduit que le vecteur accélération est suivant le vecteur normal $\vec{a}_M(t) = \frac{v_\tau^2}{R}\vec{n}$ avec $\frac{v_\tau^2}{R} > 0$;

  – accéléré, $\|\vec{v}\|$ augmente et $\frac{d\left(\|\vec{v}\|^2\right)}{dt} > 0$: $P > 0$ et le vecteur accélération a ses deux composantes positives, c'est un vecteur inscrit dans le quart de plan $(\vec{\tau}, \vec{n})$;

  – décéléré ou ralenti, $\|\vec{v}\|$ diminue et $\frac{d\left(\|\vec{v}\|^2\right)}{dt} < 0$: $P < 0$ et le vecteur accélération a sa composante tangentielle $\frac{dv_\tau}{dt} = \frac{d\|\vec{v}\|}{dt}$ négative, c'est un vecteur inscrit dans le quart de plan $(-\vec{\tau}, \vec{n})$.

Contrôler ses connaissances

corrigés p. 128

Questions flash

1. Pour identifier un mouvement accéléré, ralenti ou uniforme, on étudie les variations de $\|\vec{v}_M(t)\|$, ce qui revient à étudier celles de $\|\vec{v}_M(t)\|^2 = \vec{v}^2$.

Montrer que $\frac{\mathrm{d}\vec{v}^2}{\mathrm{d}t} = 2\vec{v} \cdot \vec{a}$ et en déduire le signe du produit scalaire d'un mouvement ralenti.

2. Montrer que, dans le cas d'un mouvement circulaire de rayon R, $\frac{\mathrm{d}\vec{\tau}}{\mathrm{d}t} = \frac{v_\tau}{R}\vec{n}$.

QCM *Cocher la (ou les) bonne(s) réponse(s).*

1. On réalise la chronophotographie du mouvement circulaire uniforme d'un point *M* :

- ☐ **a.** la vitesse de *M* est constante.
- ☐ **b.** le vecteur vitesse de *M* est constant.
- ☐ **c.** l'accélération de *M* est nulle.
- ☐ **d.** le vecteur accélération est nul.

2. Lors du mouvement rectiligne uniformément accéléré d'un point mobile *M* :

- ☐ **a.** la vitesse de *M* augmente au cours du temps.
- ☐ **b.** le vecteur vitesse de *M* a toujours la même direction.
- ☐ **c.** l'accélération de *M* est positive.
- ☐ **d.** le vecteur accélération est constant.

3. Dans un repère de Frenet :

- ☐ **a.** le vecteur $\vec{\tau}$ est toujours tangent à la trajectoire.
- ☐ **b.** le vecteur $\vec{\tau}$ est toujours dans le sens du mouvement.
- ☐ **c.** le vecteur $\vec{n}$ est un vecteur normal à la trajectoire.
- ☐ **d.** $\vec{\tau}$ et $\vec{n}$ sont perpendiculaires.

4. Dans le repère de Frenet, le vecteur vitesse d'un point mobile *M* :

- ☐ **a.** est toujours tangent à la trajectoire.
- ☐ **b.** a la même direction que le vecteur $\vec{\tau}$.
- ☐ **c.** a le même sens que $\vec{\tau}$.
- ☐ **d.** est perpendiculaire au vecteur accélération.

5. Dans le repère de Frenet, le vecteur accélération d'un point mobile *M* :

- ☐ **a.** dépend du rayon du cercle osculateur local.
- ☐ **b.** dépend de la norme de la vitesse de *M*.
- ☐ **c.** est indépendant de la masse attachée au point matériel *M*.
- ☐ **d.** a une norme qui évolue proportionnellement au carré de la vitesse de *M*.

Vrai ou Faux

1. Un système en mouvement circulaire uniforme a son vecteur accélération normal à la trajectoire dirigé vers le centre du cercle.

☐ Vrai ☐ Faux

2. Les vecteurs unitaires du repère de Frenet sont indépendants du temps.

☐ Vrai ☐ Faux

3. La valeur de l'accélération est la dérivée temporelle de la vitesse.

☐ Vrai ☐ Faux

4. Dans le cas d'un mouvement rectiligne uniforme, le vecteur accélération est un vecteur nul.

☐ Vrai ☐ Faux

Vers le sujet de BAC

Représenter le vecteur vitesse

On représente la trajectoire d'un mobile M de masse m = 750 g entre deux instants t_0 et t_5. Les positions successives du mobile sont repérées toutes les Δt = 40 ms.

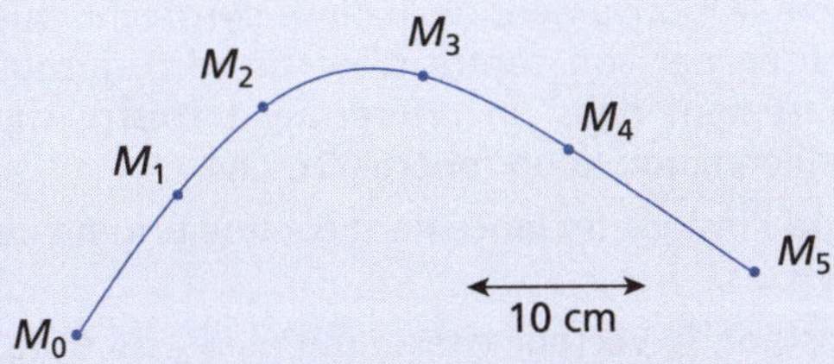

1 Identifier la position M_2 et mesurer à l'aide d'une règle graduée la longueur du segment $[M_1M_3]$.

2 À l'aide de l'échelle des distances proposée pour la chronophotographie et en utilisant la relation de proportionnalité, déduire la distance réelle M_1M_3.

3 Évaluer la durée qui sépare les deux positions M_1 et M_3.

4 Donner l'expression de la norme de la vitesse $v = \dfrac{M_1M_3}{2\Delta t}$ et faire l'application numérique.

5 Tracer la tangente à la trajectoire au point M_2 sélectionné. En général, si Δt est petit, elle correspond à la droite parallèle à $[M_1M_3]$ passant par M_2.

6 Choisir une échelle des vitesses pour que le vecteur vitesse mesure entre 3 et 5 cm, et tracer le vecteur vitesse ayant comme point d'application M_2, comme direction celle de la tangente en M_2 ; comme sens celui du mouvement et comme norme celle obtenue par un « produit en croix » à partir de l'échelle des vitesses.

Sujets guidés

SUJET 11 Sujet inédit

2 pts 20 min

Trajectoire d'une pièce pyrotechnique

Calculatrice autorisée

DOC. Effet « son et lumière »

Pour obtenir un feu d'artifice qui produit son, lumière et fumée, on procède à l'éclatement d'une pièce pyrotechnique. Un dispositif permet de projeter la pièce pyrotechnique vers le haut. Une fois que ce projectile a atteint la hauteur prévue par l'artificier, il éclate, créant l'effet « son et lumière » souhaité.

On étudie le mouvement de la pièce pyrotechnique, représentée par son centre d'inertie $M(t)$, jusqu'à son éclatement dans un référentiel terrestre supposé galiléen muni d'un repère (Ox, Oy).

On prend l'instant du lancement comme origine des temps $t = 0$ s.

À cet instant, le vecteur vitesse initiale $\vec{v}_0$ de M fait un angle α par rapport à l'horizontale.

On appelle équations horaires du mouvement, les fonctions du temps des coordonnées de M.

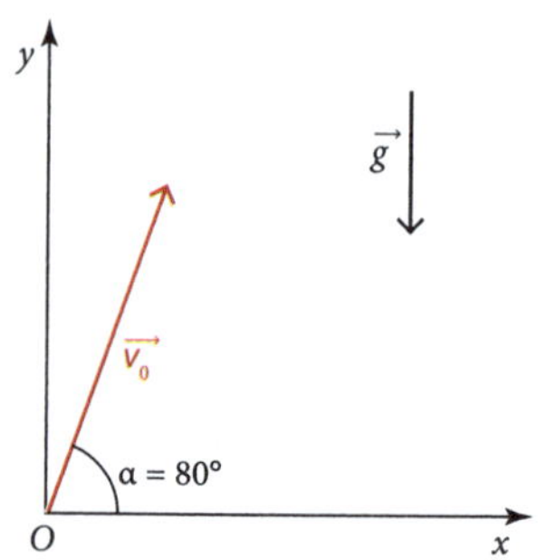

Dans le cas de la pièce pyrotechnique, les équations sont :

$$x_M(t) = 12{,}1t$$

et

$$y_M(t) = -\,4{,}91t^2 + 68{,}4t$$

en exprimant $x_M(t)$ et $y_M(t)$ en mètres et le temps t en secondes.

1 Dans le cadre de ce modèle, déterminer, à l'aide des équations horaires, l'altitude maximale atteinte par le projectile à $t = 3{,}2$ s.

2 Déterminer les coordonnées du vecteur vitesse du projectile et en déduire l'expression de sa norme.

3 Montrer que le vecteur accélération est égal au vecteur intensité de pesanteur $\vec{g}$.

› Donnée

Valeur de l'intensité de pesanteur : $g = 9{,}8$ m·s^{-2}.

PAR ÉTAPES

COMPRENDRE LE SUJET

Les réflexes à avoir

- L'expression $y_M(t)$ permet de calculer la valeur de n'importe quelle ordonnée connaissant l'instant repéré.
- Deux vecteurs sont égaux en physique lorsqu'ils sont colinéaires. Le montrer consiste à montrer que ces vecteurs sont portés par la même direction, sont de même sens et ont la même norme.

Les expressions mathématiques à connaître

- Le vecteur vitesse $\vec{v}\left(v_x(t), v_y(t)\right)$ est la dérivée du vecteur position $\overrightarrow{OM}\left(x_M(t), y_M(t)\right)$. Ses coordonnées sont égales à la dérivée des coordonnées du vecteur position :

$$v_x(t) = \frac{\mathrm{d}x_M(t)}{\mathrm{d}t}$$

$$v_y(t) = \frac{\mathrm{d}y_M(t)}{\mathrm{d}t}$$

- Le vecteur accélération $\vec{a}\left(a_x(t), a_y(t)\right)$ est la dérivée du vecteur vitesse $\vec{v}\left(v_x(t), v_y(t)\right)$. Ses coordonnées sont égales à la dérivée des coordonnées du vecteur vitesse :

$$a_x(t) = \frac{\mathrm{d}v_x(t)}{\mathrm{d}t}$$

$$a_y(t) = \frac{\mathrm{d}v_y(t)}{\mathrm{d}t}$$

- La fonction dérivée de $y(t) = a + bt + ct^2$ par rapport à la variable t est :

$$y'(t) = \frac{\mathrm{d}y}{\mathrm{d}t} = b + 2ct$$

Les fonctions $y(t) = a$ pour $b = c = 0$ ou $y(t) = a + bt$ pour $c = 0$ peuvent être traitées comme des cas particuliers.

- La norme $u = \|\vec{u}\|$ d'un vecteur $\vec{u}\left(u_x, u_y\right)$ est la racine carrée de la somme des carrés de ses composantes : $u = \|\vec{u}\| = \sqrt{u_x^2 + u_y^2}$.

Méthode

Organiser les informations pour déterminer les expressions mathématiques

- Écrire les composantes provenant des équations horaires comme composantes de position.
- Dériver chaque composante de position en fonction du temps.
- Écrire chaque composante de vitesse comme la dérivée de la composante de position correspondante.
- Répéter cette méthode à partir des composantes de vitesse pour obtenir les composantes de l'accélération.

Les connaissances à avoir

- Le vecteur intensité de pesanteur $\vec{g}$ est un vecteur vertical descendant de norme $g = \|\vec{g}\| = 9{,}8\ \mathrm{m \cdot s^{-2}}$.

ORGANISER SES RÉPONSES

Les expressions littérales à déterminer

- Exprimer l'enchaînement logique des dérivations de vecteurs :

– la dérivée temporelle du vecteur position est égale au vecteur vitesse ;

– la dérivée temporelle du vecteur vitesse est égale au vecteur accélération.

- Utiliser l'expression des équations horaires pour identifier les coordonnées du vecteur position.
- Une fois connues les coordonnées de chaque vecteur, exprimer la norme de ce dernier.

Au brouillon

Réaliser toutes les étapes de la méthode proposée afin de déterminer, dans cet ordre, les composantes du vecteur vitesse puis sa norme ; les composantes du vecteur accélération, et enfin sa norme.

La démonstration à établir

- Donner les caractéristiques du vecteur $\vec{g}$ intensité de pesanteur en s'aidant du schéma pour le sens et la direction du vecteur, et des données pour la valeur ou norme du vecteur.
- À partir de l'expression des coordonnées du vecteur accélération $\vec{a}$ et de sa norme, en déduire les caractéristiques du vecteur obtenu :

– sa direction en fonction de la valeur des composantes de $\vec{a}$;

– son sens en fonction du signe des composantes ;

– sa valeur égale à la norme du vecteur.

- Comparer ensuite les caractéristiques du vecteur $\vec{g}$ et du vecteur accélération $\vec{a}$ une à une. Une égalité des caractéristiques entre les deux vecteurs montrerait l'égalité des vecteurs, soit $\vec{a} = \vec{g}$.

Au brouillon

À partir du schéma de l'énoncé et des données, exprimer les caractéristiques du vecteur $\vec{g}$:

– direction : verticale ;

– sens : vers le bas ;

– norme : $g = 9{,}8\ \text{m}\cdot\text{s}^{-2}$.

La démonstration à établir

- Proposer un résultat avec autant de chiffres significatifs que la donnée mesurée la moins précise.
- Garder autant de chiffres significatifs que nécessaire lors des étapes intermédiaires.
- La comparaison de deux valeurs doit être réalisée avec la même précision. Au besoin, comparer la valeur la moins précise avec l'autre valeur tronquée.

Conseil

- Identifier les grandeurs mesurées.
- Compter le nombre de chiffres significatifs, soit tout chiffre nul ou non nul à l'exception des premiers zéros de l'écriture de la valeur d'une grandeur.
- Réduire la précision de la valeur de l'accélération à 2 chiffres significatifs afin de la comparer à $g = 9{,}8\ \text{m}\cdot\text{s}^{-2}$.

CORRIGÉ 11

Comprendre le corrigé

1 L'altitude maximale atteinte à t = 3,2 s correspond à la composante $y_M(t = 3{,}2\ \text{s})$, expression numérique dans laquelle on remplace t par 3,2.

$y_M(t = 3{,}2\ \text{s}) = -4{,}9 \times (3{,}2)^2 + 68{,}4 \times 3{,}2$

soit $y_M(t = 3{,}2\ \text{s}) = 1{,}7 \times 10^2$ m.

Précision des résultats
La précision accordée au résultat numérique de y_M doit être inférieure ou égale à celle de t, soit 2 chiffres significatifs.

2 Les coordonnées du vecteur vitesse $\vec{v}_M(t)$du projectile correspondent aux dérivées temporelles du vecteur position :

$$v_x(t) = \frac{\mathrm{d}x_M(t)}{\mathrm{d}t} \quad \text{et} \quad v_y(t) = \frac{\mathrm{d}y_M(t)}{\mathrm{d}t}$$

En dérivant les équations horaires, on obtient finalement :

$$v_x(t) = 12{,}1\ \text{m}\cdot\text{s}^{-1}$$

et $v_y(t) = -2 \times 4{,}91t + 68{,}4 = -9{,}82t + 68{,}4\ \text{m}\cdot\text{s}^{-1}$.

La norme de la vitesse est définie comme la racine de la somme des carrés des coordonnées, soit :

$$v = \|\vec{v}\| = \sqrt{v_x(t)^2 + v_y(t)^2}$$

En utilisant les expressions précédentes, on a :

$$v = \sqrt{12{,}1^2 + (-9{,}82t + 68{,}4)^2}$$

ou encore $v = \sqrt{146{,}41 + (-9{,}82t + 68{,}4)^2}$.

Précision des résultats
Vous pouvez laisser la totalité des chiffres significatifs pour l'expression de v dans la mesure où il s'agit d'une étape intermédiaire avant l'application numérique finale.

3 De la même manière que précédemment, on a pour les composantes du vecteur accélération $\vec{a}_M(t)$:

$$a_x(t) = \frac{\mathrm{d}v_x(t)}{\mathrm{d}t} \text{ et } a_y(t) = \frac{\mathrm{d}v_y(t)}{\mathrm{d}t}$$

En utilisant les expressions des composantes de la vitesse, on obtient par dérivation : $a_x(t) = 0$ et $a_y(t) = -9{,}82\ \text{m}\cdot\text{s}^{-2}$.

Le vecteur accélération a une composante horizontale nulle et une composante verticale négative : on en déduit que le vecteur accélération est vertical descendant.

La norme du vecteur accélération, en tout point M de la trajectoire, est : $a = \sqrt{a_x(t)^2 + a_y(t)^2}$, soit $a = \sqrt{0^2 + (-9{,}82)^2} = 9{,}82\ \text{m}\cdot\text{s}^{-2}$.

Finalement, on en déduit que le vecteur accélération est vertical, vers le bas, de norme $a = 9{,}8\ \text{m}\cdot\text{s}^{-2}$ en ne retenant que 2 chiffres significatifs. Il est donc bien égal au vecteur intensité de pesanteur $\vec{g}$.

Démonstration
Le vecteur accélération est égal au vecteur intensité de pesanteur car on peut montrer l'égalité des directions, des sens et des normes.

CORRIGÉS Contrôler ses connaissances

p. 122 **Questions flash**

1. $\frac{d\vec{v}^2}{dt} = 2\vec{v}\cdot\frac{d\vec{v}}{dt}$ donc $\frac{d\vec{v}^2}{dt} = 2\vec{v}\cdot\vec{a}$. Dans le cas d'un mouvement ralenti, la vitesse diminue, donc $\frac{d\vec{v}^2}{dt} < 0$. On en déduit que $\vec{v}\cdot\vec{a} < 0$.

2. Le vecteur vitesse peut s'écrire : $\vec{v}_M(t) = v_\tau\vec{\tau}$.

$$\vec{a}_M(t) = \frac{d\vec{v}_M(t)}{dt} = \frac{d(v_\tau\vec{\tau})}{dt} = \frac{dv_\tau}{dt}\vec{\tau} + v_\tau\frac{d\vec{\tau}}{dt}$$

Or $\vec{a}_M(t) = a_\tau\vec{\tau} + a_n\vec{n} = \frac{dv_\tau}{dt}\vec{\tau} + \frac{v_\tau^2}{R}\vec{n}$.

Par identification entre les termes, on en déduit que : $v_\tau\frac{d\vec{\tau}}{dt} = \frac{v_\tau^2}{R}\vec{n}$.

Réflexe à avoir

Le mouvement est ralenti si $\vec{v}\cdot\vec{a} < 0$, accéléré si $\vec{v}\cdot\vec{a} > 0$ et uniforme si $\vec{v}\cdot\vec{a} = 0$.

Rappel

La dérivée d'un produit xy est égale à : $\frac{dxy}{dt} = \frac{dx}{dt}y + x\frac{dy}{dt}$.

QCM

1. a) Lors d'un mouvement circulaire uniforme, seule la valeur du vecteur vitesse est constante. La direction du vecteur vitesse varie au cours du temps, donc le vecteur ne peut être constant. Quant au vecteur accélération, il est colinéaire au vecteur normal de la base de Frenet, et donc il n'est pas nul.

2. a), b), c) et **d)** Toutes les réponses sont exactes.

3. a), c) et **d)** Le vecteur $\vec{\tau}$ est toujours tangent à la trajectoire et perpendiculaire au vecteur $\vec{n}$. On en déduit que $\vec{n}$ est perpendiculaire à la trajectoire, on dit aussi qu'il est normal à la trajectoire. En général, le sens de $\vec{\tau}$ est celui du mouvement. Cependant, dans le cas d'un mouvement de sens variable, on peut faire le choix de conserver le vecteur $\vec{\tau}$ initial : le sens du mouvement peut ne pas être celui du vecteur unitaire $\vec{\tau}$.

4. a) et **b)** Le vecteur vitesse est suivant le vecteur $\vec{\tau}$, donc en a la même direction, mais pas forcément le même sens, surtout si le mouvement change de sens et que le choix est fait de définir $\vec{\tau}$ une bonne fois pour toutes. Le vecteur vitesse n'est perpendiculaire à l'accélération que dans le cas où le vecteur $\vec{a}$ est suivant $\vec{n}$.

5. a), b) et **c)** $\vec{a}_M(t) = \frac{d\|\vec{v}\|}{dt}\vec{\tau} + \frac{\|\vec{v}\|^2}{R}\vec{n}$: le vecteur accélération dépend du rayon R du cercle osculateur local, de la norme $\|\vec{v}\|$ du vecteur vitesse, mais est indépendant de la masse m attachée au point matériel étudié. En revanche, seule la composante normale du vecteur accélération dépend du carré de la vitesse, la proportionnalité existe entre la composante a_n et $\|\vec{v}\|^2$ si R est constant, soit uniquement dans le cas d'un mouvement circulaire.

Vrai ou Faux

1. **Vrai.** Si le mouvement est circulaire uniforme, alors la valeur v de la vitesse est constante, et l'accélération tangentielle vaut $a_\tau = \frac{dv}{dt} = 0$.

2. **Faux.** Les vecteurs $\vec{\tau}$ et $\vec{n}$ sont attachés à un point mobile. Ils dépendent donc du temps et du mouvement de ce point. Le seul cas pour lequel cette assertion est vraie est le cas d'un point immobile.

3. **Faux.** Le vecteur accélération est la dérivée du vecteur vitesse, c'est-à-dire que chaque coordonnée du vecteur accélération est la dérivée de la coordonnée correspondante du vecteur vitesse. Il n'en est pas de même pour les normes.

4. **Vrai.** Si le mouvement est rectiligne uniforme, alors le vecteur vitesse est un vecteur constant. Sa dérivée, représentant le vecteur accélération, est donc nulle.

Vers le sujet de Bac

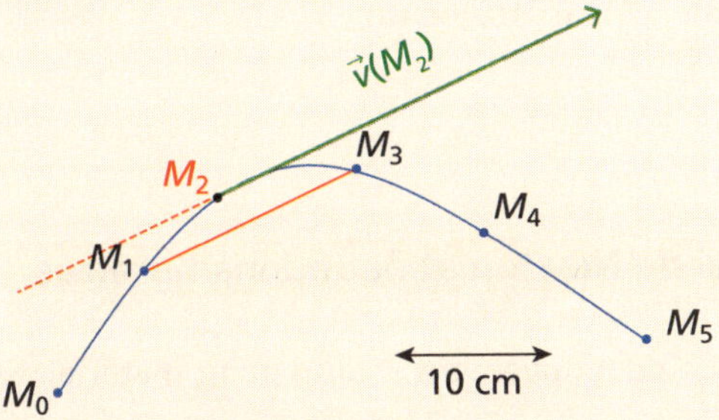

1 $M_1M_3 = 2,1$ cm.

2 10,0 cm dans la réalité correspondent à 1,4 cm sur le schéma. On en déduit : $M_1M_3 = \frac{2,1 \times 10,0}{1,4} = 15$ cm.

3 La durée entre M_1 et M_3 est $2\Delta t = 2 \times 40 = 80$ ms.

4 Dans le cas de cette étude, on a alors $v = \frac{M_1M_3}{2\Delta t} = \frac{15 \times 10^{-2}}{80 \times 10^{-3}} = 1,9$ m·s^{-1}.

5 La tangente en M_2 à la trajectoire est représentée en pointillé rouge sur le schéma.

6 Le vecteur vitesse peut être représenté par un vecteur de 3,8 cm si l'échelle des vitesses est telle que 1,0 cm de vecteur sur le schéma représente un vecteur de norme 0,5 m·s^{-1} dans la réalité. L'échelle choisie est donc 1,0 cm ↔ 0,5 m·s^{-1}.

Le vecteur $\vec{v}(M_2)$ est appliqué en M_2, tangent à la trajectoire dans le sens du mouvement et de longueur 3,8 cm représentant une norme de 1,9 m·s^{-1}.

Relier les actions appliquées à un système à son mouvement

Faire le point

1 Définitions

- On appelle **système** un objet dont on étudie le mouvement.
- Le **référentiel** est l'observateur par rapport auquel on étudie le mouvement d'un système. On lui attache un **repère** d'espace $(O, \vec{i}, \vec{j}, \vec{k})$.

→ **Conséquences**

Le **principe d'inertie** n'est valable que dans certains référentiels, appelés **référentiels galiléens**.

2 Deuxième loi de Newton et équations horaires

- On appelle **quantité de mouvement** $\vec{p}$ d'un point matériel, le vecteur :

$$\vec{p} = m\vec{v}$$

avec m : masse du système (en kg), $\vec{v}$: vecteur vitesse instantanée.

- **Deuxième loi de Newton ou théorème du centre d'inertie**

Dans un référentiel galiléen, la résultante des forces extérieures agissant sur un système est égale à la dérivée temporelle du vecteur quantité de mouvement de son centre d'inertie :

$$\sum \vec{F}_{\text{ext}} = \frac{\mathrm{d}\vec{p}_G}{\mathrm{d}t}$$

- Dans le cas d'un système à masse m constante, $\frac{\mathrm{d}\vec{p}_G}{\mathrm{d}t}$ se réduit à $m\vec{a}_G$, avec $\vec{a}_G$ le vecteur accélération du centre d'inertie du système. Par intégrations successives de ce vecteur, on obtient les coordonnées $x(t)$ et $y(t)$ du vecteur position ou **équations horaires du mouvement**.
- À partir des équations horaires, on établit l'équation de la trajectoire $y(x)$.

3 Aspects énergétiques

- **Théorème de l'énergie cinétique** : la variation de l'énergie cinétique d'un système entre deux points A et B de sa trajectoire est égale au travail de la résultante des forces extérieures appliquées au système entre A et B.

$$E_c(B) - E_c(A) = \Delta E_c = W_{AB}\left(\sum \vec{F}_{ext}\right)$$

- Par définition, l'énergie **mécanique** E_m est la somme de l'énergie cinétique E_c et de l'énergie potentielle E_p : $\mathbf{E_m = E_c + E_p}$.
- La variation d'énergie mécanique au cours d'un mouvement de A vers B d'un point matériel M est égale au travail des forces dissipatives exercées sur M lors du déplacement AB : $\Delta E_m = E_m(B) - E_m(A) = W_d$.
- Si les forces sont uniquement conservatives, $\Delta E_m = 0$: **l'énergie mécanique est conservée**.

4 Application aux lois de Kepler

- On étudie un système en mouvement autour d'un centre attracteur gravitationnel. Le référentiel d'étude est centré sur le centre attracteur, et les axes sont dirigés vers des étoiles fixes.
- **Première loi de Kepler**

  La trajectoire du centre d'une planète est une ellipse dont le Soleil ou le centre attracteur est l'un des foyers.

- **Deuxième loi de Kepler** ou **loi des aires**

  Le mouvement du centre d'une planète est tel que le rayon planète-Soleil balaie des aires égales pendant des durées égales :

  si $\Delta t_1 = \Delta t_2$ alors $\mathcal{A}_1 = \mathcal{A}_2$

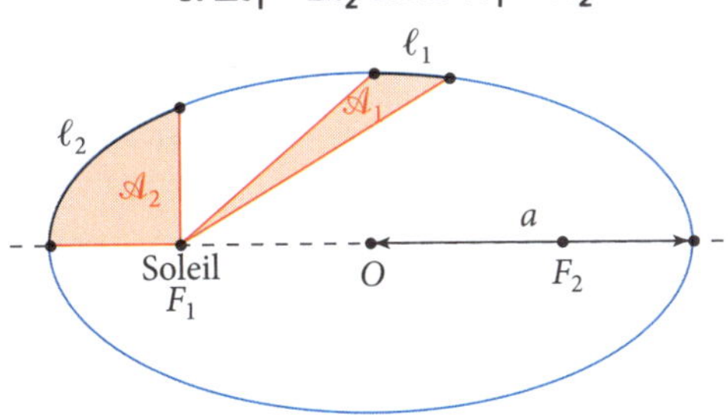

- **Troisième loi de Kepler**

  Le carré de la période de révolution T du centre d'une planète ou d'un satellite est proportionnel au cube du demi-grand axe a de son orbite elliptique autour du centre attracteur : $\frac{T^2}{a^3} = K$ avec K constante.

Contrôler ses connaissances

corrigés p. 144

Questions flash

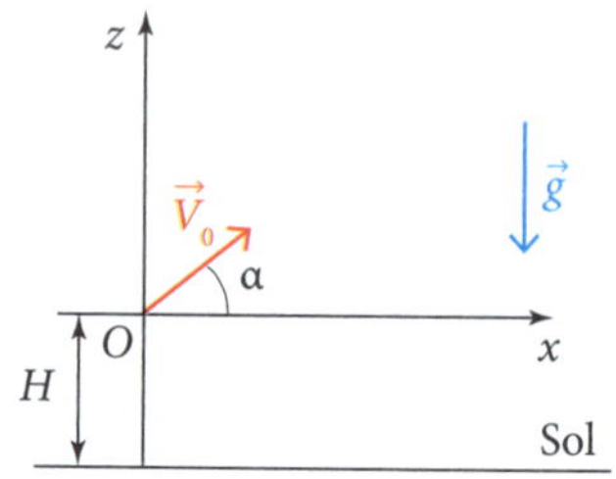

Soit un projectile de masse m dans le champ de pesanteur terrestre supposé uniforme. Il est lancé à la date $t = 0$ s du point O. Le vecteur vitesse initial $\vec{V}_0$ fait un angle α quelconque avec l'horizontale.

1. Le vecteur accélération $\vec{a}_G$ du centre d'inertie G du projectile dépend-il des conditions initiales ?
2. Le projeté du centre d'inertie G du projectile sur l'axe vertical Oz est-il animé d'un mouvement rectiligne et uniforme ?
3. La trajectoire du centre d'inertie G du projectile est-elle parabolique quelle que soit la valeur de α ?
4. Dans le cas où le projectile est lancé d'une hauteur H au-dessus du sol avec une vitesse $\vec{V}_0$ horizontale, l'abscisse de son point de chute est-elle $x = V_0\sqrt{\frac{2H}{g}}$?

QCM *Cocher la (ou les) bonne(s) réponse(s).*

1. Le vecteur $\vec{p}$:

- ☐ **a.** est colinéaire à la vitesse.
- ☐ **b.** est proportionnel à $\vec{v}$.
- ☐ **c.** dépend de la masse du système.
- ☐ **d.** s'exprime en $kg \cdot m \cdot s^{-1}$.

2. La seconde loi de Newton permet d'établir :

- ☐ **a.** un lien entre accélération et forces exercées.
- ☐ **b.** les équations horaires du mouvement.
- ☐ **c.** indirectement l'équation de la trajectoire du système.
- ☐ **d.** les conditions initiales.

3. L'énergie mécanique :

- ☐ **a.** est l'énergie totale du système.
- ☐ **b.** est la somme de l'énergie cinétique et de toutes les énergies potentielles.
- ☐ **c.** est telle que sa variation est égale à la somme des travaux des forces exercées sur le système.
- ☐ **d.** se conserve si les forces dissipatives comme les frottements ne travaillent pas.

Vrai ou Faux

1. Un système en mouvement circulaire uniforme a son vecteur accélération normal et son vecteur vitesse tangentiel à la trajectoire.

☐ Vrai ☐ Faux

2. L'énergie mécanique E_m d'un système soumis à des forces de frottement n'est pas conservée au cours d'un mouvement.

☐ Vrai ☐ Faux

3. Soit K la constante de la 3e loi de Kepler pour les planètes du système solaire. On a alors $T^2 = Kd^3$ avec d la distance Terre-Lune et T la période de rotation de la Lune autour de la Terre.

☐ Vrai ☐ Faux

4. Dans le cas d'un système à masse constante, la 2e loi de Newton s'écrit $\sum \vec{F}_{ext} = m\vec{a}_G$ avec $\vec{a}_G$ le vecteur accélération du centre d'inertie du système dans un référentiel galiléen.

☐ Vrai ☐ Faux

Vers le sujet de BAC

Déterminer la vitesse constante d'un satellite

La Lune est un satellite de la Terre. En supposant son orbite circulaire, montrer que son mouvement est uniforme, et calculer sa vitesse de rotation dans le référentiel géocentrique supposé galiléen.

Répondre à la question posée en réalisant les étapes suivantes :

1 La Lune est soumise à la force gravitationnelle exercée par la Terre. En considérant cette force comme unique force exercée sur la Lune, appliquer la seconde loi de Newton et en déduire l'expression du vecteur accélération.

2 Dans la base de Frenet, montrer que l'accélération tangentielle est nulle et en déduire que v = constante.

3 Identifier l'accélération exprimée en **1** à l'accélération radiale et en déduire l'expression de la valeur v de la vitesse de la Lune.

> **Données**
- Constante de gravitation universelle : $G = 6{,}67 \times 10^{-11}$ N·m²·kg⁻².
- Masse de la Terre : $M_T = 5{,}98 \times 10^{24}$ kg.
- Distance Terre-Lune : $d = 3{,}84 \times 10^5$ km.

Sujets guidés

SUJET 12 Sujet inédit

2,5 pts — 25 min — Calculatrice autorisée

Mouvement dans un champ de pesanteur

Le rugby est un sport d'équipe qui s'est développé dans les pays anglo-saxons à la fin du XIXe siècle. Pour simplifier l'étude, le joueur et le ballon seront supposés ponctuels.

DOC. Le rugby : sport d'évitement

Au rugby, une « chandelle » désigne un coup de pied permettant d'envoyer le ballon en hauteur par-dessus la ligne de défense adverse. L'objectif pour l'auteur de cette action est d'être au point de chute pour récupérer le ballon derrière le rideau défensif.

D'après www.francerugby.fr

On se place dans le référentiel terrestre supposé galiléen.

Le champ de pesanteur terrestre est considéré uniforme, de valeur g. On négligera toutes les actions dues à l'air. Afin d'éviter un plaquage, un joueur réalise une chandelle au-dessus de son adversaire.

On définit un repère $(O, \vec{i}, \vec{j})$:

- origine : position initiale du ballon ;
- vecteur unitaire horizontal ;
- vecteur unitaire vertical et vers le haut.

À l'instant $t = 0$ s, le vecteur vitesse du ballon fait un angle α avec l'axe Ox et sa valeur est v_0.

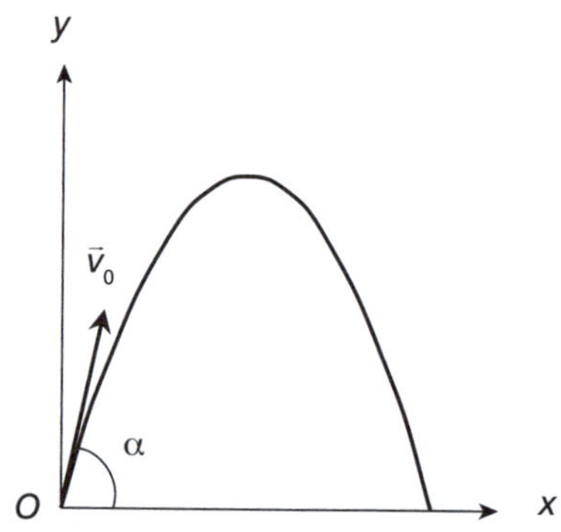

Le graphique ci-dessus représente la trajectoire du ballon dans le repère choisi.

1 Établir les coordonnées a_x et a_y du vecteur accélération du point M représentant le ballon.

2 Montrer que les équations horaires du mouvement du point M sont :

$$x(t) = (v_0 \times \cos\alpha) \times t \quad \text{et} \quad y(t) = -\frac{1}{2} g t^2 + (v_0 \times \sin\alpha) \times t$$

3 En déduire l'équation de la trajectoire du point M :

$$y(x) = -\frac{g}{2(v_0 \times \cos\alpha)^2} x^2 + \tan\alpha \times x$$

PAR ÉTAPES

COMPRENDRE LE SUJET

Les réflexes à avoir

- Appliquer la seconde loi de Newton afin de mettre en lien la résultante des forces extérieures appliquées au système et l'accélération.
- Dans le cas d'une chute, les frottements étant négligés, penser que la seule force extérieure agissant sur le système de masse m est son poids $\vec{P} = m\vec{g}$.
- Pour passer des équations horaires du mouvement à l'équation de la trajectoire, penser à éliminer le paramètre « temps ».
- Traduire les conditions initiales permet de déterminer les constantes d'intégration du vecteur vitesse et du vecteur position.

Méthode

Identifier les conditions initiales

- Identifier les conditions initiales de vitesse : interroger l'énoncé sur les coordonnées du vecteur vitesse initiale.
- Identifier les conditions initiales de position : interroger l'énoncé sur la position du système à $t = 0$.

Les expressions mathématiques à connaître

- La seconde loi de Newton s'écrit : $\sum \vec{F}_{\text{ext}} = \frac{d\vec{p}_G}{dt}$. La résultante des forces $\sum \vec{F}_{\text{ext}}$ est égale à la dérivée du vecteur quantité de mouvement du centre d'inertie du système.
- Le vecteur accélération $\vec{a}$ est la dérivée par rapport au temps du vecteur vitesse $\vec{v}$, lui-même dérivé du vecteur position $\overrightarrow{OM}$:

$$\vec{a} = \frac{d\vec{v}}{dt} \text{ et } \vec{v} = \frac{d\overrightarrow{OM}}{dt}$$

- Soit une fonction dépendant du temps t : $y(t) = at + b$. Sa primitive est $Y(t) = \frac{1}{2}at^2 + bt + c$ avec c la constante d'intégration. En effet, la dérivée par rapport au temps de $Y(t)$ est $y(t)$.
- Le cas $y(t) = b$ constante est alors vu comme un cas particulier de la fonction $y(t) = at + b$ pour lequel le coefficient a est nul soit $a = 0$. Dans ce cas, la primitive $Y(t)$ vaut $Y(t) = bt + c$ avec c une constante d'intégration.

Méthode

Vérifier les résultats obtenus

- Vérifier l'expression des équations horaires obtenues avec celles proposées dans l'énoncé.
- Vérifier l'équation de la trajectoire obtenue.

Les connaissances à avoir

- Les coordonnées d'un vecteur $\vec{u}$ faisant un angle α avec l'horizontale sont : $\vec{u}(u \times \cos\alpha,\ u \times \sin\alpha)$ avec u la norme du vecteur.

- Si la masse m du système est constante pendant toute la durée de l'étude du mouvement alors : $\frac{d\vec{p}}{dt} = \frac{d(m\vec{v})}{dt} = \frac{dm}{dt}\vec{v} + m\frac{d\vec{v}}{dt}$. Or $\frac{d\vec{v}}{dt} = \vec{a}$, d'où finalement $\frac{d\vec{p}}{dt} = m\vec{a}$.
- Les équations horaires du mouvement sont les coordonnées du vecteur position.
- Dans le cas d'une chute libre avec ou sans vitesse initiale, le vecteur accélération est réduit au vecteur intensité de pesanteur $\vec{a} = \vec{g}$ de coordonnées $(0, -g)$, le vecteur $\vec{g}$ étant vertical descendant.

ORGANISER SES RÉPONSES

La démonstration à établir

- Dans le cas du système {ballon} dont la masse est constante, écrire la seconde loi de Newton dans le cas de la seule force de poids, soit : $\vec{P} = m\vec{g} = m\vec{a}$.
- En déduire que le vecteur accélération est égal au vecteur intensité de pesanteur et en déduire les coordonnées du vecteur accélération comme celles du vecteur $\vec{g}$.
- Intégrer chaque composante du vecteur accélération indépendamment, sans oublier d'inclure une constante d'intégration, pour chacune des primitives obtenues afin d'obtenir les composantes de $\vec{v}$.

Au brouillon

- Noter les coordonnées du vecteur intensité de pesanteur $\vec{g}(0, -g)$.
- Faire un bilan des forces, ici le poids $\vec{P} = m\vec{g}$.
- Chercher la primitive de $y(t) = -g$ et celle de $y(t) = -gt + b$.

- À l'aide des conditions initiales de vitesse, identifier les constantes d'intégration de vitesse.
- Procéder de même avec le vecteur vitesse pour obtenir le vecteur position par intégration et rechercher les constantes d'intégration grâce aux conditions initiales de position.
- Isoler les équations horaires du mouvement $x(t)$ et $y(t)$ en recopiant les composantes du vecteur position.
- Dans l'équation horaire la plus simple, généralement $x(t)$, exprimer t en fonction de x.
- Dans l'équation horaire $y(t)$, remplacer t par son expression en fonction de x établie précédemment. On obtient alors $y(x)$, l'équation de la trajectoire.

Les expressions littérales à déterminer

- Établir les conditions initiales de vitesse consiste à déterminer les coordonnées du vecteur vitesse à $t = 0$.
- Établir les conditions initiales de position consiste à déterminer la position du système au départ du mouvement.

Au brouillon

- Noter les coordonnées du ballon à $t = 0$, soit $\overrightarrow{OM_0}(0,0)$.
- Noter les coordonnées de la vitesse du ballon à $t = 0$, soit $(v_0 \times \cos\alpha, v_0 \times \sin\alpha)$.

- Après avoir écrit la primitive de l'accélération, c'est-à-dire l'expression générale des composantes du vecteur vitesse, la détermination des constantes d'intégration se fait comme suit :

– écrire les composantes du vecteur vitesse dans le cas particulier de $t = 0$;

– identifier ces composantes au vecteur vitesse initiale ;

– par comparaison, en déduire l'expression des constantes d'intégration.

- Procéder de même pour la position à partir de la vitesse.

CORRIGÉ 12

Comprendre le corrigé

1 La résultante des forces extérieures exercées sur le système est uniquement son poids. En appliquant la seconde loi de Newton au projectile de masse constante *m*, dans le référentiel terrestre supposé galiléen, on obtient :

$$\sum \vec{F}_{\text{ext}} = \vec{P} = m\vec{g} = \frac{\mathrm{d}\vec{p}_G(t)}{\mathrm{d}t} = m\vec{a}_G(t)$$

La masse étant non nulle, l'expression précédente se résume à $\vec{a}_G = \vec{g}$.

Démonstration

Un système mécanique ponctuel soumis à un champ de pesanteur uniforme a un vecteur accélération constant égal au vecteur champ de pesanteur : $\vec{a} = \vec{g}$.

Le vecteur $\vec{g}$ étant vertical descendant, il a pour coordonnées $\vec{g}(0, -g)$. On en déduit celles de l'accélération : $a_x(t) = 0$ et $a_y(t) = -g$.

2 Par intégration des coordonnées de l'accélération, on obtient celles de la vitesse du système : $v_x(t) = K_1$ et $v_y(t) = -gt + K_2$ avec K_1 et K_2 les constantes d'intégration à déterminer en exploitant les conditions initiales du problème.

Or à $t = 0$, $v_{0x} = K_1 = v_0 \times \sin\alpha$ et $v_{0y} = K_2 = v_0 \times \cos\alpha$, d'où $K_1 = v_0 \times \sin\alpha$ et $K_2 = v_0 \times \cos\alpha$. Finalement, $v_x(t) = v_0 \times \sin\alpha$ et $v_y(t) = -gt + v_0 \times \cos\alpha$.

Par nouvelle intégration, on en déduit les coordonnées du vecteur position :

$$x(t) = v_0 \times t \times \sin\alpha + K_3$$

$$y(t) = -\frac{gt^2}{2} + v_0 \times t \times \cos\alpha + K_4$$

avec K_3 et K_4 les constantes d'intégration à déterminer en exploitant les conditions initiales du problème.

Or à $t = 0$, $x(t = 0) = K_3 = 0$ et $y(t = 0) = K_4 = 0$, le ballon étant initialement à l'origine du repère.

Cohérence des résultats

L'énoncé précise que le ballon est à l'origine du repère à $t = 0$.

Les conditions initiales sont bien : $x(0) = y(0) = 0$.

Finalement, on obtient les équations horaires du mouvement d'un système dans un champ de pesanteur uniforme :

$$x(t) = v_0 \times t \times \sin\alpha$$

et

$$y(t) = -\frac{gt^2}{2} + v_0 \times t \times \cos\alpha$$

3 En utilisant l'expression de $x(t)$, on peut en déduire une expression de t :

$$t = \frac{x(t)}{v_0 \times \sin\alpha}$$

On réinjecte cette expression dans la seconde équation horaire pour obtenir celle de la trajectoire :

$$y(x) = -\frac{g}{2}\left(\frac{x}{v_0 \times \sin\alpha}\right)^2 + v_0 \times \cos\alpha \times \frac{x}{v_0 \times \sin\alpha}$$

Or v_0 est non nulle et on définit $\tan\alpha = \frac{\cos\alpha}{\sin\alpha}$, donc on obtient finalement :

$$y(x) = -\frac{g}{2}\left(\frac{x}{v_0 \times \sin\alpha}\right)^2 + x \times \tan\alpha$$

(équation d'une parabole).

Vérification

L'équation obtenue correspond bien à celle proposée dans l'énoncé.

SUJET 13 Sujet inédit

3.5 pts — 35 min — Calculatrice autorisée

Dysnomia, satellite d'Eris

DOC. Découverte d'Eris

La planète Pluton, découverte par l'Américain Clyde Tombaugh en 1930, était considérée comme la neuvième planète de notre système solaire. Le 5 janvier 2005, une équipe d'astronomes a découvert sur des photographies prises le 21 octobre 2003 un nouveau corps gravitant autour du Soleil. Provisoirement nommé 2003 UB313, cet astre porte maintenant le nom d'Éris, du nom de la déesse grecque de la discorde.

La découverte d'Éris et d'autres astres similaires (2003 EL. 61, 2005 FY9…) a été le début de nombreuses discussions et controverses acharnées entre scientifiques sur la définition même du mot « planète ». Au cours d'une assemblée générale, le 24 août 2006 à Prague, 2 500 astronomes de l'Union Astronomique Internationale (UAI) ont décidé à main levée de déclasser Pluton comme planète pour lui donner le rang de « planète naine » en compagnie d'Éris et de Cérès (gros astéroïde situé entre Mars et Jupiter).

Éris parcourt une orbite elliptique autour du Soleil avec une période de révolution T_E valant environ 557 années terrestres.

1 L'orbite d'Éris se situe-t-elle au-delà ou en deçà de celle de Pluton ? Justifier sans calcul.

Les astronomes ont découvert ensuite qu'Éris possède un satellite naturel qui a été baptisé Dysnomia (fille d'Éris et déesse de l'anarchie…). Le mouvement de Dysnomia autour d'Eris est supposé circulaire et uniforme.

2 Donner l'expression du vecteur accélération $\vec{a}$ du centre d'inertie de Dysnomia en fonction des paramètres de l'énoncé et du vecteur $\vec{n}$ de la base mobile de Frenet centrée sur Dysnomia.

3 Montrer que la période de révolution T_D de Dysnomia a pour expression :

$$T_D = 2\pi\sqrt{\frac{R_D^3}{GM_E}}$$

Retrouve-t-on la troisième loi de Kepler ? Justifier.

4 Déduire de l'expression de T_D celle de la masse M_E d'Éris. Calculer sa valeur.

5 Calculer le rapport des masses d'Éris et de Pluton $\frac{M_E}{M_P}$. Expliquer alors pourquoi la découverte d'Éris a remis en cause le statut de planète pour Pluton.

› Données

- Période de révolution terrestre : $T_T = 1{,}00$ an ; période de révolution de Pluton : $T_P = 248$ ans.
- Masse de Pluton : $M_P = 1{,}31 \times 10^{22}$ kg.
- Rayon de l'orbite circulaire de Dysnomia : $R_D = 3{,}60 \times 10^7$ m.
- Période de révolution de Dysnomia : $T_D = 15{,}0$ jours $\approx 1{,}30 \times 10^6$ s.
- Constante de gravitation universelle : $G = 6{,}67 \times 10^{-11}$ $m^3 \cdot kg^{-1} \cdot s^{-2}$.

PAR ÉTAPES

COMPRENDRE LE SUJET

Les réflexes à avoir

- Utiliser la troisième loi de Kepler pour comparer le rayon des trajectoires d'Eris et de Pluton en considérant leurs périodes de révolution respectives.
- Penser que dans un mouvement circulaire uniforme, le rayon R de la trajectoire et la valeur v du vecteur vitesse sont constants. Une des conséquences exploitables est que la dérivée de v par rapport au temps est nulle et qu'ainsi, l'accélération est réduite à sa composante normale.

Méthode

Identifier les lois et expressions à exploiter

- La 3e loi de Kepler permet de comparer des rayons connaissant les périodes de révolution.
- La 2e loi de Newton permet de faire le lien entre l'accélération et la force gravitationnelle exercée sur le système.
- L'expression de l'accélération dans la base mobile de Frenet permet de faire le lien avec la vitesse du système.

Les expressions mathématiques à connaître

- La seconde loi de Newton s'écrit : $\sum \vec{F}_{ext} = \frac{d\vec{p}_G}{dt}$.

La résultante des forces $\sum \vec{F}_{ext}$ est égale à la dérivée du vecteur quantité de mouvement du centre d'inertie du système.

- La force gravitationnelle exercée par un corps A de masse M_A (en kg) sur un corps B de masse M_B (en kg) est : $\vec{F} = G\frac{M_A M_B}{d_{AB}^2}\vec{n}$ avec d_{AB} la distance entre A et B (en m), G la constante gravitationnelle et $\vec{n}$ le vecteur unitaire normal de la base de Frenet attaché à B et dirigé vers A.

- Dans une base mobile de Frenet $(\vec{\tau}, \vec{n})$, le vecteur accélération s'écrit :

$$\vec{a} = \frac{dv}{dt}\vec{\tau} + \frac{v^2}{R_D}\vec{n} = \frac{v^2}{R_D}\vec{n}$$

- Dans le cas d'un mouvement circulaire, la troisième loi de Kepler se traduit mathématiquement par : $\frac{T^2}{R^3} = K$ avec K la constante de Kepler, T la période de révolution du système d'étude et R le rayon de sa trajectoire.
- Le périmètre P d'un cercle de rayon R est : $P = 2\pi R$.

Les connaissances à avoir

- Dans le cas d'un mouvement circulaire uniforme, l'accélération est centripète, c'est-à-dire que le vecteur accélération est uniquement dirigé suivant la normale à la trajectoire.
- Dans le cas d'un mouvement circulaire uniforme, la vitesse constante v peut être exprimée comme le rapport entre le périmètre P du cercle trajectoire de l'astre et la période de révolution T de l'astre autour de son centre attracteur.

ORGANISER SES RÉPONSES

La démonstration à établir

- Poser les outils de la démonstration en attachant un repère mobile de Frenet $(\vec{\tau}, \vec{n})$ à Dysnomia : le vecteur tangentiel $\vec{\tau}$ est tangent à la trajectoire, et le vecteur normal $\vec{n}$ est dirigé suivant la droite joignant Eris à Dysnomia, de Dysnomia vers Eris.

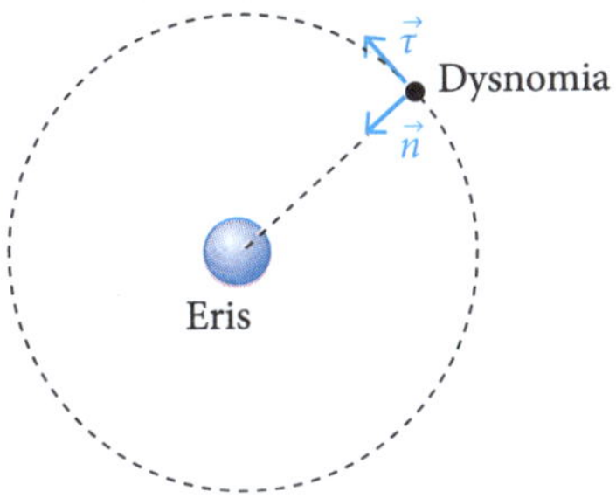

Au brouillon

Faire un schéma de la situation en représentant Eris, Dysnomia, la trajectoire circulaire de Dysnomia autour d'Eris et la base mobile de Frenet attachée à Dysnomia.

- Donner l'expression de la force gravitationnelle exercée par Eris sur Dysnomia dans le repère mobile de Frenet attaché à Dysnomia.
- En déduire une première expression de l'accélération de Dysnomia.
- Exprimer ensuite le vecteur accélération du mouvement de Dysnomia dans la base de Frenet. Le simplifier dans le cas d'un mouvement circulaire uniforme, on obtient une seconde expression de l'accélération.
- Exprimer la vitesse de Dysnomia comme le rapport entre périmètre du cercle et période de révolution.
- Injecter cette dernière expression dans la seconde expression de l'accélération.
- Comparer enfin la dernière expression mathématique de l'accélération de Dysnomia avec la première précédemment établie pour retrouver la troisième loi de Kepler.

Les expressions littérales à déterminer

- La troisième loi de Kepler $\frac{T^2}{R^3} = \text{K}$ peut se décliner pour chaque astre : la constante K est la même si et seulement si le centre attracteur est le même pour tous les astres. Ceci est le cas pour Eris et Pluton d'une part, pour Eris et Dysnomia d'autre part, mais pas pour Dysnomia et Pluton, qui ne gravitent pas autour du même centre.
- Les expressions littérales se simplifient dans le cas d'un mouvement circulaire uniforme : v est constante, et le demi-grand axe est remplacé par le rayon de la trajectoire.

Conseil

- Vérifier avant d'écrire la 3e loi de Kepler que tous les mobiles tournent autour du même centre.
- Vérifier que l'expression obtenue est cohérente avec la 3e loi de Kepler si la constante K identifiée est bien invariable dans le problème d'étude.

CORRIGÉ 13

Comprendre le corrigé

1 La période de révolution d'Eris autour du Soleil est supérieure à celle de Pluton, soit $T_E > T_P$. Pour Eris et Pluton, la 3e loi de Kepler s'écrit alors :

$$\frac{T_E^2}{R_E^3} = \frac{T_P^2}{R_P^3} = \text{K}$$

avec K constante et R le rayon de chaque orbite.

Si $T_E > T_P$ alors $R_E > R_P$: Eris se situe donc au-delà de Pluton.

Justification
Pluton et Eris ont le même centre attracteur : ils ont donc la même constante de Kepler.

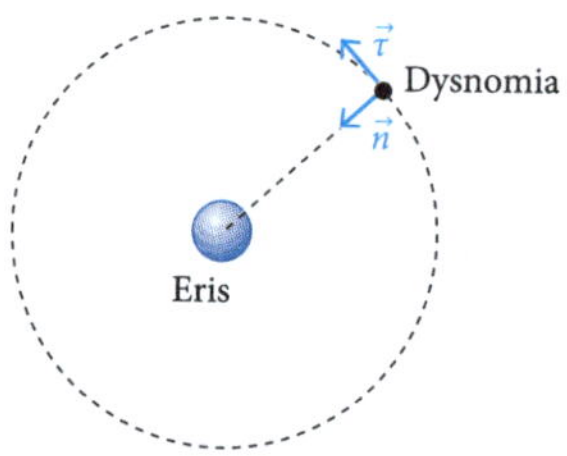

2 Dysnomia est soumis uniquement à la force gravitationnelle d'attraction d'Eris : $\vec{F} = \text{G}\frac{M_E M_D}{R_D^2}\vec{n}$.

En appliquant la 2e loi de Newton, on a :

$$M_D\vec{a} = \vec{F} = \text{G}\frac{M_E M_D}{R_D^2}\vec{n}$$

Soit en simplifiant, $M_D \neq 0$: $\vec{a} = \text{G}\frac{M_E}{R_D^2}\vec{n}$.

Cohérence des réponses
La masse de Dysnomia étant constante, la 2e loi de Newton se réduit à $\vec{F} = m\vec{a}$.

3 Le mouvement de Dysnomia est supposé circulaire uniforme. La vitesse de Dysnomia est donc constante et vaut $v = \frac{P}{T_D} = \frac{2\pi R_D}{T_D}$ avec P le périmètre de l'orbite circulaire de Dysnomia autour d'Eris.

Or dans le repère de Frenet, l'accélération s'écrit :

$\vec{a} = \frac{dv}{dt}\vec{\tau} + \frac{v^2}{R_D}\vec{n} = \frac{v^2}{R_D}\vec{n}$ puisque le mouvement est uniforme et $\frac{dv}{dt} = 0$. En utilisant l'expression précédente de v, on obtient :

$$\vec{a} = \frac{(2\pi R_D)^2}{T_D^2 R_D}\vec{n} = \frac{(2\pi)^2 R_D}{T_D^2}\vec{n}$$

Par identification avec l'expression $\vec{a} = G\frac{M_E}{R_D^2}\vec{n}$ obtenue précédemment, on a :

$$\vec{a} = G\frac{M_E}{R_D^2}\vec{n} = \frac{(2\pi)^2 R_D}{T_D^2}\vec{n}, \text{ soit } T_D^2 = \frac{(2\pi)^2 R_D^3}{GM_E}$$

Finalement, en prenant la racine de l'expression précédente, on obtient l'expression attendue :

$$T_D = 2\pi\sqrt{\frac{R_D^3}{GM_E}}$$

En partant de l'expression de T_D^2, on retrouve la 3e loi de Kepler :

$$\frac{T_D^2}{R_D^3} = \frac{(2\pi)^2}{GM_E} = K$$

puisque G, M_E et π sont des constantes.

4 On peut aussi écrire : $M_E = \frac{(2\pi)^2}{GT_D^2}R_D^3$.

$$M_E = \frac{4\pi^2}{6,67\times10^{-11}\times\left(1,30\times10^6\right)^2}\times\left(3,60\times10^7\right)^3$$

M_E = 1,63 × 10^{22} kg.

5 Le rapport $\frac{M_E}{M_P}$ vaut $\frac{M_E}{M_P} = \frac{1,63\times10^{22}}{1,31\times10^{22}}$ = 1,24.

Si Eris, qui n'est pas considérée comme une planète, a une masse plus importante que Pluton, alors Pluton n'est pas une planète non plus !

Précision des résultats

Les différentes masses, le rayon et la période de la trajectoire d'Eris sont donnés avec 3 chiffres significatifs. Il faut garder cette précision dans le résultat final.

Cohérence des réponses

Vérifiez que votre résultat traduit qu'Eris est plus massive que Pluton.

CORRIGÉS Contrôler ses connaissances

p. 132 Questions flash

1. La 2e loi de Newton donne $\vec{P} = m\vec{g} = \frac{d\vec{p}_G}{dt} = m\frac{d\vec{v}_G}{dt} = m\vec{a}_G$ donc $\vec{g} = \vec{a}_G$. Le vecteur accélération est égal à $\vec{g}$: il ne dépend pas des conditions initiales.

2. $\vec{a}_G = \vec{g} = -g\vec{k}$ donc $a_z = -g \neq 0$, le mouvement est accéléré suivant Oz et n'est donc pas un mouvement rectiligne uniforme.

3. On peut montrer que, par intégrations successives du vecteur accélération, le vecteur position est : $\overrightarrow{OM} = V_0 \times \cos\alpha \times t\vec{i} + \left(-\frac{1}{2}g \times t^2 + V_0 \times \sin\alpha \times t\right)\vec{k}$.

En projectant sur les axes (Ox) et (Oy) du repère orthonormé, on a :

$$x(t) = V_0 \times \cos\alpha \times t$$

et

$$z(t) = -\frac{1}{2}g \times t^2 + V_0 \times \sin\alpha \times t$$

L'équation de la trajectoire s'obtient en éliminant le temps pour chacune des coordonnées, soit $t = \frac{x(t)}{V_0 \times \cos\alpha}$, et en le remplaçant dans l'expression de $z(t)$. On obtient alors l'équation de la trajectoire : $z = -\frac{1}{2}g\left(\frac{x}{V_0 \times \cos\alpha}\right)^2 + x \cdot \tan\alpha$. Le mouvement est parabolique à l'exception du cas $\alpha = 90°$ pour lequel la tangente n'est pas définie !

4. Pour $\alpha = 0$, on a $z = -\frac{1}{2}g\left(\frac{x}{V_0}\right)^2$. Le point de chute est tel que $z = -H$ (projectile au niveau du sol). On a alors $x = V_0\sqrt{2\frac{H}{g}}$.

QCM

1. a) et **c)** Le vecteur quantité de mouvement $\vec{p} = m\vec{v}$ est colinéaire au vecteur vitesse $\vec{v}$ et dépend de la masse m du système. En revanche, $\vec{p}$ est proportionnel à $\vec{v}$ uniquement si la masse m est constante. Enfin, la norme du vecteur, et non le vecteur $\vec{p}$, s'exprime en $kg \cdot m \cdot s^{-1}$.

2. a), b) et **c)** La seconde loi de Newton établit le lien entre le vecteur quantité de mouvement et la résultante des forces extérieures appliquées au système : $\sum \vec{F}_{ext} = \frac{d\vec{p}_G}{dt}$. Dans le cas d'un système dont la masse m est constante, la loi se réduit à $\sum \vec{F}_{ext} = m\vec{a}$, relation entre la résultante des forces et l'accélération du système. Par intégrations successives du vecteur accélération, on obtient le vecteur position dont les coordonnées correspondent aux équations horaires du mouvement. Par élimination du paramètre « temps », les équations horaires se réduisent à l'équation de la trajectoire. Les conditions initiales entrent dans la détermination des constantes d'intégration, mais la loi de Newton ne les établit nullement.

3. **a), b)** et **d)** L'énergie mécanique est la somme de l'énergie cinétique et des énergies potentielles de pesanteur, élastique, etc. Elle représente l'énergie totale du système dont la variation est égale au travail des forces uniquement dissipatives. Si ces dernières ne travaillent pas, la variation d'énergie mécanique est nulle : E_m se conserve.

Vrai ou Faux

1. **Vrai.** Si le mouvement est circulaire uniforme, alors la valeur v de la vitesse est constante ; l'accélération tangentielle vaut $a_\tau = \frac{dv}{dt} = 0$ et $\vec{v} = v\vec{\tau}$ est suivant le vecteur tangentiel.

2. **Vrai.** Les frottements sont des forces dissipatives, donc la variation de l'énergie mécanique du système est égale au travail de ces forces : E_m n'est donc pas constante.

3. **Faux.** K est la même pour tout mouvement d'une planète du système solaire dans le référentiel héliocentrique et non pour la Lune dans le référentiel géocentrique.

4. **Vrai.** $\frac{d\vec{p}_G}{dt} = m\frac{d\vec{v}_G}{dt} = m\vec{a}_G$.

Vers le sujet de Bac

1 La Lune est soumise à la force gravitationnelle exercée par la Terre. Dans le repère de Frenet attaché à la Lune, on a $\vec{F}_{\text{Terre/Lune}} = G\frac{M_T \times M_L}{d^2}\vec{n}$, avec d la distance du centre de la Terre au centre de la Lune.

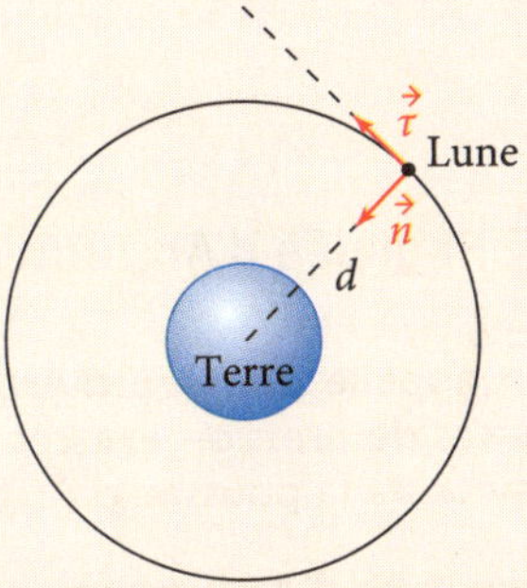

La seconde loi de Newton permet d'écrire :

$$\frac{d\vec{p}}{dt} = M_L\vec{a} = \vec{F}_{\text{Terre/Lune}} = G\frac{M_T \times M_L}{d^2}\vec{n}$$

soit :

$$\vec{a} = G\frac{M_T}{d^2}\vec{n}$$

2 De manière générale, on a : $a_\tau = \frac{dv}{dt}$ et $a_n = \frac{v^2}{d}$. Or le vecteur accélération n'a pas de composante tangentielle, car $\vec{a}$ est suivant $\vec{n}$.
On en déduit que $a_\tau = \frac{dv}{dt} = 0$, soit v = constante : le mouvement de la Lune dans le référentiel géocentrique est circulaire uniforme.

3 Par identification, on a $a_n = \frac{v^2}{d} = G\frac{M_T}{d^2}$ soit $v = \sqrt{G\frac{M_T}{d}}$.

A. N. : $v = \sqrt{6{,}67 \times 10^{-11} \times \frac{5{,}98 \times 10^{24}}{3{,}84 \times 10^{8}}} = 1{,}02 \times 10^3\ \text{m·s}^{-1} = 1{,}02\ \text{km·s}^{-1}$.

Modéliser l'écoulement d'un fluide

Faire le point

1 Définitions

- Un **fluide** est un **milieu continu** : il est formé d'un grand nombre de molécules libres les unes par rapport aux autres et de très faible taille devant la dimension du fluide observé.
- On appelle **régime permanent**, un régime dont les grandeurs physiques caractéristiques sont **indépendantes du temps**.
- Le **débit volumique** d'un fluide, noté D, est le volume de fluide traversant une section de tuyau de surface S par unité de temps.

→ Conséquences

- Un fluide est ainsi un **milieu déformable** et sans rigidité.
- Un fluide **incompressible** est un fluide dont la **masse volumique** ρ **est constante**.
- Un fluide incompressible a une masse volumique indépendante de la pression et de la température.

2 Poussée d'Archimède

- On appelle **poussée d'Archimède**, que l'on note $\vec{\Pi}$ ou $\vec{P}_A$, la résultante des forces de pression exercées sur un système solide immergé dans un fluide. La valeur de la poussée d'Archimède s'exprime en newtons (N).
- **Théorème d'Archimède** :

  La résultante des forces de pression exercées sur un solide totalement immergé dans un fluide est opposée au poids du fluide déplacé.

3 Débit volumique

- En régime permanent, le débit volumique D (en $m^3 \cdot s^{-1}$) d'un fluide est :

$$D = \frac{V}{\Delta t}$$

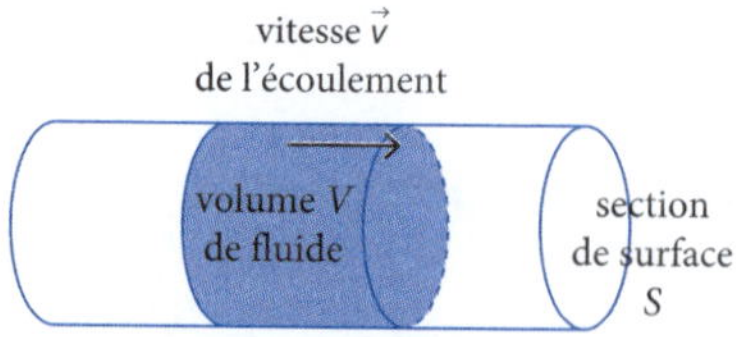

avec V (en m^3) le volume du fluide traversant la section de surface S pendant la durée Δt (en s).

Le débit volumique s'écrit aussi :

$$D = Sv$$

avec S: surface de la section de tuyau (en m^2) et v: vitesse constante de l'écoulement (en $m \cdot s^{-1}$).

- Le fluide étant incompressible, le volume de fluide entrant pendant une durée donnée est égal au volume sortant pendant la même durée. Il y a ainsi **conservation du débit volumique d'un fluide incompressible**.

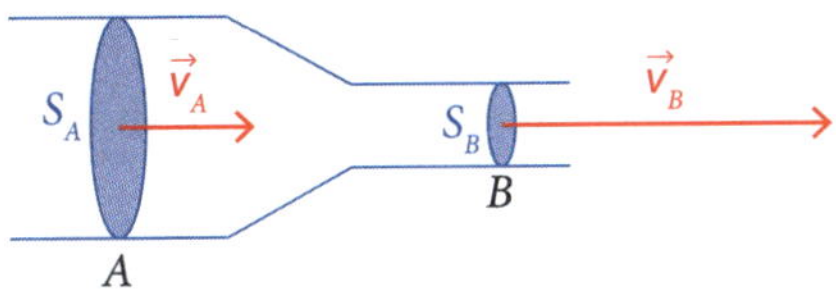

La conservation du débit volumique du fluide supposé incompressible est alors telle que :

$$S_A v_A = S_B v_B$$

avec S_A et S_B: surfaces des sections de tuyau en A et B (en m^2), v_A et v_B: vitesses de l'écoulement en A et B (en $m \cdot s^{-1}$).

4 Relation de Bernoulli et effet Venturi

- **Relation de Bernoulli**

Pour un fluide incompressible en régime permanent, l'énergie se conserve sur une ligne de courant :

$$P + \rho g z + \frac{1}{2}\rho v^2 = \text{constante}$$

avec P: pression (en Pa), ρ: masse volumique du fluide (en $kg \cdot m^{-3}$), z: altitude (en m), v: vitesse (en $m \cdot s^{-1}$), g: intensité de pesanteur (en $N \cdot m^{-1}$).

- **L'effet Venturi**

Un rétrécissement dans une conduite provoque une dépression locale avec une accélération de l'écoulement du fluide. Inversement, un élargissement crée une surpression avec ralentissement de l'écoulement.

Contrôler ses connaissances

corrigés p. 154

Questions flash

1. Un solide de volume $V = 1{,}0$ L et de masse $m = 500$ g est immergé dans de l'eau. Représenter les forces s'exerçant sur lui. On prendra comme masse volumique de l'eau $\rho_{eau} = 1{,}0\ \text{kg}\cdot\text{L}^{-1}$ et comme intensité de pesanteur $g = 9{,}8\ \text{N}\cdot\text{kg}^{-1}$.
2. On considère une balle de ping-pong de rayon $r = 1{,}9$ cm et de masse $m = 2{,}3$ g. Calculer la valeur de la poussée d'Archimède qui s'exerce sur elle. Calculer le poids de la balle puis le rapport des valeurs des forces. Conclure. On prendra comme masse volumique de l'air $\rho_{air} = 1{,}3\ \text{g}\cdot\text{L}^{-1}$ et comme intensité de pesanteur $g = 9{,}8\ \text{N}\cdot\text{kg}^{-1}$.
3. Une cuisine est alimentée avec un réseau d'arrivée d'eau de tuyau cylindrique de 16 mm^2 de diamètre. L'évier possède en revanche un robinet de diamètre 18 mm^2. Sachant que la vitesse d'écoulement dans le réseau d'alimentation est de $1{,}4\ \text{m}\cdot\text{s}^{-1}$, en déduire la vitesse d'écoulement à la sortie du robinet.
4. La relation de Bernoulli pour un fluide incompressible en écoulement permanent s'écrit : $P + \rho g z + \frac{1}{2}\rho v^2 = \text{constante}$. Montrer que chaque terme du membre de gauche est homogène à une pression.

QCM *Cocher la (ou les) bonne(s) réponse(s).*

1. **La relation de Bernoulli :**
   - ☐ **a.** traduit la conservation de l'énergie le long d'une ligne de courant pour un fluide incompressible en régime permanent.
   - ☐ **b.** tient compte du travail des forces pressantes.
   - ☐ **c.** dépend de la nature du fluide.
   - ☐ **d.** exprime que la somme des pressions statique et dynamique se conserve dans certaines conditions.

2. **L'effet Venturi :**
   - ☐ **a.** tient compte de la conservation du débit volumique et de la relation de Bernoulli.
   - ☐ **b.** montre qu'un rétrécissement dans une conduite provoque des modifications de l'écoulement en termes de pression et de vitesse.
   - ☐ **c.** permet d'augmenter la pression par rétrécissement.
   - ☐ **d.** permet une augmentation du débit volumique par rétrécissement.

Vrai ou Faux

1. La poussée d'Archimède est égale au poids de fluide déplacé.

☐ Vrai ☐ Faux

2. $\vec{P}_A$ est proportionnelle au volume du système.

☐ Vrai ☐ Faux

3. Le débit volumique d'un fluide est le volume de fluide qui s'écoule à travers une section par unité de temps.

☐ Vrai ☐ Faux

4. La conservation du débit volumique montre que la vitesse de l'écoulement dépend de la surface de la section traversée.

☐ Vrai ☐ Faux

5. Un étranglement dans une tuyère ralentit le fluide qui s'y écoule.

☐ Vrai ☐ Faux

Vers le sujet de BAC

Déterminer la pression en un point d'un écoulement

On considère une conduite dans laquelle s'écoule de l'eau, fluide incompressible. Le régime d'écoulement est permanent et le schéma ci-après précise les différentes valeurs numériques et montre un étranglement en B de la conduite.

Données
- $S_A = 1{,}2\ \text{m}^2$.
- $S_B = 0{,}80\ \text{m}^2$.
- $P_A = 4{,}0\ \text{bar}$.
- $v_A = 1{,}5\ \text{m·s}^{-1}$.

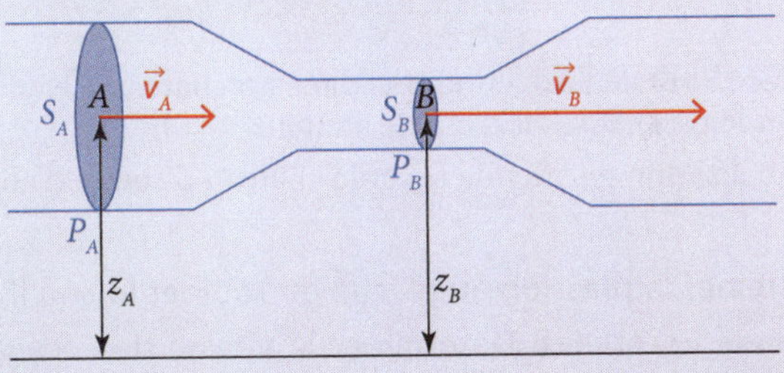

Déterminer la pression du fluide au niveau de l'étranglement en réalisant les étapes suivantes :

1. Écrire la conservation du débit volumique entre les points A et B.
2. En déduire une expression de la vitesse de l'écoulement au point B.
3. Écrire la relation de Bernoulli entre les points A et B.
4. En déduire l'expression de la pression en B.
5. Faire l'application numérique.

Sujets guidés

SUJET 14 Sujet inédit

1,5 pt — 15 min — autorisée

Distribution d'eau

DOC. Château d'eau

Un château d'eau A alimente en eau un robinet extérieur B d'une habitation.

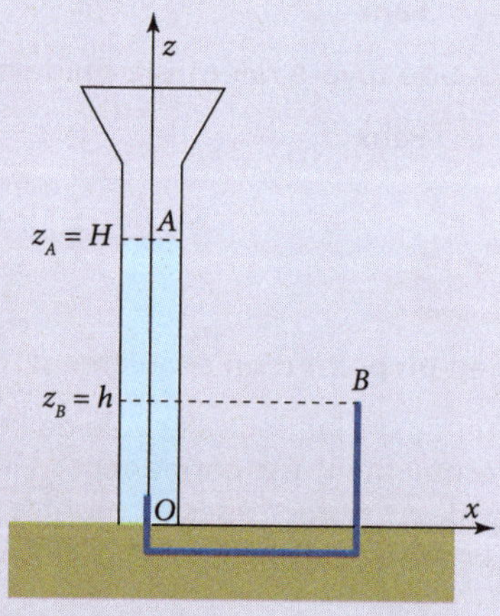

La surface libre de l'eau contenue dans un château d'eau est à une altitude $z_A = H$ du sol et le robinet se situe à une hauteur $z_B = h$.

Une canalisation permet de relier le château d'eau et d'alimenter le robinet.

1 Déterminer la pression au niveau du robinet lorsqu'il est fermé.

2 On ouvre le robinet. Déterminer la vitesse de l'écoulement et le débit volumique à sa sortie. On fera l'approximation que la pression en sortie du robinet correspond à la pression atmosphérique.

> **Données**
> - $H = 22{,}0$ m ; $h = 1{,}0$ m.
> - Pression atmosphérique : $P_0 = 1\,013$ hPa.
> - Diamètre de la canalisation : $d = 16$ mm.
> - Masse volumique de l'eau : $\rho = 1\,000$ kg·m^{-3}.
> - Intensité de pesanteur : $g = 9{,}8$ N·kg^{-1}.

PAR ÉTAPES

COMPRENDRE LE SUJET

Les réflexes à avoir

- Dans le cas d'un fluide au repos, utiliser la loi de la statique des fluides, alors que dans le cas d'un écoulement, la relation de Bernoulli s'impose.
- En chaque point de l'écoulement, penser à faire un bilan de connaissances des valeurs des différentes grandeurs macroscopiques comme la pression P, la vitesse de l'écoulement v, l'altitude z, etc.

Méthode

Calculer les valeurs

- En fonction du type de situation identifiée, utiliser les lois ou relations mathématiques établies entre les valeurs connues et inconnues.
- De simples manipulations mathématiques permettent d'exprimer la grandeur recherchée en fonction des données du problème posé.

Les expressions mathématiques à connaître

- **Loi de la statique des fluides** : dans le cas d'un fluide au repos, la pression statique $P^* = P + \rho gz$ est constante, avec P la pression du fluide au point considéré (en Pa), ρ la masse volumique (en $kg \cdot m^{-3}$), z l'altitude du point considéré (en m) et g la valeur de l'intensité de pesanteur.

Si l'on considère deux points A et B, la loi s'écrit alors :

$$P^*_A = P_A + \rho g z_A = P_B + \rho g z_B = P^*_B$$

- **Relation de Bernoulli :**

Pour un fluide incompressible en régime permanent, on a conservation de la pression : $P + \rho gz + \frac{1}{2}\rho v^2$ avec P la pression (en Pa), ρ la masse volumique du fluide (en $kg \cdot m^{-3}$), z l'altitude (en m), v la vitesse de l'écoulement (en $m \cdot s^{-1}$) et g la valeur de l'intensité de pesanteur.

Si l'on considère deux points A et B, la relation s'écrit alors :

$$P_A + \rho g z_A + \frac{1}{2}\rho v_A^2 = P_B + \rho g z_B + \frac{1}{2}\rho v_B^2$$

- Le débit volumique D (en $m^3 \cdot s^{-1}$) d'un écoulement est $D = Sv$ avec S l'aire de la section d'écoulement (en m^2) et v la vitesse constante de l'écoulement (en $m \cdot s^{-1}$).
- L'aire S d'un disque de rayon R est : $S = \pi R^2$.

Les connaissances à avoir

- Au niveau de toute surface libre, la pression du fluide est égale à la pression atmosphérique.
- La pression atmosphérique est de l'ordre de 1 bar = 10^3 hPa = 1×10^5 Pa. On a l'habitude de considérer qu'à 15 °C au niveau de la mer, la pression est P = 1 atm = 1,013 bar = 1 013 hPa = $1{,}013 \times 10^5$ Pa.

ORGANISER SES RÉPONSES

Le raisonnement à tenir

- Poser la relation mathématique adaptée à la situation :

– si la situation est statique, écrire la loi de la statique des fluides, c'est-à-dire la conservation de la pression statique en tout point du fluide :

$$P^* = P + \rho g z = \text{constante}$$

– si la situation est dynamique, écrire la relation de Bernoulli, c'est-à-dire en tout point du fluide :

$$P + \rho g z + \frac{1}{2}\rho v^2 = \text{constante}$$

- Dans cette relation, identifier les grandeurs connues en pensant que la pression du fluide à la surface libre est aussi la pression atmosphérique.
- En manipulant la relation précédente, exprimer la grandeur mathématique recherchée et en déduire sa valeur en faisant l'application numérique.

Au brouillon

Écrire la loi de conservation correspondant à la situation et surligner les grandeurs dont la valeur est donnée dans l'énoncé ou que l'on peut facilement calculer.

Les calculs à effectuer

- Le jour du Bac, il est attendu que toute application numérique soit précédée de l'expression littérale correspondante.
- Avant tout calcul, prendre soin de vérifier les différentes unités de l'application numérique, en particulier les unités de pression. La correspondance est à connaître :

1 bar = 10^5 Pa = 10^3 hPa ; 1 atm = 1,013 bar

- Il faut avoir en tête des ordres de grandeur des valeurs numériques.
- Dans le cas de ce type de problèmes courants : la vitesse d'écoulement est de l'ordre de quelques dizaines de mètres par seconde ; les altitudes sont de l'ordre de quelques dizaines de mètres ; les débits volumiques sont de l'ordre de quelques litres par seconde.

Au brouillon

Noter chaque grandeur caractéristique du fluide ou de son écoulement et mettre en regard son unité dans le système international.

CORRIGÉ 14

Comprendre le corrigé

1 La pression statique $P^* = P + \rho g z$ au niveau du robinet peut s'obtenir en utilisant la loi de la statique des fluides entre les points A et B. En A, la pression est celle de la surface libre, c'est-à-dire la pression atmosphérique P_0, soit $P_A = P_0$. L'altitude est $z = z_A = H$. En B, la pression est P_B que l'on cherche à déterminer. L'altitude est $z = z_B = h$.

Rappel

La surface libre est la surface de séparation entre l'air et le fluide.

L'eau étant un fluide incompressible, la loi de la statique des fluides permet d'écrire $P_A^* = P_0^*$, soit $P_A + \rho g z_A = P_B + \rho g z_B$. On en déduit la pression au niveau du robinet fermé :

$$P_B = P_A + \rho g z_A - \rho g z_B = P_A + \rho g(z_A - z_B) = P_A + \rho g(H - h)$$

$P_B = 1{,}013 \times 10^5 + 1\,000 \times 9{,}8 \times (22{,}0 - 1{,}0)$ d'où $P_B = 3{,}1 \times 10^5$ Pa.

Cohérence des réponses
Le point B étant d'altitude inférieure à celle du point A, la pression en B doit être supérieure à la pression en A.

2 On ouvre le robinet : le fluide peut maintenant s'écouler et acquérir une certaine vitesse. On suppose ici que l'eau part de la surface libre dans le château d'eau sans vitesse initiale.

– En A, la pression est toujours $P_A = P_0$ et l'altitude $z_A = H$. La vitesse de l'eau en A est donc supposée nulle : $v_A = 0$.

– En B, la pression est $P_B = P_0$: le point B à la sortie du robinet est supposé en contact direct avec l'air extérieur, donc la pression en ce point correspond à la pression atmosphérique. L'altitude est $z_B = h$. La vitesse de l'écoulement à la sortie du robinet est à déterminer ; on la note v_B.

On suppose pendant le temps de l'observation que l'écoulement est permanent, et on peut utiliser la relation de Bernoulli entre les points A et B de l'écoulement :

$$P_A + \rho g z_A + \frac{1}{2}\rho v_A^2 = P_B + \rho g z_B + \frac{1}{2}\rho v_B^2$$

Dans les conditions présentes, cette relation s'écrit :

$P_0 + \rho g H = P_0 + \rho g h + \frac{1}{2}\rho v_B^2$, soit $\frac{1}{2}\rho v_B^2 = \rho g(H - h)$.

On en déduit ainsi $v_B = \sqrt{2g(H-h)}$.

$v_B = \sqrt{2 \times 9{,}8 \times (22{,}0 - 1{,}0)} = 20$ m·s^{-1}.

Cohérence des réponses
On s'attend à une vitesse en B positive et de l'ordre de quelques dizaines de mètres par seconde.

Le débit volumique en B est :

$$D = S_B \times v_B$$

$$\text{avec } S_B = \pi R^2 = \pi\left(\frac{d}{2}\right)^2$$

d'où : $$D = \pi\left(\frac{d}{2}\right)^2 \times v_B$$

$$D = \pi \times \left(\frac{1{,}6 \times 10^{-2}}{2}\right)^2 \times 20 = 4{,}0 \times 10^{-3} \text{ m}^3\cdot\text{s}^{-1}$$

$D = 4{,}0$ L·s^{-1}.

Cohérence des réponses
Le débit volumique attendu est de quelques litres par seconde.

CORRIGÉS Contrôler ses connaissances

p. 148 **Questions flash**

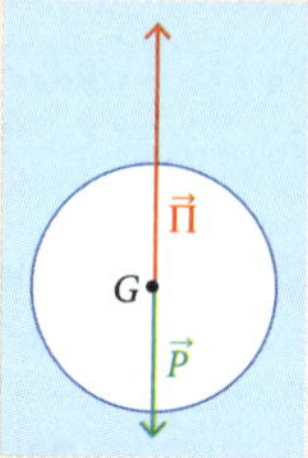

1. Le poids du solide est $P = mg = 0{,}500 \times 9{,}8 = 4{,}9$ N et la poussée d'Archimède s'exerçant sur lui est $\Pi = \rho V g$ soit $\Pi = 1{,}0 \times 1{,}0 \times 9{,}8 = 9{,}8$ N.

2. Le volume de la balle est : $V = \frac{4}{3}\pi r^3 = \frac{4}{3}\pi\left(1{,}9\times10^{-2}\right)^3$ soit $V = 2{,}9 \times 10^{-5}$ m³.

La poussée d'Archimède est $\Pi = m_{air}g = \rho_{air}V_{air}g = \rho_{air}Vg$ soit $\Pi = 1{,}3 \times 2{,}9 \times 10^{-5} \times 9{,}8 = 3{,}7 \times 10^{-4}$ N.

Le poids de la balle de ping-pong est $P = mg = 2{,}3 \times 10^{-3} \times 9{,}8 = 2{,}3 \times 10^{-2}$ N.

Le rapport $R = \frac{P}{\Pi}$ est $R = \frac{2{,}3\times10^{-2}}{3{,}7\times10^{-4}} = 62$.

On peut en conclure que le poids est très supérieur à la poussée d'Archimède. Cette dernière est ainsi quasiment négligeable devant le poids.

Réflexe à avoir

Une grandeur *A* est négligeable par rapport à *B*, si *A* et *B* sont de même dimension et exprimées dans la même unité, et si leur rapport est supérieur à 100.

3. L'eau étant un fluide supposé incompressible, on peut supposer la conservation du débit volumique :

$$S_{tuyau}v_{tuyau} = S_{robinet}v_{robinet} = \pi R^2_{tuyau}v_{tuyau} = \pi R^2_{robinet}v_{robinet}$$

On en déduit :

$$R^2_{tuyau} \times v_{tuyau} = R^2_{robinet} \times v_{robinet}$$

et $$v_{robinet} = \frac{R^2_{tuyau}v_{tuyau}}{R^2_{robinet}}$$

soit $v_{robinet} = \frac{\left(16\times10^{-6}\right)^2}{\left(18\times10^{-6}\right)^2}\times1{,}4 = 1{,}1\ \text{m}\cdot\text{s}^{-1}$.

Gagnez des points !

Vérifiez que plus la section est grande, et plus l'écoulement est lent.

4. Le membre de gauche de la relation de Bernoulli comporte trois termes :
- *P* qui est une pression, homogène à une force divisée par une surface, soit : $[P] = \text{MLT}^{-2} \times \text{L}^{-2} = \text{ML}^{-1}\text{T}^{-2}$;
- $\rho g z$ tel que $[\rho g z] = (\text{ML}^{-3}) \times (\text{LT}^{-2}) \times \text{L} = \text{ML}^{-1}\text{T}^{-2}$;
- $\frac{1}{2}\rho v^2$ tel que $\left[\frac{1}{2}\rho v^2\right] = [\rho v^2] = (\text{ML}^{-3}) \times (\text{LT}^{-1})^2 = \text{ML}^{-1}\text{T}^{-2}$.

Les trois membres de gauche sont bien homogènes à $\text{ML}^{-1}\text{T}^{-2}$, dimension de *P*.

QCM

1. **a), b), c)** et **d)** Toutes les réponses sont exactes. La relation de Bernoulli s'établit en traduisant la conservation de l'énergie le long d'une ligne de courant pour un fluide incompressible en régime permanent. L'énergie est la somme de l'énergie mécanique et du travail des forces pressantes ou encore des pressions statique et dynamique. L'expression de l'énergie contient deux termes dépendant de la masse volumique et donc de la nature du fluide.

2. **a)** et **b)** L'effet Venturi est tel qu'un rétrécissement dans une conduite provoque des modifications de l'écoulement en termes de pression et de vitesse : diminution de la pression et augmentation de la vitesse. Pour arriver à une telle conclusion, on exploite la conservation du débit volumique et la relation de Bernoulli.

Vrai ou Faux

1. **Faux.** La valeur de la poussée d'Archimède est égale à la valeur du poids du fluide en déplacement. Cependant, les sens des vecteurs sont opposés, et les vecteurs ne peuvent donc pas être égaux.

2. **Vrai.** Pour un fluide incompressible, la valeur de la poussée d'Archimède est proportionnelle au volume du système, car $\Pi = \rho V g$ avec ρ et g deux constantes. Dans ce cas, on a bien $\Pi = kV$ avec $k = \rho g$.

3. **Vrai.** Le débit volumique D est le volume V de fluide qui s'écoule à travers une section par unité de temps $\Delta t = 1$ s : $D = \frac{V}{\Delta t} = \frac{V}{1} = V$.

4. **Vrai.** La conservation du débit volumique s'écrit Sv = constante = k entre deux points de l'écoulement, avec S la surface de la section traversée et v la vitesse du fluide. La vitesse de l'écoulement $v = \frac{k}{S}$ dépend de S.

5. **Faux.** Un étranglement dans une tuyère accélère le fluide qui s'y écoule : en effet, $v = \frac{k}{S}$, donc si la surface S de la section de tuyère diminue, v augmente et l'écoulement s'accélère.

Vers le sujet de Bac

1 Entre les points A et B, la conservation du débit volumique s'écrit : $D = S_A \times v_A = S_B \times v_B$ pour l'eau, sur la ligne de courant (AB).

2 On en déduit que la vitesse de l'écoulement en B est : $v_B = \frac{S_A}{S_B} \times v_A$.

> **Piège à éviter**
> Faites l'application numérique avec une pression en Pa et une masse volumique en $kg \cdot m^{-3}$.

3 La relation de Bernoulli est alors :

$$P_A + \rho g z_A + \frac{1}{2}\rho v_A^2 = P_B + \rho g z_B + \frac{1}{2}\rho v_B^2$$

Or les points A et B sont tels que $z_A = z_B$, d'où : $P_A + \frac{1}{2}\rho v_A^2 = P_B + \frac{1}{2}\rho v_B^2$.

4 On a ainsi : $P_B = P_A + \frac{1}{2}\rho(v_A^2 - v_B^2) = P_A + \frac{1}{2}\rho v_A^2\left(1 - \left(\frac{S_A}{S_B}\right)^2\right)$.

5 $P_B = 4{,}0 \times 10^5 + \frac{1}{2} \times 1{,}0 \times 10^3 \times 1{,}5^2 \times \left(1 - \left(\frac{1{,}2}{0{,}40}\right)^2\right) = 3{,}9 \times 10^5$ Pa ou 3,9 bar.

Décrire un système thermodynamique : exemple du gaz parfait

Faire le point

1 Définitions

- Un gaz est constitué d'entités **faiblement dépendantes** les unes des autres; situées à de **grandes distances** de leurs voisines au regard de leurs propres dimensions; en **perpétuelle agitation** les unes par rapport aux autres dans un mouvement désordonné et sujettes à des **collisions non élastiques** entre elles ou avec les autres entités constituant les parois du volume qui les contient.
- La distance moyenne parcourue par une particule de gaz entre deux collisions est appelée **libre parcours moyen** (en m).

→ Conséquences

- Le modèle du gaz parfait (GP) est un modèle de gaz idéal.
- Les entités qui composent un gaz parfait sont des sphères **rigides** et **indépendantes** les unes des autres relativement éloignées les unes des autres et subissant des **chocs élastiques** lors de leur déplacement désordonné.

2 Équation d'état du gaz parfait

- Dans un corps pur sous une phase, ici la phase gazeuse, il existe une relation entre les grandeurs macroscopiques (paramètres d'état, que sont la pression P, le volume V et la température T du corps) appelée **équation d'état**, soit $f(P, V, T) = 0$.
- **Équation d'état du gaz parfait (GP)** :

$$PV = nRT$$

avec P: pression (en Pa), V: volume (en m^3), n: quantité de matière (en mol), T: température du gaz parfait (en K): $T(K) = \theta(°C) + 273,15$, R: **constante des gaz parfaits** ($R = 8,314\ Pa \cdot m^3 \cdot mol^{-1} \cdot K^{-1}$ dans les unités du système international).

- L'équation d'état du gaz parfait permet de décrire les comportements de ce gaz idéal. Cependant, ces derniers sont aussi ceux qui peuvent être observés pour les gaz réels, dans des conditions de **faible pression et de faible densité.**
- Les grandeurs macroscopiques étant dépendantes les unes des autres, le comportement d'un gaz est tel que :

  – à pression et quantité de matière constantes, $V = k_1T$ avec k_1 une constante : le volume V du gaz augmente proportionnellement à la température T. Cette loi porte le nom de **loi de Gay-Lussac** ;

  – à volume et quantité de matière constants, $P = k_2T$ avec k_2 une constante : l'augmentation de la pression agite les molécules, ce qui fait augmenter la température. La **pression varie proportionnellement à la température** ;

  – à température et quantité de matière constantes, $PV = k_3$ avec k_3 une constante : la pression P augmente si le volume V diminue, la pression est inversement proportionnelle au volume. C'est la **loi de Boyle-Mariotte** ;

  – à pression et température constantes, $V = k_4n$ avec k_4 une constante : le volume augmente proportionnellement à la quantité de matière, c'est la **loi d'Avogadro**.
- Dans le cas d'un gaz réel, les comportements observés restent valables, mais les lois de proportionnalité ne sont pas forcément exactes.

3 Limites du modèle du gaz parfait

- Pour expliquer le comportement des gaz réels, il faut prendre en compte le volume des molécules et les **forces intermoléculaires ou forces de Van Der Waals** qui s'exercent entre les molécules du gaz (ces interactions sont d'autant plus fortes que le gaz est dense).
- L'équation de Van Der Waals, tout en restant une équation d'état simplifiée, prend en compte ces limites. On introduit un terme $\frac{an^2}{V^2}$ d'**interaction** (homogène à une pression en Pa) et un terme ***nb*** appelé **co-volume** (en m^3), provenant du volume non nul des molécules, avec a et b des constantes dimensionnées.

Équation de Van Der Waals : $\left(P + \frac{an^2}{V^2}\right)(V - nb) = nRT$

MÉTHODE

SUJETS PAS À PAS

SUJETS COMME À L'EXAMEN

Contrôler ses connaissances

corrigés p. 164

Questions flash

1. À partir de l'équation d'état de Van Der Waals, retrouver l'équation d'état du gaz parfait à l'ordre 1.
2. Une bouteille de plongée contient 50 litres d'air sous 200 bar. La température est de 20 °C. Calculer la quantité de matière de gaz qu'elle contient.
3. Une bouteille de plongée contient 50 litres d'air sous 200 bar. Quel volume d'air peut-on extraire de cette bouteille à une pression atmosphérique de 1,0 bar ?

QCM *Cocher la (ou les) bonne(s) réponse(s).*

1. On considère une quantité de matière *n* d'un gaz parfait de pression *P*, occupant le volume *V* à la température *T* :

- ☐ **a.** sa pression *P* double si le volume *V* double, les autres grandeurs restant constantes.
- ☐ **b.** sa pression *P* double si la température *T* double, les autres grandeurs restant constantes.
- ☐ **c.** son volume *V* double si la quantité de matière *n* double, les autres grandeurs restant constantes.
- ☐ **d.** son volume *V* double si la température *T* double, les autres grandeurs restant constantes.

2. Le comportement de ce gaz parfait est régi par la loi :

- ☐ **a.** de Boyle Mariotte à pression et volume constants.
- ☐ **b.** de Boyle-Mariotte à température et quantité de matière constantes.
- ☐ **c.** d'Avogadro à quantité de matière et volume variables.
- ☐ **d.** de Gay-Lussac à pression et quantité de matière constantes.

3. Le modèle de Van Der Waals :

- ☐ **a.** est un modèle plus proche de la réalité que le modèle du gaz parfait.
- ☐ **b.** permet de retrouver, à partir de l'équation d'état de Van Der Waals, la loi $PV = nRT$.
- ☐ **c.** prend en compte le volume des particules de gaz.
- ☐ **d.** ne tient pas compte des interactions.

4. Dans l'équation d'état d'un gaz :

- ☐ **a.** son volume *V* est exprimé en L.
- ☐ **b.** sa quantité de matière *n* est exprimée en mol.
- ☐ **c.** la pression *P* est exprimée en bar ou en Pa.
- ☐ **d.** la température *T* est exprimée en K ou en °C.

Vrai ou Faux

1. Un gaz parfait est un gaz rare.

☐ Vrai ☐ Faux

2. La température est la grandeur macroscopique liée à l'agitation des molécules de gaz.

☐ Vrai ☐ Faux

3. La pression est l'image des collisions du gaz sur la paroi du récipient qui le contient.

☐ Vrai ☐ Faux

4. Une particule de gaz a une trajectoire en marche au hasard.

☐ Vrai ☐ Faux

5. Le modèle du gaz parfait est le modèle le plus simple : il ne prend pas en compte le volume des particules, ni les interactions entre elles.

☐ Vrai ☐ Faux

Vers le sujet de BAC

Déterminer la fréquence de collisions des particules d'un gaz

Un gaz est constitué de molécules de dioxygène à pression atmosphérique $P = 1{,}0$ bar et à température $\theta = 20$ °C. Dans ces conditions, les molécules de dioxygène ont un libre parcours moyen $\ell = 50$ nm et une vitesse moyenne $v = 450\ \text{m}\cdot\text{s}^{-1}$.

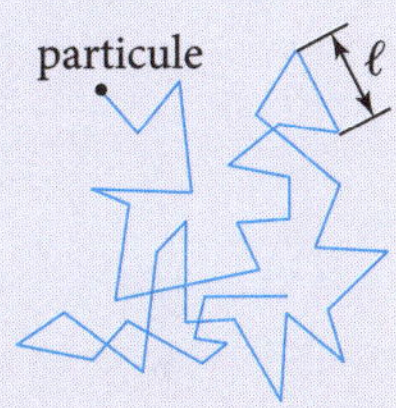

Calculer la fréquence des collisions et conclure quant à la vitesse avec laquelle un équilibre statistique peut s'établir au sein du gaz en réalisant les étapes suivantes :

1 Expliciter la relation entre la vitesse v d'une particule, la distance parcourue entre deux collisions ou libre parcours moyen ℓ et le temps Δt entre deux collisions. Exprimer alors Δt en fonction de ℓ et v.

2 Exprimer la fréquence f de collisions en fonction du temps entre deux collisions Δt.

3 Faire l'application numérique.

4 Conclure sur l'importance du résultat précédent et sur la rapidité d'un équilibre de la température dans l'enceinte contenant ce gaz. Un équilibre s'installe d'autant plus rapidement que le nombre de collisions des molécules de gaz qui le constituent est important.

Sujets guidés

SUJET 15 Sujet inédit

2,5 pts — 30 min

Équilibre thermodynamique entre deux gaz

Calculatrice autorisée

DOC. Liaison entre deux ballons

On considère deux ballons B_1 et B_2 :

– le ballon B_1 de volume V_1 contient du dioxyde de carbone CO_2. Sa pression est P_1 ;

– le ballon B_2 de volume V_2 contient du dioxygène O_2. Sa pression est P_2.

Initialement, chaque ballon est fermé et à une température identique $T = T_1 = T_2$ constante pendant toute la durée de l'expérience.

On relie les deux ballons entre eux par un tube très fin et on attend l'équilibre thermodynamique des gaz dans les ballons. Les gaz des deux ballons sont supposés parfaits.

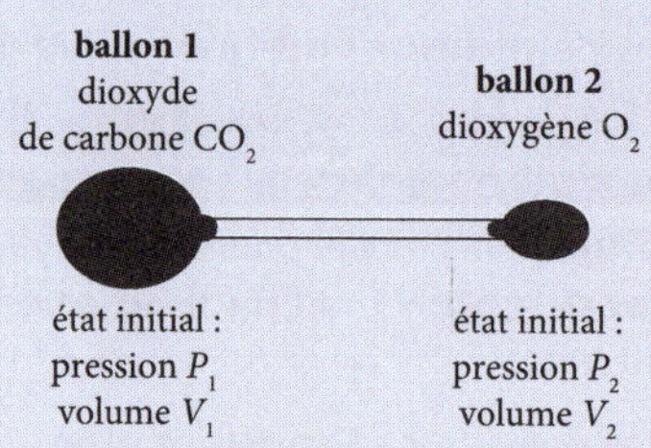

1 Si les gaz sont des gaz parfaits, quel sera leur comportement lorsque l'on met les deux ballons en relation ?

2 Exprimer et calculer la pression en dioxyde de carbone et la pression en dioxygène dans le mélange.

3 En déduire la pression totale de gaz dans les ballons.

4 Exprimer puis calculer la masse volumique du mélange de gaz.

› Données

- Volume des ballons : $V_1 = 2{,}5$ L ; $V_2 = 1{,}0$ L.
- Pression initiale des gaz : $P_1 = 2$ bar ; $P_2 = 3{,}5$ bar.
- Température constante de l'expérience : $T = 20$ °C.
- Constante des gaz parfaits : R = 8,314 usi.

PAR ÉTAPES

COMPRENDRE LE SUJET

Les réflexes à avoir

- Identifier parmi les quatre paramètres de l'équation d'état du gaz parfait (pression *P*, volume *V*, quantité de matière *n* et température *T*) les paramètres fixes et les paramètres variables de cette étude.
- Les paramètres fixes permettent de faire le choix de la loi qui régit le comportement du gaz : Boyle-Mariotte, Gay-Lussac, Avogadro...

Méthode

Identifier les paramètres

- Identifiez la place du paramètre dans l'équation d'état.
- Déterminez s'il s'agit d'une proportionnalité ou d'une inversion de proportionnalité.

Les connaissances à avoir

- **Loi de Boyle-Mariotte** : à température et quantité de matière constantes, $PV = K$ avec K une constante. Dans le cas de deux gaz A et B, la loi de Boyle-Mariotte peut s'écrire :

$$P_A V_A = P_B V_B$$

Méthode

Déterminer la loi de comportement

- À partir des paramètres fixes, déterminer la loi qui régit le comportement du gaz parfait : *n* et *T* sont constants, donc la loi de Boyle-Mariotte est pertinente pour le problème posé.
- Décliner cette loi pour un mélange de deux gaz A et B : $P_A V_A = P_B V_B$.

- **Équation d'état d'un gaz parfait** :

$$PV = nRT$$

avec *P* la pression (en Pa), *V* le volume (en m^3), *n* la quantité de matière (en mol), *T* la température du gaz parfait (en K) et R la constante des gaz parfaits.

- La masse *m* (en g) d'un solide est proportionnelle à sa quantité de matière *n* (en mol). La constante de proportionnalité est sa masse molaire *M* (en g·mol^{-1}) :

$$m = Mn$$

- La masse volumique ρ (en g·L^{-1}) d'un gaz est le rapport entre la masse *m* (en g) du gaz et le volume *V* (en L) de l'enceinte qui le contient : $\rho = \frac{m}{V}$.

Les connaissances à avoir

- La masse molaire moléculaire est la somme des masses molaires atomiques des atomes qui composent la molécule.
- Dans le cas du modèle du gaz parfait, une particule de gaz est indépendante des autres particules. Son comportement ne tient absolument pas compte de ses voisines, son mouvement est tel qu'elle se considère seule, sans interaction avec l'environnement.
- Les masses molaires atomiques des atomes d'oxygène et carbone sont à connaître : $M_C = 12{,}0$ g·mol^{-1} et $M_O = 16{,}0$ g·mol^{-1}.
- L'unité de pression dans le système international est le Pa : 1 bar = 1×10^5 Pa.

ORGANISER SES RÉPONSES

Le raisonnement à tenir

- Identifier les paramètres variables :

– le volume augmente, car le gaz va occuper tout l'espace : CO_2 passe d'un volume V_1 à un volume total $V_1 + V_2$; de même, O_2 passe d'un volume V_2 à un volume total $V_1 + V_2$;

– la pression diminue, car la même quantité de gaz occupant un espace plus important, les particules en densité plus faible vont subir moins de chocs.

- Identifier la loi de Boyle-Mariotte comme loi de comportement du gaz : les paramètres n (quantité de matière) et T (température) étant constants, le produit PV est constant.

- Poser l'expresssion mathématique de la masse volumique en fonction des différentes grandeurs que sont la masse de gaz, sa masse molaire, le volume occupé, et en déduire, par une succession de calculs, la valeur de ρ.

Les calculs à effectuer

- Penser à proposer une expression mathématique avant toute application numérique.

- Les pressions peuvent être exceptionnellement conservées en bar dans une partie de l'exercice. L'équation d'état des gaz parfaits demande de les convertir en Pa.

Conseil

- Faire un schéma de l'expérience pour chaque gaz.
- Imaginer l'état initial et l'état final pour se rendre compte des variations de volume.

Au brouillon

- Écrire la formule de la masse volumique en fonction de m et V : $\rho = \frac{m}{V}$.
- Exprimer ensuite la masse $m = nM$.
- Enfin, injecter la deuxième expression dans la première pour obtenir une expression mathématique globale.

CORRIGÉ 15

Comprendre le corrigé

1 Lorsqu'on met les ballons en relation, chaque gaz, considéré comme parfait, est sans interaction avec l'autre gaz. Par exemple, le dioxyde de carbone contenu dans le ballon 1 « voit » du vide dans le ballon 2 et tend à occuper tout l'espace des deux ballons en diminuant sa densité dans le ballon 1 et en l'augmentant dans le ballon 2 jusqu'à l'équilibre.

On observe le comportement contraire pour le dioxygène.

Démonstration

Appuyez-vous sur l'indépendance des particules de gaz parfait et sur le fait qu'elles ont toujours tendance à occuper tout l'espace à disposition (la Nature a horreur du vide !).

2 Le dioxyde de carbone passe donc d'un état initial à un état d'équilibre avec modification de sa pression et augmentation du volume qu'il occupe, la température et la quantité de matière restant constantes. Le tableau ci-après récapitule les données pour ces deux états initial et final :

État	Pression	Volume	Température	Quantité de matière
État initial	P_1	V_1	T	n_1
Équilibre	$P(CO_2)$	$V_1 + V_2$	T	n_1

La température et la quantité de matière sont constantes, le comportement du gaz est donc régi par la loi de Boyle-Mariotte : PV = constante.

Soit $P_1V_1 = P(CO_2)(V_1 + V_2)$.

On a donc : $P(CO_2) = \frac{P_1V_1}{V_1+V_2}$.

On peut raisonner de même pour le dioxygène initialement contenu dans le ballon 2 :

État	Pression	Volume	Température	Quantité de matière
État initial	P_2	V_2	T	n_2
Équilibre	$P(CO_2)$	$V_1 + V_2$	T	n_2

En appliquant la loi de Boyle-Mariotte, on obtient :

$$P(O_2) = \frac{P_2V_2}{V_1+V_2}$$

$P(CO_2) = \frac{2 \times 2,5}{2,5+1,0} = 1,4$ bar

$P(O_2) = \frac{3,5 \times 1,0}{2,5+1,0} = 1,0$ bar.

3 La pression totale est la somme des pressions des gaz : $P_{totale} = P(CO_2) + P(O_2) = 1,4 + 1,0 = 2,4$ bar.

4 La masse volumique ρ de gaz est :

$\rho = \frac{m_{totale}}{V} = \frac{m_{totale}}{V_1 + V_2}$ avec m_{totale} la masse totale de gaz contenue dans le volume total $V = V_1 + V_2$.

La quantité de matière de chaque gaz est telle que $n = \frac{PV}{RT}$ et la masse de chaque gaz est $m = nM$. La masse totale étant la somme des masses :

$$m_{totale} = \frac{P(CO_2)M(CO_2)V}{RT} + \frac{P(O_2)M(O_2)V}{RT}$$

et $\rho = \frac{m_{totale}}{V} = \frac{P(CO_2)M(CO_2) + P(O_2)M(O_2)}{RT}$

$$\rho = \frac{1,4 \times 10^5 \times 44 + 1,0 \times 10^5 \times 32}{8,314 \times 293}$$

soit $\rho = 3,8 \times 10^3\ g \cdot m^{-3}$ ou $\rho = 3,8\ kg \cdot m^{-3}$.

Cohérence des réponses

Le raisonnement doit être tenu pour chacun des gaz.

Méthode

Déterminez la quantité de matière en utilisant la loi des gaz parfaits.

Unités appropriées

Pensez à exprimer la pression en Pa, la température en K, le volume en m^3.

CORRIGÉS Contrôler ses connaissances

p. 158 **Questions flash**

Méthode
Retrouvez la formule $PV = nRT(1 + ...)$ qui donne $PV = nRT$ à l'ordre 1.

1. Si on développe les deux facteurs du membre de gauche, on obtient :

$$\left(P+\frac{an^2}{V^2}\right)(V-nb)=PV+\frac{an^2}{V}-Pnb-\frac{abn^3}{V^2}=nRT$$

En réarrangeant et en factorisant à nouveau :

$$PV=nRT-\frac{an^2}{V}+Pnb+\frac{abn^3}{V^2}=nRT\left(1-\frac{an}{RTV}+\frac{Pb}{RT}+\frac{abn^2}{RTV^2}\right)$$

qui, à l'ordre 1, donne l'équation du gaz parfait.

2. L'équation d'état est $PV = nRT$, donc on en déduit que la quantité de gaz contenu dans la bouteille de plongée est $n=\frac{PV}{RT}$.

Comme $V = 50$ L $= 5{,}0 \times 10^{-2}$ m^3 ; $P = 200$ bar $= 2{,}00 \times 10^7$ Pa ; $T = \theta + 273 = 293$ K,
$n=\frac{2{,}00\times10^7\times5{,}0\times10^{-2}}{8{,}314\times293} = 4{,}1 \times 10^2$ mol avec 2 chiffres significatifs.

3. La quantité de matière d'air et la température sont constantes. La loi régissant le comportement de l'air est donc la loi de Boyle-Mariotte : PV = constante, soit ici $P_1V_1 = P_2V_2$.

On en déduit : $V_2=\frac{P_1V_1}{P_2}$ soit $V_2=\frac{200\times50}{1{,}0} = 1{,}0 \times 10^4$ L ou 10 m^3.

QCM

1. b), c) et **d)** L'équation d'état est $PV = nRT$.

Piège à éviter
Raisonnez sur l'équation d'état des gaz parfaits pour statuer sur les affirmations proposées.

Si la température T double, alors $T' = 2T$ et $2nRT = nrT' = 2PV$ que l'on peut interpréter comme le fait que la pression a doublé ($P' = 2P$ à volume constant) ou que le volume a doublé ($V' = 2V$ à pression constante) (affirmations **b)** et **d)**).

Si la quantité de matière n double, alors $n' = 2n$ et $2nRT = n'RT = 2PV = PV'$ avec $V' = 2V$: si n double, alors V double aussi (affirmation **c)**).

En revanche, si le volume V double, les grandeurs autres que la pression P restent invariantes, donc le produit $PV = P'V'$ est constant : si $V' = 2V$, alors $P' = \frac{P}{2}$ pour avoir $P'V' = 2V \times \frac{P}{2} = PV$. En effet, si le volume V double, alors la pression P est divisée de moitié.

2. b), c) et **d)** Le comportement de ce gaz parfait est régi par :

– la loi de Boyle-Mariotte à température et quantité de matière constantes, soit à pression et volume variables ;

– la loi de Gay-Lussac, à pression et quantité de matière constantes ;

– la loi d'Avogadro à pression et température constantes.

3. **a), b)** et **c)** Le modèle de Van Der Waals tient compte du volume des particules constituant le gaz, ainsi que des interactions entre elles. Il est plus proche de la réalité et permet de retrouver l'équation du GP à l'ordre 1.

4. **b)** Dans l'équation d'état d'un gaz, que ce soit dans le cas du gaz parfait ou du gaz de Van Der Waals, la quantité de matière n est exprimée en mol. En revanche, la pression P est toujours exprimée en Pa, la température T en K et le volume V en m^3.

Vrai ou Faux

1. Faux. Un gaz parfait est un « cas d'école », c'est un gaz irréel, les gaz nobles étant des gaz réels.

2. Vrai. La température est une grandeur mesurable, donc macroscopique. Elle est l'image de l'énergie cinétique moyenne des particules de gaz et donc de leur agitation thermique.

3. Faux. L'affirmation est incomplète. La pression est aussi l'image des collisions des molécules entre elles, cela permet de définir une pression dans tout le volume de gaz.

Gagnez des points !
Une marche au hasard est un ensemble de portions de droite parcourues avec une vitesse constante : le mouvement est donc rectiligne uniforme entre deux chocs et $\ell = v \times \Delta t$.

4. Vrai. Une particule de gaz a une trajectoire en portions de ligne droite dont la direction change après chaque collision.

5. Vrai. Le modèle du gaz parfait, contrairement au modèle de Van Der Waals, ne tient pas compte du volume des particules et des interactions interparticules.

Vers le sujet de Bac

1 Une molécule de dioxygène parcourt une distance moyenne entre deux chocs égale à son libre parcours moyen ℓ avec une vitesse moyenne v.
Soit Δt la durée entre deux collisions. On a alors : $v = \frac{\ell}{\Delta t}$, d'où $\Delta t = \frac{\ell}{v}$.

2 On en déduit que la fréquence des collisions est :

$$f = \frac{1}{\Delta t} = \frac{v}{\ell}$$

3 $v = 450\ \text{m}\cdot\text{s}^{-1}$ et $\ell = 50\ \text{nm} = 50 \times 10^{-9}\ \text{m}$.

$f = \frac{450}{50 \times 10^{-9}} = 9{,}0 \times 10^9$ collisions par seconde !

4 Le nombre de collisions est très important. Il permet de transmettre très rapidement de proche en proche une variation d'énergie cinétique par exemple, soit un équilibre rapide de la température dans l'enceinte contenant le gaz.

MÉTHODE

SUJETS PAS À PAS

SUJETS COMME À L'EXAMEN

Effectuer des bilans d'énergie : premier principe de la thermodynamique

Faire le point

1 Définitions

- **L'énergie interne** U (en J) d'un système est la somme des énergies cinétiques et potentielles microscopiques d'interaction des différents constituants internes au système.
- La **capacité thermique molaire [resp. massique]** C (en $J \cdot K^{-1} \cdot mol^{-1}$ [resp. en $J \cdot K^{-1} \cdot g^{-1}$]) d'un corps est l'énergie nécessaire pour élever $n = 1$ mole [resp. $m = 1$ g] de ce corps de $\Delta T = 1$ K à pression donnée.
- Le **flux thermique** ϕ (en W) à travers une paroi plane de surface S est la quantité de chaleur traversant S par unité de temps.
- L'**albédo** est le rapport entre l'énergie réfléchie et l'énergie absorbée.

→ Conséquences

- L'énergie interne U est une **grandeur algébrique** et **extensive**.
- Ainsi, la somme $\boldsymbol{E_m + U}$ de l'énergie mécanique et de l'énergie interne d'un **système isolé et fermé** se conserve.
- **Convention du « banquier »** : un transfert d'énergie est compté positivement s'il est cédé par le milieu extérieur au système et négativement dans le cas contraire.

2 Premier principe de la thermodynamique

- **Énoncé du premier principe** :

Un système évoluant entre deux états et recevant algébriquement un transfert énergétique sous forme de travail W et de transfert thermique Q possède une énergie totale $E_m + U$ dont la variation entre les deux états est égale à la somme $W + Q$:

$$\Delta E = \Delta E_m + \Delta U = W + Q$$

- Le plus souvent, la variation d'énergie mécanique du système est nulle, d'où : $\Delta U = W + Q$. Pour un système tel que $W = 0$ et $Q = 0$, l'énergie interne est conservée : $\Delta U = 0$.

3 Capacités thermiques

- Soit un système constitué de n particules de fluide incompressible, de volume V à pression P. Lors d'une variation de température $\Delta T = T_F - T_I$, le système évolue entre un état initial (EI) et un état final (EF) : il **échange de l'énergie avec le milieu extérieur**.
- Le transfert thermique Q (en J) est :

$$Q = nC\Delta T$$

avec n : quantité du corps considéré (en mol), C : capacité thermique molaire ou chaleur spécifique molaire (en $J \cdot K^{-1} \cdot mol^{-1}$), ΔT : variation de température (en K).

- Malheureusement, les thermodynamiciens utilisent le même symbole C pour deux grandeurs différentes que sont les capacités thermiques molaire et massique. La différence se fait sur l'unité de C.
- En utilisant la capacité massique, le **transfert thermique** Q (en J) est :

$$Q = mC\Delta T$$

avec m : masse du corps considéré (en g), C : capacité thermique molaire (en $J \cdot K^{-1} \cdot g^{-1}$), ΔT : variation de température (en K).

- Les trois modes de transfert thermique sont : la **conduction** ou **diffusion** (agitation thermique des molécules se transmettant de proche en proche), la **convection** (mouvements macroscopiques d'un fluide) et le **rayonnement**.

4 Conduction : flux, résistance et conductance thermiques

- Considérons une barre cylindrique de section S et de longueur L dont les températures extrêmes T_1 et T_2 sont fixées ($T_1 > T_2$).

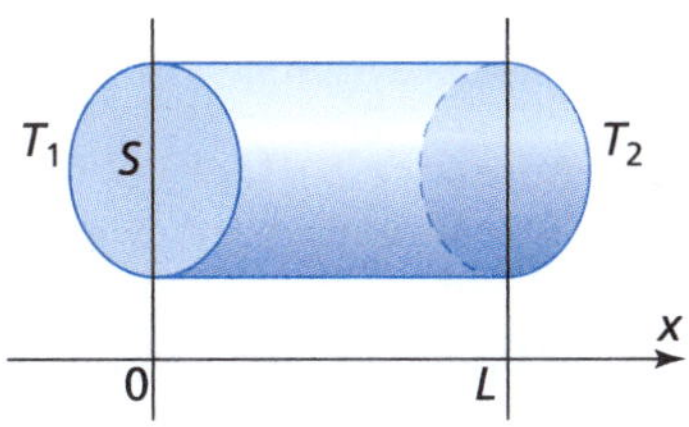

- Le **flux thermique conductif** ϕ à travers toute section S de la barre est alors proportionnel à la différence des températures :

$$\phi = \lambda \frac{T_1 - T_2}{L} S$$

avec T_1 et T_2 : températures extrêmes (en K), L : longueur de la barre (en m), S : surface de la section (en m^2), λ : conductivité thermique du matériau (en $W \cdot m^{-1} \cdot K^{-1}$).

- On associe au cylindre précédent une **résistance thermique** notée R, s'exprimant en $K \cdot W^{-1}$, telle que :

$$R = \frac{T_1 - T_2}{\phi} = \frac{L}{\lambda S}$$

avec T_1 et T_2 : températures extrêmes (en K), φ : flux thermique (en W), S : surface de la section (en m^2), L : longueur de la barre (en m), λ : conductivité thermique (en $W \cdot m^{-1} \cdot K^{-1}$).

- La **conductance thermique** G (en $W \cdot K^{-1}$) est l'inverse de la résistance :

$$G = \frac{1}{R}$$

- **Lois d'association de résistances thermiques :**

  – si deux conducteurs sont traversés par le même flux thermique, la résistance de l'ensemble est la somme des résistances thermiques (conducteurs en série) ;

  – si deux conducteurs sont soumis à la même différence de température, la résistance de l'ensemble est l'inverse de la somme des conductances thermiques (conducteurs en parallèles).

5 Rayonnement : bilan thermique Terre-atmosphère

- **Tout corps éclairé reçoit de l'énergie sous forme de rayonnement électromagnétique**. Une grande partie de cette énergie est absorbée par le corps, et dans la majorité des cas, cette dernière **augmente l'agitation thermique**, et ainsi la température du corps.
- Tout corps à une température T émet aussi un rayonnement électromagnétique dont la puissance surfacique est proportionnelle à T^4.
- **Loi de Stefan-Boltzmann :**

$$P = \sigma T^4$$

avec P : puissance surfacique rayonnée (en $W \cdot m^{-2}$), T : température (en K), σ : constante de Boltzmann ($\sigma = 5{,}67\ W \cdot m^{-2} \cdot K^{-4}$).

- La **loi de Wien** permet de déterminer la longueur d'onde λ_{max} du maximum d'émission du rayonnement : $\lambda_{max} \times T \approx 3\,000\ \mu m \cdot K$.
- En corrigeant avec les effets d'albédo, la température moyenne terrestre est de $\theta = -18$ °C, alors que celle observée est de 15 °C. Cette différence est due à **l'effet de serre produit par l'atmosphère terrestre**.

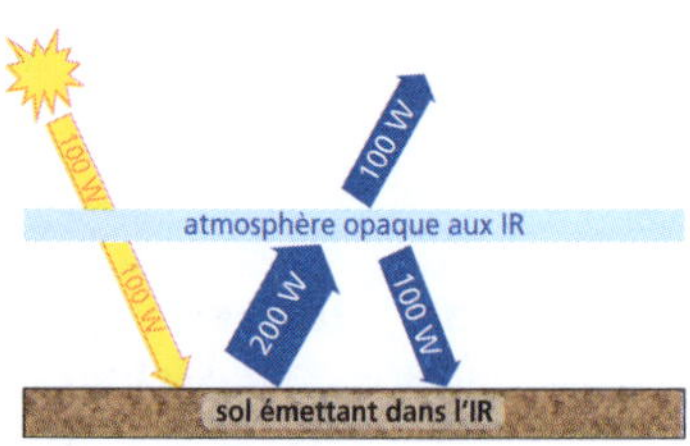

6 Loi phénoménologique de Newton

- **Loi phénoménologique de Newton**:

  Dans le cas d'un système à une température initiale T_0 en contact avec un thermostat à température T_T constante, le taux de perte ou de gain par transfert thermique du système est proportionnel à la différence entre la température du système $T(t)$ et celle du thermostat T_T:

$$\frac{\mathrm{d}T(t)}{\mathrm{d}t} = -k\left(T(t) - T_T\right)$$

  Le coefficient k est homogène à l'inverse d'un temps; il s'exprime en s^{-1}.

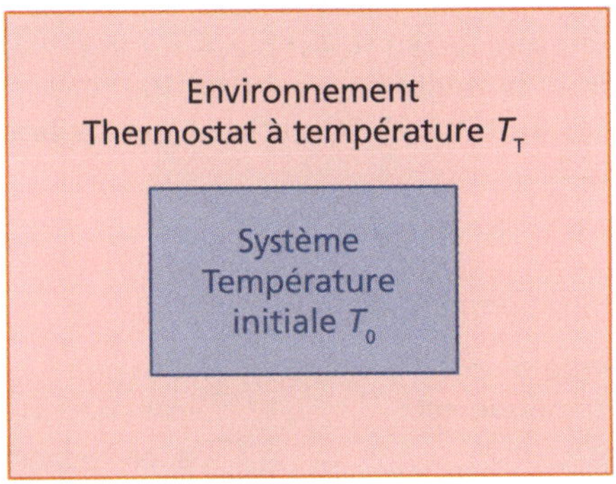

- Si $T_0 < T_T$, alors la température $T(t)$ du système évolue de T_0 à T_T. On en déduit $T(t) \leq T_T$, $T(t) - T_T \leq 0$ et $\frac{\mathrm{d}T(t)}{\mathrm{d}t} \geq 0$. Le système se réchauffe.
- Si au contraire $T_0 < T_T$, alors $T(t) \geq T_T$, $T(t) - T_T \geq 0$ et $\frac{\mathrm{d}T(t)}{\mathrm{d}t} \leq 0$. Le système se refroidit.
- La solution à cette équation différentielle du premier ordre est une fonction exponentielle du type: $T(t) = A + B\exp(-kt)$. Les coefficients A et B sont définis par les conditions initiales du fluide incompressible:

  – À $t = 0$, instant initial, la température est $T(t = 0) = T_0$:

  $T(t = 0) = A + B\ \exp(-k \times 0) = A + B = T_0$ donc $B = T_0 - A$.

  – À l'équilibre, lorsque t tend vers l'infini, la température est celle du réservoir, donc $T(t \to \infty) = T_T$ d'où $T(t \to \infty) = A = T_T$.

  Finalement, la solution est: $T(t) = T_T + (T_0 - T_T)\exp(-kt)$.

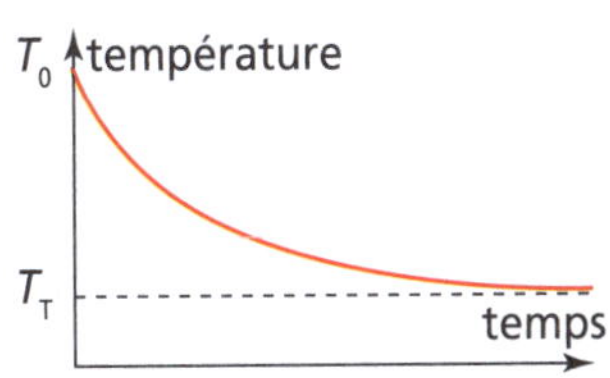

MÉTHODE
SUJETS PAS À PAS
SUJETS COMME À L'EXAMEN

Contrôler ses connaissances

corrigés p. 180

Questions flash

1. Un gaz dans une enceinte immobile produit un travail de 340 J et augmente sa température de telle manière que le transfert thermique est de 160 J. Calculer ΔU.
2. Calculer l'énergie nécessaire pour faire chauffer 100 g d'eau de 22 °C à 85 °C avec $C_{eau} = 4{,}18 \text{ kJ·K}^{-1}\text{·kg}^{-1}$.
3. Calculer la résistance thermique d'une barre de cuivre de 20,0 cm et de section droite de 1,0 cm^2 sachant que $\lambda_{cuivre} = 390 \text{ W·m}^{-1}\text{·K}^{-1}$.
4. Un gâteau sortant du four à 180 °C est placé sur la table. Une demi-heure après sa sortie du four, sa température est de 100 °C. Au bout de combien de temps le gâteau sera-t-il à 25 °C, sachant que la température de l'air ambiant est de 20 °C ?

QCM

Cocher la (ou les) bonne(s) réponse(s).

1. Le transfert thermique d'un système thermodynamique est :

- ☐ **a.** toujours positif.
- ☐ **b.** sous forme de variation d'énergie interne lorsque le système est sans mouvement global et qu'il ne travaille pas.
- ☐ **c.** noté *Q*, aussi appelé « chaleur » dans le langage courant.
- ☐ **d.** un échange de travail entre deux parties du système.

2. Une bouilloire électrique est utilisée pour chauffer de l'eau. Le transfert thermique est :

- ☐ **a.** radiatif.
- ☐ **b.** convectif.
- ☐ **c.** conductif.
- ☐ **d.** diffusif.

3. Le flux thermique entre A et B :

- ☐ **a.** s'exprime en watt (en W).
- ☐ **b.** dépend de la variation de température entre A et B.
- ☐ **c.** dépend du (ou des) matériau(x) entre A et B.
- ☐ **d.** correspond à une espèce d'intensité de courant de chaleur.

4. La loi de Stefan-Boltzmann :

- ☐ **a.** traduit la puissance (en W) produite par un corps chauffé.
- ☐ **b.** exprime la proportionnalité entre la température du corps et sa puissance surfacique.
- ☐ **c.** a une forme mathématique en $\lambda T = 3\,000$.
- ☐ **d.** permet de calculer la température d'un corps connaissant sa puissance rayonnée et sa surface.

5. La résistance thermique :

- ☐ **a.** s'exprime en ohm (en Ω).
- ☐ **b.** est additive en série.
- ☐ **c.** est égale à 1/*G*.
- ☐ **d.** dépend du matériau.

Vrai ou Faux

1. La diffusion est un mode de transfert thermique par mouvement macroscopique des masses de fluide.

☐ Vrai ☐ Faux

2. La résistance thermique est proportionnelle à sa section S.

☐ Vrai ☐ Faux

3. Un excellent conducteur thermique a une forte conductivité.

☐ Vrai ☐ Faux

4. À pression donnée, dans un état condensé, la variation d'énergie interne par élévation de température est proportionnelle à la variation de température subie par le système.

☐ Vrai ☐ Faux

5. Le travail reçu par un système est négatif.

☐ Vrai ☐ Faux

Vers le sujet de BAC

Déterminer la résistance thermique

Un système de double vitrage comprend deux vitres de verre d'épaisseur e entre lesquelles on emprisonne une épaisseur e' d'argon. Soit λ_v et λ_{Ar} les conductivités thermiques respectivement du verre et du diazote. On note T_e la température extérieure et T_i la température intérieure avec $T_e < T_i$.

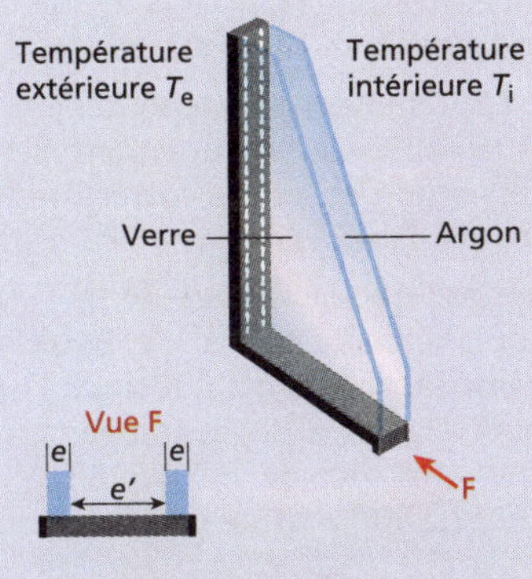

Déterminer l'expression de la résistance thermique équivalente au double vitrage en réalisant les étapes suivantes :

1 Donner l'expression de chacune des résistances thermiques, en ne considérant que les phénomènes de conduction. Exprimer R en fonction du flux et de l'épaisseur.

2 Faire l'hypothèse que le flux est conservé (il est le même dans chaque partie de l'assemblage de matériaux) et en déduire que la résistance équivalente est la somme des résistances de chaque matériau.

3 Proposer alors une expression de R en fonction de l'épaisseur de chaque partie et de la surface S commune traversée par le flux thermique.

Sujets guidés

SUJET 16 **Sujet inédit** 3 pts 30 min

Bilan thermique d'une serre

Calculatrice autorisée

DOC. 1 Air d'une serre horticole

En hiver, l'air contenu dans une serre horticole est chauffé de la température initiale de 5 °C à une température finale de 12 °C.

L'air de la serre est supposé parfait, c'est-à-dire que sa capacité thermique molaire vaut $C = \frac{5}{2}R$, avec R la constante des gaz parfaits.

DOC. 2 Physique de l'effet de serre

La physique de l'effet de serre est connue depuis Svante Arrhénius (1859-1927). Les gaz constituant l'atmosphère sont transparents à la lumière visible. En revanche, bien que le diazote et le dioxygène soient aussi transparents aux rayonnements infrarouges, le dioxyde de carbone, la vapeur d'eau et le méthane sont opaques aux IR.

Afin d'appréhender le phénomène d'effet de serre sur Terre, on peut décomposer par la pensée le rayonnement électromagnétique visible reçu du Soleil. Cette expérience de pensée ne correspond en rien à la réalité, mais permet de comprendre le bilan thermique.

On suppose que la surface de la Terre reçoit du Soleil un rayonnement visible d'une puissance de 100 W. À l'équilibre, le sol émet alors un rayonnement IR de même puissance que celui reçu. Si l'on suppose une atmosphère parfaite dont les gaz à effet de serre absorbent le rayonnement IR, alors elle émet toujours dans l'IR la même puissance de 100 W : 50 W vers la Terre et 50 W hors atmosphère. La puissance de 50 W reçue au niveau du sol sera absorbée, et ainsi de suite…

1 Sachant que la serre, de volume V constant, contient 25,73 kg d'air, calculer la variation d'énergie interne du système {air} lors du réchauffement.

2 En déduire la quantité de chaleur si le système a par ailleurs fourni un travail de 2,4 kJ.

3 Proposer un schéma récapitulatif de l'expérience de pensée décrite au doc. 2.

4 En déduire la puissance émise et celle reçue par le sol. Y a-t-il équilibre ?

5 Dans le cas où l'atmosphère est absente, quelle est la puissance reçue et émise par le sol ?

6 Montrer que dans ce modèle d'atmosphère parfaite, la température terrestre est en augmentation de 19 % par rapport à un modèle sans atmosphère.

> Données

- Constante des gaz parfaits : R = 8,314 usi.
- Masse volumique de l'air dans ce domaine de températures : $M = 29\ \text{g}\cdot\text{mol}^{-1}$.
- Constante de Boltzmann : $\sigma = 5{,}67\ \text{W}\cdot\text{m}^{-2}\cdot\text{K}^{-4}$.

PAR ÉTAPES

COMPRENDRE LE SUJET

Les réflexes à avoir

- Prendre l'habitude d'imbriquer les différentes expressions littérales pour n'en obtenir qu'une seule avant l'application numérique.
- Faire attention aux capacités thermiques : bien se poser la question de savoir s'il s'agit de la capacité thermique massique ou molaire, car l'application numérique en dépend.

Les expressions mathématiques à connaître

- **Premier principe de la thermodynamique** :

La variation d'énergie interne est : $\Delta U = W + Q$.

- Lors d'une variation de température, le transfert thermique Q (en J) est : $Q = nC\Delta T$.

C est la capacité thermique molaire ou chaleur spécifique molaire (en $\text{J}\cdot\text{K}^{-1}\cdot\text{mol}^{-1}$).

- **Loi de Stefan-Boltzmann** : tout corps à une température T émet un rayonnement électromagnétique de puissance surfacique P (en $\text{W}\cdot\text{m}^{-2}$) telle que $P = \sigma T^4$ avec σ la constante de Boltzmann.

Méthode

Identifier les grandeurs

- Écrire l'expression de la variation d'énergie interne en fonction de la variation de température.
- Identifier les grandeurs connues comme les températures initiale et finale.
- Identifier les grandeurs inconnues comme C et n.

Méthode

Réaliser les calculs

- En remplaçant les grandeurs inconnues de l'expression de départ par les différentes expressions, exprimer une relation dont toutes les grandeurs sont connues.
- Faire l'application numérique de ΔU en respectant les unités attendues.

Les connaissances à avoir

- Si $C = \frac{5R}{2}$, R étant une constante molaire, alors C est la capacité thermique molaire ou chaleur spécifique molaire (en $\text{J}\cdot\text{K}^{-1}\cdot\text{mol}^{-1}$).
- Une augmentation de 19 % correspond à une augmentation d'un facteur 0,19, c'est-à-dire un facteur multiplicatif sur la valeur initiale de 1,19.
- Soit u_n le terme d'une suite géométrique de raison $\frac{1}{2}$: $u_{n+1} = \frac{1}{2}u_n$. La série de terme générale u_n est la somme $\sum_{k=0}^{n} u_k$. Elle tend vers $2u_0$ quand n tend vers $+\infty$.

MÉTHODE

SUJETS PAS À PAS

SUJETS COMME À L'EXAMEN

- Une variation de température ΔT exprimée en K est de même valeur que celle $\Delta\theta$ exprimée en °C.
- Un système est en équilibre thermodynamique s'il reçoit autant d'énergie qu'il en émet.

ORGANISER SES RÉPONSES

Le raisonnement à tenir

- Déterminer l'expression de la variation d'énergie interne en « emboîtant » celle de n et de C dans l'expression $\Delta U = nC\Delta T$.
- Utiliser l'expression du premier principe de la thermodynamique pour en déduire la valeur du transfert thermique.
- Réaliser un schéma simplifié avec des valeurs numériques en prenant en compte les réflexions du rayonnement au sol et de l'absorption par l'atmosphère.
- À partir du schéma, faire le calcul de la somme des quantités au niveau du sol : faire un calcul séparé pour le rayonnement émis et le rayonnement reçu.
- Vérifier que le sol est en équilibre thermodynamique sans atmosphère : il doit émettre la même quantité d'énergie que celle qu'il reçoit.
- Utiliser la loi de Stefan-Boltzmann pour évaluer les puissances surfaciques rayonnées avec ou sans atmosphère, et constater que le coefficient multiplicatif $\sqrt[4]{2}$ est égal à 1,19 soit une augmentation de 19 %.

Au brouillon

- Écrire les trois expressions nécessaires au calcul de la variation de l'énergie interne : $\Delta U = nC\Delta T$; $n = \frac{m}{M}$; $C = \frac{5}{2}\text{R}$.
- Remplacer les expressions de n et C dans celle du premier principe.
- Proposer ensuite, dans un second temps, l'application numérique.

Les calculs à effectuer

- Penser que les grandeurs sont algébriques et utiliser la convention du banquier pour déterminer leur signe : toute énergie entrante est comptée positivement, alors que toute énergie sortante est négative.

CORRIGÉ 16

Comprendre le corrigé

1 La variation d'énergie interne de l'air contenu dans la serre durant l'échauffement est proportionnelle à la variation $\Delta T = T_f - T_i$ de température : $\Delta U = nC\Delta T$ avec T_i la température initiale, T_f la température finale, $n = \frac{m}{M}$ et $C = \frac{5}{2}\text{R}$.

Rappel

$$\text{R} = \frac{\Delta T}{\phi}$$

Finalement, on obtient :

$$\Delta U = \frac{m}{M} \times \frac{5}{2} \, \mathrm{R}(T_\mathrm{f} - T_\mathrm{i}) = \frac{5}{2} \times \frac{m\mathrm{R}}{M} \, (T_\mathrm{f} - T_\mathrm{i})$$

$$\Delta U = \frac{5}{2} \times \frac{25{,}73 \times 10^3 \times 8{,}314}{29} \times (12 - 5) = 129{,}1 \text{ kJ}$$

soit $\Delta U = 1{,}3 \times 10^5$ J.

Cohérence des réponses
$\Delta U > 0$, car le gaz reçoit de l'énergie lors de l'élévation de sa température.

2 La variation d'énergie interne est la somme du travail W du gaz et de la chaleur Q : $\Delta U = W + Q$. On en déduit $Q = \Delta U - W$.

$Q = 129{,}1 - (-24) = 153{,}1$ kJ, soit $Q = 1{,}5 \times 10^5$ J.

Cohérence des réponses
Le travail est fourni par le système. Par convention, on a donc $W < 0$.

3 Schéma récapitulatif

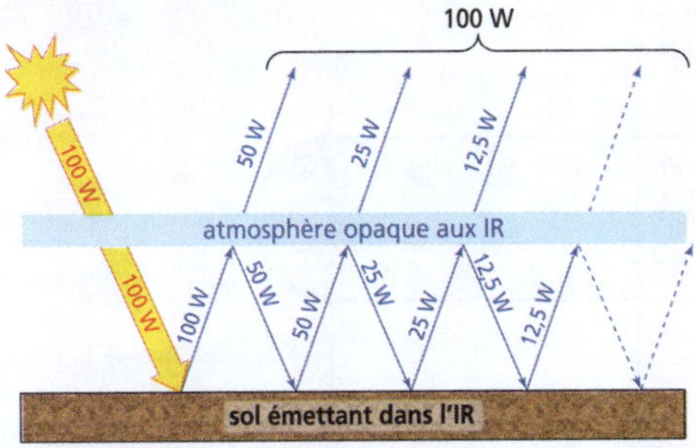

4 En exploitant le schéma ci-avant, la puissance émise par le sol est égale à la somme des radiations IR : 100 W + 50 W + 25 W + … = 200 W alors que la puissance reçue par le sol est de 100 W visible et de 50 W + 25 W + … = 100 W IR, soit un total de 200 W.

La puissance émise est égale à la puissance reçue : le sol est donc bien à l'équilibre thermique.

Rappel
Un corps est à l'équilibre thermique lorsque la quantité d'énergie qu'il reçoit est égale à celle qu'il émet.

5 Dans le cas où l'atmosphère est absente, il n'y a pas d'émission de l'atmosphère vers le sol : le sol reçoit 100 W visible du Soleil et émet 100 W IR.

6 Dans ce modèle d'atmosphère parfaite, la Terre émet deux fois plus d'énergie avec atmosphère que sans atmosphère, soit en considérant les puissances :

$$P(\text{avec atm}) = 2 \times P\,(\text{sans atm})$$

En utilisant la loi de Stefan-Boltzmann, on a :

$$\sigma T^4(\text{avec atm}) = 2 \times \sigma T^4\,(\text{sans atm})$$

ou $$T^4(\text{avec atm}) = 2 \times T^4\,(\text{sans atm})$$

On en déduit $T(\text{avec atm}) = \sqrt[4]{2} \times T(\text{sans atm})$ d'où $T(\text{avec atm}) = 1{,}19 \times T(\text{sans atm})$, soit une augmentation d'un facteur de 0,19 = 19 %.

Démonstration
Un facteur de 1,19 correspond à 119 % = 100 % + 19 %, soit une augmentation de 19 %.

MÉTHODE

SUJETS PAS À PAS

SUJETS COMME À L'EXAMEN

SUJET 17 **Sujet inédit** 2,5 pts 25 min

Sensation de chaud et de froid

Calculatrice autorisée

DOC. Modèle d'un contact-main matériau

Lorsque nous posons notre main sur une table en acier, elle nous paraît froide, alors que ce n'est pas le cas d'un contact avec une table en bois.

On désire étudier ces sensations. Pour cela, on modélise la main et le matériau (acier ou bois) par deux cylindres de même section de surface S, de même axe (Ox). Les deux cylindres sont mis en contact l'un avec l'autre, et l'on suppose que la situation est indépendante du temps.

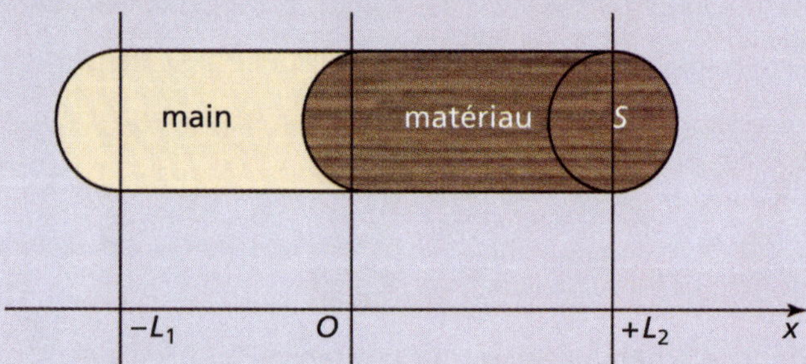

La main et le matériau à tester sont respectivement de longueur L_1 et L_2, de conductivité λ_1 et λ_2, de masse volumique μ_1 et μ_2, et de capacité thermique massique C_1 et C_2.

La jonction entre les deux cylindres est réalisée en $x = 0$; l'extrémité libre du cylindre 1 est alors à l'abscisse $x = -L_1$ et celle du cylindre 2 à l'abscisse $x = L_2$.

1 Sachant que l'on maintient aux deux extrémités libres les températures constantes $T = T_1$ en $x = -L_1$ et $T = T_2$ en $x = L_2$, en déduire le profil de température $T(x)$ à l'intérieur des deux barres. On notera T_i la température à la jonction en $x = 0$.

2 Exprimer la température de jonction T_i en fonction de T_1 et T_2. En déduire la nouvelle expression dans le cas particulier $L_1 = L_2$.

3 Pour $L_1 = L_2$, donner une valeur numérique de T_i dans le cas de chaque contact (main/acier ou main/bois) et commenter.

› Données

- Températures : $T_1 = 37$ °C et $T_2 = 20$ °C.
- Conductivités thermiques des matériaux :

  $\lambda_{1\text{main}} = 10\ \text{W}\cdot\text{m}^{-1}\cdot\text{K}^{-1}$; $\lambda_{2\text{acier}} = 50\ \text{W}\cdot\text{m}^{-1}\cdot\text{K}^{-1}$; $\lambda_{2\text{bois}} = 0{,}25\ \text{W}\cdot\text{m}^{-1}\cdot\text{K}^{-1}$.

PAR ÉTAPES

COMPRENDRE LE SUJET

Les réflexes à avoir

- Le profil de température le plus simple est un profil linéaire : poser un profil du type $T = ax + b$.
- Utiliser les conditions aux limites pour la détermination des constantes du profil de température.
- Bien penser à faire les applications numériques avec des températures en K.
- La température de la main est donnée pour 37 °C, mais penser à nuancer : 37 °C correspond à une température corporelle interne, les doigts sont souvent à une température plus basse.

Méthode

Identifier les paramètres et le profil/flux

- Pour chaque barre, identifier les conditions de température aux limites, soit $T(x)$ en début et fin de barre.
- Poser l'hypothèse d'un profil linéaire $T(x) = ax+b$.
- Pour chaque barre, identifier si le flux à la surface de séparation est sortant ou entrant.

Les expressions mathématiques à connaître

- Le **flux thermique** à travers la barre est $\varphi = \lambda \frac{T_1 - T_2}{L} S$ avec T_1 et T_2 les températures de part et d'autre des extrémités de la barre (en K), L la longueur de la barre (en m), S la surface de la section (en m^2), λ la conductivité thermique (en $W \cdot m^{-1} \cdot K^{-1}$).
- La température T exprimée en K s'obtient à partir de celle θ exprimée en °C :
$T(\text{en K}) = \theta(\text{en °C}) + 273$.

Méthode

Déterminer les expressions

- Poser chaque profil de température et rechercher les paramètres avec les conditions aux limites.
- Écrire que le flux sortant et le flux entrant à la surface de contact sont identiques.

Les connaissances à avoir

- Le flux thermique est dirigé dans le sens décroissant des températures.
- À une jonction entre deux matériaux, il y a conservation du flux thermique : le flux sortant du matériau 1 est égal au flux entrant du matériau 2.

ORGANISER SES RÉPONSES

Le raisonnement à tenir

- Faire un raisonnement séparé pour chacune des barres et proposer un profil de température indépendant. Rechercher, pour chaque équation, les deux paramètres inconnus.

Au brouillon

Faire un schéma complet de la situation : reprendre le schéma proposé dans l'énoncé et le compléter avec des indications de température.

- De même, exprimer le flux à la surface de séparation pour chaque barre indépendamment. Exprimer le fait qu'il y a continuité du flux à la surface de séparation et en déduire l'expression de la température T_i à la jonction.

Les calculs à effectuer

- Chaque application numérique doit respecter la précision imposée par les données à 2 chiffres significatifs.

CORRIGÉ 17

Comprendre le corrigé

1 Pour le premier cylindre, les conditions aux limites sont $T = T_1$ en $x = -L_1$ et $T = T_i$ en $x = 0$.

On suppose un profil indépendant du temps t du type linéaire $T(x) = a_1x + b_1$.

Rappel
Un profil linéaire est tel que la variation de la température T est proportionnelle à l'abscisse x.

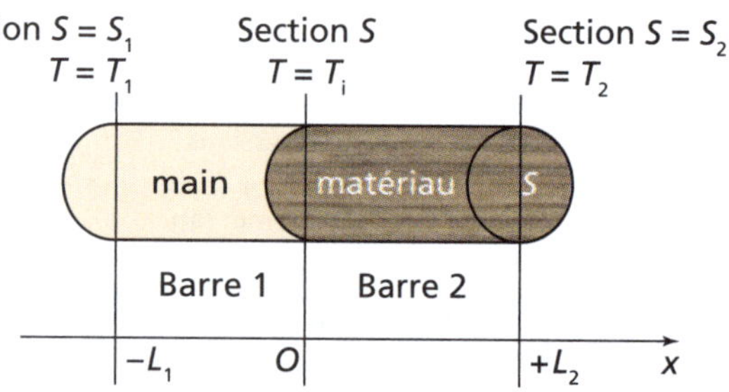

En $x = 0$, on a $T(0) = b_1 = T_i$. On en déduit $b_1 = T_i$.

En $x = -L_1$, on a $T(-L_1) = a_1(-L_1) + T_i = T_1$. On en déduit $a_1 = \frac{T_i - T_1}{L_1}$.

Finalement, on obtient : $T(x) = \frac{T_i - T_1}{L_1}x + T_i$.

Vérification
Vérifier que la température de jonction en $x = 0$ est la même pour chacun des modèles linéaires de température.

Par le même raisonnement, on peut écrire pour la barre 2 correspondant au matériau testé :

$$T(x) = a_2x + b_2$$

En $x = 0$, on a $T(0) = b_2 = T_i$, donc on en déduit que $b_2 = T_i$. En $x = +L_2$, on a $T(+L_2) = a_2L_2 + T_i = T_2$, donc on en déduit que $a_2 = \frac{T_2 - T_i}{L_2}$.

Finalement, on obtient comme profil des températures dans la barre 2 : $T(x) = \frac{T_2 - T_i}{L_2}x + T_i$.

2 En $x = 0$, le flux thermique peut s'obtenir de deux manières :

– soit le flux sortant de la barre 1 à travers la surface $S_1 = S$ en $x = 0$: $\varphi_1 = \dfrac{\lambda_1 S(T_1 - T_i)}{L_1}$;

– soit le flux entrant dans la barre 2 à travers la surface $S_2 = S$ en $x = 0$: $\varphi_2 = \dfrac{\lambda_2 S(T_i - T_2)}{L_2}$.

Le flux se conservant en $x = 0$, on en déduit que $\varphi_1 = \varphi_2$, soit :

$$\frac{\lambda_1 S(T_1 - T_i)}{L_1} = \frac{\lambda_2 S(T_i - T_2)}{L_2}$$

$$\frac{\lambda_1 S T_1}{L_1} + \frac{\lambda_2 S T_2}{L_2} = \frac{\lambda_1 S T_i}{L_1} + \frac{\lambda_2 S T_i}{L_2} = T_i\left(\frac{\lambda_1 S}{L_1} + \frac{\lambda_2 S}{L_2}\right)$$

d'où $T_i = \dfrac{\dfrac{\lambda_1 S T_1}{L_1} + \dfrac{\lambda_2 S T_2}{L_2}}{\dfrac{\lambda_1 S}{L_1} + \dfrac{\lambda_2 S}{L_2}}$ soit finalement, quelle que soit la surface S de la section : $T_i = \dfrac{\dfrac{\lambda_1 T_1}{L_1} + \dfrac{\lambda_2 T_2}{L_2}}{\dfrac{\lambda_1}{L_1} + \dfrac{\lambda_2}{L_2}}$.

Dans le cas particulier $L_1 = L_2$, l'expression précédente devient :

$$T_i = \frac{\lambda_1 T_1 + \lambda_2 T_2}{\lambda_1 + \lambda_2}$$

3 Dans le cas d'un contact main/acier, avec $T_1 = 37 + 273 = 310$ K et $T_2 = 20 + 273 = 293$ K, on a :

$$T_i(\text{main/acier}) = \frac{10 \times 310 + 50 \times 293}{10 + 50} = 296 \text{ K} = 23 \text{ °C}.$$

Dans le cas d'un contact main/bois, on a :

$$T_i(\text{main/bois}) = \frac{10 \times 310 + 0,25 \times 293}{10 + 0,25} = 310 \text{ K} = 37 \text{ °C}.$$

En supposant une température de la main à 37 °C, on constate qu'au contact, le bois est à la température de la main, ni chaud, ni froid.

En revanche, pour la jonction main/acier, la température est de 23 °C < 37 °C. L'acier nous semble donc plus froid au toucher, sensation qui est souvent moins marquée dans la réalité, car la main est à une température inférieure à la température corporelle interne.

Cohérence des résultats

Le flux doit être dirigé dans le sens des x croissants : des hautes températures vers les basses températures, avec $T_1 > T_i > T_2$.

Méthode

Traitez le cas général avant de traiter le cas particulier.

Cohérence des résultats

Pensez à vos propres sensations : contact sans différence de température avec le bois et contact froid avec l'acier.

Pensez aussi que la sensation n'est pas aussi marquée, car la température de la main est souvent inférieure à 37 °C.

CORRIGÉS Contrôler ses connaissances

p. 170 Questions flash

1. $\Delta U = W + Q = -340 + 160 = -120$ J.

2. La capacité thermique est massique : $C_{eau} = 4{,}18$ kJ·K⁻¹·kg⁻¹ $= 4{,}18$ J·K⁻¹·g⁻¹. Le système {eau} reçoit de l'énergie du milieu extérieur pour augmenter sa température, donc l'énergie est comptée positivement.

> **À retenir**
> **Convention du banquier :** l'énergie sortante est comptée négativement ; l'énergie entrante est comptée positivement.

$\Delta U = Q = mC\Delta T = 100 \times 4{,}18 \times (85 - 22) = +2{,}6 \times 10^4$ J ou 26 kJ.

3. Après avoir converti les valeurs de L et S en unités du système international, on obtient : $R = \dfrac{L}{\lambda S}$ soit $R = \dfrac{20{,}0 \times 10^{-2}}{390 \times 1{,}0 \times 10^{-4}} = 5{,}1$ K·W⁻¹.

4. En utilisant la loi phénoménologique de Newton, on a :

$$T(t) = T_{air} + (T_{four} - T_{air})\exp(-kt)$$

ou, en exprimant k en fonction du temps et des températures :

$$k = -\frac{1}{t}\ln\left(\frac{T - T_{air}}{T_{four} - T_{air}}\right)$$

$$k = -\frac{1}{30}\ln\left(\frac{100 - 20}{180 - 20}\right) = 0{,}023 \text{ min}^{-1}.$$

> **Méthode**
> Déterminez k avant toute autre application numérique, sachant que la fonction inverse de $y = \exp(x)$ est $x = \ln(y)$.

En exprimant t' en fonction de k et des températures, on a :

$$t' = -\frac{1}{k}\ln\left(\frac{T' - T_{air}}{T_{four} - T_{air}}\right)$$

$$t' = -\frac{1}{0{,}023}\ln\left(\frac{25 - 20}{180 - 20}\right) = 150 \text{ min ou 2 h 30.}$$

QCM

1. **b)** et **c)** Le transfert thermique correspond à un échange de type « chaleur ». Le premier principe de la thermodynamique s'écrivant $\Delta U = W + Q$, si $W = 0$, alors le transfert thermique $Q = \Delta U$ correspond à une variation d'énergie interne et non à un travail. Q peut être positif (énergie entrante) ou négatif (énergie sortante).

2. **b), c)** et **d)** Le transfert thermique est conductif (on peut aussi utiliser le terme « diffusif ») au niveau de l'échange entre le serpentin chauffant ou le fond de la bouilloire conducteur et l'eau. Mais une fois l'eau relativement chaude, des mouvements de convection se mettent en place dans le fluide.

3. **a), b), c)** et **d)** Le flux thermique s'exprime en watts (W) et dépend du matériau (conductivité thermique) et de la variation de température entre A et B. Dans une analogie électrique, le flux correspond à l'intensité I du courant : on peut donc considérer φ comme une intensité de courant thermique.

4. **d)** La loi de Stefan-Boltzmann $P = \sigma T^4$ montre la proportionnalité entre la puissance surfacique (en $W \cdot m^{-2}$) et la température à la puissance 4. Elle n'est pas à confondre avec la loi de Wien $\lambda_{max}T = 3\,000$ et permet de calculer T connaissant la puissance par unité de surface (puissance divisée par la surface du corps).

5. **b), c)** et **d)** La résistance thermique s'exprime en $K \cdot W^{-1}$. Elle est l'inverse de la conductance : $R = \frac{1}{G}$ et dépend du matériau. Dans le cas d'une série de matériaux traversés par le même flux thermique, la résistance totale est la somme des résistances.

Vrai ou Faux

1. **Faux.** La diffusion se fait sans mouvement d'ensemble, le seul « mouvement » étant l'agitation des molécules qui transmettent l'énergie de proche en proche. Seul le transfert par convection se fait grâce à un mouvement macroscopique du fluide caloporteur.

2. **Faux.** $R = \frac{T_1 - T_2}{\phi} = \frac{L}{\lambda S}$ donc R est inversement proportionnelle à la surface S de la section droite du matériau à travers laquelle on évalue le flux thermique.

3. **Vrai.** Un excellent conducteur conduit à une conductivité forte, mais à une résistance thermique faible.

4. **Vrai.** $\Delta U = nC\Delta T$, la variation d'énergie interne par élévation ou diminution de température est proportionnelle à cette dernière.

5. **Faux.** Tout travail reçu « entre » dans le système, il est donc positif. On parle quelquefois de « convention du banquier » !

Vers le sujet de Bac

1 Par définition de la résistance thermique, en notant T_1 et T_2 les températures à la jonction verre/argon et à la jonction argon/verre, on a :

$$R_1 = \frac{T_1 - T_e}{\phi_1} = \frac{e}{\lambda_v S},\ R_2 = \frac{T_2 - T_1}{\phi_2} = \frac{e'}{\lambda_{Ar} S} \text{ et } R_3 = \frac{T_i - T_2}{\phi_3} = \frac{e}{\lambda_v S}.$$

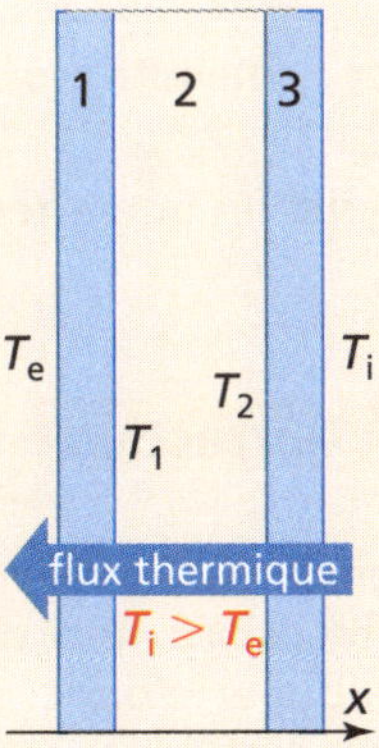

2 De manière générale, on considère le flux global φ tel que $R = \frac{T_i - T_e}{\phi}$.

En supposant que le flux se conserve ($\varphi_1 = \varphi_2 = \varphi_3 = \varphi$), on peut alors écrire :

$$R_1 + R_2 + R_3 = \frac{T_1 - T_e}{\phi} + \frac{T_2 - T_1}{\phi} + \frac{T_i - T_2}{\phi} = \frac{T_i - T_e}{\phi} = R$$

On en déduit que la résistance équivalente est la somme des résistances thermiques.

3 On en déduit : $R = \frac{e}{\lambda_v S} + \frac{e'}{\lambda_{Ar} S} + \frac{e}{\lambda_v S} = 2\frac{e}{\lambda_v S} + \frac{e'}{\lambda_{Ar} S}$.

Caractériser les phénomènes ondulatoires

Faire le point

1 Définitions

- Une onde est **longitudinale** si la direction de déformation est **parallèle à la direction de propagation** de l'onde.
- Dans le cas contraire, l'onde est dite **transversale**.

→ Conséquences

- Une **onde acoustique** est une onde longitudinale (compression/dilatation).
- Une **onde à la surface de l'eau** est transversale.

2 Ondes sonores

- On définit l'**intensité acoustique *I*** s'exprimant en $W \cdot m^{-2}$ comme la puissance acoustique *P* reçue par un récepteur, par unité de surface *S* :

$$I = \frac{P}{S}$$ avec *P* : puissance (en W) et *S* : surface (en m^2).

- Le **niveau d'intensité sonore** *L*, exprimé en décibels (dB), est défini par :

$$L = 10\log\left(\frac{I}{I_0}\right)$$

avec *I* : intensité acoustique (en $W \cdot m^{-2}$) et I_0 : intensité minimale $I_0 = 10^{-12}\ W \cdot m^{-2}$.

- Seules les intensités *I* sont des grandeurs additives.

3 Diffraction

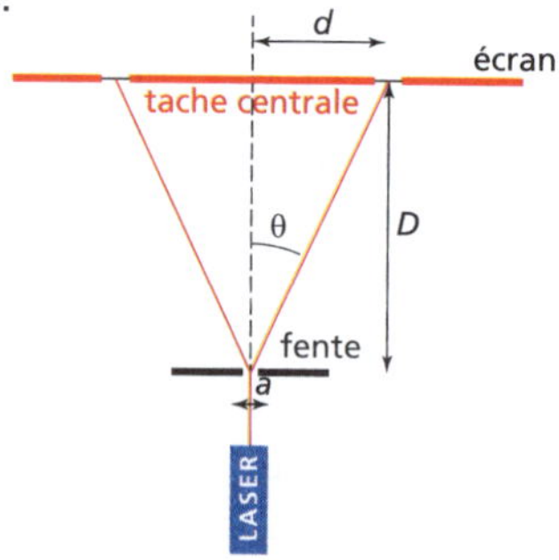

- Lorsqu'une onde rencontre un objet dont les dimensions sont de l'**ordre de grandeur** de sa longueur d'onde, alors le principe de propagation rectiligne n'est plus respecté. On parle de **diffraction du signal par l'objet ou l'ouverture**.

- On observe une figure de diffraction dont la largeur de la tache centrale de diffraction est le double de celle des taches secondaires.
- L'ouverture angulaire θ (en rad) est :

$$\tan\theta \simeq \theta = \frac{d}{D} = \frac{\lambda}{a}$$

avec d, D et λ définies par le schéma ci-avant (en m).

4 Interférences

- Dans le cas d'une expérience d'interférences, on observe des **franges d'interférence,** soit une succession de franges sombres (intensité nulle) et de franges brillantes (maxima d'intensité).

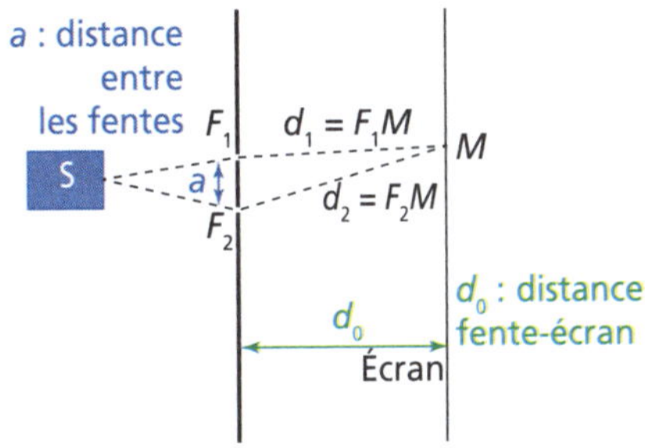

- Lorsque la différence de marche $\delta = |d_2 - d_1|$ est un multiple de la longueur d'onde, les interférences sont dites **constructives :** $\delta = k\lambda$ avec $k \in \mathbb{Z}$. Les signaux sont alors en phase et les franges sont **brillantes.**

  En revanche, lorsque $\delta = \left(k + \frac{1}{2}\right)\lambda$ avec $k \in \mathbb{Z}$, **les interférences sont destructives**. Les signaux sont alors en opposition de phase et les franges sont **sombres**.
- L'**interfrange** i (en m) est la distance entre deux franges brillantes [resp. sombres] consécutives :

$$i = \frac{\lambda d_0}{a}$$

avec a : distance entre les fentes (en m), d_0 : distance fente-écran (en m), λ : longueur de la source (en m).

5 Effet Doppler

- Dans le cas d'un émetteur de signal en mouvement par rapport à un récepteur, la fréquence perçue est différente de la fréquence émise : si le **récepteur se rapproche de la source S**, la **fréquence perçue est plus grande**, alors que s'il s'éloigne, la fréquence perçue est plus petite.

$$\frac{\Delta f}{f} = \frac{v}{c}$$

avec f : fréquence du signal lors de l'émission (en Hz), v : vitesse de déplacement du récepteur par rapport à la source (en $m \cdot s^{-1}$), c : célérité du signal (en $m \cdot s^{-1}$).

Contrôler ses connaissances

corrigés p. 194

Questions flash

1. Calculer le niveau sonore d'un restaurant scolaire dont l'intensité acoustique est de l'ordre de 10^{-4} W·m^{-2}.
2. Exprimer et calculer l'intensité sonore du passage d'une voiture de Formule 1 sur un circuit F1 dont le niveau sonore atteint 120 dB.
3. Calculer le niveau sonore d'une conversation de deux personnes équidistantes de vous parlant chacune avec un niveau sonore de 70 dB.
4. La figure de diffraction d'un fil calibré de 122 µm de diamètre donne une figure de diffraction dont la tache centrale mesure 4,2 cm pour une distance fil-écran de 3,90 m. Déterminer la longueur d'onde de la diode laser utilisée.
5. On utilise le dispositif des trous d'Young avec un laser de fréquence $f = 4{,}74 \times 10^{14}$ Hz. En un point M de l'écran, la différence de marche est $\delta = 6{,}33$ µm. En déduire la position de M dans la figure d'interférence.
6. Un des quasars les plus célèbres chez les astronomes amateurs est le quasar 3C 273, situé dans la constellation de la Vierge. Son Redshift ou décalage Doppler $z = \frac{\Delta f}{f} = \frac{v}{c}$ est de $z = 0{,}158$. Déterminer sa vitesse v d'éloignement.

QCM *Cocher la (ou les) bonne(s) réponse(s).*

1. Le niveau acoustique L d'un signal :

- ☐ **a.** s'exprime en W·m^{-2}.
- ☐ **b.** est une grandeur additive.
- ☐ **c.** est proportionnel à l'intensité I.
- ☐ **d.** est une grandeur qui rend compte de la sensation auditive humaine.

2. Deux franges brillantes d'interférence :

- ☐ **a.** ont une distance d'une ou plusieurs interfranges sur l'écran.
- ☐ **b.** ont une différence de marche nulle.
- ☐ **c.** sont de même intensité.
- ☐ **d.** correspondent à des ondes en phase.

3. Considérant un effet Doppler :

- ☐ **a.** le signal sonore est plus aigu lorsque la source se rapproche du récepteur.
- ☐ **b.** la fréquence diminue lors de l'éloignement de la source.
- ☐ **c.** le décalage est défini comme la variation relative de fréquence.
- ☐ **d.** le décalage Doppler ou Redshift permet de calculer la vitesse de l'émetteur en astrophysique.

Vrai ou Faux

1. La largeur de la tache centrale de diffraction par une fente est proportionnelle à la longueur d'onde du signal diffracté.
   ☐ Vrai ☐ Faux
2. La figure de diffraction d'un fil par un faisceau laser est la même que celle d'une fente de même dimension, au point d'impact du laser près.
   ☐ Vrai ☐ Faux
3. Les interférences lumineuses ne peuvent être créées qu'à partir de deux sources secondaires issues d'une même source primaire pour des questions de cohérence.
   ☐ Vrai ☐ Faux
4. La condition d'interférence destructive correspond à une différence de marche égale à un nombre impair de demi-longueurs d'onde.
   ☐ Vrai ☐ Faux
5. Un véhicule émet un son plus grave lorsqu'il se rapproche que lorsqu'il s'éloigne.
   ☐ Vrai ☐ Faux

Vers le sujet de BAC

Déterminer le diamètre d'un fil

En TP, un élève mesure la largeur *L* (en cm) de la tache centrale de la figure de diffraction d'un laser passant à travers une série de fils calibrés.

Le tableau récapitulatif des résultats obtenus est donné ci-après, *D* représentant le diamètre du fil. L'élève mesure également avec le même dispositif la largeur *L* de la figure de diffraction obtenue grâce à un cheveu mis dans le rayon laser.

D (µm)	56	80	100	133	162	200
L (cm)	6	4,2	3,5	2,5	2	1,5

Déterminer le diamètre de ce cheveu tel que L_{cheveu} = 4,5 cm en réalisant les étapes suivantes :

1 Tracer la courbe du diamètre *D* en fonction de l'inverse de la largeur de la tache centrale après avoir calculé les valeurs de $\text{inv}L = \frac{1}{L}$ (cm^{-1}).

2 Modéliser ensuite la courbe obtenue par une droite passant par l'origine.

3 Utiliser alors cette droite comme abaque : pour L_{cheveu} = 4,5 cm, calculer $\frac{1}{L_{cheveu}}$ et repérer le point d'abscisse $\frac{1}{L_{cheveu}}$ sur la droite. L'ordonnée de ce point correspond alors à la valeur du diamètre recherché.

Sujets guidés

SUJET 18 Sujet inédit

3 pts — 30 min — calculatrice autorisée

Effet Doppler

DOC. 1 Mouvement d'un véhicule muni d'une sirène

Un véhicule muni d'une sirène est immobile. La sirène retentit et émet un son de fréquence f. Le son émis à la date $t = 0$ se propage dans l'air à la vitesse c à partir de la source S. On note λ la longueur d'onde correspondante.

La figure 1 ci-après représente le front d'onde à la date $t = 4T$ avec T la période temporelle de l'onde sonore.

Le véhicule se déplace maintenant vers la droite à la vitesse v inférieure à c, la figure 2 représente le front de l'onde sonore à la date $t = 4T$.

Le véhicule se rapproche d'un observateur immobile. Pendant l'intervalle de temps T, le son parcourt la distance λ. Pendant ce temps, le véhicule parcourt la distance $d = vT$.

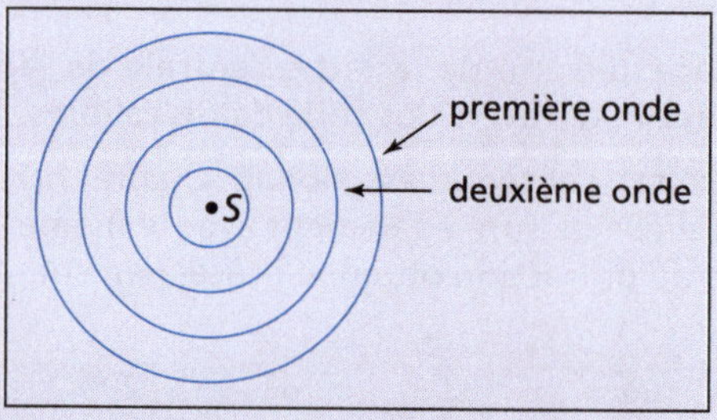

Figure 1

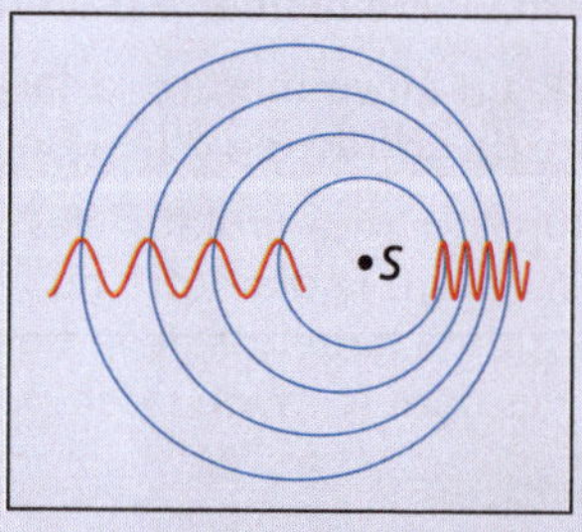

Figure 2

La longueur d'onde λ' perçue par l'observateur à droite de la source S a donc l'expression suivante : $\lambda' = \lambda - vT$.

1 Rappeler la relation générale liant la vitesse de propagation, la longueur d'onde et la fréquence.

2 En déduire que la relation $\lambda' = \lambda - vT$ permet d'écrire $f' = f\dfrac{c}{c-v}$ (f' est la fréquence sonore perçue par l'observateur).

3 Le son perçu est-il plus grave ou plus aigu que le son d'origine ? Justifier.

Dans un deuxième temps, le véhicule s'éloigne de l'observateur à la même vitesse v.

4 Donner, sans démonstration, les expressions de la nouvelle longueur d'onde λ'' et de la nouvelle fréquence f'' perçues par l'observateur en fonction de f, v et c.

5 Le son perçu est-il plus grave ou plus aigu que le son d'origine ? Justifier.

6 Exprimer, puis estimer en $km \cdot h^{-1}$, en arrondissant les valeurs à des nombres entiers, la vitesse du véhicule qui se rapproche de l'observateur, sachant que ce dernier perçoit alors un son de fréquence f'.

> Données

- Fréquence émise : $f = 680$ Hz.
- Fréquence perçue : $f' = 716$ Hz.
- Vitesse du son dans l'air : $c = 340\ m \cdot s^{-1}$.

PAR ÉTAPES

COMPRENDRE LE SUJET

Les réflexes à avoir

- À partir de l'expression de $\lambda' = \lambda - vT$, penser à remplacer les grandeurs λ', λ et T par leur expression en fonction de la fréquence f.
- Pour montrer qu'un son reçu est plus grave ou plus aigu que le son émis, comparer les fréquences des deux signaux.

Méthode

Établir la relation mathématique

- Expliciter le lien entre chaque grandeur identifiée (périodes spatiale et temporelle) et la fréquence du signal sonore.
- À partir de la relation de l'énoncé, remplacer chaque grandeur par son expression, ce qui introduit une dépendance en fréquence.
- Réarranger l'écriture mathématique pour obtenir l'expression demandée.

Les expressions mathématiques à connaître

- La relation entre la fréquence f (en Hz) d'un signal et sa période temporelle T (en s) est : $T = \frac{1}{f}$, les deux grandeurs étant inverses l'une de l'autre.
- Une onde acoustique est doublement périodique : soit λ sa longueur d'onde ou période spatiale (en m) et soit T sa période temporelle (en s). La vitesse de propagation de l'onde v (en $m \cdot s^{-1}$), définie comme le rapport d'une distance parcourue sur sa durée de parcours, peut aussi être définie à partir des deux périodes de l'onde : $v = \frac{d}{t} = \frac{\lambda}{T}$.

En incluant la relation entre T et f précédente, la vitesse v peut être finalement définie par la relation suivante : $v = \lambda f$.

- Les vitesses exprimées en $km \cdot h^{-1}$ et en $m \cdot s^{-1}$ ont un facteur de conversion de 3,6 :

$$v \text{ (en } km \cdot h^{-1}) = 3{,}6 \times v \text{ (en } m \cdot s^{-1})$$

Les connaissances à avoir

- Un son est d'autant plus aigu que la fréquence reçue augmente par rapport à la fréquence du son perçu. En revanche, il est d'autant plus grave que la fréquence perçue est faible par rapport à la fréquence du son émis.

Méthode

Raisonner de manière simple

Pour passer d'une situation d'éloignement à une situation de rapprochement et inversement, ne pas reprendre le raisonnement complet.

- Les résultats établis lors de l'éloignement de la source par rapport au récepteur sont de même forme mathématique que ceux établis lors d'un rapprochement de la source. Le passage d'une relation à l'autre se fait simplement en changeant la vitesse v relative de l'émetteur par rapport au récepteur en $-v$, son opposé.

ORGANISER SES IDÉES

Le raisonnement à tenir

- Partir de la relation entre les longueurs d'onde et remplacer λ, λ' et T par leur expression en fonction de f ou f'. On retrouve l'expression proposée en réarrangeant mathématiquement la relation obtenue.
- Partir de l'inégalité $v < c$ donnée dans l'énoncé pour raisonner sur le rapport $\frac{c}{c-v}$ et montrer qu'il est bien supérieur à 1. En déduire enfin que $f' > f$ et que le son perçu est plus aigu.
- Reprendre la relation précédente en remplaçant v par $-v$ et, en déroulant les mêmes arguments, en déduire que $f'' < f$.

Conseil

Écrire la vitesse de l'onde comme une distance divisée par un temps. Se placer dans le cas particulier de la longueur d'onde et de la période temporelle pour obtenir la relation entre v, λ et T.

Les calculs à effectuer

- À partir de la relation $\frac{f'}{f} = \frac{c}{c-v}$, exprimer la vitesse v en fonction de f, f' et c avant toute application numérique.
- Proposer une application numérique dans les deux unités demandées en respectant la précision attendue : les valeurs numériques de l'énoncé sont données avec 3 chiffres significatifs, le résultat doit être écrit avec la même précision. En effet, le facteur de conversion de 3,6 n'est pas une grandeur mesurée, donc la précision du résultat final ne doit pas en tenir compte.

Au brouillon

Pour retrouver le coefficient de conversion entre les unités km/h et m/s, écrire $1 \text{ km/h} = \frac{1\,000 \text{ m}}{3\,600 \text{ s}}$ = 1/3,6 m/s.

Inverser ensuite la relation pour plus de confort :

1 m/s = 3,6 km/h.

CORRIGÉ 18

Comprendre le corrigé

1 La relation entre la longueur d'onde λ (en m), la vitesse c de propagation d'un signal (en $m \cdot s^{-1}$) et sa fréquence f (en Hz) est :

$$\lambda = \frac{c}{f}$$

2 Si $\lambda' = \lambda - vT$, en utilisant la relation précédente, on peut remplacer λ', λ et T par : $\lambda' = \frac{c}{f'}$ $\lambda = \frac{c}{f}$ et $T = \frac{1}{f}$. On obtient alors : $\frac{c}{f'} = \frac{c}{f} - \frac{v}{f}$.

En inversant cette dernière relation, on trouve $\frac{f'}{c} = \frac{1}{c-v} f$, soit finalement $f' = \frac{c}{c-v} f$ comme proposé dans l'énoncé.

Démonstration
Partir de la relation de la question, remplacer le maximum de paramètres par leur expression en fonction de f et retrouver la formule demandée.

3 $\frac{c}{c-v}$ est bien positif si $v < c$, et on en déduit que comme $c - v < c$, $\frac{c}{c-v} > 1$.

Le rapport des fréquences est donc supérieur à 1, la fréquence f' perçue est donc supérieure à la fréquence f du son émis : le son perçu est alors plus aigu.

4 Les deux relations demandées s'obtiennent facilement sans calcul, en remplaçant dans les expressions précédemment établies v par $-v$.

Dans ce cas, on a $\lambda'' = \lambda - vT$ et $f'' = \frac{c}{c+v} f$.

Démonstration
Aucune démonstration n'est à faire ici, il est conseillé de changer de « sens » la vitesse du véhicule par rapport à l'observateur.

5 Dans ce nouveau cas de figure, $c + v > c$, donc le rapport $\frac{c}{c+v}$ est maintenant inférieur à l'unité, et on constate que $f' < f$. La fréquence perçue est maintenant inférieure à celle du signal émis : le son produit par le véhicule semble plus grave.

6 On a $f' = \frac{c}{c-v} f$, relation dont on déduit que $\frac{f'}{f} = \frac{c}{c-v}$ et en l'inversant : $\frac{f}{f'} = \frac{c-v}{c}$.

Par un produit croisé, on a alors $c - v = c \frac{f}{f'}$ soit :

$$v = c\left(1 - \frac{f}{f'}\right)$$

$v = 340 \times \left(1 - \frac{680}{716}\right) = 17{,}1 \ m \cdot s^{-1}$ et avec un facteur de conversion de $1 \ m \cdot s^{-1} = 1 \ m/s = 1 \times 10^{-3} \ km/\left(\frac{1}{3\,600}\right) h$ $= 3\,600 \times 10^{-3} \ km/h = 3{,}6 \ km/h = 3{,}6 \ km \times h^{-1}$.

Soit $v = 17{,}1 \times 3{,}6 = 61{,}6 \ km \cdot h^{-1}$.

Attention
N'utilisez la méthode des produits croisés que s'il y a un rapport de proportionnalité.

MÉTHODE
SUJETS PAS À PAS
SUJETS COMME À L'EXAMEN

SUJET 19 Sujet inédit

2 pts 20 min

Les rayons X, outils d'investigation

Calculatrice autorisée

DOC. 1 Rayons X

Les rayons X, découverts en 1895 par le physicien allemand Wilhelm Röntgen, sont des rayonnements électromagnétiques utilisés principalement en imagerie médicale (radiologie) et en cristallographie (étude des substances cristallines).

L'objectif de cet exercice est d'étudier la production des rayons X et leur utilisation dans l'analyse de la structure des cristaux.

DOC. 2 Application à l'étude des structures cristallines

Les rayons X sont utilisés pour explorer la matière et par exemple pour évaluer la distance d entre deux plans 1 et 2 voisins d'atomes dans un cristal.

Lorsqu'on envoie un faisceau de rayons X de longueur d'onde λ sur un cristal, ils sont réfléchis par les atomes qui constituent le cristal. Les ondes réfléchies par les atomes interfèrent.

On peut représenter de façon très simplifiée cette situation par le schéma suivant :

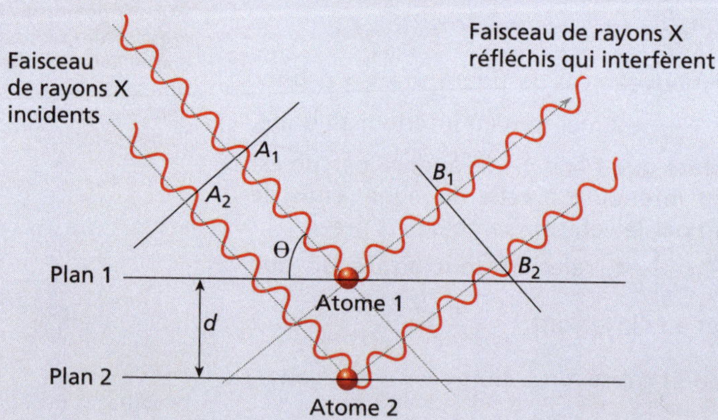

DOC. 3 Loi de Bragg

La différence de parcours entre deux ondes incidentes qui se réfléchissent sur deux plans successifs est donnée par la loi de Bragg : $\delta = 2d\sin\theta$, où d est la distance entre deux atomes voisins et θ l'angle entre le rayon et le plan.

Dans le cas d'interférences constructives, la différence de parcours vaut $\delta = k\lambda$, et dans le cas d'interférences destructives, la différence de parcours vaut $\delta = \left(k+\frac{1}{2}\right)\lambda$ où k est un nombre entier positif ou négatif et λ la longueur d'onde des ondes qui interfèrent.

1 En exploitant le schéma précédent, préciser :

a. Si, lorsque les deux rayons incidents interfèrent avec les états vibratoires représentés en A_1 et A_2, on obtient des interférences constructives ou destructives.

b. Si, lorsque les deux rayons réfléchis interfèrent avec les états vibratoires représentés en B_1 et B_2, on obtient des interférences constructives ou destructives.

2 Pour un angle θ et une longueur d'onde λ donnés, déterminer la valeur de d dans le cristal, dans le cas où l'on obtient des interférences constructives pour une différence de parcours minimale. Commenter.

› Données

- Angle : $\theta = 10{,}4°$.
- Longueur d'onde : $\lambda = 0{,}154$ nm.

PAR ÉTAPES

COMPRENDRE LE SUJET

Les réflexes à avoir

- S'appuyer sur le schéma pour déterminer les états vibratoires en chaque point. Seule la comparaison des états a du sens.
- Penser que si $\delta = k\lambda$, alors la différence de parcours minimale correspond à $\delta = \lambda$ pour $k = 1$ et non à $\delta = 0$ pour $k = 0$. En effet, dans le cas d'une différence nulle, la loi de Bragg ne permet pas de définir la distance interatomique d.

Méthode

Identifier les états vibratoires

- À partir du schéma, identifier les points correspondant aux états cités.
- Repérer leur amplitude.

• Dans l'application numérique, penser à faire les conversions nécessaires pour être dans les unités du système international ou à programmer sa calculatrice en mode « DEGRE ».

Les connaissances à avoir

• Les interférences sont constructives si les deux signaux qui interfèrent sont en phase, alors qu'elles sont destructives si les deux signaux sont en opposition de phase.

• Deux signaux identiques (maximum d'amplitude par exemple) à un instant t sont en phase, alors que deux signaux d'amplitude maximale pour l'un et minimale pour l'autre sont en opposition de phase.

Méthode

Analyser

• Comparer les amplitudes de chaque paire de points : A_1/A_2 puis B_1/B_2.

• Conclure par rapport au type d'interférences : si les deux amplitudes sont égales, les interférences sont constructives ; si les amplitudes sont « complémentaires », les interférences sont destructives.

• La distance interatomique minimale est de l'ordre de quelques angströms.

ORGANISER SES RÉPONSES

Le graphe à construire

• À partir du schéma de l'énoncé, reproduire les signaux en A_1 et A_2 à l'instant considéré en prenant en compte le phénomène sur une portion de la courbe locale centrée sur A. Superposer les deux signaux pour pouvoir les additionner graphiquement.

• Faire de même pour la situation en B_1 et B_2.

Au brouillon

• Faire un schéma local à partir du schéma de l'énoncé en ne s'intéressant qu'au couple de points A_1/A_2 ou B_1/B_2.

• Additionner graphiquement les signaux pour conclure sur le type d'interférences.

Les calculs à effectuer

• La formule de Bragg nécessite une longueur d'onde en m si l'on veut obtenir d en m. Dans le cas contraire, pour λ en nm, le résultat final sera dans cette dernière unité.

• Le calcul de $\sin\theta$ peut être directement fait avec un angle en degrés dans la mesure où la calculatrice est programmée dans ce mode. Dans le cas contraire, une conversion est nécessaire et on a alors une étape préalable :

$$\theta(\text{rad}) = \theta(°) \times \frac{\pi}{180}$$

CORRIGÉ 19

Comprendre le corrigé

1 **a.** Les états vibratoires en A_1 et A_2 sont en phase. La somme correspond ainsi à un maximum d'amplitude et à des interférences constructives.

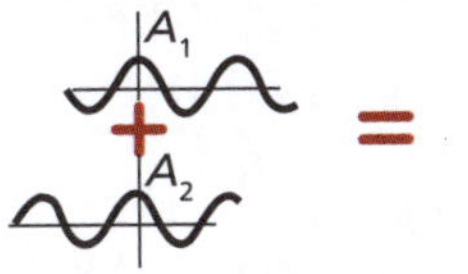

Démonstration
Le schéma ci-contre illustre le processus d'interférences en supposant des amplitudes identiques pour A_1 et A_2.

b. Les états vibratoires en B_1 et B_2 sont en opposition de phase. La somme correspond ainsi à un minimum ou à une amplitude nulle dans le cas où les états vibratoires en B_1 et B_2 sont d'amplitude de même valeur absolue. Les interférences sont destructives.

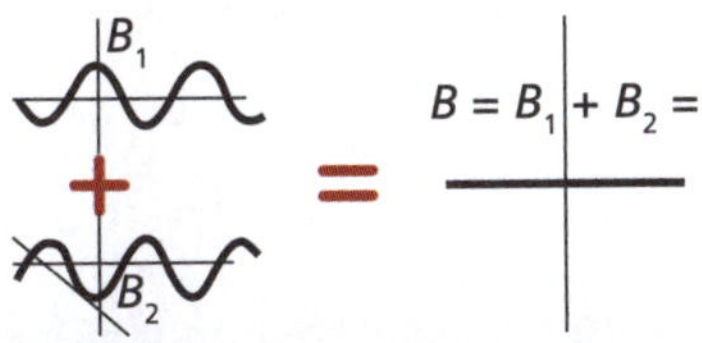

Démonstration
Le schéma ci-contre illustre le processus d'interférences en supposant des amplitudes de même valeur absolue pour B_1 et B_2.

2 Dans le cas d'interférences constructives, la différence de marche ou différence de parcours entre deux rayons est donnée par la relation $\delta = k\lambda$ avec k un nombre entier.

Dans le cas d'une différence de parcours minimale mais non nulle, $k = 1$ et $\delta = \lambda$.

Par ailleurs, la différence de marche est aussi: $\delta = 2d\sin\theta$.

En identifiant les deux expressions précédentes, on obtient: $\delta = 2d\sin\theta = \lambda$.

On en déduit que la distance d entre deux atomes voisins du cristal est: $d = \dfrac{\lambda}{2\sin\theta}$.

Avec un angle $\theta = 10{,}4°$ et une longueur d'onde $\lambda = 0{,}154$ nm $= 1{,}54 \times 10^{-10}$ m, on obtient finalement: $d = \dfrac{1{,}54 \times 10^{-10}}{2\sin(10{,}4°)} = 4{,}27 \times 10^{-10}$ m.

La distance obtenue est de l'ordre de quelques angströms, ce qui correspond bien à l'ordre de grandeur d'une distance interatomique. Cette méthode d'investigation permet de mesurer la distance entre les différents atomes d'un cristal.

Vérification
1 Å $= 10^{-10}$ m

CORRIGÉS Contrôler ses connaissances

p. 184 Questions flash

1. $L = 10\log\left(\frac{I}{I_0}\right) = 10\log\left(\frac{10^{-4}}{1{,}0 \times 10^{-12}}\right) = 80$ dB.

2. Si $L = 10\log\left(\frac{I}{I_0}\right)$, alors $I = I_0 10^{\frac{L}{10}}$ soit $I = 1{,}0 \times 10^{-12} \times 10^{120/10}$

d'où $I = 1{,}0 \times 10^{-12} \times 10^{12} = 1{,}0 \times 10^{0}$, et finalement $I = 1{,}0$ W·m^{-2}.

3. $I = I_0 10^{\frac{L}{10}} = 1{,}0 \times 10^{-12} \times 10^{70/10} = 1{,}0 \times 10^{-12} \times 10^{7}$

$I = 1{,}0 \times 10^{-5}$ W·m^{-2}.

L'intensité des deux personnes correspond à $I + I = 2I$ et

$L_{total} = 10\log\left(\frac{2I}{I_0}\right)$ soit $L_{total} = 10\log\left(\frac{2{,}0 \times 10^{-5}}{1{,}0 \times 10^{-12}}\right) = 73$ dB.

> **À retenir**
> Une intensité acoustique doublée correspond à une augmentation de 3 dB du niveau sonore.

4. La relation de l'ouverture angulaire est telle que $\theta = \frac{d}{D} = \frac{\lambda}{a}$ d'où $\lambda = \frac{ad}{D}$

soit $\lambda = \frac{122 \times 10^{-6} \times (4{,}2 \times 10^{-2}/2)}{3{,}90}$ = 66 × 10^{-8} m, soit environ 0,66 µm, valeur appartenant bien au spectre de la lumière visible.

5. La longueur d'onde de l'onde lumineuse est $\lambda = \frac{c}{f}$, avec c la célérité de la lumière, soit $c = 3{,}00 \times 10^{8}$ m·s^{-1}. On en déduit la valeur de λ :

$\lambda = \frac{3{,}00 \times 10^{8}}{4{,}74 \times 10^{14}} = 6{,}33 \times 10^{-7}$ m.

> **Méthode**
> Calculer la différence de marche pour démontrer que les interférences sont constructives ou destructives.

Or $\frac{\delta}{\lambda} = \frac{6{,}33 \times 10^{-6}}{6{,}33 \times 10^{-7}} = 10$. On est dans le cas d'une condition d'interférence constructive, M appartient donc à une frange brillante.

6. Le Redshift est défini comme $z = \frac{\Delta f}{f} = \frac{v}{c}$, soit $v = zc = 0{,}158 \times 3{,}0 \times 10^{8}$ d'où $v = 4{,}74 \times 10^{7}$ m·s^{-1}.

QCM

1. d) Le niveau acoustique est une grandeur logarithmique de l'intensité qui rend davantage compte des sensations physiologiques. Il s'exprime en dB et n'est pas additif, contrairement à l'intensité acoustique I.

2. a), c) et d) Des franges brillantes d'interférence sont deux signaux en phase séparés d'une ou plusieurs interfranges dont l'intensité est maximale. La différence de marche est un nombre entier de longueurs d'onde, pas nécessairement nul.

3. a), b), c) et d) Toutes les réponses sont exactes. Lorsque l'émetteur se rapproche de la source, la fréquence augmente puis diminue à l'éloignement : dans le cas d'un signal acoustique, le son est de plus en plus aigu, puis de plus en plus grave. Le décalage Doppler est $\frac{\Delta f}{f}$ et vaut $z = \frac{v}{c}$ dans le domaine de l'astrophysique, avec v la vitesse de la source.

Vrai ou Faux

1. Faux. La largeur $L = 2D$ de la tache centrale de diffraction par une fente est inversement proportionnelle à la longueur d'onde λ du signal diffracté : on a la relation $\tan\theta \simeq \theta = \frac{d}{D} = \frac{\lambda}{a}$.

2. Vrai. Au point d'impact du laser près, la figure de diffraction d'une ouverture est la même que celle de l'objet plein de même forme.

3. Vrai. Les interférences ne peuvent s'établir que si les sources sont cohérentes entre elles.

4. Vrai. La condition d'interférence destructive correspond à une différence de marche $\delta = \left(k + \frac{1}{2}\right)\lambda$ avec $k \in \mathbb{Z}$, soit $\delta = \frac{2k+1}{2}\lambda = (2k+1)\frac{\lambda}{2}$: on a bien un nombre impair de demi-longueurs d'onde.

5. Faux. Lorsqu'un signal se rapproche, la fréquence perçue est plus grande (donc le son plus aigu), alors qu'elle se réduit (son plus grave) lorsque le véhicule s'éloigne.

Vers le sujet de Bac

1 Les valeurs de $\text{inv}L = \frac{1}{L_{\text{cheveu}}}$ (en m^{-1} ou 1/m) sont, par ordre croissant de D : 16,7 ; 23,8 ; 28,6 ; 40 ; 50 ; 66,7.

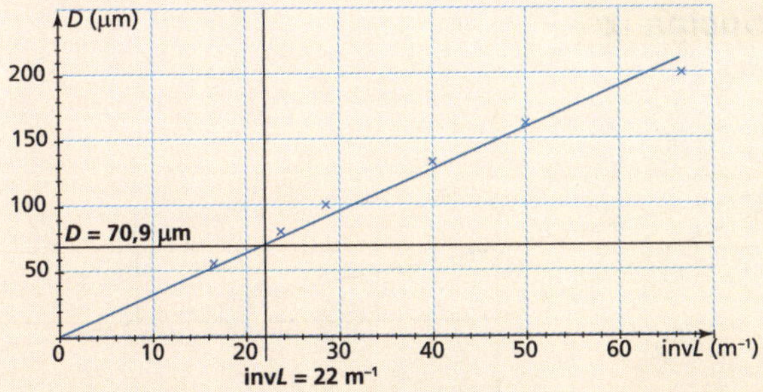

2 Il faut modéliser le nuage de points obtenu par une fonction linéaire.

3 On a : $\frac{1}{L_{\text{cheveu}}} = \frac{1}{4{,}5 \times 10^{-2}} = 22{,}2\ m^{-1}$.

On reporte ensuite cette valeur en inv$L$ sur la courbe précédente : elle correspond à l'abscisse d'un point dont l'ordonnée est $D_{\text{cheveu}} = 70{,}9$ µm, soit environ 71 µm.

Méthode
Pour tracer la courbe $D = f(\text{inv}L)$, il faut mettre le diamètre D en ordonnée et inv$L$ en abscisse.

MÉTHODE

SUJETS PAS À PAS

SUJETS COMME À L'EXAMEN

Former des images

Faire le point

1 Définitions

- Une lentille mince est un objet en matériau transparent ayant un axe de symétrie et un centre O appelé **centre optique**.
- La **distance focale *f′*** d'une lentille se définit comme la distance entre le centre O de la lentille et le foyer focal image F' : $f' = \overline{OF'} > 0$.
- La **vergence *C***, exprimée en dioptries (δ), est l'inverse de la distance focale f' exprimée en mètres.
- Une lunette est **afocale** lorsque, d'un objet situé à l'infini, elle donne une image à l'infini.

→ Conséquences

- Un faisceau de lumière parallèle à l'axe optique de la lentille **convergente** converge en un point unique appelé **foyer focal image** et noté F'.
- Les distances sont algébriques et comptées **positivement dans le sens de la propagation de la lumière** et de **bas en haut**.
- Le **plan focal image de l'objectif** d'une lunette afocale est **confondu avec le plan focal objet de l'oculaire**.

2 Rayons principaux

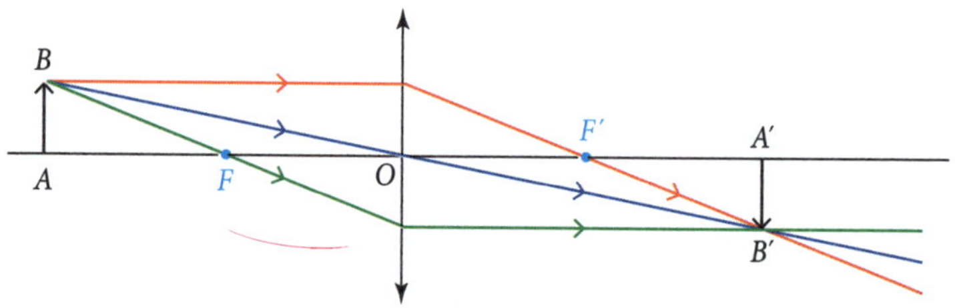

- Il existe trois rayons particuliers ou principaux permettant d'obtenir l'image $A'B'$ d'un objet AB à travers une lentille convergente.

3 Relations de conjugaison et du grandissement

- **Relation de conjugaison :**

$$\frac{1}{\overline{OA'}} - \frac{1}{\overline{OA}} = \frac{1}{\overline{OF'}} = C$$

avec $\overline{OA'}$, $\overline{OA}$, $\overline{OF'}$: distances algébriques (en m), C: vergence (en δ).

- **Relation du grandissement :**

$$\gamma = \frac{\overline{A'B'}}{\overline{AB}} = \frac{\overline{OA'}}{\overline{OA}}$$

avec γ: grandissement (sans unité), $\overline{A'B'}$, $\overline{AB}$, $\overline{OA'}$ et $\overline{OA}$: distances algébriques (en m).

4 Lunette astronomique

- Une lunette est constituée d'au moins deux lentilles : l'**objectif**, de **grande distance focale,** et une plus petite lentille **proche de l'œil,** de courte distance focale, appelée **oculaire**.

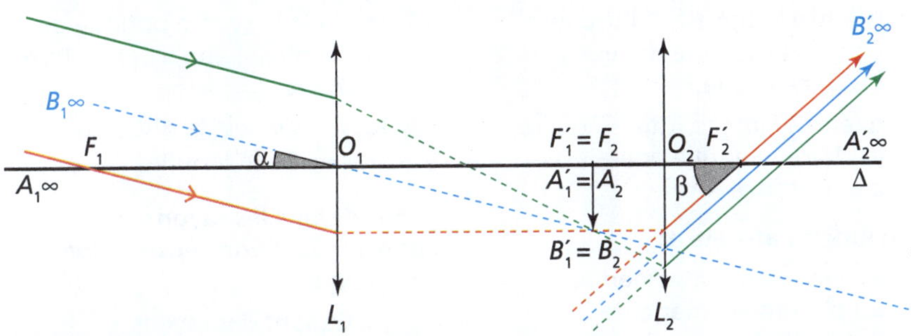

- Dans le cas de petits angles, pour une lunette afocale, le **grossissement** (sans unité) d'une lunette est :

$$G = \frac{\beta}{\alpha} = \frac{f_1'}{f_2'} = \frac{C_2}{C_1}$$

avec α : angle sous lequel l'objet est vu à l'œil nu, β : angle sous lequel il est vu à travers la lunette en radians (rad) ou en degrés (°), f_1' et f_2': distances focales des lentilles L_1 objectif et L_2 oculaire (en m), C_1 et C_2: vergences en dioptries (δ).

Contrôler ses connaissances

corrigés p. 204

Questions flash

1. En se basant sur le schéma de la lunette afocale p. 197 et dans le cas de petits angles, montrer que le grossissement est égal au rapport des vergences.
2. Une lunette astronomique d'amateur est construite avec deux lentilles dont l'oculaire a un diamètre D_2 = 15 mm et une distance focale f_2' = 25 mm.
   Faire la construction graphique correspondant à l'expérience permettant d'obtenir l'image B' de B à travers l'oculaire sachant que A et A' sont à une distance AA' = 10,0 cm et que l'image est renversée de même grandeur que l'objet. En déduire la valeur de f_2' et conclure par rapport à l'indication du constructeur.

QCM *Cocher la (ou les) bonne(s) réponse(s).*

1. Une lunette astronomique afocale a une distance :

- ☐ **a.** focale nulle.
- ☐ **b.** focale égale à la somme de ses distances focales.
- ☐ **c.** entre l'objectif et l'oculaire égale à la somme de leur distance focale.
- ☐ **d.** entre l'image intermédiaire et chaque lentille égale à sa distance focale.

2. Une lunette afocale a :

- ☐ **a.** une image intermédiaire au plan focal image de l'objectif.
- ☐ **b.** les foyers objets confondus en un seul point.
- ☐ **c.** le foyer objet de l'oculaire confondu avec le point de l'image intermédiaire placé sur l'axe optique.
- ☐ **d.** le foyer image de l'oculaire à l'infini.

3. Concernant un montage optique :

- ☐ **a.** F' est le foyer focal objet de la lentille.
- ☐ **b.** A est le point objet appartenant à l'axe optique.
- ☐ **c.** O est le centre optique de la lentille, il appartient à l'axe optique.
- ☐ **d.** $f' = \overline{OF'}$ est la distance focale de la lentille.

4. Considérons les rayons principaux d'une construction graphique.

- ☐ **a.** Ce sont des rayons particuliers de construction de l'image B' de B à travers une lentille.
- ☐ **b.** Le rayon passant par le centre optique de la lentille n'est jamais dévié.
- ☐ **c.** Ils sont tous convergents en B', point image de B à travers la lentille.
- ☐ **d.** Ils sont modélisables quelle que soit la situation traitée.

Vrai ou Faux

1. Les foyers objet et image d'une lentille convergente sont symétriques par rapport à la lentille.

☐ Vrai ☐ Faux

2. Le rayon principal passant par un centre optique n'est jamais dévié.

☐ Vrai ☐ Faux

3. La relation de conjugaison permet de calculer la taille de l'image connaissant celle de l'objet.

☐ Vrai ☐ Faux

4. Le grossissement d'une lunette afocale dépend de la vergence de chacune de ses lentilles.

☐ Vrai ☐ Faux

5. Un dispositif afocal permet de regarder un objet sans accommoder.

☐ Vrai ☐ Faux

Vers le sujet de BAC

Déterminer géométriquement l'image *A'B'* de *AB*

On modélise une lunette afocale par deux lentilles convergentes L_1 pour l'objectif ($C_1 = 5{,}0\ \delta$) et L_2 pour l'oculaire ($C_2 = 20\ \delta$) de même axe optique.

Déterminer graphiquement l'image *A'B'* à travers la lunette, d'un objet *AB* situé à l'infini et tel que l'image intermédiaire $\overline{A_1B_1} = -1{,}0$ cm en réalisant les étapes suivantes :

1 Déterminer la distance focale f_1' et f_2' de chacune des lentilles et la distance entre les deux centres optiques $f_1' + f_2'$ pour une lunette afocale.

2 Faire un schéma à l'échelle en plaçant les deux lentilles, leurs foyers et l'image intermédiaire A_1B_1.

3 À partir de A_1B_1, tracer les rayons particuliers :
– le rayon passant par O_1 de L_1 et le point image B_1. Avant l'objectif, ce rayon donne l'angle sous lequel est vu le point objet $B\infty$;
– le rayon parallèle à l'axe optique, passant par B_1 après L_1 et par le foyer image F_2' après L_2. Après l'oculaire, ce rayon donne l'angle sous lequel est vu le point image $B'\infty$ par la lunette.

4 Terminer la construction des rayons parallèles issus de $B\infty$ avant l'objectif, convergeant en B_1 entre les lentilles et ressortant parallèles à celui obtenu précédemment, projetant $B'\infty$ à l'infini après l'oculaire.

5 Compléter le schéma par les points $A\infty$ et $A'\infty$ sur l'axe optique, respectivement avant l'objectif et après l'oculaire.

Sujets guidés

SUJET 20 Sujet inédit

3 pts — 30 min — Calculatrice autorisée

La lunette de Kepler

DOC. 1 Le *Dioptricae* de Kepler

L'importance des observations réalisées par Galilée à l'aide de la lunette conduit Kepler à rédiger, en 1610, le premier traité moderne d'optique, le *Dioptricae*. Le point central du *Dioptricae* est l'étude des phénomènes liés aux lentilles. À l'aide de l'optique géométrique, Kepler explique comment on agrandit ou réduit une image grâce à un choix judicieux de lentilles. Il décrit la lunette galiléenne, et propose un nouveau montage utilisant deux lentilles convergentes.

DOC. 2 Modèle simplifié de la lunette de Kepler

Une lunette de Kepler, appelée aussi lunette astronomique, est constituée de deux lentilles minces convergentes :

– l'objectif L_1 est une lentille convergente de distance focale f_1', de diamètre D et de centre optique O_1 ;

– l'oculaire L_2 est une lentille de distance focale f_2' et de centre optique O_2 ;

– le foyer objet F_2 de l'oculaire coïncide avec le foyer image F_1' de l'objectif.

L'astre observé est à l'infini, son diamètre AB est perpendiculaire à l'axe optique en A. Tous les rayons issus de B sont parallèles entre eux et font avec l'axe optique un angle θ qui est le diamètre apparent de l'astre.

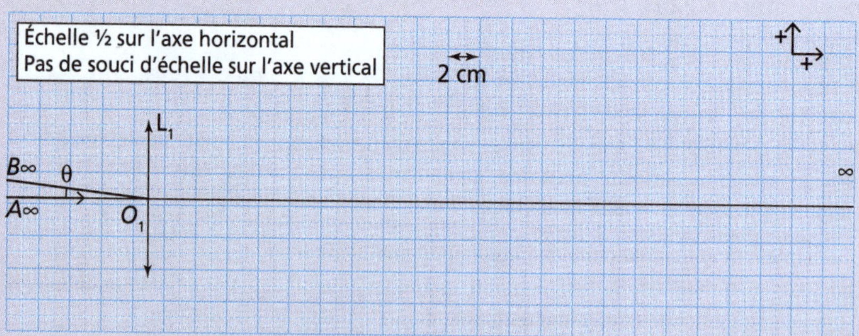

L'objectif L_1 donne, de l'astre observé, une image A_1B_1 dans le plan focal image de l'objectif, confondu avec le plan focal objet de l'oculaire.

1 Sur le schéma, construire l'image A_1B_1 en explicitant la méthode choisie.

2 Où se forme l'image définitive A_2B_2 donnée par l'oculaire L_2 ? Justifier la réponse.

3 Compléter la figure en traçant le rayon émergeant de la lunette.

On se place dans le cas de petits angles.

4 Montrer que, pour la lunette de Kepler, le grossissement a pour expression $G = \frac{f_1'}{f_2'}$. En déduire la valeur du grossissement de cette lunette.

> **Données**
> - Distances focales : $f_1' = 250$ mm et $f_2' = 50$ mm.
> - Diamètre de l'objectif : $D = 2\ 5$ mm.

PAR ÉTAPES

COMPRENDRE LE SUJET

Les réflexes à avoir

- Utiliser l'échelle imposée par le schéma pour représenter les diverses dimensions de la réalité. À l'inverse, bien penser au coefficient d'échelle pour passer des grandeurs mesurées sur le schéma aux dimensions réelles.
- À partir du schéma, identifier les angles θ et θ' de manière simple, afin de pouvoir démontrer la dernière relation à partir des tangentes dans le cadre de petits angles.

Les expressions mathématiques à connaître

- Le grossissement (sans unité) d'une lunette est : $G = \frac{\theta'}{\theta}$ avec θ l'angle sous lequel l'objet est vu à l'œil nu, et θ' l'angle sous lequel il est vu à travers la lunette en radians (rad) ou en degrés (°).
- Dans le cas de petits angles, l'angle θ (en rad) peut être confondu avec sa tangente :

$$\theta \approx \tan\theta = \frac{\textbf{côté adjacent}}{\textbf{côté opposé}}$$

Méthode

Determiner les points de construction

- Identifier les deux distances focales f_1' et f_2'.
- Identifier l'échelle des abscisses et l'échelle des ordonnées : elles peuvent être différentes.
- Déduire que la distance entre les deux lentilles est la somme des distances focales.
- Déduire que les points F_1' et F_2 sont confondus.

Méthode

Construire les rayons

- Représenter la deuxième lentille à une distance prenant en compte l'échelle des abscisses.
- Représenter $F_1' = F_2$ et F_2'.
- Tracer les rayons ($B_\infty O$), puis terminer après L_2 en passant par F_2'.

MÉTHODE

SUJETS PAS À PAS

SUJETS COMME À L'EXAMEN

Les connaissances à avoir

- Si l'objet AB est à l'infini, alors l'image $A'B'$ est dans le plan focal image de la lentille. Inversement, si l'image $A'B'$ est à l'infini, alors l'objet AB dont elle provient appartient au plan focal objet de la lentille.
- Il existe trois rayons particuliers issus de B, point objet pour une lentille L de centre O et de foyers F et F':
  – le rayon issu de B passant par O qui n'est jamais dévié ;
  – le rayon issu de B parallèle à l'axe optique avant la lentille qui converge en F' après la lentille ;
  – le rayon issu de B convergeant en F avant la lentille qui ressort parallèle à l'axe optique après la lentille.

Méthode

Calculer le grossissement

- Identifier les angles d'entrée θ et de sortie θ'.
- Calculer les tangentes de chaque angle.
- Calculer le grossissement comme le rapport des tangentes.

ORGANISER SES RÉPONSES

Le schéma à construire

- Déterminer la valeur de la distance focale de chaque lentille à mesurer sur le schéma en utilisant l'échelle. Noter sur l'axe optique le point F_1', foyer focal image de L_1.
- Tracer le rayon issu de B_∞ passant par O_1. Il coupe le plan focal image de la lentille L_1 en B_1, point image de B_∞ par la lentille. Noter B_1.
- À partir de B_1, construire le point A_1 à la perpendiculaire de B_1 appartenant à l'axe optique : A_1 doit être confondu avec F_1'. Compléter par une flèche de A_1 à B_1 pour matérialiser l'image A_1B_1 intermédiaire.
- Noter F_2 confondu avec $F_1' = A_1$. Puis placer à partir de F_2 la lentille L_2 à la distance focale déjà calculée.
- Tracer le rayon (B_1O_2) passant par le centre optique de L_2 et donc non dévié. Il indique la direction de sortie de l'image à travers la lunette.
- Terminer en construisant le rayon parallèle à (B_1O_2) passant par le point intersection de L_2 et $(B_\infty O_1)$. Il se prolonge à l'infini en B'_∞.

Au brouillon

Calculer la distance focale à représenter sur le schéma en multipliant la valeur de la distance dans la réalité par le coefficient de l'échelle.

Par exemple,

$250\text{ mm} \times \frac{1}{2} = 125\text{ mm}$

ou 12,5 cm sur le schéma représentent la distance focale de la première lentille.

Au brouillon

Écrire chaque tangente en fonction des distances focales et de la longueur de l'image intermédiaire A_1B_1.

S'il n'y a pas d'erreur, l'expression de G peut être simplifiée par la distance A_1B_1 que l'on retrouve en numérateur et en dénominateur.

La démonstration à établir

- Identifier les angles θ d'entrée (entre B_∞ et l'axe optique) et θ' de sortie (entre B'_∞ et l'axe optique). Les retrouver de l'autre côté de chaque lentille.
- Pour chaque angle, exprimer sa tangente en fonction des valeurs positives $O_1F_1' = f_1'$ et $F_2O_2 = f_2'$. En déduire l'expression du grossissement G.

CORRIGÉ 20

Comprendre le corrigé

1 On place dans un premier temps les foyers focaux objet et image F_1 et F_1' de L_1 : ils sont en réalité à une distance $f_1' = 250$ mm de O_1 (voir schéma ci-après). Sur le dessin, 1 cm correspond à 2 cm dans la réalité, donc l'échelle est 1/2 : on en déduit que les foyers sont à 125 mm = 12,5 cm de la lentille.

Rappel
Les foyers focaux image et objet sont symétriques l'un de l'autre à travers la lentille.

AB étant un objet à l'infini, on en déduit que son image conjuguée A_1B_1 est située dans le plan focal image de l'objectif. On prolonge alors le rayon issu de *B* et passant par O_1 : il coupe la verticale en F_1' au point B_1. Le point A_1 est confondu avec F_1'.

2 L'image A_2B_2 donnée par l'oculaire L_2 se forme à l'infini, car l'image intermédiaire, objet pour l'oculaire, est placée dans le plan focal objet de L_2.

3 De la même manière que précédemment, le rayon issu de B_1 passant par le centre optique O_2 de l'oculaire n'est jamais dévié. En traçant ce nouveau rayon, on obtient la direction θ′ de l'image définitive de la lunette.

Vérification
La lunette de Kepler est une lunette afocale, elle permet de produire une image à l'infini pour laquelle l'œil n'a pas à accommoder.

Le rayon tracé en 1 se prolonge après la lentille L_2 parallèlement au rayon sortant de L_2 et déjà tracé.

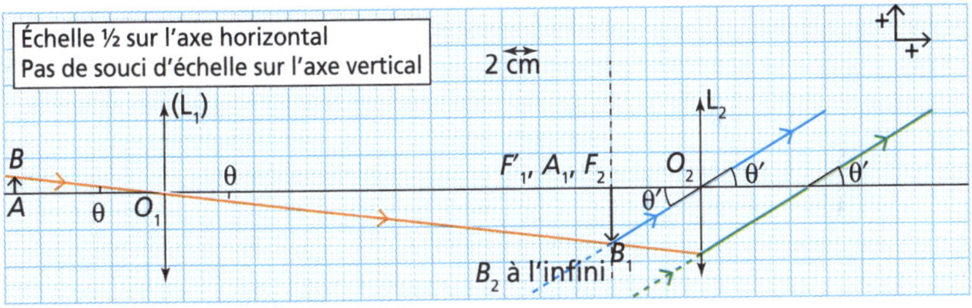

4 Le grossissement est le rapport entre les angles θ et θ′ : $G = \dfrac{\theta'}{\theta}$.

Dans le cas de petits angles, il s'écrit :

$$G \approx \frac{\tan\theta'}{\tan\theta} = \frac{\dfrac{A_1B_1}{O_2F_2'}}{\dfrac{A_1B_1}{O_1F_1'}} = \frac{O_1F_1'}{O_2F_2'} = \text{d'où } G = \frac{f_1'}{f_2'}$$ en prenant des distances toutes positives et sachant que la taille de l'image intermédiaire n'est pas nulle.

$$G = \frac{0{,}250}{0{,}050} = 5{,}0$$

CORRIGÉS Contrôler ses connaissances

p. 198 Questions flash

1. Considérons le rayon passant par le centre optique O_1 de l'objectif. Après la lentille, il se prolonge sans déviation vers B'_1 en appartenant au plan focal image de L_1.

Dans le cas de petits angles, $\alpha \approx \tan\alpha = \frac{A'_1B'_1}{O_1F'_1} = \frac{A'_1B'_1}{f'_1}$ et à la sortie de l'oculaire, les rayons sont parallèles et tels que : $\beta \approx \tan\beta = \frac{A'_2B'_2}{O_2F'_2} = \frac{A'_1B'_1}{O_1F'_2} = \frac{A'_1B'_1}{f'_2}$.

Le grossissement est alors $G = \frac{\beta}{\alpha} = \frac{\frac{A'_1B'_1}{f'_2}}{\frac{A'_1B'_1}{f'_1}} = \frac{f'_1}{f'_2}$ et, avec $C = \frac{1}{f'}$: $G = \frac{C_2}{C_1}$.

2. Le schéma suivant permet de constater que la distance focale est le quart de la distance objet-image : $\overline{O_2F'_2} = \frac{\overline{AA'}}{4} = \frac{+10,0}{4} = 2,5$ cm ou donnée constructeur de 25 mm.

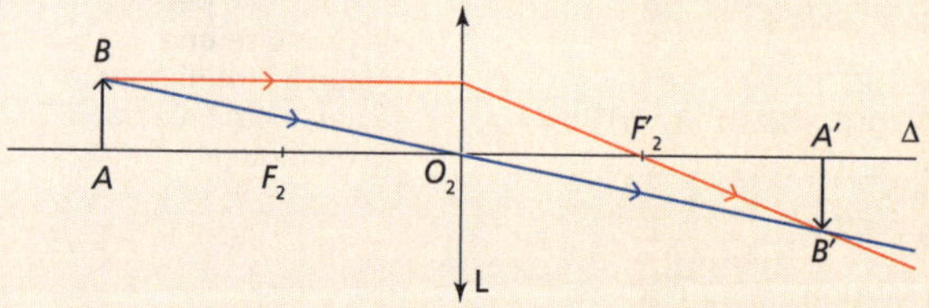

Méthode

Tracez A et A' à 10 cm de distance, AB et $A'B'$ de même grandeur et $A'B'$ renversée.

Tracez le rayon BB' : il coupe l'axe optique en O_2.

QCM

1. c) et **d)** Dans le cas d'une lunette afocale, la distance entre les lentilles est $\overline{OO'} = \overline{OF'_1} + \overline{F'_1F_2} + \overline{F_2O} = \overline{OF'_1} + \overline{F'_1F_2} + \overline{OF'_2}$. De plus, la lunette étant afocale, $\overline{F'_1F_2} = 0$: la distance entre l'objectif et l'oculaire est bien égale à la somme de leur distance focale. L'image intermédiaire se situe dans le plan focal image de l'objectif et objet de l'oculaire, donc à la distance focale de chaque lentille par rapport à O ou O'.

2. a) et **c)** Une lunette afocale est telle que $F'_1 = A_1 = F_2$ avec A_1 l'image intermédiaire. Cette dernière est donc au plan focal image de l'objectif, et le foyer objet de l'oculaire F_2 est confondu avec A_1 placé sur l'axe optique.

3. b), c) et **d)** F' est le foyer focal image de la lentille, alors que F, symétrique par rapport à la lentille, est le foyer focal objet. O, F, F', A et A' sont les cinq points de construction appartenant à l'axe optique de la lentille, A étant un point objet et O le centre optique. La distance algébrique $\overline{OF'} = f'$ est appelée distance focale.

4. a), b) et **c)** Les rayons principaux sont des rayons particuliers permettant la construction de B', image de B. En effet, tous les rayons issus de B convergent en B', en particulier le rayon (BOB') qui n'est jamais dévié par la lentille. En revanche, certaines situations ne permettent pas de tracer l'ensemble des rayons particuliers (situation d'effet loupe par exemple).

Vrai ou Faux

1. **Vrai.** Dans le cas d'une lentille mince, les foyers focaux sont symétriques par rapport à la lentille : $\overline{OF} = -\overline{OF'}$.

2. **Vrai.** Parmi les trois rayons principaux, celui qui passe par le centre optique de la lentille continue son trajet sans déviation. Il correspond à un trajet avec angle d'incidence nul et donc, selon la loi de Snell-Descartes, à un angle de réfraction nul.

3. **Faux.** La relation de conjugaison permet de calculer $\overline{OA'}$ connaissant $\overline{OA}$, donc de calculer la position – et non la taille de l'image –, connaissant la position de l'objet par rapport à la lentille.

4. **Vrai.** Le grossissement d'une lentille afocale est le rapport des vergences.

5. **Vrai.** Un dispositif afocal permet de regarder un objet sans accommoder. En revanche, cet objet doit se situer à l'infini. Finalement, ce dispositif permet une vision de confort, mais dans le cas d'un objet lointain.

Vers le sujet de Bac

1 Les distances focales sont : $f'_1 = \frac{1}{C_1}$ et $f'_2 = \frac{1}{C_2}$. La lunette étant afocale, la somme de ces distances correspond à la distance entre les centres optiques de chaque lentille : $\overline{O_1O_2} = f'_1 + f'_2$.

$\overline{O_1O_2} = \frac{1}{5,0} + \frac{1}{20} = 0,20 + 0,050 = 0,25$ m $= 25$ cm.

Réflexe à avoir

Il est possible de proposer une échelle verticale différente de l'échelle horizontale si cela permet d'éviter de trop petits angles.

2 Au vu des dimensions de la situation, on peut prendre une échelle verticale réelle (1 carreau sur le schéma correspond à 1 cm dans la réalité) et une échelle horizontale de 1/2 (1 carreau sur le schéma correspond à 2 cm dans la réalité).

3 à **6** On place sur le même axe optique les deux lentilles à 25 cm l'une de l'autre (soit ici 12,5 carreaux), leur centre optique, leurs foyers et l'image intermédiaire.

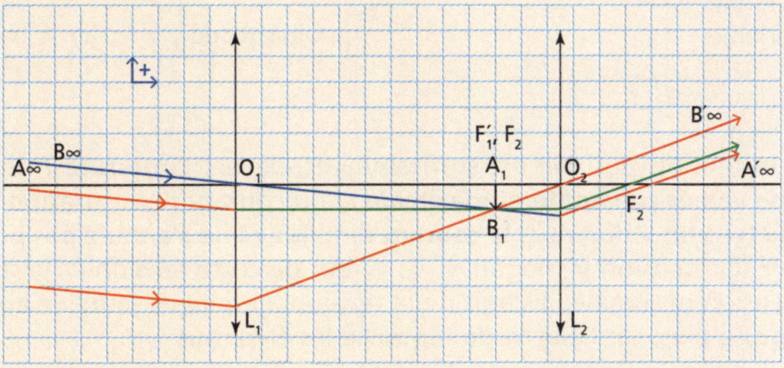

Décrire la lumière par un flux de photons

Faire le point

1 Définitions

- La fréquence-seuil ν_s est la fréquence de l'onde électromagnétique pour laquelle l'effet photoélectrique ne se produit pas.
- Le travail d'extraction ou travail de sortie W_s est l'énergie à fournir à l'électron pour l'arracher de la photocathode.

→ Conséquences

- Au-delà de la fréquence-seuil, on observe un courant traversant la cellule.
- Les énergies en jeu s'expriment en J ou en eV : $1 \text{ eV} = 1{,}6 \times 10^{-19}$ J.

2 Effet photoélectrique

- On utilise un dispositif sous vide avec un système de cellule constituée d'une anode collectrice d'électrons portée à un potentiel V positif et d'une photocathode irradiée par des ondes électromagnétiques.

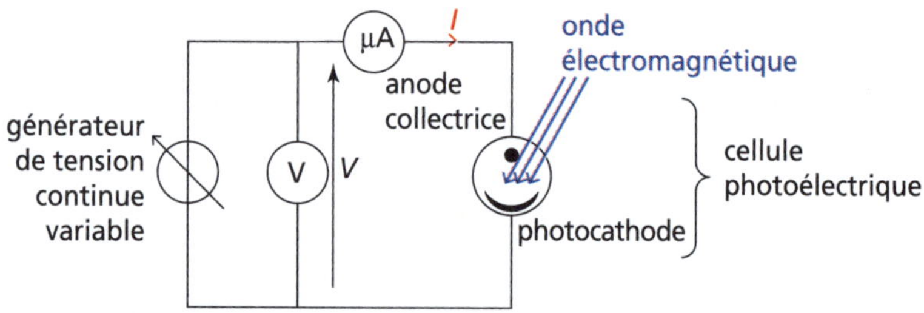

- Lorsque la tension positive est suffisamment élevée, **l'intensité I du courant prend une valeur constante** et maximale I_s, ou courant de saturation. De plus, lorsque la tension V diminue, **le courant diminue et ne s'annule pas pour $V = 0$,** mais pour une tension V_0 négative. La valeur de cette tension $|V_0|$ est appelée contre-tension maximale, il s'agit de la tension au-delà de laquelle aucun courant ne passe plus, car l'électrode repousse les électrons.

- Les électrons sont liés au métal : pour les arracher, il faut vaincre des forces de rappel qui s'y opposent. Il faut donc fournir à l'électron une énergie sous forme de travail appelée **travail d'extraction ou travail de sortie W_s.**

3 Interaction photon-matière

- Il est impossible d'expliquer la contre-tension maximale $|V_0|$ et le seuil ν_s photoélectrique avec les lois de la physique classique. Pour cela, il est nécessaire d'utiliser un **modèle particulaire de l'onde électromagnétique** constituée d'un flux de photons et d'admettre les échanges d'énergie quantifiés entre le rayonnement et la matière (Einstein 1905).
- La fréquence seuil photoélectrique ν_s correspond à celle du photon possédant l'énergie minimale E_{min}, qui est **exactement égale au travail d'extraction W_s.**
- **Équation d'Einstein de l'effet photoélectrique :**

$$h\nu = W_s + \frac{1}{2}mv^2 = W_s + E_c$$

avec ν : fréquence du **photon** (en Hz), W_s : travail d'extraction (en J), m : masse de l'électron (en kg), v : vitesse de l'électron (en m·s^{-1}), E_c : énergie cinétique de l'électron (en J) et h : constante de Planck (h = 6,62 × 10^{-34} J·s).

- L'équation d'Einstein de l'effet photoélectrique est en fait **un bilan énergétique** : l'énergie du photon est utilisée pour le travail d'extraction, et l'excédent énergétique est converti en énergie cinétique pour l'électron arraché.
- L'énergie cinétique de l'électron arraché lui permet d'atteindre l'anode collectrice : $e|V_0| = E_c = \frac{1}{2}mv^2 = h(\nu - \nu_s)$ avec e la charge élémentaire (en C).
- La contre-tension maximale est telle que :

$$|V_0| = \frac{h}{e}(\nu - \nu_s)$$

avec $|V_0|$: contre-tension maximale (en V), ν_s : fréquence seuil (en Hz), ν : fréquence du photon (en Hz) ; e : charge élémentaire (e = 1,6 × 10^{-19} C), h : constante de Planck (h = 6,62 × 10^{-34} J·s).

- La contre-tension maximale est une **fonction linéaire de la fréquence ν** du photon, qui s'annule pour le seuil photoélectrique $\nu = \nu_s$. Le coefficient directeur est une **constante absolue : $\frac{h}{e}$.**

Contrôler ses connaissances

corrigés p. 215

Questions flash

1. On éclaire une photocathode en zinc par une radiation UV de longueur d'onde $\lambda = 0{,}25$ µm. Le travail d'extraction d'un électron du zinc est $W_s = 3{,}3$ eV. Calculer la fréquence seuil et la longueur d'onde seuil du zinc, l'énergie cinétique maximale de sortie des électrons et leur vitesse. On prendra $c = 3{,}00 \times 10^8$ m·s^{-1}.

2. Le test d'une cellule photovoltaïque au silicium de surface $S = 243$ cm^2 est réalisé dans des conditions d'ensoleillement de 1,0 kW·m^{-2} à 25 °C. On mesure la tension à puissance maximale $V_{Pmax} = 0{,}521$ V, ainsi que l'intensité correspondante $I_{Pmax} = 8{,}090$ A. Calculer le rendement de la cellule.

QCM

Cocher la (ou les) bonne(s) réponse(s).

1. Dans un dispositif classique d'expérience d'effet photoélectrique :

- ☐ **a.** la cathode collecte les photons.
- ☐ **b.** l'anode collecte les électrons.
- ☐ **c.** on irradie la totalité de la cellule photoélectrique.
- ☐ **d.** il existe une différence de potentiels électriques entre les deux électrodes.

2. Soit un photon de fréquence ν absorbé par une photocathode :

- ☐ **a.** l'énergie du photon est proportionnelle à sa fréquence ν.
- ☐ **b.** le photon est absorbé par la photocathode.
- ☐ **c.** l'énergie cinétique de l'électron arraché est positive.
- ☐ **d.** le photon et l'électron ont la même énergie.

3. La constante de Planck :

- ☐ **a.** est une constante de proportionnalité.
- ☐ **b.** s'exprime en joules par seconde.
- ☐ **c.** correspond à une valeur importante dans le système international.
- ☐ **d.** fait le lien entre fréquence du photon et énergie.

4. Dans un dispositif d'effet photoélectrique, l'énergie du photon *E* :

- ☐ **a.** permet de mettre en mouvement l'électron arraché d'énergie cinétique inférieure à *E*.
- ☐ **b.** correspond à la différence entre travail d'extraction et énergie cinétique de l'électron.
- ☐ **c.** doit être supérieure au travail d'extraction pour arracher l'électron.
- ☐ **d.** est dépendante de la vitesse de l'électron.

Vrai ou Faux

1. Lors de l'expérience de l'effet photoélectrique, l'intensité est proportionnelle à la tension aux bornes des électrodes.

☐ Vrai ☐ Faux

2. Le travail d'extraction correspond à l'énergie qu'il faut fournir à une photocathode pour ioniser les atomes du métal.

☐ Vrai ☐ Faux

3. Un photon d'énergie supérieure au travail d'extraction ne peut pas être absorbé par les atomes de la photocathode.

☐ Vrai ☐ Faux

4. Le rendement d'une cellule photovoltaïque augmente lorsque la puissance lumineuse diminue.

☐ Vrai ☐ Faux

5. Une cellule photovoltaïque a un rendement de l'ordre de 20 %.

☐ Vrai ☐ Faux

Vers le sujet de BAC

Déterminer la vitesse de l'électron

On éclaire une photocathode en tungstène par une radiation UV de longueur d'onde $\lambda = 0{,}25\ \mu\text{m}$. Le travail d'extraction d'un électron du tungstène est relativement important : $W_s = 4{,}5$ eV.

Calculer la vitesse maximale de sortie des électrons arrachés à la photocathode en réalisant les étapes suivantes :

1 Écrire la relation d'Einstein de l'effet photoélectrique : $h\nu = W_s + \frac{1}{2}mv^2$ avec ν la fréquence du photon (en Hz), W_s le travail d'extraction (en J), m la masse de l'électron (en kg) et v sa vitesse maximale (en $\text{m}\cdot\text{s}^{-1}$).

2 Exprimer la fréquence ν du photon en fonction de sa longueur d'onde λ.

3 Remplacer cette dernière expression dans la relation d'Einstein.

4 En déduire l'expression de la vitesse maximale v de l'électron.

5 Convertir le travail d'extraction en joules et faire l'application numérique avec une longueur d'onde en mètres.

› Données

- Célérité de la lumière dans le vide : $c = 3{,}00 \times 10^{8}\ \text{m}\cdot\text{s}^{-1}$.
- Constante de Planck : $h = 6{,}62 \times 10^{-34}\ \text{J}\cdot\text{s}$.
- Masse de l'électron : $m = 9{,}1 \times 10^{-31}$ kg ; $1\ \text{eV} = 1{,}60 \times 10^{-19}$ J.

Sujets guidés

SUJET 21 Sujet inédit

3,5 pts — 35 min

Rendement d'une cellule photovoltaïque

Calculatrice autorisée

DOC. 1 Énergie solaire

L'énergie solaire peut être utilisée directement sous forme d'énergie thermique pour chauffer de l'eau ou des locaux, mais il peut être souhaitable de convertir cette puissance reçue par rayonnement en puissance électrique.

Alimenter un moteur électrique, un ordinateur ou un dispositif d'éclairage, recharger un accumulateur, constituent des exemples d'applications nécessitant une conversion en un signal électrique.

DOC. 2 Caractéristique tension-intensité

La figure ci-dessous représente une caractéristique tension-intensité pour une cellule photovoltaïque élémentaire, éclairée par un rayonnement d'éclairement E (ou puissance surfacique) fixé (en $W \cdot m^{-2}$).

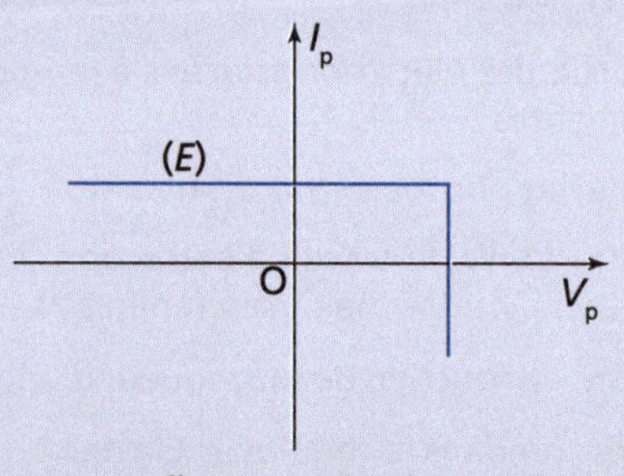

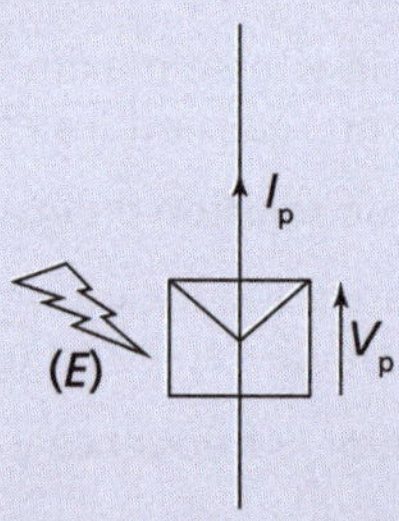

Les conventions d'orientation des tension et intensité sont indiquées ci-avant (convention générateur) : soit I_p l'intensité du courant traversant la cellule et V_p la tension à ces bornes.

On branche un voltmètre continu aux bornes de la cellule considérée, recevant un éclairement E, de telle manière que la valeur mesurée soit positive. On appelle tension à vide ou tension de circuit ouvert, la valeur V_∞ mesurée.

Ayant débranché le voltmètre, on mesure l'intensité de court-circuit I_{CC} à l'aide d'un ampèremètre continu branché aux bornes de la cellule, celle-ci recevant toujours l'éclairement E.

1 Faire figurer V_∞ et I_{CC} sur la caractéristique courant-tension.

2 Mettre en évidence la portion de la caractéristique correspondant à un fonctionnement en générateur électrique, c'est-à-dire où la puissance électrique est positive.

3 Quel est le point de la caractéristique pour lequel cette puissance est maximale ? L'indiquer par « P_{max} ».

DOC. 3 Comportement d'une cellule photovoltaïque

Lorsque l'éclairement E varie, la caractéristique de la cellule photovoltaïque évolue, et on indique schématiquement un réseau simplifié de caractéristiques, paramétré par différentes valeurs de E ($E'' > E' > E > 0$).

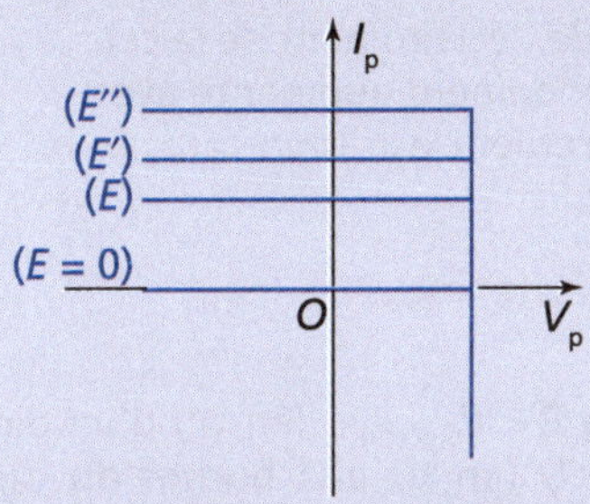

Le comportement d'une cellule photovoltaïque est bien représenté par la fonction caractéristique : $I_p = \gamma E - I_s \left[\exp\left(\frac{V_P}{V_T}\right) - 1\right]$.

γ est un coefficient qui tient compte de l'aire S de la cellule et du matériau, il rend compte de l'effet photovoltaïque.

V_T est un paramètre homogène à une tension constante qui ne dépend que de la température.

I_s est une intensité caractéristique, que nous supposerons constante.

4 Exprimer l'intensité de court-circuit en fonction de l'éclairement E. Par la suite, on branche la cellule sur un dipôle extérieur imposant une tension constante V_e.

5 Pour les trois valeurs d'éclairement non nul E, E' et E'', déterminer les rendements de la cellule photovoltaïque.

› Données

- $I_S = 1{,}0 \times 10^{-10}$ A.
- $V_T = 0{,}025$ V à 300 K.
- $\gamma = 4{,}0 \times 10^{-4}$ A × W^{-1}·m^2.
- $S = 10$ cm^2.
- $V_e = 0{,}45$ V.
- Éclairement : $E = 100$ W·m^{-2}, $E' = 400$ W·m^{-2} et $E'' = 700$ W·m^{-2}.

PAR ÉTAPES

COMPRENDRE LE SUJET

Les réflexes à avoir

- Un produit de deux grandeurs est positif si les valeurs algébriques de ces grandeurs sont de même signe : soit toutes les deux positives, soit toutes les deux négatives.
- Une puissance est maximale pour la valeur maximale de l'intensité du courant et de la tension.
- Le rendement dépend de l'éclairement de la cellule photovoltaïque. Le rendement augmente avec l'éclairement : plus l'éclairement est important, et plus le rendement est bon.

Méthode

Identifier les grandeurs caractéristiques

- Identifier sur la caractéristique courant-tension la tension à vide comme la valeur de V_p à l'intersection de l'axe des abscisses.
- Identifier sur la caractéristique courant-tension l'intensité de court-circuit comme la valeur de I_p à l'intersection de l'axe des ordonnées.

Les expressions mathématiques à connaître

- La puissance électrique $P = P_{\text{électrique}}$ (en W) d'un dipôle est définie comme le produit de la tension U (en V) aux bornes du dipôle et de l'intensité I (en A) du courant qui le traverse :

$$P = U \times I$$

- Le rendement η d'une cellule photovoltaïque est le rapport entre la puissance électrique $P_{\text{élec}}$ (en W) qu'elle fournit et la puissance lumineuse P_{lum} (en W) qu'elle reçoit :

$$\eta = \frac{P_{\text{élec}}}{P_{\text{lum}}}$$

Le rendement est un nombre sans unité compris entre 0 et 1. On peut cependant l'exprimer en pourcentage (en %) après une multiplication par un facteur 100.

Méthode

Déterminer l'expression du rendement

- Exprimer le rendement en fonction des deux puissances, électrique et lumineuse.
- Donner l'expression de chaque puissance.
- En déduire une expression de η.

Les connaissances à avoir

- La tension à vide est celle pour laquelle l'intensité du courant est nulle.
- L'intensité de court-circuit est l'intensité du courant traversant un dipôle pour lequel la tension à ses bornes est nulle.
- La puissance étant définie comme le produit de la tension U aux bornes d'un dipôle et de l'intensité I du courant qui le traverse, sa valeur peut être calculée comme l'aire du rectangle de dimensions U et I dans le graphe de la caractéristique courant-tension du dipôle.

ORGANISER SES RÉPONSES

Le raisonnement à tenir

- Identifier la tension à vide et l'intensité de court-circuit comme les points d'intersection de la caractéristique courant-tension avec les axes des abscisses et les ordonnées.
- Exprimer la puissance comme le produit de la tension et de l'intensité.

Conseil
Reprendre la caractéristique courant-tension pour identifier la tension à vide et l'intensité de court-circuit.

- Exprimer le rendement en fonction des puissances électrique et lumineuse. Puis exprimer chaque puissance en fonction des données de l'énoncé.

Les calculs à effectuer

- Penser à proposer une expression littérale avec des coefficients numériques.
- Chaque résultat doit être donné avec une précision (un nombre de chiffres significatifs) en adéquation avec les grandeurs mesurées qui ont permis de l'obtenir. Ne pas oublier de noter le rendement entre 0 et 1 ou en %.

CORRIGÉ 21

Comprendre le corrigé

1 La tension à vide est la tension pour laquelle l'intensité du courant est nulle, donc la tension à vide est l'ordonnée du point $V_\infty = V_p(I_p = 0)$. Un court-circuit se crée en reliant les deux bornes d'un dipôle par un fil de connexion. Ainsi, l'intensité de court-circuit correspond à l'intensité pour laquelle la tension aux bornes de la cellule est nulle. L'intensité de court-circuit est donc l'abscisse du point $I_{CC} = I_p(V_p = 0)$.

2 La puissance électrique P est le produit de la tension aux bornes de la cellule par l'intensité du courant qui la traverse : $P = I_pV_p$. Cette puissance est positive si, soit I_p et V_p sont positifs, soit I_p et V_p sont négatifs.

Vérification
Le produit de deux grandeurs A et B correspond à l'aire sous la courbe dans le graphe de A en fonction de B ou de B en fonction de A.

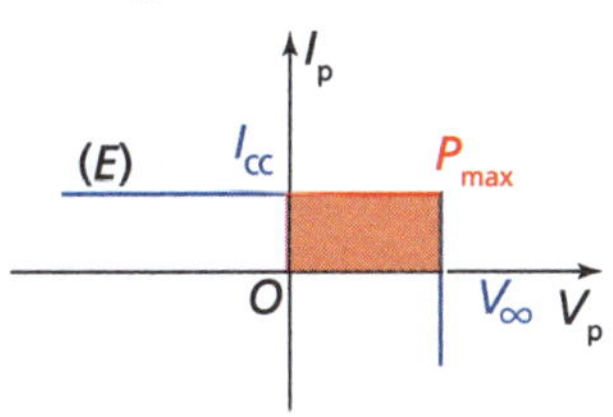

Seul le premier cas de figure est possible avec la caractéristique proposée (partie rouge sur la figure ci-avant).

3 La puissance est maximale pour des valeurs maximales de tension et d'intensité, soit pour le point $P_{max}(V_p = V_\infty ; I_p = I_{CC})$. Sa valeur peut être visualisée par l'aire colorée du rectangle $(P_{max}V_\infty OI_{CC})$ correspondant bien au produit :

$$P_{max} = I_{CC} \times V_\infty$$

4 L'intensité aux bornes d'une cellule photovoltaïque dépend de la tension à ses bornes. La relation entre ces deux grandeurs électriques est :

$$I_p = \gamma E - I_s\left[\exp\left(\frac{V_P}{V_T}\right) - 1\right]$$

L'intensité de court-circuit est telle que $V_p = 0$ donc :

$$I_p(V_p = 0) = I_{CC} = \gamma E - I_s\left[\exp\left(\frac{0}{V_T}\right) - 1\right] = \gamma E - I_s\,[1 - 1]$$

soit $I_{CC} = \gamma E = 4{,}0 \times 10^{-4}E$.

5 Le rendement η est le rapport de la puissance électrique $P_e = V_pI_p$ sur la puissance lumineuse reçue par la cellule P_l : $\eta = \frac{P_e}{P_l}$. On a :

– puissance électrique :

$$P_e = V_eI_p = \gamma EV_e - I_sV_e\left[\exp\left(\frac{V_e}{V_T}\right) - 1\right]$$

– puissance lumineuse reçue par la cellule de surface S :

$$P_l = ES$$

$$P_e = 4{,}0 \times 10^{-4} \times 0{,}45 \times E - 1{,}0 \times 10^{-10} \times 0{,}45 \times \left[\exp\left(\frac{0{,}45}{0{,}025}\right) - 1\right]$$

P_e (en W) $= 1{,}8 \times 10^{-4}E - 3{,}0 \times 10^{-3}$

P_l (en W) $= 1{,}0 \times 10^{-3}E$

$$\eta = \frac{1{,}8 \times 10^{-4}E - 3{,}0 \times 10^{-3}}{1{,}0 \times 10^{-3}E} = 1{,}8 \times 10^{-1} - \frac{3{,}0}{E}$$

Avec une précision de 2 chiffres significatifs :

$\eta(E = 100\ W \cdot m^{-2}) = 0{,}15$ ou 15 %

$\eta'(E' = 400\ W \cdot m^{-2}) = 0{,}17$ ou 17 %

$\eta''(E'' = 700\ W \cdot m^{-2}) = 0{,}18$ ou 18 %.

Démonstration

Reprenez pas à pas les différentes expressions permettant d'exprimer le rendement.

Vérification

Le rendement augmente avec l'éclairement : si $E < E' < E''$, alors $\eta < \eta' < \eta''$.

CORRIGÉS Contrôler ses connaissances

p. 208 **Questions flash**

1. Le travail d'extraction est $W_s = h\nu_s$. On en déduit une fréquence seuil $\nu_s = \frac{W_s}{h}$ et une longueur d'onde seuil $\lambda_s = \frac{c}{\nu_s} = \frac{hc}{W_s}$.

L'énergie cinétique de l'électron arraché au zinc est :

$$E_{cmax} = E_{photon} - W_s = \frac{hc}{\lambda} - W_s$$

Or $E_{cmax} = \frac{mv^2}{2} = \frac{hc}{\lambda} - W_s$, soit la vitesse des électrons $v = \sqrt{\frac{2}{m}E_{cmax}}$.

$\nu_s = 8{,}0 \times 10^{14}$ Hz ; $\nu_s = 3{,}8 \times 10^{-7}$ m.

$E_{cmax} = 2{,}7 \times 10^{-19}$ J et $v = 7{,}7 \times 10^5$ m·s^{-1}.

2. La puissance électrique est le produit de la tension à puissance maximale et de l'intensité à puissance maximale : $P_e = V_{Pmax} \times I_{Pmax}$.

La puissance lumineuse reçue par la cellule photovoltaïque dans les conditions de test est le produit de l'éclairement E par la surface S de la cellule : $P_l = E \times S$.

Le rendement η d'une cellule photovoltaïque est défini comme $\eta = \frac{P_{électrique}}{P_{lumineuse}}$, soit ici :

$$\eta = \frac{P_e}{P_l} = \frac{V_{Pmax} I_{Pmax}}{ES}$$

$$\eta = \frac{0{,}521 \times 8{,}090}{2{,}43 \times 10^2 \times 1{,}0 \times 10^3} = 0{,}17 \text{ soit } 17\ \%.$$

> **Réflexe à avoir**
> Le rendement d'une cellule photovoltaïque est de l'ordre de 15 % à 20 %.

QCM

1. a), b), c) et **d)** Toutes les réponses sont exactes. La totalité de la cellule est irradiée par un rayonnement électromagnétique constitué de photons collectés par la cathode. Cette énergie, absorbée par la cathode, permet d'arracher des électrons. Ces derniers, sous l'effet de la tension ou différence de potentiels électriques entre cathode et anode, sont attirés par l'anode collectrice.

> **L'astuce du prof**
> La cathode collecte les **photon**s : elle porte le nom de **photo**cathode.

2. a) et **c)** L'énergie d'un photon est $E = h\nu$, avec h la constante de Planck, et l'énergie cinétique est $\frac{mv^2}{2}$ qui est toujours positive ! En revanche, le photon n'est absorbé par la photocathode que si son énergie est au moins égale au travail d'extraction.

3. a) et **d)** La constante de Planck est la constante de proportionnalité entre l'énergie du photon et la fréquence de l'onde électromagnétique correspondante. La constante vaut $h = 6{,}62 \times 10^{-34}$ J·s : elle s'exprime donc en « joules secondes » de symbole J·s (et non en J·s^{-1}), et sa valeur est très faible.

4. **a)** et **c)** L'énergie du photon extracteur est la somme du travail d'extraction et de l'énergie cinétique de l'électron arraché. Cette énergie est donc supérieure à la fois au travail d'extraction et à l'énergie cinétique de l'électron. Cependant, le photon préexiste à la création de l'électron, son énergie ne peut donc pas dépendre de l'énergie cinétique, et donc de la vitesse de l'électron : la valeur de cette dernière dépend en revanche de la différence restante entre énergie du photon et travail d'extraction.

Vrai ou Faux

1. **Faux.** Lorsque la tension augmente, l'intensité augmente, et pour une valeur de la tension, l'intensité reste constante et vaut l'intensité de saturation.
2. **Vrai.** Le travail d'extraction est l'énergie à fournir aux atomes de la photocathode pour arracher leurs électrons.
3. **Faux.** Un photon d'énergie supérieure au travail d'extraction peut être absorbé par les atomes de la photocathode. L'excédent énergétique est emporté par l'électron en énergie cinétique.
4. **Faux.** Même si la puissance lumineuse est au dénominateur de la formule du rendement, il faut considérer la puissance électrique qui dépend aussi de l'énergie lumineuse. En général, le rendement est relativement stable, autour de valeurs comprises entre 15 % et 20 %.
5. **Vrai.** Le rendement d'une cellule photovoltaïque est relativement faible, autour de 20 % = 0,20.

Vers le sujet de Bac

1 La relation d'Einstein de l'effet photoélectrique est :

$$E(\text{photon}) = h\nu(\text{photon}) = W_s + E_c(\text{électron}) = W_s + \frac{1}{2}mv^2$$

2 Or la fréquence du photon est :

$$\nu(\text{photon}) = \frac{c}{\lambda(\text{photon})}$$

3 En remplaçant dans la relation d'Einstein, on obtient :

$$\frac{hc}{\lambda(\text{photon})} = W_s + \frac{1}{2}mv^2$$

4 Soit finalement :

$$v = \sqrt{\frac{2}{m}\left(\frac{hc}{\lambda} - W_s\right)}$$

5 $W_s = 4,5 \times 1,60 \times 10^{-19} = 7,2 \times 10^{-19}$ J.

La vitesse maximale de sortie de l'électron est :

$$v = \sqrt{\frac{2}{9,1\times10^{-31}}\left(\frac{6,62\times10^{-34}\times3,00\times10^{8}}{0,25\times10^{-6}} - 7,2\times10^{-19}\right)},$$

$v = 4,0 \times 10^5$ m·s^{-1}.

Réflexe à avoir

Pensez à exprimer le résultat avec la bonne précision ou le bon nombre de chiffres significatifs.

Étudier la dynamique d'un système électrique

Faire le point

1 Définitions

- Un **condensateur** est un dipôle électronique constitué de **deux armatures conductrices séparées par un isolant** appelé diélectrique.
- Une **source idéale de tension délivre une tension constante** E quel que soit le circuit électrique branché à ses bornes.
- La **constante de temps** d'un circuit RC, notée τ (en s), est le **temps caractéristique des phénomènes de charge et de décharge** d'un condensateur.

→ Conséquences

- Un condensateur est un récepteur permettant de **stocker et déstocker de l'énergie électrique**.
- La caractéristique tension-courant d'une source idéale de tension est une **droite horizontale de tension à vide** ou force **électromotrice (f.é.m.)** E.

2 Condensateur

- Le fonctionnement d'un condensateur est le suivant: le courant qui circule dans le circuit comportant un condensateur crée un déficit d'électrons sur l'armature A du condensateur et un excédent d'électrons en B, soit $q = q_A = -q_B$.
- Le courant est caractérisé par son intensité i (en A): $i = \frac{dq}{dt}$ avec dq la quantité d'électricité ou quantité de charge électrique (en C) traversant la section de conducteur pendant la durée dt (en s). Le terme $\frac{dq}{dt}$ apparaît comme un **débit de charges**. L'intensité du courant est donc: $i = \frac{dq_A}{dt} = -\frac{dq_B}{dt} = \frac{dq}{dt}$.
- Le symbole normalisé d'un condensateur est donné ci-dessous, la convention courant-tension utilisée étant une **convention récepteur**.
- La tension u_{AB} augmente au cours du temps, du fait de la différence de charges accumulées sur chaque armature, et de manière proportionnelle à la charge $q = q_A$. On peut alors dire, à l'inverse, que la **charge du condensateur est proportionnelle à la tension** à ses armatures.

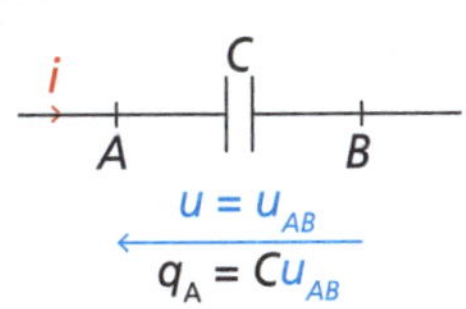

- On définit la **capacité** C (en F) d'un condensateur :

$$\boldsymbol{q = q_A = Cu_{AB}}$$

avec q : charge du condensateur (en C), u : tension (en V).

3 Circuit RC série

- On réalise le circuit série comportant un générateur idéal de tension de force électromotrice E, un conducteur ohmique de résistance R et un condensateur de capacité C. Le circuit est traversé par un courant d'intensité $i(t)$.

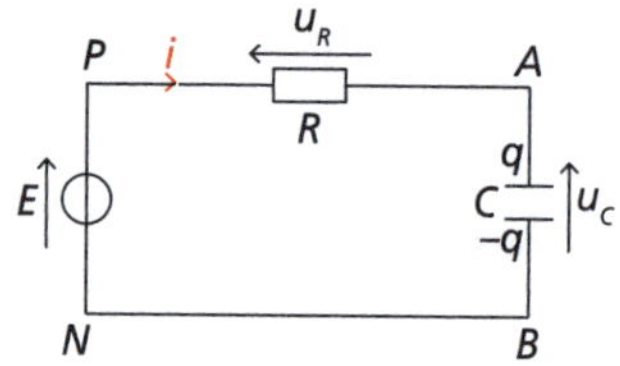

- Dans un circuit série RC, l'**équation différentielle** régissant l'évolution de la charge $q(t)$ est :

$$\frac{dq(t)}{dt}+\frac{q(t)}{RC}=\frac{E}{R}$$

avec q : charge de l'armature du condensateur (en C), R : résistance du conducteur ohmique (en Ω), C : capacité du condensateur (en F) et E : tension constante ou f.é.m. du **générateur** idéal de tension (en V).

- La **constante de temps** d'un circuit RC est $\tau = \boldsymbol{RC}$, et le facteur $\frac{E}{R}$ de l'équation différentielle précédente peut s'écrire $\frac{CE}{\tau}$.
- Deux cas peuvent se présenter : soit le condensateur est en situation de charge, soit il se décharge dans le circuit. Pour chaque cas, une solution à l'équation différentielle est à déterminer.
- Le montage ci-après peut être utilisé, par basculement de l'interrupteur de la **position 1 (charge) à la position 2 (décharge)**, pour charger le condensateur avant de le laisser se décharger dans le conducteur ohmique.

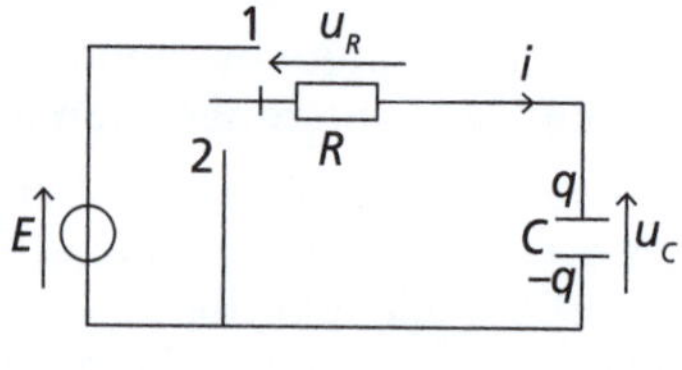

Contrôler ses connaissances

corrigés p. 226

Questions flash

On considère un circuit RC série avec une source de tension idéale.

1. Montrer, en utilisant l'équation différentielle régissant l'évolution de la charge, que $\tau = RC$ est homogène à un temps, et en utilisant la loi d'Ohm, retrouver la dimension de la charge q.

2. Dans une situation de charge du condensateur, établir l'expression de l'évolution de la charge $q(t)$ de l'armature du condensateur, de l'intensité $i(t)$ du courant qui le traverse et de la tension $u(t)$ à ses bornes.

QCM *Cocher la (ou les) bonne(s) réponse(s).*

1. Lors de la charge d'un condensateur, $q(t) = CE\left[1 - e^{\frac{-t}{RC}}\right]$:

- ☐ **a.** $q(t)$ est une fonction exponentielle décroissante.
- ☐ **b.** $i(t)$ correspond à la dérivée de l'expression $-CEe^{\frac{-t}{RC}}$.
- ☐ **c.** $u(t)$, la tension aux bornes du condensateur, est proportionnelle à $q(t)$.
- ☐ **d.** $q(t) = 0$ à l'instant initial.

2. Dans un circuit RC de décharge :

- ☐ **a.** le temps τ caractéristique du système est le temps au bout duquel la charge totale est divisée par 2.
- ☐ **b.** la charge diminue.
- ☐ **c.** la tension initiale est nulle.
- ☐ **d.** le circuit ne comporte pas de générateur de courant.

3. Dans un condensateur en charge :

- ☐ **a.** l'intensité du courant qui le traverse augmente lors de la charge.
- ☐ **b.** la tension à ses bornes augmente.
- ☐ **c.** les armatures sont dans le même état de charge à $t = 0$.
- ☐ **d.** l'intensité du courant est nulle en fin de charge.

4. L'équation différentielle de l'évolution de l'état de charge d'un condensateur :

- ☐ **a.** dépend de la résistance R.
- ☐ **b.** ne dépend pas des caractéristiques du générateur.
- ☐ **c.** dépend uniquement de la capacité du condensateur.
- ☐ **d.** est du premier ordre.

5. Les grandeurs physiques d'un circuit RC sont exponentielles. Soit la fonction $y = \exp(x)$:

- ☐ **a.** $\exp(a + b) = \exp(a) \times \exp(b)$.
- ☐ **b.** $\exp(2a) = [\exp(a)]^2$.
- ☐ **c.** $\exp(a - b) = \dfrac{\exp(a)}{\exp(b)}$.
- ☐ **d.** $\exp(0) = 1$.

Vrai ou Faux

1. Un condensateur permet de stocker de l'énergie électrique.
☐ Vrai ☐ Faux
2. L'intensité du courant est égale au débit d'électrons dans un circuit électrique en régime variable.
☐ Vrai ☐ Faux
3. La capacité d'un condensateur s'exprime en coulombs, de symbole C.
☐ Vrai ☐ Faux
4. La loi d'Ohm est une relation de proportionnalité entre la tension aux bornes du condensateur et l'intensité du courant qui le traverse.
☐ Vrai ☐ Faux
5. La constante de temps du circuit *RC* série est *RC*.
☐ Vrai ☐ Faux

Vers le sujet de BAC

Résoudre l'équation d'évolution d'une grandeur physique

L'équation différentielle d'évolution de la charge d'un condensateur est de la forme : $\frac{dq(t)}{dt}+\frac{q(t)}{RC}=\frac{E}{R}$. Proposer une solution à cette équation en supposant le condensateur déchargé à $t = 0$ en réalisant les étapes suivantes puis représenter graphiquement $q(t)$.

1 Écrire l'équation différentielle sans second membre.

2 Poser une solution générale de l'équation différentielle sans second membre de la forme $q(t) = A\exp\left(\frac{-t}{B}\right)$, avec A et B constantes, et la dériver par rapport à t.

3 Introduire $q(t)$ et $\frac{dq(t)}{dt}$ dans l'équation sans second membre.

4 En déduire l'expression de B et réécrire $q(t)$.

5 Déterminer la solution particulière en supposant un régime permanent.

6 Écrire $q(t)$ en fonction de A et des grandeurs des composants comme la somme de la solution générale sans second membre et de la solution particulière.

7 À l'aide des conditions initiales, en déduire A et proposer une expression de $q(t)$.

9 Identifier les comportements asymptotiques et la forme de la courbe, puis tracer l'allure de l'évolution de la charge en fonction du temps.

Sujets guidés

SUJET 22 Sujet inédit

3 pts — 30 min — Calculatrice autorisée

Éclairage d'un train miniature

DOC. 1 Modélisme ferroviaire

Le modélisme ferroviaire est une activité qui passionne petits et grands. Ce loisir repose sur la reproduction la plus fidèle possible de l'activité ferroviaire à échelle réduite, le plus couramment à l'échelle 1/87. L'alimentation des trains miniatures se fait traditionnellement par les rails en 12 V continu. Moteurs des locomotives, éclairages des matériels roulants ou fixes, signalisations, aiguillages… autant d'éléments qui demandent à l'amateur une bonne connaissance de l'électricité et beaucoup d'ingéniosité.

Il s'agit d'étudier un dispositif qui permet aux feux arrière de rester allumés lors des coupures d'alimentation au cours des soubresauts du train sur la voie.

DOC. 2 Circuit électrique du dernier wagon

Le dernier wagon du train comporte un circuit électrique relié aux deux roues arrière. Ce circuit (à gauche) est composé de deux lampes à incandescence L_1 et L_2 qui sont les deux feux de fin de convoi, d'un condensateur de capacité C, d'un conducteur ohmique de résistance R_0 et d'une alimentation de force électromotrice E. Les lampes L_1 et L_2 sont identiques et pourront être, par la suite, assimilables à des conducteurs ohmiques de résistance $R_1 = R_2 = R$.

Ce circuit peut être modélisé par un circuit électrique de charge à 3 branches (à droite).

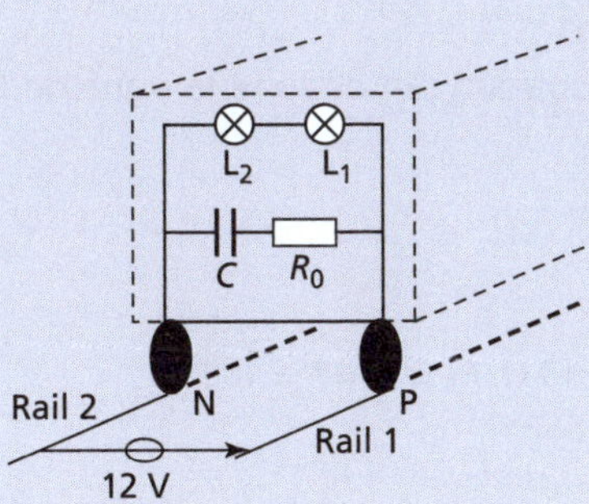

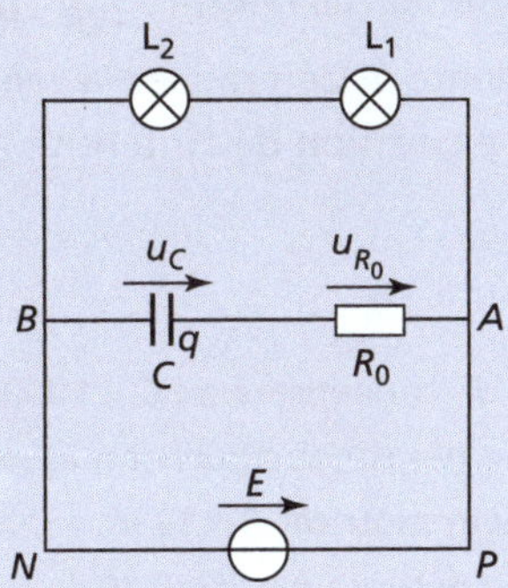

DOC. 3 Déplacement du train avec soubresaut

En prenant de la vitesse, le train peut avoir des soubresauts et le contact train/rails est alors rompu pendant une durée Δt de l'ordre du dixième de seconde. Pendant le soubresaut, le condensateur se décharge dans les lampes. Le circuit électrique peut alors être modélisé par le schéma suivant :

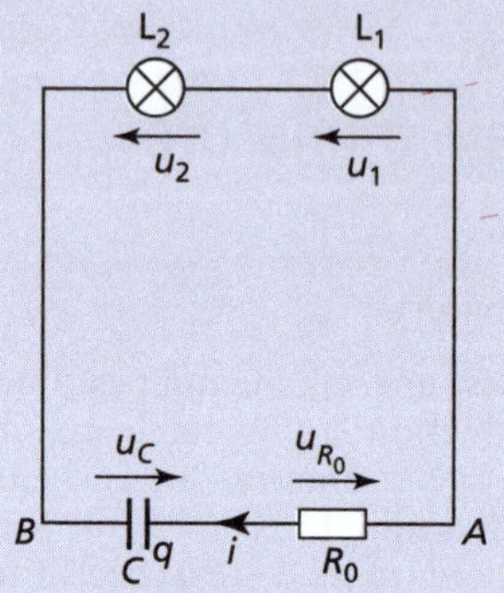

Au début du soubresaut, la tension aux bornes du condensateur est : $u_C(t = 0) = E = 12$ V.

1 Pendant la charge du condensateur, les lampes de fin de convoi sont-elles parcourues par un courant ?

2 Lorsque le condensateur est totalement chargé, existe-t-il un courant circulant dans la branche *AB* le contenant ?

3 Déterminer la valeur de la tension aux bornes du condensateur lorsqu'il est complètement chargé. Justifier.

4 Estimer l'ordre de grandeur du temps de charge du condensateur en s'aidant du calcul de la constante de temps τ du dipôle R_0C.

5 Montrer que, pendant le soubresaut, l'équation différentielle relative à la tension u_C est de la forme : $u_C + (2R + R_0)C\dfrac{\mathrm{d}u_C}{\mathrm{d}t} = 0$.

6 Vérifier que $u_C(t) = A\exp\left(-\dfrac{t}{(2R + R_0)C}\right)$ est solution de l'équation différentielle précédente et déterminer la valeur de *A*.

7 Donner l'expression de l'intensité *i*(*t*) du courant. En déduire le signe de l'intensité *i*(*t*).

› Données

- Capacité du condensateur : $C = 1\,000$ µF.
- Résistance des conducteurs ohmiques : $R_0 = 10\ \Omega$, $R_1 = R_2 = R = 100\ \Omega$.
- Force électromotrice : $E = 12$ V.
- Durée du soubresaut : $\Delta t = 0{,}10$ s.

PAR ÉTAPES

COMPRENDRE LE SUJET

Les réflexes à avoir

- Lorsque le condensateur est chargé, la charge ne varie plus, et le courant traversant le condensateur, assimilé à un débit de charge, a une intensité nulle.
- Vérifier une solution consiste à la réinjecter dans l'équation différentielle afin de retrouver la valeur (nulle ici) du second membre.
- Utiliser les conditions initiales pour trouver la valeur de A.

Méthode

Établir l'équation d'évolution

- Écrire la loi des mailles.
- Assimiler les lampes à des conducteurs ohmiques.

Les expressions mathématiques à connaître

- Un conducteur ohmique est un dipôle pour lequel la tension U (en V) à ses bornes est proportionnelle à l'intensité I (en A) du courant qui le traverse. La constante de proportionnalité est la résistance R (en Ω) : $\boldsymbol{U = RI}$.
- La tension u_C (en V) aux bornes d'un condensateur est $\boldsymbol{u_C = \frac{q}{C}}$ avec q (en C) la charge et C (en F) la capacité du condensateur.
- La constante de temps du circuit RC série est : $\boldsymbol{\tau = RC}$ avec τ (en s), R la résistance du conducteur ohmique (en Ω) et C la capacité du condensateur (en F).
- L'intensité i (en A) d'un courant est considérée comme un débit de charge q (en C), soit : $\boldsymbol{i = \frac{dq}{dt}}$.

Méthode

Vérifier la solution proposée

- À partir de l'expression de u_C, dériver cette tension par rapport au temps sachant que la dérivée de $\exp(t)$ est aussi $\exp(t)$.
- Remplacer u_C et sa dérivée dans le premier membre de l'équation d'évolution et retrouver la valeur 0 du second membre.

Les connaissances à avoir

- **Loi des mailles** :

En convention récepteur, la somme des tensions d'une maille est nulle.

Dans le cas particulier d'une maille contenant un générateur alimentant plusieurs dipôles, la loi des mailles devient : $u_G = \sum u_i$ avec u_G la tension délivrée par le générateur (en convention générateur) et u_i la tension aux bornes de chaque dipôle (en convention récepteur).

- **Loi des nœuds** :

À un nœud, la somme des intensités des courants entrants est égale à la somme des intensités des courants sortants :

$$\sum i_{\text{entrant}} = \sum i_{\text{sortant}}$$

- Le temps de charge Δt est le temps au bout duquel le condensateur est totalement chargé : ce temps correspond à environ 5τ.

ORGANISER SES RÉPONSES

Le raisonnement à tenir

- Lorsque le condensateur est chargé, la charge au niveau de chacune de ses armatures est constante, soit $q_A = q_B = Q$.
- L'intensité du courant qui traverse le condensateur est $i = \frac{dq}{dt} = \frac{dQ}{dt} = 0$ si Q est constante.

Au brouillon

- Écrire toutes les lois : loi des mailles, loi des nœuds, loi d'Ohm.
- Écrire les relations entre les grandeurs i, q et u_C pour un condensateur.

CORRIGÉ 22

Comprendre le corrigé

1 Le courant délivré par le générateur se répartit dans les deux branches suivant la loi des nœuds : les lampes de fin de convoi sont donc alimentées.

2 Quand le condensateur est chargé, les charges des armatures sont constantes, et l'intensité du courant $i_{AB} = \frac{dq}{dt}$ est nulle.

Rappel
Si la charge est constante, alors sa dérivée est nulle.

3 Dans la maille comportant le générateur, le condensateur et le conducteur ohmique, la loi des mailles s'écrit :

$$E = u_C + u_{R_0} = u_C + R_0 i_{AB}$$

en utilisant la loi d'Ohm pour le conducteur ohmique. Or l'intensité i_{AB} est nulle, donc on en déduit $u_C = E = 12$ V.

4 Le temps de charge est $\Delta t = 5\tau = 5R_0C$ soit $\Delta t = 5 \times 10 \times 1\,000 \times 10^{-6} = 5{,}0 \times 10^{-2}$ s. L'ordre de grandeur est donc du dixième de seconde.

Cohérence des résultats
Donnez un ordre de grandeur, c'est-à-dire la puissance de 10 la plus proche du résultat.

5 Appliquons la loi des mailles en convention récepteur dans la maille unique du schéma du doc. 3 : $u_1 + u_2 + u_C + u_{R_0} = 0$.

En appliquant la loi d'Ohm aux lampes considérées comme des conducteurs ohmiques et au conducteur R_0, on a :

$$R_1 i + R_2 i + u_C + R_0 i = (2R + R_0)i + u_C = 0$$

Or $i = \frac{dq}{dt} = \frac{d}{dt}(Cu_c) = C\frac{du_c}{dt}$, car C est constante.

Finalement, on démontre que :

$$(2R + R_0)C\frac{du_c}{dt} + u_C = 0$$

Démonstration
Écrivez la loi des mailles dans le cas général et particularisez l'expression au cas étudié.

6 Si $u_C(t) = A\exp\left(-\frac{t}{(2R + R_0)C}\right)$ est solution, alors $\frac{du_c}{dt} = -\frac{A}{(2R + R_0)C}\exp\left(-\frac{t}{(2R + R_0)C}\right)$. En réinjectant u_C et sa dérivée dans le premier membre de l'équation, on peut écrire :

$$(2R + R_0)C\frac{du_c}{dt} + u_C$$

$$= -(2R + R_0)C\frac{A}{(2R + R_0)C}.\exp\left(-\frac{t}{(2R + R_0)C}\right) + A\exp\left(-\frac{t}{(2R + R_0)C}\right) = 0$$

et on retrouve la valeur nulle du 2e membre.

À $t = 0$, $u_C(t = 0) = A\exp\left(-\frac{0}{(2R + R_0)C}\right) = A = E$,

d'où finalement la solution de l'équation :

$$u_C(t) = E\exp\left(-\frac{0}{(2R + R_0)C}\right)$$

7 L'intensité du courant s'écrit :

$$i = \frac{dq}{dt} = C\frac{du_c}{dt}$$

avec $\frac{du_c}{dt} = -\frac{E}{(2R + R_0)C}\exp\left(-\frac{t}{(2R + R_0)C}\right)$.

On en déduit $i =$

$$-\frac{E}{(2R + R_0)}\exp\left(-\frac{t}{(2R + R_0)C}\right) < 0.$$

Lors de la décharge, l'intensité est négative.

Remarque
Lors de la décharge, q diminue, donc sa dérivée est négative.

CORRIGÉS Contrôler ses connaissances

p. 219 Questions flash

1. Les deux facteurs de l'équation sans second membre sont homogènes, leurs dimensions sont donc identiques : $\left[\frac{dq(t)}{dt}\right] = \left[\frac{q(t)}{RC}\right]$.

Or $\left[\frac{dq(t)}{dt}\right] = [q]\cdot T^{-1}$ et on peut écrire :

$$\left[\frac{q(t)}{RC}\right] = [q][RC]^{-1}$$

Par identification, on en déduit que $\tau = RC$ est homogène à un temps.

La loi d'Ohm peut s'écrire $E = Ri$. Ainsi, $\frac{E}{R} = i$, et sa dimension vaut $\left[\frac{E}{R}\right] = I$.

Or, à partir de l'équation différentielle de l'évolution de la charge, on a : $\left[\frac{dq(t)}{dt}\right] = [q]\cdot T^{-1} = \left[\frac{E}{R}\right] = I$. Finalement, on obtient $[q]\cdot T^{-1} = I$ ou $[q] = I\cdot T$.

Piège à éviter

Plutôt que de raisonner sur les unités, utilisez les dimensions du système international : T pour la dimension d'un temps et I pour la dimension d'un courant par exemple.

2. À $t = 0$, le condensateur est déchargé : $q_A = q_B = 0$. À $t > 0$, on ferme le circuit RC. On peut établir que la solution générale est : $q(t) = CE\left[1 - \exp\left(\frac{-\tau}{RC}\right)\right]$.

L'intensité du courant traversant le circuit est :

$$i(t) = \frac{dq(t)}{dt} = \frac{E}{R}\exp\left(\frac{-\tau}{RC}\right)$$

La tension est : $u_C(t) = \frac{q(t)}{C} = E\left[1 - \exp\left(\frac{-\tau}{RC}\right)\right]$ aux bornes du condensateur.

Remarque

Toutes ces solutions peuvent être écrites en utilisant la constante de temps $\tau = RC$.

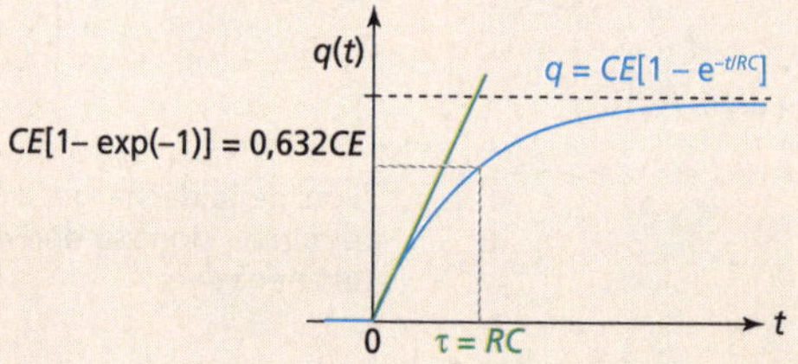

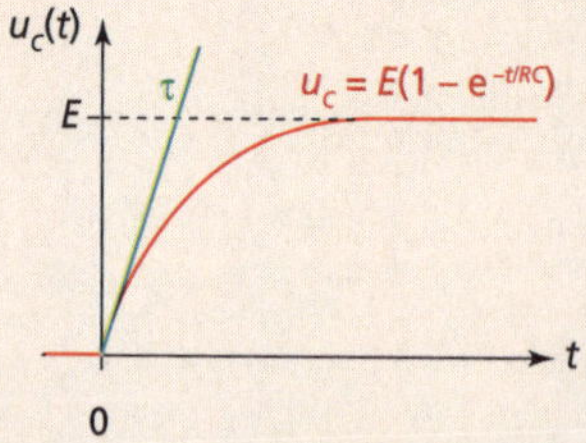

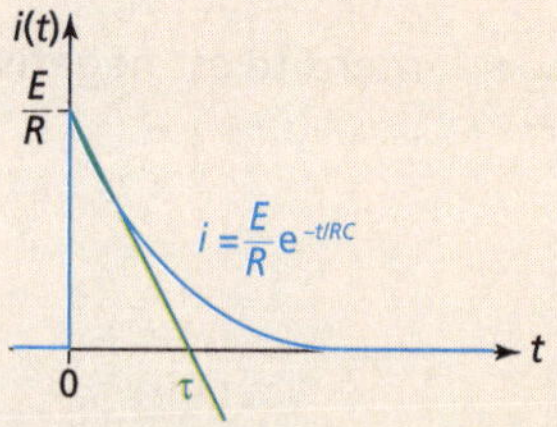

QCM

1. a), b), c) et d) Toutes les réponses sont exactes. Si $q(t) = CE\left[1 - \exp\left(\frac{-t}{RC}\right)\right]$, alors $q(t) = CE - CE\exp\left(\frac{-t}{RC}\right)$: il s'agit bien d'une fonction exponentielle décroissante. À $t = 0$, $q(t = 0) = CE\left[1 - \exp\left(\frac{0}{RC}\right)\right] = 0$. L'intensité est $i(t) = \frac{dq(t)}{dt} = \frac{d}{dt}(CE\left[1 - \exp\left(\frac{-t}{RC}\right)\right] = \frac{d}{dt}(CE) - \frac{d}{dt}\left(CE\exp\left(\frac{-t}{RC}\right)\right)$, soit $i(t) = -\frac{d}{dt}\left(CE\exp\left(\frac{-t}{RC}\right)\right)$ puisque $\frac{d}{dt}(CE) = 0$. La tension aux bornes du condensateur est $u(t) = \frac{q(t)}{C} = \frac{1}{C}q(t)$ avec C une constante et donc $\frac{1}{C}$ une constante : $u(t)$ et $q(t)$ sont proportionnels.

2. b) et d) Le temps caractéristique est $\tau = RC$.

Ainsi, $q(t = \tau) = CE\left[1 - \exp\left(\frac{-RC}{RC}\right)\right] = CE(1 - \exp(1)) = CE\,(1 - e^1) = CE(1 - e) \neq 2$.

En revanche, la charge diminue de manière évidente dans le cas d'une décharge qui ne nécessite pas de générateur comme dans le cas d'une charge. La tension initiale est égale à la tension aux bornes du générateur, soit E, car, initialement chargé, le condensateur se comporte comme un interrupteur ouvert.

3. b), c) et d) Les armatures du condensateur sont initialement avec une charge identique qui se déséquilibrera pendant la charge, entraînant une tension entre ces dernières. Les charges circulent donc d'une intensité importante en début de charge jusqu'à une intensité nulle en fin de charge.

4. a) et d) L'équation d'évolution de la charge du condensateur dans un circuit RC série est : $\frac{dq(t)}{dt} + \frac{q(t)}{RC} = \frac{E}{R}$. Elle dépend de R, C et E, force électromotrice caractéristique du générateur. Il s'agit d'une équation du premier ordre à coefficient constant.

> **Rappel**
> Une équation en $\frac{dq(t)}{dt}$ est du premier ordre, alors qu'une équation en $\frac{d^2q(t)}{dt^2}$ est du deuxième ordre.

5. a), b), c) et d) Toutes les réponses sont exactes. Les lois de fonctionnement des puissances peuvent aisément le montrer :

$$\exp(a + b) = e^{a+b} = e^a \times e^b = \exp(a) \times \exp(b)$$

$$\exp(a - b) = e^{a-b} = e^a \times e^{-b} = \frac{e^a}{e^b} = \frac{\exp(a)}{\exp(b)}$$

$$\exp(2a) = \exp(a + a) = \exp(a) \times \exp(a) = [\exp(a)]^2$$

en remplaçant b par a dans le premier item

$$\exp(0) = e^0 = 1 \text{ car } x^0 = 1 \text{ quel que soit } x$$

Vrai ou Faux

1. **Vrai.** Le condensateur permet de stocker de l'énergie électrique (charge) avant de la déstocker (décharge).

2. **Faux.** L'intensité i du courant qui traverse un circuit électrique en régime variable est telle que $i = \frac{\mathrm{d}q}{\mathrm{d}t}$. Cette dérivée est la charge dq traversant la section du circuit pendant une durée dt : il s'agit bien d'un débit de charge, mais pas d'un débit d'électrons.

3. **Faux.** La capacité d'un condensateur s'exprime en farads de symbole F.

4. **Faux.** La loi d'Ohm correspond à la relation entre la tension aux bornes du conducteur ohmique – et non du condensateur – et l'intensité du courant qui le traverse. Cette relation est bien une relation de proportionnalité entre la tension $u(t)$ et l'intensité $i(t)$, la résistance R est le coefficient de proportionnalité : $u = Ri$.

5. **Vrai.** La constante de temps d'un circuit RC série est $\tau = RC$.

Vers le sujet de Bac

1 L'équation différentielle sans second membre est : $\frac{\mathrm{d}q(t)}{\mathrm{d}t} + \frac{q(t)}{RC} = 0$.

2 On suppose la solution générale de cette équation sans second membre sous la forme :

$q_g(t) = A\exp\left(\frac{-t}{B}\right)$ avec A et B constantes.

On en déduit que la dérivée de la charge est $\frac{\mathrm{d}q(t)}{\mathrm{d}t} = -\frac{A}{B}\exp\left(\frac{-t}{B}\right)$.

3 En remplaçant les expressions de $q(t)$ et $\frac{\mathrm{d}q(t)}{\mathrm{d}t}$ dans l'équation sans second membre, on obtient : $-\frac{A}{B}\exp\left(\frac{-t}{B}\right) + \frac{A}{RC}\exp\left(\frac{-t}{B}\right) = 0$.

Soit $\left(-\frac{A}{B} + \frac{A}{RC}\right)\exp\left(\frac{-t}{B}\right) = 0$. Or, quel que soit t fini, $\exp\left(-\frac{t}{B}\right) \neq 0$, donc $-\frac{A}{B} + \frac{A}{RC} = 0$.

4 On en déduit que $B = RC$.

On a ainsi $q_g(t) = A\exp\left(\frac{-t}{RC}\right)$, solution générale de l'équation sans second membre.

5 La solution particulière est celle obtenue en supposant le régime permanent, c'est-à-dire pour laquelle $\frac{\mathrm{d}q(t)}{\mathrm{d}t} = 0$.

L'équation devient $\frac{q(t)}{RC} = \frac{E}{R}$ et on en déduit une solution particulière :

$$q_p(t) = \frac{E}{R} \times RC = CE$$

Réflexe à avoir

La dérivée d'une fonction exponentielle est une fonction exponentielle : $f(t) = \exp(at)$, alors sa dérivée par rapport au temps est $f'(t) = a\exp(at)$.

À retenir

La solution de l'équation est la somme de la solution générale de l'équation sans second membre et de l'équation particulière en régime permanent.

6 La solution est $q(t) = q_g(t) + q_p(t) = A\exp\left(\frac{-t}{RC}\right) + CE$.

Réflexe à avoir

$\exp(0) = 1$
et $\exp(t \to -\infty) = 0$.

7 À $t = 0$, le condensateur est déchargé (conditions initiales), soit $q(t = 0) = 0$. On a alors :

$$q(t=0) = A\exp\left(\frac{0}{RC}\right) + CE = A + CE = 0.$$

On en déduit $A = -CE$.

8 La solution générale est :

$$q(t) = -CE\exp\left(\frac{-t}{RC}\right) + CE$$

ou

$$q(t) = CE\left[1 - \exp\left(\frac{-t}{RC}\right)\right]$$

9 On a les valeurs suivantes : $q(t = 0) = 0$ et $q(t \to \infty) = CE$.

De plus, l'expression de $q(t)$ montre une fonction exponentielle décroissante.

10 On peut alors donner l'allure de la charge en fonction du temps :

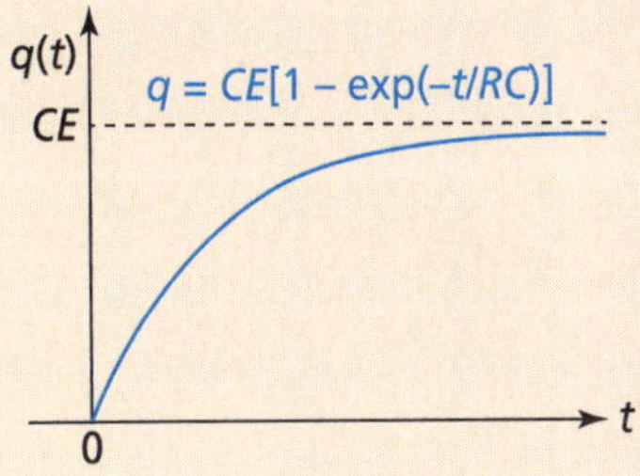

Sujets comme à l'examen

SUJET COMPLET 1 France métropolitaine, mai 2022 20 pts 3h 30

Exercice 1 10 pts 1 h 20 autorisée

corrigés p. 245

Le colorant E127

Le colorant E127, de couleur rouge, est utilisé pour teinter certains aliments comme les cerises confites. Il est également présent dans des médicaments comme les révélateurs de plaque dentaire. C'est un composé ionique, de formule brute $Na_2C_{20}H_6I_4O_5$ noté plus simplement Na_2Ery, présent en solution sous la forme d'ions Na^+ et Ery^{2-}. Les ions Ery^{2-} constituent l'une des trois formes acide-base de l'érythrosine.

Les objectifs de l'exercice sont d'étudier le dosage de ce colorant dans un révélateur de plaque dentaire, la synthèse de la forme la plus acide, notée H_2Ery, de l'érythrosine et la cinétique de la décoloration de celle-ci par l'eau de Javel.

› Données

- Écriture simplifiée et formule topologique des différentes formes acide-base associées à l'érythrosine :

Écriture simplifiée	H_2Ery	$HEry^-$	Ery^{2-}
Formule topologique	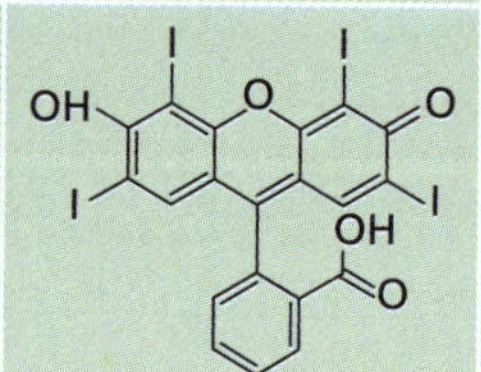	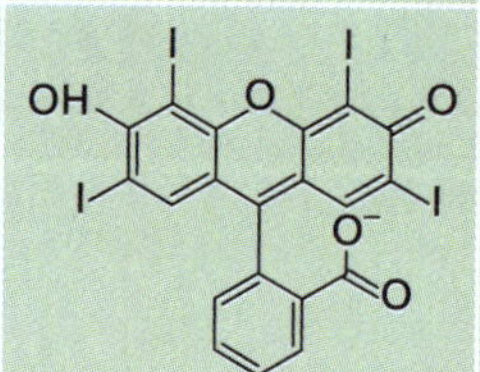	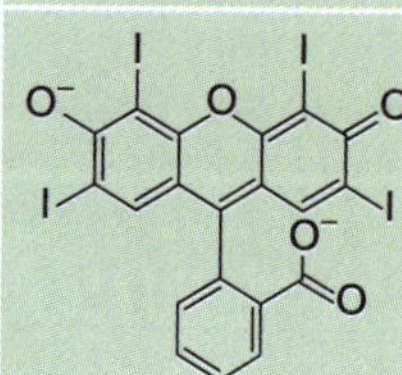

- Valeurs de pK_A à 25 °C des couples acide-base associés à l'érythrosine :

– $H_2Ery/HEry^-$: $pK_{A1} = 2{,}4$;
– $HEry^-/Ery^{2-}$: $pK_{A2} = 3{,}8$.

- Valeurs de masses molaires de quelques espèces :

Nom	Colorant E127	Forme la plus acide de l'érythrosine	Forme la plus acide de la fluorescéine	Diiode
Écriture simplifiée ou formule brute	Na_2Ery	H_2Ery	H_2Flu	I_2
Masse molaire ($g{\cdot}mol^{-1}$)	880	836	332	254

Partie 1 Dosage du colorant E127 dans un révélateur de plaque dentaire

Un révélateur de plaque dentaire est une solution vendue en pharmacie permettant d'améliorer le brossage des dents. Elle est préparée à partir du colorant E127.

› Données

- Masse volumique du révélateur de plaque dentaire étudié : $\rho = 1{,}0\ \text{g·mL}^{-1}$.
- pH du révélateur de plaque dentaire étudié : pH = 7,0.
- Cercle chromatique :

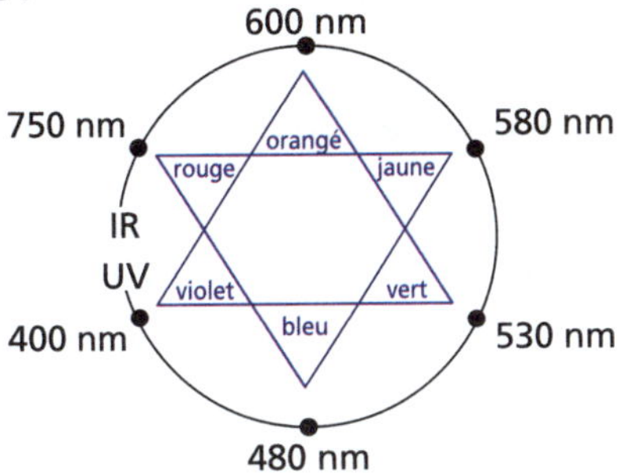

- Spectre d'absorption d'une solution aqueuse du colorant E127 de concentration en soluté apporté égale à $1{,}7 \times 10^{-5}\ \text{mol·L}^{-1}$ et de pH égal à 7,0 :

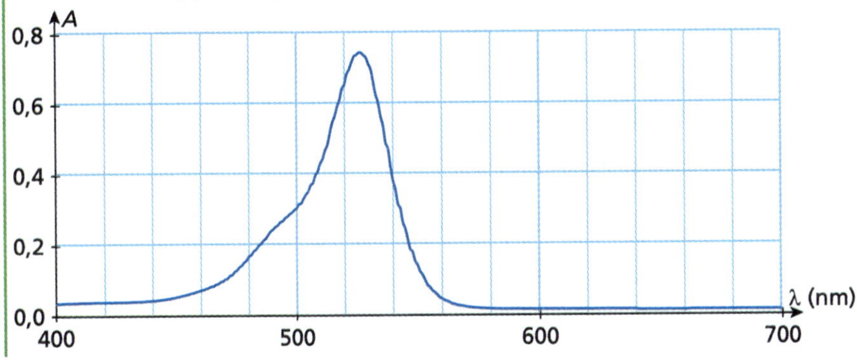

1 À l'aide de la formule topologique de la forme H_2Ery de l'érythrosine ci-dessous, nommer les familles fonctionnelles associées aux groupes caractéristiques A, B et C.

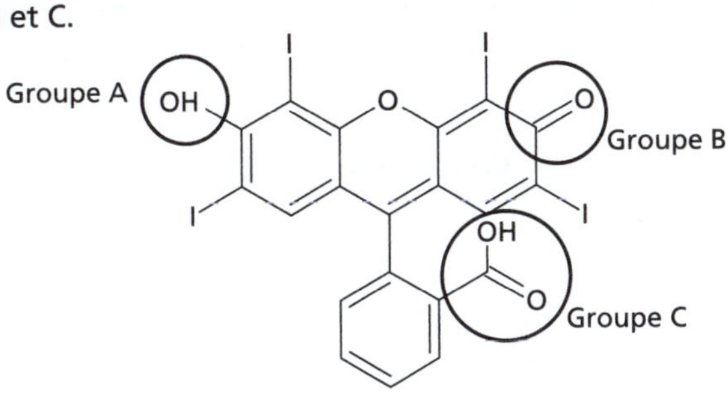

2 Identifier, en justifiant, la forme de l'érythrosine qui prédomine dans le révélateur de plaque dentaire étudié.

Sur le site du fabricant, il est indiqué que le révélateur de plaque dentaire, de couleur rouge, est une solution hydroalcoolique contenant le colorant E127 à 2 % en masse.

Afin de vérifier l'indication précédente sur le titre massique, on réalise les expériences décrites ci-dessous.

Préparation de la solution à doser

On introduit 0,5 mL de révélateur de plaque dentaire dans une fiole jaugée de 2,0 L que l'on complète avec de l'eau distillée : on obtient la solution S.

Dosage spectrophotométrique par étalonnage

- À partir d'une solution aqueuse de colorant E127 de concentration en soluté apporté égale à $1{,}7 \times 10^{-5}$ mol·L^{-1}, on prépare par dilution six solutions filles.
- On mesure l'absorbance de chacune de ces solutions à une longueur d'onde appropriée ; les mesures sont reportées sur le graphe du document 1.
- On mesure l'absorbance de la solution S à la même longueur d'onde ; on obtient $A = 0{,}484$.

DOC. 1 Évolution de l'absorbance en fonction de la concentration en quantité de matière de colorant E127 apporté

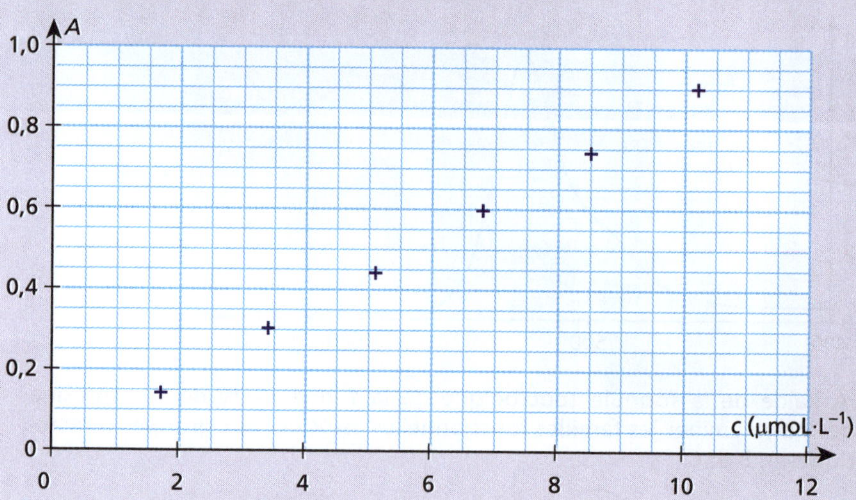

3 Justifier la couleur rouge du révélateur de plaque dentaire étudié.

4 Après avoir montré que la concentration du colorant E127 apporté dans le révélateur de plaque dentaire est égale à $2{,}2 \times 10^{-2}$ mol·L^{-1}, déterminer la valeur du titre massique en colorant E127 du révélateur de plaque dentaire analysé. Commenter.

Le candidat est invité à prendre des initiatives et à présenter la démarche suivie, même si elle n'a pas abouti. La démarche est évaluée et nécessite d'être correctement présentée.

Partie 2 Synthèse de l'érythrosine à partir de la fluorescéine

L'érythrosine peut être synthétisée à partir d'un autre colorant, la fluorescéine, en présence d'acide iodique et d'éthanol ; l'équation de la réaction modélisant cette synthèse est donnée ci-dessous.

DOC. 2 Équation de la réaction modélisant la synthèse de l'érythrosine

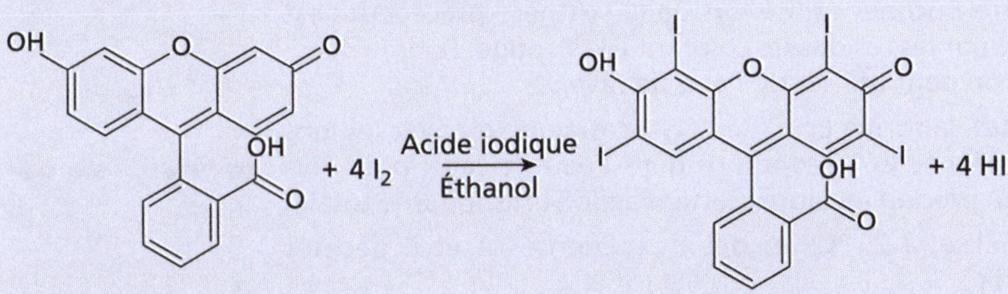

Forme H_2Flu de la fluorescéine | **Forme H_2Ery de l'érythrosine**

DOC. 3 Protocole de synthèse de l'érythrosine et rendement

Dans une publication scientifique, on trouve les informations suivantes :

- les différentes étapes d'un protocole de synthèse de l'érythrosine :
  - étape n° 1 :
    - réaliser la synthèse de la forme H_2Ery de l'érythrosine à partir de 5,0 g de fluorescéine H_2Flu et de 9,5 g de diiode I_2, en présence d'éthanol et d'acide iodique ;
    - chauffer et agiter le mélange pendant deux heures à une température de 60 °C ;
  - étape n° 2 :
    - après refroidissement, filtrer le mélange à l'aide d'un filtre Büchner, puis laver le solide rouge obtenu avec de l'eau et de l'éthanol ;
  - étape n° 3 :
    - mesurer la température de fusion du solide rouge obtenu.
- la valeur du rendement r de la synthèse : $r = 59$ %.

D'après N. Pietrancosta et al., Bioorganic & Medicinal Chemistry, 18 (2010), 6922–6933

1 Identifier le rôle des étapes n° 1, n° 2 et n° 3 du protocole expérimental de synthèse de l'érythrosine.

2 Identifier l'opération du protocole expérimental réalisée pour optimiser la vitesse de formation de l'érythrosine.

3 Déterminer le réactif limitant de la synthèse de l'érythrosine.

4 Montrer que la masse d'érythrosine de forme H_2Ery obtenue expérimentalement est d'environ 4,6 g.

5 Déterminer le nombre de flacons de 10 mL de révélateur de plaque dentaire, de pH égal à 7 et de concentration égale à $2,2 \times 10^{-2}$ mol·L^{-1} en colorant E127, qu'il est possible de fabriquer grâce à cette synthèse.

Partie 3 Suivi cinétique de la décoloration d'une solution de colorant E127 par l'eau de Javel

Le filtre Büchner utilisé lors de la synthèse précédente est coloré par les résidus de colorant E127 rouge. Pour le décolorer, on peut utiliser de l'eau de Javel.

En effet, la forme Ery^{2-} de l'érythrosine réagit avec les ions hypochlorite $C\ell O^-$ contenus dans l'eau de Javel pour former un produit incolore. Cette réaction est supposée totale.

On réalise, à 25 °C, les deux expériences A et B décrites ci-après :

- dans des béchers de 50 mL, deux solutions sont préparées à partir d'une solution commerciale d'eau de Javel de concentration en ions hypochlorite égale à 0,73 mol·L^{-1} :

Solution	S_A	S_B
Volume d'eau de Javel (mL)	5	10
Volume d'eau distillée (mL)	5	0

- pour l'expérience A :
  - à la date $t = 0$ s, on verse dans le bécher contenant la solution S_A un volume de 10,0 mL d'une solution aqueuse de colorant E127 de concentration en soluté apporté égale à $1,7 \times 10^{-5}$ mol·L^{-1} ;
  - on remplit rapidement une cuve spectrophotométrique avec le mélange réactionnel, on l'introduit dans un spectrophotomètre réglé à une longueur d'onde appropriée et on relève les valeurs d'absorbance en fonction du temps ;
- pour l'expérience B, on recommence les mêmes opérations avec la solution S_B.

Dans chacun des mélanges réactionnels préparés, l'érythrosine est présente sous la seule forme Ery^{2-} et cette forme est la seule espèce qui absorbe à la longueur d'onde choisie.

Les résultats obtenus permettent de tracer la courbe d'évolution de la concentration en quantité de matière de la forme Ery^{2-} de l'érythrosine pour les expériences A et B (doc. 4).

DOC. 4 Évolution de la concentration en quantité de matière de la forme Ery^{2-} de l'érythrosine pour les expériences A et B

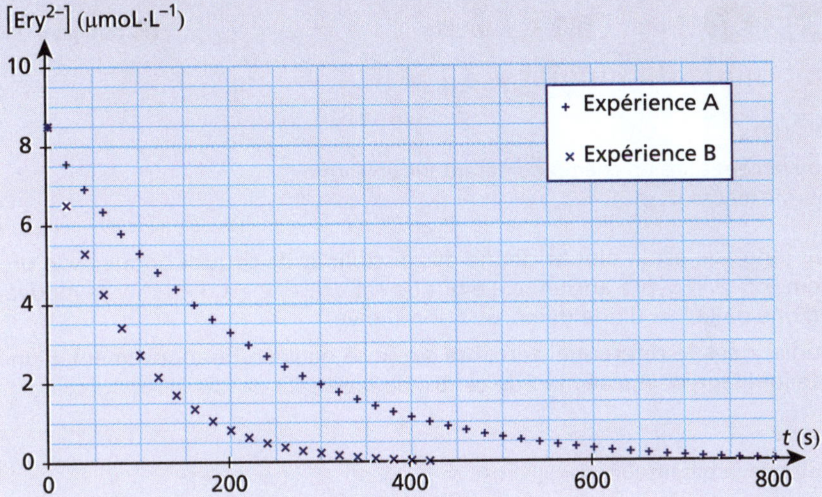

1 Décrire qualitativement, en exploitant la figure du doc. 4, l'évolution de la vitesse volumique de disparition de la forme Ery^{2-} de l'érythrosine au cours du temps pour l'expérience A. Proposer un facteur cinétique à l'origine de cette évolution.

2 Déterminer graphiquement le temps de demi-réaction pour l'expérience A. Commenter.

3 Expliquer comment il est possible d'optimiser la décoloration du filtre Büchner.

Le candidat choisit 2 exercices parmi les 3 exercices suivants **et ne doit traiter que ces 2 exercices.**

Indiquez les exercices choisis sur votre copie.

Chaque exercice est noté sur 5 points.

Exercice A 5 pts 1 h autorisée

corrigés p. 250

La physique du jonglage

> Mots-clés :

- Mouvement dans un champ de pesanteur uniforme
- Énergie mécanique

L'art du jonglage est la plus ancienne des disciplines de cirque connue ; son origine remonte à l'Égypte ancienne. Le but de cet exercice est d'étudier le mouvement d'une balle lors d'une démonstration filmée.

On étudie, dans le référentiel terrestre supposé galiléen, le mouvement d'une balle de jonglage de masse m et de centre de masse C.

> Donnée

Intensité de la pesanteur : $g = 9{,}81\ \text{m}\cdot\text{s}^{-2}$.

La photographie du document 1 est extraite d'une vidéo au cours de laquelle une personne jongle avec plusieurs balles. On suit le mouvement d'une balle.

DOC. 1 Étude du mouvement d'une balle de jonglage

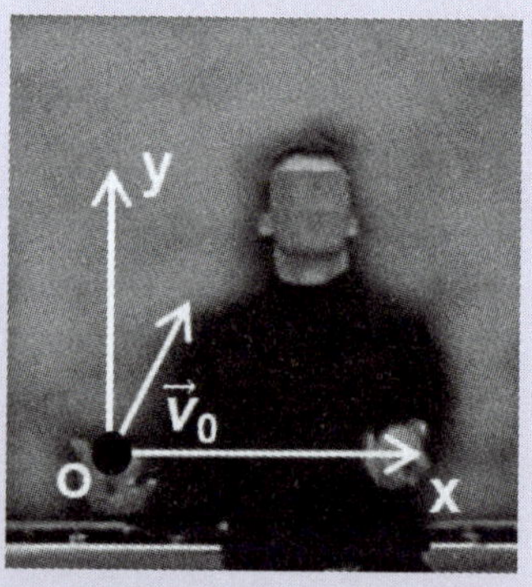

Dans cette étude :

– on note $(x\ ;y)$ les coordonnées de la position de C dans le repère (O ; x ; y) et $(v_x\ ;v_y)$ celles de sa vitesse ;

– les évolutions temporelles $y(t)$ et $v_y(t)$ sont respectivement représentées sur les **figures 2a** et **2b** du doc. 2 qui font apparaître alternativement des phases notées ① et ② ;

– à la date $t = 0$ s, la balle, située à l'origine du repère, quitte pour la première fois la main du jongleur avec une vitesse initiale $\vec{v}_0$;

– lorsque la balle n'est pas en contact avec la main du jongleur, elle est en chute libre. Elle effectue alors un mouvement parabolique en passant d'une main à l'autre, la réception et le lancer se faisant toujours en $y = 0$ m ;

– la référence de l'énergie potentielle de pesanteur est choisie à l'ordonnée $y = 0$ m.

DOC. 2 Courbes d'évolution de y et v_y de la balle de jonglage

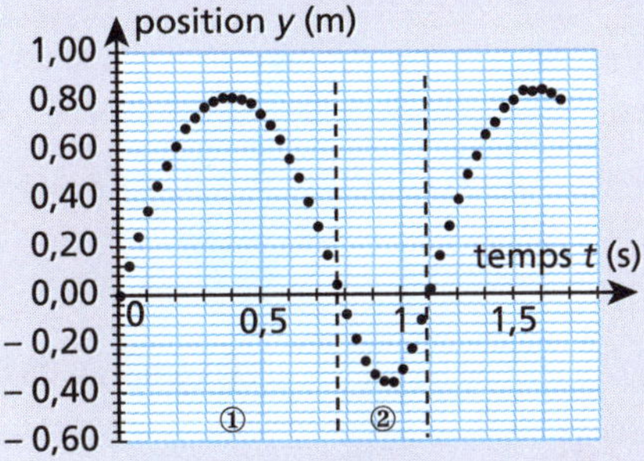

Figure 2a. Courbe représentant $y(t)$

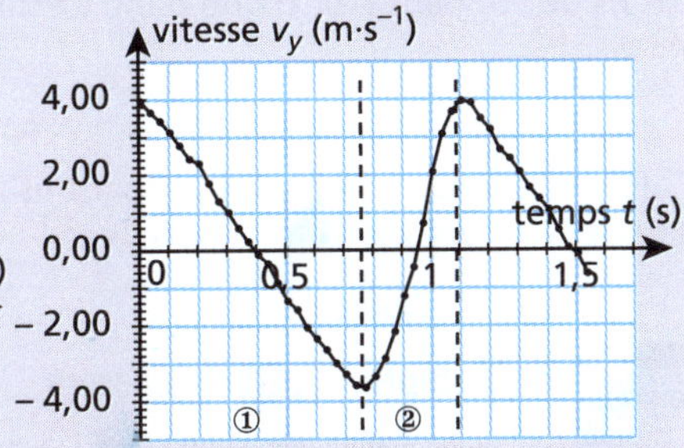

Figure 2b. Courbe représentant $v_y(t)$

1 Décrire qualitativement, selon l'axe Oy, le mouvement de la balle lors de la phase ① à l'aide des **figures 2a** et **2b** du doc. 2.

2 Interpréter la **figure 2a** pour décrire le rôle de la main sur le mouvement de la balle lors de la phase ②.

3 Justifier à l'aide de la deuxième loi de Newton, dans le cadre du modèle de la chute libre, que la valeur de la composante v_x de la vitesse est constante et égale à la vitesse initiale v_{0x} lorsque la balle n'est plus en contact avec la main du jongleur.

4 Exprimer l'énergie mécanique initiale E_{m0} de la balle en fonction de sa masse m et des composantes v_{0x} et v_{0y} de la vitesse initiale dans le référentiel terrestre.

Dans toute la suite de l'exercice, on ne s'intéresse qu'à la phase ①.

5 À l'aide d'un raisonnement énergétique appliqué lors de la phase ①, établir que l'expression de l'altitude maximale H atteinte par la balle s'écrit :

$$H = \frac{v_{0y}^2}{2g}$$

6 Déterminer la valeur de H à partir de la relation précédente et d'une lecture graphique de v_{0y} sur la **figure 2b**.
Comparer le résultat à celui obtenu par lecture graphique de la **figure 2a**.

7 Établir l'expression littérale de la coordonnée $v_y(t)$ du vecteur vitesse de la balle lors de la phase ①.

8 Évaluer l'intensité de la pesanteur g à l'aide de la **figure 2b** lors de la phase ①. Commenter.

9 Déterminer l'équation horaire $y(t)$ du mouvement du centre de la balle lors de la phase ①.

10 On note t_{air} la durée pendant laquelle la balle est en l'air lors de la phase ①. Établir l'expression de t_{air} en fonction de v_{0y} et de g. En déduire que l'expression du temps de vol dans l'air d'une balle s'écrit :

$$t_{air} = \sqrt{\frac{8H}{g}}$$

11 Calculer la valeur de t_{air} en utilisant la valeur de H obtenue par lecture graphique de la **figure 2a**. Commenter.

Exercice B 5 pts 1 h autorisée corrigés p. 253

Refroidissement d'un fer à cheval

› Mots-clés :

- Premier principe de la thermodynamique
- Loi de Newton de la thermique

Le maréchal-ferrant est un artisan spécialisé dans le ferrage des chevaux ; il pose un fer sous chaque sabot du cheval afin de les protéger.

Un fer à cheval doit être parfaitement adapté à la morphologie du sabot du cheval pour que celui-ci ne se blesse pas. Cela nécessite un ensemble d'opérations réalisées lors de la pose du fer par le maréchal-ferrant : le fer est chauffé à une température d'environ 900 °C dans une forge pour être malléable. À l'aide d'un marteau, il est ensuite déformé pour s'ajuster à la forme du sabot.

› Données

- Température du fer à la sortie de la forge : $\theta_0 = 900$ °C.
- Volume du fer à cheval : $V_{Fer} = 104$ cm^3.
- Masse volumique du fer, supposée indépendante de la température : $\rho_{Fer} = 7{,}87$ g·cm^{-3}.
- Surface extérieure du fer à cheval : $S = 293$ cm^2.
- Température ambiante extérieure : $\theta_{Ext} = 15$ °C.
- Capacité thermique massique du fer supposée indépendante de la température : $c_{Fer} = 440$ J · kg^{-1} · K^{-1}.
- Loi de Newton donnant l'expression du flux thermique reçu par le système {fer à cheval}, de température θ, en provenance de l'air extérieur, de température θ_{Ext} :

$$\Phi = h \times S \times (\theta_{Ext} - \theta)$$

avec h le coefficient de transfert thermique surfacique et S la surface d'échange :
– dans l'air : $h_{air} = 14$ W · m^{-2} · K^{-1} ;
– dans l'eau froide : $h_{eau} = 360$ W · m^{-2} · K^{-1}.

Partie 1 Chauffage du fer

Lors du chauffage du fer à cheval pour le rendre plus malléable, sa température passe de la température ambiante $\theta_{Ext} = 15$ °C à $\theta_0 = 900$ °C.

1 Déterminer la valeur de la masse m_{Fer} du fer à cheval.

2 Calculer la variation d'énergie interne ΔU du fer à cheval lors de cette étape.

3 Interpréter au niveau microscopique la variation d'énergie interne ΔU du fer à cheval.

Partie 2 Refroidissement du fer

Lorsque le fer est à la température souhaitée de 900 °C, le maréchal-ferrant le sort de la forge et le façonne à l'aide d'un marteau pendant une minute environ. Il s'installe ensuite près du cheval et il s'écoule à nouveau environ une minute.

Le fer, encore chaud, est alors posé quelques secondes sur la face inférieure du sabot, ce qui est sans douleur pour l'animal, mais brûle la corne en laissant une trace. Cela permet au maréchal-ferrant de juger si la forme est satisfaisante. Si c'est le cas, il refroidit rapidement le fer en le trempant dans l'eau, puis le fixe définitivement sur le sabot à l'aide de clous.

1 Refroidissement à l'air libre

On considère que les transferts thermiques entre le fer à cheval et le milieu extérieur suivent la loi de Newton. Le système étudié est le fer à cheval.

a. Le maréchal-ferrant martèle le fer à cheval dans l'air. Appliquer le premier principe de la thermodynamique pour le système étudié entre les instants t et $t + \Delta t$, la durée Δt étant supposée faible devant une durée caractéristique d'évolution de la température et la température variant de $\theta(t)$ à $\theta(t + \Delta t)$.

En déduire que l'équation différentielle régissant l'évolution de la température du fer à cheval peut s'écrire sous la forme :

$$\frac{d\theta}{dt} + \frac{\theta}{\tau} = \frac{\theta_{Ext}}{\tau}$$

avec $\tau = \dfrac{m_{Fer} \times c_{Fer}}{h_{air} \times S}$.

Dans ces conditions, $\tau = 880$ s.

L'équation différentielle précédente admet pour solution la fonction :

$$\theta(t) = (\theta_0 - \theta_{Ext}) \cdot e^{-\frac{t}{\tau}} + \theta_{Ext}$$

b. Vérifier que la fonction proposée $\theta(t)$ est bien solution de l'équation différentielle précédente.

c. Calculer la valeur de la température du fer au moment où le maréchal-ferrant le pose sur la face inférieure du sabot du cheval. Commenter.

2 Refroidissement dans l'eau avant la pose

Pour accélérer le refroidissement du fer afin de le poser rapidement sur le sabot, le maréchal-ferrant plonge le fer encore chaud à la température de 600 °C dans un récipient contenant de l'eau à température ambiante de 15 °C que l'on considère comme constante.

a. En adaptant la solution obtenue dans le cadre du modèle précédent, estimer la valeur de la durée nécessaire pour que le fer soit refroidi à une température $\theta_{finale} = 40$ °C à laquelle l'artisan pourra poser le fer à l'aide de clous sur le sabot du cheval.

Le candidat est invité à prendre des initiatives et à présenter la démarche suivie, même si elle n'a pas abouti. La démarche est évaluée et nécessite d'être correctement présentée.

b. Dans la réalité, 20 secondes suffisent pour refroidir le fer dans de l'eau à 15 °C. Commenter.

Exercice C 5 pts 1 h autorisée

corrigés p. 255

Défibrillateur cardiaque

› Mots-clé :
Modèle du circuit RC série

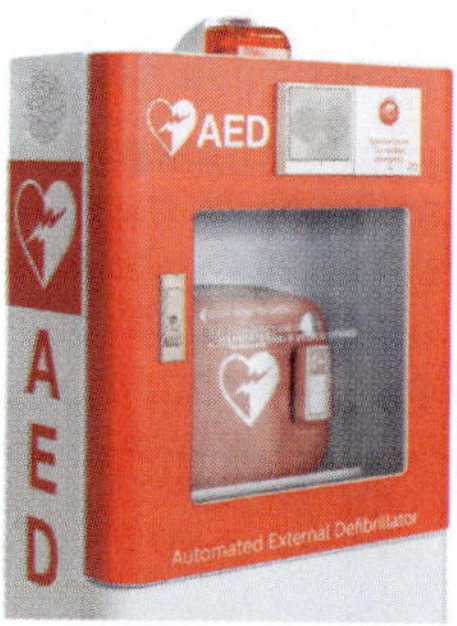

Défibrillateur

D'après une étude menée par l'université de Lille en 2018, chaque année, environ 46 000 arrêts cardiaques se produisent en dehors des hôpitaux. C'est pourquoi les établissements accueillant du public sont progressivement tenus d'installer un défibrillateur cardiaque.

Cet appareil permet d'appliquer un choc électrique sur le thorax d'un patient dont le cœur se contracte de façon irrégulière et inefficace.

L'objectif de cet exercice est de comprendre le fonctionnement d'un défibrillateur au travers d'un modèle simplifié.

Le circuit électrique d'un défibrillateur cardiaque peut être modélisé de façon simplifiée par le circuit représenté sur le doc. 1 contenant :

- un circuit de charge constitué de l'association en série d'un générateur de tension E, d'un conducteur ohmique de résistance r et d'un condensateur de capacité C ;
- un circuit de décharge constitué du condensateur chargé et d'un conducteur ohmique de résistance R équivalente à celle du thorax du patient ;
- un interrupteur à deux positions (1 ou 2) qui permet de fermer soit le circuit de charge, soit le circuit de décharge.

DOC. 1 Schéma électrique simplifié d'un défibrillateur cardiaque

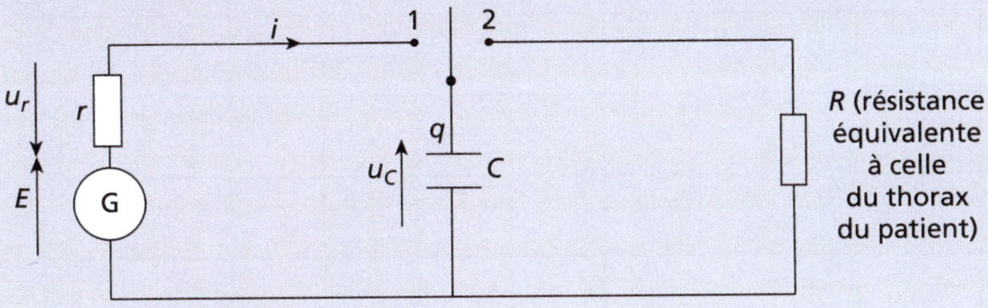

On s'intéresse à la charge du condensateur du défibrillateur. À la date $t = 0$ s, l'utilisateur déclenche la charge du condensateur de capacité C considéré comme initialement totalement déchargé.

1 Indiquer dans quelle position est basculé l'interrupteur pour réaliser la charge du condensateur du circuit schématisé sur le doc. 1.

2 À l'aide de la loi des mailles, montrer que l'équation différentielle régissant l'évolution de la tension $u_C(t)$ aux bornes du condensateur lors de sa charge est :

$$rC\frac{dU_C(t)}{dt} + u_C(t) = E$$

3 Vérifier que la solution de cette équation différentielle est $u_C(t) = E \times \left(1 - e^{-\frac{t}{\tau_{charge}}}\right)$ en précisant l'expression et l'unité de la constante τ_{charge}.

4 Tracer l'allure de la courbe donnant l'évolution temporelle de la tension aux bornes du condensateur lors de sa charge, en précisant les valeurs de $u_C(t)$ à $t = 0$ s et au bout d'un temps très long.

5 Montrer qu'à la date $t_1 = 5 \times \tau_{charge}$, la tension aux bornes du condensateur $u_C(t)$ a atteint 99 % de sa valeur finale.

On s'intéresse maintenant à la décharge du condensateur et on réalise le montage du doc. 1 avec un conducteur ohmique de résistance $R = 10$ kΩ et un condensateur de capacité $C = 1{,}5$ μF, permettant d'avoir un temps caractéristique proche de celui d'un défibrillateur commercial.

On suit l'évolution de la tension $u_C(t)$ aux bornes du condensateur initialement chargé. La courbe expérimentale obtenue est représentée ci-après.

6 Déterminer graphiquement l'instant t_2 où l'interrupteur a été basculé de la position 1 à la position 2.

7 En faisant apparaître clairement la démarche sur le schéma ci-après, évaluer graphiquement le temps caractéristique de décharge τ_{graph}. Commenter.

Évolution de la tension $u_C(t)$ aux bornes du condensateur

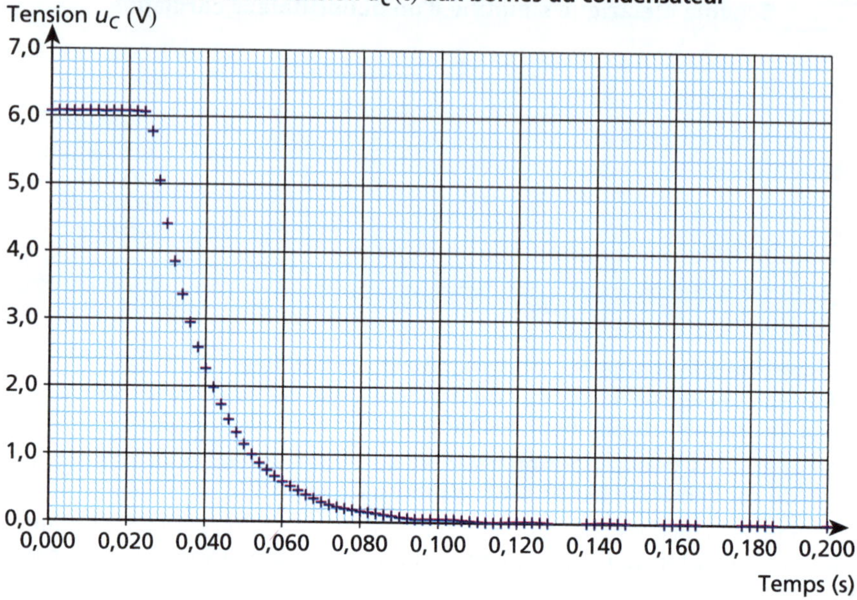

Sur la notice d'un défibrillateur commercial, les valeurs suivantes sont annoncées :

- durée totale de charge : moins de 10 secondes ;
- durée de délivrance du choc : moins de 4 secondes ;
- tension appliquée à la victime adulte : environ 2 000 V ;
- valeur de la capacité $C = 170\ \mu F$.

8 Sachant que, dans ces conditions d'utilisation, la résistance électrique offerte par le corps d'un adulte est comprise entre 50 Ω et 150 Ω, estimer la durée nécessaire pour que la décharge du condensateur du défibrillateur soit considérée comme totale. Commenter.

CORRIGÉ SUJET COMPLET 1

Exercice 1

énoncé p. 232

Partie 1 Dosage du colorant E127 dans un révélateur de plaque dentaire

1 Le **groupe A** correspond au groupe hydroxyle, caractéristique de la famille des **alcools**.

Le **groupe B** correspond à celui du groupe carbonyle qui, placé ailleurs qu'à l'une des extrémités de la molécule, est caractéristique de la fonction **cétone**.

Le **groupe C** est le groupe carboxyle représentatif des **acides carboxyliques**.

L'astuce du prof

Le groupe carbonyle est caractéristique des fonctions aldéhyde et cétone. La fonction de la molécule considérée dépend de la place du groupe caractéristique dans la molécule.

2 En tenant compte des pK_A, on peut établir le diagramme de prédominance des différentes formes de l'érythrosine :

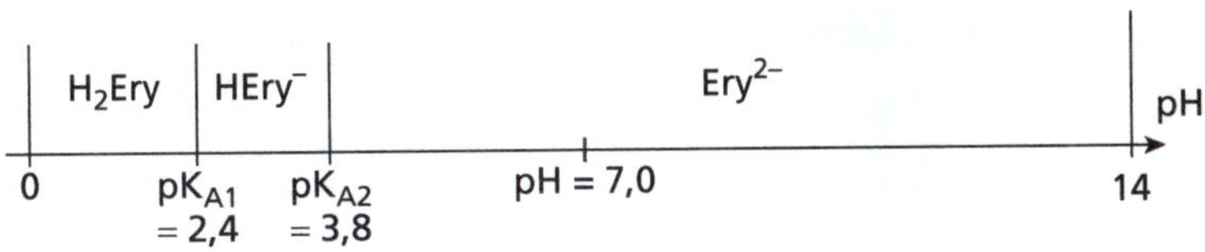

Le pH du révélateur de plaque dentaire est $pH = 7{,}0 > pK_{A2} = 3{,}8$: on en déduit que **la forme de l'érythrosine prédominante est la forme Ery^{2-}**.

3 Le spectre d'absorption d'une solution aqueuse du colorant E127 montre un pic d'absorption aux alentours de 530 nm (pointillé vert sur la courbe d'absorbance ci-après).

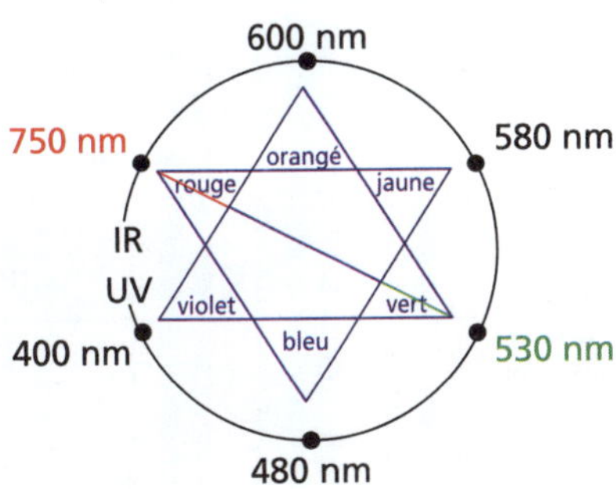

Méthode

- Utilisez le spectre d'absorption pour repérer la longueur d'onde de maximum d'absorbance au niveau du pic du spectre.
- Déduisez-en la couleur correspondante en utilisant le cercle chromatique.
- La couleur de la solution est celle qui lui est diamétralement opposée.

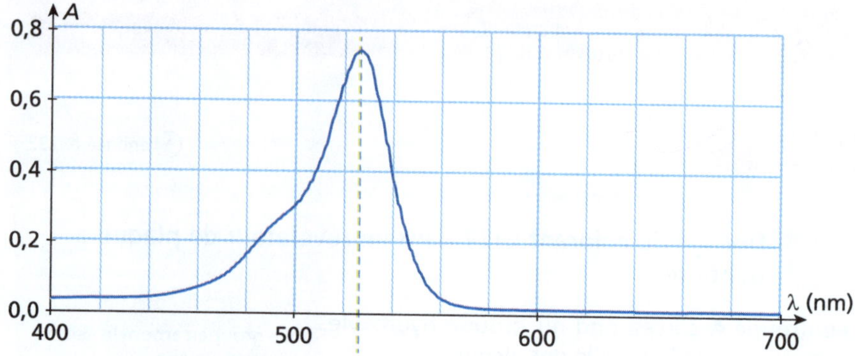

La couleur absorbée est donc le vert d'après le cercle chromatique, qui permet de déterminer par **couleur complémentaire** la couleur diffusée : le révélateur de plaque dentaire étudié est donc bien rouge.

4 Les points expérimentaux de la figure du doc. 1 appartiennent à une droite passant par l'origine. On peut modéliser l'évolution de l'absorbance en fonction de la concentration par une fonction linéaire (droite bleue ci-après). L'absorbance $A = 0{,}484$ correspond alors à une concentration $c = 5{,}5$ µmol·L^{-1} (tracé rouge) de la solution S.

Or cette solution S a été obtenue en introduisant 0,5 mL de révélateur dans une fiole jaugée de $V_S = 2{,}0$ L, soit un facteur de dilution $F = \dfrac{2{,}0}{0{,}5 \times 10^{-3}} = 4 \times 10^3$.

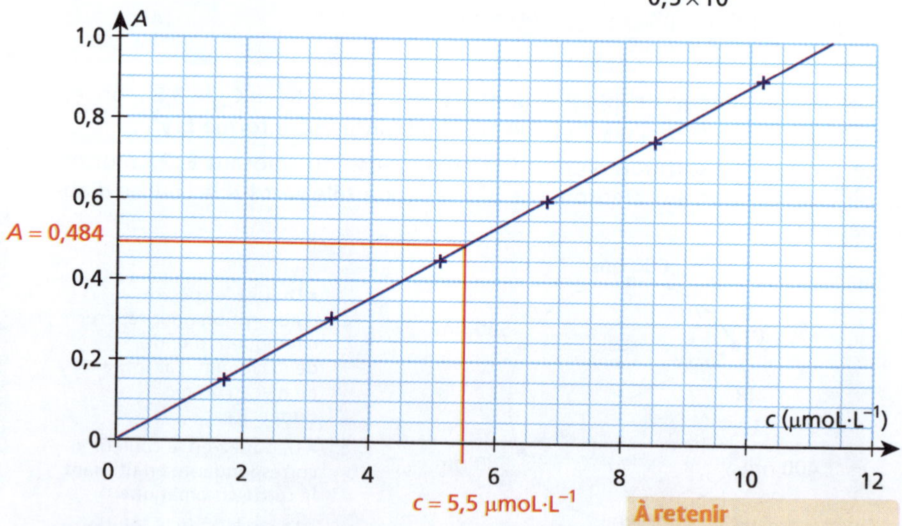

La concentration du colorant E127 est donc :

$$c(\text{E127}) = F \times c$$

A. N. : $c(\text{E127}) = 4 \times 10^3 \times 5{,}5 \times 10^{-6}$
$= \mathbf{2{,}2 \times 10^{-2}\ mol{\cdot}L^{-1}}$.

À retenir

Le titre massique d'un composé est le pourcentage massique du composé dans la solution.

La concentration en masse du colorant dans le révélateur est :

$$c_m(\text{E127}) = c(\text{E127}) \times M(\text{E127})$$

A. N. : $c_m(\text{E127}) = 2{,}2 \times 10^{-2} \times 880 = 19\ \text{g·L}^{-1}$.

Or 1,0 L de révélateur a une masse $m(1{,}0\ \text{L}) = \rho V$.

$m(1{,}0\ \text{L}) = 1{,}0\ \text{kg} = 1{,}0 \times 10^3\ \text{g}$.

On en déduit que, par litre de révélateur, soit une masse totale de $1{,}0 \times 10^3$ g, on a 19 g de colorant : cela correspond à un pourcentage en masse ou titre massique $t(\text{E127}) = \dfrac{19}{1{,}0 \times 10^3} = 1{,}9\ \%$, soit **2 %** en ne considérant qu'un seul chiffre significatif. **On retrouve les « 2 % en masse » de l'énoncé.**

Partie 2 Synthèse de l'érythrosine à partir de la fluorescéine

1 L'étape n° 1 correspond à la **transformation des réactifs en produits** avec en particulier l'**obtention du produit cible**.

L'étape n° 2 correspond à l'**isolement** et à la **purification du produit cible**.

L'étape n° 3 correspond à l'**analyse** ou l'**identification du produit cible**.

2 L'étape permettant l'optimisation de la vitesse de formation est l'**étape 1** dans laquelle on chauffe le mélange pendant deux heures à une température de 60 °C. En effet, la **température** étant un facteur cinétique, la vitesse de réaction augmente si la température augmente.

3 Pour déterminer le réactif limitant de la synthèse de l'érythrosine, on peut dresser le tableau d'évolution de la transformation à partir des quantités de matière des réactifs à l'état initial :

$$n_0(H_2Flu) = \frac{m(H_2Flu)}{M(H_2Flu)}$$

A. N. : $n_0(H_2Flu) = \dfrac{5{,}0}{332} = 1{,}5 \times 10^{-2}$ mol.

$$n_0(I_2) = \frac{m(I_2)}{M(I_2)}$$

A. N. : $n_0(I_2) = \dfrac{9{,}5}{254} = 3{,}7 \times 10^{-2}$ mol.

Équation		H_2Flu +	$4I_2$	$\rightarrow H_2Ery$ +	$4HI$
État	Avancement (mol)	Quantité de matière (mol)			
		H_2Flu	I_2	H_2Ery	HI
État initial	$x = 0$	$n_0(H_2Flu)$	$n_0(I_2)$	0	0
État en cours	x	$n_0(H_2Flu) - x$	$n_0(I_2) - 4x$	x	$4x$
État final	x_{max}	$n_0(H_2Flu) - x_{max}$	$n_0(I_2) - 4x_{max}$	x_{max}	$4x_{max}$

Soit la forme H_2Flu de la fluorescéine est limitante, alors $n_0(H_2Flu) - x_{max} = 0$ à l'état final et on en déduit :

$x_{max} = n_0(H_2Flu) = 1,5 \times 10^{-2}$ mol.

Soit il s'agit du diiode, alors $n_0(I_2) - 4x_{max} = 0$ et on en déduit :

$$x_{max} = \frac{n_0(I_2)}{4} = \frac{3,7 \times 10^{-2}}{4} = 9,3 \times 10^{-3} \text{ mol.}$$

Méthode

À partir du tableau d'avancement de la réaction, exprimez les deux avancements maximaux possibles. Le plus petit correspond à l'entière consommation du réactif limitant.

L'avancement maximal correspond à la plus petite des deux valeurs possibles : on en déduit que **le diiode est le réactif limitant de la synthèse.**

4 Connaissant l'avancement maximal, on en déduit la quantité de matière de H_2Ery produite.

Soit $n(H_2Ery) = x_{max} = 9,3 \times 10^{-3}$ mol. La masse correspondante est alors :

$$m_{max}(H_2Ery) = n(H_2Ery) \times M(H_2Ery)$$

A. N. : $m_{max}(H_2Ery) = 9,3 \times 10^{-3} \times 836 = 7,8$ g.

Or le rendement de la synthèse est $r = 59$ %, ce qui fait que la masse réellement obtenue, inférieure à 7,8 g, est :

À retenir

Le rendement d'une synthèse est le rapport entre la masse du produit obtenu et la masse maximale théorique du produit cible. Le rapport peut être établi à partir des quantités de matière.

$$m(H_2Ery) = 0,59 \times m_{max}(H_2Ery)$$

A. N. : $m(H_2Ery) = 0,59 \times 7,8$ soit $m(H_2Ery) = 4,6$ g.

La masse d'érythrosine de forme H_2Ery obtenue expérimentalement est bien de **4,6 g.**

5 La quantité de colorant E127 par flacon est :

$$n_{flacon}(E127) = c(E127) \times V_{flacon}$$

A. N. : $n_{flacon}(E127) = 2,2 \times 10^{-2} \times 10 \times 10^{-3} = 2,2 \times 10^{-4}$ mol.

On en déduit la masse de colorant par flacon :

$$m_{flacon}(H_2Ery) = n_{flacon}(E127) \times M(H_2Ery)$$

A. N. : $m_{flacon}(H_2Ery) = 2,2 \times 10^{-4} \times 836 = 0,18$ g.

On a synthétisé 4,6 g de H_2Ery, ce qui correspond à un nombre N de flacons :

$$N = \frac{m}{m_{flacon}}$$

A. N. : $N = \dfrac{4,6}{0,18} = 25,5$ soit **25 flacons.**

Partie 3 Suivi cinétique de la décoloration d'une solution de colorant E127 par l'eau de Javel

1 La vitesse volumique de disparition de la forme Ery^{2-} de l'érythrosine au cours du temps correspond à la valeur absolue du coefficient de la tangente à la courbe de la figure du document 4 ci-après.

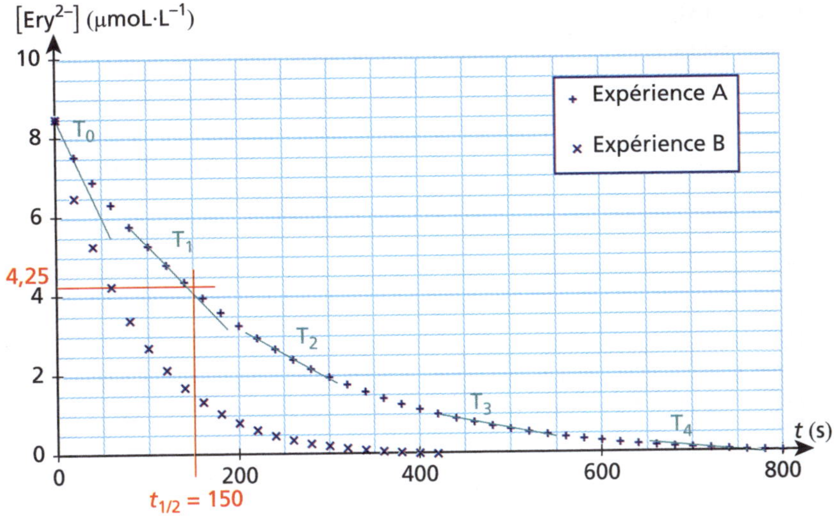

On constate qu'au fur et à mesure que le temps s'écoule, la valeur absolue du coefficient directeur de la pente diminue : il a une valeur maximale en $t = 0$ et minimale nulle pour $t > 800$ s.

La vitesse de disparition de l'érythrosine diminue donc au cours du temps.

En effet, la concentration d'un réactif est un facteur cinétique. Entre $t = 0$ et $t = 800$ s, la **concentration de la forme Ery^{2-}** de l'érythrosine diminue, donc la cinétique de la réaction aussi.

> **À retenir**
> Les facteurs cinétiques sont la température, la pression, la concentration des réactifs ou des produits… L'ajout d'un catalyseur permet aussi d'augmenter la cinétique.

2 Par lecture graphique, on note que la concentration en quantité de matière initiale d'érythrosine est $[Ery^{2-}] = 8{,}5\ \mu mol \cdot L^{-1}$. Le temps de demi-réaction $t_{1/2}$ est le temps au bout duquel la moitié du réactif a été consommée, soit le temps au bout duquel on a :

$$[Ery^{2-}] = \frac{[Ery^{2-}]_0}{2} = \frac{8{,}5}{2} = 4{,}25\ \mu mol \cdot L^{-1}.$$

Par lecture graphique, on en déduit $\mathbf{t_{1/2} = 150}$ **s = 2 min 30** (voir tracé rouge sur le graphique précédent).

On peut penser que le temps de cette décoloration est assez long et **on souhaite rendre la décoloration plus rapide**.

3 La figure du doc. 4 montre que si l'**on augmente la concentration en ions hypochlorite** ClO^-, le temps de demi-réaction diminue : il passe de 150 s à 60 s entre l'expérience A et l'expérience B (voir tracé rouge sur figure ci-après).

La décoloration est d'autant plus rapide que la concentration en ions hypochlorite, et donc de l'eau de Javel, est importante.

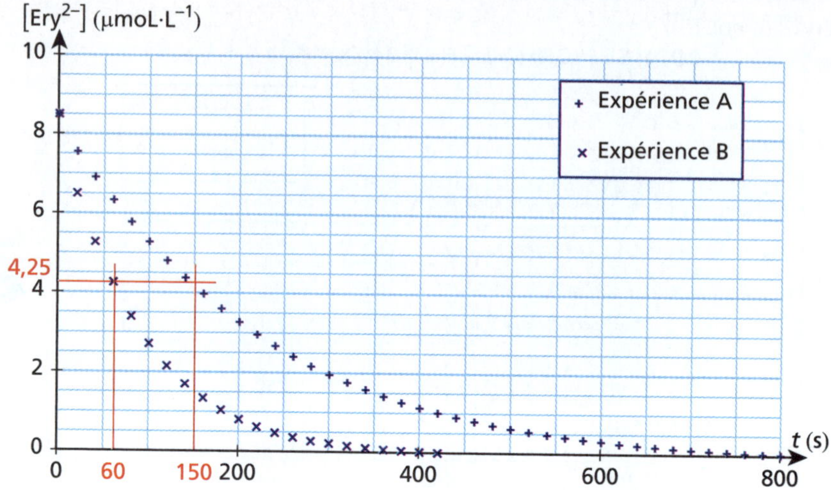

Exercice A

énoncé p. 238

1 Selon l'axe Oy, le mouvement de la balle lors de la phase 1 se déroule en deux temps :

- entre $t = 0$ et $t = 0{,}4$ s, le mouvement est parabolique ascendant (trajectoire de la **figure 2a**) et ralenti (la valeur absolue de la vitesse diminue sur la **figure 2b** jusqu'à une valeur nulle en $t = 0{,}4$ s) ;
- entre $t = 0{,}4$ s et la fin de la phase 1, le mouvement est parabolique descendant (**figure 2a**) et accéléré (la valeur absolue de la vitesse augmente de sa valeur nulle à une valeur de l'ordre de 3,6 m·s^{-1}, **figure 2b**).

L'astuce du prof

Pour déterminer si le mouvement de la balle est accéléré ou ralenti, il faut s'intéresser à la valeur absolue de sa vitesse.

2 La main récupère la balle en $y = 0$, au début de la phase 2, puis elle descend pour accompagner la balle de presque 40 cm et, afin de lui donner de l'élan, elle remonte jusqu'à $y = 0$ afin de relancer la balle en fin de phase 2.

3 Le système étudié est la balle dans le référentiel terrestre supposé galiléen. Les forces agissant sur le système dans le cadre du modèle de chute libre se résument à son poids :

$$\vec{P} = m\vec{g}$$

En appliquant la deuxième loi de Newton, on obtient :

$$m\vec{a} = m\vec{g}$$

La masse m de la balle étant non nulle, on peut simplifier la loi en $\vec{a} = \vec{g}$ avec $\vec{g}$ le vecteur intensité de pesanteur vertical descendant, soit $\vec{g}(0, -g)$.

Gagnez des points !

Pensez aux constantes d'intégration dont la valeur se détermine à partir d'un état particulier du système, comme l'état initial.

Par projection sur les axes Ox et Oy, on a :

$$\begin{cases} a_x = 0 & (1) \\ a_y = -g & (2) \end{cases}$$

Or (**1**) s'intègre en $v_x(t) = K_1$ avec K_1 une constante dépendant des conditions initiales du problème. Soit ici à $t = 0$, $v_x(t = 0) = v_{0x} = K_1$. On en conclut bien que **la composante v_x de la vitesse est constante et égale à la vitesse initiale v_{0x} lorsque la balle n'est plus en contact avec la main du jongleur**.

4 L'énergie mécanique E_m est la somme de l'énergie cinétique E_c et de l'énergie potentielle E_{pp} de la balle :

$$E_m = E_c + E_{pp}$$

avec $E_c = \frac{1}{2}mv^2 = \frac{1}{2}m\left(v_x^2 + v_y^2\right)$ et $E_{pp} = mgy$, soit :

$$E_m = \frac{1}{2}m\left(v_x^2 + v_y^2\right) + mgy$$

À $t = 0$, la balle est en $O(0,0)$: l'énergie potentielle de pesanteur est nulle ($E_{pp}(t = 0) = E_{pp0} = mg \times 0 = 0$) et les composantes de la vitesse sont v_{0x} et v_{0y}.

On en déduit qu'en $t = 0$, $E_{m0} = E_{c0} + E_{pp0} = E_{c0}$ d'où :

$$\boldsymbol{E_{m0} = \frac{1}{2}m\left(v_{0x}^2 + v_{0y}^2\right)}$$

5 Dans le cas d'une chute libre, les frottements sont négligeables, et l'énergie mécanique est constante :

$$E_m(t) = E_{m0} = \frac{1}{2}m\left(v_{0x}^2 + v_{0y}^2\right)$$

À l'altitude maximale, au sommet de la parabole, on a $y = H$ et $v_y = 0$, et l'énergie mécanique peut s'écrire :

Méthode

Exprimez l'énergie mécanique à un instant t quelconque ainsi qu'à l'altitude maximale. Puis identifiez les deux expressions pour déterminer celle de H.

$$E_m = \frac{1}{2}m\left(v_x^2 + v_y^2\right) + mgy = \frac{1}{2}mv_x^2 + mgH$$

Or à la question **3**, on a montré que $v_x = v_{0x}$, soit alors :

$$E_m = \frac{1}{2}mv_{0x}^2 + mgH$$

En identifiant les deux expressions de l'énergie mécanique obtenue, on a :

$$\frac{1}{2}m\left(v_{0x}^2 + v_{0y}^2\right) = \frac{1}{2}mv_{0x}^2 + mgH$$

que l'on peut simplifier en :

$$\frac{1}{2}v_{0y}^2 = gH$$

En exprimant l'altitude maximale H à partir de cette égalité, on obtient finalement l'expression demandée :

$$\boldsymbol{H = \frac{v_{0y}^2}{2g}}$$

6 À partir de la **figure 2b**, on peut lire $v_{0y} = 4{,}00\ \text{m·s}^{-1}$. On a alors :

$$H = \frac{v_{0y}^2}{2g}$$

A. N. : $H = \dfrac{4{,}00^2}{2 \times 9{,}81} = \mathbf{0{,}815\ m}$.

Cette valeur est cohérente avec celle que l'on peut déterminer à partir du maximum de la courbe de la **figure 2a** pour laquelle on a *y* légèrement supérieur à 0,80 m.

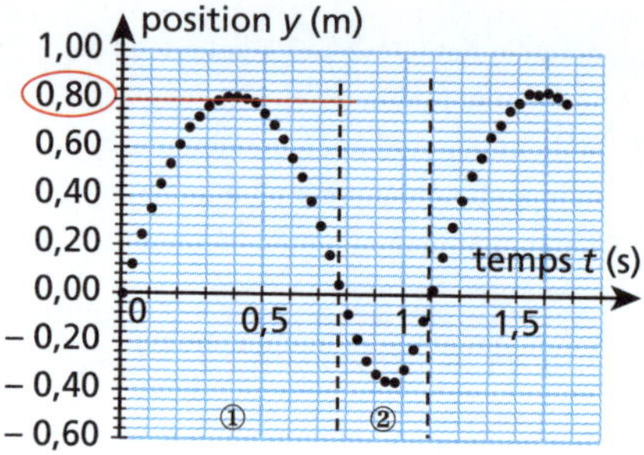

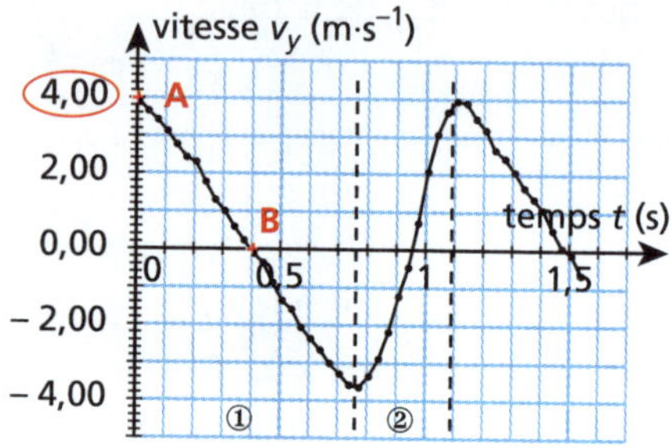

7 En intégrant l'équation (**2**) de la réponse **3**, $a_y = -g$, on a :

$$v_y = -gt + K_2$$

avec K_2 une constante dépendant des conditions du problème.

Or à $t = 0$, on a :

$$v_{0y} = -g \times 0 + K_2 = K_2$$

d'où finalement : $\boldsymbol{v_y(t) = -gt + v_{0y}}$

8 On en déduit que *g* est la valeur absolue du coefficient directeur de la droite $v_y(t)$ en phase 1.

À partir des points $A(0\ ;\ 4{,}00)$ et $B(0{,}4\ ;\ 0)$ (voir graphique de la **figure 2b** ci-avant), on peut calculer $g = \left|\dfrac{0 - 4{,}00}{0{,}4 - 0}\right|$ d'où $\boldsymbol{g = 1 \times 10^1\ \text{N·kg}^{-1}}$ en gardant la précision d'un chiffre significatif.

On retrouve bien avec la précision de ce résultat la valeur de l'intensité de pesanteur.

L'astuce du prof

Comparez les deux valeurs de *g* avec la même précision.

9 Par intégration de l'expression de $v_y(t)$ trouvée à la question **7**, on obtient :

$$y(t) = -\frac{1}{2}gt^2 + v_{0y}t + K_3$$

avec K_3 une constante.

Or à $t = 0$, $y(t = 0) = 0 = K_3$. On en déduit finalement l'équation horaire :

$$\boldsymbol{y(t) = -\frac{1}{2}gt^2 + v_{0y}t}$$

10 La balle est en l'air entre les deux positions $y = 0$, solutions de l'équation horaire précédente.

Si $y(t) = 0$, alors soit $t = t_1 = 0$, soit $t = t_2$ tel que $-\frac{1}{2}gt_2^2 + v_{0y}t = 0$ d'où $t_2 = \frac{2v_{0y}}{g}$.
La durée $\Delta t = t_2 - t_1 = t_{air}$ vaut alors :

$$t_{air} = \frac{2v_{0y}}{g} - 0 = \frac{2v_{0y}}{g}$$

Or en réponse à la question **6**, on a montré que $H = \frac{v_{0y}^2}{2g}$, soit :

$$v_{0y} = \sqrt{2gH}$$

En remplaçant v_{0y} par cette nouvelle expression, on obtient finalement :

$$t_{air} = \frac{2}{g} \times \sqrt{2gH}$$

soit :

$$\boldsymbol{t_{air} = \sqrt{\frac{8H}{g}}}$$

11 Par lecture graphique de la **figure 2a**, on a $H = 0{,}80$ m.

A. N. : $t_{air} = \sqrt{\frac{8 \times 0{,}80}{9{,}81}} = 0{,}81$ s avec un modèle de chute libre négligeant les frottements de l'air.

Or sur la **figure 2b**, on peut lire que la phase 2 se termine à :

$$t = 0{,}76 \text{ s} < \boldsymbol{t_{air} = 0{,}81 \text{ s}}$$

Cette différence ne peut pas être due aux frottements de l'air, car s'il fallait les prendre en compte, on aurait une valeur expérimentale de t_{air} plus importante que la valeur calculée, ce qui n'est pas le cas. Une des explications possibles est une incertitude dans la lecture ou dans la prise de mesures.

Gagnez des points !
Les frottements de l'air ont tendance à ralentir le mouvement.

Exercice B

énoncé p. 240

Partie 1 Chauffage du fer

L'astuce du prof
Soyez attentif aux unités et faites en sorte qu'elles soient compatibles dans une même application numérique.

1 La masse de fer m_{Fer} du fer à cheval est :

$$m_{Fer} = \rho_{Fer} \times V_{Fer}$$

A. N. : $m_{Fer} = 7{,}87 \times 104 =$ **818 g**.

2 La variation d'énergie interne est :

$$\Delta U = c_{Fer} \times m_{Fer} \times \Delta\theta$$

A. N. : $\Delta U = 440 \times 818 \times 10^{-3} \times (900 - 15) = 3{,}19 \times 10^5$ J ou **319 kJ**.

3 Au niveau microscopique, la variation d'énergie interne du fer à cheval correspond à l'énergie à fournir aux atomes de fer pour augmenter leur agitateur thermique, c'est-à-dire leur **énergie cinétique microscopique**.

Partie 2 Refroidissement du fer

1 Refroidissement à l'air libre

a. La loi de Newton s'écrit : $\Phi = h_{air} \times S \times (\theta_{Ext} - \theta)$.

Par ailleurs, le premier principe de la thermodynamique s'écrit :

$$\Delta U = Q + W$$

Dans le cas présent, en supposant $W = 0$, on a :

$$\Delta U = Q = c_{Fer} \times m_{Fer} \times \Delta\theta$$

avec $\Delta\theta = \theta(t + \Delta t) - \theta(t)$.

Or le flux thermique peut aussi s'écrire : $\Phi = \dfrac{Q}{\Delta t} = c_{Fer} \times m_{Fer} \times \dfrac{\Delta\theta}{\Delta t}$.

En identifiant les deux expressions du flux thermique, on obtient :

$$\Phi = h_{air} \times S \times (\theta_{Ext} - \theta) = c_{Fer} \times m_{Fer} \times \frac{\Delta\theta}{\Delta t}$$

En réorganisant en plusieurs étapes, on obtient :

$$\frac{\Delta\theta}{\Delta t} = \frac{h_{air} \times S}{c_{Fer} \times m_{Fer}}\theta_{Ext} - \frac{h_{air} \times S}{c_{Fer} \times m_{Fer}}\theta = \frac{\theta_{Ext}}{\tau} - \frac{\theta}{\tau}$$

en posant $\tau = \dfrac{c_{Fer} \times m_{Fer}}{h_{air} \times S}$.

Dans l'hypothèse où la durée Δt est faible devant une durée caractéristique d'évolution de la température, on peut considérer que $\dfrac{\Delta\theta}{\Delta t} = \dfrac{d\theta}{dt}$ et ainsi, on retrouve l'équation différentielle demandée :

$$\boldsymbol{\frac{d\theta}{dt} = \frac{\theta_{Ext}}{\tau} - \frac{\theta}{\tau}}$$

Rappel
$1\ cm^2 = (1 \times 10^{-2}\ m)^2$
$= 1 \times 10^{-4}\ m^2$.

On vérifie que :

$$\tau = \frac{c_{Fer} \times m_{Fer}}{h_{air} \times S} = \frac{440 \times 818 \times 10^{-3}}{14 \times 293 \times (10^{-2})^2} = 8{,}8 \times 10^2\ s.$$

b. La fonction $\theta(t)$ proposée est solution si elle vérifie l'équation différentielle :

$$\theta(t) = (\theta_0 - \theta_{Ext})e^{-\frac{t}{\tau}} + \theta_{Ext} \qquad \left(\times\frac{1}{\tau}\right)$$

$+$

$$\frac{d\theta}{dt} = -\frac{1}{\tau} \times (\theta_0 - \theta_{Ext})e^{-\frac{t}{\tau}}$$

$$\frac{d\theta}{dt} + \frac{\theta}{\tau} = +\frac{1}{\tau} \times (\theta_0 - \theta_{Ext})e^{-\frac{t}{\tau}} + \frac{\theta_{Ext}}{\tau} - \frac{1}{\tau} \times (\theta_0 - \theta_{Ext})e^{-\frac{t}{\tau}} = \frac{\theta_{Ext}}{\tau}$$

On retrouve le terme constant : la fonction $\theta(t)$ proposée est bien solution de l'équation différentielle.

c. Le maréchal-ferrant pose le fer à cheval au bout de 2 minutes, soit sans tenir compte de la précision de cette durée, au bout de $t = 120$ s environ.

Dans ce cas, $\theta(t = 120\ \text{s}) = (\theta_0 - \theta_{\text{Ext}})e^{-\frac{t}{\tau}} + \theta_{\text{Ext}}$.

A. N. : $\theta(t = 120\ \text{s}) = (900 - 15)e^{-\frac{120}{880}} + 15$ = **787 °C.**

Cette température est très élevée. Il est donc nécessaire de la diminuer avant de poser le fer à cheval sur le sabot du cheval.

Remarque
Si les températures sont exprimées en °C, alors le résultat de l'application numérique sera aussi en °C.

2 Refroidissement dans l'eau avant la pose

a. On reprend le modèle précédent avec $\theta_0 = 600$ °C, $\theta_{\text{final}} = \theta(t) = 40$ °C, $\theta_{\text{Ext}} = 15$ °C et $\tau = \dfrac{c_{\text{Fer}} \times m_{\text{Fer}}}{h_{\text{eau}} \times S} = \dfrac{440 \times 818 \times 10^{-3}}{360 \times 293 \times (10^{-2})^2} = 34{,}1$ s.

On cherche t tel que :

$$\theta_{\text{final}} = (\theta_0 - \theta_{\text{Ext}})e^{-\frac{t}{\tau}} + \theta_{\text{Ext}}$$

$$e^{-\frac{t}{\tau}} = \frac{\theta_{\text{finale}} - \theta_{\text{Ext}}}{\theta_0 - \theta_{\text{Ext}}}$$

d'où :

$$t = -\tau \ln\left(\frac{\theta_{\text{finale}} - \theta_{\text{Ext}}}{\theta_0 - \theta_{\text{Ext}}}\right)$$

A. N. : $t = -34{,}1 \times \ln\left(\dfrac{40 - 15}{600 - 15}\right)$ soit $\boldsymbol{t}$ = **108 s.**

b. Si dans la réalité, 20 secondes suffisent pour refroidir le fer dans l'eau à 15 °C, c'est que **le modèle utilisé n'est pas adapté**.

Exercice C

énoncé p. 242

1 Pour réaliser la charge du condensateur du circuit schématisé sur le doc. 1, il faut que le condensateur soit en série avec un générateur. La position de l'interrupteur est donc la **position 1**.

2 La loi des mailles appliquée au circuit est :

$$E - u_r - u_c = 0$$

avec $u_r = ri$ et $u_c = \dfrac{q}{C}$ en convention récepteur (u_r et i sont en sens opposé).

Or $q = Cu_c$ et $i = \dfrac{dq}{dt} = \dfrac{d}{dt}(Cu_c) = C\dfrac{du_c}{dt}$.

On en déduit que :

$$u_r = rC\frac{du_c}{dt}$$

La loi des mailles devient :

$$E - rC\frac{du_c}{dt} - u_c = 0$$

d'où :

$$\boldsymbol{E = rC\frac{du_c}{dt} + u_c}$$

C'est l'équation différentielle régissant l'évolution de la tension u_C.

3 $u_c(t) = E \times \left(1 - e^{-\frac{t}{\tau_{charge}}}\right)$ est solution de l'équation différentielle si u_c vérifie :

$$E - rC\frac{du_c}{dt} - u_c = 0$$

On a :

$$u_c(t) = E \times \left(1 - e^{-\frac{t}{\tau_{charge}}}\right)$$

$$+ \quad \frac{du_c}{dt} = \frac{E}{\tau_{charge}} e^{-\frac{t}{\tau_{charge}}} \qquad (\times rC)$$

$$u_c + rC\frac{du_c}{dt} = E - Ee^{-\frac{t}{\tau_{charge}}} + \frac{ErC}{\tau_{charge}} e^{-\frac{t}{\tau_{charge}}}$$

Cette dernière partie de l'expression vaut E si :

$$-Ee^{-\frac{t}{\tau_{charge}}} + \frac{ErC}{\tau_{charge}} e^{-\frac{t}{\tau_{charge}}} = \left(-E + \frac{ErC}{\tau_{charge}}\right) e^{-\frac{t}{\tau_{charge}}} = 0$$

c'est-à-dire si :

$$-E + \frac{ErC}{\tau_{charge}} = 0$$

soit encore si :

$$\frac{rC}{\tau_{charge}} = 1$$

On en déduit que $\boldsymbol{u_c(t) = E \times \left(1 - e^{-\frac{t}{\tau_{charge}}}\right)}$ est solution de l'équation différentielle si et seulement si $\boldsymbol{\tau_{charge} = rC}$, une constante de temps.
τ_{charge} est donc homogène à un temps et s'exprime en **secondes**.

Gagnez des points !

L'argument de l'exponentielle doit être sans unité, donc t/τ est sans unité, et τ est homogène à t.
τ s'exprime donc, comme t, en secondes.

4 On a : $u_c(t) = E \times \left(1 - e^{-\frac{t}{\tau_{charge}}}\right) = E \times \left(1 - e^{-\frac{t}{RC}}\right)$.

Ainsi, à $t = 0$, $u_C(t = 0) = E \times \left(1 - e^{-\frac{0}{RC}}\right)$, soit $\boldsymbol{u_c(t = 0) = 0}$ car $e^0 = 1$.

Au bout d'un temps très long, lorsque t tend vers $+\infty$:

$$u_c(t) \xrightarrow[t \to +\infty]{} E \qquad \text{car} \qquad e^{-\frac{t}{RC}} \xrightarrow[t \to +\infty]{} 0$$

L'allure de la courbe représentative de la fonction $u_C(t) = E \times \left(1 - e^{-\frac{t}{RC}}\right)$ est donc une exponentielle croissante partant de l'origine $O(0, 0)$ et tendant vers $\boldsymbol{u_C(t) = E}$.

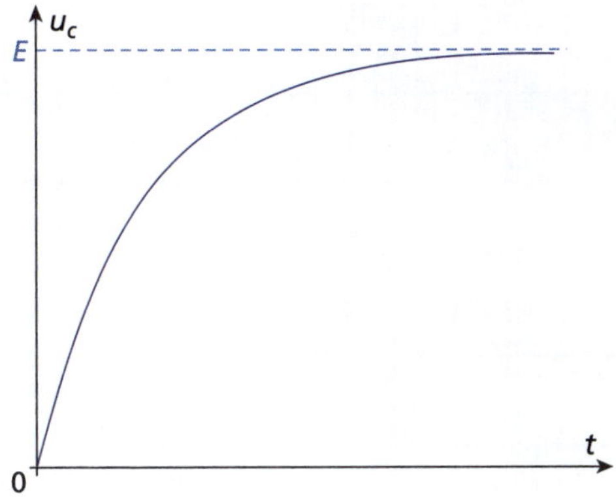

5 À $t_1 = 5\tau_{\text{charge}}$, on a :

$$u_C(t_1) = E \times \left(1 - e^{-\frac{5\tau_{\text{charge}}}{\tau_{\text{charge}}}}\right) = E \times \left(1 - e^{-5}\right) = 0{,}993 \times E$$

soit 99 % de la valeur E avec un pourcentage à deux chiffres significatifs.
La tension aux bornes du condensateur a bien atteint 99 % de *E*, sa valeur finale.

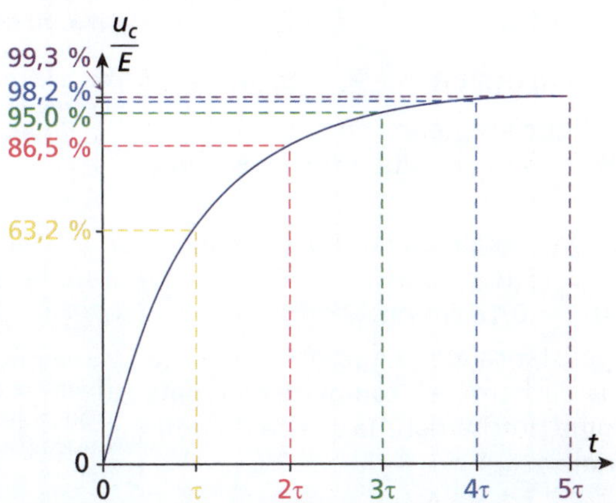

6 L'interrupteur a basculé de la position 1 à la position 2 au moment où la décharge du condensateur a débuté, c'est-à-dire au début de la diminution de la tension, soit au point P sur la courbe ci-après d'abscisse $\boldsymbol{t_2 = 0{,}024}$ **s** (tracé rouge).

Évolution de la tension $u_C(t)$ aux bornes du condensateur

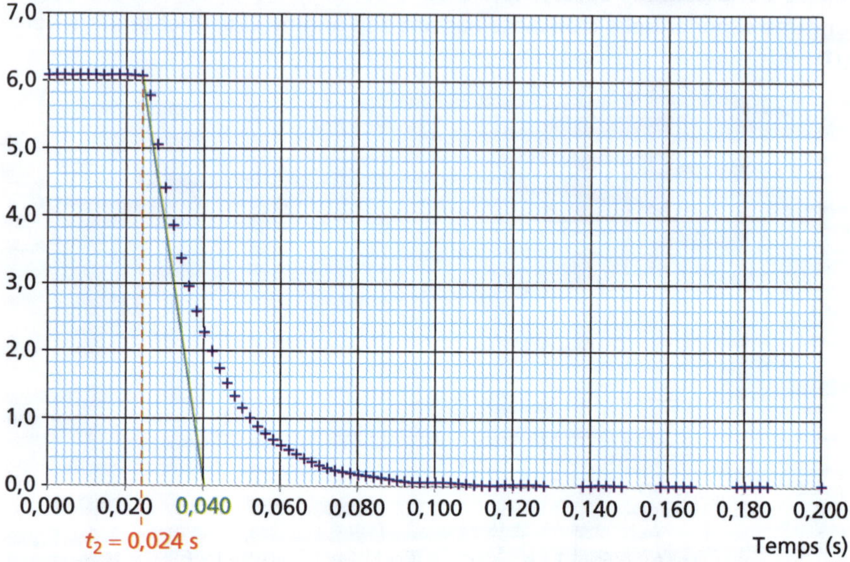

7 Le temps caractéristique de décharge τ_{graph} correspond à la durée entre l'abscisse de la pente à l'origine de la décharge (tracé vert sur le graphe ci-dessus) et l'origine de la décharge ou temps t_2.

On a donc ici :

$\tau_{graph} = 0{,}040 - 0{,}024 = 0{,}016$ s ou $\boldsymbol{\tau_{graph}}$ = **16 ms**.

Le temps caractéristique est relativement faible, et **la décharge du défibrillateur peut être considérée comme instantanée.**

Gagnez des points !

Prenez le temps de tracer avec grand soin la tangente à l'origine de la décharge, car elle conditionne l'ensemble de vos résultats pour cette question.

8 La décharge est quasi-totale au bout d'au moins $5\tau_{décharge}$ avec $\tau_{décharge} = RC$.
On a donc : $5\tau_{décharge} = 5RC$ compris entre $5 \times 50 \times 170 \times 10^{-6} = 0{,}0425$ ou 43 ms et $5 \times 150 \times 170 \times 10^{-6} = 0{,}1275$ s ou 128 ms.

Quelle que soit la résistance électrique offerte par le corps d'un adulte, la décharge est complète en **moins de 4 secondes**, comme précisé dans la notice du défibrillateur commercial.

Rappel

La décharge est quasi complète au bout d'au moins 5 fois le temps caractéristique $\tau = RC$.

SUJET COMPLET 2 France métropolitaine, mai 2022 20 pts 3h 30

Exercice 1 10 pts 1h 20 autorisée

corrigés p. 273

Observation de la planète Mars

La planète Mars est une planète du système solaire au cœur de multiples projets scientifiques internationaux destinés à mieux connaître son sol et son histoire.

Les objectifs de l'exercice sont de déterminer quelques caractéristiques de la planète Mars à partir :
- de la mesure de l'angle sous lequel elle est vue par un observateur terrestre ;
- de l'observation de Phobos, l'un de ses satellites naturels.

› Données

- Angle θ, exprimé en radians, sous lequel la planète Mars est vue par un observateur terrestre :

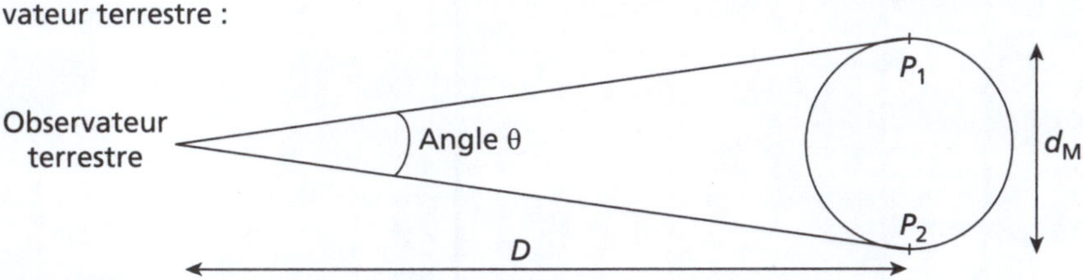

- On se place dans le cadre de l'approximation des petits angles ($\theta \ll 1$ rad) :
– $\tan(\theta) \approx \theta$ avec θ en rad ;
– la distance Terre-Mars, notée D, étant suffisamment grande devant le diamètre de Mars, noté d_M, l'angle θ (en rad) a pour expression $\theta \approx \frac{d_M}{D}$.
- Pouvoir séparateur de l'œil humain : il correspond à l'angle minimal, noté ε, au-dessus duquel l'œil humain peut différencier deux points. Il a pour valeur $\varepsilon = 2{,}9 \times 10^{-4}$ rad.
- Constante de gravitation universelle : $G = 6{,}67 \times 10^{-11}$ $m^3 \cdot kg^{-1} \cdot s^{-2}$.
- Diamètre moyen de référence de la planète Mars : $d_{Ref} = 6{,}78 \times 10^3$ km.
- Rayon de l'orbite, supposée circulaire, de Mars autour du Soleil : $r_{SM} = 2{,}28 \times 10^8$ km.
- Masse de la Terre : $M_T = 5{,}97 \times 10^{24}$ kg.

Partie 1 Observation de Mars avec une lunette astronomique

On peut observer la planète Mars avec une lunette astronomique afocale composée de deux lentilles minces convergentes L_1 et L_2 de distances focales respectives $f'_1 = 900$ mm et $f'_2 = 20$ mm. Le schéma ci-après représente des rayons lumineux provenant des deux points de Mars P_1 et P_2.

La lunette astronomique peut être modélisée par le schéma ci-dessous qui n'est pas à l'échelle.

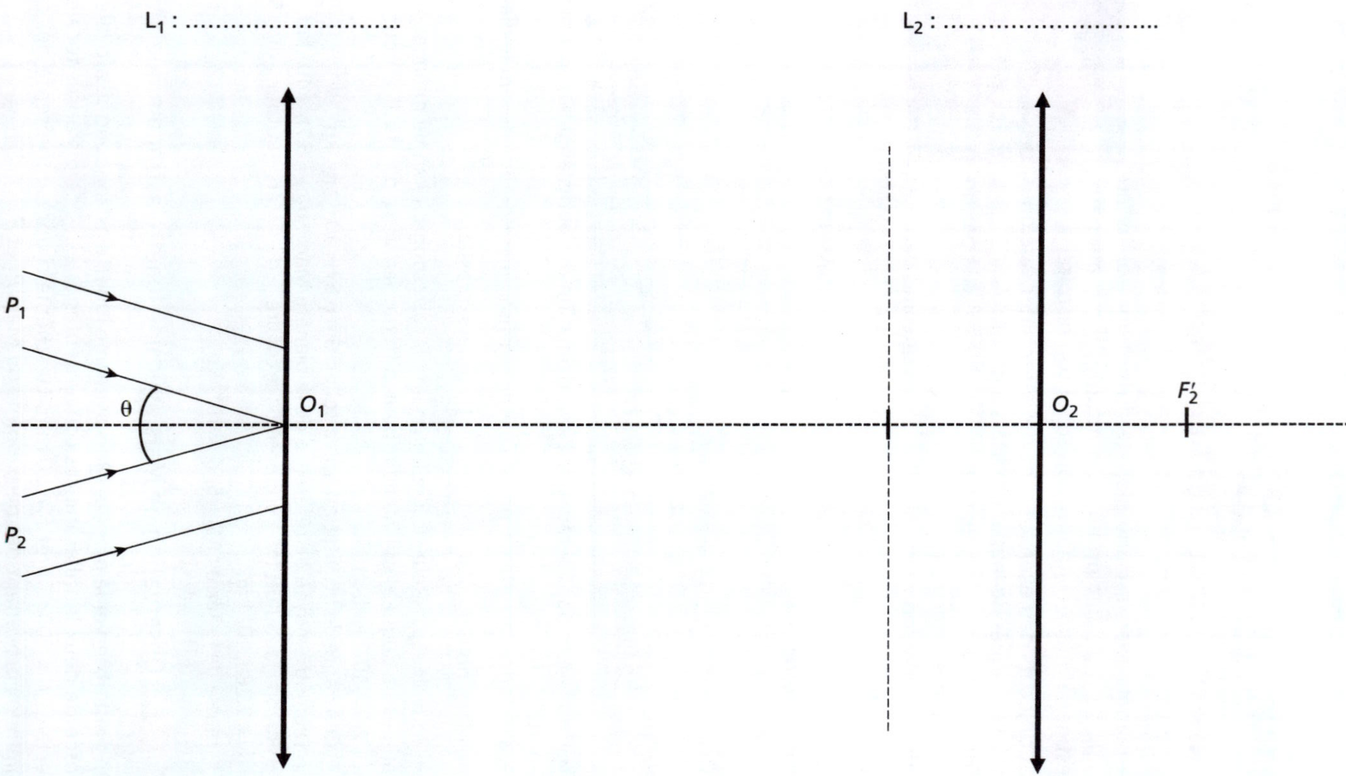

Ces deux points sont :
- situés à la surface de Mars ;
- supposés à l'infini ;
- diamétralement opposés ;
- écartés d'un angle θ correspondant à l'angle sous lequel la planète Mars est vue par un observateur terrestre ;
- observés depuis la surface de la Terre.

1 Indiquer sur le schéma, au-dessus de la lentille correspondante, la lentille qui joue le rôle d'objectif et celle qui joue le rôle d'oculaire.

2 Citer la propriété caractéristique d'une lunette astronomique dite « afocale ».
Donner la position du foyer objet F_2 de la lentille L_2 par rapport à celle du foyer image F_1' de la lentille L_1 de cette lunette.
Placer ces deux points sur le schéma.

3 Tracer sur le schéma la marche des rayons lumineux issus des points P_1 et P_2 de Mars :
- à travers la lentille L_1 en faisant apparaître les images intermédiaires P_1' et P_2' des points P_1 et P_2 ;
- puis à travers la lentille L_2 en faisant apparaître l'angle θ' sous lequel la planète Mars est vue en sortie de la lunette.

On admet que le grossissement de la lunette astronomique afocale s'exprime par la relation :

$$G_{\text{lunette}} = \frac{f_1'}{f_2'}$$

4 Calculer la valeur du grossissement G_{lunette} de la lunette utilisée.

En janvier 2021, l'angle sous lequel la planète Mars est vue par un observateur terrestre à l'œil nu était de $\theta = 4{,}9 \times 10^{-5}$ rad. Cet observateur voit alors un point lumineux.

5 Justifier cette observation.

6 Indiquer ce qu'il observe en utilisant la lunette astronomique précédente. Justifier par un calcul.

Partie 2 Détermination du diamètre de Mars

À l'aide des mesures effectuées en début de chaque mois avec la lunette astronomique, on détermine l'angle θ sous lequel la planète Mars est vue par un observateur terrestre à partir de janvier 2018.

Lorsque Mars n'est pas visible, on utilise des données simulées.

Les valeurs de l'angle θ sont représentées en fonction du temps t sur le doc. 1. La date $t = 0$ correspond au 1er janvier 2018.

DOC. 1 Évolution de l'angle θ sous lequel la planète Mars est vue par un observateur terrestre en fonction du temps *t*

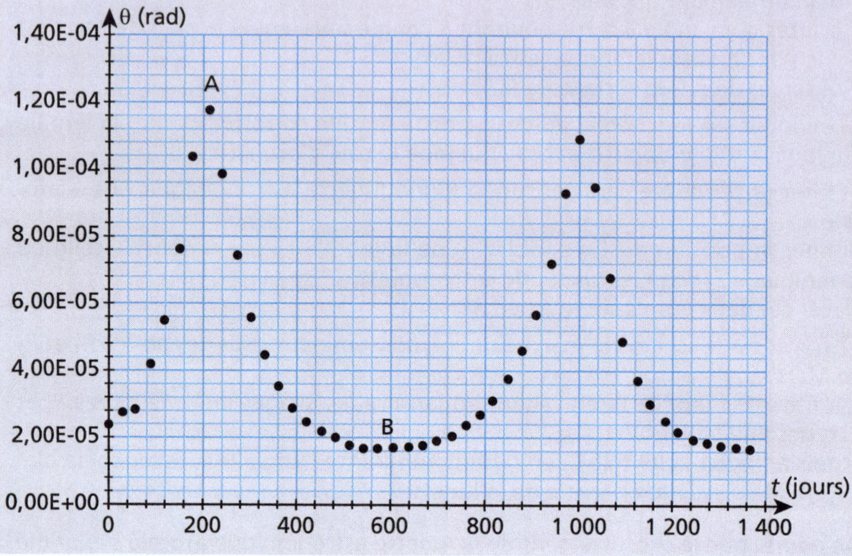

Le schéma présenté sur le doc. 2 montre les deux positions extrêmes de Mars par rapport à la Terre, ainsi que les angles θ_1 et θ_2 sous lesquels la planète Mars est vue par un observateur terrestre pour ces deux positions.

DOC. 2 Schéma des positions relatives de Mars par rapport à la Terre (échelle non respectée)

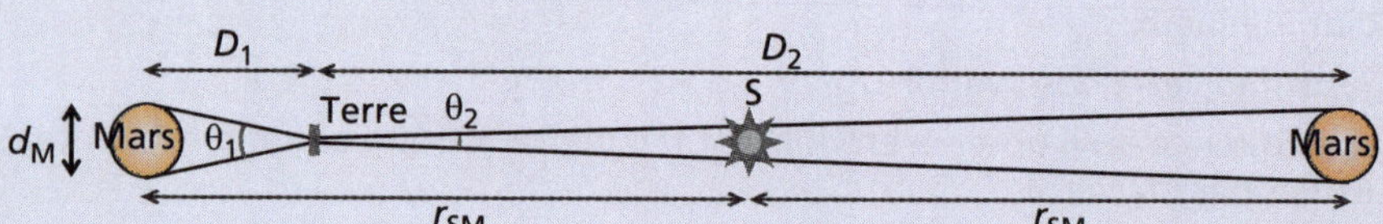

1 Associer, en expliquant sa démarche, les angles θ_1 et θ_2 sous lesquels la planète Mars est vue par un observateur terrestre aux points *A* et *B* du doc. 1. En déduire les valeurs de θ_1 et θ_2.

2 En utilisant le doc. 2, montrer que l'expression du diamètre d_M de la planète Mars s'exprime de la façon suivante :

$$d_M = \frac{2r_{SM}}{\left(\frac{1}{\theta_1} + \frac{1}{\theta_2}\right)}$$

3 Calculer la valeur du diamètre d_M de la planète Mars. Commenter.

Partie 3 Détermination de la masse de Mars

La planète Mars, que l'on peut assimiler à une sphère de diamètre d_M, possède une masse M_M environ dix fois moins grande que celle de la Terre.

La masse M_M de Mars peut être déterminée par l'observation de Phobos, l'un des satellites naturels de la planète et par l'utilisation des lois de Newton.

Ce satellite :
- a une période de révolution T de 7 h 39 min autour de Mars ;
- possède une trajectoire quasi-circulaire autour de Mars de rayon $r_{MP} = 9{,}38 \times 10^3$ km ;
- n'est soumis qu'à la seule force de gravitation de Mars.

1 En utilisant une loi de Newton, établir que l'expression de la vitesse de Phobos sur son orbite circulaire autour de Mars est :

$$v = \sqrt{\frac{G \times M_M}{r_{MP}}}$$

2 Déterminer la valeur de la masse M_M de Mars. Commenter.

Le candidat est invité à prendre des initiatives et à présenter la démarche suivie, même si elle n'a pas abouti. La démarche est évaluée et nécessite d'être correctement présentée.

> Le candidat choisit 2 exercices parmi les 3 exercices suivants **et ne doit traiter que ces 2 exercices**.
>
> Indiquez les exercices choisis sur votre copie.
>
> Chaque exercice est noté sur 5 points.

Exercice A 5 pts 1 h autorisée corrigés p. 279

L'arôme de vanille

> Mots-clés :
- Chromatographie
- Titrage acide-base

La vanilline et l'éthylvanilline (doc. 1) sont responsables des arômes « vanille » utilisés dans les produits alimentaires. La vanilline peut être extraite des gousses de vanille, mais elle est très majoritairement synthétisée pour diminuer son coût. L'éthylvanilline est quant à elle exclusivement issue de la synthèse.

L'objectif de cet exercice est d'étudier la vanilline et de contrôler sa teneur dans un extrait de vanille.

DOC. 1 Formules semi-développées

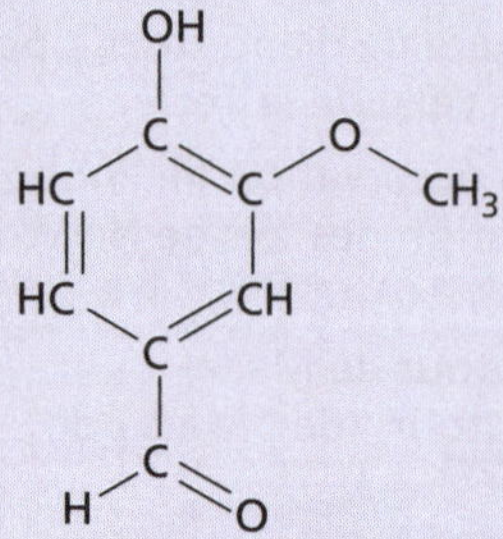

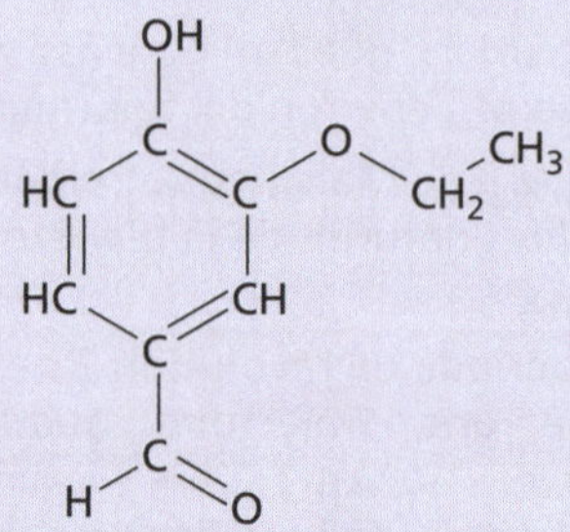

› Données

- pK_A du couple vanilline/ion vanillinate noté AH/A^- à 25 °C : $pK_A = 7{,}4$.
- Masse molaire moléculaire de la vanilline : $M = 152\ g\cdot mol^{-1}$.
- Propriétés des espèces chimiques :

	Solution aqueuse de chlorure de sodium	Acétate d'éthyle
Densité	Supérieure à 1	0,897
Miscible avec l'eau	Oui	Non
Solubilité de la vanilline	Très peu soluble	Très soluble

Partie 1 Étude de produits commerciaux « vanillés »

On souhaite étudier trois produits du commerce « vanillés » :
- produit 1 : produit commercial, liquide, obtenu par macération de gousses de vanille dans un mélange eau/éthanol ;
- produit 2 : sucre vanillé ;
- produit 3 : sucre vanilliné.

1 Indiquer si les molécules de vanilline et d'éthylvanilline sont des isomères de constitution. Justifier.

2 Représenter la formule topologique de la molécule de vanilline.

3 Sur la molécule représentée à la question **2**, entourer deux groupes caractéristiques présents et nommer pour chacun d'eux la famille fonctionnelle associée.

On extrait la vanilline potentiellement présente du produit 2 puis du produit 3 selon le protocole ci-dessous :
- introduire, dans un erlenmeyer, 30 mL d'eau distillée et 1,0 g de produit « vanillé » ;
- introduire la solution aqueuse dans une ampoule à décanter et y ajouter 10 mL d'acétate d'éthyle, ainsi qu'une spatule de chlorure de sodium ;
- agiter l'ensemble et dégazer régulièrement ;
- laisser décanter le mélange, puis récupérer la phase organique.

4 Schématiser l'ampoule à décanter après agitation dans le cas du produit 2 en précisant la position relative des phases et en indiquant celle qui contient la vanilline. Justifier.

Pour vérifier la présence ou non de vanilline dans les trois produits du commerce, on réalise une chromatographie sur couche mince.

Après révélation sous lampe UV, on obtient le chromatogramme donné sur le doc. 2.

DOC. 2 Chromatogramme obtenu expérimentalement

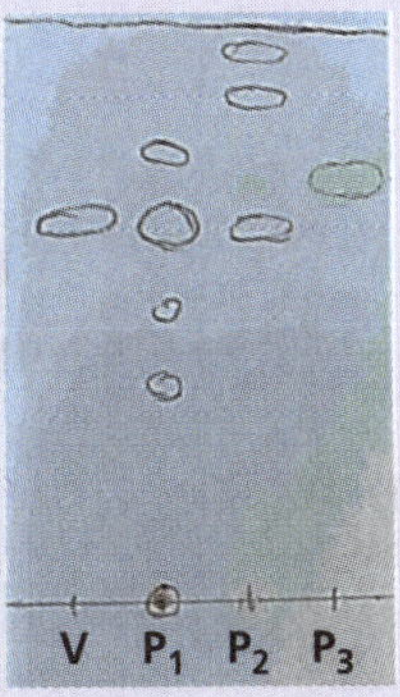

Éluant : mélange cyclohexane/acétate d'éthyle

Dépôt V : vanilline commerciale (référence)

Dépôt P_1 : produit 1
Dépôt P_2 : produit 2
Dépôt P_3 : produit 3
} solubilisés dans l'éluant

5 Identifier, en justifiant, les produits du commerce contenant de la vanilline.

Partie 2 Titrage de la vanilline contenue dans le produit 1

On s'intéresse dans cette partie au produit commercial obtenu par macération de gousses de vanille. La législation impose, pour obtenir l'appellation « extrait de vanille », une masse minimale de 2 g de vanilline par kilogramme d'extrait. Dans certains produits commercialisés, cette masse peut atteindre plusieurs dizaines de grammes.

Pour vérifier si le produit 1 répond à cette condition, on se propose de déterminer la masse de vanilline contenue dans un échantillon du produit commercial par un titrage suivi par pH-métrie. On introduit 0,31 g de produit 1 dans une fiole jaugée de 100,0 mL que l'on complète jusqu'au trait de jauge avec une solution aqueuse d'hydroxyde de sodium. On note S la solution obtenue. On réalise le titrage d'une prise d'essai de 50,0 mL de solution S par une solution aqueuse d'acide chlorhydrique de concentration égale à $4{,}1 \times 10^{-3}$ mol·L^{-1}. La courbe du titrage est donnée sur le doc. 3.

1 Justifier que la vanilline se trouve sous forme d'ion vanillinate, noté A^-, au début du titrage.

La courbe du doc. 3 est composée de deux sauts de pH :
- un premier qui correspond au titrage des ions hydroxyde présents en excès ;
- un deuxième qui correspond au titrage de l'ion vanillinate.

DOC. 3 Courbes du titrage par suivi pH-métrique

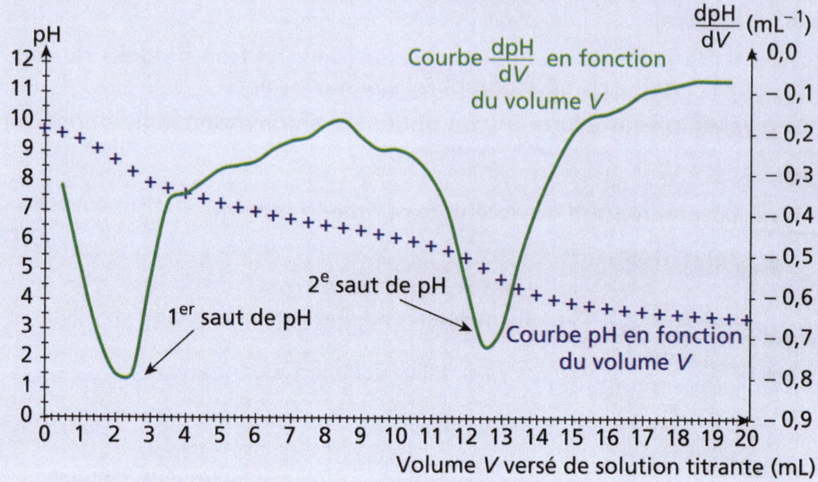

On admet que le volume d'acide chlorhydrique nécessaire pour titrer l'ion vanillinate est égal à la différence des deux volumes entre les deux équivalences observées.

2 Écrire l'équation de la réaction support du titrage entre l'ion vanillinate et l'acide chlorhydrique.

3 Vérifier si l'appellation « extrait de vanille » peut être attribuée à l'extrait étudié.

Le candidat est invité à prendre des initiatives et à présenter la démarche suivie même si elle n'a pas abouti. La démarche suivie est évaluée et nécessite donc d'être correctement présentée.

Exercice B 5 pts 1 h autorisée corrigés p. 282

Encre et effaceur

› Mots-clés :
- Spectrophotométrie
- Oxydoréduction

Les effaceurs d'encre sont apparus en Allemagne dans les années 1970. Ils permettent de faire disparaître les traits de couleur bleue des stylos plume.

Le colorant principal de l'encre bleue est le bleu d'aniline, solide ionique de formule $C_{32}H_{25}N_3O_9S_3Na_2$. L'encre ne contient que 3 à 5 % en masse de ce colorant, le reste étant de l'eau, de l'alcool et d'autres additifs.

D'après le site https://tice.ac-montpellier.fr/ABCDORGA/Famille/ENCRES.htm

Le but de cet exercice est d'étudier la composition d'une encre de stylos plume avant de déterminer le nombre de cartouches qui peuvent être effacées avec un effaceur.

› Données

- Volume d'encre contenu dans une cartouche : $V_{cartouche} = 0{,}60$ mL.
- Masse volumique de l'encre : $\rho_{encre} = 1{,}1\ g \cdot mL^{-1}$.
- Masse molaire du bleu d'aniline : $M_{bleu} = 737{,}7\ g \cdot mol^{-1}$.
- Expression de l'absorbance A d'une solution de concentration C (loi de Beer-Lambert) : $A = \varepsilon \ell C$ avec ε le coefficient d'absorption molaire de l'espèce absorbante et ℓ l'épaisseur de la solution traversée.
- Coefficient d'absorption molaire du bleu d'aniline à $\lambda = 580$ nm : $\varepsilon = 5{,}00 \times 10^4\ L \cdot mol^{-1}\ cm^{-1}$.
- Largeur de la cuve (épaisseur de la solution traversée) du spectrophotomètre utilisé : $\ell = 1{,}0$ cm.
- Cercle chromatique :

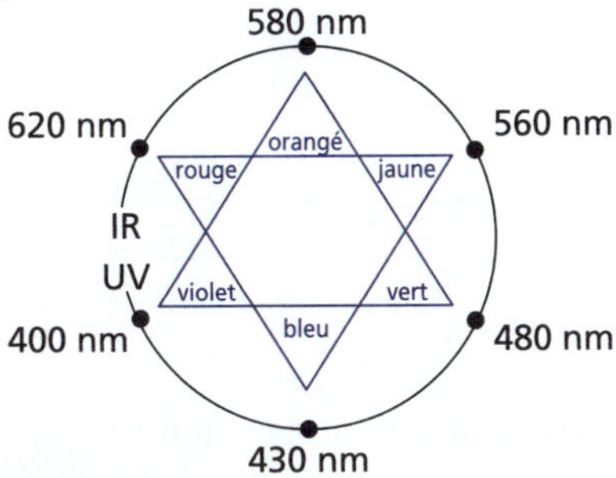

- pK_A à 25 °C des couples acide/base :
  - $(SO_2, H_2O)(aq)/HSO_3^-(aq)$: $pK_{A1} = 1{,}8$;
  - $HSO_3^-(aq)/SO_3^{2-}(aq)$: $pK_{A2} = 7{,}0$.
- Couples oxydant/réducteur :
  - ion sulfate/ion sulfite : $SO_4^{2-}(aq)/SO_3^{2-}(aq)$;
  - diiode/ion iodure : $I_2(aq)/I^-(aq)$.
- Demi-équation électronique en milieu basique du couple $SO_4^{2-}(aq)/SO_3^{2-}(aq)$:

$$SO_4^{2-}(aq) + H_2O(\ell) + 2e^- = SO_3^{2-}(aq) + 2\,OH^-(aq)$$

Partie 1 Encre des stylos plume

Afin de déterminer la quantité de bleu d'aniline présente dans une cartouche, on souhaite réaliser un dosage spectrophotométrique.

Pour rester dans le domaine de validité de la loi de Beer-Lambert, l'encre d'une cartouche est diluée.

Protocole suivi :

- aspirer la totalité de l'encre de la cartouche à l'aide d'une seringue équipée d'une aiguille ;

- introduire l'encre récupérée dans une fiole jaugée de volume $V_1 = 100$ mL et compléter avec de l'eau distillée : on note S_1 la solution ainsi préparée ;
- préparer un volume $V_2 = 100$ mL d'une solution S_2 en diluant 20 fois la solution S_1 ;
- mesurer l'absorbance de la solution S_2 pour différentes valeurs de longueur d'onde. Les résultats des mesures sont reportés sur le doc. 1.

DOC. 1 Spectre d'absorption de la solution S_2 de bleu d'aniline obtenue par dilution de l'encre contenue dans une cartouche

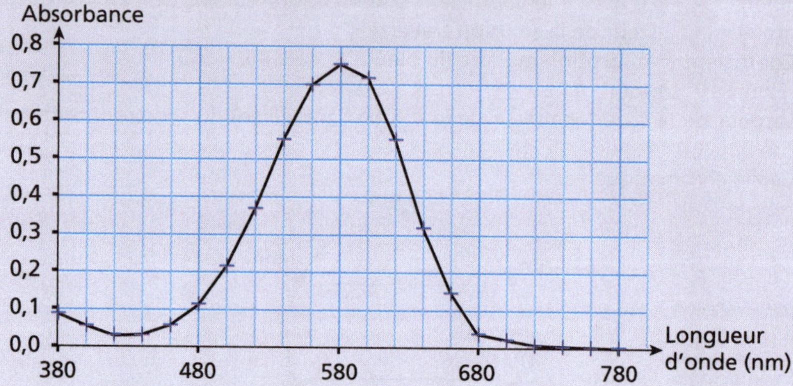

1 Montrer que le spectre d'absorption obtenu est en accord avec la couleur de l'encre.

2 Nommer la verrerie nécessaire à la préparation par dilution de la solution S_2, en précisant les volumes.

3 Déterminer, en utilisant la loi de Beer-Lambert et le doc. 1, la concentration en quantité de matière en bleu d'aniline de la solution S_2.

4 Montrer que la quantité de matière de bleu d'aniline présente dans une cartouche d'encre est environ égale à $3{,}0 \times 10^{-5}$ mol.

5 Calculer le titre massique en bleu d'aniline de l'encre contenue dans la cartouche. Conclure.

Partie 2 Effaceur d'encre

Le côté blanc d'un effaceur est constitué d'une mine reliée à un réservoir contenant une solution d'ions sulfite SO_3^{2-} qui sont responsables de l'effacement de l'encre.

On cherche dans cette partie à déterminer la quantité de matière d'ions sulfite présente dans l'effaceur à l'aide d'un titrage par une solution de diiode de concentration $C_{I_2} = 1{,}0 \times 10^{-2}$ mol·L^{-1}.

Protocole du titrage de la solution contenue dans l'effaceur :
- casser l'effaceur en son milieu pour récupérer le réservoir et la mine blanche contenant la solution d'ions sulfite ;
- les placer dans un bécher avec un peu d'eau ;
- mélanger, attendre quelques minutes, puis retirer le réservoir et la mine en veillant à bien les essorer : la solution obtenue est notée S ;
- mesurer le pH de la solution S ;
- placer le bécher sous une burette graduée contenant la solution de diiode, puis réaliser le titrage de la solution.

La valeur mesurée du pH de la solution S est 11,0. Le volume de solution de diiode versé à l'équivalence du titrage est égal à $V_E = 8{,}2$ mL.

1 À l'aide d'un diagramme de prédominance, justifier que l'ion sulfite SO_3^{2-} est majoritaire par rapport à HSO_3^- et (SO_2, H_2O) dans la solution S.

2 Écrire l'équation de la réaction d'oxydoréduction support du titrage en milieu basique entre les ions sulfite SO_3^{2-} et le diiode I_2.

3 Montrer que la quantité de matière d'ions sulfite $n_{SO_3^{2-}}$ contenue dans un effaceur est voisine de 8×10^{-5} mol.

4 En déduire le nombre de cartouches d'encre que l'on peut effacer avec un seul effaceur en supposant que la réaction d'oxydoréduction entre le bleu d'aniline et les ions sulfite met en jeu une mole de bleu d'aniline pour une mole d'ions sulfite.

Exercice C 5 pts 1 h (calculatrice) autorisée corrigés p. 286

Des piles historiques

> Mots-clé :
Fonctionnement d'une pile

Le physicien italien Alessandro Volta a créé la première pile en 1799 ; elle était formée d'un empilement de disques métalliques.
Quarante ans plus tard, le chimiste anglais John Daniell propose un nouveau type de pile permettant de pallier certains défauts de la pile Volta.
L'objectif de cet exercice est d'étudier le fonctionnement de ces deux piles.

Partie 1 Étude de la pile Volta

Une pile Volta est réalisée en empilant successivement des « cellules élémentaires » (voir dessin du doc. 1). Chaque cellule élémentaire est constituée d'une rondelle de cuivre, d'une rondelle de matériau absorbant imbibé de solution aqueuse contenant des ions et d'une rondelle de zinc (voir schéma du doc. 1).

DOC. 1 **Pile Volta**

Dessin d'une pile Volta

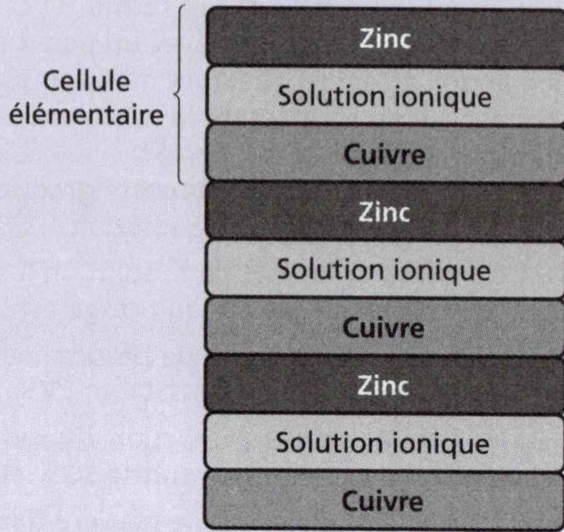

Schéma simplifié en coupe d'une pile Volta

> **Donnée**
>
> Couples oxydant/réducteur mis en jeu dans la pile Volta :
>
> $Zn^{2+}(aq)/Zn(s)$, $H^+(aq)/H_2(g)$

Au laboratoire, on réalise une cellule élémentaire avec une rondelle de cuivre, une rondelle de feutre (sorte de tissu épais) imbibée d'une solution d'eau salée (les cations seront par la suite notés ⊕ et les anions ⊖) et une rondelle de zinc. Lorsque la cellule est reliée à un conducteur ohmique de résistance d'une dizaine d'ohms, on observe un dégagement gazeux. Pour la suite, on considère que le cuivre est inerte, c'est-à-dire qu'il ne subit pas de transformation chimique.

1 Justifier que l'équation modélisant la transformation chimique ayant lieu lorsque la cellule débite s'écrit :

$$Zn(s) + 2\,H^+(aq) \rightarrow Zn^{2+}(aq) + H_2(g)$$

2 En déduire quelle électrode, parmi celle en zinc et celle en cuivre, joue le rôle de cathode. Justifier.

3 Compléter le schéma de la page suivante en indiquant les pôles de la cellule, le mouvement des électrons, le mouvement des cations ⊕ et des anions ⊖ dans la rondelle de feutre, et le sens conventionnel du courant d'intensité I.

On mesure la tension U aux bornes de cette cellule élémentaire en reliant la borne « V » du voltmètre à l'électrode de cuivre et la borne « COM » à l'électrode de zinc. On lit $U = 0{,}82$ V.

4 Justifier la cohérence du signe de cette mesure avec les réponses données précédemment.

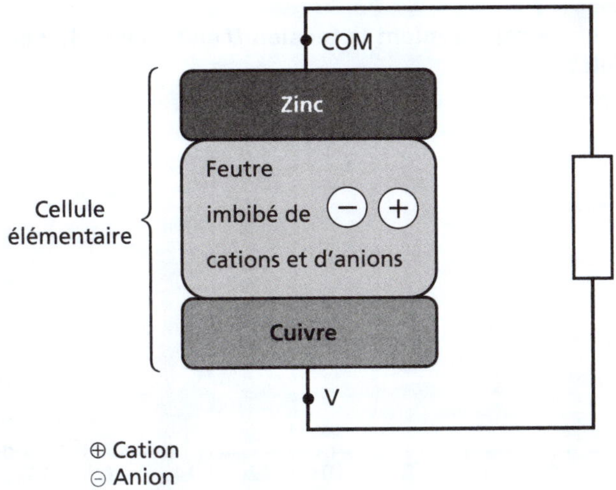

La tension délivrée par une cellule élémentaire étant trop faible pour certaines expériences, Volta a réalisé sa pile en associant plusieurs cellules élémentaires (doc. 2).

DOC. 2 Reconstitution de la superposition de 16 cellules élémentaires

Au laboratoire, une reconstitution de cette superposition est réalisée à partir de plusieurs cellules élémentaires placées en série.
Chaque cellule élémentaire est constituée d'une plaque de zinc et d'une plaque de cuivre plongeant dans un bécher contenant une centaine de millilitres d'eau salée.

Photographie du montage expérimental reconstituant la superposition de 16 cellules élémentaires

On souhaite étudier l'évolution de la tension électrique délivrée par l'ensemble des cellules en fonction du nombre de cellules constituant le système. Ainsi, on réalise plusieurs mesures de tension U aux bornes d'un ensemble de N cellules, associées en série, en modifiant le nombre N de cellules.
Les résultats sont donnés sur le doc. 3.

5 Proposer une relation numérique entre la tension U et le nombre N de cellules.

6 En supposant que la relation précédente est valable quel que soit le nombre de cellules élémentaires mises en série, déterminer l'ordre de grandeur du nombre de cellules élémentaires nécessaires à l'obtention d'une tension d'une centaine de volts.

DOC. 3 Graphique représentant la tension U en fonction du nombre N de cellules

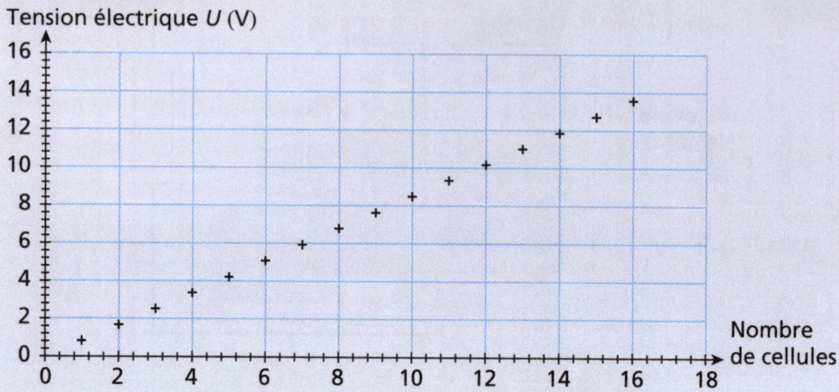

Partie 2 La pile Daniell

Le gaz qui se forme lors de l'utilisation de la pile Volta empêche la production d'un courant constant au cours du temps, nécessaire pour l'alimentation de certains appareils électriques, comme le télégraphe.

Progressivement, la pile Daniell remplace les piles basées sur le principe de Volta. Elles peuvent être associées en série pour augmenter la tension globale délivrée.

DOC. 4 Pile Daniell

Photographie d'une batterie de piles Daniell

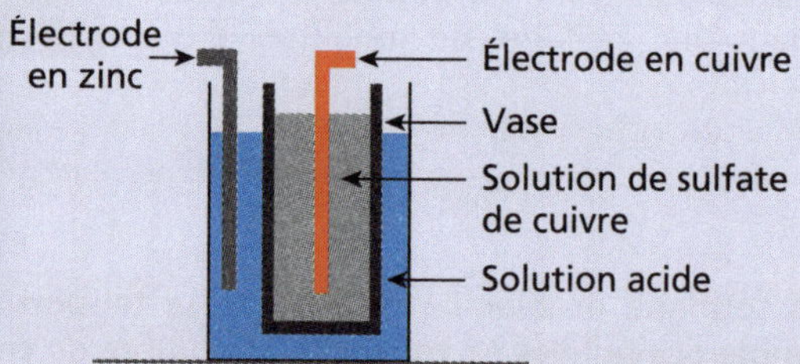

Schéma en coupe d'une pile Daniell

On peut schématiser une pile Daniell de la manière suivante :

- une électrode en cuivre plonge dans un volume $V = 100$ mL de solution aqueuse de sulfate de cuivre (Cu^{2+}(aq) ; SO_4^{2-}(aq)) de concentration $C = 0{,}100\ mol \cdot L^{-1}$, cette solution étant elle-même contenue dans un vase poreux ;
- le vase poreux joue le rôle de pont salin ;

– le vase poreux plonge dans un bécher contenant une solution acide et une électrode de zinc de masse d'environ $m \approx 100$ g.

L'équation modélisant la transformation chimique ayant lieu lorsque la pile Daniell débite un courant est :

$$Cu^{2+}(aq) + Zn(s) \rightarrow Cu(s) + Zn^{2+}(aq)$$

> Données

- Masse molaire du sulfate de cuivre $CuSO_4$: 159,6 $g \cdot mol^{-1}$.
- Masse molaire du zinc Zn : 65,4 $g \cdot mol^{-1}$.
- Charge électrique d'une mole d'électrons : $9{,}65 \times 10^4$ C.

1 Montrer que l'ion Cu^{2+} est le réactif limitant dans la transformation considérée.

2 En supposant que la pile soit destinée à l'alimentation d'un appareil nécessitant un courant électrique d'intensité 20 mA, déterminer la valeur de la durée maximale de fonctionnement de la pile.

Le candidat est invité à prendre des initiatives et à présenter la démarche suivie, même si elle n'a pas abouti. La démarche est évaluée et nécessite d'être correctement présentée.

CORRIGÉ SUJET COMPLET 2

Exercice 1

énoncé p. 259

Partie 1

1 P_1 et P_2 sont des points situés à la surface de Mars, donc la lentille L_1 est proche de l'objet. Il s'agit de l'objectif.
En revanche, L_2 est une lentille proche de l'œil. L_2 est donc l'oculaire.

Finalement, **L_1 est l'objectif** et **L_2 est l'oculaire**.

2 **Une lunette astronomique est dite « afocale » si, d'un objet situé à l'infini, elle produit une image elle aussi située à l'infini.**

Pour ce faire, **il faut que le foyer focal image F'_1 de l'objectif L_1 soit confondu avec le foyer focal objet F_2 de l'oculaire L_2.**

Ainsi, la distance entre les deux centres optiques O_1 et O_2 est égale à la somme des distances focales.

À retenir

Une lunette est afocale si $\overline{O_1O_2} = f'_1 + f'_2$ (somme des distances focales), c'est-à-dire si F'_1 et F_2 sont confondus.

L$_1$: objectif

L$_2$: oculaire

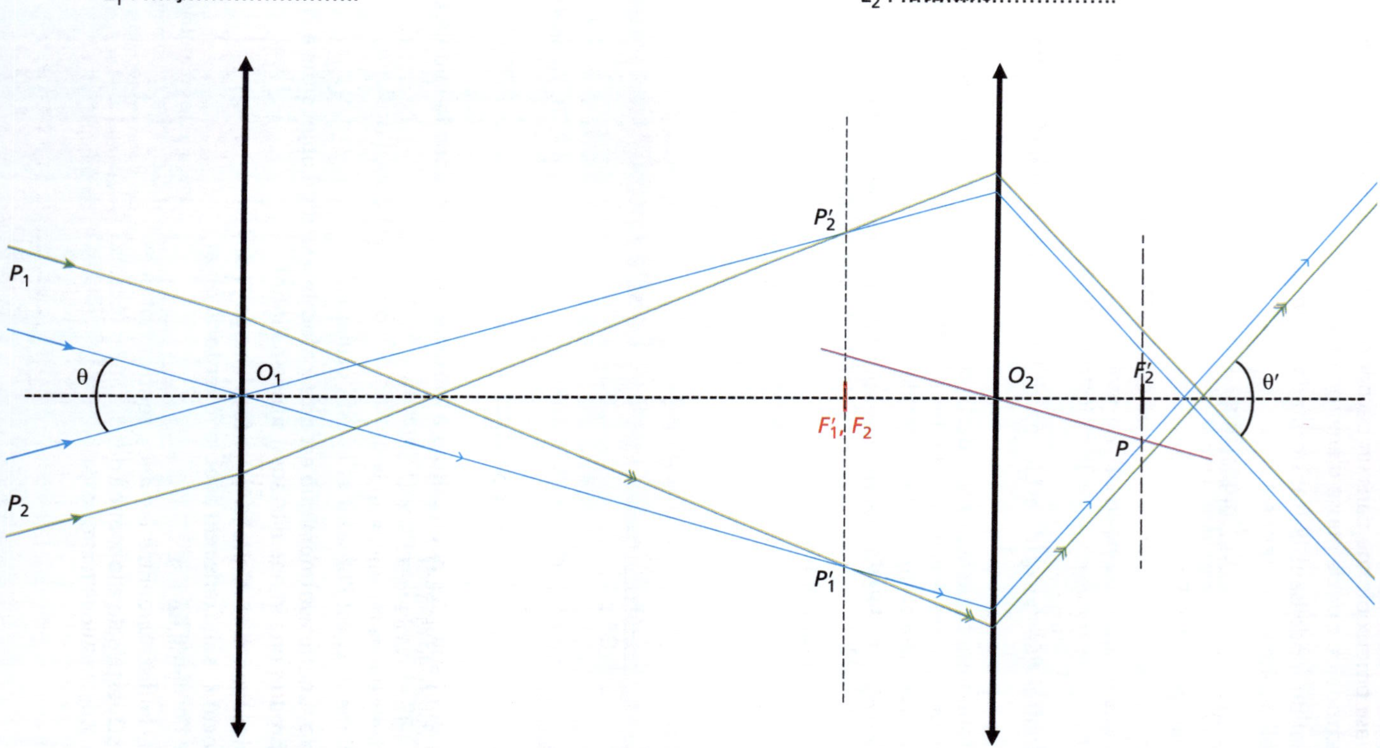

3 Pour tracer la marche des rayons issus de P_1 et P_2, on commence par exemple par tracer le rayon issu de P_1 passant par O_1.

Ce rayon passe par O_1 sans être dévié et arrive jusqu'à la lentille L_2. Pour tracer le rayon émergeant de l'oculaire, il faut dans un premier temps tracer un rayon parallèle à lui passant par O_2, centre optique de l'oculaire L_2 (en violet sur le schéma ci-avant).

L'astuce du prof

Tout rayon passant par le centre optique d'une lentille n'est jamais dévié.

Ce rayon (en violet) coupe le plan focal image de L_2 en un point P, qui va servir à terminer la construction du rayon qui nous intéresse.

En effet, le rayon en construction sort de la lentille L_2 en passant par P (fin du rayon bleu après la lentille L_2).

On identifie ensuite P'_1, le point d'intersection entre le plan focal image de L_1 (au plan focal objet de L_2) et le rayon ainsi tracé.

On peut alors construire le second rayon (rayon vert) issu de P_1 après l'objectif L_1. Ce rayon passe par P'_1 et ressort de l'oculaire L_2 parallèle au premier rayon bleu tracé.

La construction des rayons issus de P_2 se fait de la même manière en symétrique de la construction que nous venons de réaliser.

Le point P'_2, image intermédiaire de P_2, se situe donc aussi dans le plan focal objet de L_2, ou image de L_1, intersection des rayons issus de P_2.

L'angle θ' sans lequel la planète Mars est vue en sortie de la lunette est l'angle, après L_2, entre les rayons issus de P_1 et ceux issus de P_2.

4 Le grossissement de la lunette est donné dans l'énoncé :

$$G_{\text{lunette}} = \frac{f'_1}{f'_2}$$

A. N. : $G_{\text{lunette}} = \frac{900}{20} = \mathbf{45}$.

Remarque

Le grossissement est une grandeur sans unité. Il peut être calculé comme le rapport de deux distances focales exprimées dans la même unité (en mm ici).

5 Le pouvoir séparateur de l'œil humain est $\varepsilon = 2{,}9 \times 10^{-4}$ rad.

Si l'angle sous lequel une personne regarde deux points lumineux est plus petit que ε, alors cette personne ne distinguera pas les deux points et n'en verra qu'un seul. C'est le cas ici.

En effet, $\theta = 4{,}9 \times 10^{-5}$ rad $< \varepsilon = 2{,}9 \times 10^{-4}$ rad.

L'observateur ne voit alors qu'**un point lumineux**, sans autre distinction.

6 Par définition, le grossissement d'une lunette est le rapport entre θ et θ' soit $G = \frac{\theta'}{\theta}$. On en déduit $\theta' = G \times \theta$, soit :

$\theta' = 45 \times 4{,}9 \times 10^{-5} = 2{,}2 \times 10^{-3}$ rad $> \varepsilon = 2{,}9 \times 10^{-4}$ rad.

L'angle θ' est supérieur au pouvoir séparateur de l'œil humain, donc une personne regardant Mars dans la lunette astronomique précédente est capable de distinguer les points P_1 et P_2. **Mars ne sera donc plus vue comme un unique point, mais comme un disque.**

Partie 2

1 La planète Mars est d'autant plus proche de la Terre que l'angle θ est grand.

Le point *A* du doc. 1 correspond au maximum des données, donc à l'angle maximal et à la distance Terre-Mars minimale. Le point *A* est donc associé à la distance D_1 et l'angle θ_1.

Ainsi, le point *B*, minimum des données du doc. 1, correspond à θ_2 et à la distance D_2 Terre-Mars la plus grande.

Par lecture graphique des ordonnées des points *A* et *B* du doc. 1, on a :

$\boldsymbol{\theta_1 = 1{,}17 \times 10^{-4}}$ **rad** et $\boldsymbol{\theta_2 = 1{,}7 \times 10^{-5}}$ **rad.**

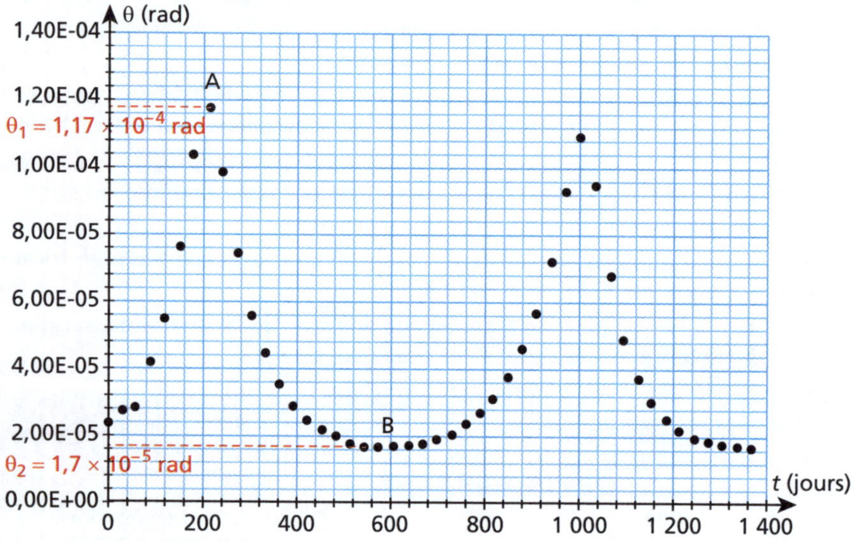

2 On suppose dans cette question que d_M est constant et dans l'approximation des petits angles, il est tel que :

$$\theta_1 = \frac{d_M}{D_1} \quad \text{et} \quad \theta_2 = \frac{d_M}{D_2}$$

Par ailleurs, on a une relation entre les distances D_1, D_2 et r_{SM} :

$$D_1 + D_2 = 2\,r_{SM}$$

que l'on peut écrire en fonction de θ_1, θ_2 et d_M :

$$D_1 + D_2 = \frac{d_M}{\theta_1} + \frac{d_M}{\theta_2} = d_M\left(\frac{1}{\theta_1} + \frac{1}{\theta_2}\right) = 2r_{SM}$$

Finalement, on obtient :

$$\boldsymbol{d_M = \frac{2r_{SM}}{\dfrac{1}{\theta_1} + \dfrac{1}{\theta_2}}}$$

comme proposé dans l'énoncé.

3 A. N. : $d_M = \dfrac{2 \times 2{,}28 \times 10^8}{\dfrac{1}{1{,}17 \times 10^{-4}} + \dfrac{1}{1{,}7 \times 10^{-5}}}$

d'où $\boldsymbol{d_M = 6{,}8 \times 10^3}$ **km.**

Le diamètre moyen de référence de la planète Mars est $d_{Ref} = 6{,}78 \times 10^3$ km.

En comparant avec la valeur $d_M = 6{,}8 \times 10^3$ km avec la même précision (2 chiffres significatifs), **on retrouve bien la valeur $\boldsymbol{d_{Ref}}$.**

Gagnez des points !

En laissant r_{SM} en km, la distance d_M sera elle aussi en km. La conversion n'est pas nécessaire.

En revanche, attention à la précision du résultat : avec deux chiffres significatifs seulement !

Partie 3

Méthode

Appliquez la seconde loi de Newton dans le référentiel mobile de Frénet. Puis projetez cette équation vectorielle suivant $\vec{\tau}$ et $\vec{n}$. La première relation montre que le mouvement est uniforme et la seconde donne une expression de la vitesse constante.

1 Le système étudié est Phobos de masse M_P dans le référentiel centré sur Mars.

La seule force exercée sur Phobos est la force gravitationnelle exercée par Mars : $\vec{F}$.

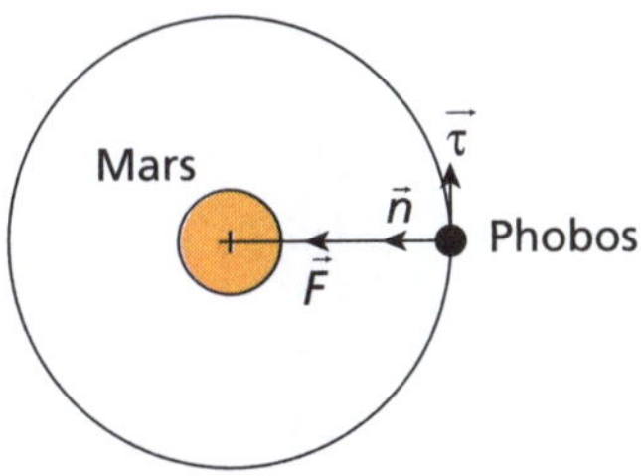

On peut écrire alors (2e loi de Newton) que $\vec{F} = M_P\vec{a}$, avec $\vec{a}$ le vecteur accélération de Phobos sur sa trajectoire supposée circulaire autour de Mars.

Appliquons la 2e loi de Newton dans le repère mobile de Frénet $(\vec{\tau}, \vec{n})$.

La trajectoire de Phobos est un cercle, $\vec{n}$ est suivant le rayon et $\vec{\tau}$ est perpendiculaire.

La force gravitationnelle exercée par Mars sur Phobos est :

$$\vec{F} = G \times \frac{M_M \times M_P}{r_{MP}^2}\vec{n}$$

avec r_{MP} le rayon de la trajectoire circulaire de Phobos autour de Mars.

Par projection suivant $\vec{\tau}$, on a :

$$\tau = M_P \times a_0$$

soit :

$$a_\tau = \frac{dv}{dt} = 0$$

On en déduit que la valeur de la vitesse de Phobos autour de Mars est constante.

Par projection suivant $\vec{n}$, on a :

$$G \times \frac{M_M \times M_P}{r_{MP}^2} = M_P \times a_n$$

avec $a_n = \dfrac{v^2}{r_{MP}}$ et $M_P \neq 0$.

On en déduit alors que :

$$G \times \frac{M_M}{r_{MP}^2} = \frac{v^2}{r_{MP}}$$

d'où :

$$G \times \frac{M_M}{r_{MP}} = v^2$$

soit alors :

$$\boldsymbol{v = \sqrt{G \times \frac{M_M}{r_{MP}}}}$$

On retrouve bien l'expression de la vitesse de Phobos autour de Mars proposée dans l'énoncé.

2 Pour déterminer la masse de Mars, reprenons l'expression du carré de la vitesse de Phobos autour de Mars :

$$v^2 = G \times \frac{M_M}{r_{MP}}$$

On en déduit alors que :

$$M_M = \frac{r_{MP} \times v^2}{G}$$

Il nous faut à présent déterminer la vitesse v de Phobos.

Phobos parcourt un tour complet, c'est-à-dire un périmètre de cercle $2\pi \times r_{MP}$ en une période $T = 7$ heures 39 minutes.

Donc :

$$v = \frac{2\pi \times r_{MP}}{T}$$

En remplaçant dans l'expression précédente, on obtient :

$$M_M = \frac{r_{MP}}{G} \times \frac{4\pi^2 \times r_{MP}^2}{T^2}$$

$$M_M = 4\pi^2 \times \frac{r_{MP}^3}{GT^2}$$

A. N. : r_{MP} est à convertir en mètres, soit $9{,}38 \times 10^6$ m et T en secondes, soit $T = 7 \times 3\,600 + 39 \times 60 = 27\,540$ s.

$$M_M = 4\pi^2 \times \frac{(9{,}38 \times 10^6)^3}{6{,}67 \times 10^{-11} \times (27\,540)^2} = \mathbf{6{,}44 \times 10^{23}\ kg}.$$

On peut vérifier que **la planète Mars « possède une masse M_M environ dix fois moins grande que celle de la Terre »** :

$$\frac{M_T}{M_M} = \frac{5{,}97 \times 10^{24}}{6{,}44 \times 10^{23}} = 9{,}27 \approx 10.$$

On retrouve bien la valeur annoncée.

Exercice A

énoncé p. 263

Partie 1

1 Les molécules de vanilline et d'éthylvanilline sont isomères de constitution si elles ont même formule brute, c'est-à-dire le même nombre d'atomes.

Or la comparaison des deux formules semi-développées du doc. 1 montre déjà que l'éthylvanilline possède un atome de carbone de plus que la vanilline. **Les molécules de vanilline et d'éthylvanilline ne sont donc pas isomères de constitution.**

L'astuce du prof

Il n'est pas nécessaire de donner les formules brutes de chaque molécule pour répondre à la question.

2 La formule topologique ne montre pas les atomes de carbone de la formule développée ni les liaisons C – H. On a donc pour la vanilline :

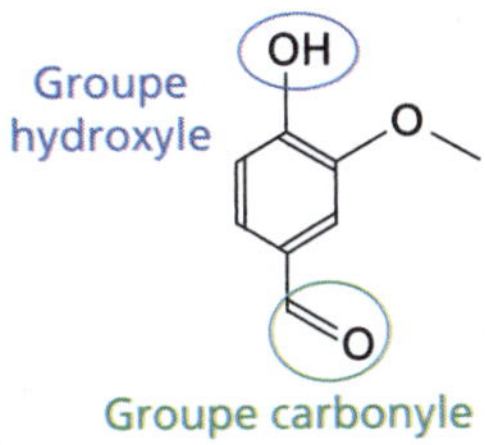

3 Sur la formule topologique de la vanilline ci-avant, on peut identifier :

- le groupe – OH **hydroxyle, caractéristique de la famille des alcools** ;
- le groupe = O **carbonyle, caractéristique de la famille des aldéhydes**.

Remarque

Le groupe carbonyle C = O est caractéristique des familles des cétones et des aldéhydes.
Le groupement C = O caractéristique des aldéhydes est tel que C est le premier ou le dernier atome de carbone de la chaîne principale de la molécule.

4

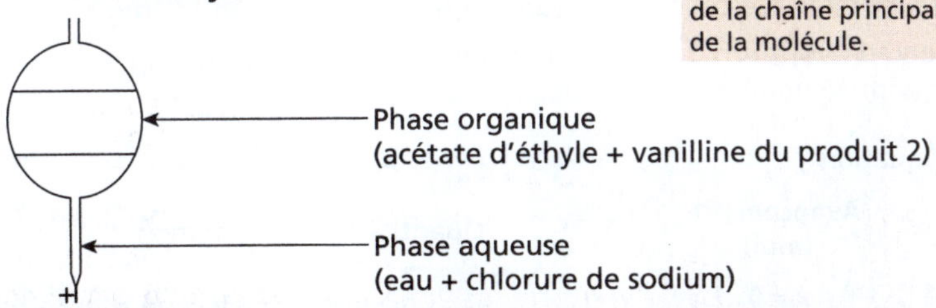

Ampoule à décanter

Le tableau des données montre que la vanilline est « très soluble » dans l'acétale d'éthyle et « très peu soluble » dans la solution aqueuse de chlorure de sodium. La vanilline du produit 2 se trouve donc, après agitation de l'ampoule à décanter, **dans la phase organique** que constitue l'acétale d'éthyle.

La densité de la phase aqueuse est « supérieure à 1 », alors que celle de la phase organique vaut 0,897. La phase organique est donc **surnageante** et est donc placée au-dessus de la phase aqueuse.

5 Les produits P_1 et P_2 ont une tache à la même hauteur que celle du dépôt V, qui représente la tache de référence de la vanilline commerciale.

Ces produits P_1 et P_2 contiennent donc de la vanilline.

En revanche, le produit P_3 ne contient pas de vanilline, car aucune tache du dépôt P_3 n'est visible à la hauteur de la tache du dépôt V de vanilline.

Gagnez des points !

Le chromatogramme montre bien que la vanilline de référence est un produit pur, ce qui n'est pas le cas des produits P_1 et P_2 qui sont des mélanges (présence verticale de plusieurs taches pour chaque dépôt P_1 ou P_2).

Partie 2

1 Le diagramme de prédominance du couple AH/A^- est le suivant :

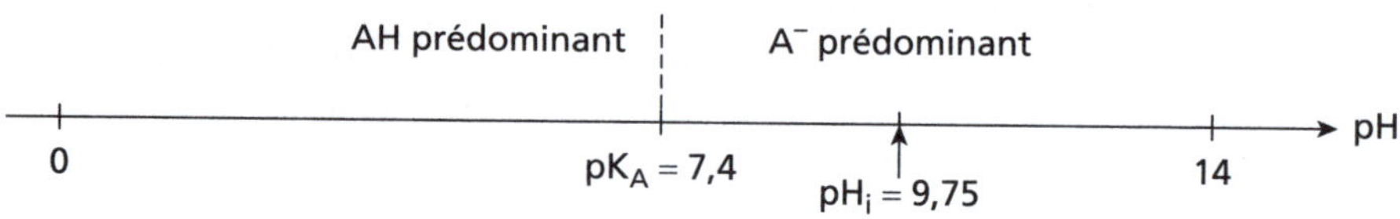

Au début du titrage, le doc. 3 permet de déterminer le pH initial (ordonnée à l'origine de la courbe de pH, soit le tracé +++) : $pH_i = 9{,}75$.

Or on a $pK_A = 7{,}4$ pour le couple AH/A^-. Ainsi, comme $pH_i > pK_A$, on en déduit que **l'espèce prédominante est la forme basique A^-** de la vanilline, c'est-à-dire l'ion vanillinate.

2 Le couple acido-basique vanilline/ion vanillinate est AH/A^- et le couple acido-basique de l'ion oxonium H_3O^+ présent dans l'acide chlorhydrique est celui de l'eau, soit H_3O^+/H_2O.

On a les demi-équations suivantes : $A^- + H^+ = AH$

et $H_3O^+ = H_2O + H^+$

d'où l'équation bilan suivante : $\mathbf{A^- + H_3O^+ \rightarrow AH + H_2O}$.

Cette équation bilan est celle de la réaction support du second titrage.

3 Un tableau d'évolution de titrage permet d'établir la relation à l'équivalence. Soit n_A la quantité de matière d'acide H_3O^+ et n_B celle de base A^-.

Équation		H_3O^+ +	A^- →	AH +	H_2O
État	**Avancement (mol)**	**Quantité de matière (mol)**			
État initial	$x = 0$	n_A	n_B	0	/
État en cours	x	$n_A - x$	$n_B - x$	x	/
Équivalence	$x = x_{eq}$	$n_A - x_{eq} = 0$	$n_B - x_{eq} = 0$	x_{eq}	/

À l'équivalence, on a :

$$\begin{cases} n_A - x_{eq} = 0 \Leftrightarrow x_{eq} = n_A \\ n_B - x_{eq} = 0 \Leftrightarrow x_{eq} = n_B \end{cases}$$

soit :

$$x_{eq} = n_A = n_B$$

ou encore : $C_A V_{AE} = C_B V_B$

On en déduit l'expression C_B de la concentration en ions vanillinate A^- :

$$C_B = \frac{C_A V_{AE}}{V_B}$$

Le volume d'ions oxonium H_3O^+, espèce acide, est égal au volume d'acide chlorhydrique nécessaire pour titrer l'ion vanillinate. Il est « égal à la différence des deux volumes entre les deux équivalences observées ».

Le **doc. 3** permet de déterminer les deux volumes V_{E1} et V_{E2} des deux équivalences observées.

L'astuce du prof

Utilisez les sauts de pH identifiables grâce à la courbe de $\frac{dpH}{dV}$ du doc. 3 plutôt que la courbe du pH en fonction du volume versé de solution titrante.

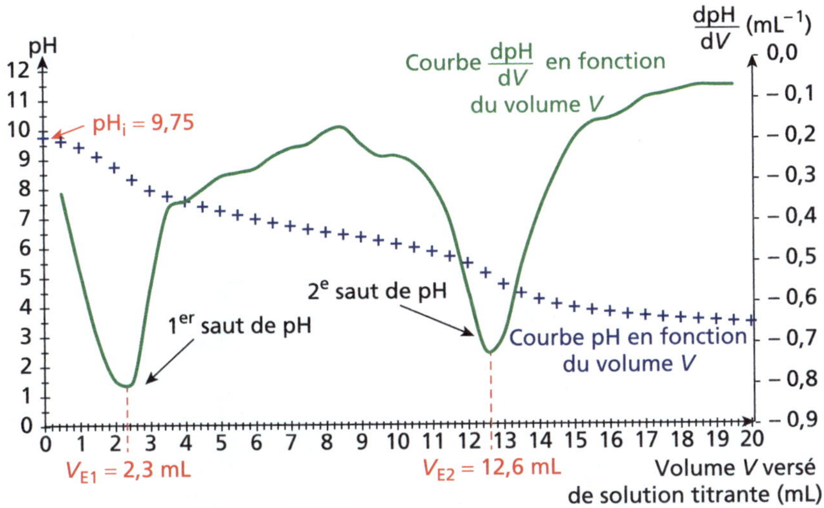

On peut alors lire $V_{E1} = 2{,}3$ mL pour le premier saut de pH et $V_{E2} = 12{,}6$ mL pour le deuxième.

Par différence, on obtient $V_{AE} = V_{E2} - V_{E1}$, soit $V_{AE} = 12{,}6 - 2{,}3 = 10{,}3$ mL.

En remplaçant dans l'expression de C_B issue de la relation à l'équivalence, on obtient la concentration en ions vanillinate A^- dans la solution titrée S :

$$C_B = \frac{C_A \times V_{AE}}{V_B}$$

A. N. : $C_B = \frac{4{,}1 \times 10^{-3} \times 10{,}3}{50{,}0} = 8{,}446 \times 10^{-4}\ \text{mol}\cdot\text{L}^{-1}$

soit $8{,}4 \times 10^{-4}\ \text{mol}\cdot\text{L}^{-1}$ en ne gardant que deux chiffres significatifs.

L'astuce du prof

Gagnez du temps en gardant V_{AE} et V_B en mL.

La masse m_{A^-} d'ions vanillinate contenue dans la fiole jaugée de 100,0 mL de solution S est alors :

$$m_{A^-}(S) = n_{A^-}(S) \times M = (C_B \times V_{fiole}) \times M$$

A. N. : $m_{A^-}(S) = 8{,}446 \times 10^{-4} \times 100{,}0 \times 10^{-3} \times 152 = 1{,}28 \times 10^{-2}$ g.

Or la solution S est fabriquée avec 0,31 g de produit 1, ce qui signifie que l'on a une masse de $1{,}28 \times 10^{-2}$ g de vanilline pour 0,31 g de produit 1 ou extrait pur.

Ramenée à 1 000 g = 1 kg d'extrait pur, la masse de vanilline est alors :

$$m = \frac{1\,000 \times 1{,}28 \times 10^{-2}}{0{,}31} = 41 \text{ g.}$$

Cette masse est très largement supérieure aux 2 g imposés par la législation. **L'appellation « extrait de vanille » peut donc être attribuée à l'extrait correspondant au produit 1.**

Exercice B

énoncé p. 266

Partie 1

1 Le spectre d'absorption de la solution d'encre diluée a un pic d'absorbance à la longueur d'onde $\lambda = 580$ nm (voir spectre ci-dessous).

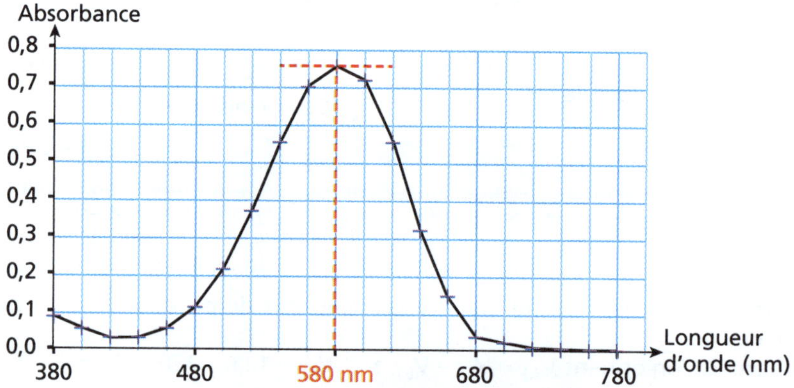

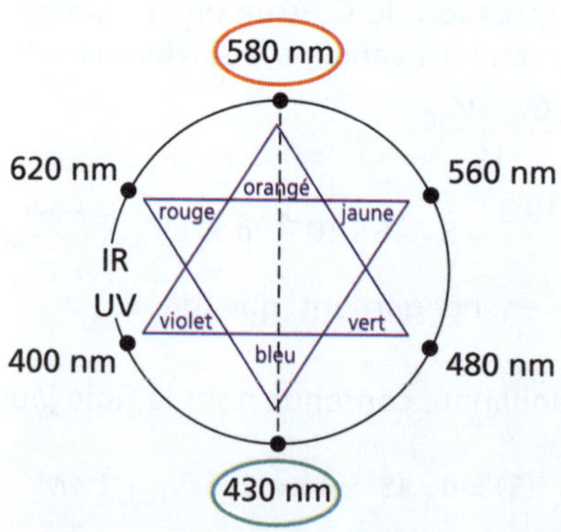

En reportant cette longueur d'onde dans le cercle chromatique et en déterminant sa couleur complémentaire, **on vérifie bien que l'encre utilisée est de couleur bleue**.

À retenir

Deux couleurs complémentaires sont opposées dans le cercle chromatique.

2 Le facteur de dilution F est par définition le rapport des concentrations des solutions fille et mère, mais la conservation de la quantité de matière lors de la dilution montre que F est aussi le rapport des volumes :

$$F = \frac{V_{\text{fille}}}{V_{\text{mère}}}$$

On en déduit que le volume $V_{\text{mère}}$ de solution S_1 à introduire dans la fiole jaugée de volume $V_{\text{fille}} = V_2 = 100$ mL est :

$$V_{\text{mère}} = \frac{V_{\text{fille}}}{F}$$

A. N. : $V_{\text{mère}} = \frac{100}{20} = 5{,}0$ mL.

La verrerie nécessaire au prélèvement de $V_{\text{mère}} = 5{,}0$ mL est une pipette jaugée de 5,0 mL à introduire dans une fiole jaugée de 100,0 mL.

Un bécher de 50 mL sera aussi nécessaire pour contenir la solution mère S_1 avant prélèvement.

Les verreries nécessaires pour cette dilution sont : une pipette jaugée de 5,0 mL ; une fiole jaugée de 100,0 mL ; un bécher de 50 mL.

Remarque

Il n'est pas nécessaire de mentionner la propipette ou poire à pipeter, le bouchon de la fiole jaugée, la solution S_1 ou encore l'eau distillée. Le protocole de dilution, lui non plus, n'est pas demandé.

3 À partir du doc. 1, on détermine la valeur de l'absorbance à $\lambda = 580$ nm, longueur d'onde pour laquelle on connaît la valeur de ε, le coefficient d'absorption molaire du bleu d'aniline. Soit $A = 0{,}74$.

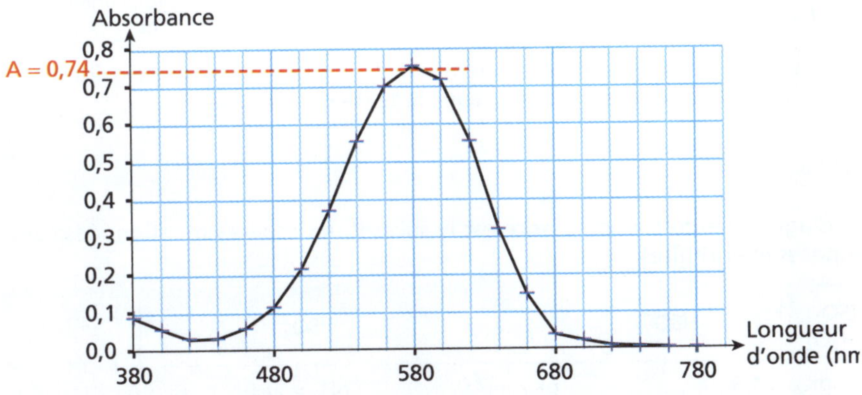

En appliquant la loi de Beer-Lambert, on a :

$$A = \varepsilon \ell C$$

soit :

$$C = \frac{A}{\varepsilon \times \ell}$$

Ainsi, la concentration en quantité de matière C en bleu d'aniline est :

$$C = \frac{0{,}74}{5{,}00 \times 10^{4} \times 1{,}0} = 1{,}48 \times 10^{-5}\ \text{mol}\cdot\text{L}^{-1}$$

ou **$1{,}5 \times 10^{-5}$ mol · L^{-1} avec deux chiffres significatifs.**

> **L'astuce du prof**
> Il n'est pas nécessaire de convertir ℓ en m, car ε s'exprime en L · mol^{-1} · cm^{-1}.

4 La solution S_2 est obtenue en diluant d'un facteur 20 la solution S_1 contenant la totalité de l'encre d'une cartouche.

La concentration en bleu d'aniline dans la solution S_1 est c_1 telle que :

$$c_1 = 20 \times C$$

A. N. : $c_1 = 20 \times 1{,}5 \times 10^{-5} = 3{,}0 \times 10^{-4}$ mol · L^{-1}.

Cela correspond à une quantité de matière en bleu d'aniline de :

$$n = c_1 \times V_1$$

A. N. : $n = 3{,}0 \times 10^{-4} \times 100 \times 10^{-3} =$ **$3{,}0 \times 10^{-5}$ mol.**

On retrouve bien la valeur proposée dans l'énoncé.

5 La masse m de bleu d'aniline contenu dans une cartouche est :

$$m = n \times M_{\text{bleu}}$$

A. N. : $m = 3{,}0 \times 10^{-5} \times 737{,}7 = 2{,}2 \times 10^{-2}$ g.

La masse d'encre est la masse de solution contenue dans une cartouche :

$$m_{\text{encre}} = \rho_{\text{encre}} \times V_{\text{cartouche}}$$

A. N. : $m_{\text{encre}} = 1{,}1 \times 0{,}60 = 0{,}66$ g.

Le titre massique t en bleu d'aniline de l'encre contenu dans la cartouche est le rapport des deux masses :

$$t = \frac{m}{m_{\text{encre}}}$$

A. N. : $t = \dfrac{2{,}2 \times 10^{-2}}{0{,}66} = 0{,}037$ ou **3,7 %**.

> **À retenir**
> Le titre massique d'un composé en solution est le rapport, sans unité, de la masse de ce composé sur celle de la solution qui le contient.

Le texte mentionne « L'encre ne contient que 3 à 5 % en masse de ce colorant ». Or 3 % $< t <$ 5 %, **ce qui est cohérent avec le texte de l'énoncé.**

Partie 2

1 Le diagramme de prédominance est le suivant, les espèces mentionnées sont les espèces majoritaires.

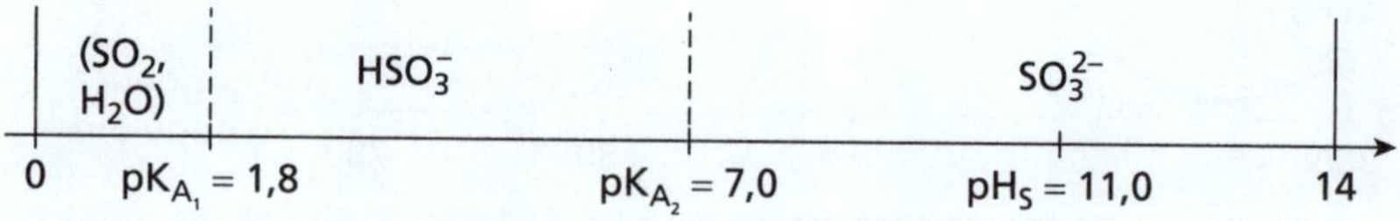

À $pH_S = 11{,}0$ **l'espèce majoritaire est l'ion sulfite SO_3^{2-}.** En effet, $pH_S > pK_{A_2} = 7{,}0$. Les espèces HSO_3^- et (SO_2, H_2O) sont respectivement minoritaire et très largement minoritaire.

2 Les couples redox mis en jeu sont I_2/I^- et SO_4^{2-}/SO_3^{2-}.

Les demi-équations correspondantes, en milieu basique, sont, selon les données de l'énoncé :

$$SO_4^{2-} + H_2O + 2e^- = SO_3^{2-} + 2HO^-$$

qu'il faut réécrire dans le sens de la consommation des ions sulfite :

$$SO_3^{2-} + 2HO^- = SO_4^{2-} + H_2O + 2e^-$$

et $$I_2 + 2e^- = 2I^-$$

soit : $$\mathbf{SO_3^{2-} + 2HO^- + I_2 \rightarrow SO_4^{2-} + H_2O + 2I^-}$$

par addition membre à membre en simplifiant de part et d'autre par $2e^-$.

À retenir

L'addition membre à membre ne peut se faire que lorsque le nombre d'électrons cédés par un réactif est égal à celui des électrons acceptés par l'autre réactif. Si ce n'est pas le cas, il faut coefficienter les demi-équations avant d'additionner.

3 Un tableau d'évolution de la réaction support de titrage permet d'établir la relation à l'équivalence :

Équation		SO_3^{2-} +	I_2 +	$2HO^- \rightarrow$ ...
État	**Avancement (mol)**	**Quantité de matière (mol)**		
État initial	$x = 0$	n_{Red}	n_{Ox}	...
État en cours	x	$n_{Red} - x$	$n_{Ox} - x$	...
Équivalence	$x = x_{eq}$	$n_{Red} - x_{eq}$	$n_{Ox} - x_{eq}$	...

À l'équivalence, $n_{Red} - x_{eq} = n_{Ox} - x_{eq} = 0$, soit la relation à l'équivalence :

$$n_{Red} = n_{Ox}$$

On en déduit que la quantité de matière en ions sulfite dans l'effaceur est :

$$n_{Red} = n\left(SO_3^{2-}\right) = n_{Ox} = n(I_2) = C_{I_2} \times V_E$$

A. N. : $n\left(SO_3^{2-}\right) = 10 \times 10^{-2} \times 8{,}2 \times 10^{-3} = 8{,}2 \times 10^{-5}$ mol.

En ne retenant qu'un chiffre significatif pour la précision du résultat, **on obtient bien $n\left(SO_3^{2-}\right) = 8 \times 10^{-5}$ mol comme proposé dans l'énoncé.**

4 « La réaction d'oxydoréduction entre le bleu d'aniline et les ions sulfite met en jeu une mole de bleu d'aniline pour une mole d'ions sulfite », donc on en déduit qu'un effaceur peut effacer $8{,}2 \times 10^{-5}$ mol de bleu d'aniline.

Or une cartouche contient $3{,}0 \times 10^{-5}$ mol de bleu d'aniline (réponse à la question **4** de la Partie 1), donc le nombre N de cartouches d'encre que permet d'effacer un effaceur est :

$$N = \frac{n\left(SO_3^{2-}\right)}{n}$$

A. N. : $N = \dfrac{8{,}2 \times 10^{-5}}{3{,}0 \times 10^{-5}} = \mathbf{2{,}7}$ **cartouches**.

Il faudra donc changer d'effaceur un peu avant la fin de la troisème cartouche (si tant est que l'on efface systématiquement entièrement ce que l'on écrit !). En sachant que l'on n'efface que nos erreurs, on peut conclure qu'un effaceur a une certaine durée de vie.

MÉTHODE | SUJETS PAS À PAS | SUJETS COMME À L'EXAMEN

Exercice C

énoncé p. 269

Partie 1

1 Les couples oxydant/réducteur mis en jeu sont Zn^{2+}/Zn et H^+/H_2.

La pile Volta est constituée de zinc, donc Zn est un réactif de la transformation. En tant que réducteur du couple Zn^{2+}/Zn, il va réagir avec l'oxydant de l'autre couple H^+/H_2, soit l'ion hydrogène H^+.

Les deux demi-équations rédox sont donc :

$$Zn = Zn^{2+} + 2e^-$$

$$2H^+ + 2e^- = H_2$$

$$\mathbf{Zn(s) + 2H^+(aq) \rightarrow Zn^{2+}(aq) + H_2(g)}$$

On obtient ainsi l'équation modélisant la transformation ayant lieu lorsque la cellule débite par addition membre à membre et en simplifiant de chaque côté par $2e^-$.

Méthode

- Identifiez, dans le couple métallique, le réactif contenu dans la pile.
- Sachant qu'un réducteur ne peut réagir qu'avec un oxydant, et inversement, identifiez la nature de ce réactif et celle du réactif de l'autre couple en jeu.
- Écrivez les deux demi-équations associées, coefficienter si nécessaire, sachant que le nombre d'électrons acceptés et cédés doit être le même.
- Additionnez membre à membre et simplifiez par les électrons.

2 Le zinc Zn(s) est le réducteur du couple Zn^{2+}/Zn, il subit donc une oxydation et correspond à l'anode de la pile.

La cathode est donc l'autre électrode, c'est-à-dire celle de cuivre, électrode inerte qui accueille la captation des électrons par les ions hydrogène H^+ se transformant en dihydrogène H_2.

À retenir

Dans une pile,
il y a oxyd**A**tion à l'**A**node
et rédu**C**tion à la **C**athode.

3

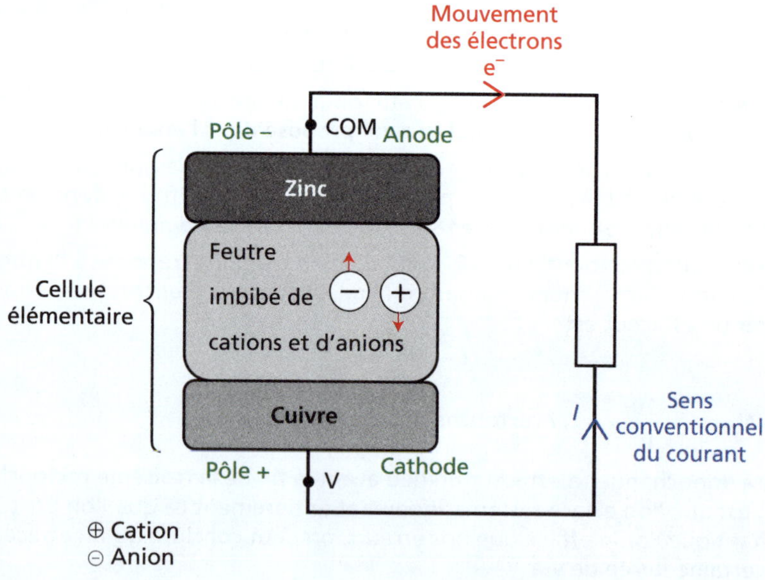

4 Le voltmètre est connecté entre la borne V et la borne COM, donc entre l'électrode de cuivre Cu et la borne zinc Zn.
On a alors $U = V_{Cu} - V_{Zn}$; la tension U est donc la différence de potentiel V entre la cathode positive et l'anode négative.
$V_{Cu} > V_{Zn}$, on en déduit que **la tension est positive** : $U = 0{,}82\ V > 0$.

5 Tous les points expérimentaux du doc. 3 sont alignés, ils appartiennent à une droite passant par l'origine O.
On en déduit que $U = k \times N$ avec k le coefficient directeur de la droite modèle.
Pour déterminer k, on peut choisir deux points sur cette droite :

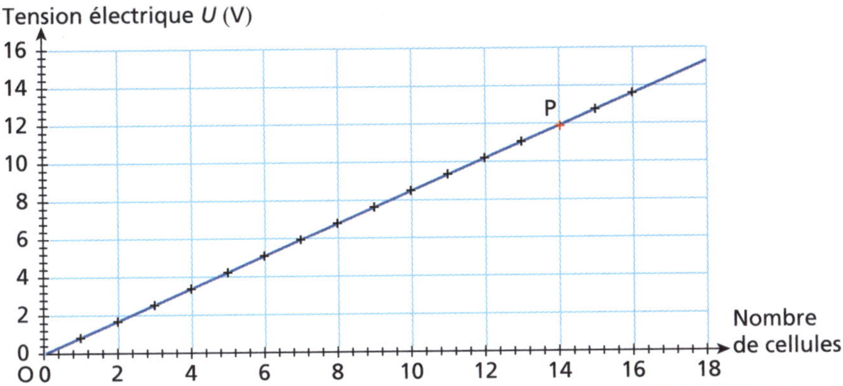

Soit $O(0, 0)$ origine du repère et $P(14{,}0\ ;\ 12{,}0)$, d'où

$$k = \frac{y_P - y_O}{x_P - x_O}.$$

A. N. : $k = \dfrac{12{,}0 - 0}{14{,}0 - 0} = 0{,}857\ V$, soit :

$$\boldsymbol{U = 0{,}857 \times N} \text{ (en V)}$$

> **Gagnez des points !**
> Le coefficient directeur de la droite $U = f(N)$ n'est pas sans unité. Il s'exprime dans l'unité du rapport $\dfrac{U}{N}$, c'est-à-dire en V/cellule ou en V si l'on considère que le nombre de cellules est sans unité.

6 Si $U = 100$ V environ, alors :

$$N = \frac{U}{k} = \frac{100}{0{,}857} = 117 \text{ environ.}$$

Ainsi, pour obtenir une tension d'une centaine de volts, il faudrait mettre en série **une centaine de cellules élémentaires**.

Partie 2

1 La solution de sulfate de zinc s'écrit $Cu^{2+}(aq) + SO_4^{2-}(aq)$. On en déduit qu'il y a autant d'ions cuivre Cu^{2+} apportés dans la solution que d'ions sulfate SO_4^{2-}.
Donc $[Cu^{2+}] = [SO_4^{2-}] = C = 0{,}100\ mol \cdot L^{-1}$.
La quantité de matière d'ions cuivre II à l'état initial est : $n(Cu^{2+}) = C \times V$

$n(Cu^{2+}) = 0{,}100 \times 100 \times 10^{-3} = 1{,}00 \times 10^{-2}$ mol.

> **L'astuce du prof**
> Au vu des quantités de matière, il semble évident que Cu^{2+} est le réactif limitant. Cependant, un tableau d'évolution de la réaction permet une démonstration propre.

La quantité de matière d'atomes de zinc Zn à l'état initial est :

$$n(\text{Zn}) = \frac{m(\text{Zn})}{M(\text{Zn})} = \frac{m}{M(\text{Zn})}$$

A. N. : $n(\text{Zn}) = \frac{100}{65,4} = 1,53$ mol.

On peut établir le tableau d'évolution de la réaction.

Équation		Cu^{2+}	+ Zn	→ Cu	+ Zn^{2+}
État	**Avancement (mol)**	**Quantité de matière (mol)**			
État initial	$x = 0$	$1,00 \times 10^{-2}$	1,53	0	0
État en cours	x	$1,00 \times 10^{-2} - x$	$1,53 - x$	x	x
État final	$x = x_{max}$	$1,00 \times 10^{-2} - x_{max}$	$1,53 - x_{max}$	x_{max}	x_{max}

Soit Cu^{2+} est limitant et $100 \times 10^{-2} - x_{max} = 0$ d'où $x_{max} = 1,00 \times 10^{-2}$ mol.

Soit Zn est limitant et $1,53 - x_{max} = 0$ d'où $x_{max} = 1,53$ mol.

L'avancement maximal correspond à la valeur la plus petite.

Donc $x_{max} = 1,00 \times 10^{-2}$ mol et **l'ion cuivre II Cu^{2+} est le réactif limitant.**

2 Soit Q la charge totale de cette pile Daniell et I l'intensité du courant qu'elle débite pendant une durée Δt, alors on a :

$$Q = I \times \Delta t$$

avec $Q = N_e \times \mathcal{F}$ où N_e est le nombre de moles d'électrons échangés pendant Δt ou encore la quantité de matière d'électrons échangés, et $\mathcal{F}$ la charge électrique d'une mole d'électrons $\mathcal{F} = 9,65 \times 10^4$ C (en valeur absolue).

Gagnez des points !
Identifiez le Faraday comme la charge d'une mole d'électrons :
1 Faraday = $\mathcal{F} = 9,65 \times 10^4$ C (en valeur absolue).

Or l'ion cuivre II est limitant, et la demi-équation redox le mettant en jeu est $Cu^{2+} + 2e^- = Cu$. Le tableau d'évolution est le suivant :

Demi-équation		Cu^{2+}	+ $2e^-$	= Cu
État	**Avancement (mol)**	**Quantité de matière (mol)**		
État initial	$x = 0$	$n(Cu^{2+})$	N_e	0
État en cours	x	$n(Cu^{2+}) - x$	$N_e - 2x$	x
État final	$x = x_{max}$	$n(Cu^{2+}) - x_{max}$	$N_e - 2x_{max}$	x_{max}

Cu^{2+} étant limitant, $x_{max} = n(Cu^{2+})$ et la quantité minimale d'électrons est $N_e = 2x_{max} = 2n(Cu^{2+})$.

Finalement, on a : $Q = I \times \Delta t = N_e \times \mathcal{F} = 2n(Cu^{2+}) \times \mathcal{F}$

On en déduit : $$\Delta t = \frac{2 \times n(Cu^{2+}) \times \mathcal{F}}{I}$$

A. N. : $\Delta t = \frac{2 \times 1,00 \times 10^{-2} \times 9,65 \times 10^4}{20 \times 10^{-3}}$ soit $\Delta t = 9,65 \times 10^4$ s ou 26 h 48 min.

La durée maximale de la pile est de presque 27 h.

SUJET COMPLET 3 Sujet inédit 20 pts 3h30

Exercice 1 8 pts 1h20 Calculatrice non-autorisée

corrigés p. 301

Comme un poisson dans l'eau

L'aquariophilie est une passion qui touche de plus en plus d'amateurs, mais aussi de néophytes. De nombreux facteurs peuvent contribuer à un déséquilibre dangereux pour la vie et la santé des poissons. Il est donc nécessaire de contrôler régulièrement la qualité de l'eau d'un aquarium.

Le pH de l'eau est la première grandeur qu'il faut mesurer, au moins une fois par semaine, et ajuster éventuellement. En effet, certains poissons ne peuvent évoluer que dans un milieu acide (c'est le cas des poissons d'Amazonie comme les Néons ou les Tétras), d'autres que dans un milieu basique (c'est le cas des poissons d'Amérique Centrale comme les Platy ou les Molly).

Aucun de ces poissons ne tolère une trop forte teneur en ions ammonium (NH_4^+) ou en ions nitrite (NO_2^-) : le cycle de l'azote doit donc être surveillé en évitant soigneusement la surpopulation de l'aquarium et l'excès de nourriture.

D'après *Poissons et aquariums*, Édition Larousse

Cet exercice est destiné à préciser certains points de ce texte. On étudie d'abord un produit commercial utilisé pour diminuer le pH de l'eau de l'aquarium ; on s'intéresse ensuite à la formation des ions ammonium.

Les parties 1 et 2 sont indépendantes. *Certaines aides au calcul peuvent comporter des résultats ne correspondant pas au calcul à effectuer.*

Partie 1 Étude d'une solution commerciale destinée à diminuer le pH de l'aquarium

Sur l'étiquette du produit, on peut lire que la solution commerciale S_0 est constituée d'acide chlorhydrique ($H_3O^+(aq) + Cl^-(aq)$), mais aucune concentration n'est indiquée. La transformation conduisant à l'acide chlorhydrique étant totale, la concentration c_0 de la solution commerciale est égale à la concentration en ions H_3O^+.

On cherche à déterminer cette concentration en faisant un titrage pH-métrique. Pour cela, on dilue 50 fois la solution commerciale et on procède au titrage d'un volume $V_A = 20{,}0$ mL de la solution diluée S_A à l'aide d'une solution d'hydroxyde de sodium S_B ($Na^+(aq) + HO^-(aq)$) de concentration molaire en soluté apporté $c_B = 4{,}0 \times 10^{-2}$ mol·L^{-1}. On obtient la courbe du doc. 1. On fait apparaître la courbe représentant la dérivée du pH en fonction du volume de soude versé.

DOC. 1 **Titrage de la solution commerciale diluée par la soude**

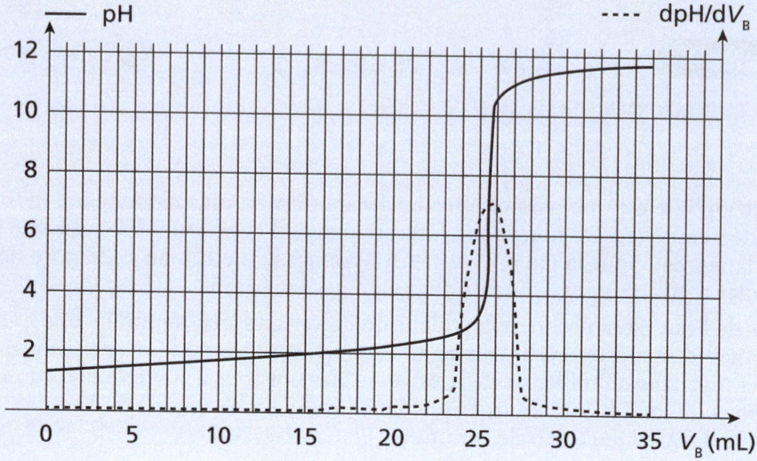

Aide au calcul

- $\log 8 \approx 0{,}9$
- $10^{6{,}4} = 2{,}5 \times 10^{6}$
- $\log 5 \approx 0{,}7$
- $10^{-6{,}4} \approx 4{,}0 \times 10^{-7}$

› Donnée

$K_A = 10^{-6{,}4}$.

1 Écrire l'équation de la réaction support du titrage.

2 **Équivalence**

a. Définir l'équivalence.

b. En déduire la valeur de la concentration des ions oxonium dans la solution diluée S_A.

c. Montrer que, dans la solution commerciale, la concentration des ions oxonium $[H_3O^+]$ est **voisine** de 2,5 mol·L^{-1}. *Cette valeur sera utilisée pour la suite de l'exercice.*

On désire diminuer le pH de l'eau de l'aquarium et l'amener à une valeur proche de 6, alors qu'il était initialement égal à 7. Sur le mode d'emploi du fabricant, on peut lire qu'il faut verser, en une fois, 20 mL de la solution commerciale dans 100 L d'eau. Pour simplifier le calcul, on considérera que le volume final reste égal à 100 L.

3 Quelle serait la valeur du pH final de l'eau de l'aquarium s'il n'y avait qu'une simple dilution des ions H_3O^+ ?

4 L'eau étant toujours plus ou moins calcaire, elle contient des ions hydrogénocarbonate (HCO_3^- (aq)) dont il faut tenir compte. Les ions H_3O^+ introduits vont, en effet, réagir avec ces ions.

L'équation associée à la réaction considérée est la suivante :

$$HCO_3^-(aq) + H_3O^+(aq) = CO_2(aq) + 2H_2O(\ell) \qquad \textbf{(réaction 1)}$$

a. Donner l'expression de la constante d'équilibre K_1 associée à l'équation de la réaction 1 en fonction des concentrations des différentes espèces chimiques présentes.

b. Exprimer cette constante d'équilibre en fonction de la constante d'acidité K_A du couple CO_2(aq), H_2O/HCO_3^-(aq). Déterminer sa valeur numérique.

5 L'eau utilisée pour l'aquarium est très calcaire. Dans cette eau, les concentrations molaires initiales des espèces mises en jeu dans la réaction 1 sont telles que le quotient de réaction initial de cette réaction vaut : $Q_{r,i} = 5{,}0$.

a. En utilisant le critère d'évolution spontanée, montrer que des ions H_3O^+ sont consommés si l'eau est calcaire.

b. Le pH final sera-t-il supérieur, égal ou inférieur au pH qui a été calculé à la question **3** ?

c. Dans la notice du fabricant, on trouve la phrase suivante : « Assurez-vous par des tests réguliers que votre eau est suffisamment calcaire car sinon, il pourrait y avoir des risques de chutes acides. » Expliquer.

Partie 2 Étude de la formation des ions ammonium

L'urée, de formule $(NH_2)_2CO$, est un polluant de l'aquarium. Elle est contenue dans les déjections de certains poissons et conduit, au cours d'une réaction lente, à la formation d'ions ammonium NH_4^+ et d'ions cyanate OCN^- selon l'équation :

$$(NH_2)_2CO(aq) = NH_4^+(aq) + OCN^-(aq) \qquad \textbf{(réaction 2)}$$

L'étude de la cinétique de cette réaction 2 peut être réalisée par conductimétrie. Pour cela, on prépare un volume $V = 100{,}0$ mL d'une solution d'urée de concentration molaire en soluté apporté égale à $c = 0{,}020\ mol\cdot L^{-1}$ et on suit sa décomposition en la maintenant dans un bain-marie à 45 °C. À différentes dates, on mesure la conductivité de la solution.

La conductivité σ de cette solution peut s'exprimer en fonction des concentrations des espèces ioniques en solution et des conductivités molaires ioniques (les ions H_3O^+(aq) et HO^-(aq) sont en très faible quantité et pourront ne pas être pris en compte). On a donc la relation suivante : $\sigma = \lambda_{NH_4^+}\left[NH_4^+\right] + \lambda_{OCN^-}\left[OCN^-\right]$.

1 Montrer que la concentration de la solution en ions NH_4^+(aq) peut être déterminée à partir de la mesure de la conductivité de la solution, les conductivités molaires ioniques étant connues.

2 **Évolution du système chimique**

a. Compléter littéralement le tableau descriptif de l'évolution du système ci-après en supposant la réaction totale.

		$(NH_2)_2CO(aq)$ =	NH_4^+ (aq) +	OCN^-(aq)
État	Avancement (mol)	Quantité de matière (mol)		
		$(NH_2)_2CO(aq)$	$NH_4^+(aq)$	$OCN^-(aq)$
État initial	$x = 0$			
État en cours d'évolution	x			
État final	x_{max}			

b. En déduire la relation, à chaque instant, entre la concentration en ions $NH_4^+(aq)$ en solution et l'avancement de la réaction.

c. Calculer l'avancement maximal x_{max}.

On peut ainsi représenter l'évolution de l'avancement de la réaction en fonction du temps.

DOC. 2 Cinétique de la décomposition de l'urée

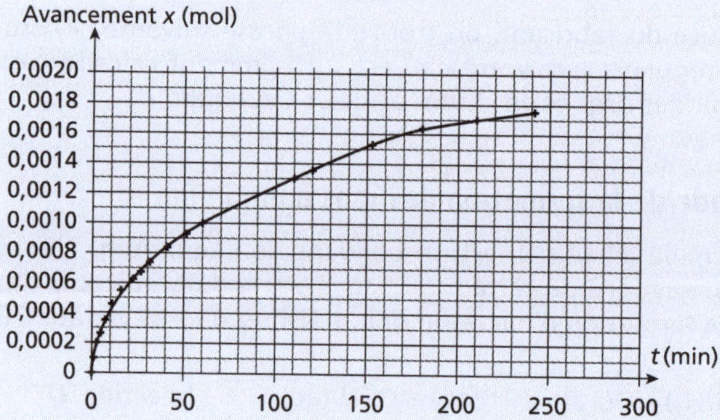

3 En déduire le taux d'avancement de la réaction à l'instant de date $t = 110$ min.

La vitesse volumique de réaction est donnée par la relation $v(t) = \frac{1}{V}\frac{dx}{dt}$ où x est l'avancement de la réaction à l'instant de date t et V le volume de la solution.

4 Décrire, en utilisant la courbe précédente, l'évolution de cette vitesse.

En poursuivant l'expérience pendant une durée suffisante, on obtient une concentration finale $[NH_4^+]_f = 2{,}0 \times 10^{-2}$ mol·L^{-1}.

5 Déterminer le taux d'avancement final de cette transformation. Cette transformation est-elle totale ?

6 Définir puis déterminer graphiquement le temps de demi-réaction.

7 Dans l'aquarium, la valeur de la température est seulement de 27 °C. Tracer sur la figure du doc. 2 l'allure de la courbe précédente à cette température.

8 Les ions ammonium finissent par se transformer en ions nitrate dont l'accumulation risque de compromettre la vie des poissons. Ces derniers ions constituent un aliment essentiel pour les plantes vertes de l'aquarium. Expliquer pourquoi, dans les livres d'aquariophilie, on dit que l'aquarium doit être « bien planté ».

Exercice 2 7 pts 1 h 10 non-autorisée corrigés p. 307

La vie d'une bulle

On se propose dans cet exercice de faire une plongée au cœur de l'effervescence d'une boisson gazeuse, d'illustrer et d'interpréter sous l'angle de la physico-chimie les différentes étapes de la vie éphémère d'une bulle, à savoir : sa naissance, son ascension dans le liquide et son éclatement en surface.

Dans tout l'exercice, les bulles seront assimilées à des sphères, et la boisson à un liquide de masse volumique égale à celle de l'eau. Le référentiel d'étude est terrestre considéré comme galiléen.

› Données

- Masses volumiques : eau $\rho_e = 1{,}0 \times 10^3\ \mathrm{kg \cdot m^{-3}}$; dioxyde de carbone $\rho_{dc} = 1{,}8\ \mathrm{kg \cdot m^{-3}}$.
- Intensité de la pesanteur : $g = 10\ \mathrm{m \cdot s^{-2}}$.

Partie 1 Naissance et décollement d'une bulle

DOC. 1 Formation d'une bulle

Dans une bouteille fermée de boisson gazeuse, un équilibre s'établit entre le dioxyde de carbone qui est dissous dans la boisson et le dioxyde de carbone gazeux piégé dans le col de la bouteille. Lors de l'ouverture de celle-ci, l'équilibre est rompu, et la boisson se débarrasse d'une partie du dioxyde de carbone dissous qui retourne progressivement en phase gazeuse. Il y a formation de bulles qui vont s'enrichir continûment en gaz au cours de leur remontée.

Dans un verre, les bulles naissent sur des sites de nucléation qui sont des embryons de bulles présents en solution ou de petites poches d'air piégées par des impuretés microscopiques (fibres de cellulose, microcristaux…). La figure ci-contre illustre cette formation de bulles sur un site de nucléation.

Dès que la valeur de la poussée d'Archimède $\vec{F}_A$ à laquelle la bulle est soumise dépasse la valeur de la force capillaire qui l'ancre à son site de nucléation, la bulle se détache. Puis une autre bulle naît et subit le même sort.

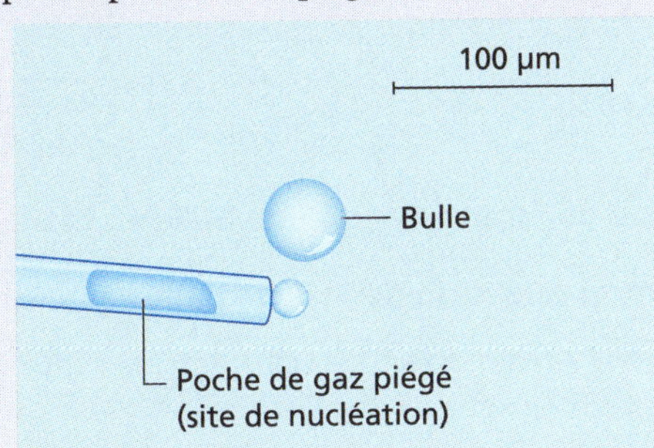

Pour une bulle qui vient de se détacher du site de nucléation dans un liquide de masse volumique ρ_e :

1 donner la direction et le sens de la poussée d'Archimède $\vec{F}_A$ qui s'exerce sur une bulle de volume V_0 dans la boisson.

2 donner l'expression littérale de sa valeur en fonction du volume V_0 de la bulle.

Partie 2 Ascension d'une bulle : à la recherche d'une modélisation satisfaisante

À l'instant de date $t_0 = 0$ s, une bulle de rayon $r_0 = 20$ μm, située au point A à la profondeur $z_0 = 0$ m dans le repère $(O, \vec{k})$ (doc. 2), se détache de son site de nucléation avec une vitesse initiale v_0 nulle dans le référentiel terrestre supposé galiléen. Elle remonte **verticalement** vers la surface S du liquide, qu'elle atteint avec une vitesse v_S d'environ 15 cm·s^{-1}.

Dans un premier temps (pour les questions **1** et **2**), on assimile la bulle de gaz à une sphère dont le volume ne varie pas lors de sa remontée.

DOC. 2 Modélisation dans le repère $(O, \vec{k})$

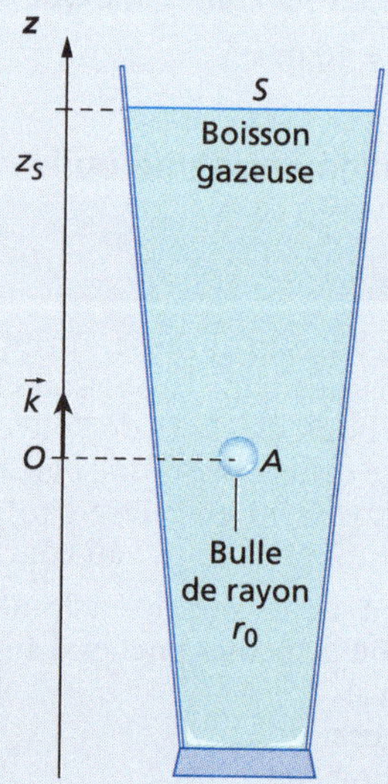

1 Étude du mouvement d'une bulle en l'absence de force de frottement

a. Montrer que le poids $\vec{P}_0$ de la bulle a une valeur négligeable devant celle de la poussée d'Archimède $\vec{F}_A$ en calculant le rapport : $\frac{P_0}{F_A}$.

b. En utilisant la deuxième loi de Newton, établir l'expression de la coordonnée a_z du vecteur accélération de la bulle en fonction des masses volumiques ρ_e et ρ_{dc} et de g.

c. En déduire l'expression de la valeur de la vitesse de la bulle en fonction du temps.

d. Montrer que la durée t_s théoriquement nécessaire pour que la bulle atteigne la surface avec la vitesse v_s est alors d'environ 30 μs.

e. Cette valeur correspond-elle aux observations de la vie quotidienne ? Conclure quant à la validité du modèle proposé.

2 Étude du mouvement de la bulle en présence d'une force de frottement

Le liquide exerce sur la bulle une force de frottement, proportionnelle à sa vitesse, qui peut s'écrire vectoriellement $\vec{f} = -k\vec{v}$, avec k un coefficient qui dépend du rayon de la bulle et de la viscosité du fluide dans lequel elle se déplace.

a. Représenter schématiquement, sans souci d'échelle, les forces non négligeables qui s'exercent sur la bulle en mouvement après son décollement du site de nucléation.

b. En appliquant la deuxième loi de Newton, montrer que l'équation différentielle qui régit l'évolution de la vitesse de la bulle s'écrit alors : $\frac{dv}{dt} + \frac{kv}{\rho_{dc} V_0} = \frac{\rho_e}{\rho_{dc}} g$.

c. En déduire l'expression littérale de la vitesse limite v_{lim} atteinte par la bulle.

d. L'application numérique donne v_{lim} voisine de 1 $mm \cdot s^{-1}$. Compte tenu de cette valeur, conclure quant à la validité du modèle proposé.

3 Un autre paramètre à prendre en compte

Les modélisations précédentes ne décrivent pas de manière satisfaisante le mouvement de la bulle dans la boisson gazeuse. En particulier, les expériences réalisées dans du champagne montrent que la variation du volume de la bulle ne peut pas être négligée (doc. 3). On se propose d'en trouver l'origine.

DOC. 3 Variation du volume d'une bulle

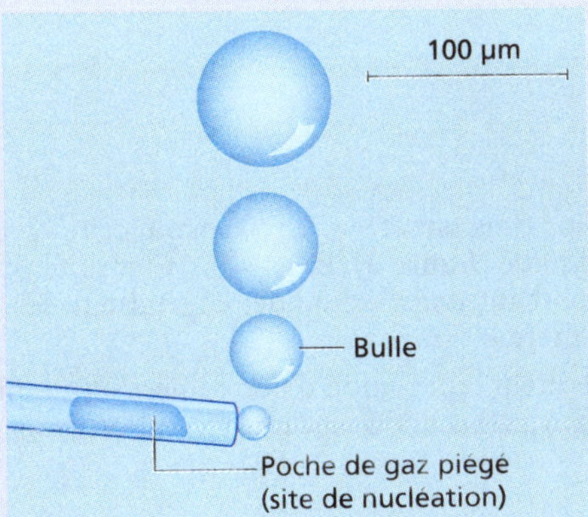

On suppose que la quantité de matière n_0 de gaz présent dans la bulle et la température restent constantes. Dans ce cas, lors d'une remontée de 12 cm du point A à la surface S, la diminution de pression du gaz ne ferait augmenter son volume initial que de 2 %.

Dans la réalité, l'augmentation du volume est un million de fois supérieure ! Un des deux paramètres supposés constants dans le texte précédent ne l'est donc pas.

a. En s'aidant d'une phrase du doc. 1, expliquer pourquoi le volume de la bulle augmente si fortement lors de sa remontée.

Durant l'ascension, le poids de la bulle est toujours négligeable devant la poussée d'Archimède.

b. Sachant que le coefficient k défini à la question **2** augmente avec le rayon de la bulle, préciser qualitativement l'influence de la variation du volume de la bulle sur chacune des forces qui s'exercent sur elle au cours de la remontée.

Partie 3 Éclatement des bulles en surface

DOC. 4 Scénario à la surface

La bulle a maintenant gagné la surface, et le film liquide qui constitue la partie émergée de la bulle s'amincit (**figure a**) jusqu'à se rompre lorsque son épaisseur avoisine le micromètre. Le trou qui apparaît s'ouvre (**figure b**), et la durée de disparition de la calotte sphérique n'est que de quelques dizaines de microsecondes ! Le cratère qui reste à la surface du liquide ne va pas durer (**figure c**).

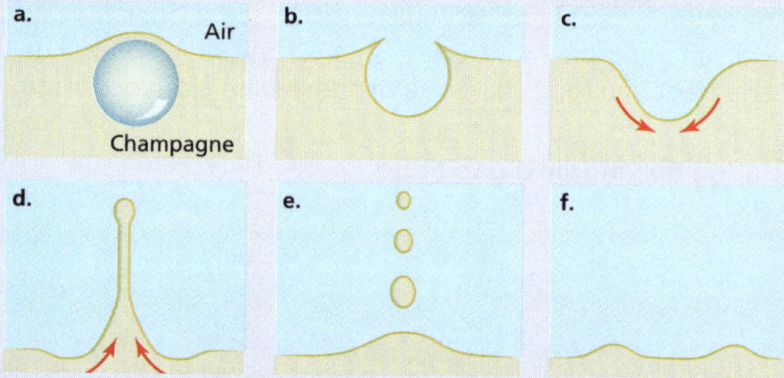

De violents courants apparaissent et, en se refermant, cette cavité projette vers le haut un mince jet de liquide (**figure d**). Le jet se brise ensuite en fines gouttelettes (**figure e**) qui, en retombant dans le liquide, engendrent des ondes circulaires centrées sur la « bulle-mère » (**figure f**).

Ces observations nécessitent l'utilisation d'une caméra ultrarapide capable de filmer jusqu'à 2 000 images par seconde avec une résolution proche du micromètre.

1 Malgré l'utilisation de la caméra ultrarapide, pourquoi ne peut-on pas obtenir d'images du film liquide en train de se rompre ?

2 L'onde circulaire créée est-elle longitudinale ou transversale ? Justifier.

Bien qu'éphémère, la vie d'une bulle n'en est pas moins riche en événements !

Exercice 3 5 pts 50 min non-autorisée corrigés p. 311

Nucléosynthèse des éléments chimiques

Le but de cet exercice est d'étudier les réactions nucléaires qui se produisent dans l'Univers, notamment dans les étoiles, et qui engendrent la synthèse des éléments chimiques.

› Données

- Masse d'un noyau d'hydrogène ou d'un proton : $m_p = 1,67 \times 10^{-27}$ kg. On notera m_e la masse d'un positron (ou positon).
- Célérité de la lumière dans le vide : $c = 3,00 \times 10^8$ m·s^{-1}.
- Constante radioactive du « béryllium 8 » : $\lambda \approx 1 \times 10^{16}$ s^{-1}.
- Constante de Planck : $h = 6,63 \times 10^{-34}$ J·s.
- 1 eV = $1,60 \times 10^{-19}$ J.

Certaines aides au calcul peuvent comporter des résultats ne correspondant pas au calcul à effectuer.

Partie 1 Les premiers éléments présents dans l'Univers

Selon le modèle du Big-Bang, quelques secondes après l'explosion originelle, les seuls éléments chimiques présents étaient l'hydrogène (90 %), l'hélium et le lithium, ce dernier en quantité très faible. Les physiciens ont cherché à comprendre d'où provenaient les autres éléments existant dans l'Univers.

1 Déterminer la composition des noyaux des atomes d'hélium $^{4}_{2}He$ et $^{3}_{2}He$, ainsi que celle de l'ion hélium $^{4}_{2}He^{2+}$.

2 La synthèse des éléments chimiques plus lourds se fait par des réactions nucléaires. Pourquoi cette synthèse ne peut-elle pas se faire par des réactions chimiques ?

Partie 2 Fusion de l'hydrogène

Sous l'action de la force gravitationnelle, les premiers éléments (hydrogène, hélium…) se rassemblent, formant des nuages gazeux en certains endroits de l'Univers. Puis le nuage s'effondre sur lui-même, et la température centrale atteint environ 10^7 K. À cette température démarre la première réaction de fusion de l'hydrogène, dont le bilan peut s'écrire : $4\,^{1}_{1}H \rightarrow \,^{4}_{2}He + 2\,^{0}_{1}e$. Une étoile est née.

1 En notant m_{He} la masse d'un noyau d'« hélium 4 », écrire l'expression littérale de l'énergie $|\Delta E|$ libérée lors de cette réaction de fusion des 4 noyaux d'hydrogène.

L'application numérique donne une valeur voisine de $|\Delta E| \approx 4 \times 10^{-12}$ J.

2 Cas du Soleil

À sa naissance, on peut estimer que le Soleil avait une masse d'environ $M_S = 2 \times 10^{30}$ kg. Seul un dixième de cette masse est constitué d'hydrogène suffisamment chaud pour être le siège de réactions de fusion. On considère que l'essentiel de l'énergie produite vient de la réaction de fusion précédente.

a. Montrer que l'énergie totale E_T pouvant être produite par ces réactions de fusion est voisine de $E_T \approx 10^{44}$ J.

b. Des physiciens ont mesuré la quantité d'énergie reçue par la Terre et on en déduit l'énergie E_S libérée par le Soleil en une année : $E_S \approx 10^{34}$ J·an^{-1}. En déduire la durée Δt nécessaire pour que le Soleil consomme toutes ses réserves d'hydrogène.

Partie 3 Un produit de la fusion de l'hélium

D'autres réactions de nucléosynthèse peuvent se produire au cœur d'une étoile. Selon les modèles élaborés par les physiciens, l'accumulation par gravitation des noyaux d'hélium formés entraîne une contraction du cœur de l'étoile et une élévation de sa température. Lorsqu'elle atteint environ 10^8 K, la fusion de l'hélium commence : ${}^4_2He + {}^4_2He \rightarrow {}^8_4Be$. Il se forme ainsi des noyaux de « béryllium 8 » radioactifs de très courte durée de vie.

On s'intéresse à la radioactivité du « béryllium 8 ». Soit $N(t)$ le nombre de noyaux de « béryllium 8 » présents dans l'échantillon à l'instant de date t, et N_0 celui à l'instant de date $t_0 = 0$ s.

1 En utilisant la loi de décroissance radioactive, démontrer la relation entre la demi-vie $t_{1/2}$ et la constante radioactive λ :

$$t_{1/2} = \frac{\ln 2}{\lambda}$$

2 Calculer le temps de demi-vie $t_{1/2}$ du « béryllium 8 ».

Aide au calcul

$\ln 2 \approx 0,7$.

3 En déduire le rapport $\frac{N(t)}{N_0}$ à l'instant de date $t_1 = 1,4 \times 10^{-16}$ s.

Partie 4 Vers des éléments plus lourds

Dans les étoiles de masse au moins 4 fois supérieure à celle du Soleil, d'autres éléments plus lourds peuvent ensuite être formés par fusion, par exemple le carbone ${}^{12}C$, l'oxygène ${}^{16}O$, le magnésium ${}^{24}Mg$, le soufre ${}^{32}S$... et le fer ${}^{56}Fe$.

DOC. 1 Énergie de liaison

La somme des masses des nucléons pris isolément est supérieure à la masse m_X du noyau seul X. Soit Δm le défaut de masse :

$$\Delta m = (Zm_p + (A - Z)\, m_n) - m_X$$

L'énergie de liaison E_ℓ est définie par :

$$E_\ell = \Delta m \times c^2$$

avec Δm le défaut de masse du noyau X ($\Delta m > 0$ par définition).

1 En s'aidant du doc. 1, donner l'expression littérale de l'énergie de liaison par nucléon $\frac{E_\ell}{A}$ d'un noyau de fer $^{56}_{26}Fe$, en fonction des masses du neutron m_n, du proton m_p, du noyau de « fer 56 » m_{Fe} et de la célérité de la lumière dans le vide c.

2 Indiquer sur la courbe d'Aston (doc. 2) le point correspondant à la position du noyau de « fer 56 ».

DOC. 2 Énergie de liaison

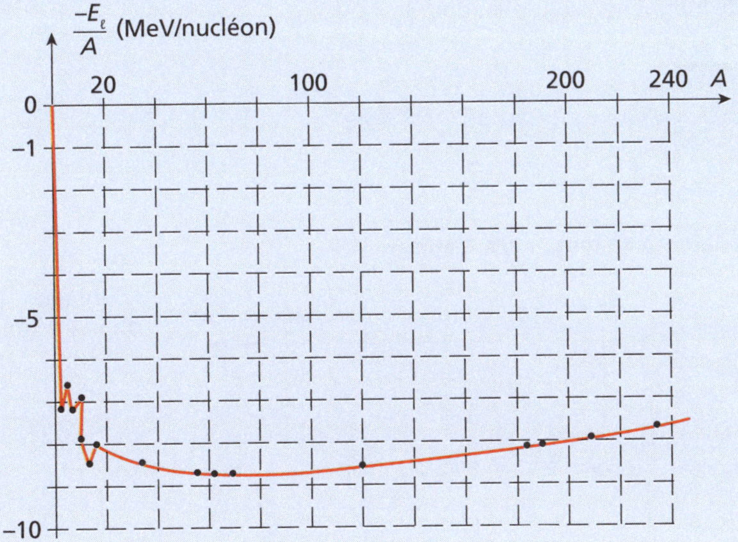

3 En s'aidant de la courbe précédente, dire où se situent les noyaux capables de libérer de l'énergie lors d'une réaction de fusion.

Partie 5 L'élément fer

Dans certaines étoiles, à la fin de la période des fusions, une explosion se produit, libérant de l'énergie.
Des noyaux de fer $^{56}_{26}Fe$ sont dissociés et d'autres sont recréés par désintégration radioactive des noyaux de cobalt $^{56}_{27}Co$.
Les noyaux de fer, formés dans un état excité, émettent alors des rayonnements d'énergie bien déterminée, tels que le satellite SMM a pu en détecter en 1987 en observant une supernova dans le nuage de Magellan.

1 Lors de la désintégration radioactive du noyau de cobalt $^{56}_{27}Co$, il se forme, en plus du fer $^{56}_{26}Fe$, une autre particule. Écrire l'équation de cette désintégration et nommer la particule formée.

2 L'un des rayonnements détectés a une énergie de 1 238 keV.

À sa naissance, on peut estimer que le Soleil avait une masse d'environ $M_S = 2 \times 10^{30}$ kg. Seul un dixième de cette masse est constitué d'hydrogène suffisamment chaud pour être le siège de réactions de fusion.
On considère que l'essentiel de l'énergie produite vient de la réaction de fusion précédente.

a. Quelle est l'origine de ce rayonnement émis par le fer ?

b. Ce rayonnement a une énergie bien déterminée. Que peut-on en déduire concernant les niveaux d'énergie du noyau de fer ?

c. Ce rayonnement est-il un rayonnement X ou γ ? Justifier en s'aidant de la gamme de longueurs d'onde du doc. 3.

Aide au calcul

- $\frac{6,63}{3,00 \times 1,238} = 1,8$
- $\frac{6,63 \times 1,238}{3,00} = 2,7$
- $\frac{6,63 \times 3,00}{1,238} = 16$

DOC. 3 Gamme de longueurs d'onde

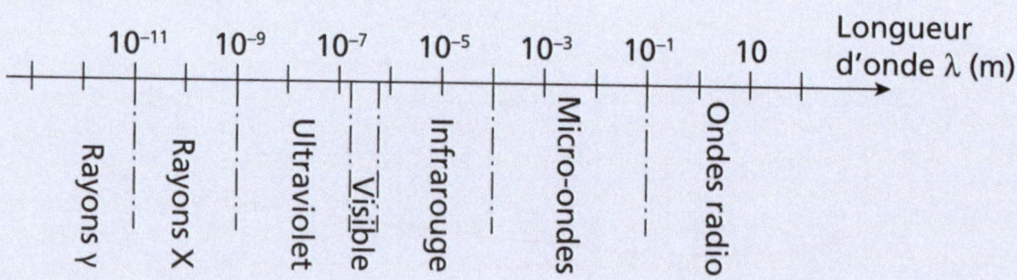

Remarque : L'énergie libérée lors de l'explosion de l'étoile permet de former les éléments de nombre de masse supérieur à 56.

CORRIGÉ SUJET COMPLET 3

Exercice 1

énoncé p. 289

Partie 1

1 La réaction support du titrage est celle de la réaction des ions oxonium H_3O^+ et des ions hydroxyde HO^-. L'équation est donc :

$$H_3O^+(aq) + HO^-(aq) \rightarrow 2H_2O(\ell)$$

2 **a.** L'équivalence est **l'état du système chimique pour lequel tous les réactifs sont limitants** ou, dit autrement, où l'on passe d'un réactif limitant à l'autre. Cela correspond à des quantités introduites à l'état initial dans les proportions stœchiométriques.

b. La lecture du graphique du doc. 1 permet de préciser la valeur du volume de soude V_B versé à l'équivalence. Cette valeur est l'abscisse du point :

– correspondant au maximum de la courbe de la dérivée $\frac{dpH}{dV_B}$ (pointillé noir sur la courbe ci-après) ;

– E ou point d'équivalence obtenu par la méthode des tangentes.

Par simple lecture, le volume recherché à l'équivalence est V_{BE} = 25,7 mL.

L'astuce du prof

La réaction support du titrage peut être vue comme la réaction acido-basique des ions oxonium, acide du couple H_3O^+/H_2O, et des ions hydroxyde, base du couple H_2O/HO^-.

Méthode

La méthode des tangentes consiste à tracer deux tangentes parallèles T_1 et T_2 (en bleu) aux points d'inflexion de la courbe de pH = $f(V_B)$, puis à déterminer la tangente T_M (en vert) parallèle et équidistante aux deux premières. T_M coupe la courbe du pH au point E d'équivalence.

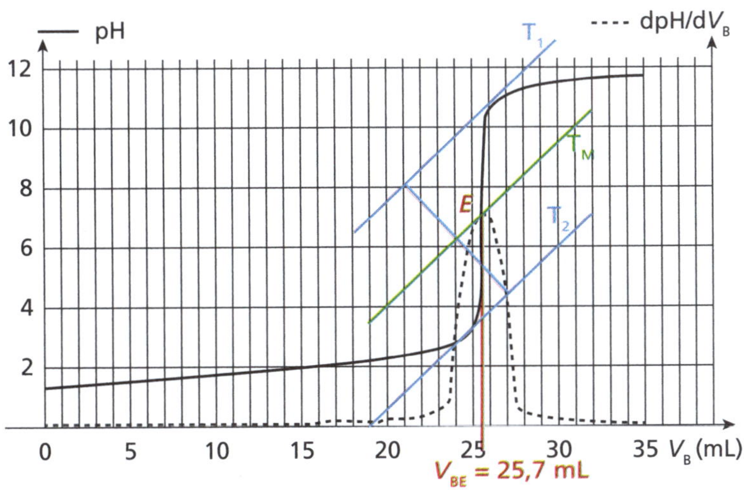

Le tableau d'avancement associé à la réaction support du titrage est :

		$H_3O^+(aq)$ +	$HO^-(aq)$ →	$2H_2O(\ell)$
État	**Avancement (mol)**	**Quantité de matière (mol)**		
		H_3O^+	**HO^-**	**H_2O**
État initial	$x = 0$	$c_A V_A$	$c_B V_B$	Excès
État en cours	x	$c_A V_A - x$	$c_B V_B - x$	Excès
Équivalence	$x_{éq}$	$c_A V_A - x_{éq}$	$c_B V_B - x_{éq}$	Excès

À l'équivalence, les deux réactifs sont limitants, donc on a :

$$c_A V_A - x_{éq} = c_B V_B - x_{éq} = 0$$

soit :

$$x_{éq} = c_A V_A = c_B V_B$$

On en déduit la relation des concentrations à l'équivalence :

$$c_A V_A = c_B V_{BE}$$

d'où : $$c_A = \frac{C_B V_{BE}}{V_A}$$

A. N. : $c_A = \frac{4,0 \times 10^{-2} \times 25,7}{20,0} = \frac{25,7}{5,0} \times 10^{-2}$ = **$5,1 \times 10^{-2}$ mol·L⁻¹**.

Gagnez des points !

- Si les volumes V_A et V_{BE} sont exprimés dans la même unité, il est inutile de les convertir en L.
- La précision du résultat est de 2 chiffres, du fait de la précision de la concentration c_A.

c. La solution S_A est diluée 50 fois par rapport à la solution commerciale, donc la concentration des ions oxonium est :

$$[H_3O^+] = 50c_A$$

A. N. : $[H_3O^+] = 50 \times 5,1 \times 10^{-2} = 255 \times 10^{-2} = 2,55$ mol·L⁻¹ ou, en respectant la précision de 2 chiffres significatifs, $[H_3O^+] = 2,6$ mol·L⁻¹.

Cette concentration est bien voisine de **2,5 mol·L⁻¹**.

3 Le facteur de dilution est $F = \frac{V_{fille}}{V_{mère}}$ avec comme solution mère la solution commerciale de 20 mL et comme solution fille la solution totale de 100 L.

La concentration en ions oxonium dans la solution diluée est telle que :

$$[H_3O^+]_{diluée} = \frac{[H_3O^+]_{sol.\ commerciale}}{F} = \frac{V_{mère}}{V_{fille}} \times [H_3O^+]_{sol.\ commerciale}$$

À retenir

- Lors d'une dilution, la quantité de matière est conservée :

$$n = c_{mère} V_{mère} = c_{fille} V_{fille}$$

- Le facteur $F > 1$ de dilution est le rapport des volumes ou des concentrations.

Le pH final de l'eau de l'aquarium, s'il n'y a qu'une simple dilution des ions oxonium est :

$$pH = -\log[H_3O^+]_{diluée}$$

Finalement, on a :

$$pH = -\log([H_3O^+]_{diluée}) = -\log\left(\frac{V_{mère}}{V_{fille}} \times [H_3O^+]_{sol.\ commerciale}\right)$$

A. N. : $pH = -\log\left(\frac{20 \times 10^{-3}}{100} \times 2,5\right) = -\log(5 \times 10^{-4}) = -\log(5) - \log(10^{-4}) = -0,7 + 4$, soit **pH = 3,3**.

4 **a.** La réaction 1 peut être réécrite de la manière suivante afin de faire apparaître le couple $CO_2(aq), H_2O/HCO_3^-(aq)$:

$$HCO_3^-(aq) + H_3O^+ = CO_2(aq), H_2O + H_2O(\ell) \qquad \textbf{(réaction 1)}$$

La constante d'équilibre K_1 correspondant à cette réaction est par définition :

$$K_1 = \frac{[CO_2, H_2O]}{[HCO_3^-][H_3O^+]}$$

b. La réaction support de la constante K_A du couple $CO_2(aq), H_2O/HCO_3^-(aq)$ est :

$$CO_2(aq), H_2O + H_2O = HCO_3^-(aq) + H_3O^+(aq)$$

c'est-à-dire la réaction 1 dans le sens indirect.

On a donc : $$K_A = \frac{[HCO_3^-][H_3O^+]}{[CO_2, H_2O]} = \frac{1}{K_1}$$

et finalement : $$K_1 = \frac{1}{K_A}$$

A. N. : $K_1 = \frac{1}{10^{-6,4}} = 10^{6,4}$ soit $\mathbf{K_1 = 2,5 \times 10^6}$.

5 **a.** Le quotient de réaction $Q_{r,i} = 5,0$ est inférieur à la constante d'équilibre K_1 de la réaction 1, donc la réaction évoluera dans le sens direct (ou sens 1), c'est-à-dire en produisant du dioxyde de carbone et de l'eau et en **consommant des ions oxonium**.

b. Les ions oxonium sont consommés, donc leur concentration diminue et comme $pH = -\log[H_3O^+]$, on assiste à une augmentation du pH dans le cas d'une eau calcaire : **pH > 3,3**.

Rappel

- Si $Q_{r,i} < K$, la réaction évolue dans le sens 1 ou sens direct.
- Si $Q_{r,i} > K$, la réaction évolue dans le sens 2 ou sens indirect.
- Si $Q_{r,i} = K$, la réaction est en équilibre dynamique.

c. Dans le cas d'une diminution du taux de calcaire, et donc de la concentration en ions hydrogénocarbonate, la réaction 1 ne pourra plus consommer les ions oxonium, le pH sera de l'ordre de 3,3 et la solution trop acide.

Partie 2

1 Un tableau d'avancement de la réaction 2 permet de déterminer le lien mathématique simple entre les concentrations des produits formés :

		$(NH_2)_2CO(aq)$ =	$NH_4^+(aq)$ +	$OCN^-(aq)$
État	**Avancement (mol)**	**Quantité de matière (mol)**		
		$(NH_2)_2CO(aq)$	**$NH_4^+(aq)$**	**$OCN^-(aq)$**
État initial	$x = 0$	n_0	0	0
État en cours	x	$n_0 - x$	x	x

On constate donc que les quantités de produits formés sont identiques :

$$n(NH_4^+) = n(OCN^-) = x$$

et en divisant par le volume total V de la solution que l'on supposera constant, on obtient l'égalité des concentrations :

$$\frac{n\left(NH_4^+\right)}{V} = \frac{n\left(OCN^-\right)}{V} = \frac{x}{V}$$

soit : $[NH_4^+] = [OCN^-]$

Reprenant l'expression de la conductivité molaire de la solution, on en déduit :

$$\sigma = \lambda_{NH_4^+}\left[NH_4^+\right] + \lambda_{OCN^-}\left[OCN^-\right] = \lambda_{NH_4^+}\left[NH_4^+\right] + \lambda_{OCN^-}\left[NH_4^+\right]$$

$$\sigma = \left[NH_4^+\right]\left(\lambda_{NH_4^+} + \lambda_{OCN^-}\right)$$

Et ainsi $\left[NH_4^+\right] = \dfrac{\sigma}{\lambda_{NH_4^+} + \lambda_{OCN^-}}$: **la concentration en ions ammonium NH_4^+ est bien déterminée si la conductivité σ de la solution et les conductivités molaires ioniques $\lambda_{NH_4^+}$ et λ_{OCN^-} sont connues.**

2 **a.** En supposant la réaction totale, on peut compléter le tableau descriptif précédent :

		$(NH_2)_2CO(aq)$ =	$NH_4^+(aq)$ +	$OCN^-(aq)$
État	**Avancement (mol)**	**Quantité de matière (mol)**		
		$(NH_2)_2CO(aq)$	**$NH_4^+(aq)$**	**$OCN^-(aq)$**
État initial	$x = 0$	n_0	0	0
État en cours	x	$n_0 - x$	x	x
État final	x_{max}	$n_0 - x_{max} = 0$	$x_{max} = n_0$	$x_{max} = n_0$

En effet, si la réaction est totale, le réactif est entièrement consommé et il n'en reste plus à l'état final :

$$n((NH_2)_2CO) = n_0 - x_{max} = 0$$

On en déduit alors que $x_{max} = n_0$, quantité de matière de chaque produit formé à l'état final.

À retenir

Si la réaction est totale, le signe « = » de l'équation bilan peut être remplacé par « → ».

b. La question a finalement déjà été traitée à la question **1** : à l'état en cours d'évolution, la quantité d'ions $NH_4^+(aq)$ en solution vaut x, l'avancement de la réaction $n(NH_4^+) = x$.

La concentration $[NH_4^+]$ s'écrit :

$$\left[NH_4^+\right] = \frac{n\left(NH_4^+\right)}{V} = \frac{x}{V}$$

avec V, le volume total de la solution.

c. À l'état final, on peut lire dans le tableau précédent que :

$$x_{max} = n_0 = n((NH_2)_2CO)$$

quantité initiale d'urée. Or on a aussi $n((NH_2)_2CO) = cV$, d'où finalement :

$$\mathbf{x_{max} = cV}$$

A. N. : $x_{max} = 0{,}020 \times 100{,}0 \times 10^{-3} = \mathbf{2{,}0 \times 10^{-3}\ mol}$.

3 Le taux d'avancement à un instant t donné est :

$$\tau = \frac{x}{x_{max}}$$

À t = 110 min, on peut lire (en rouge), sur le graphe du doc. 2, un avancement x = 0,0013 mol.

On en déduit alors le taux d'avancement :

$$\tau(110 \text{ min}) = \frac{0{,}0013}{2{,}0 \times 10^{-3}} = \mathbf{0{,}65 \text{ ou } 65\ \%}.$$

Rappel

Le taux d'avancement τ à l'instant t est défini comme le rapport de l'avancement sur l'avancement maximal. Il est toujours inférieur ou égal à 1. Dans le cas où τ = 1, la réaction est totale.

$$\tau(t) = \frac{x(t)}{x_{max}} \leq 1$$

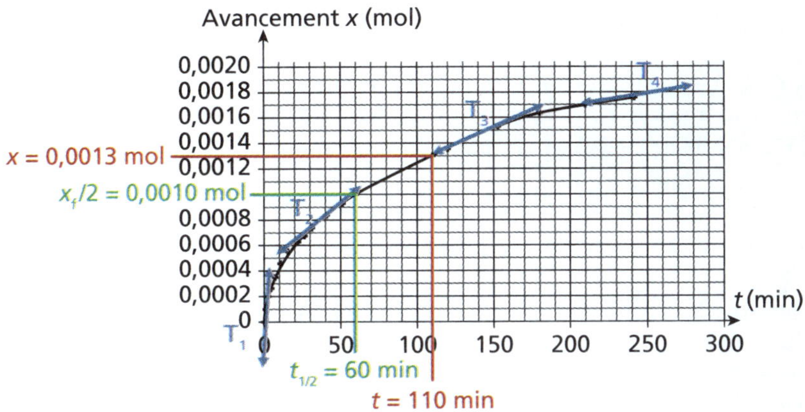

4 La vitesse volumique de réaction v est définie comme suit : $v(t) = \frac{1}{V}\frac{dx}{dt}$.

En considérant le volume V de la solution comme constant, la vitesse v est donc proportionnelle à la dérivée de l'avancement par rapport au temps.

La vitesse évolue ainsi comme le coefficient directeur de la pente à la courbe $x = f(t)$. On peut alors tracer plusieurs tangentes T_1, T_2, T_3 et T_4 (en bleu sur le graphe ci-avant) et constater que leurs coefficients directeurs respectifs a_1, a_2, a_3 et a_4 sont tels que $a_1 > a_2 > a_3 > a_4$. On en déduit que la vitesse évolue dans le même sens : ***v(t)* diminue au cours du temps**.

Méthode

- Tracez plusieurs tangentes à la courbe de l'avancement en fonction du temps.
- Comparez les coefficients directeurs qui évoluent dans le même sens que la vitesse $v(t)$ de la réaction.

5 Le taux d'avancement final τ_f correspond au rapport entre l'avancement final x_f et l'avancement maximal x_{max} : $\tau_f = \frac{x_f}{x_{max}}$.

Or $x_f = [NH_4^+]_f \times V$, donc on en déduit finalement que :

$$\tau_f = \frac{[NH_4^+]_f \times V}{x_{max}}$$

MÉTHODE
SUJETS PAS À PAS
SUJETS COMME À L'EXAMEN

A. N. : $\tau_f = \dfrac{2{,}0\times10^{-2}\times100{,}0\times10^{-3}}{2{,}0\times10^{-3}}$ **= 1,0.**

La réaction est donc totale.

6 Le temps de demi-réaction $t_{1/2}$ est le temps au bout duquel l'avancement est égal à la moitié de l'avancement final :

$$x_f = [NH_4^+]_f \times V$$

soit :

$$x(t_{1/2}) = \frac{[NH_4^+]_f \times V}{2}$$

A. N. : $x(t_{1/2}) = \dfrac{2{,}0\times10^{-2}\times100{,}0\times10^{-3}}{2} = 1{,}0 \times 10^{-3}$ mol.

Sur le graphe ci-avant (en vert), on peut lire que pour x = 0,0010 mol, le temps correspondant est de $\boldsymbol{t_{1/2}}$ **= 60 min,** soit un temps de demi-réaction d'une heure.

7 La courbe de l'énoncé est établie pour une température de bain-marie de 45 °C.

Or la température de l'aquarium est de 27 °C, donc inférieure à la température de l'expérience en laboratoire.

La cinétique de l'aquarium est donc plus faible et la réaction plus lente : la courbe à tracer a la même allure que celle de l'énoncé, mais les différentes tangentes ont des coefficients directeurs plus petits.

Piège à éviter !

La température est un facteur cinétique. De manière générale, elle augmente la vitesse de réaction sans en changer l'avancement final ou maximal.

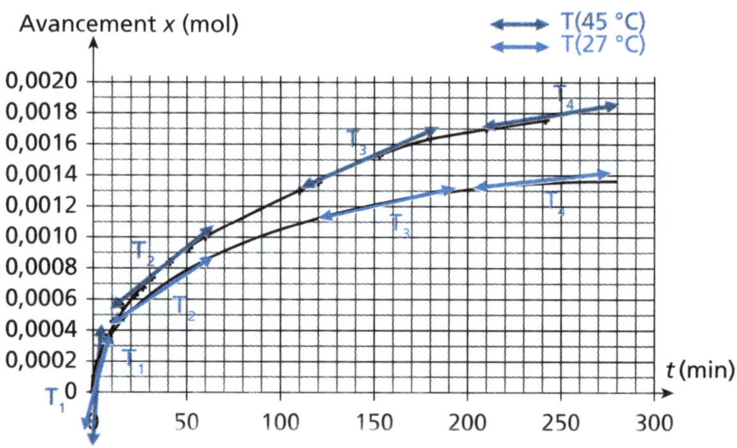

8 Si l'aquarium est « bien planté », cela signifie qu'il est constitué de nombreuses plantes. Ces dernières se nourrissent d'ions nitrate, produits de transformation des ions ammonium. Le **taux de nitrate de l'aquarium est alors relativement faible et ne risque ainsi pas de compromettre la vie des poissons.**

Exercice 2

énoncé p. 293

Partie 1

1 La poussée d'Archimède est une **force verticale ascendante**.

2 La valeur de la poussée d'Archimède est égale à celle du poids de la boisson (assimilée à de l'eau) déplacée :

$$\left\|\vec{F}_A\right\| = F_A = P_{eau} = m_{eau}g$$

Or la masse d'eau est telle que $m_{eau} = \rho_e V_0$ soit :

$$\mathbf{F_A = \rho_e V_0 g}$$

À retenir

La poussée d'Archimède exercée sur un système est toujours une force de direction égale à la verticale du lieu comme le poids, mais de sens opposé au poids, c'est-à-dire vers le haut.

Sa valeur est égale à celle du poids du liquide déplacé par le système.

Partie 2

1 **a.** Le rapport $\frac{P_0}{F_A} = \frac{\rho_{dc} V_0 g}{\rho_e V_0 g}$ se simplifie en $\frac{P_0}{F_A} = \frac{\rho_{dc}}{\rho_e}$, le volume V_0 de la bulle et la valeur de l'intensité de pesanteur g étant non nuls.

A. N. : $\frac{P_0}{F_A} = \frac{1{,}8}{1{,}0 \times 10^3}$ $\mathbf{= 1{,}8 \times 10^{-3} << 1}$.

Gagnez des points !

Si le rapport est inférieur à 1/100, alors le numérateur est négligeable devant le dénominateur.

Le poids de la bulle est donc **bien négligeable** par rapport à la poussée d'Archimède.

b. Le système étudié est la bulle dans le référentiel terrestre supposé galiléen. Le système est soumis à son poids $\vec{P}_0$, à la poussée d'Archimède $\vec{F}_A$ et aux frottements du fluide. En supposant les frottements et le poids négligeables devant la poussée d'Archimède, on peut réduire la résultante ou somme vectorielle des forces extérieures agissant sur la bulle à $\vec{F}_A$.

La seconde loi de Newton peut être énoncée dans le repère à une dimension $(O, \vec{k})$ comme suit : la dérivée temporelle de la quantité de mouvement $\vec{p}$ de la bulle est égale à la résultante des forces extérieures qui agissent sur elle :

$$\frac{d\vec{p}}{dt} = \vec{F}_A$$

Méthode

- Définissez le système et le référentiel.
- Établissez le bilan des forces.
- Donnez l'expression mathématique de la seconde loi de Newton dans le cas d'une masse constante et d'un repère à une dimension.
- Identifiez $\frac{d\vec{v}}{dt}$ comme le vecteur $\vec{a}$.
- Déduisez-en l'unique composante de l'accélération.

Or l'énoncé précise que l'on « assimile la bulle de gaz à une sphère dont le volume ne varie pas lors de la remontée », donc sa masse $m_{dc} = \rho_{dc} V_0$ est supposée constante. L'expression de la loi précédente se simplifie alors :

$$m_{dc}\frac{d\vec{v}}{dt} = \vec{F}_A$$

En remplaçant m_{dc} par $\rho_{dc}V_0$, $\frac{d\vec{v}}{dt}$ par le vecteur accélération $\vec{a}$ et la poussée d'Archimède $\vec{F}_A$ par $\rho_e V_0 g\vec{k}$, on obtient alors :

$$\rho_{dc}V_0\,\vec{a} = \rho_e V_0 g\vec{k}$$

soit :

$$\vec{a} = \frac{\rho_e V_0 g}{\rho_{dc}V_0}\vec{k} = \frac{\rho_e g}{\rho_{dc}}\vec{k}$$

le volume V_0 étant non nul.

Finalement, le vecteur accélération est donc un vecteur à une dimension dont la coordonnée est :

$$\boldsymbol{a_z = \frac{\rho_e g}{\rho_{dc}}}$$

Gagnez des points !

Dans le cas d'un vecteur à une dimension, sa composante et sa norme sont identiques.

c. Par intégration par rapport au temps de l'expression de a_z, on obtient la coordonnée v_z de la vitesse de remontée de la bulle :

$$v_z = a_z t + K = \frac{\rho_e g}{\rho_{dc}}t + K$$

avec K une constante d'intégration à déterminer à partir des conditions initiales. À la date $t_0 = 0$ s, la bulle a une vitesse initiale v_0 nulle :

$$v_z(0) = \frac{\rho_e g}{\rho_{dc}} \times 0 + K = K = 0$$

donc on a finalement :

$$v_z = \frac{\rho_e g}{\rho_{dc}}t$$

Or le vecteur vitesse est un vecteur à une seule dimension, donc sa valeur correspond à sa composante :

$$v = \|\vec{v}\| = v_z = \frac{\rho_e g}{\rho_{dc}}t$$

soit :

$$\boldsymbol{v = \frac{\rho_e g}{\rho_{dc}}t}$$

d. Si $v = v_s$, alors :

$$t = t_s = \frac{\rho_{dc}}{\rho_e g}v_s$$

A. N. : $t_s = \frac{1{,}8}{1{,}0 \times 10^3 \times 10} \times 15 \times 10^{-2} \approx \frac{2}{1{,}0 \times 10^3 \times 10} \times 15 \times 10^{-2}$

t_s = **30 × 10^{-6} s** soit **30 µs.**

e. Une durée de remontée de bulle de quelques dizaines de microsecondes n'est pas perceptible par l'œil humain. Ce résultat n'est donc **pas réaliste**, et **le modèle ne peut pas être validé**.

L'astuce du prof

En absence d'aide au calcul, proposez un arrondi de 1,8 à 2 pour simplifier le calcul et obtenir un résultat approximatif.

2 a. Reprenons le bilan des forces établi pour répondre à la question **1 b.** avec une force de frottement non négligeable : le bilan des forces se résume alors à la poussée d'Archimède $\vec{F}_A$ et à la force de frottement $\vec{f} = -k\vec{v}$.

En supposant $k > 0$, cette dernière force est donc opposée au vecteur vitesse : elle est verticale vers le bas.

La bulle étant en ascension, la résultante des forces $\vec{R} = \vec{f} + \vec{F}_A$ est donc verticale vers le haut. Les deux forces étant portées par la même direction, mais de sens opposé, on en déduit que la force ascendante (poussée d'Archimède) a une norme supérieure à celle de la force descendante (force de frottements).

Voici alors le schéma demandé :

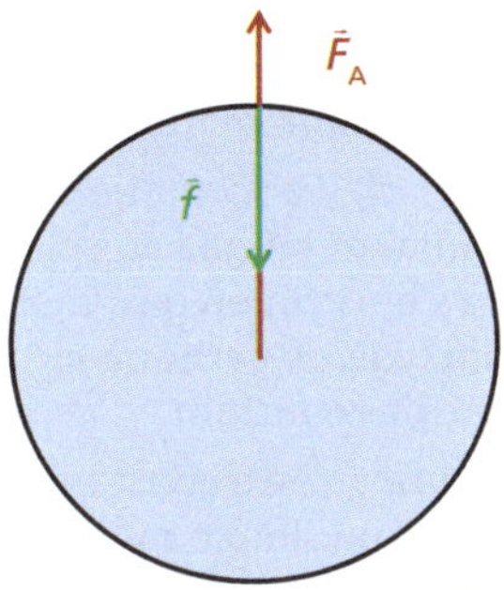

À retenir

- La poussée d'Archimède est une force délocalisée : son point d'application est au centre de la bulle.
- La force de frottement est une force de contact, localisée : elle s'applique au centre du contact de la demi-sphère supérieure dans le cas de la remontée.

b. Par le même raisonnement que dans la réponse à la question **a.**, on obtient, en tenant compte de la force de frottement :

$$\frac{d\vec{p}}{dt} = \vec{F}_A + \vec{f}$$

Après explicitation de la masse constante de la bulle, du vecteur quantité de mouvement en fonction du vecteur vitesse, de la poussée d'Archimède et de la force de frottement, on obtient :

$$\rho_{dc} V_0 \frac{d\vec{v}}{dt} = \rho_e V_0 g\vec{k} - k\vec{v}$$

Sachant que $\vec{v} = v\vec{k}$ puisque la bulle monte, la relation vectorielle devient :

$$\rho_{dc} V_0 \frac{dv}{dt}\vec{k} = \rho_e V_0 g\vec{k} - kv\vec{k}$$

On en déduit alors la relation scalaire par projection sur l'axe vertical :

$$\rho_{dc} V_0 \frac{dv}{dt} = \rho_e V_0 g - kv$$

En divisant par $\rho_{dc} V_0$ non nul, en simplifiant par V_0 et en réarrangeant les termes de dépendance en v du côté gauche de l'égalité, on obtient finalement :

$$\mathbf{\frac{dv}{dt} + \frac{kv}{\rho_{dc} V_0} = \frac{\rho_e}{\rho_{dc}} g}$$

c. L'équation précédente est une équation du premier ordre à coefficient constant. Elle admet donc comme solution particulière la solution permanente v_{lim} telle que $\frac{dv_{lim}}{dt} = 0$, soit :

$$\frac{kv_{lim}}{\rho_{dc}V_0} = \frac{\rho_e}{\rho_{dc}}g$$

On en déduit ainsi :

$$\boldsymbol{v_{lim} = \frac{\rho_e V_0}{k} g}$$

Gagnez des points !

La vitesse limite est une vitesse constante atteinte au bout d'un certain temps de remontée de la bulle : elle correspond donc à la solution particulière de l'équation établie précédemment.

d. La vitesse v_s étant d'environ 15 cm·s^{-1} = 150 mm·s^{-1}, très supérieure à la valeur de v_{lim} voisine de 1 mm·s^{-1}, **ce deuxième modèle ne peut encore pas être validé.**

3 a. Dans le doc. 1, on peut lire : « Il y a formation de bulles qui vont s'enrichir continûment en gaz au cours de leur remontée. » Si une bulle s'enrichit en gaz, alors la quantité de matière n_0 en dioxyde de carbone augmente. Ce paramètre n'est donc pas constant.

L'astuce du prof

Pensez au modèle du gaz parfait pour montrer l'augmentation de volume de la bulle.

Si l'on suppose que la température T reste constante, que la pression P_0 diminue puisque le gaz remonte, alors avec un simple modèle de gaz parfait par exemple, on peut en déduire que $V_0 = \frac{n_0 RT}{P_0}$ augmente. Le volume augmente d'autant plus fortement que la quantité augmente (ou que la pression diminue, mais il faudrait une flûte à champagne beaucoup trop haute !).

b. Sachant que le volume $V_0 = \frac{4}{3}\pi r^3$ et le coefficient k de la force de frottement augmentent lorsque le rayon r de la bulle augmente, on en déduit que k augmente avec V_0.

Remarque

Même s'il est négligeable, on peut montrer que le poids $P = \rho_{dc}V_0 g$ augmente avec le volume.

Si l'on considère chacune des forces extérieures exercées sur la bulle, on peut préciser que lorsque le volume V_0 de la bulle augmente :

– la valeur de la poussée d'Archimède $F_A = \rho_e V_0 g$ augmente ;

– la valeur de la force de frottement $f = kv$ augmente.

Partie 3

1 La durée d'une image est de 1/2 000 = 5×10^{-4} s, soit de l'ordre de 500 microsecondes. Cette durée est supérieure au temps donné dans le doc. 4 de « quelques dizaines de microsecondes ». Il est donc impossible de capter le film liquide en train de se rompre.

2 L'onde circulaire crée une perturbation verticale (qui se propage horizontalement) : la direction de propagation étant perpendiculaire à la perturbation de l'onde, l'**onde est transversale**.

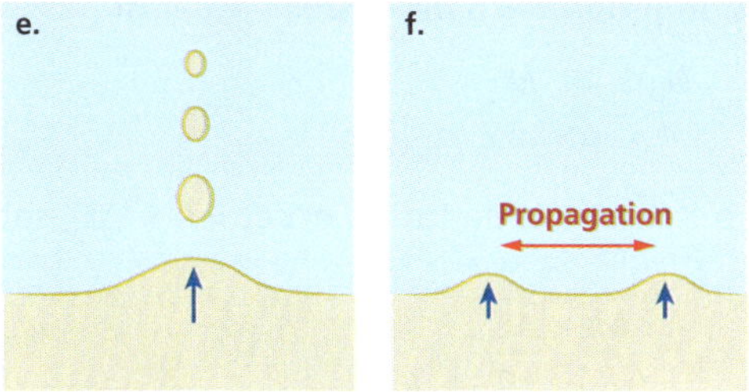

Perturbations

À retenir

Une onde est transversale si la direction de propagation de l'onde est perpendiculaire à la perturbation créée. Elle est longitudinale dans le cas de deux directions parallèles.

Exercice 3

énoncé p. 297

Partie 1

1 Le noyau de l'atome d'hélium 4 est le même que celui de l'ion hélium 4 : ${}^{4}_{2}He^{2+}$. Sa composition est donc Z = **2 protons** et $N = A - Z = 4 - 2 =$ **2 neutrons**.

L'hélium 3 est constitué de Z = **2 protons** et de $N = A - Z = 3 - 2 =$ **1 neutron**.

2 Les réactions chimiques modifient le cortège électronique des noyaux (perte/gain d'électrons et/ou liaisons électroniques). La synthèse d'un élément à partir d'un autre élément nécessite de **modifier le nombre de charge *Z*** du noyau.

À retenir

Un noyau d'un même élément possède toujours le même nombre Z de protons et un nombre $N = A - Z$ de neutrons.

Deux noyaux d'hélium de même nombre de masse A ont la même composition, qu'ils soient constitutifs d'un atome ou d'un ion.

Partie 2

1 L'énergie libérée correspond à la variation des énergies entre réactifs et produits :

$$|\Delta E| = |4E({}^{1}_{1}H) - E({}^{4}_{2}He) - 2E({}^{0}_{1}e)|$$

En utilisant la relation d'Einstein $E = mc^2$, on peut écrire :

$$|\Delta E| = |4m_p c^2 - m_{He} c^2 - 2m_e c^2|$$

ou en mettant c^2 en facteur :

$$|\Delta E| = \mathbf{|4m_p - m_{He} - 2m_e| \times c^2}$$

2 a. La masse de l'hydrogène du Soleil correspond à 1/10 de la masse solaire, soit $m(\text{hydrogène}) = \dfrac{M_S}{10}$.

Le nombre de noyaux N_p d'hydrogène ${}^{1}_{1}H$ ou proton est tel que $m(\text{hydrogène}) = N_p m_p$ ou encore $\dfrac{M_S}{10} = N_p m_p$. On en déduit donc que $N_p = \dfrac{M_S}{10 m_p}$.

Or la réaction de fusion de l'hydrogène $4\,{}^{1}_{1}H \rightarrow {}^{4}_{2}He + 2\,{}^{0}_{1}e$ montre qu'il faut 4 noyaux d'hydrogène ${}^{1}_{1}H$ ou protons par réaction.

Méthode

- Calculez la masse d'hydrogène disponible au niveau du Soleil.
- Déduisez-en le nombre d'atomes d'hydrogène correspondant.
- À partir de l'équation de fusion, déterminez le nombre de réactions possibles.
- Sachant que chaque réaction produit une énergie $|\Delta E|$, retrouvez la valeur de l'énergie totale E_T.

Le nombre N de réactions de fusion produites dans le Soleil est ainsi :

$$N = \frac{N_p}{4} = \frac{M_S}{4 \times 10 \times m_p}$$

L'énergie totale E_T produite par ces réactions de fusion est $E_T = N \times |\Delta E|$, soit finalement :

$$E_T = \frac{M_S \times |\Delta E|}{4 \times 10 \times m_p}$$

A. N. : $E_T = \frac{2 \times 10^{30} \times 4 \times 10^{-12}}{4 \times 10 \times 1,67 \times 10^{-27}} = \frac{2 \times 10^{44}}{1,67}$ et, en assimilant $1,67 \approx 2$, on obtient $\mathbf{E_T \approx 10^{44}}$ **J**.

b. L'énergie E_S libérée par le Soleil en une année est : $E_S \approx 10^{34}$ J·an^{-1}. Soit alors la relation entre E_S et E_T : $E_T = E_S \times \Delta t$ avec Δt la durée (en années) nécessaire pour que le Soleil consomme toutes ses réserves d'hydrogène.

On en déduit donc :

$$\Delta t = \frac{E_T}{E_S}$$

A. N. : $\Delta t = \frac{10^{44}}{10^{34}}$ soit $\mathbf{\Delta t = 10^{10}}$ **ans**.

Partie 3

1 La loi de décroissance radioactive exprime la décroissance exponentielle d'une population de noyaux radioactifs $N(t)$ au cours du temps :

$$N(t) = N_0 \times \exp(-\lambda t)$$

avec N_0 la population initiale ou quantité de noyaux radioactifs à $t = 0$ et λ la constante radioactive (en s^{-1}).

Par définition de la demi-vie lorsque $t = t_{1/2}$, la population de noyaux radioactifs a diminué de moitié soit :

$$N(t = t_{1/2}) = \frac{N_0}{2} = N_0 \times \exp(-\lambda t_{1/2})$$

En simplifiant par N_0 non nul, on obtient :

$$\exp(-\lambda t_{1/2}) = \frac{1}{2}$$

En prenant le logarithme népérien de l'expression précédente, on a $\ln(\exp(-\lambda t_{1/2})) = \ln\left(\frac{1}{2}\right)$ ou encore :

$$-\lambda t_{1/2} = -\ln 2$$

À retenir

La demi-vie est la durée au bout de laquelle le nombre de noyaux radioactifs d'une population a diminué de moitié.

Rappel

- La fonction ln (logarithme népérien) est la fonction inverse de l'exponentielle :

$$\exp(\ln(x)) = \ln(\exp(x)) = x$$

- Logarithme d'un produit ou d'un quotient :

$$\ln(ab) = \ln(a) + \ln(b)$$

$$\ln\left(\frac{a}{b}\right) = \ln(a) - \ln(b)$$

Finalement, en divisant chaque membre de l'égalité par la constante radioactive non nulle, on retrouve l'expression de la demi-vie :

$$t_{1/2} = \frac{\ln 2}{\lambda}$$

2 A. N. : $t_{1/2} = \frac{\ln 2}{1 \times 10^{16}} \approx \frac{0{,}7}{1 \times 10^{16}}$ $= \mathbf{7 \times 10^{-17}}$ **s.**

3 La date t_1 correspond à deux demi-vies :
$t_1 = 2t_{1/2} = 2 \times 7 \times 10^{-17} = 1{,}4 \times 10^{-16}$ s.
Or au bout d'une demi-vie, la population a diminué de moitié :

$$N(t = t_{1/2}) = \frac{N_0}{2}$$

Gagnez des points !
Pensez à traduire t en nombre entier de demi-vies, la population radioactive diminuant de moitié au bout de chaque demi-vie.

Au bout d'une seconde demi-vie, cette nouvelle population a encore diminué de moitié :

$$N(t = 2t_{1/2}) = \frac{N(t = t_{1/2})}{2} = \frac{\frac{N_0}{2}}{2} = \frac{N_0}{4}$$

Donc à $t = t_1 = 2t_{1/2} = 1{,}4 \times 10^{-16}$ s, $\frac{N(t)}{N_0} = \frac{N(t = 2t_{1/2})}{N_0} = \frac{1}{4}$ = **0,25 ou 25 %.**

Partie 4

1 Un noyau de fer $^{56}_{26}Fe$ possède $Z = 26$ protons et $N = A - Z = 56 - 26 = 30$ neutrons.
Le défaut de masse de ce noyau est : $\Delta m = 26m_p + 30m_n - m_{Fe}$.
L'énergie de liaison est alors : $E_\ell = \Delta mc^2 = (26m_p + 30m_n - m_{Fe})c^2$.
L'énergie de liaison par nucléon s'écrit ainsi :

$$\frac{E_\ell}{A} = \frac{\left(26m_p + 30m_n - m_{Fe}\right)c}{56}$$

2 Un noyau de $^{56}_{26}Fe$ possède $A = 56$ nucléons. La position de ce noyau sur la courbe d'Aston correspond au point d'abscisse 56.

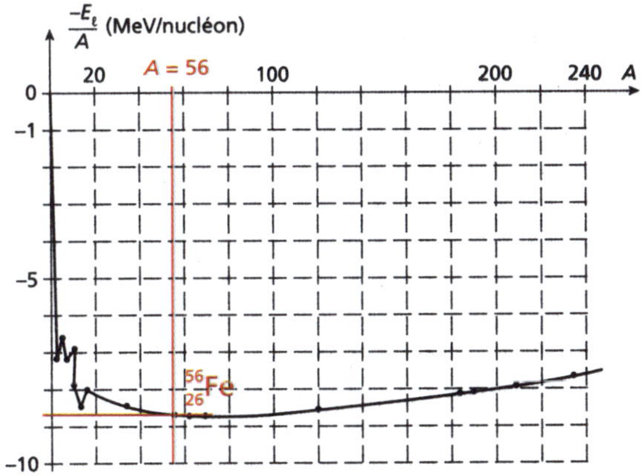

L'astuce du prof
Repérez simplement le point d'abscisse $A = 56$.

3 Les noyaux capables de libérer de l'énergie lors d'une réaction de fusion sont les noyaux plus petits que le noyau de fer, c'est-à-dire ceux situé à gauche du noyau de $^{56}_{26}Fe$ sur la courbe d'Aston.

Partie 5

1 L'équation de désintégration peut s'écrire tout d'abord, en désignant par $^{A}_{Z}X$ la particule créée lors de la désintégration du noyau de cobalt :

$$^{56}_{27}Co \rightarrow ^{56}_{26}Fe + ^{A}_{Z}X$$

La conservation du nombre de masse s'écrit : $56 = 56 + A$, soit $A = 0$.

La conservation du nombre de charge s'écrit : $27 = 26 + Z$, soit $Z = 1$.

La particule produite par la réaction est donc un positron : $^{0}_{1}e$.

L'équation de désintégration de type β^+ est alors : $\mathbf{^{56}_{27}Co \rightarrow ^{56}_{26}Fe + ^{0}_{1}e}$.

2 **a.** L'énoncé précise « Les noyaux de fer, formés dans un état excité, émettent alors des rayonnements d'énergie bien déterminée ». L'origine du rayonnement émis par le fer vient de la **désexcitation du noyau**.

b. Le rayonnement a une énergie bien déterminée. Cela signifie que les niveaux d'énergie du noyau de fer sont **quantifiés**. Les échanges d'énergie matière-rayonnement ne peuvent prendre que des valeurs bien déterminées.

c. Le rayonnement détecté a une énergie $E = 1\,238$ keV $= 1{,}238 \times 10^6$ eV correspondant à une longueur d'onde λ de rayonnement telle que : $E = \frac{hc}{\lambda}$ avec h la constante de Planck et c la célérité de la lumière dans le vide.

On a alors :

$$\lambda = \frac{hc}{E}$$

A. N. :

$$\lambda = \frac{6{,}63 \times 10^{-34} \times 3{,}00 \times 10^{8}}{1\,238 \times 10^{3} \times 1{,}60 \times 10^{-19}} = \frac{6{,}63 \times 3{,}00}{1{,}238} \times \frac{10^{-34} \times 10^{8}}{10^{6} \times 1{,}60 \times 10^{-19}}$$

$$\lambda = 16 \times \frac{10^{-34} \times 10^{8}}{10^{6} \times 1{,}60 \times 10^{-19}} = \frac{16}{1{,}60} \times \frac{10^{-34} \times 10^{8}}{10^{6} \times 10^{-19}} = 10 \times 10^{-13}$$

$\boldsymbol{\lambda = 1{,}0 \times 10^{-12}}$ **m.**

Piège à éviter

L'énergie doit être exprimée en joules avant de faire l'application numérique.

En utilisant le diagramme du doc. 3, et en situant la longueur d'onde du rayonnement émis, de l'ordre du picomètre, on peut en conclure qu'il s'agit d'un rayonnement appartenant au domaine des **rayons** γ.

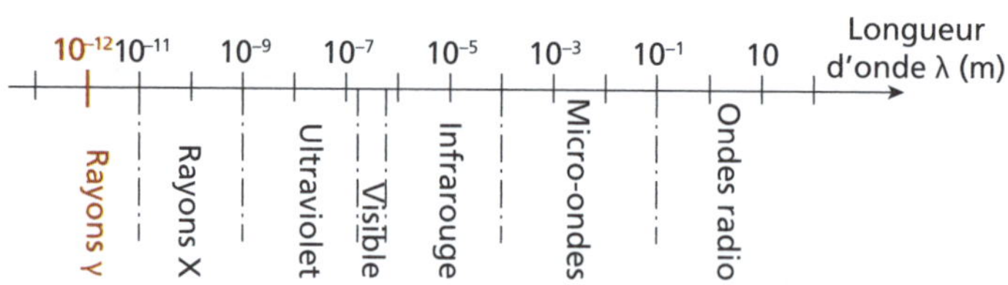

SUJET COMPLET 4 Sujet inédit

20 pts 3 h 30

Exercice 1 11 pts 1 h 50 autorisée

corrigés p. 324

Son et lumière

D'après Sujet de Bac France métropolitaine 2017

Pour obtenir un feu d'artifice qui produit son, lumière et fumée, on procède à l'éclatement d'une pièce pyrotechnique.

Bien que produisant des effets différents, toutes ces pièces sont conçues selon le même principe. Un dispositif permet de projeter la pièce pyrotechnique vers le haut. Une fois que ce projectile a atteint la hauteur prévue par l'artificier, il éclate, créant l'effet « son et lumière » souhaité.

Le but de cet exercice est d'étudier la couleur observée, la trajectoire du projectile et le son émis.

DOC. 1 Caractéristiques de deux pièces pyrotechniques

Les caractéristiques de deux pièces pyrotechniques nommées « crackling R100 » et « marron d'air » sont consignées dans le tableau ci-dessous :

Caractéristiques constructeur	Crackling R100	Marron d'air
Masse	$2,8 \times 10^2$ g	40 g
Vitesse initiale	250 km·h^{-1}	200 km·h^{-1}
Niveau d'intensité sonore estimé à 15 m du point d'éclatement	Non renseigné	120 dB
Hauteur atteinte à l'éclatement	120 m	70 m
Durée entre la mise à feu et l'éclatement	3,2 s	2,5 s
Couleur de la lumière émise	Rouge (intense)	Blanc (peu intense)
Distance de sécurité recommandée	130 m	95 m

DOC. 2 Domaines de longueurs d'onde de la lumière visible

Couleur	Violet	Bleu	Vert	Jaune	Orange	Rouge
Domaine de longueurs d'onde (nm)	380-446	446-520	520-565	565-590	590-625	625-800

DOC. 3 Niveau d'intensité sonore

Au cours de la propagation d'une onde et en l'absence d'atténuation, le niveau d'intensité sonore L diminue avec la distance d à la source S suivant la formule :

$$L_2 = L_1 + 20\log\left(\frac{d_1}{d_2}\right)$$

avec L_2 (en dB) le niveau d'intensité sonore mesuré à la distance d_2 (en m) de la source et L_1 (en dB) le niveau d'intensité sonore mesuré à la distance d_1 (en m) de la source.

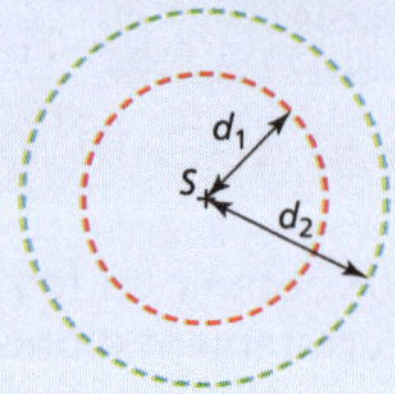

DOC. 4 Échelle des niveaux d'intensité sonore en décibels (dB) et risques auditifs associés

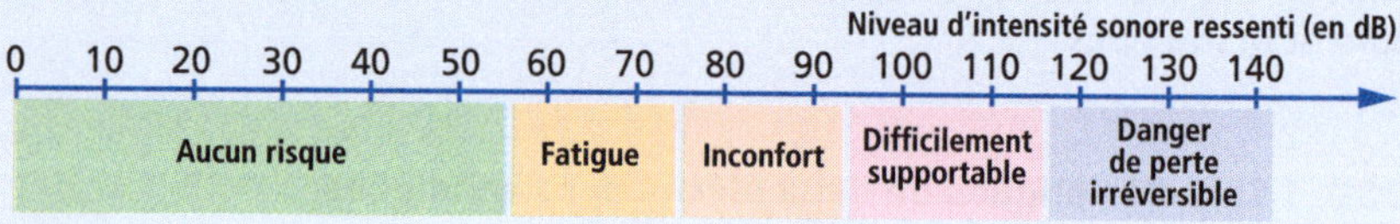

> **Données**
- Constante de Planck : h = 6,63 × 10^{-34} J·s.
- Intensité du champ de pesanteur : g = 9,81 m·s^{-2}.
- 1 eV = 1,60 × 10^{-19} J.
- La valeur de la célérité de la lumière dans le vide est supposée connue du candidat.

Partie 1 Tout en couleur

DOC. 5 Feux d'artifice

Les feux d'artifice émettent de la lumière. Les phénomènes mis en jeu sont notamment l'incandescence et l'émission atomique.

Il y a tout d'abord l'incandescence des particules d'oxyde métallique, formées lors de la combustion, qui va du « blanc rouge » (aux alentours de 1 000 °C) jusqu'au blanc éblouissant (vers 3 000 °C).

Pour l'émission atomique, les électrons de l'atome sont excités thermiquement, ce qui leur permet de passer du niveau d'énergie fondamental à un niveau d'énergie supérieur ; au cours de leur retour vers le niveau d'énergie fondamental, l'énergie qu'ils avaient absorbée est émise sous forme de photons dont la longueur d'onde est caractéristique de l'atome.

D'après www.ambafrance-cn.org/Feux-d-artifice-histoire-et-technologie

1 Le texte du doc. 5 fait référence à deux processus d'émission de lumière. Citer chacun de ces processus et préciser, dans chaque cas, si le spectre de la lumière émise est un spectre de raies ou un spectre continu.

Le « crackling R100 » est principalement composé de strontium. Les photons émis par le strontium sont responsables de la couleur perçue lors de l'éclatement du « crackling R100 ».

Le doc. 6 regroupe les énergies des photons émis par le strontium.

DOC. 6 Énergie des photons émis par le strontium

	Photon 1	Photon 2	Photon 3
Énergie des photons (eV)	1,753	1,802	1,825

2 Déterminer la couleur perçue lors de l'émission du photon 3.

3 Sans effectuer de calcul supplémentaire, montrer que l'émission de ces trois photons permet d'expliquer la couleur de la lumière émise par le « crackling R100 ».

Partie 2 Étude des trajectoires des pièces pyrotechniques

On s'intéresse au mouvement de la pièce pyrotechnique jusqu'à son éclatement dans un référentiel terrestre supposé galiléen muni d'un repère (Ox,Oy). On étudie le mouvement d'un point M de la pièce « crackling R100 ». On prend l'instant du lancement comme origine des temps $t = 0$ s.

À cet instant, le vecteur vitesse initiale $\vec{V_0}$ de M fait un angle $\alpha = 80°$ par rapport à l'horizontale (schéma ci-contre).

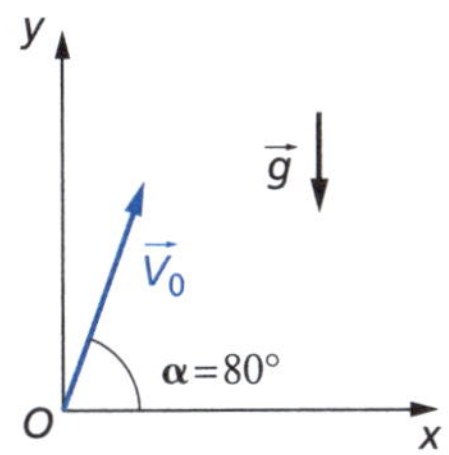

1 Donner les expressions littérales des coordonnées du vecteur $\vec{V_0}$ en fonction de V_0 et α.

2 Montrer que, si on néglige toute action de l'air, le vecteur accélération de M noté $\vec{a}_M$ est égal au vecteur champ de pesanteur $\vec{g}$ dès que le projectile est lancé.

3 Montrer alors que les équations horaires du mouvement de M sont : $x_M(t) = 12{,}1t$ et $y_M(t) = -4{,}91t^2 + 68{,}4t$ en exprimant $x_M(t)$ et $y_M(t)$ en mètres et le temps t en secondes.

4 Dans le cadre de ce modèle, déterminer, à l'aide des équations horaires, l'altitude théorique atteinte par le projectile à $t = 3{,}2$ s.

5 Sachant que l'éclatement se produit lors de la montée, expliquer l'écart entre cette valeur et celle annoncée par le constructeur.

Partie 3 Le « marron d'air »

Au début et à la fin de chaque feu d'artifice, les artificiers utilisent une pièce pyrotechnique appelée « marron d'air » pour obtenir une détonation brève et puissante. Désireux de l'envoyer le plus haut possible, ils effectuent un tir vertical avec une vitesse initiale v_i.

Par la suite, on suppose que la pièce n'éclate pas avant d'atteindre sa hauteur maximale h.

1 Dans l'hypothèse où l'énergie mécanique de la pièce pyrotechnique se conserve, montrer que la hauteur maximale h atteinte par cette pièce est donnée par la relation :

$$h = \frac{v_i^2}{2g}$$

2 Déterminer la valeur de la hauteur maximale atteinte h.

En réalité, arrivé à une hauteur H de 70 m, le « marron d'air » éclate au point E, et le son émis se propage dans toutes les directions de l'espace. Un artificier A se trouve à la distance ℓ = 95 m recommandée par le constructeur du point de tir T du « marron d'air ».

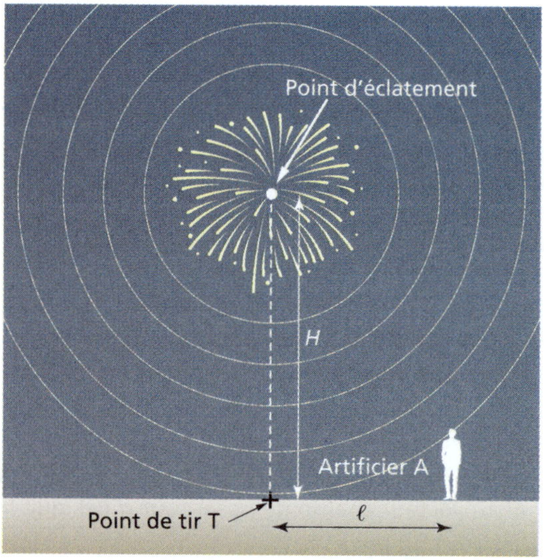

Sur ce schéma, les échelles de distances ne sont pas respectées.

3 Doit-on recommander à l'artificier le port d'un dispositif de protection auditive (casque, bouchons d'oreille…) ? Justifier par un calcul.

Exercice 2 4 pts 40 min autorisée corrigés p. 328

Dosage colorimétrique de l'aluminium

L'aluminium est reconnu pour ses effets néfastes à haute dose sur le système nerveux. Les cellules du cerveau des patients atteints d'Alzheimer contiennent de 10 à 30 fois plus d'aluminium que la normale.

L'Institut de la veille sanitaire a réalisé en 2003 une étude poussée qui montre le manque de données suffisantes pour confirmer ou infirmer les conséquences de l'aluminium sur la santé. Les études ont porté surtout sur la qualité des eaux utilisées pour la boisson, mais pas sur les effets des emballages en aluminium.

D'après un article de Wikipédia

Les normes actuelles tolèrent une concentration maximale en aluminium de 7,4 µmol·L^{-1} pour l'eau potable.

Le but de cet exercice est d'exploiter une analyse par spectrophotométrie afin de s'assurer qu'un échantillon d'eau vérifie ce critère.

Partie 1 Préparation de la solution S_0

On prépare 1,00 L d'une solution mère de concentration 8,15 mmol·L^{-1} en élément aluminium à partir de chlorure d'aluminium hexahydraté $AlCl_3, 6H_2O$ solide (il libère des ions aluminium III Al^{3+} lors de sa dissolution en solution aqueuse). On prélève un volume qui est dilué 100 fois afin d'obtenir 100,0 mL d'une solution qui sera appelée par la suite S_0.

1 Retrouver qu'il faut peser 1,97 g de chlorure d'aluminium hexahydraté de masse molaire M = 241,5 g·mol^{-1} pour préparer un litre de solution à une concentration de 8,15 mmol·L^{-1} en élément aluminium.

2 Quel est le volume de solution mère à prélever pour préparer la solution S_0 ?

Partie 2 Préparation de la gamme d'étalon

On fait réagir les ions aluminium III, contenus dans une solution incolore, avec un colorant appelé aluminon présent en large excès. Une nouvelle espèce chimique colorée est ainsi obtenue par une transformation chimique supposée totale.

Sept solutions sont préparées comme suit :

DOC. Protocole et résultats des mesures d'absorbance

Placer, dans une fiole jaugée de 50,0 mL, 5 mL d'une solution d'aluminon, 20 mL d'une solution tampon permettant de maintenir le pH à 4,8, un certain volume de solution S_0 précisé dans le tableau ci-après, puis compléter jusqu'au trait de jauge avec de l'eau distillée.

Après homogénéisation et un temps d'attente de 15 minutes, les échantillons sont analysés au spectrophotomètre.

Solution	Volume de S_0 (mL)	Concentration molaire en élément aluminium ($mmol \cdot L^{-1}$)	Absorbance mesurée
S_1	0	0	0
S_2	1,0	$0,16 \times 10^{-2}$	0,012
S_3	3,0	$0,48 \times 10^{-2}$	0,037
S_4	6,0		0,072
S_5	12,0	$2,0 \times 10^{-2}$	0,15
S_6	15,0	$2,4 \times 10^{-2}$	0,19
S_7	20,0	$3,3 \times 10^{-2}$	0,25

1 Donner un critère qui permet de choisir la longueur d'onde du spectrophotomètre.

L'absorbance est par la suite mesurée à 525 nm.

2 Quelle est la verrerie, parmi la liste suivante, qui permet de prélever un volume de 5 mL, sans recherche de précision ?

Bécher de 100 mL, éprouvette graduée de 10 mL, pipette jaugée de 5 mL, pipette graduée de 10 mL.

3 Quel est le rôle de la solution S_1 qui apparaît dans cette série de mesures ?

4 Calculer la concentration molaire en élément aluminium de la solution S_4.

Partie 3 Dosage de la teneur en aluminium de l'échantillon

1 Tracer le graphe représentant l'absorbance *A* en fonction de la concentration molaire *c* en élément aluminium.

2 Quelle est la relation mathématique entre l'absorbance *A* et la concentration molaire *c* ?

3 En déduire la relation numérique entre *A* et *c*, et préciser l'unité de la valeur numérique trouvée.

4 L'absorbance d'un échantillon d'eau donne une valeur de 0,12. En déduire la concentration molaire en élément aluminium pour cette eau. Cette eau respecte-t-elle le critère de potabilité pour l'élément aluminium ?

5 Est-il possible d'analyser, avec cette technique, des échantillons d'eau ayant une concentration molaire en élément aluminium environ 10 fois supérieure à celle de la solution S_7 ? Que faut-il faire ?

Exercice 3 5 pts 50 min autorisée

corrigés p. 331

Détermination d'une résistance thermique

Pour déterminer expérimentalement la résistance thermique du verre, il est possible de mettre en œuvre le protocole schématisé ci-dessous.

DOC. 1 Protocole de mesure de la résistance thermique du verre

On place, sur une enceinte fermée pouvant recevoir un courant de vapeur d'eau, une plaque de verre carrée de 12 cm de côté, et sur celle-ci, un bloc de glace cylindrique de diamètre $d = 8$ cm.

Le transfert thermique à travers la plaque de verre, soumise à un écart de température $\Delta\theta$, permet la fusion du bloc de glace plus rapidement qu'en le laissant à la température du laboratoire.

La plaque de verre utilisée a une épaisseur $e = 4$ mm.

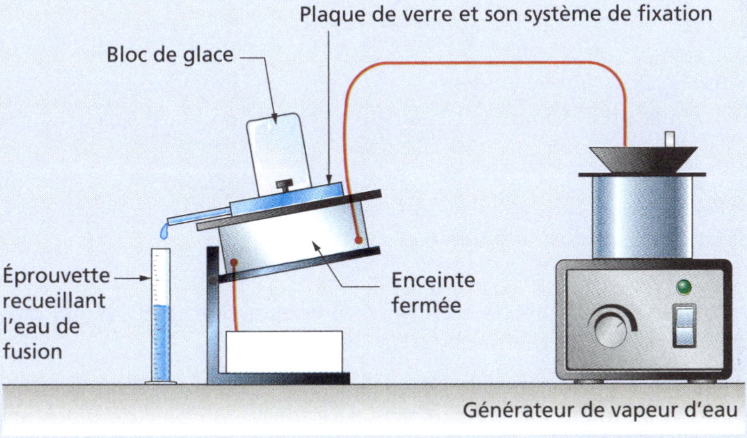

D'après www.ayva.ca

DOC. 2 Chaleur latente massique de fusion

La chaleur latente massique de fusion de l'eau, notée L_f, correspond à l'énergie reçue par unité de masse d'eau lors du changement d'état solide-liquide à température et pression constantes.

DOC. 3 Résistance thermique surfacique

Dans l'industrie du bâtiment, les matériaux ne sont pas caractérisés par leur résistance thermique R_{th}, mais plutôt par leur résistance thermique surfacique R ou coefficient d'isolation thermique surfacique (en $m^2 \cdot K \cdot W^{-1}$) :

$$\boldsymbol{R = R_{th} \times S}$$

avec R_{th} la résistance thermique (en $K \cdot W^{-1}$) et S la surface de contact (en m^2).

DOC. 4 Moyenne, incertitude et écart type

Soient $\overline{R}_{th}$ la moyenne de n mesures réalisées et $U(R_{th})$ l'incertitude de mesure correspondante, associée au niveau de confiance de 95 %.

Par définition, $U(R_{th}) = t_{95} \times \frac{\sigma_{n-1}}{\sqrt{n}}$.

σ_{n-1} désigne l'écart-type expérimental, défini par :

$$\sigma_{n-1} = \sqrt{\frac{1}{n-1} \sum_{k=1}^{n} \left((R_{th})_k - \overline{R}_{th} \right)^2}$$

t_{95} est appelé coefficient de Student.

Pour $n = 12$ mesures et pour le niveau de confiance choisi de 95 %, $t_{95} = 2{,}20$.

> **Donnée**
>
> Chaleur latente massique de fusion de l'eau : $L_f = 333{,}5\ J \cdot g^{-1}$.

L'objectif de cet exercice est de montrer comment ce dispositif permet d'évaluer la valeur de la résistance thermique d'un matériau.

Pour atteindre l'objectif fixé, il est nécessaire de procéder à deux expériences.

Au cours de la **première expérience**, on laisse fondre un bloc de glace pendant une durée Δt = 5 min 30 s, à la température ambiante du laboratoire. Au bout de cette durée, on recueille une masse d'eau liquide m_1 = 5,5 g. Le diamètre d du bloc de glace conserve pratiquement son diamètre initial (d = 7,8 cm à la fin de l'expérience).

Au cours de la **seconde expérience**, le bloc de glace est placé sur le même support, pendant la même durée Δt = 5 min 30 s, mais cette fois le générateur de vapeur d'eau est mis en fonctionnement. La masse de glace fondue est alors m_2 = 124,4 g. La mesure du diamètre du bloc de glace est proche de celle obtenue lors de la première expérience (d = 7,6 cm à la fin de l'expérience).

Remarque : la masse de glace fondue est mesurée grâce à la masse d'eau recueillie dans l'éprouvette.

1 Montrer que la valeur de l'énergie thermique E_{th} transférée à travers la paroi de verre et due à la mise en route du générateur de vapeur au cours de la deuxième expérience est de l'ordre de 40 kJ.

2 Préciser le mode de transfert thermique mis en œuvre et proposer une interprétation au niveau microscopique.

3 On appelle flux thermique moyen à travers une paroi plane, la grandeur définie par la relation :

$$\Phi = \frac{E_{th}}{\Delta t}$$

a. Exprimer l'unité du flux thermique Φ en fonction des unités du système international (mètre, kilogramme et seconde). Avec quelle unité exprime-t-on généralement, plus usuellement, le flux thermique ?

b. Calculer la valeur du flux thermique à travers la plaque de verre étudiée.

4 La résistance thermique R_{th} de la portion de verre comprise entre le bloc de glace et l'enceinte fermée est reliée au flux thermique moyen Φ à travers la plaque de verre, par la relation :

$$\Phi = \frac{\Delta\theta}{R_{th}}$$

où $\Delta\theta$ représente l'écart de température entre les deux faces de la plaque de verre. Déterminer la résistance thermique du verre.

5 La mesure de la résistance thermique du verre est réalisée 12 fois, dans les mêmes conditions expérimentales.

Les valeurs obtenues, exprimées avec l'unité du système international, sont rassemblées dans le tableau suivant :

n	1	2	3	4	5	6	7	8	9	10	11	12
Résistance thermique	0,81	0,89	0,78	0,82	0,87	0,78	0,76	0,92	0,85	0,84	0,81	0,79

a. Écrire le résultat de la mesure expérimentale de R_{th} correspondant à un niveau de confiance de 95 %.

b. Rédiger une phrase de conclusion traduisant la signification du résultat de la mesure de R_{th} donnée par la relation précédente.

6 Déterminer la valeur de la résistance thermique surfacique *R* du verre utilisé dans le dispositif expérimental.

7 Le constructeur indique une valeur plus élevée que celle obtenue expérimentalement. Proposer une interprétation pour expliquer cette différence.

CORRIGÉ SUJET COMPLET 4

Exercice 1

énoncé p. 315

Partie 1

1 Le texte fait référence à la production de lumière :
- par « **incandescence** » : le spectre de la lumière émise est un spectre de lumière **continue** ;
- par « **émission atomique** » : le spectre est un **spectre de raies**.

2 La relation entre l'énergie d'un photon et sa longueur d'onde λ permet d'écrire pour le photon 3 :

$$E_3 = \frac{hc}{\lambda_3}$$

d'où :

$$\lambda_3 = \frac{hc}{E_3}$$

avec E_3 l'énergie du photon 3 donnée par le doc. 6.

A. N. : $\lambda_3 = \dfrac{6{,}63 \times 10^{-34} \times 3{,}00 \times 10^{8}}{1{,}825 \times 1{,}60 \times 10^{-19}} = 6{,}81 \times 10^{-7}$ m

soit $\lambda_3 = 681$ nm.

Piège à éviter

L'application numérique nécessite d'exprimer l'énergie en joules.

Or l'énergie E_3 du photon 3 est exprimée en électronvolts dans le doc. 6. En multipliant par $1{,}60 \times 10^{-19}$ J/eV, on obtient cette même énergie en joules.

En utilisant le tableau des domaines de longueurs d'onde de la lumière visible (doc. 2), on peut situer λ_3 dans le domaine du rouge défini entre 625 nm et 800 nm. La couleur perçue lors de l'émission du photon 3 est donc du **rouge**.

3 Les énergies des photons 1, 2 et 3 du doc. 6 sont telles que $E_1 < E_2 < E_3$. Au vu de la relation entre l'énergie et la longueur d'onde du rayonnement correspondant, on en déduit alors que $\lambda_3 < \lambda_2 < \lambda_1$. La longueur d'onde augmente donc par rapport à celle du photon 3. On peut ainsi conclure, en supposant que cette augmentation ne soit pas suffisamment importante, que l'on reste dans le domaine du rouge avec λ_1 inférieure à 800 nm.

Remarque

Les énergies des photons 1, 2 et 3 sont très voisines, de l'ordre de 1,8 eV si l'on ne considère que 2 chiffres significatifs. Cela entraîne que les longueurs d'onde sont aussi très voisines, de l'ordre de $6{,}9 \times 10^{-7}$ m.

On peut donc supposer que la couleur perçue lors de l'émission de ces trois photons reste dans le **domaine du rouge**, cohérente avec la « couleur de la lumière émise » du crackling R100 du doc. 1.

Partie 2

1 Soient V_{0x} et V_{0y} les composantes, respectivement, suivant (Ox) et (Oy) du vecteur $\vec{V_0}$: $\vec{V_0}$ (V_{0x}, V_{0y}). La représentation du vecteur $\vec{V_0}$ dans le repère (xOy) permet de faire apparaître ses composantes.

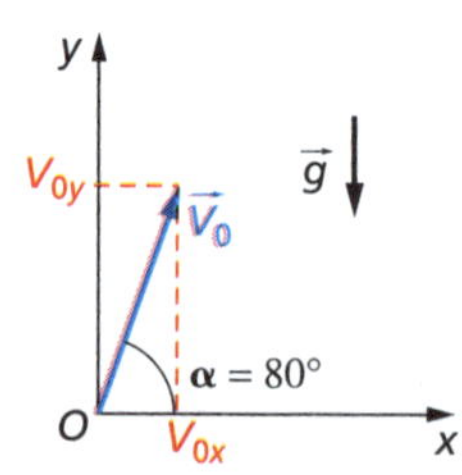

Soit V_0 la norme du vecteur $\vec{V}_0$, on peut alors écrire les relations trigonométriques suivantes :

$$\cos\alpha = \frac{V_{0x}}{V_0} \text{ d'où } V_{0x} = V_0\cos\alpha \text{ et } \sin\alpha = \frac{V_{0y}}{V_0} \text{ d'où } V_{0y} = V_0\sin\alpha$$

On en déduit les expressions littérales des coordonnées du vecteur $\vec{V}_0$ vitesse initiale :

$$\vec{V}_0(V_0\cos\alpha, V_0\sin\alpha)$$

2 Si l'on néglige toute action de l'air, les forces extérieures s'appliquant à la pièce pyrotechnique se résument au poids $\vec{P} = m\vec{g}$ du système, avec m la masse de la pièce.

En appliquant la seconde loi de Newton au système dans le référentiel terrestre supposé galiléen, on a :

$$\frac{d\vec{p}}{dt} = \sum\vec{F}_{ext} = \vec{P} = m\vec{g}$$

Or la masse de la pièce pyrotechnique est supposée constante jusqu'au moment de l'éclatement, d'où :

$$\frac{d\vec{p}}{dt} = \frac{d(m\vec{v})}{dt} = m\frac{d\vec{v}}{dt} = m\vec{a}_M$$

À retenir

Lorsque la masse du système est constante, $\frac{d\vec{p}}{dt}$ s'écrit :

$$\frac{d\vec{p}}{dt} = \frac{d(m\vec{v})}{dt} = \vec{v}\frac{dm}{dt} + m\frac{d\vec{v}}{dt}$$

$$\frac{d\vec{p}}{dt} = 0 + m\frac{d\vec{v}}{dt}$$

Soit finalement $\frac{d\vec{p}}{dt} = m\vec{a}$.

La seconde loi de Newton appliquée au système se résume alors à l'expression :

$$m\vec{a}_M = \vec{P} = m\vec{g}$$

Or la pièce pyrotechnique n'étant pas de masse nulle, la relation précédente peut être simplifiée par m et devient ainsi :

$$\vec{a}_M = \vec{g}$$

Le vecteur accélération de la pièce pyrotechnique est bien égal au vecteur champ de pesanteur, si l'on néglige les actions de l'air.

3 Le vecteur accélération du système est :

$$\vec{a}_M = \vec{g}(0, -g)$$

Par intégration, on peut exprimer le vecteur vitesse du système $\vec{v}_M(v_x, v_y)$ tel que :

$$v_x(t) = K_1 \text{ et } v_y(t) = -gt + K_2$$

avec K_1 et K_2 des constantes d'intégration déterminées par les conditions initiales et en particulier la vitesse initiale du système. À $t = 0$, on a :

$$v_x(t=0) = K_1 = V_{0x} = V_0\cos\alpha$$
$$v_y(t=0) = K_2 = V_{0y} = V_0\sin\alpha$$

On en déduit alors les composantes du vecteur vitesse du système : $\vec{V}_M\ (V_0\cos\alpha, -gt + V_0\sin\alpha)$.

Par nouvelle intégration, on peut exprimer les composantes $x_M(t)$ et $y_M(t)$ du vecteur position $\overrightarrow{OM}$:

$$x_M(t) = V_0\cos\alpha \times t + K_3 \text{ et } y_M(t) = -\frac{1}{2}gt^2 + V_0\sin\alpha \times t + K_4$$

Méthode

- Déduisez du vecteur accélération ses composantes suivant (Ox) et (Oy).
- Par intégration, déduisez-en les composantes du vecteur vitesse. Les constantes d'intégration sont déterminées grâce aux conditions initiales en les identifiant à $t = 0$ à celles de $\vec{V}_0$.
- Par intégration des composantes de la vitesse, vous obtenez les composantes $x(t)$ et $y(t)$ appelées équations horaires du mouvement. Les conditions initiales de position permettent de déterminer les nouvelles constantes d'intégration.

avec K_3 et K_4 des constantes d'intégration déterminées par les conditions initiales et en particulier la position initiale du système. À $t = 0$, on a :

$$x_M(t = 0) = K_3 = 0 \quad \text{et} \quad y_M(t = 0) = K_4 = 0$$

On en déduit alors les composantes du vecteur position du système :

$$x_M(t) = V_0\cos\alpha \times t$$

$$y_M(t) = -\frac{1}{2}gt^2 + V_0\sin\alpha \times t$$

Le fait que $x_M(t)$ et $y_M(t)$ soient exprimées en mètres et t en secondes impose d'exprimer les vitesses en $\text{m}\cdot\text{s}^{-1}$ et non en $\text{km}\cdot\text{h}^{-1}$. Il faut donc convertir V_0 en divisant sa valeur en $\text{km}\cdot\text{h}^{-1}$ par 3,6.

Par ailleurs, il s'agit ici d'une pièce pyrotechnique « crackling R100 », c'est-à-dire, d'après le tableau des données, d'une pièce ayant une vitesse initiale égale à $V_0 = 250\ \text{km}\cdot\text{h}^{-1} = \frac{250}{3{,}6}\ \text{m}\cdot\text{s}^{-1}$.

A. N. : $V_0\cos\alpha = 12{,}1\ \text{m}\cdot\text{s}^{-1}$; $V_0\sin\alpha = 68{,}4\ \text{m}\cdot\text{s}^{-1}$; $-\frac{1}{2}g = -4{,}91\ \text{m}\cdot\text{s}^{-2}$.

Les résultats ci-dessus sont obtenus en conservant 3 chiffres significatifs et en utilisant la valeur non arrondie de $V_0 = \frac{250}{3{,}6}\ \text{m}\cdot\text{s}^{-1}$. On retrouve bien numériquement les équations horaires du mouvement comme proposées dans l'énoncé :

$$\boldsymbol{x_M(t) = 12{,}1t \quad \text{et} \quad y_M(t) = -4{,}9t^2 + 68{,}4t}$$

Remarque

L'angle de 80° étant exprimé avec 2 chiffres significatifs, les résultats numériques calculés devraient garder cette précision.

4 L'altitude théorique atteinte à $t = 3{,}2$ s correspond à la composante $y_M(t = 3{,}2\ \text{s})$, expression numérique dans laquelle on remplace t par 3,2.

A. N. : $y_M(t = 3{,}2\ \text{s}) = -4{,}9 \times (3{,}2)^2 + 68{,}4 \times 3{,}2 = \mathbf{1{,}7 \times 10^2\ m}$ en gardant autant de chiffres significatifs que pour $t = 3{,}2$ s.

5 Le tableau des caractéristiques constructeur (doc. 1) pour une pièce « crackling R100 » donne une hauteur atteinte à l'éclatement de 120 m, ce qui est inférieur à la hauteur $y_M(t = 3{,}2\ \text{s}) = 1{,}7 \times 10^2$ m calculée précédemment.

L'écart entre les deux valeurs est dû au fait que $y_M(t = 3{,}2\ \text{s})$ a été calculé en supposant que toute action de l'air était négligeable. Il semble que cette hypothèse soit à remettre en question. En effet, **les frottements de l'air sont à prendre en compte** dans le calcul de la hauteur atteinte à l'éclatement.

Partie 3

1 Soit A le point d'altitude maximale pour lequel on a $OA = h$.

Dans l'hypothèse où toute action de l'air est négligeable, les forces dissipatives sont nulles. On peut donc en conclure que l'énergie mécanique E_m du système, somme de l'énergie cinétique E_c et de l'énergie potentielle de pesanteur E_{pp}, se conserve.

L'astuce du prof

La variation de l'énergie mécanique est égale au travail des forces dissipatives. Ce dernier étant nul puisque les forces dissipatives sont négligeables, l'énergie mécanique est donc constante au cours du temps.

En particulier, on peut écrire que l'énergie mécanique $E_m(O)$ au point O d'altitude nulle $y_O = 0$ et de vitesse $v(O) = v_i$, la vitesse initiale du système, est égale à l'énergie mécanique $E_m(A)$ au point A d'altitude $y_A = h$ et de vitesse nulle $v(A) = 0$:

$$E_m(O) = E_c(O) + E_{pp}(O) = \frac{1}{2}mv^2(O) + mgy_O = \frac{1}{2}mv_i^2$$

$$E_m(A) = E_c(A) + E_{pp}(A) = \frac{1}{2}mv^2(A) + mgy_A = mgh$$

Or $E_m(O) = E_m(A)$ d'où $\frac{1}{2}mv_i^2 = mgh$.

La masse m du système n'étant pas nulle, la relation précédente se simplifie :

$$\frac{1}{2}v_i^2 = gh$$

soit finalement, comme attendu : $\boldsymbol{h = \frac{v_i^2}{2g}}$.

2 Le tableau des caractéristiques constructeur (doc. 1) donne une vitesse initiale v_i = 200 km·h^{-1} pour le « marron d'air ».

A. N. : $h = \frac{\left(\frac{200}{3,6}\right)^2}{2 \times 9,81}$ = **157 m** en ne gardant que 3 chiffres significatifs.

Piège à éviter

Pour l'application numérique, convertissez la vitesse initiale en m/s : $v(\text{m/s}) = \frac{v(\text{km/h})}{3,6}$.

3 La relation du doc. 3 $L_2 = L_1 + 20\log\frac{d_1}{d_2}$ avec $d_1 < d_2$ permet de calculer L_2, le niveau sonore perçu par l'artificier.

Le tableau des caractéristiques constructeur (doc. 1) précise que le niveau d'intensité sonore estimé à 15 m du point d'éclatement est de 120 dB. Soit alors d_1 = 15 m et L_1 = 120 dB.

Le calcul de d_2, distance entre le point d'éclatement et l'artificier, nécessite d'utiliser le théorème de Pythagore. En effet, le triangle ETA est rectangle en A et on a la relation $H^2 + \ell^2 = d_2^2$ d'où $d_2 = \sqrt{H^2 + \ell^2}$.

Méthode

- Exploitez la formule du niveau sonore donnée par le doc. 3 en calculant la distance d_2 grâce au schéma montrant le point d'éclatement E. Utilisez le théorème de Pythagore dans un triangle rectangle à définir.
- À l'aide du doc. 4, déduisez-en le risque auditif associé au niveau sonore précédemment calculé avant de conclure.

On en déduit ainsi le niveau d'intensité sonore perçu par l'artificier :

$$L_2 = L_1 + 20\log\frac{d_1}{\sqrt{H^2 + \ell^2}}$$

A. N. : $L_2 = 120 + 20\log\frac{15}{\sqrt{70^2 + 95^2}}$ soit $\boldsymbol{L_2}$ **= 102 dB**.

En utilisant l'échelle des niveaux d'intensité sonore et des risques auditifs associés (doc. 4), on peut conclure que L_2 = 102 dB correspond à un niveau sonore « difficilement supportable ». **Le port d'un dispositif de protection auditive doit être recommandé** à l'artificier.

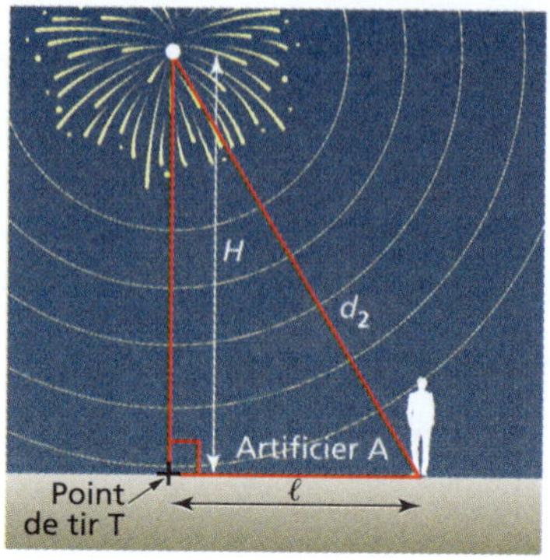

Exercice 2

énoncé p. 319

Partie 1

1 Par définition, la concentration molaire $[Al^{3+}]$ en ions aluminium Al^{3+} est le rapport entre la quantité d'ions $n(Al^{3+})$ et le volume V de la solution :

$$[Al^{3+}] = \frac{n(Al^{3+})}{V}$$

Or la dissolution du chlorure d'aluminium hexahydraté $AlCl_3, 6H_2O$ solide est :

$$AlCl_3, 6H_2O \rightarrow Al^{3+}(aq) + 3Cl^-(aq) + 6H_2O(\ell)$$

On constate que chaque mole de solide produit une mole d'ions aluminium III : un tableau d'avancement de la dissolution pourrait le mettre en évidence. On en conclut donc que : $n(Al^{3+}) = n(AlCl_3, 6H_2O) = \frac{m(AlCl_3, 6H_2O)}{M}$.

Piège à éviter

Faites bien la différence entre les ions aluminium III et le chlorure d'aluminium hexahydraté qui le produit par dissolution en solution aqueuse.

Finalement, on obtient, en rassemblant les deux relations mathématiques précédentes : $[Al^{3+}] = \frac{n(Al^{3+})}{V} = \frac{\frac{m(AlCl_3, 6H_2O)}{M}}{V} = \frac{m(AlCl_3, 6H_2O)}{MV}$.

La masse de solide est donc : $\mathbf{m(AlCl_3, 6H_2O) = [Al^{3+}]MV}$.

A. N. : $m(AlCl_3, 6H_2O) = 8{,}15 \times 10^{-3} \times 241{,}5 \times 1{,}00 =$ **1,97 g** en ne retenant que 3 chiffres significatifs.

2 La dilution est d'un facteur $F = 100$.

Or par définition $F = \frac{V_{fille}}{V_{mère}}$, donc :

$$V_{mère} = \frac{V_{fille}}{F}$$

A. N. : $V_{mère} = \frac{100{,}0}{100}$ = **1,00 mL de solution mère** de concentration 8,15 mmol·L⁻¹.

À retenir

Une dilution conserve la quantité de matière n du soluté :

$$n = c_{mère}V_{mère} = c_{fille}V_{fille}$$

Le facteur de dilution F est défini comme :

$$F = \frac{V_{fille}}{V_{mère}} = \frac{c_{mère}}{c_{fille}}$$

Partie 2

1 La longueur d'onde du spectrophotomètre est celle du **maximum d'absorption** : elle correspond au pic d'absorbance du profil spectral de la substance colorée. Elle permet d'obtenir la plus grande précision possible.

2 Le volume de 5 mL est donné avec un seul chiffre significatif, c'est-à-dire peu de précision. Une verrerie de type pipette graduée ou jaugée n'est donc pas nécessaire : l'**éprouvette graduée de 10 mL** suffit.

Piège à éviter

Un bécher n'est pas une verrerie de mesure.

3 La solution S_1 est la solution d'absorbance nulle, elle permet de « faire le blanc ». C'est donc la **solution de référence**.

4 La dilution est à quantité de matière constante. On peut ainsi écrire la relation de la dilution

$$c_{mère}V_{mère} = c_{fille}V_{fille} = c_4V_{fille}$$

avec $c_{mère} = [Al^{3+}] = 8,15 \times 10^{-3}$ mol·L^{-1} la concentration molaire en élément aluminium de la solution mère, $V_{mère}$ le volume de S_0 donné dans le document pour la solution S_4, soit $V_{mère} = 6,0$ mL et V_{fille} le volume de S_4, c'est-à-dire celui de la fiole jaugée $V_{fille} = 50,0$ mL.

Remarque

Le calcul de c_4 fait intervenir un rapport de volumes que l'on peut exprimer dans la même unité qui n'est pas forcément celle du système international.

La concentration c_4 de la solution diluée S_4 est :

$$c_4 = \frac{c_{mère}V_{mère}}{V_{fille}}$$

A. N. : $c_4 = \frac{8,15 \times 10^{-3} \times 6,0}{50,0} = 9,8 \times 10^{-4}$ mol·L^{-1}

soit **$c_4 = 0,98 \times 10^{-2}$ mmol·L^{-1}**.

Gagnez des points !

Vérifiez la cohérence du résultat : la concentration doit se situer entre $c_3 = 0,48 \times 10^{-2}$ mmol·L^{-1} et $c_5 = 2,0 \times 10^{-2}$ mmol·L^{-1}.

Partie 3

1 La courbe représentative de l'absorbance A en fonction de la concentration molaire c (en µmol·L^{-1}) en élément aluminium est :

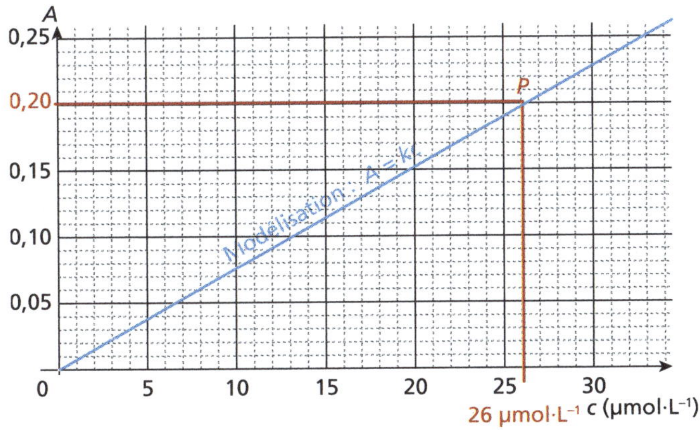

2 La modélisation graphique est une droite passant par l'origine du repère : la relation mathématique entre l'absorbance A et la concentration c en élément aluminium est donc du type **$A = kc$ avec k le coefficient directeur de la droite**.

On en déduit que l'absorbance de la solution est proportionnelle à la concentration en élément aluminium. Cette loi s'appelle la loi de Beer-Lambert.

3 La connaissance de la valeur du coefficient k de proportionnalité entre l'absorbance A et la concentration c permet d'obtenir une relation numérique entre A et c.

Méthode

- Le coefficient directeur k d'une droite est calculé à partir de deux points de cette droite.
- Si la droite passe par l'origine, le point O origine du repère doit être choisi pour plus de facilité. L'autre point doit être un point P le plus éloigné possible de O et dont les coordonnées sont facilement repérables.

La relation mathématique est $A = kc$, donc le coefficient $k = \frac{A}{c}$ est homogène à l'inverse d'une concentration, puisque l'absorbance est sans unité. Le coefficient k s'exprime donc en $L \cdot mol^{-1}$.

Soient deux points O et P de la droite de modélisation : O est l'origine du repère $O(0,0)$ et P un point appartenant à la droite relativement éloigné de O, $P(26 \times 10^{-6}, 0,20)$.

Le coefficient directeur s'obtient alors à partir de ces deux points :

$$k = \frac{y(P) - y(O)}{x(P) - x(O)} = \frac{y(P)}{x(P)}$$

A. N. : $k = \frac{0,20}{26 \times 10^{-6}}$ soit **$k = 7,7 \times 10^3\ L \cdot mol^{-1}$**.

4 L'absorbance d'un échantillon est $A_{éch} = 0,12$. On en déduit sa concentration $c_{éch}$ en élément aluminium :

$$c_{éch} = \frac{A_{éch}}{k}$$

A. N. : $c_{éch} = \frac{0,12}{7,7 \times 10^3} = 1,6 \times 10^{-5}\ mol \cdot L^{-1}$ = **$16\ \mu mol \cdot L^{-1}$**.

La norme de concentration maximale en aluminium est $c_{max} = 7,4\ \mu mol \cdot L^{-1}$. Or la solution de l'échantillon est $\frac{16}{7,4} = 2,2$ fois plus concentrée en élément aluminium que le maximum autorisé.

On en conclut que l'eau de **l'échantillon ne respecte pas le critère de potabilité pour l'élément aluminium**.

5 Si l'on envisage des échantillons de concentration molaire en élément aluminium 10 fois supérieure à celle de la solution S_7 d'absorbance $A_7 = 0,25$ alors d'après la loi de Beer-Lambert, les absorbances mesurées seraient aussi 10 fois supérieures à A_7. Les valeurs affichées par le spectrophotomètre de l'ordre de 2,5 le mettraient en **état de saturation**.

Gagnez des points !

Une dilution d'un facteur 100 par exemple permettrait d'obtenir des absorbances de l'ordre de 0,25. Cela placerait l'ensemble des points expérimentaux dans la gamme étalon proposée dans cet exercice.

Pour pallier ce problème, il faudrait préalablement **réaliser une dilution**.

Exercice 3

énoncé p. 321

1 Au cours de la première expérience, la fusion du bloc de glace nécessite une énergie $E_1 = m_1 \times L_f$. Cette énergie est celle donnée par l'environnement pour le changement d'état de l'eau sans mettre en fonctionnement le générateur de vapeur d'eau.

De même, au cours de la deuxième expérience, l'énergie nécessaire est $E_2 = m_2 \times L_f$. Cette énergie correspond à celle cédée par l'environnement au glaçon additionnée de la contribution énergétique du générateur de vapeur d'eau.

La durée de l'expérience 1 étant identique à celle de l'expérience 2, on peut calculer la différence d'énergie $E_2 - E_1$: elle correspond uniquement à la valeur de l'énergie thermique E_{th} transférée à travers la paroi de verre et due à la mise en route du générateur de vapeur au cours de la deuxième expérience.

Piège à éviter

Si la chaleur latente massique L est exprimée en $J{\cdot}g^{-1}$, alors la masse m de glace fondue doit être exprimée en g dans la formule mathématique $E = mL$.

$$E_{th} = E_2 - E_1 = m_2 \times L_f - m_1 \times L_f = (m_2 - m_1)L_f$$

A. N. : $E_{th} = (124{,}4 - 5{,}5) \times 333{,}5 =$ **$4{,}0 \times 10^4$ J** en ne retenant que 2 chiffres significatifs. Cette énergie est bien **de l'ordre de 40 kJ**.

2 Le mode de transfert thermique mis en jeu ici est la **conduction ou diffusion thermique**. Il s'agit d'un mode de transfert sans mouvement de fluide thermique. Au niveau microscopique, **les atomes ou les molécules transfèrent leur agitation de proche en proche**.

3 **a.** Le flux thermique est homogène à une énergie par unité de temps :

$$\Phi = \frac{E_{th}}{\Delta t}$$

Une analyse dimensionnelle permet de définir son unité dans le système international.

On note $[X]$ la dimension de X : soit $[X]$ = L pour une longueur exprimée en m, $[X]$ = M pour une masse exprimée en kg et $[X]$ = T pour un temps ou une durée exprimée en s.

$$[\Phi] = \frac{[E_{th}]}{[\Delta t]} = [E]T^{-1}$$

avec $[E]$ la dimension d'une énergie.

L'astuce du prof

Pour déterminer la dimension d'une énergie, pensez à une énergie simple comme l'énergie cinétique $E_c = \frac{mv^2}{2}$.

Une énergie a toujours la même dimension, et ce, quelle que soit l'énergie. En particulier, on peut déterminer la dimension de l'énergie cinétique $E_c = \frac{1}{2}mv^2$ avec la vitesse $v = \frac{d}{t}$ homogène à une distance par unité de temps.

On a donc :

$$[E] = [E_c] = \left[\frac{1}{2}mv^2\right] = [m][v]^2 = [m]\frac{[d]^2}{[t]^2} = ML^2T^{-2}$$

Finalement, la dimension du flux thermique est :

$$[\Phi] = \frac{[E_{th}]}{[\Delta t]} = ML^2T^{-2}T^{-1}$$

soit :

$$[\Phi] = ML^2T^{-3}$$

Le flux s'exprime donc en $kg \cdot m^2 \cdot s^{-3}$ si l'on en revient aux différentes unités du système international. On a davantage l'habitude d'exprimer le flux thermique en **watts** (W).

b. La durée commune à chaque expérience est Δt = 5 min 30 s, soit Δt = 330 s.

On en déduit la valeur du flux thermique moyen à travers la plaque de verre.

A. N. : $\Phi = \frac{4{,}0 \times 10^4}{330} = \mathbf{1{,}2 \times 10^2\ W}$.

4 La résistance thermique du verre est définie par la relation :

$$\Phi = \frac{\Delta\theta}{R_{th}}$$

soit :

$$R_{th} = \frac{\Delta\theta}{\Phi}$$

$\Delta\theta$ correspond à la différence de température entre la face supérieure en contact avec la glace, soit θ_{sup} = 0 °C = 273 K, et la face inférieure en contact avec la vapeur d'eau, soit θ_{inf} = 100 °C = 373 K.

Gagnez des points !

La variation de température est identique, que les températures soient exprimées en °C ou en K.

ΔT = 373 K – 273 K = 100 K

$\Delta\theta$ = 100 °C – 0 °C = 100 °C

$\Delta T(K) = \Delta\theta(°C)$

On a donc :

$$R_{th} = \frac{\theta_{inf} - \theta_{sup}}{\Phi}$$

A. N. : $R_{th} = \frac{373 - 273}{1{,}2 \times 10^2} = \frac{100}{1{,}2 \times 10^2}$ soit $\mathbf{R_{th} = 0{,}83\ K \cdot W^{-1}}$.

5 a. Écrire le résultat de la mesure expérimentale de R_{th} correspondant à un niveau de confiance de 95 % revient à écrire $R_{th} = \bar{R}_{th} \pm U(R_{th})$ avec $\bar{R}_{th}$ la moyenne des N mesures et $U(R_{th})$ l'incertitude de mesure associée au niveau de confiance de 95 %.

On définit :

– la moyenne de n mesures : $\bar{R}_{th} = \sum_{k=1}^{n} \frac{R_k}{n}$;

– l'incertitude de mesure associée au niveau de confiance de 95 % :

$$U(R_{th}) = t_{95} \times \frac{\sigma_{n-1}}{\sqrt{n}} \text{ avec } \sigma_{n-1} = \sqrt{\frac{1}{n-1}\sum_{k=1}^{n}\left((R_{th})_k - \bar{R}_{th}\right)^2}$$

A. N. : Calculons $\bar{R}_{th}$ et $U(R_{th})$.

Moyenne des n mesures :

$$\bar{R}_{th} = \frac{0{,}81 + 0{,}89 + 0{,}78 + 0{,}82 + 0{,}87 + 0{,}78 + 0{,}76 + 0{,}92 + 0{,}85 + 0{,}84 + 0{,}81 + 0{,}79}{12}$$

$\bar{R}_{th} = 0{,}83\ K \cdot W^{-1}$

Calculons l'incertitude de mesure associée au niveau de confiance de 95 %.

$t_{95} = 2{,}20$

$$\sigma_{n-1} = \sqrt{\frac{1}{12-1} \times \begin{pmatrix} (0{,}81-0{,}83)^2+(0{,}89-0{,}83)^2+(0{,}78-0{,}83)^2+(0{,}82-0{,}83)^2 \\ +(0{,}87-0{,}83)^2+(0{,}78-0{,}83)^2+(0{,}76-0{,}83)^2+(0{,}92-0{,}83)^2 \\ +(0{,}85-0{,}83)^2+(0{,}84-0{,}83)^2+(0{,}81-0{,}83)^2+(0{,}79-0{,}83)^2 \end{pmatrix}}$$

$\sigma_{n-1} = 5 \times 10^{-2}$ K·W^{-1}

$U(R_{th}) = 2{,}20 \times \dfrac{5 \times 10^{-2}}{\sqrt{12}} = 3 \times 10^{-2}$ K·W^{-1}.

Finalement, l'écriture du résultat de la mesure expérimentale de R_{th} correspondant à un niveau de confiance de 95 % est : $\boldsymbol{R_{th} = (0{,}83 \pm 0{,}03)}$ **K·W^{-1}**.

Gagnez des points !

Les variations $(R_{th})_k - \bar{R}_{th}$ ne comportant qu'un chiffre significatif, on peut s'autoriser à ne garder qu'un chiffre significatif sur l'incertitude de mesure.

b. L'expression de la mesure expérimentale écrite précédemment signifie qu'on a 95 % de chances que la valeur de la résistance thermique soit comprise entre $\bar{R}_{th} - U(R_{th}) = 0{,}83 - 0{,}03 = 0{,}80$ K·W^{-1} et $\bar{R}_{th} + U(R_{th}) = 0{,}83 + 0{,}03 = 0{,}86$ K·W^{-1}.

C'est-à-dire que **la valeur exacte de la résistance thermique a 95 % de chances d'être une valeur de l'intervalle [0,80 ; 0,86] K·W^{-1}**.

6 On définit la résistance surfacique $R = R_{th} \times S$ avec S la surface de contact entre le cylindre de glace et la plaque de verre, soit $S = \pi\left(\dfrac{d}{2}\right)^2$ avec d le diamètre du cylindre.

Finalement, on a :

$$R = R_{th}\,\pi\left(\frac{d}{2}\right)^2$$

Piège à éviter

Malgré son nom, la résistance thermique surfacique R n'est pas une résistance par unité de surface. R est égale à R_{th} multipliée par la surface S (et non divisée par S).

A. N. : avec d de l'ordre de 8 cm, on peut calculer $R = 0{,}83 \times \pi \times \left(\dfrac{0{,}08}{2}\right)$ soit $\boldsymbol{R = 4{,}2 \times 10^{-3}}$ **m²·K·W^{-1}**.

7 Le constructeur indique une valeur plus élevée que celle obtenue expérimentalement.

En effet, lors des expériences :

– la surface de contact de la glace peut être minimisée par rapport à celle utilisée par le constructeur : la résistance thermique surfacique est donc expérimentalement sous-évaluée ;

– la température à $t = 0$ n'est pas forcément à 100 °C au niveau de la plaque de verre en contact avec la vapeur d'eau. La résistance thermique mesurée est donc expérimentalement plus faible que celle attendue.

L'astuce du prof

Raisonnez sur les différents paramètres qui définissent la résistance thermique surfacique R : la variation de température, la surface de contact, le flux thermique, etc.

Exercice 1 7,5 pts 1h15 autorisée corrigés p. 342

Principe de fonctionnement d'une minuterie

L'objet de cet exercice est d'étudier le principe de fonctionnement d'une minuterie permettant d'éteindre une lampe automatiquement au bout d'une durée t_0 réglable.

DOC. 1 Montage électrique de fonctionnement d'une minuterie

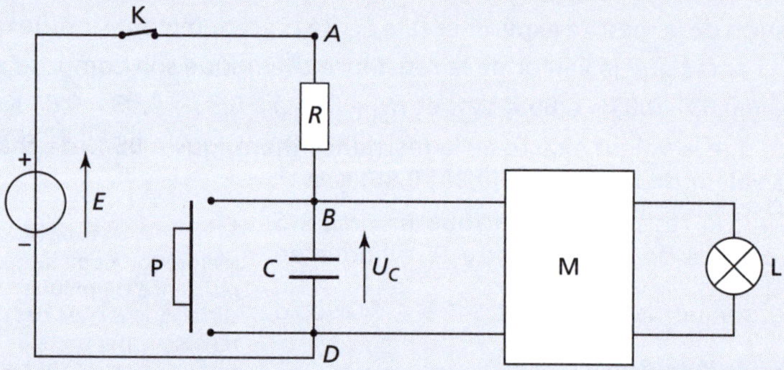

Le montage du circuit électrique est constitué :
- d'un générateur idéal de tension, de force électromotrice $E = 30$ V ;
- d'un interrupteur K ;
- d'un conducteur ohmique de résistance R ;
- d'un condensateur de capacité C ;
- d'un bouton-poussoir P qui joue le rôle d'un interrupteur : il est fermé seulement quand on appuie dessus ;
- **d'un composant électronique M qui permet l'allumage de la lampe L tant que la tension aux bornes du condensateur est inférieure à une tension limite, caractéristique du composant, notée U_ℓ.**

Le composant électronique M possède une alimentation électrique propre (non représentée sur le schéma) qui lui fournit l'énergie nécessaire à l'allumage de la lampe.

Dans tout l'exercice, on fixera U_ℓ à une valeur constante égale à 20 V et on admettra que le composant électronique M ne perturbe pas le fonctionnement du circuit RC, **c'est-à-dire que la tension aux bornes du condensateur est identique, que M soit présent ou non dans le circuit.**

DOC. 2 Courbe de l'évolution de la tension u_c aux bornes du condensateur

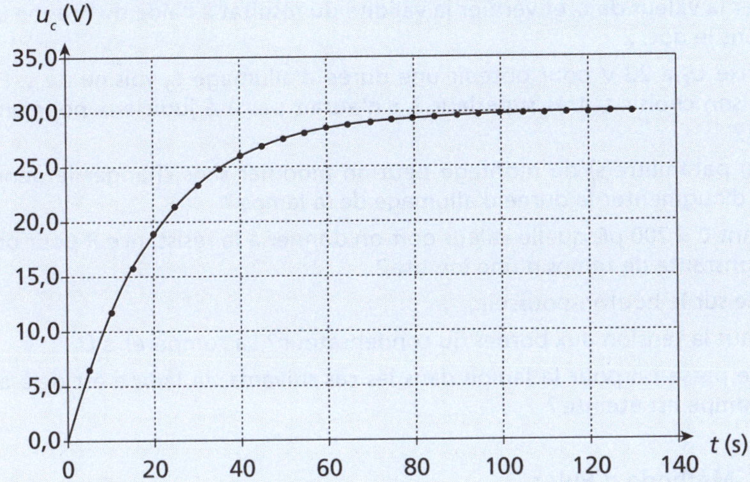

Partie 1 Étude du circuit *RC*

À l'instant initial (t = 0 s), le condensateur est déchargé. On ferme l'interrupteur K, le bouton-poussoir P du circuit électrique précédent est relâché.

On souhaite visualiser les variations de la tension u_C aux bornes du condensateur en fonction du temps à l'aide d'un oscilloscope à mémoire.

1 Indiquer les branchements à réaliser (voie 1 et masse) sur le schéma du doc. 1.

2 Montrer que l'équation différentielle donnant les variations de la tension $u_C(t)$ aux bornes du condensateur en fonction du temps est de la forme :

$$u_C(t) + RC\frac{du_c(t)}{dt} = E$$

3 **a.** En vérifiant que la fonction du temps $u_C(t) = A(1 - e^{-t/\tau})$ est solution de l'équation différentielle précédente, montrer que $A = E$ et que $\tau = RC$.

b. Quelle est la valeur de u_C en régime permanent ?

c. Quel est le nom donné à la constante τ ? À l'aide d'une analyse dimensionnelle, donner l'unité de la constante τ.

4 La représentation graphique de la fonction $u_C(t)$ est donnée dans le doc. 2. Faire apparaître sur ce graphe, sans aucune justification, la tension E, la constante τ, et les régimes permanent et transitoire.

5 Calculer la valeur de la constante τ pour R = 100 kΩ et C = 200 µF.

6 **a.** Donner l'expression littérale de la date t_0 à laquelle la tension aux bornes du condensateur atteint la valeur limite U_ℓ en fonction de U_ℓ, E et τ (t_0 est la durée d'allumage de la lampe).

b. Calculer la valeur de t_0 et vérifier la validité du résultat à l'aide du graphe $u_C(t)$ fourni dans le doc. 2.

c. On a fixé U_ℓ à 20 V pour obtenir une durée d'allumage t_0 voisine de τ. Pour quelle raison choisir t_0 très supérieur à τ n'aurait pas été judicieux pour un tel montage ?

7 Quel(s) paramètre(s) du montage peut-on modifier sans changer le générateur afin d'augmenter la durée d'allumage de la lampe ?

8 En fixant $C = 200$ µF, quelle valeur doit-on donner à la résistance R pour obtenir une constante de temps d'une minute ?

On appuie sur le bouton-poussoir.

9 Que vaut la tension aux bornes du condensateur ? La comparer à U_ℓ.

10 Que se passe-t-il pour la lampe dans les cas suivants : la lampe est déjà allumée ? la lampe est éteinte ?

Partie 2 Méthode d'Euler

On se propose maintenant de résoudre numériquement l'équation différentielle établie à la question **2** de la Partie 1, R et C conservant les valeurs $R = 100$ kΩ et $C = 200$ µF.

1 À partir de cette équation différentielle, donner la relation numérique entre la dérivée $\frac{du_c}{dt}$ et la tension $u_C(t)$.

DOC. 3 Méthode d'Euler

La méthode d'Euler permet de calculer successivement les valeurs de $u_C(t)$ et de $\frac{du_c}{dt}$ à un intervalle de temps régulier Δt appelé pas.

En prenant un pas suffisamment petit, on peut écrire la relation :

$$u_C(t + \Delta t) = u_C(t) + \left.\frac{du_c}{dt}\right|_t \times \Delta t$$

Pour cette étude, on prend un pas égal à $\Delta t = 2$ s.

2 En utilisant l'expression littérale ci-dessus, compléter les colonnes correspondant aux dates $t = 2$ s et $t = 4$ s du tableau ci-après.

t (s)	0	2	4	6	8	10	12	...	20
u_C (t)	0			8,14	10,3	12,3	14,1	...	19,6
$\frac{du_c}{dt}$	1,50			1,09	0,99	0,89	0,80	...	0,52

3 Le doc. 4 représente un agrandissement de la courbe $u_C(t)$ du doc. 2. Tracer sur ce document la partie du graphe $u_C(t)$ correspondant à ce tableau. Que constate-t-on ?

DOC. 4 Agrandissement de la courbe $u_c(t)$

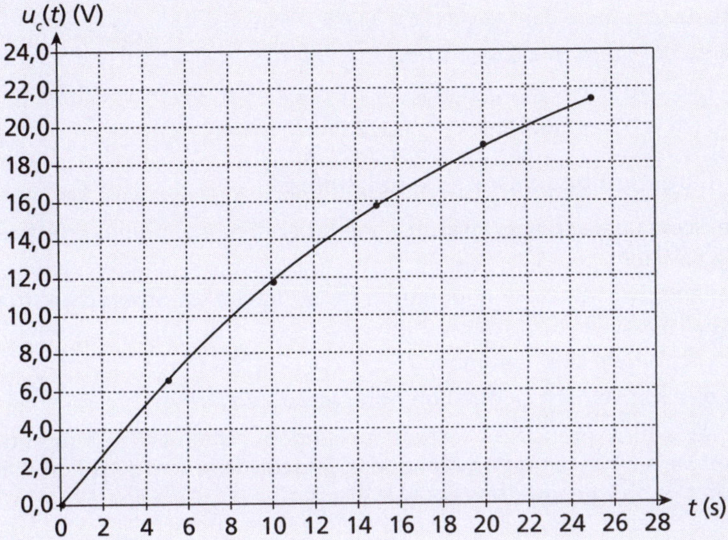

4 On peut améliorer la précision de la méthode d'Euler en modifiant la valeur du pas Δt. Quelle modification pourrait-on apporter à la valeur du pas Δt ? Quel serait l'inconvénient de cette modification ?

Exercice 2 4,5 pts 45 min autorisée corrigés p. 350

Parlons CD

Partie 1 Lumière émise par un laser

On dispose d'une diode laser S émettant un faisceau lumineux monochromatique de longueur d'onde $\lambda = 0{,}790$ µm.

DOC. 1 Domaines de longueurs d'onde de la lumière visible

Couleur	Violet	Bleu	Vert	Jaune	Orange	Rouge
Domaine de longueurs d'onde (nm)	380-446	446-520	520-565	565-590	590-625	625-800

1 Quelle est la couleur de la lumière émise par cette diode laser ?

2 La lumière émise résulte d'une transition entre deux niveaux d'énergie E_1 et E_2 tels que $E_2 < E_1$. Calculer en électronvolts l'écart énergétique $E = E_1 - E_2$ entre ces deux niveaux.

> **Données**
- Célérité de la lumière dans le vide : $c = 3{,}00 \times 10^8\ \text{m}\cdot\text{s}^{-1}$.
- Constante de Planck : $h = 6{,}63 \times 10^{-34}\ \text{J}\cdot\text{s}$.
- $1\ \text{eV} = 1{,}60 \times 10^{-19}\ \text{J}$.

Partie 2 Caractère ondulatoire de la lumière

La lumière émise par la source S traverse une fente fine rectangulaire verticale de largeur $d = 0{,}10$ mm.

Un phénomène dû à la nature ondulatoire de la lumière est observé sur un écran placé à une distance $D = 2{,}0$ m de la fente.

1 Quel est le nom de ce phénomène ?

2 Décrire qualitativement ce que l'on observe sur l'écran.

3 Toutes les autres grandeurs restant inchangées, comment est modifiée la figure observée sur l'écran si l'on diminue la largeur de la fente ? si l'on diminue la longueur d'onde ? Justifier les réponses.

Partie 3 Application à la lecture d'un CD

Dans un lecteur CD, on lit des informations gravées sur le disque sous forme de petites cuvettes réfléchissantes dont le diamètre limite le nombre d'informations. Actuellement, on éclaire le disque avec une diode laser de longueur d'onde $\lambda = 0{,}790\ \mu\text{m}$.

On commercialise aussi des lecteurs utilisant une diode laser émettant une longueur d'onde dans le bleu (lecteurs « blu-ray disc »).

D'après la question **3** de la Partie 2, quel intérêt présente ce changement de longueur d'onde ?

Partie 4 Gravure d'un CD

La duplication en grande quantité d'un disque compact se fait par pressage de polycarbonate fondu à l'aide d'une matrice en nickel.

Le procédé se déroule en trois étapes :

1re étape : Fabrication du *glassmaster*

Elle consiste à graver le disque de base (*glassmaster*) à partir duquel on va réaliser une duplication en série. On recouvre ensuite le *glassmaster* gravé d'une fine couche d'argent. On obtient alors le *glassmaster* métallisé.

2e étape : Galvanoplastie

Elle consiste à créer une matrice, image symétrique du *glassmaster*. Ce dernier, étant devenu conducteur après le dépôt d'argent, est immergé pendant 2 heures dans une solution acide de sulfamate de nickel où il va subir une électrolyse, l'autre électrode étant du nickel. Le but de cette opération est de créer un dépôt de nickel sur le *glassmaster*. On sépare ensuite cette couche de nickel et on obtient une matrice, le père, qui est une image symétrique parfaite du *glassmaster*.

DOC. 2 Schéma de l'électrolyse

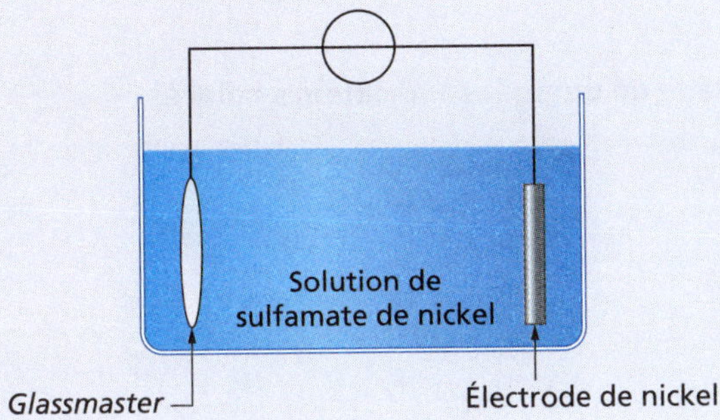

3e étape : Le pressage

On place le père dans le moule d'une presse qui permet de dupliquer le disque en grand nombre.

› Données

- Couple oxydant réducteur : Ni^{2+}/Ni.
- Masse volumique du nickel : $\rho = 8{,}90\ g \cdot cm^{-3}$.
- Masse molaire du nickel : $M = 58{,}7\ g \cdot mol^{-1}$.
- Charge élémentaire : $e = 1{,}60 \times 10^{-19}$ C.
- Nombre d'Avogadro : $\mathcal{N}_A = 6{,}02 \times 10^{23}\ mol^{-1}$.

Les questions qui suivent ne portent que sur la 2e étape (galvanoplastie).

1 Sur le schéma du doc. 2 de l'électrolyse, préciser le sens du courant et la polarité des bornes du générateur, en justifiant la réponse.

2 Nommer les électrodes et préciser les équations des réactions qui s'y déroulent.

Le père obtenu est un disque de nickel de 23,0 cm de diamètre et de $3{,}05 \times 10^{-1}$ mm d'épaisseur.

3 Vérifier que la masse du père est $m = 113$ g.

4 En déduire la quantité de matière de nickel déposée lors de l'électrolyse.

5 L'électrolyse dure 2 heures. Quelle doit être la valeur de l'intensité du courant qui circule dans le circuit ?

Exercice 3 8 pts 1h20 autorisée

corrigés p. 353

Étude d'un produit ménager

L'ammoniac NH_3 est un gaz qui, dissous dans l'eau, donne une solution basique d'ammoniaque. Des solutions d'ammoniaque sont vendues dans le commerce. Ces solutions, après dilution, sont utilisées comme produit nettoyant et détachant.

On se propose d'étudier quelques propriétés de l'ammoniac dissous, puis de déterminer sa concentration dans un de ces produits.

DOC. Zone de virage de quelques indicateurs colorés

Indicateur coloré	Couleur de la forme acide	Zone de virage	Couleur de la forme basique
Hélianthine	Rouge	3,1-4,4	Jaune
Rouge de chlorophénol	Jaune	5,2-6,8	Rouge
Bleu de bromothymol	Jaune	6,0-7,6	Bleu
Phénolphtaléïne	Incolore	8,2-10	Rouge violacé

> Données

- Masse molaire de l'ammoniac : $M_{NH_3} = 17\ g{\cdot}mol^{-1}$.
- Constante d'acidité du couple ion ammonium/ammoniac à 25 °C : $K_{A1} = 6,3 \times 10^{-10}$.
- Constante d'acidité du couple H_2O/HO^- à 25 °C : $K_{A2} = 1,0 \times 10^{-14}$.

Partie 1 L'amoniac $NH_3(aq)$

L'ammoniac est une base en solution aqueuse.

1 Donner la définition d'une base selon Brönsted.

2 Écrire l'équation de réaction entre l'ammoniac et l'eau.

3 Exprimer et calculer la constante d'équilibre de cette réaction.

On dissout dans un volume d'eau V égal à 250 ml une quantité de matière n d'ammoniac égale à $2,5 \times 10^{-3}$ mol. Le pH de la solution S obtenue vaut 10,6.

4 Calculer la concentration c en soluté ammoniac apporté.

5 Calculer la concentration en ions oxonium H_3O^+ dans la solution.

6 En déduire la concentration en ions hydroxyde HO^- dans la solution.

7 Montrer que le taux d'avancement final τ peut s'écrire $\tau = \frac{[HO^-]_f}{c}$, puis le calculer. Que peut-on dire de la transformation ?

Partie 2 Détermination de la concentration en ammoniac de la solution commerciale

Dilution de la solution commerciale

Afin de déterminer la concentration c_0 de la solution commerciale, on propose de réaliser un titrage acido-basique de la solution commerciale. Celle-ci étant très concentrée, on fabrique, par dilution, une solution S_1 de concentration c_1 mille fois plus petite.

1 Parmi les lots de verrerie proposés, choisir, en justifiant, celui que l'on doit utiliser pour réaliser au mieux cette dilution.

Lot 1 Pipette jaugée 1 mL Bécher 100 mL Bécher 50 mL	**Lot 2** Pipette graduée 10 mL Fiole jaugée 1 L Bécher 50 mL
Lot 3 Pipette jaugée 1 mL Fiole jaugée 1 L Bécher 50 mL	**Lot 4** Pipette jaugée 10 mL Fiole jaugée 1 L Bécher 50 mL

Titrage acido-basique de la solution diluée

On réalise un titrage pH-métrique de $V_1 = 20{,}0$ mL de solution diluée S_1 par une solution d'acide chlorhydrique ($H_3O^+(aq) + Cl^-(aq)$) de concentration $c_A = 1{,}50 \times 10^{-2}$ mol·L^{-1}.

L'équation support du titrage est :

$$NH_3(aq) + H_3O^+(aq) = NH_4^+(aq) + H_2O(\ell)$$

Pour obtenir l'équivalence, il a fallu verser un volume $V_{AE} = 14{,}3$ mL d'acide chlorhydrique.

On note que le pH à l'équivalence vaut 5,7.

2 Définir l'équivalence d'un titrage.

3 Établir la relation à l'équivalence entre c_1, c_A, V_1, V_{AE} où V_{AE} est le volume de solution acide versé à l'équivalence.

4 En déduire c_1 puis c_0.

5 Parmi les indicateurs colorés du document, choisir, en justifiant, celui qui pourrait être utilisé pour réaliser ce titrage de façon colorimétrique.

CORRIGÉ SUJET COMPLET 5

Exercice 1

énoncé p. 334

Partie 1

1 Pour visualiser la tension $u_c(t)$ aux bornes du condensateur, l'oscilloscope à mémoire doit être branché en dérivation à ses bornes. Si le générateur possède une masse propre, la masse de l'oscilloscope doit être branchée en ce point. De manière générale, la borne masse correspond à la borne négative du générateur. Ici, le fil conducteur – de tension nulle – entre la borne négative du générateur et le point D permet de placer la masse de l'oscilloscope en ce point D. La seconde borne de l'oscilloscope est à brancher au point B. L'oscilloscope n'est pas représenté : on se contente des branchements de la voie 1 au point B et de la masse au point $D = M$.

À retenir

Le symbole de la voie 1 ou 2 de l'oscilloscope est une flèche qui part du point de connexion et qui est dirigée vers l'oscilloscope (non représenté).

Le symbole de la masse est à choisir entre :

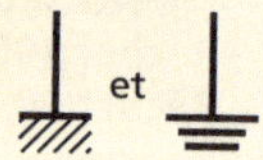

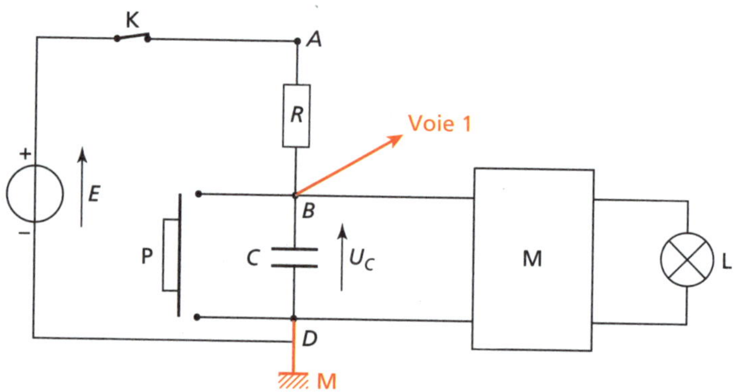

2 Le générateur impose le sens conventionnel du courant sortant et circulant dans le circuit, soit de sa borne positive vers sa borne négative. On notera i l'intensité du courant dans le circuit RC série, P la borne positive du générateur et N sa borne négative.

Le conducteur ohmique de résistance R est un récepteur : on peut modéliser la tension à ses bornes par la tension u_R en convention récepteur.

Rappel

En convention récepteur, la flèche représentative de la tension aux bornes d'un récepteur est opposée au sens conventionnel du courant qui traverse ce récepteur.

Dans le cas d'un générateur, la convention générateur impose le contraire.

Loi des mailles

Appliquons la loi des mailles des tensions dans la boucle principale RC série ($ABDNP$) :

$$u_{PN} + u_{ND} + u_{DB} + u_{BA} + u_{AP} = 0$$

Or $u_{ND} = u_{AP} = 0$, car ce sont des tensions aux bornes de fils conducteurs.

De plus, $u_{DB} = -u_c$ et $u_{BA} = -u_R$.

Finalement, la loi des mailles se simplifie :

$$u_{PN} - u_R - u_c = 0$$

En supposant le générateur idéal, la tension à ses bornes se réduit à sa seule force électromotrice $u_{PN} = E$.

On en déduit donc une première relation :

$$E = u_R + u_c$$

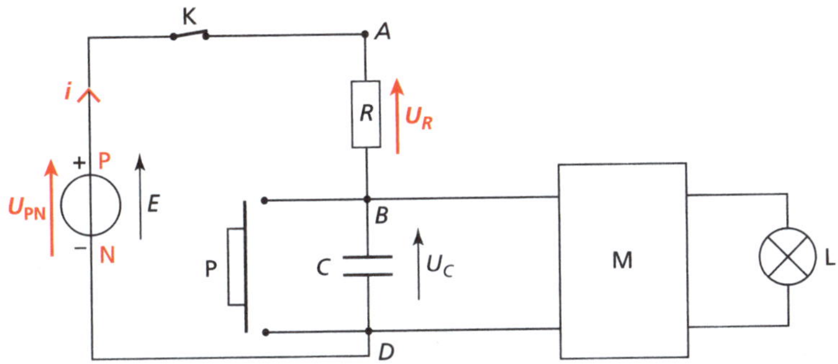

Tension aux bornes du condensateur

Au vu du sens conventionnel du courant, la charge q_A est chargée positivement pendant la charge du condensateur. Soit $q = q_A > 0$ et $i = \frac{dq}{dt}$.

La tension aux bornes du condensateur est alors :

$$u_c = \frac{q}{C} \text{ ou } q = Cu_c$$

Loi d'Ohm

La tension aux bornes du conducteur ohmique est donnée par la loi d'Ohm :

$$u_R = Ri = R\frac{dq}{dt} = R\frac{d(Cu_c)}{dt} = RC\frac{du_c}{dt}$$

Équation différentielle

Si l'on reprend la loi des mailles en incluant les expressions précédentes, on a :

$$E = u_R + u_c = RC\frac{du_c}{dt} + u_c$$

ou en réarrangeant comme dans l'énoncé et en précisant la dépendance en temps de la tension aux bornes du condensateur :

$$\boldsymbol{u_c(t) + RC\frac{du_c(t)}{dt} = E}$$

Méthode

- Complétez le schéma avec les tensions aux bornes du générateur et du conducteur ohmique. Indiquez le sens conventionnel du courant.
- Écrivez la loi des mailles.
- Explicitez la tension aux bornes du condensateur et l'intensité du courant en fonction de u_c.
- Écrivez la loi d'Ohm aux bornes du conducteur ohmique. Déduisez-en u_R en fonction de u_c.
- Intégrez l'expression de u_R dans la loi des mailles.

3 **a.** Si $u_c(t) = A(1 - e^{-t/\tau})$ est solution de l'équation différentielle précédente, alors $RC\dfrac{du_c}{dt} + u_c$ doit égaler E, la force électromotrice du générateur en remplaçant u_c par son expression.

Méthode

Injectez la solution proposée dans l'équation différentielle et séparez les parties dépendante ou indépendante du temps.

$$\frac{du_c}{dt} = \frac{d}{dt}\left(A\left(1-e^{-t/\tau}\right)\right) = \frac{d}{dt}\left(A - Ae^{-t/\tau}\right) = \frac{dA}{dt} + \frac{d}{dt}\left(-Ae^{-t/\tau}\right)$$

Or A est une constante, sa dérivée est donc nulle, et l'expression précédente se réduit à :

$$\frac{du_c}{dt} = A\frac{d}{dt}\left(-\ e^{-t/\tau}\right) = \frac{A}{\tau}e^{-t/\tau}$$

Rappels

- La dérivée d'une exponentielle est une exponentielle :

$$\frac{d}{dt}\left(\exp(at)\right) = a\exp(at)$$

- La dérivée d'une constante est nulle.
- La dérivée d'une somme est la somme des dérivées.
- La dérivée d'un produit est telle que :

$$\frac{d(uv)}{dt} = u\frac{dv}{dt} + v\frac{du}{dt}$$

Finalement, on obtient :

$$u_c(t) + RC\frac{du_c(t)}{dt} = A(1 - e^{-t/\tau}) + RC\frac{A}{\tau}e^{-t/\tau}$$

ou encore :

$$A - Ae^{-t/\tau} + RC\frac{A}{\tau}e^{-t/\tau} = E$$

Séparons la partie dépendante du temps de la partie indépendante de t.

Avec $A \neq 0$ et $e^{-t/\tau} \neq 0$, on a alors deux équations séparées :

$$\begin{cases} \boldsymbol{A = E} \\ \boldsymbol{-Ae^{-t/\tau} + RC\dfrac{A}{\tau}e^{-t/\tau} = 0 \Leftrightarrow 1 - \dfrac{RC}{\tau} = 0 \Leftrightarrow \tau = RC} \end{cases}$$

Si $u_c(t) = A(1 - e^{-t/\tau})$ est solution de l'équation différentielle précédente, alors $\boldsymbol{A = E}$ et $\boldsymbol{\tau = RC}$.

La solution de l'équation différentielle est ainsi :

$$\boldsymbol{u_c(t) = E\,(1 - e^{-t/RC})}$$

b. En régime permanent, u_c est constante, donc sa dérivée temporelle est nulle $\dfrac{du_c(t)}{dt} = 0$ et l'équation différentielle se simplifie :

$$u_c + RC\frac{du_c}{dt} = u_c + RC \times 0 = u_c = E$$

soit plus simplement :

$$u_c = E$$

Piège à éviter

On appelle régime permanent, le régime dans lequel toutes les grandeurs sont indépendantes du temps.

Leurs dérivées temporelles sont donc nulles.

La valeur de la tension aux bornes du condensateur est donc celle de la force électromotrice du générateur, soit $\boldsymbol{u_c = E = 30}$ **V**.

c. La constante τ est la **constante de temps** du circuit *RC* série.

Notons [*X*] la dimension de la grandeur *X*.

$$[\tau] = [RC] = [R][C]$$

Exprimons les dimensions de la résistance et de la capacité du condensateur en fonction de la dimension d'une tension [*U*], d'une intensité [*I*] et du temps T.

La loi d'Ohm $U = RI$ ou $R = \frac{U}{I}$ permet d'écrire :

$$[\boldsymbol{R}] = \left[\frac{\boldsymbol{U}}{\boldsymbol{I}}\right] = \frac{[\boldsymbol{U}]}{[\boldsymbol{I}]} = [U][I]^{-1}$$

La tension $u_c = \frac{q}{C}$ ou $C = \frac{q}{u_c}$ permet d'écrire :

$$[\boldsymbol{C}] = \left[\frac{\boldsymbol{q}}{\boldsymbol{U}}\right] = \frac{[\boldsymbol{q}]}{[\boldsymbol{U}]} = [q][U]^{-1}$$

L'intensité du courant *i* est telle que $i = \frac{\mathrm{d}q}{\mathrm{d}t}$. On en déduit que :

$$[\boldsymbol{i}] = \left[\frac{\mathbf{d}\boldsymbol{q}}{\mathbf{d}\boldsymbol{t}}\right] = \frac{[\mathbf{d}\boldsymbol{q}]}{[\mathbf{d}\boldsymbol{t}]} = [q]\mathrm{T}^{-1}$$

Soit encore, si l'on s'intéresse à la dimension d'une charge en fonction de celle de l'intensité du courant [*I*] :

$$[q] = [I]\mathrm{T}$$

On en déduit alors :

$$[\tau] = [R][C] = [U][I]^{-1} \times [q][U]^{-1} = [U][I]^{-1} \times [I]\mathrm{T}[U]^{-1} = \mathrm{T}$$

On met donc en évidence que $[\tau] = \mathrm{T}$: la constante de temps du circuit *RC* série **$\tau = RC$ est bien homogène à un temps** ou une durée. **Elle s'exprime en s** dans les unités du système international.

4 *Les explications suivantes ne sont pas à faire figurer sur la copie.*

La réponse à la question **3 b.** montre que :

$$u_c = E = 30 \text{ V}$$

en régime permanent, c'est-à-dire lorsque la tension n'évolue plus. La force électromotrice du générateur est donc atteinte au-delà d'un certain temps de fonctionnement, lorsque le condensateur est totalement chargé.

> **Gagnez des points !**
> Vérifiez que le palier se situe bien à la valeur 30 V de la force électromotrice *E* du générateur.

Cette tension **$u_c = E$ correspond au palier** pour $t > 100$ s sur la courbe de l'évolution de u_c.

Ce temps **$t = 100$ s** détermine la transition entre :

– le **régime transitoire** durant lequel le condensateur se charge et la tension à sa borne évolue jusqu'à sa valeur maximale $u_c = E$;

– le **régime permanent**, régime pour lequel la tension aux bornes du condensateur ne varie plus, le condensateur étant chargé.

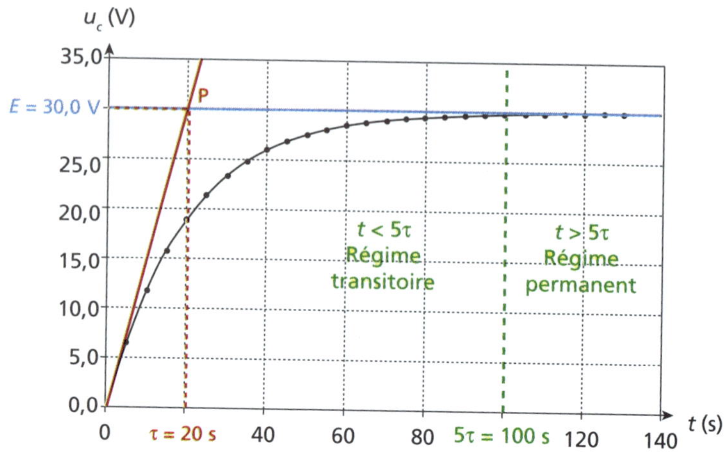

La constante τ du circuit correspond à l'abscisse du point d'intersection entre la tangente à l'origine et l'axe $u_c = E$ du palier de charge.

En effet, le coefficient directeur de la tangente à la courbe en un point quelconque – c'est-à-dire à un instant t quelconque – correspond à la dérivée de la tension u_c à l'instant t du point considéré, soit :

$$\frac{du_c}{dt} = E\frac{d}{dt}\left(-e^{-t/\tau}\right) = \frac{E}{\tau}e^{-t/\tau}$$

Gagnez des points !

Vérifiez qu'au bout de 5τ, on a atteint le régime permanent.

En effet, si $t = 5t$, alors $uc(t = 5\tau) = E\,(1 - e^{-5\tau/\tau})$ $= E(1 - e^{-5}) \approx E$.

À $t = 0$, l'expression précédente devient :

$$\frac{du_c}{dt}(t=0) = \frac{E}{\tau}e^{-\frac{0}{\tau}} = \frac{E}{\tau}$$

ce qui correspond à l'expression du coefficient directeur de la tangente à l'origine $O(0,0)$. Soit $\frac{E}{\tau} = \frac{y(P)-y(O)}{x(P)-x(P)} = \frac{y(P)}{x(P)}$: le point P a donc comme coordonnées $P(\tau, E)$.

On en déduit que le **point P d'abscisse $\tau = RC$**, constante de temps du circuit, est le **point de la tangente à l'origine dont l'ordonnée est égale à E**.

Graphiquement, on peut lire que la constante de temps est τ = 20 s.

5 A. N. : $\tau = RC = 100 \times 10^3 \times 200 \times 10^{-6} = \mathbf{2{,}00 \times 10^1\ s}$.

6 a. La réponse à la question **3 a.** établit que la tension aux bornes du condensateur est : $u_c(t) = E\,(1 - e^{-t/\tau})$ avec $\tau = RC$. Or $t = t_0$, $u_c(t_0) = E\,(1 - e^{-t_0/\tau}) = U_\ell$.

La valeur de la force électromotrice étant non nulle, on en déduit que :

$$1 - e^{-t_0/\tau} = \frac{U_\ell}{E} \text{ soit } e^{-t_0/\tau} = 1 - \frac{U_\ell}{E}$$

$$-\frac{t_0}{\tau} = \ln\left(1 - \frac{U_\ell}{E}\right)$$

$$t_0 = -\tau \ln\left(1 - \frac{U_\ell}{E}\right) = \tau \ln\left(\frac{1}{1 - \frac{U_\ell}{E}}\right) = \tau \ln\left(\frac{E}{E - U_\ell}\right)$$

soit finalement : $t_0 = \tau \ln\left(\frac{E}{E - U_\ell}\right)$.

b. A. N. : $t_0 = 20 \times \ln\left(\frac{30}{30-20}\right) = 20 \times \ln 3$ soit $t_0 = 22$ s.

Graphiquement, lorsque la tension $u_c(t = t_0) = U_\ell = 20$ V, on peut lire que l'abscisse du point P_ℓ correspondant est bien $t_0 = 22$ s.

Rappels

- La fonction ln (logarithme népérien) est la fonction inverse de l'exponentielle :

$\exp(\ln(x)) = \ln(\exp(x)) = x$

- Logarithme d'un produit ou d'un quotient :

$\ln(ab) = \ln(a) + \ln(b)$

$\ln\left(\frac{a}{b}\right) = \ln(a) - \ln(b)$

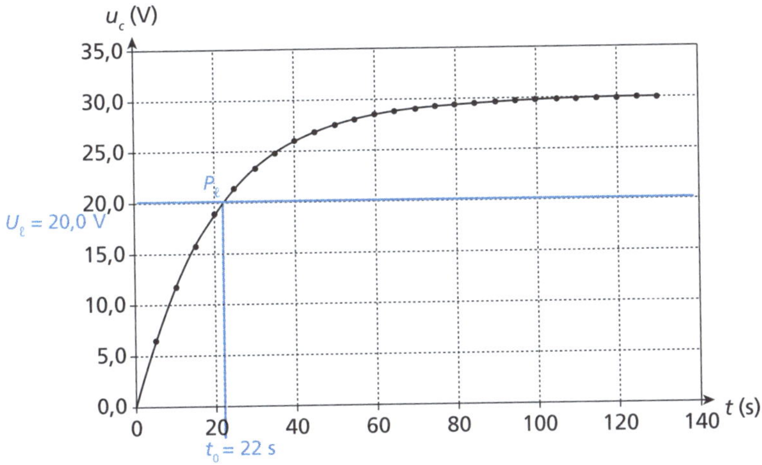

c. Si l'on avait choisi t_0 très supérieur à la constante de temps du circuit, la tension limite U_ℓ aurait été très proche du palier de charge. Or à $t >> \tau$, les valeurs des tensions évoluent très peu, et le temps pour lequel $u_c = U_\ell$ aurait été difficile à définir avec précision.

7 La durée d'allumage $t_0 = \tau \ln\left(\frac{E}{E - U_\ell}\right)$ dépend de la constante de temps du circuit $\tau = RC$, de la tension limite U_ℓ et de la force électromotrice du générateur E. Si l'on ne change pas le générateur, alors E ne peut être modifié, et seuls R, C et U_ℓ peuvent l'être. Pour augmenter la durée t_0 d'allumage, il est donc possible :

- d'augmenter la constante de temps, c'est-à-dire la valeur de la résistance R et/ou celle de la capacité du condensateur. En effet, si τ augmente à E et U_ℓ fixées, alors $t_0 = \tau \ln\left(\frac{E}{E - U_\ell}\right)$ est proportionnelle à τ ;
- d'augmenter la tension limite U_ℓ.

L'astuce du prof

Pensez à analyser les différents paramètres de l'expression mathématique de la durée d'allumage et à en expliciter le comportement en fonction de l'évolution de chaque paramètre.

MÉTHODE | SUJETS PAS À PAS | SUJETS COMME À L'EXAMEN

8 En repartant d'une étape du raisonnement mathématique de la réponse à la question **6a**, on a :

$$-\frac{t_0}{\tau} = \ln\left(1 - \frac{U_\ell}{E}\right)$$

soit :

$$\tau = -\frac{t_0}{\ln\left(1 - \frac{U_\ell}{E}\right)} = RC \Leftrightarrow R = -\frac{t_0}{C \times \ln\left(1 - \frac{U_\ell}{E}\right)}$$

A. N. : $R = -\frac{60}{200 \times 10^{-6} \times \ln\left(1 - \frac{20}{30}\right)}$ soit $\boldsymbol{R = 2{,}7 \times 10^5\ \Omega}$ si l'on garde 2 chiffres significatifs pour $t_0 = 60$ s.

9 Lorsqu'on appuie sur le bouton-poussoir, le condensateur est alors court-circuité, et la décharge est quasi instantanée. La tension à ses bornes correspond à celle aux bornes du fil que représente la connexion du bouton-poussoir : on a donc $\boldsymbol{u_c = 0}$.

10 Si $u_c = 0$, alors $u_c < U_\ell$. Ainsi, si la lampe est déjà allumée, elle restera allumée et si elle est éteinte, alors elle s'allumera.

À retenir

Lorsqu'un élément de circuit est court-circuité, la tension à ses bornes est celle du fil qui les relie, c'est-à-dire une tension nulle.

Partie 2

1 L'équation différentielle de l'évolution de la tension aux bornes du condensateur établie à la question **2** de la Partie 1 est : $u_c(t) + RC\frac{du_c(t)}{dt} = E$.

En utilisant la constante de temps τ du circuit, on a : $u_c(t) + \tau\frac{du_c(t)}{dt} = E$.

A. N. : $u_c(t) + 20 \times \frac{du_c(t)}{dt} = 30$ V ou encore $\boldsymbol{\frac{du_c(t)}{dt} = \frac{3}{2} - \frac{u_c(t)}{20}}$.

2 La relation utilisée dans la méthode d'Euler est :

$$u_C(t + \Delta t) = u_C(t) + \left.\frac{du_c}{dt}\right|_t \Delta t$$

Or $u_c(t = 0) = 0$ et $\left.\frac{du_c}{dt}\right|_{t=0} = 1{,}50\ \text{V}\cdot\text{s}^{-1}$.

On en déduit :

$u_c(t = 0 + \Delta t) = u_c(\Delta t) = u_c(t = 2\ \text{s}) = u_C(t = 0) + \left.\frac{du_c}{dt}\right|_{t=0} \Delta t$

soit :

$$\boldsymbol{u_c(t = 2\text{s}) = u_C(t = 0) + 2\left.\frac{du_c}{dt}\right|_{t=0}}$$

puis :

$$\boldsymbol{\frac{du_c(t = 2\text{s})}{dt} = \frac{3}{2} - \frac{u_c(t = 2\text{s})}{20}}$$

A. N. : $u_c(t = 2\ \text{s}) = 0 + 2 \times 1{,}50 = 3{,}00$ V et $\frac{du_c(t = 2\text{s})}{dt} = \frac{3}{2} - \frac{3{,}00}{20} = 1{,}35\ \text{V}\cdot\text{s}^{-1}$.

Piège à éviter

Évitez de mélanger les données : identifiez bien la tension et la dérivée à calculer, ainsi que la tension et la dérivée à utiliser.

Rappel

La dérivée $\frac{du_c}{dt}$ est homogène à une tension divisée par un temps : elle s'exprime en $\text{V}\cdot\text{s}^{-1}$.

De la même manière, on en déduit :

$$u_c(t = 2 + \Delta t) = u_c(t = 4\ \text{s}) = u_C(t = 2\ \text{s}) + \left.\frac{\text{d}u_c}{\text{d}t}\right|_{t=2\ \text{s}} \Delta t$$

soit :

$$u_c(t = 4\ \text{s}) = u_c(t = 2\ \text{s}) + 2\left.\frac{\text{d}u_c}{\text{d}t}\right|_{t=2\ \text{s}}$$

puis :

$$\frac{\text{d}u_c(t=4\text{s})}{\text{d}t} = \frac{3}{2} - \frac{u_c(t=4\text{s})}{20}$$

A. N. : $u_c(t = 4\ \text{s}) = 3{,}00 + 2 \times 1{,}35 = 5{,}70\ \text{V}$

et $\frac{\text{d}u_c(t=2\text{s})}{\text{d}t} = \frac{3}{2} - \frac{5{,}70}{20} = 1{,}215\ \text{V}\cdot\text{s}^{-1}$ soit $1{,}22\ \text{V}\cdot\text{s}^{-1}$ en ne gardant que 3 chiffres significatifs.

Gagnez des points !

Vérifiez la cohérence des résultats de vos calculs en constatant la progression croissante des valeurs du tableau, tant pour celles de la tension que pour celles de sa dérivée.

On peut ainsi compléter le tableau de l'énoncé :

t(s)	0	2	4	6	8	10	12	…	20
$u_C(t)$	0	**3,00**	**5,70**	8,14	10,3	12,3	14,1	…	19,6
$\frac{\text{d}u_c}{\text{d}t}$	1,50	**1,35**	**1,22**	1,09	0,99	0,89	0,80	…	0,52

3 La courbe représentative de l'évolution de la tension (en rouge) correspondant aux points évalués par la méthode d'Euler est relativement proche de la courbe expérimentale.

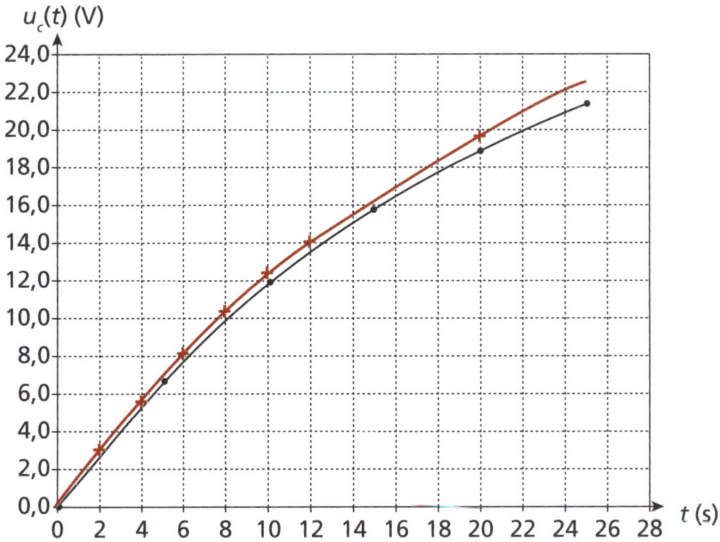

4 On peut rendre le pas Δt plus petit que 2 s: on augmenterait alors la précision des résultats qui seraient plus proches encore des valeurs attendues. En revanche, on augmenterait considérablement la quantité de données ou le nombre de points à calculer et à tracer.

Gagnez des points!
La solution est dans un compromis entre un pas suffisamment petit pour gagner en précision, mais pas trop petit pour avoir à traiter un nombre raisonnable de données.

Exercice 2

énoncé p. 337

Partie 1

1 La longueur d'onde du faisceau émis par la diode laser est $\lambda = 0{,}790$ µm = 790 nm. Il s'agit de la partie rouge du spectre de la lumière blanche: la lumière émise par cette diode laser est donc **rouge**.

Méthode
L'écart d'énergie est quantifié et vaut :
$$\Delta E = |E_2 - E_1| = \frac{hc}{\lambda}$$
Calculez ΔE en joules, puis en électronvolts en utilisant le facteur de conversion.

2 L'écart entre deux niveaux énergétiques est quantifié:

$$\Delta E = |E_2 - E_1| = \frac{hc}{\lambda}$$

A. N.: $\Delta E = \dfrac{6{,}63 \times 10^{-34} \times 3{,}00 \times 10^{8}}{790 \times 10^{-9}} = 2{,}52 \times 10^{-19}$ J.

1 eV = $1{,}60 \times 10^{-19}$ J: on en déduit donc $\Delta E = \dfrac{2{,}52 \times 10^{-19}}{1{,}60 \times 10^{-19}}$, soit $\mathbf{\Delta E = 1{,}57}$ **eV**.

Partie 2

1 L'onde électromagnétique traverse un objet de petite taille: on observe alors la figure de diffraction de la fente sur l'écran placé derrière cet objet diffractant. Le phénomène observé est donc un **phénomène de diffraction**.

Gagnez des points!
Proposez un schéma récapitulatif pour illustrer votre réponse.

2 Lorsqu'une onde monochromatique traverse un objet diffractant, la figure de diffraction est **un ensemble de taches de diffraction de la couleur du faisceau** éclairant. Si l'objet diffractant est une fente verticale, alors la **figure de diffraction est horizontale**. Cette figure se compose d'une tache centrale d'autant plus large que la fente diffractante est fine et de largeur double par rapport à celle des taches secondaires, ces dernières étant situées de part et d'autre de la tache centrale.

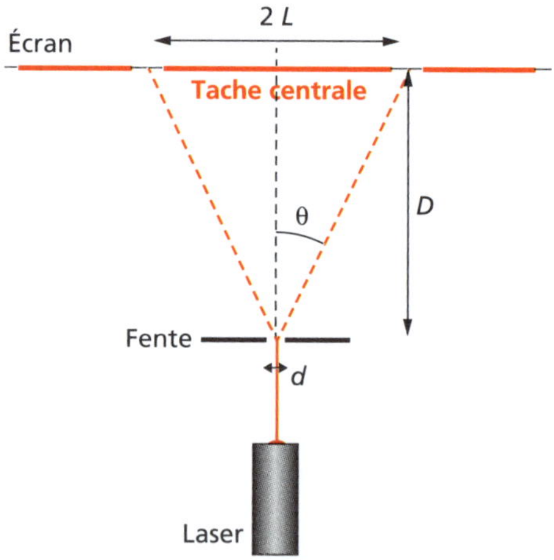

3 La relation entre la demi-largeur L de la tache centrale de diffraction, la largeur d de la fente, la distance D fente-écran et la longueur d'onde λ est :

$$\frac{L}{D} = \frac{\lambda}{d}$$

Rappel
La relation de diffraction est valable aux petits angles : $\theta \approx \tan\theta = \frac{L}{D} = \frac{\lambda}{d}$.

On en déduit $L = \frac{\lambda}{d} D$: L varie proportionnellement à λ, mais de manière inversement proportionnelle à d. Ainsi, lorsqu'on diminue la largeur d de la fente de diffraction, on augmente la largeur L de la tache centrale de diffraction et lorsqu'on diminue la longueur d'onde, on diminue la largeur L.

Partie 3

Les lecteurs Blu-ray utilisent une diode laser dont la longueur d'onde est bleue, c'est-à-dire de l'ordre de 450-520 nm = 0,450-0,520 µm. La longueur d'onde d'un faisceau rouge est donc supérieure à celle du bleu. On en déduit alors que, pour les mêmes caractéristiques de dispositif de lecture du CD (diamètre des petites cuvettes et distance CD-dispositif de lecture), la largeur L est moins importante dans le cas des grandes longueurs d'onde. Le phénomène de diffraction sera donc moins marqué dans le cas d'une lecture avec la technologie Blu-ray que dans le cas d'une technologie « classique ».
Par ailleurs, l'ouverture angulaire $\theta = \frac{\lambda}{d}$ est plus faible dans le cas d'un faisceau bleu que dans le cas d'un faisceau rouge. La technologie Blu-ray permet donc d'obtenir un faisceau plus étroit, plus directif, et ainsi de réaliser une lecture plus précise avec des cuvettes de plus petites tailles.

Partie 4

1 Les ions Ni^{2+} contenus dans la solution de sulfamate de nickel se réduisent en nickel métallique sur le *glassmaster*. La réaction au niveau du *glassmaster* est donc une réduction : elle nécessite un apport d'électrons du générateur du circuit d'électrolyse. Le *glassmaster* est donc relié à la borne négative du générateur. Le sens conventionnel du courant I, contraire au sens de déplacement des électrons, part de la borne positive du générateur dans le circuit extérieur de l'électrolyse.

L'astuce du prof
Réfléchissez sur la réaction au niveau du *glassmaster* devant recevoir la couche de nickel métallique à partir des ions nickel de la solution. Déduisez-en le sens de déplacement des électrons puis du courant.

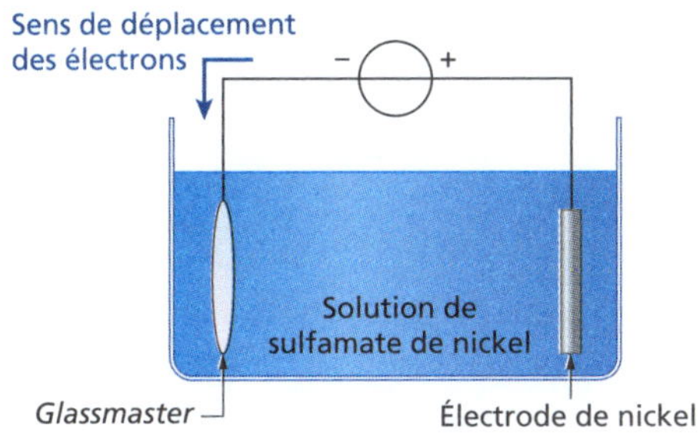

2 La réduction des ions nickel se fait à la cathode, alors que l'oxydation des atomes de nickel se fait à l'anode. On en déduit donc que :

- au niveau du **glassmaster ou cathode**, on a réduction des ions nickel en atomes de nickel : $\mathbf{Ni^{2+}(aq) + 2e^- = Ni(s)}$;
- au niveau de **l'électrode de nickel ou anode**, on a oxydation des atomes de nickel en ions nickel : $\mathbf{Ni(s) = Ni^{2+}(aq) + 2e^-}$.

À retenir

On a réduCtion à la Cathode et oxydAtion à l'Anode.

On a oxydation du réducteur Red du couple Ox/Red et réduction de l'oxydant Ox.

3 Soit D le diamètre du disque et e l'épaisseur de ce disque de nickel. Le volume de dépôt est $V = \pi\left(\frac{D}{2}\right)^2 e$, soit $V = \pi e\frac{D^2}{4}$. La masse du père est alors $m = \rho V$, avec ρ la masse volumique du nickel, soit finalement :

$$m = \rho\pi e\frac{D^2}{4}$$

Piège à éviter

La masse volumique étant exprimée en $g \cdot cm^{-3}$, il est judicieux d'exprimer l'épaisseur e et le diamètre D en cm avant de faire l'application numérique et d'obtenir une masse en g.

A. N. : $m = 8,90 \times \pi \times 3,05 \times 10^{-2} \times \frac{23,0^2}{4} = 1,13 \times 10^2$ g soit $\mathbf{m = 113}$ **g**.

4 La quantité de matière n (en mol) de nickel déposée lors de l'électrolyse est :

$$n = \frac{m}{M}$$

avec M la masse molaire du nickel.

A. N. : $n = \frac{113}{58,7}$ = **1,93 mol**.

5 La quantité d'électrons échangés est donnée par la demi-équation d'oxydoréduction à la cathode :

$$Ni^{2+}(aq) + 2e^- = Ni(s)$$

Chaque atome de nickel déposé sur le *glassmaster* nécessite 2 électrons. Si l'on raisonne sur une quantité n = 1,93 mol de nickel, on en déduit que le nombre d'électrons est $n_e = 2n$ mol d'électrons.

À retenir

La charge d'une mole d'électrons correspond à un Faraday : $1\ \mathcal{F} = \mathcal{N}_A \times e$ avec $\mathcal{N}_A$ la constante d'Avogadro et e la charge élémentaire.

La charge totale utilisée pour cette électrolyse est : $Q = \mathcal{F} n_e$ avec $\mathcal{F}$ le faraday ou charge d'une mole d'électrons. On le calcule à partir de la charge élémentaire e et du nombre d'Avogadro $\mathcal{N}_A$, soit :

$$1\ \mathcal{F} = \mathcal{N}_A \times e$$

Enfin, l'intensité I du courant d'électrolyse dépend de la quantité d'électricité Q et de la durée Δt du processus :

$$I = \frac{Q}{\Delta t}$$

Piège à éviter

Le résultat ne comporte qu'un chiffre significatif du fait de l'imprécision de l'énoncé concernant la durée de « 2 heures ».

Cette durée doit être exprimée en secondes dans l'application numérique.

Finalement, on obtient :

$$I = \frac{Q}{\Delta t} = \frac{n_e \mathcal{F}}{\Delta t} = \frac{2n\mathcal{N}_A e}{\Delta t}$$

A. N. : $I = \dfrac{2 \times 1{,}93 \times 6{,}02 \times 10^{23} \times 1{,}60 \times 10^{-19}}{2 \times 3\,600}$ soit $\boldsymbol{I = 5 \times 10^1}$ **A**.

Exercice 3

énoncé p. 340

Partie 1

1 Une base de Brönsted est une espèce chimique capable d'accepter un ou plusieurs protons ou ions hydrogène H^+.

> **Rappel**
> L'atome d'hydrogène 1 est composé d'un noyau à un seul proton et d'un cortège électronique d'un seul électron. Lorsqu'il perd son électron, il devient un ion hydrogène H^+ qui correspond au seul proton du noyau.

2 La réaction entre l'ammoniac et l'eau est une réaction acido-basique entre la base du couple ion ammonium/ammoniac et l'eau.

Dans le couple ion ammonium/ammoniac, NH_3 est une base de Brönsted. On en déduit la formule de l'ion ammonium en écrivant la demi-équation :

$$NH_3 + H^+ = NH_4^+$$

L'ion ammonium NH_4^+ est ainsi l'acide du couple NH_4^+/NH_3.

L'ammoniac étant une base, cette base ne peut réagir qu'avec l'eau en tant qu'acide, soit donc H_2O du couple H_2O/HO^-.

La réaction entre l'ammoniac et l'eau est une réaction entre le couple NH_4^+/NH_3 et le couple de l'eau H_2O/HO^-.

La seconde demi-équation est :

$$H_2O = HO^- + H^+$$

La réaction bilan par addition membre à membre des deux demi-équations et élimination du proton échangé est : $\mathbf{NH_3 + H_2O = NH_4^+ + HO^-}$.

3 Par définition, la constante d'équilibre de cette réaction est :

$$K = \frac{[NH_4^+]_{eq}[HO^-]_{eq}}{[NH_3]_{eq}}$$

Exprimons K en fonction de K_{A1} et K_{A2}.

K_{A1} est la constante d'acidité du couple NH_4^+/NH_3 :

$$NH_4^+ + H_2O = NH_3 + H_3O^+$$

$$\boldsymbol{K_{A1} = \frac{[NH_3]_{eq}[H_3O^+]_{eq}}{[NH_4^+]_{eq}}}$$

> **L'astuce du prof**
> La constante d'équilibre K_{A2} du couple H_2O/HO^- correspond à la constante K_e ou produit ionique de l'eau.

K_{A2} est la constante d'acidité du couple H_2O/HO^- :

$$2H_2O = OH^- + H_3O^+$$

$$K_{A2} = [H_3O^+]_{eq}[OH^-]_{eq} = K_e$$

On peut alors écrire :

$$K = \frac{[NH_4^+]_{eq}[HO^-]_{eq}[H_3O^+]_{eq}}{[NH_3]_{eq}[H_3O^+]_{eq}}$$

$$K = \frac{[NH_4^+]_{eq}}{[NH_3]_{eq}[H_3O^+]_{eq}} \times [HO^-]_{eq}[H_3O^+]_{eq}$$

d'où :

$$K = \frac{K_{A2}}{K_{A1}} = \frac{K_e}{K_{A1}}$$

A. N. : $K = \frac{1{,}0 \times 10^{-14}}{6{,}3 \times 10^{-10}}$ = $\mathbf{1{,}6 \times 10^{-5}}$.

4 La concentration c en ammoniac est telle que :

$$c = \frac{n}{V}$$

A. N. : $c = \frac{2{,}5 \times 10^{-3}}{0{,}250}$ soit $\mathbf{c = 1{,}0 \times 10^{-2}}$ **mol·L**$^{\mathbf{-1}}$.

5 La concentration en ions oxonium dans la solution est donnée par la relation du pH :

$$pH = -\log[H_3O^+]$$

soit :

$$[H_3O^+] = 10^{-pH}$$

A. N. : $[H_3O^+] = 10^{-10{,}6}$ soit $\mathbf{[H_3O^+] = 2{,}51 \times 10^{-11}}$ **mol·L**$^{\mathbf{-1}}$.

6 La constante K_e ou produit ionique de l'eau permet, connaissant la concentration en ions oxonium d'une solution, d'en déduire la concentration en ions hydroxyde :

$$K_e = [H_3O^+]_{eq}[OH^-]_{eq}$$

soit :

$$[OH^-]_{eq} = \frac{K_e}{[H_3O^+]_{eq}}$$

A. N. : $[HO^-]_{eq} = \frac{1{,}0 \times 10^{-14}}{10^{-10{,}6}}$ soit $\mathbf{[HO^-]_{eq} = 4{,}0 \times 10^{-4}}$ **mol·L**$^{\mathbf{-1}}$.

Gagnez des points !

La précision de la concentration en ions oxonium est de 3 chiffres significatifs du fait d'un pH de 10,6.

En revanche, la constante K_e est donnée avec 2 chiffres significatifs. Cette moindre précision impose 2 chiffres significatifs sur la concentration des ions hydroxyde.

7 Le taux d'avancement final est défini par : $\tau = \frac{x_f}{x_{max}}$.

Le tableau descriptif de l'évolution du système chimique est :

		NH_3	$+ H_2O$	$= NH_4^+$	$+ HO^-$
État	**Avancement (mol)**	**Quantité de matière (mol)**			
		$\mathbf{NH_3}$	$\mathbf{H_2O}$	$\mathbf{NH_4^+}$	$\mathbf{HO^-}$
État initial	$x = 0$	$n = cV$	Excès	0	0
État en cours	x	$n - x$	Excès	x	x
État final	x_f	$n - x_f$	Excès	x_f	x_f

On suppose ici que la quantité d'ions hydroxyde est nulle à l'état initial, ou du moins suffisamment faible pour être négligeable devant $n = 2,5 \times 10^{-3}$ mol d'ammoniac.

À l'état final, l'avancement final est égal à la quantité de matière de chaque produit formé :

$$x_f = n(NH_4^+)_f = n(HO^-)_f$$

En supposant la réaction totale, l'avancement en fin de réaction est alors l'avancement maximal $x_{EF} = x_{max}$ et l'ammoniac, réactif limitant, est en quantité nulle, soit alors : $n - x_{max} = 0$.

On en déduit que l'avancement maximal est égal à la quantité initiale d'ammoniac : $x_{max} = n = cV$

En reprenant l'expression du taux d'avancement final et en remplaçant x_f par $n(HO^-)_f$ et x_{max} par cV, on obtient :

$$\tau = \frac{n(HO^-)_f}{cV}$$

Or $\frac{n(HO^-)_f}{V} = [HO^-]_f$ et finalement, on a :

$$\tau = \frac{[HO^-]_f}{c}$$

Piège à éviter

L'état final de l'évolution du système correspond à l'état d'équilibre :

$$[HO^-]_f = [HO^-]_{eq}$$

L'avancement maximal correspond à l'état final lorsque la réaction est considérée comme totale.

A. N. : $\tau = \frac{4,0 \times 10^{-4}}{1,0 \times 10^{-2}} = 4,0 \times 10^{-2}$, soit un taux d'avancement final de $\boldsymbol{\tau = 4,0\ \%}$.

Partie 2

1 La dilution est d'un facteur $F = 1\,000$, or le facteur de dilution est défini comme le rapport des volumes de solutions fille et mère :

$$F = \frac{V_{fille}}{V_{mère}}$$

Le volume de la solution mère est prélevé à l'aide d'une pipette jaugée à partir d'un volume de solution concentrée placée dans un bécher. Par la suite, la solution mère est introduite dans une fiole jaugée qui est complétée par de l'eau distillée : le volume de la fiole jaugée constitue donc celui de la solution fille.

On en déduit ainsi que :

$$F = \frac{V(\text{fiole})}{V(\text{pipette})} = 1\,000$$

On peut calculer le facteur de dilution pour chaque lot :

Lot	1	2	3	4
Facteur de dilution	100	100	1 000	100

Remarque

Le tableau ne prend pas en compte la précision des mesures, les volumes des fioles jaugées étant donnés pour trois lots avec un seul chiffre significatif, ce qui est peu réaliste.

Seul le **lot 3** offre une verrerie permettant une dilution d'un facteur 1 000.

2 L'équivalence d'un titrage est un **état pour lequel on passe d'un réactif limitant à l'autre**. Cet état correspond à un mélange initial stœchiométrique, les réactifs étant introduits à l'état initial dans les proportions de l'équation de titrage.

3 La solution d'acide chlorhydrique s'écrit :

$$(H_3O^+(aq) + Cl^-(aq))$$

Méthode

- Dressez le tableau d'évolution du système chimique lors du titrage.
- Considérez l'état final comme celui de l'équivalence et annulez les quantités de matière des réactifs.

Le coefficient stœchiométrique des ions oxonium étant égal à 1, cela signifie que la concentration de la solution est égale à celle des ions oxonium, soit $[H_3O^+] = c_A$.

		NH_3 +	H_3O^+ =	NH_4^+ +	H_2O
État	**Avancement (mol)**	**Quantité de matière (mol)**			
		NH_3	**H_3O^+**	**NH_4^+**	**H_2O**
État initial	$x = 0$	$n_1 = c_1V_1$	$n_A = c_AV_A$	0	Excès
État en cours	x	$n_1 - x$	$n_A - x$	x	Excès
Équivalence	x_{Eq}	$n_1 - x_{Eq}$	$n_A - x_{Eq}$	x_{Eq}	Excès

L'équivalence correspond au passage d'un réactif limitant à l'autre. On est donc exactement dans la situation où les deux réactifs sont entièrement consommés, soit :

$$n(NH_3)_{Eq} = n_1 - x_{Eq} = 0 \quad \text{et} \quad n(H_3O^+)_{Eq} = n_A - x_{Eq} = 0$$

On en déduit que l'avancement à l'équivalence est :

$$x_{Eq} = n_1 = n_A$$

En introduisant les concentrations des réactifs et sachant qu'à l'équivalence, le volume d'acide chlorhydrique versé est noté $V_A = V_{AE}$, on peut finalement écrire :

$$n_1 = c_1V_1 = n_A = c_AV_{AE}$$

La relation à l'équivalence ainsi obtenue est :

$$\mathbf{c_1V_1 = c_AV_{AE}}$$

Gagnez des points !

L'expression de la concentration c_1 correspond à c_A multipliée par un rapport de volumes. Les volumes peuvent être exprimés en mL.

4 À partir de la relation d'équivalence, on peut écrire :

$$c_1 = \frac{c_AV_{AE}}{V_1}$$

A. N. : $c_1 = \dfrac{1{,}50 \times 10^{-2} \times 14{,}3}{20{,}0}$ soit $\mathbf{c_1 = 1{,}07 \times 10^{-2}}$ **mol·L⁻¹**.

Le facteur de dilution est $F = 1\,000$ or $F = \dfrac{c_0}{c_1}$ donc :

$$c_0 = 1\,000 \times c_1$$

A. N. : $c_0 = 1\,000 \times 1{,}07 \times 10^{-2}$ soit $\mathbf{c_0 = 10{,}7}$ **mol·L⁻¹**.

5 Le pH à l'équivalence est $pH_E = 5{,}7$. L'indicateur coloré à choisir doit avoir sa zone de virage autour de pH_E. Seul le **rouge de chlorophénol** est pertinent.

En effet, $5{,}2 < pH_E = 5{,}7 < 6{,}8$ la zone de virage du rouge de chlorophénol étant 5,2 – 6,8.

SUJET COMPLET 6 Sujet inédit

20 pts 3 h 30

Exercice 1 8 pts 1 h 20 Calculatrice autorisée

corrigés p. 364

Réalisation d'une pile nickel-zinc

On réalise une pile formée à partir des couples Ni^{2+}/Ni et Zn^{2+}/Zn.

Chaque solution a pour volume $V = 100$ mL et la concentration initiale des ions positifs est $C = 5,0 \times 10^{-2}$ mol·L^{-1}.

› Données

- $M_{Zn} = 65,4$ g·mol^{-1} ; $M_{Ni} = 58,7$ g·mol^{-1}.
- Charge élémentaire de l'électron : e = $1,6 \times 10^{-19}$ C.
- Constante d'Avogadro : $\mathcal{N} = 6,02 \times 10^{23}$ mol^{-1}.
- Charge d'une mole d'électrons : $\mathcal{F} = 96\,500$ C.
- Pour la réaction $Ni^{2+} + Zn = Zn^{2+} + Ni$, la constante d'équilibre vaut $K = 10^{18}$.

Partie 1 Réalisation de la pile

1 L'électrode positive de cette pile est l'électrode de nickel.

Légender le schéma de la pile ci-après avec les termes suivants : électrode de zinc, électrode de nickel, pont salin, solution contenant des ions Zn^{2+}, solution contenant des ions Ni^{2+}.

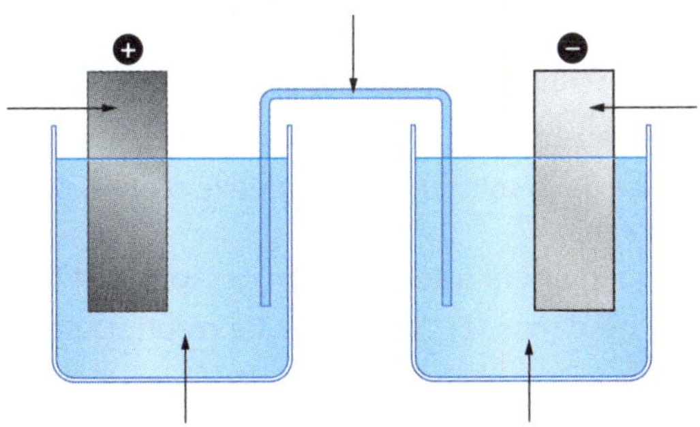

2 Écrire les demi-équations des réactions se produisant aux électrodes.

3 Préciser à chaque électrode s'il s'agit d'une oxydation ou d'une réduction.

4 Écrire l'équation de la réaction globale qui intervient quand la pile débite.

5 Calculer la valeur du quotient réactionnel initial $Q_{r,i}$. Cette valeur est-elle cohérente avec la polarité proposée ?

Partie 2 Étude de la pile

On fait débiter la pile dans un conducteur ohmique.

1 Comment varie la concentration des ions positifs dans chacun des béchers ? En déduire l'évolution du quotient réactionnel Q_r.

2 Sachant que la masse des électrodes ne limite pas la réaction, pour quelle raison la pile s'arrêtera-t-elle de débiter ? Quelle sera alors la valeur numérique de Q_r ?

3 La réaction étant considérée comme totale, calculer l'avancement maximal x_{max} de la réaction.

4 Quelle relation existe-t-il entre x_{max} et la quantité de matière d'électrons qui ont circulé ? En déduire la quantité totale d'électricité fournie par cette pile.

Partie 3 Décharge partielle de la pile

On prend une deuxième pile identique et on la laisse fonctionner pendant une heure. On supposera que l'intensité reste constante.

On constate une augmentation de masse de l'électrode de nickel de Δm = 100 mg.

1 Calculer la quantité de matière d'ions Ni^{2+} disparus notée $n_{disp}(Ni^{2+})$ pendant cette durée.

2 Déterminer la quantité d'électricité correspondante notée Q. En déduire la valeur de l'intensité du courant.

On donne les valeurs de l'absorbance, pour des solutions de sulfate de nickel de concentrations C différentes, mesurées à une longueur d'onde égale à 390 nm.

C (mol·L^{-1})	0	0,010	0,020	0,030	0,040	0,050
A	0	0,20	0,41	0,61	0,82	1,02

3 Tracer la courbe de l'absorbance en fonction de la concentration C.

On mesure l'absorbance de la solution dans laquelle plonge l'électrode de nickel. La valeur mesurée est A = 0,67.

4 En déduire graphiquement la concentration des ions Ni^{2+} restant en solution.

5 Quelle est la quantité d'ions Ni^{2+} disparus ? Ce résultat est-il cohérent avec le calcul de la question **1** ?

Exercice 2 5 pts 50 min Calculatrice autorisée corrigés p. 369

Lunette astronomique

DOC. La lunette de Kepler

En 1611, Kepler propose le principe de la lunette astronomique, avec des lentilles convergentes pour l'oculaire et l'objectif. Il améliore la lunette de Galilée, mais l'image est renversée.

Kepler ne mettra cependant pas son idée en pratique, et il faudra attendre 1617 pour voir apparaître les premières lunettes astronomiques.

On se propose de modéliser une lunette astronomique à l'aide de deux lentilles convergentes :

– une lentille L_1 de distance focale $f_1' = 60$ cm ;

– une lentille L_2 de distance focale $f_2' = 10$ cm.

Partie 1 Étude de la lentille L_2

1 Calculer la vergence de la lentille L_2.

2 Compléter les figures 1.a, 1.b et 1.c ci-après en indiquant dans chaque cas les foyers de la lentille L_2 et la construction de l'image A_2B_2 de l'objet A_1B_1. Qualifier l'image obtenue dans chaque cas de figure.

Les échelles indiquées correspondent :

– horizontalement à 1/5 ;

– verticalement à 1/1.

3 Dans le cas de la figure 1.a., retrouver par le calcul la position de l'image.

Figure 1

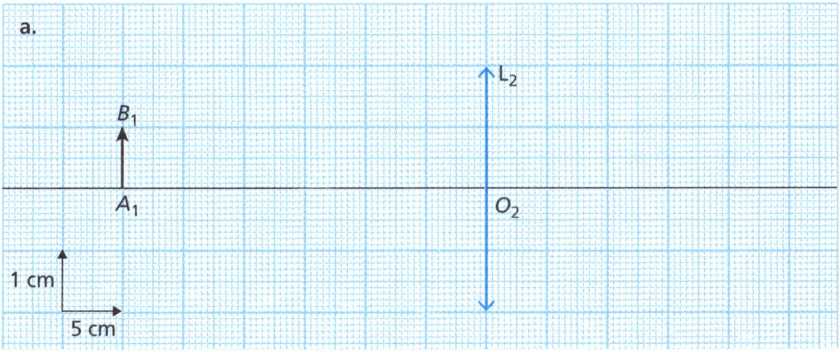

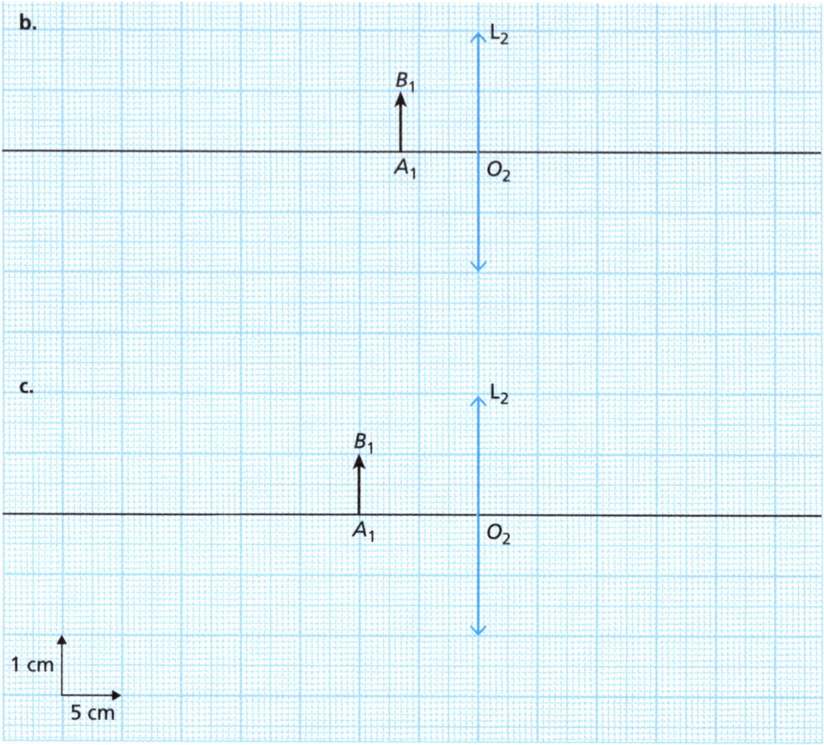

Partie 2 Étude d'un modèle de la lunette astronomique

On reprend la lentille L_2 à laquelle on associe la lentille L_1, placée devant L_2, pour simuler sur le banc d'optique une lunette astronomique utilisée pour observer un objet AB. On se place dans le cas où l'image intermédiaire A_1B_1 est située dans le plan focal objet de la lentille L_2. La distance entre les centres optiques des deux lentilles est fixée à 70 cm.

1 Quel rôle joue A_1B_1 pour la lentille L_2 ?

2 Comment, dans ce système optique, nomme-t-on les lentilles L_1 et L_2 ?

3 Compléter la figure 2 ci-après en traçant :

– la lentille L_1 et son centre optique O_1 ;

– les foyers des deux lentilles L_1 et L_2 ;

– l'image intermédiaire A_1B_1 de hauteur 1 cm ;

– le tracé de deux rayons lumineux traversant les deux lentilles du système optique en passant par B_1.

Les échelles indiquées sur la figure 2 correspondent :

– horizontalement à 1/10 ;

– verticalement à 1/1.

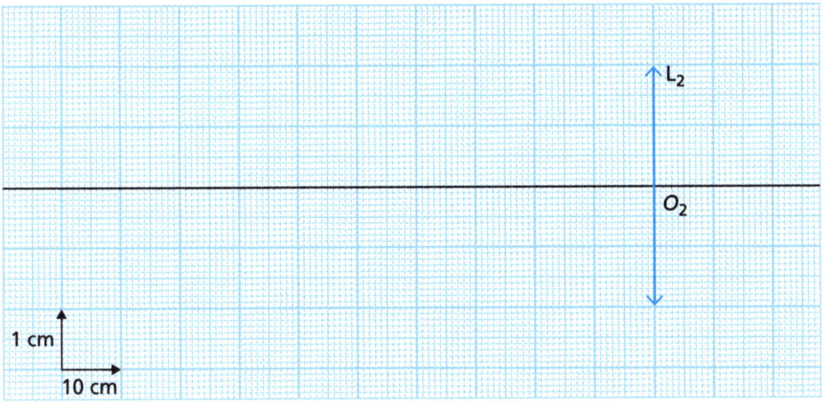

Figure 2

4 D'après la construction précédente, où se trouve l'objet AB ? Où se trouve l'image définitive A_2B_2 ?

Une des caractéristiques de ce système optique est son grossissement défini par le rapport du diamètre apparent de l'image à celui de l'objet : $G = \frac{\alpha'}{\alpha}$.

5 Définir le diamètre apparent α de l'objet et le diamètre apparent α' de l'image. Indiquer ces deux diamètres apparents sur la figure 2.

6 Exprimer G en fonction des distances focales des deux lentilles, puis le calculer.

7 En déduire un moyen d'augmenter le grossissement d'une lunette astronomique.

Exercice 3 7 pts 1 h 10 autorisée corrigés p. 374

Chimie et piscine

L'électrolyse de sel est une des techniques utilisées dans le traitement des eaux d'une piscine. Cette technique permet d'éviter l'utilisation souvent excessive de produits chlorés pour le traitement de l'eau.

Un électrolyseur de sel pour piscine est constitué d'un boîtier électronique et d'une cellule d'électrolyse insérée dans le circuit de filtration. La cellule contient des électrodes de titane recouvertes de métaux précieux : ruthénium et iridium. Quand l'eau circule entre les électrodes aux bornes desquelles est appliquée une tension continue, un courant électrique continu s'établit, et l'électrolyse du chlorure de sodium dissous ($Na^+(aq) + Cl^-(aq)$) se produit. De l'acide hypochloreux $HClO(aq)$ (appelé chlore actif) est généré indirectement *in situ*. Cette espèce est particulièrement efficace pour désinfecter l'eau de la piscine.

Partie 1 Influence du pH de l'eau de piscine

Les quantités de dichlore et des formes acide ou basique de l'acide hypochloreux, en solution, sont fonction du pH de la solution. Ainsi, à 25 °C, les proportions de ces espèces en fonction du pH sont données par les courbes du doc. 1.

DOC. 1 Diagramme de prédominance

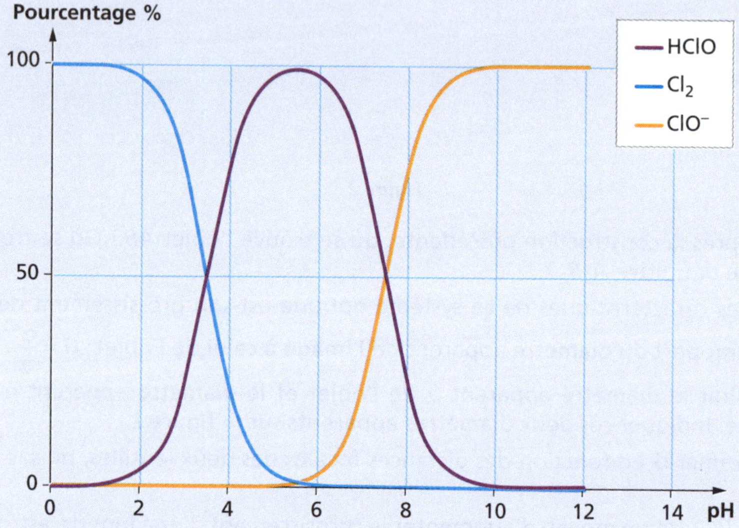

Le pH d'une eau de piscine doit être compris entre 7,2 et 7,6 pour le confort de la baignade. Pour les deux bornes de cet intervalle de pH, estimer les proportions de chacune des espèces chimiques. Ces proportions correspondent-elles à une désinfection optimale ?

Partie 2 Dosage des ions chlorure

Pour que l'électrolyse soit efficace, l'eau de piscine doit contenir entre 3 et 5 grammes de sel par litre. Pour s'assurer du bon fonctionnement du système de désinfection de sa piscine, un chimiste prélève un échantillon d'eau de piscine qu'il analysera ensuite dans son laboratoire. Il procède à un dosage conductimétrique des ions chlorure présents dans l'eau de piscine par les ions argent. L'équation de la réaction support du titrage est la suivante :

$$Ag^+(aq) + Cl^-(aq) \rightarrow AgCl(s)$$

Protocole du dosage :

– Remplir la burette graduée avec la solution aqueuse titrante de nitrate d'argent ($Ag^+(aq) + NO_3^-(aq)$) dont la concentration en soluté apporté est $c = 0{,}050$ mol·L^{-1}.

– Dans un bécher de 200 mL, introduire précisément 10,0 mL d'eau de piscine prélevée et ajouter 90 mL d'eau distillée.

– Placer, dans le bécher, la cellule conductimétrique reliée au conductimètre.

– Verser des volumes successifs de 2,0 mL de solution de nitrate d'argent dans le bécher en maintenant en permanence une agitation. Relever après chaque addition la conductivité σ de la solution obtenue et rassembler les résultats dans un tableau.

DOC. 2 Loi de Kohlrausch

La conductimétrie est une méthode d'analyse qui permet de mesurer la conductivité d'une solution, c'est-à-dire son aptitude à conduire le courant électrique.

La conductivité σ d'une solution ionique dépend de la nature des ions X_i présents dans la solution et de leur concentration molaire $[X_i]$.

Ainsi, pour une solution ne contenant que des ions monochargés, notés X_1, X_2, X_3..., l'expression de la conductivité s'écrit :

$$\sigma = \lambda_1 \times [X_1] + \lambda_2 \times [X_2] + \lambda_3 \times [X_3] + \dots$$

avec σ en $S \cdot m^{-1}$, λ_i (conductivité molaire de l'ion X_i) en $S \cdot m^2 \cdot mol^{-1}$ et $[X_i]$ en $mol \cdot m^{-3}$.

› Données

- Conductivités molaires ioniques des ions à prendre en considération pour l'étude :

Ion	Na^+	Ag^+	Cl^-	NO_3^-
λ ($mS \cdot m^2 \cdot mol^{-1}$)	5,01	6,19	7,63	7,14

- Masses molaires atomiques en $g \cdot mol^{-1}$: $M_{Cl} = 35{,}5\ g \cdot mol^{-1}$; $M_{Na} = 23{,}0\ g \cdot mol^{-1}$.

1 Schématiser et légender le montage expérimental réalisé pour effectuer le dosage conductimétrique.

2 Quelles verreries doit-on utiliser pour introduire dans le bécher les 10,0 mL d'eau de piscine à doser, puis les 90 mL d'eau distillée ? Justifier.

3 Donner l'expression de la conductivité σ du mélange avant l'équivalence, puis celle après l'équivalence.

4 Interpréter qualitativement les variations de la conductivité avant et après l'équivalence.

5 Donner l'allure de la courbe de titrage $\sigma = f(V_{Ag^+})$ représentant la conductivité σ du mélange en fonction du volume de solution de nitrate d'argent versé, et justifier la position du point d'équivalence sur cette courbe.

Le volume versé à l'équivalence est $V_E = 15{,}0$ mL.

6 En explicitant sa démarche, déterminer la concentration molaire en ions chlorure de l'eau de piscine.

7 Est-il nécessaire de rajouter du sel dans la piscine ? Justifier.

CORRIGÉ SUJET COMPLET 6

Exercice 1

énoncé p. 357

Partie 1

1 L'électrode positive est l'électrode de nickel. On en déduit que l'électrode de gauche sur le schéma est l'« électrode de nickel » et celle de droite l'« électrode de zinc ». Chaque électrode étant plongée dans une solution contenant les ions qui lui correspondent, la solution du bécher de gauche est donc la « solution contenant des ions Ni^{2+} », et celle de droite la « solution contenant des ions Zn^{2+} ». Le pont intermédiaire faisant la liaison électronique entre les deux béchers de solutions électrolytiques est le « pont salin ».

L'astuce du prof

Partez de l'énoncé : « L'électrode positive de cette pile est l'électrode de nickel ».

Pensez aussi que chaque électrode est plongée dans la solution électrolytique contenant les ions oxydants correspondant au métal de l'électrode.

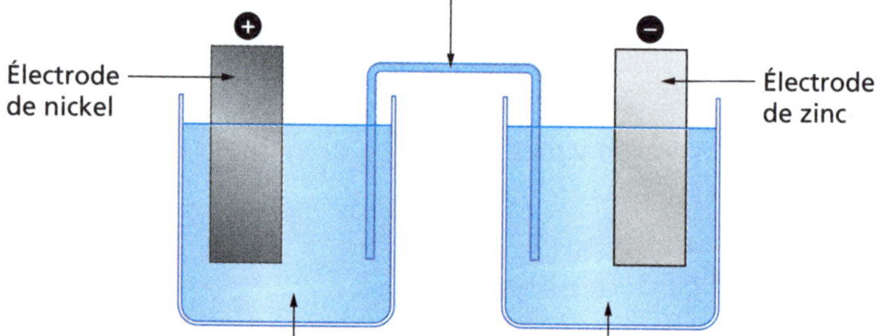

2 Le sens conventionnel du courant est du pôle positif de la pile vers son pôle négatif dans le circuit extérieur. Le sens de déplacement des électrons étant opposé au sens conventionnel du courant, on en déduit que les électrons arrivent au niveau de l'électrode de nickel et repartent de l'électrode de zinc.

Au niveau de l'électrode de nickel, les électrons sont consommés et sont donc réactifs de la demi-équation :

$$Ni^{2+}(aq) + 2e^- = Ni(s)$$

Au niveau de l'électrode de zinc, les électrons sont créés et sont donc produits de la demi-équation :

$$Zn(s) = Zn^{2+}(aq) + 2e^-$$

Méthode

- Déterminez le sens conventionnel du courant.
- Déduisez-en le sens de déplacement des électrons et, ainsi, s'ils sont consommés ou produits en fonction de l'électrode considérée.

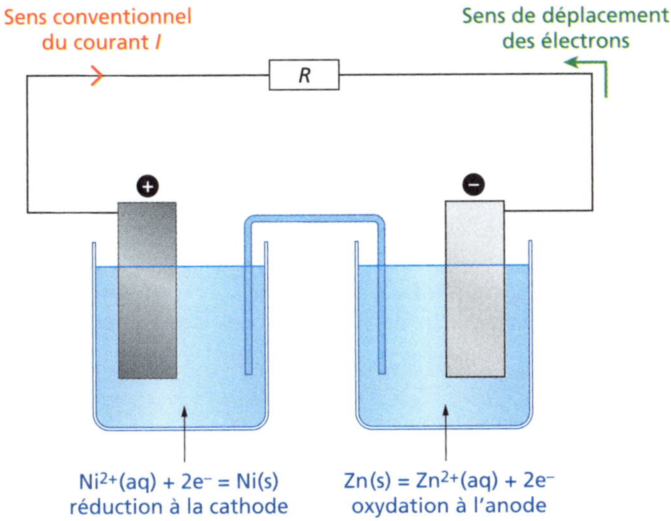

3 **À l'électrode de nickel**, l'ion nickel Ni^{2+}, oxydant du couple Ni^{2+}/Ni, est réduit : à cette électrode a lieu la **réduction**.

À l'électrode de zinc, le métal zinc Zn, réducteur du couple Zn^{2+}/Zn, est oxydé : à cette électrode a lieu l'**oxydation**.

4 Les deux demi-équations ayant lieu aux électrodes échangent 2 électrons. Leur addition membre à membre permet d'obtenir l'équation de la réaction globale quand la pile débite :

$$Ni^{2+}(aq) + 2e^- = Ni(s)$$

$$Zn(s) = Zn^{2+}(aq) + 2e^-$$

$$\mathbf{Ni^{2+}(aq) + Zn(s) \rightarrow Ni(s) + Zn^{2+}(aq)}$$

5 Le quotient initial de la réaction est défini comme suit à partir de l'équation bilan ci-avant :

$$Q_{r,i} = \frac{[Zn^{2+}]_i}{[Ni^{2+}]_i}$$

Le quotient réactionnel ne fait intervenir que les concentrations des ions en solution à l'état initial.

Or l'énoncé précise que « la concentration initiale des ions positifs est $C = 5{,}0 \times 10^{-2}$ mol·L^{-1} ».

Soit alors $[Zn^{2+}]_i = [Ni^{2+}]_i = C$. Le quotient initial de la réaction se simplifie alors : $Q_{r,i} = \frac{C}{C} = \mathbf{1{,}0}$.

À retenir

Il y a toujours réduCtion à la Cathode et oxydAtion à l'Anode.

Gagnez des points !

Vérifiez que, dans l'addition membre à membre, les 2 électrons apparaissant dans les demi-équations se simplifient.

Si ce n'est pas le cas, il faudra coefficienter les demi-équations avant de les additionner.

Piège à éviter

Pensez que *C* s'exprime avec une précision de 2 chiffres significatifs. Le rapport unité de *C*/*C* doit au moins être exprimé avec cette précision.

Le quotient initial de la réaction est ainsi très inférieur à la valeur de la constante d'équilibre de la pile : $Q_{r,i} << K = 10^{18}$. On en déduit que la réaction évoluera dans le sens direct et, K étant de très forte valeur $K >> 10^4$, on en conclut aussi que la réaction support de fonctionnement est totale.

Si la réaction évolue totalement dans le sens direct, alors on a bien :

$$Ni^{2+}(aq) + Zn(s) \rightarrow Ni(s) + Zn^{2+}(aq)$$

Les ions nickel sont consommés : les électrons arrivent au niveau de l'électrode de nickel et $Ni^{2+}(aq) + 2e^- = Ni(s)$. Cette électrode constitue bien **le pôle positif** de la pile.

Le métal zinc est aussi consommé : les électrons sont produits par l'oxydation $Zn(s) = Zn^{2+}(aq) + 2e^-$. Cette électrode constitue bien **le pôle négatif** de la pile.

Partie 2

1 À l'électrode de nickel, la demi-équation est :

$Ni^{2+}(aq) + 2e^- = Ni(s)$. **Les ions nickel sont consommés, leur concentration diminue** dans le bécher de gauche.

À l'électrode de zinc, la demi-équation est :

$Zn(s) = Zn^{2+}(aq) + 2e^-$. **Les ions zinc sont produits, leur concentration augmente** dans le bécher de droite.

Le quotient réactionnel est : $Q_r = \dfrac{[Zn^{2+}]}{[Ni^{2+}]}$.

Si la concentration des ions nickel $[Ni^{2+}]$ diminue et que celle des ions zinc $[Zn^{2+}]$ augmente, alors le **quotient de réaction augmente**.

2 La pile s'arrête de fonctionner lorsqu'elle est en **équilibre**, c'est-à-dire lorsque le quotient réactionnel est égal à la constante K de réaction. Ainsi, à l'équilibre, $\boldsymbol{Q_{r,éq} = K = 10^{18}}$.

Méthode

Appuyez-vous sur les demi-équations afin de déterminer si un ion est produit ou consommé, c'est-à-dire si sa concentration augmente ou diminue.

À savoir

Une pile est un système chimique d'oxydoréduction hors équilibre. La pile cesse de fonctionner lorsque l'équilibre est atteint, c'est-à-dire lorsque le quotient réactionnel atteint la valeur de la constante d'équilibre K du système.

3 La réaction est considérée comme totale. On suppose que la masse des électrodes est suffisamment importante pour que le réactif limitant soit les ions nickel et non l'électrode de zinc.

Le tableau d'évolution de la réaction est :

		$Ni^{2+}(aq)$ +	$Zn(s)$ →	$Ni(s)$ +	$Zn^{2+}(aq)$
État	**Avancement (mol)**	**Quantité de matière (mol)**			
		Ni^{2+}	**Zn**	**Ni**	**Zn^{2+}**
État initial	$x = 0$	$n_1 = CV$	n_2	n_3	$n_1 = CV$
État en cours	x	$n_1 - x$	$n_2 - x$	$n_3 + x$	$n_1 + x$
État final	x_{max}	$n_1 - x_{max}$	$n_2 - x_{max}$	$n_3 + x_{max}$	$n_1 + x_{max}$

Si les ions nickel sont limitants, alors $n_1 - x_{max} = CV - x_{max} = 0$ à l'état final. On en déduit facilement l'avancement maximal :

$$x_{max} = CV$$

A. N. : $x_{max} = 5{,}0 \times 10^{-2} \times 0{,}100$ soit $\mathbf{x_{max} = 5{,}0 \times 10^{-3}}$ **mol.**

4 La demi-équation électronique du nickel est : $Ni^{2+}(aq) + 2e^- = Ni(s)$.

On peut considérer son tableau d'évolution :

		$Ni^{2+}(aq)$ +	$2e^-$ =	$Ni(s)$
État	**Avancement (mol)**	**Quantité de matière (mol)**		
		Ni^{2+}	**e^-**	**Ni**
État initial	$x = 0$	$n_1 = CV$	n_e	n_3
État en cours	x	$n_1 - x$	$n_e - 2x$	$n_3 + x$
État final	x_{max}	$n_1 - x_{max}$	$n_e - 2x_{max}$	$n_3 + x_{max}$

À l'état final, la quantité d'ions nickel est nulle comme précédemment noté : $x_{max} = n_1 = CV$ et la quantité n_e d'électrons consommés est telle que $n_e - 2x_{max} = 0$, soit $\mathbf{n_e = 2x_{max} = 2CV}$.

La quantité totale d'électricité fournie par la pile est proportionnelle à la quantité d'électrons débitée, soit :

$$Q = n_e\mathcal{F} = 2CV\mathcal{F}$$

avec $\mathcal{F}$ la valeur absolue de la charge d'une mole d'électrons.

A. N. : $Q = 2 \times 5{,}0 \times 10^{-2} \times 0{,}100 \times 96\,500 = 9{,}65 \times 10^2$ C

ou, en ne conservant que 2 chiffres significatifs, $\mathbf{Q = 9{,}7 \times 10^2}$ **C.**

À retenir

La valeur (positive) de la charge totale d'une mole d'électrons est appelée le faraday et est notée $\mathcal{F}$.

Un faraday correspond à la valeur absolue de la charge d'un électron ou charge élémentaire e multipliée par la constante d'Avogadro $\mathcal{N}_A$:

$$\mathcal{F} = \mathcal{N}_A \times e$$

Partie 3

1 On s'appuie sur le tableau d'évolution de la demi-équation électronique de l'électrode de nickel avec un état final correspondant à 1 h de fonctionnement.

		$Ni^{2+}(aq)$ +	$2e^-$ =	$Ni(s)$
État	**Avancement (mol)**	**Quantité de matière (mol)**		
		Ni^{2+}	**e^-**	**Ni**
État initial	$x = 0$	$n_1 = CV$	n_e	n_3
État en cours	x	$n_1 - x$	$n_e - 2x$	$n_3 + x$
État final	x_f	$n_1 - x_f$	$n_e - 2x_f$	$n_3 + x_f$

À l'état final, la quantité de matière de nickel à l'électrode est :

$$n(Ni)_{EF} = n_3 + x_f$$

Cette quantité correspond à la quantité de matière initiale $n(Ni)_{EI} = n_3$ augmentée de la quantité de nickel produite $n_{prod}(Ni) = n(Ni)_{EF} - n(Ni)_{EI} = x_f$.

L'augmentation de masse Δm de l'électrode de nickel correspond à la masse de nickel produite pendant l'heure de fonctionnement, soit :

$$m_{prod}(Ni) = \Delta m = n_{prod}(Ni) \times M_{Ni}$$

avec M_{Ni} la masse molaire du nickel.

L'astuce du prof

Utilisez le tableau d'évolution de la demi-équation électronique à l'électrode de nickel pour faire le lien entre la quantité de matière de nickel produit et celle d'ions nickel disparus.

En utilisant l'avancement final de la réaction, la relation devient : $\Delta m = x_f \times M_{Ni}$.
Or le tableau d'évolution ci-avant permet aussi de constater que la quantité de matière d'ions nickel est : $n(Ni^{2+})_{EF} = n_1 + x_f = CV + x_f = n(Ni^{2+})_{EI} + x_f$.

Ainsi, la quantité d'ions nickel disparus est $n_{disp}(Ni^{2+}) = n(Ni^{2+})_{EF} - n(Ni^{2+})_{EI} = x_f$ soit finalement : $n_{disp}(Ni^{2+}) = x_f = \dfrac{\Delta m}{M(Ni)}$.

A. N. : $n_{disp}(Ni^{2+}) = \dfrac{100 \times 10^{-3}}{58,7}$ soit $\mathbf{n_{disp}(Ni^{2+}) = 1,70 \times 10^{-3}}$ **mol.**

2 Par le même raisonnement que dans la réponse à la question **3** de la Partie 2, on peut écrire que :

$$n_e = 2x_f = 2n_{disp}(Ni^{2+}) = 2\frac{\Delta m}{M(Ni)}$$

et que la quantité d'électricité fournie par la pile au bout d'une heure de fonctionnement est :

$$Q = n_e\mathcal{F} = 2n_{disp}(Ni^{2+}) \times \mathcal{F} \text{ soit } Q = 2\mathcal{F} \times \frac{\Delta m}{M(Ni)}$$

L'astuce du prof

Ne refaites pas tout le raisonnement établi à la question **3** de la Partie 2, mais citez-le et appuyez-vous uniquement sur les conclusions, vous gagnerez du temps !

A. N. : $Q = 2 \times 96\,500 \times \dfrac{100 \times 10^{-3}}{58,7} = 3,29 \times 10^2$ C, soit $\mathbf{Q = 329}$ **C.**

On sait que $Q = I\Delta t$, d'où $I = \dfrac{Q}{\Delta t} =$ **91,3 mA.**

3 La courbe de l'absorbance A en fonction de la concentration C (en $mol \cdot L^{-1}$) de la solution de sulfate de nickel peut être modélisée par une droite passant par l'origine du repère :

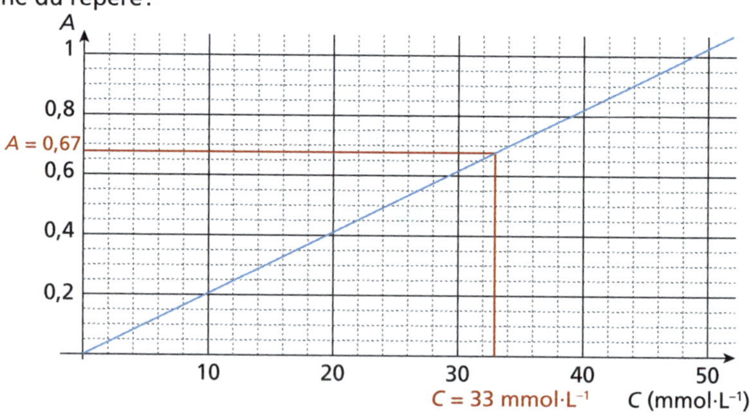

4 La solution de sulfate de nickel s'écrit :

$$Ni^{2+}(aq) + SO_4^{2-}(aq)$$

Un tableau d'évolution basé sur l'équation de dissolution montrerait que la quantité de matière d'ions nickel produits est égale à la quantité de cristal de sulfate de nickel dissous. En supposant que la dissolution se fasse à volume constant, on en déduit que la relation d'égalité des quantités de matière est aussi valable pour les concentrations molaires. La concentration en ions $Ni^{2+}(aq)$ est donc égale à celle de la solution de sulfate de nickel :

$$[Ni^{2+}(aq)] = C$$

Remarque

La courbe de l'absorbance A en fonction de la concentration C de la solution de sulfate de nickel étant une droite passant par l'origine, on peut en conclure que A est proportionnelle à C, soit $A = kC$, avec k une constante de proportionnalité positive.

On retrouve ainsi la Loi de Beer-Lambert.

On retrouve bien la notation déjà proposée dans l'énoncé : « la concentration initiale des ions positifs est $C = 5,0 \times 10^{-2}$ mol·L^{-1} ».

En utilisant le graphique précédent, on repère le point d'ordonnée $A = 0,67$ sur la droite modèle et on en déduit par lecture graphique son abscisse $C_{A = 0,67}$ (tracés rouges).

On lit ainsi : $\mathbf{[Ni^{2+}(aq)]_{A = 0,67} = C_{A = 0,67} = 33}$ **mmol·L^{-1}**.

5 La concentration initiale en ions nickel, donnée de l'énoncé, est :
$[Ni^{2+}(aq)]_{initial} = C = 5,0 \times 10^{-2}$ mol·L^{-1} = 50 mmol·L^{-1}.

Après réaction, il reste :
$[Ni^{2+}(aq)]_{final} = C_{A = 0,67} = 33$ mmol·L^{-1}

Par différence, on en déduit la concentration des ions nickel restant en solution :

$$[Ni^{2+}(aq)]_{restant} = [Ni^{2+}(aq)]_{initial} - [Ni^{2+}(aq)]_{initial}$$

A. N. : $[Ni^{2+}(aq)]_{restant} = 50 - 33 = 17$ mmol·L^{-1}.

La valeur de la quantité de matière d'ions nickel trouvée à la question **1** est $n_{disp}(Ni^{2+}) = 1,70 \times 10^{-3}$ mol, ce qui, dans un volume de solution de $V = 100$ mL, correspond à une concentration :

Méthode

Comparez $[Ni^{2+}]_{restant}$ et $[Ni^{2+}]_{disp}$.

$$[Ni^{2+}]_{disp} = \frac{n_{disp}\left(Ni^{2+}\right)}{V}$$

A. N. : $[Ni^{2+}]_{disp} = \dfrac{1,70 \times 10^{-2}}{0,100} = 1,70 \times 10^{-2}$ mol·L^{-1}. Soit $[Ni^{2+}]_{disp} = 17$ mmol·L^{-1}.

On constate que les deux valeurs trouvées sont identiques :

$$\mathbf{[Ni^{2+}]_{restant} = [Ni^{2+}]_{disp} = 17\ mmol \cdot L^{-1}}$$

Le résultat trouvé est bien cohérent avec le calcul réalisé à la question **1**.

Exercice 2

énoncé p. 359

Partie 1

1 La vergence C_2 de la lentille L_2 est l'inverse de sa distance focale : $C_2 = \dfrac{1}{f'_2}$.

A. N. : $C_2 = \dfrac{1}{0,10}$ soit $\mathbf{C_2 = 10\ \delta}$.

Piège à éviter

La vergence s'exprime en dioptries de symbole δ, dans la mesure où la distance focale est exprimée en mètres.

MÉTHODE
SUJETS PAS À PAS
SUJETS COMME À L'EXAMEN

2 La distance focale de L_2 est $f'_2 = 10$ cm, donc le foyer focal objet de la lentille F_2 est placé 10 cm en amont de O_2, le centre optique de L_2, et le foyer focal image F'_2 est placé à 10 cm après L_2.

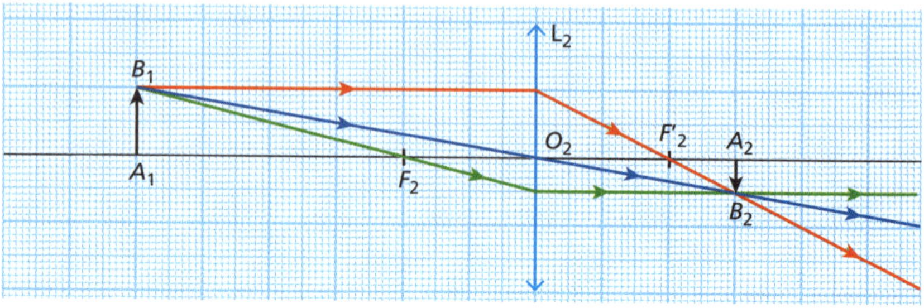

L'image A_2B_2 de l'objet A_1B_1 à travers la lentille L_2 correspond au point de concours de deux des trois rayons particuliers :

– le rayon (R_1) issu de B_1, parallèle à l'axe optique avant la lentille L_2 et passant par le foyer focal F'_2 image après la lentille ;

– le rayon (R_2) ou (B_1O_2) passant par le centre optique O_2 de L_2 qui n'est jamais dévié ;

– le rayon (R_3) issu de B_1 passant par le foyer focal objet F_2 avant la lentille qui ressort de L_2 parallèle à l'axe optique.

Le point image B_2 de B_1 est le point de concours de ces trois rayons particuliers après la lentille L_2. Le point image A_2 de A_1 est alors situé sur l'axe optique tel que le segment $[A_2B_2]$ est perpendiculaire à cet axe. L'image A_2B_2 est **réelle**, **renversée** et **réduite**.

Dans le cas de la figure 1.b, on ne peut tracer que deux rayons particuliers sur trois, soit (R_1) et (R_2) seulement. Le point de concours B_2 se situe dans ce cas en avant de la lentille. L'image A_2B_2 est alors **virtuelle, droite et agrandie**. On parle d'**effet loupe**.

Gagnez des points !

• Tracez deux rayons particuliers de votre choix, et déduisez-en B_2, point de concours après la lentille de ces deux rayons.

• Tracez le troisième rayon particulier pour vérifier votre construction : ce rayon doit passer à son tour par B_2.

Rappels

Une image est :

– réelle si elle est dans l'espace image ou après la lentille, elle est virtuelle sinon ;

– renversée si le sens de l'image est opposé à celui de l'objet, elle est droite sinon ;

– réduite si l'image est de taille inférieure à celle de l'objet, elle est agrandie sinon.

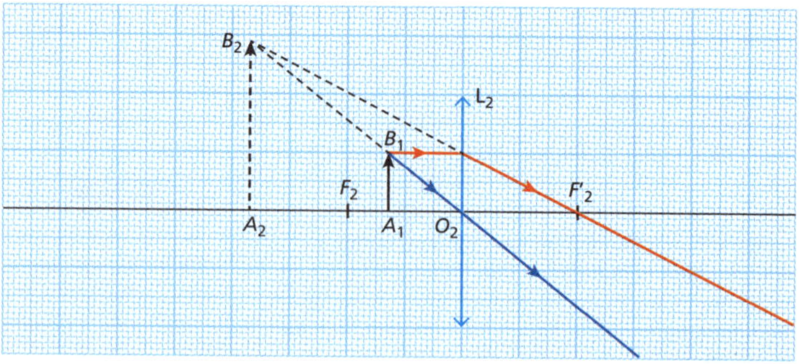

Le cas de la figure 1.c est assez proche de celui de la figure précédente, avec des rayons particuliers qui ne convergent jamais : l'image A_2B_2 est alors renvoyée à l'infini. Cette troisième image, **portée à l'infini**, est **virtuelle, droite et agrandie**.

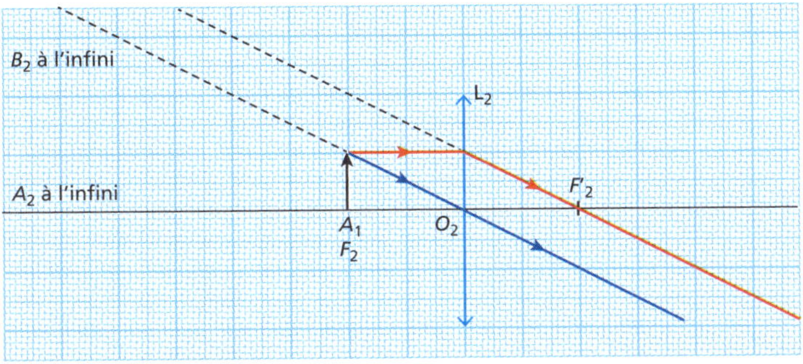

3 La position de l'image A_2B_2 peut se calculer en utilisant la formule de conjugaison. La distance entre l'objet A_1B_1 et la lentille est lue sur le schéma de la figure 1.a : elle correspond à 6,0 cm sur le graphe, soit en considérant une échelle horizontale de 1/5, une distance objet-lentille de 6,0 × 5 = 30 cm dans la réalité.

La distance algébrique est donc : $\overline{O_2A_1} = -30$ cm.

La formule de conjugaison dans le cas présent s'écrit $\dfrac{1}{\overline{O_2A_2}} - \dfrac{1}{\overline{O_2A_1}} = C_2$ soit $\dfrac{1}{\overline{O_2A_2}} = C_2 + \dfrac{1}{\overline{O_2A_1}}$.

A. N. : $\dfrac{1}{\overline{O_2A_2}} = 10 + \dfrac{1}{-0{,}30} = +6{,}7\ \delta$ et $\overline{O_2A_2} = +0{,}15$ m en prenant l'inverse du résultat précédent tout en gardant la totalité des chiffres significatifs de ce résultat intermédiaire.

Par lecture graphique de la figure 1.a, le point image A_2 est positionné à 3,0 cm après la lentille sur le schéma. En considérant toujours la même échelle 1/5, on en déduit que dans la réalité :

$\overline{O_2A_2} = +3{,}0 \times 10^{-2} \times 5 = +15 \times 10^{-2}$ m $= +0{,}15$ m.

Le calcul effectué en utilisant la formule de conjugaison permet donc bien de retrouver une image A_2B_2 située à 15 cm après la lentille, on a donc bien $\overline{O_2A_2} = +0{,}15$ **m**.

L'astuce du prof

Exceptionnellement, en optique, ne cherchez pas à donner l'expression des différentes distances algébriques issues de la formule de conjugaison ou du grandissement. Contentez-vous de leur inverse et déduisez-en la valeur de la distance algébrique recherchée à partir de la valeur numérique de l'inverse.

À retenir

- L'objectif d'une lunette correspond à la lentille du côté de l'objet. Elle est de grande focale ou de faible vergence.
- L'oculaire est en revanche du côté de l'œil, et sa vergence est supérieure à celle de l'objectif.

Partie 2

1 A_1B_1 joue le rôle d'**objet** pour la lentille L_2.

2 La lentille L_1 joue le rôle d'**objectif** et la lentille L_2 celui de l'**oculaire**.

3 La figure 2 complétée par les éléments demandés est alors :

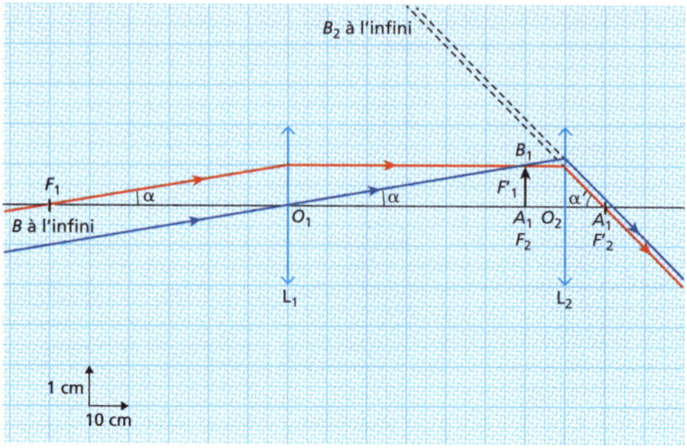

La lentille L_1 est placée avant la lentille L_2 : la distance entre les centres optiques O_1 et O_2 est de 70 cm dans la réalité. Avec l'échelle horizontale de 1/10, la distance O_1O_2 correspond sur le schéma à un espacement de 70/10 = 7,0 cm.

Les foyers objets sont placés avant les lentilles et les foyers images après : chaque foyer est séparé d'une distance focale du centre optique de la lentille. On a alors F_1 et F'_1 à f'_1 = 60 cm dans la réalité et 60/10 = 6,0 cm sur le schéma de part et d'autre de O_1. De même, F_2 et F'_2 sont situés à f'_2 = 10 cm dans la réalité et 10/10 = 1,0 cm sur le schéma de part et d'autre de O_2.

L'énoncé précise que « l'image intermédiaire A_1B_1 est située dans le plan focal objet de la lentille L_2 », et sa hauteur est de 1 cm dans la réalité. On trace donc une image A_1B_1 telle que A_1 est confondu avec F_2, et de 1 cm vers le haut, car l'échelle verticale est de 1/1 (les dimensions verticales du schéma correspondent exactement à celles de la réalité).

Les deux rayons lumineux traversant les deux lentilles du système optique en passant par B_1 correspondent :
– au rayon particulier provenant de F_1 avant L_1 et parallèle à l'axe optique après la lentille pour le premier rayon ;
– au rayon passant par O_1 qui n'est pas dévié pour le second rayon.

4 Avant la lentille, on constate que le rayon passant par O_1 et celui passant par F_1 sont parallèles entre eux. Ils ne convergent donc pas, ou l'on peut dire encore que **l'objet *AB* se situe à l'infini**.

La construction précédente se termine par les tracés, après la lentille L_2, des rayons suivants :
– le rayon particulier passant par B_1 parallèle à l'axe optique avant L_2 et ressortant en F'_2 après L_2 pour poursuivre le premier rayon ;
– le prolongement du second rayon parallèlement au premier rayon après la lentille L_2. En effet, l'image intermédiaire A_1B_1 est dans le plan focal objet de L_2, la lunette est donc afocale, et **l'image définitive A_2B_2 est projetée à l'infini**.

Piège à éviter

Lorsque les rayons particuliers ne convergent pas, cela signifie que l'objet est situé à l'infini s'il s'agit des rayons incidents ou que l'image est projetée à l'infini s'il s'agit des rayons émergeant du système optique.

5 Le diamètre apparent α de l'objet est l'**angle sous lequel l'objet *AB* est vu à l'œil nu**. Le diamètre apparent α' de l'image est l'**angle sous lequel l'objet *AB* est vu à travers l'oculaire**, c'est-à-dire la lentille L_1.

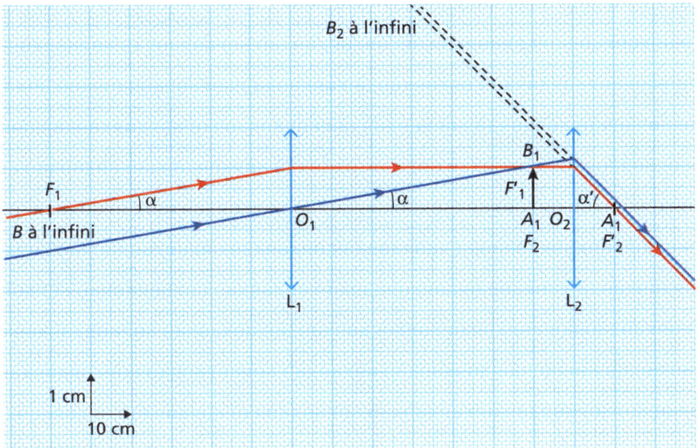

6 Le diamètre apparent α peut aussi être représenté par l'angle $\widehat{A_1O_1B_1}$. On peut alors définir la tangente : $\tan\alpha = \dfrac{A_1B_1}{O_1A_1} = \dfrac{A_1B_1}{O_1F_1'}$.

Le diamètre apparent α' de l'image est tel que :

$$\tan\alpha' = \frac{A_1B_1}{O_2F_2'}$$

Le grossissement est défini par : $G = \dfrac{\alpha'}{\alpha}$. Or, dans le cas de petits angles, le rapport des angles est égal au rapport des tangentes :

$$G = \frac{\alpha'}{\alpha} = \frac{\tan\alpha'}{\tan\alpha} = \frac{\dfrac{A_1B_1}{O_2F_2'}}{\dfrac{A_1B_1}{O_1F_1'}} = \frac{O_1F_1'}{O_2F_2'}$$

L'astuce du prof

- Dans le cas de petits angles, le rapport des angles correspond au rapport de leur tangente.
- Exprimez ainsi les tangentes à partir des dimensions du problème et déduisez-en le grossissement.

En ne considérant que les valeurs positives des grandeurs, on peut définir les distances focales : $f_1' = O_1F_1'$ et $f_2' = O_2F_2'$.

Le grossissement G apparaît ainsi comme le rapport des distances focales de l'objectif et de l'oculaire :

$$\mathbf{G = \frac{f_1'}{f_2'}}$$

A. N. : $G = \dfrac{60}{10} = \mathbf{6{,}0}$.

Gagnez des points !

La plupart du temps, il est plus facile de changer l'oculaire d'une lunette astronomique plutôt que de changer l'objectif.

7 Le grossissement $G = \dfrac{f_1'}{f_2'}$ peut être augmenté, soit **en augmentant f_1'**, la distance focale de l'objectif, soit **en diminuant f_2'**, la distance focale de l'oculaire.

Exercice 3

énoncé p. 361

Partie 1

La lecture du doc. 1 aux deux valeurs extrêmes de pH permet de déterminer les proportions en dichlore Cl_2, acide hypochloreux HClO et ion hypochlorite ClO^-.

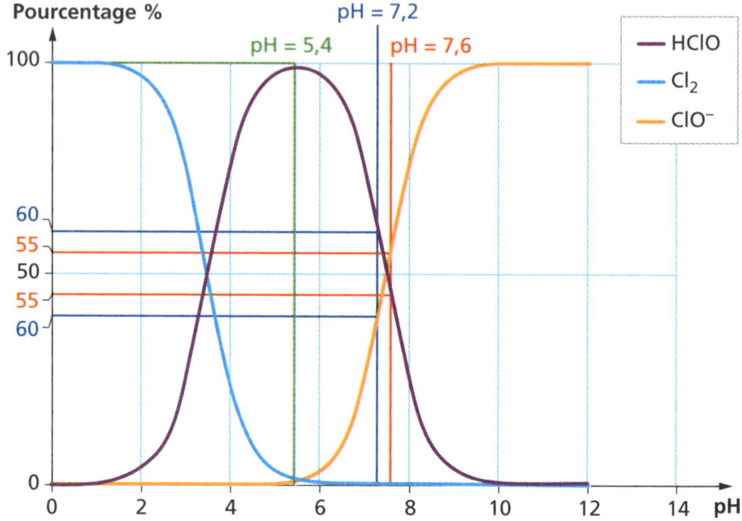

Quel que soit le pH de l'eau de piscine, la quantité de dichlore est nulle (la courbe de Cl_2 est au niveau de 0 %). Pour un pH de 7,2 la proportion d'acide hypochloreux HClO est de 60 % contre 40 % d'ions hypochlorite ClO^- (tracés bleus). Pour un pH de 7,6 la proportion d'acide hypochloreux HClO est de 45 % contre 55 % d'ions hypochlorite ClO^- (tracés rouges).

L'astuce du prof

Pensez à mettre des couleurs sur votre copie et n'hésitez pas à vous y référer dans votre réponse.

Ainsi, dans la zone de pH 7,2 < pH < 7,6 les proportions de chacune des espèces se résument à :

- **45 % < pourcentage de HClO < 60 %** ;
- **40 % < pourcentage de ClO– < 55 %** ;
- **0 % de Cl_2**.

Si l'on se réfère à l'énoncé (« De l'acide hypochloreux $HClO_{(aq)}$ (appelé chlore actif) est généré indirectement *in situ*. Cette espèce est particulièrement efficace pour désinfecter l'eau de la piscine. »), pour que les proportions ci-avant correspondent à une désinfection optimale, il faudrait un pourcentage maximal, soit 100 %, d'acide hypochloreux. Or pour la zone de pH d'une eau de piscine, le pourcentage maximal n'est que de 60 %. En revanche, 100 % d'acide hypochloreux correspondrait à une eau dont le pH serait de 5,4 (tracés verts), donc trop acide pour une baignade !

Ainsi, les proportions obtenues pour un pH de l'eau de piscine entre 7,2 et 7,6 **ne correspondent pas à une désinfection optimale**. Cette dernière nécessite un pH de 5,4 rendant **l'eau de piscine trop acide et non baignable**.

Partie 2

1 Le schéma du montage expérimental de dosage conductimétrique comprend: une burette graduée avec la solution aqueuse titrante de nitrate d'argent; un bécher de 200 mL contenant 10,0 mL d'eau de piscine et 90 mL d'eau distillée; une cellule conductimétrique reliée au conductimètre plongeant dans le bécher contenant la solution à titrer.

Piège à éviter

Contrairement à ce qui est demandé, nous proposons ici en corrigé un dessin. Un schéma n'est pas un dessin. Les verreries et autres éléments du montage correspondent à des schémas normalisés qu'il faut reproduire à la règle sur votre copie.

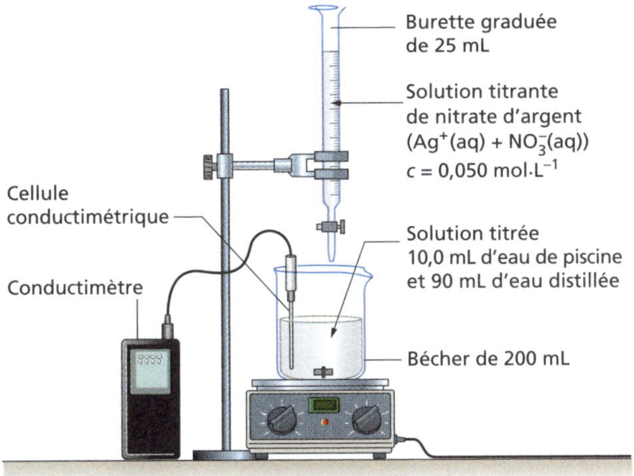

2 Le volume d'eau de piscine est de 10,0 mL, volume relativement précis qui doit être mesuré avec une verrerie jaugée: une **pipette jaugée de 10,0 mL** peut être utilisée. Le volume d'eau de 90 mL est lui moins précis: **une burette graduée de 100 mL** peut être utilisée pour ce prélèvement.

À retenir

Pour un volume à mesurer au dixième de mL, il faut utiliser une verrerie jaugée, alors que pour un volume à mesurer au mL, une verrerie graduée suffit.

3 Avant l'équivalence:

– le bécher contient les ions de l'eau de piscine. Le pH étant de 7 environ, on négligera les ions hydroxyde HO^- et oxonium H_3O^+ de l'autoprotolyse de l'eau. De plus, on supposera que seul les ions chlorure Cl^- et sodium Na^+ sont à considérer;

– lors du versement de la solution de nitrate d'argent dans le bécher, les ions argent, réactif limitant, sont entièrement consommés et réagissent avec les ions chlorure dont la quantité diminue: $Ag^+(aq) + Cl^-(aq) \rightarrow AgCl(s)$.

Seuls les ions nitrate sont finalement introduits.

On en conclut qu'avant l'équivalence, sont présents dans le bécher: les ions sodium spectateurs Na^+, les ions nitrate NO_3^- introduits par ajout de solution titrante et les ions chlorure Cl^- non encore consommés. La conductivité de la solution est donc **avant l'équivalence** :

$$\sigma = \lambda_{Na^+}[Na^+] + \lambda_{Cl^-}[Cl^-] + \lambda_{NO_3^-}[NO_3^-]$$

Après l'équivalence :

– le bécher contient toujours les ions sodium Na^+ et les ions nitrate NO_3^- introduits par ajout de solution titrante. Les ions argent Ag^+ ont été totalement consommés par réaction avec les ions chlorure Cl^- : il n'en reste donc plus ;

– lors du versement de la solution de nitrate d'argent dans le bécher, les ions argent n'ont plus d'ions chlorure pour réagir et sont donc présents à hauteur de la quantité ajoutée après équivalence.

On en conclut qu'après l'équivalence, sont présents dans le bécher : les ions sodium spectateurs Na^+, les ions nitrate NO_3^- et les ions argent Ag^+ introduits par ajout de solution titrante. La conductivité de la solution est donc **après l'équivalence** :

$$\sigma = \lambda_{Na^+}[Na^+] + \lambda_{Ag^+}[Ag^+] + \lambda_{NO_3^-}[NO_3^-]$$

Gagnez des points !

Réfléchissez à ce qui se passe séparément avant et après l'équivalence.

Pensez que :
– les ions sodium sont spectateurs et donc toujours présents ;
– les ions nitrate ne réagissent pas et sont présents dans le bécher à hauteur des quantités introduites au fur et à mesure du dosage ;
– les ions argent et chlorure réagissent ensemble avant l'équivalence avec les ions argent comme réactif limitant ;
– les ions chlorure ne sont plus présents après équivalence car tous consommés.

4 Avant l'équivalence, la conductivité est :

$$\sigma = \lambda_{Na^+}[Na^+] + \lambda_{Cl^-}[Cl^-] + \lambda_{NO_3^-}[NO_3^-]$$

avec une concentration d'ions sodium $[Na^+]$ restant constante, une concentration d'ions chlorure $[Cl^-]$ réagissant avec les ions argent qui diminue et ce, d'autant plus que celle des ions nitrate $[NO_3^-]$ introduits augmente.

Cela revient finalement à considérer que dans la solution, les ions nitrate prennent la place des ions chlorure. Or la conductivité molaire ionique des ions nitrate est légèrement inférieure à celle des ions chlorure :

$$\lambda_{Cl^-} = 7{,}63\,mS \cdot m^2 \cdot mol^{-1} > \lambda_{NO_3^-} = 7{,}14\,mS \cdot m^2 \cdot mol^{-1}$$

On en déduit donc que, **lors de l'ajout de solution titrante avant l'équivalence, la conductivité de la solution diminue** du fait du remplacement des ions chlorure par les ions nitrate.

Après l'équivalence, la conductivité de la solution est :

$$\sigma = \lambda_{Na^+}[Na^+] + \lambda_{Ag^+}[Ag^+] + \lambda_{NO_3^-}[NO_3^-]$$

Méthode

Montrez que :
– avant l'équivalence, la conductivité de la solution diminue en comparant les conductivités ioniques molaires des ions chlorure et nitrate ;
– après l'équivalence, l'ajout de solution titrante, ne réagissant plus, augmente la conductivité de la solution.

avec une concentration d'ions sodium $[Na^+]$ restant constante, une concentration d'ions argent $[Ag^+]$ ne réagissant plus qui augmente, tout comme celle des ions nitrate $[NO_3^-]$ chaque fois que l'on ajoute de la solution titrante.

On en déduit que, **lors de l'ajout de solution titrante après l'équivalence, la conductivité de la solution augmente** du fait de l'augmentation de la quantité des ions nitrate et des ions argent.

5 En cohérence avec les analyses précédentes, on peut donner l'allure de la courbe de la conductivité σ de la solution en fonction du volume $V = V_{Ag^+}$ de solution titrante versé. On note σ_0 la conductivité de la solution titrée juste avant le dosage.

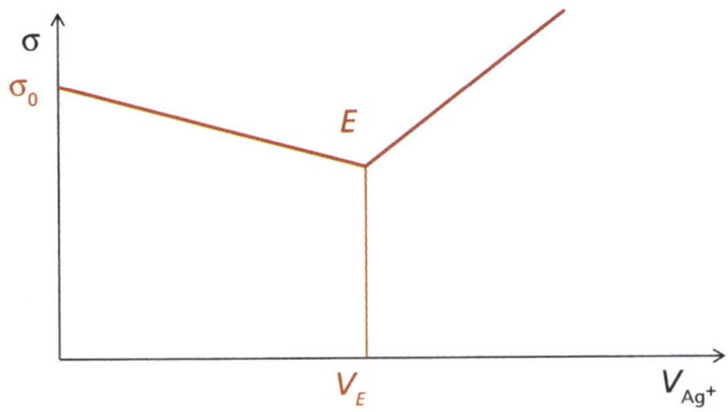

Avant l'équivalence, les points expérimentaux peuvent être modélisés par une demi-droite descendante, et après l'équivalence, la demi-droite change de pente.

Le point E d'équivalence correspond à l'**intersection entre les deux demi-droites,** lorsqu'on passe d'un réactif limitant à un autre avec changement de pente de la conductivité de la solution. Son abscisse est alors le volume de solution titrante V_E versée à l'équivalence.

Piège à éviter

Le point d'équivalence E correspond bien à l'intersection des deux demi-droites et non au point expérimental le plus bas du graphe.

Il faut absolument tracer les deux demi-droites avant de déterminer E !

6 L'équation de la réaction support du titrage est :

$$Ag^+(aq) + Cl^-(aq) \rightarrow AgCl(s)$$

Un tableau d'évolution permet d'établir la relation à l'équivalence :

		$Ag^+(aq)$ +	$Cl^-(aq)$ →	$AgCl(s)$
État	**Avancement (mol)**	**Quantités de matière (mol)**		
		Ag^+	**Cl^-**	**AgCl**
État initial	$x = 0$	$n_{Ag^+} = cV(Ag^+)$	n_{Cl^-}	0
État en cours	x	$n_{Ag^+} - x$	$n_{Cl^-} - x$	x
Équivalence	$x_{éq}$	$n_{Ag^+} - x_{éq}$	$n_{Cl^-} - x_{éq}$	$x_{éq}$

À l'équivalence, on passe d'un réactif limitant à l'autre. L'équivalence est donc l'état pour lequel on a à la fois $n(Ag^+)_{Eq} = 0$ et $n(Cl^-)_{Eq} = 0$.

Soit $n_{Ag^+} - x_{éq} = 0$ et $n_{Cl^-} - x_{éq} = 0$.

On en déduit alors que :

$$n_{Ag^+} = x_{éq} \text{ et } n_{Cl^-} = x_{éq}$$

La relation à l'équivalence est donc:

$$n_{Ag^+} = cV(Ag^+) = cV_E = n_{Cl^-}$$

Soit $[Cl^-]$ la concentration molaire en ions chlorure de l'eau de piscine. La relation à l'équivalence s'écrit alors:

$$n_{Ag^+} = cV_E = n_{Cl^-} = [Cl^-]V(Cl^-)$$

On en déduit:

$$\left[Cl^-\right] = \frac{cV_E}{V\left(Cl^-\right)}$$

A. N.: $\left[Cl^-\right] = \frac{0{,}050 \times 15{,}0}{10{,}0}$ = **0,075 mol·L⁻¹**.

7 En s'appuyant sur l'énoncé, on peut lire:

« Pour que l'électrolyse soit efficace, l'eau de piscine doit contenir entre 3 et 5 grammes de sel par litre ». On en déduit que la concentration massique en sel $(Na^+ + Cl^-)_{aq}$ doit être comprise entre 3 $g \cdot L^{-1}$ et 5 $g \cdot L^{-1}$ pour que l'électrolyse soit efficace.

Un tableau d'évolution du système chimique basé sur la réaction de dissolution du sel dans l'eau :

$$NaCl(s) = Na^+(a) + Cl^-(aq)$$

montrerait que la concentration molaire ou massique de chaque ion correspond à celle du solide NaCl dans l'eau avant dissolution.

> **Méthode**
>
> • Calculez la concentration massique en sel de l'eau de piscine à partir de la concentration molaire en ions chlorure.
>
> • Déduisez-en que la concentration massique obtenue appartient à l'encadrement proposé dans l'énoncé.

Ainsi, on peut en déduire que la concentration molaire précédemment calculée correspond à celle du solide dans l'eau:

$$[Cl^-] = C_{NaCl}$$

La concentration massique C_m est liée à la concentration molaire:

$$C_m = C_{NaCl} \times M_{NaCl}$$

avec $M_{NaCl} = M_{Na} + M_{Cl}$ la masse molaire du sel, soit finalement:

$$C_m = [Cl^-] \times (M_{Na} + M_{Cl})$$

A. N.: $C_m = 0{,}075 \times (23{,}0 + 35{,}5) = 4{,}4\ g \cdot L^{-1}$.

On obtient une concentration en sel comprise entre les deux valeurs extrêmes proposées dans l'énoncé: $3\ g \cdot L^{-1} < C_m < 5\ g \cdot L^{-1}$.

Il n'est donc pas nécessaire de rajouter du sel dans la piscine.

Cahier SPÉCIAL GRAND ORAL

L'épreuve

Au cours de l'année

Préparer ses questions

Vous devez choisir deux questions portant sur les enseignements de spécialité soit pris isolément, soit abordés de manière transversale. Toute l'année, vous préparez ces questions avec les professeurs de spécialité et éventuellement d'autres élèves.

S'entraîner aux techniques de l'oral

Vous devez travailler la prise de parole en public grâce à des exercices d'élocution, de débit de la parole, de rythme à l'oral... Vous pouvez également travailler votre posture : gestes expressifs, regards, sourires...

Le jour J

1er TEMPS

Présentation d'une question

Vous proposez vos deux questions au jury

Le jury en choisit une seule, que vous devrez présenter

TEMPS DE PRÉPARATION 20 min

- Vous préparez votre présentation en fonction de la question choisie par le jury. Il est possible de préparer un support sur une feuille que vous remettrez au jury. Ce support ne fait pas l'objet d'une évaluation, il est facultatif !

PRÉSENTATION 5 min

- Présentation orale de votre travail, en réponse à la question choisie.

NOTATION — 20 pts — coef. 10

Les 5 critères d'évaluation :

- Qualité de l'épreuve orale
- Qualité de la prise de parole en continu
- Qualité des connaissances
- Qualité de l'interaction
- Qualité de l'argumentation

2e TEMPS — Échange avec le candidat

10 min

- Il s'agit d'approfondir votre travail. Le **jury** peut vous poser des questions sur toutes les parties du programme du cycle terminal.

Jury de 2 professeurs

- Un professeur d'une spécialité
- Un professeur de l'autre spécialité ou d'un enseignement commun ou un professeur documentaliste

3e TEMPS — Échange sur le projet d'orientation

5 min

- Réflexion autour de vos choix de spécialités et de votre projet d'orientation. Il s'agit de partager l'évolution de votre cheminement, à la fois dans le cadre scolaire et dans le cadre personnel (vos activités, vos centres d'intérêt) !

Sujet

SUJET

20 pts — 20 min

Question

L'existence du neutrino a été postulée pour mettre fin à un désaccord entre expérience et théorie dans l'étude de la désintégration β^- du neutron en proton dans les années 1930.

En effet, les valeurs prévues pour les énergies calculées à partir de l'équation de désintégration sont en contradiction avec les résultats obtenus expérimentalement. Wolfgang Pauli met en évidence que l'on peut retrouver les valeurs expérimentales si l'on considère qu'une troisième particule est produite dans l'état final. Comme cette particule n'a pas laissé de trace dans le détecteur, Pauli suppose qu'elle est électriquement neutre et de masse nulle. Il choisit de l'appeler neutrino (de l'italien « petit neutre »).

Expliquer l'existence postulée du neutrino.

Présentation de la question — 25 min

• Introduction

Un **noyau instable** peut se **désintégrer** suivant le **canal** β^-**.** Cela revient à transformer **un de ses neutrons en proton dans son noyau** avec émission d'un électron. Or les énergies calculées pour un système à deux corps à l'état final sont en contradiction avec les valeurs expérimentales. Pauli postule alors l'existence d'une troisième particule, devant être neutre.

> Reprendre les termes de la question pour poser le problème.

Nous montrerons tout d'abord que les **lois de conservation** de A et de Z sont respectées dans une équation à deux corps à l'état final, puis que le neutrino doit forcément être un « petit neutre », et enfin que la solution de Pauli est une solution au problème posé.

> N'oubliez pas les mots clés !

1. Équation de désintégration β^- et lois de conservation

L'équation de désintégration β^- d'un noyau radioactif est de la forme :

$$^{A}_{Z}X \rightarrow {}^{A}_{Z+1}Y + {}^{0}_{-1}e^-$$

Cette équation respecte la conservation du nombre de masse A (nombre de nucléons) et celle du nombre de charge Z (nombre de protons).

On est donc passé d'un noyau X contenant Z protons à un noyau Y en contenant $Z + 1$, soit un de plus. Le nombre de nucléons n'ayant pas varié, on peut conclure que si Y possède un proton de plus que X, alors X possède un neutron de plus que Y, le neutron et le proton étant des nucléons.

On en déduit donc de manière simplifiée que l'on peut écrire la désintégration β^- sous la forme : ${}^1_0n \rightarrow {}^1_1p + {}^{\ 0}_{-1}e^-$.

2. La troisième particule produite est un « petit neutre »

L'expérience est en accord avec l'équation de désintégration précédente. Or celle-ci respectant les lois de conservation, le cas d'une troisième particule, en plus du proton et de l'électron, doit avoir un nombre de masse $A = 0$ et un nombre de charge $Z = 0$.

> Nuancez votre argumentaire : le photon aurait pu être un bon candidat, mais Pauli recherchait une particule n'ayant pas les caractéristiques du photon.

La particule ${}^0_0\nu$ ne laisse aucune trace dans le détecteur et permet ainsi de justifier l'appellation « neutrino » ou « petit neutre » en italien.

3. La solution de Pauli

Dans l'expérience de désintégration β^-, l'énergie mesurée pour l'électron produit, en supposant la conservation de l'énergie et deux particules à l'état final, prend un ensemble continu de valeurs. Or le calcul ne permet d'obtenir qu'une valeur possible pour l'énergie de l'électron, celle du proton et du neutron du noyau étant fixées. La seule solution est de considérer que l'énergie calculée est en fait la somme de celle de l'électron et de celle du neutrino, chacun pouvant avoir une énergie variable, tout en gardant leur somme constante.

• Conclusion

En conclusion, le spectre continu de l'électron lors de la désintégration β^- ne peut être expliqué que par l'existence postulée d'une nouvelle particule. Il faudra attendre 1956 et les expériences de Reines et Cowan pour obtenir la première vérification expérimentale directe de l'existence du neutrino postulée vingt ans auparavant.

Support à présenter au jury

- Les équations de désintégration β^-
- Le spectre continu β (ci-contre)

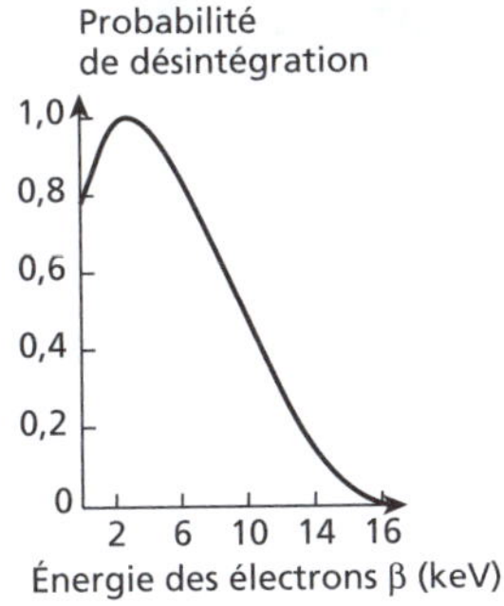

▶ Échange avec le candidat 10 min

Quelques questions que pourrait poser le jury :

- Développer la question de la conservation de l'énergie et la relation d'Einstein.
- Présenter, analyser et exploiter le spectre continu β.
- Discuter le terme de « probabilité » dans un processus de désintégration.
- Expliquer l'unité « keV » de l'énergie du spectre continu β, expliciter l'unité d'énergie dans le système international et préciser la correspondance avec les électron-volts.

▶ Échange sur le projet d'orientation 5 min

Devenir chercheur ou chercheuse en physique

Les motivations personnelles

- Avoir envie de faire progresser l'état des connaissances scientifiques.
- Satisfaire sa curiosité du monde et voyager souvent.
- Travailler en équipe avec d'autres chercheurs, des ingénieurs, des techniciens, des gestionnaires, etc.

Les qualités requises

En plus d'un niveau de connaissances très pointu dans son domaine d'expertise, il est souhaitable d'avoir un bon niveau en mathématiques et en anglais.

Un chercheur a une grande capacité de travail, un esprit de synthèse, une rigueur de raisonnement, une grande autonomie et des qualités relationnelles certaines afin d'être capable de mener un travail de recherche en équipe.

MIXTE
Papier issu de sources responsables
FSC® C022030

Nathan est un éditeur qui s'engage pour la préservation de son environnement et qui utilise du papier composé de fibres naturelles, renouvelables, fabriquées à partir de bois provenant de forêts gérées de manière responsable et contrôlée.

Dépôt légal : août 2022 - N° de projet : 10269615
Imprimé en France par Maury-Imprimeur
45330 Malesherbes
N° d'imprimeur : 263172

IMPRIM'VERT
Votre imprimeur agit pour l'environnement